월든

WALDEN

헨리 데이비드 소로 지음

강주헌 옮김

H
현대문학

| 차례 |

경제 ― 7

나는 어디에서, 무엇을 위하여 살았는가 ― 109

독서 ― 135

소리들 ― 153

고독 ― 179

방문객들 ― 195

콩밭 ― 217

마을 ― 237

호수 ― 247

베이커 농장 ― 285

더 높은 법칙들 ― 299

동물 이웃들 ― 319

난방 ― 341

과거의 거주자들, 그리고 겨울의 방문객들 ― 365

겨울 동물들 ― 387

겨울의 호수 ― 405

봄 ― 427

맺음말 ― 455

경제

Economy

이 글을 쓸 때, 정확히 말해 이 글의 대부분을 쓸 때 나는 매사추세츠 주 콩코드에 있는 월든 호숫가 숲의 직접 지은 집에서 혼자 살고 있었다. 그곳은 가장 가까운 이웃과도 1마일쯤 떨어진 곳이었고, 나는 오롯이 내 손으로 일하며 생계를 꾸려갔다. 나는 그곳에서 2년 2개월을 살았다. 그러나 지금은 다시 문명 생활의 일시적인 체류자가 되었다.

마을 사람들이 내 삶의 방식과 관련해 유난히 질문을 퍼붓지 않았더라면 이제 와서 독자들 앞에 내 개인적인 문제를 구태여 드러내지는 않았을 것이다. 내가 숲에서 보낸 삶을 엉뚱하다고 말하는 사람도 적 잖게 있었지만, 그들의 질문은 내가 보기에도 전혀 엉뚱한 건 아니다. 이런저런 상황을 고려하면 지극히 당연하고 적절한 질문이다. 어떤 사람은 내게 무엇을 먹었는지, 외롭거나 무섭지는 않았는지 물었다. 또 내 수입 중 얼마를 자선 목적으로 쓰는지 알고 싶어했고, 부양할 가족이 많은 사람들은 내가 가난한 아이들을 몇 명이나 후원하는지 알고 싶어했다. 따라서 내게 특별한 관심이 없는 독자들이라면, 내가 이 책에서 그런 질문들에 대답하려고 하더라도 너그럽게 양해해주기 바란다. 대부분의 책에서는 일인칭인 '나'를 생략하지만, 이 책에서는 그렇지 않을 것이다. '자기중심적'이란 면에서 이 책과 다른 책과의 차이는 무척 크다. 어쨌거나 우리는 말하는 사람이 항상 일인칭이라는 사실을 기억하지 않는다. 내가 자신만큼이나 잘 아는 다른 사람이 있다면 나에 대해 이렇게 장황하게 말하지 않을 것이다. 안타깝게도 나는 경험이 일천한 탓에 내 이야기에 국한할 수밖에 없다. 게다가 나는 모든 작가들에게 다른 사람의 삶에 대해 들은 이야기만이 아니라, 조만간 자신의 이야기도 간결하고 진지하게 써달라고 부탁하고 싶다. 예를 들면, 작가가 멀리 떨어진 곳에서 친척에게 보냈을 법한 글 같은 것 말이다. 그가 성실히 살았다면 그의 이야기가 나에게는 멀리 떨어진 곳의 이야기처럼 들릴 것이기 때문이다. 어쩌면 이 책은 가난한 학생들을 위해 특별히 쓴 것일 수도 있다. 그 밖의 독자는 각자에게 적합한 부분을 받아들이면 된다. 내가 알기로, 몸에 작은 외투를 입을 때 솔기를 잡아 늘리면서까지 억지로 맞춰 입는 사람은 없다. 옷은 맞는 사람에게나 제 역할을 하기 때문이다.

나는 중국이나 샌드위치 제도 사람들에 대한 이야기가 아니라, 이 책을 읽는 여러분, 요컨대 뉴잉글랜드에 사는 사람들에 대한 이야기를 하려고 한다. 여러분의 상황, 특히 여러분이 이 세상에서, 이 마을에서 지금 처해 있는 상황이나 처지가 어떠한지, 지금처럼 비참할 수밖에 없는 것인지, 또 개선될 여지는 없는 것인지에 대해 이야기해보려 한다. 나는 콩코드에서 많은 곳을 돌아다녔다. 상점과 사무실과 밭, 어디에서나 사람들이 온갖 희한한 방법으로 고행하는 듯이 보였다. 인도의 브라만들은 네 개의 불을 사방에 피워놓고 앉아 햇살을 정면에서 마주 보거나, 불덩이 위에 거꾸로 매달려 있거나 "자연스런 자세로 다시 돌아가지 못하고, 목을 너무 비틀어 유동식 이외에는 어떤 것도 위장으로 내려가지 못할 정도까지" 어깨 너머로 하늘을 쳐다본다는 말을 들은 적이 있다. 또 몸을 사슬로 묶고 평생 나무 밑에서 지내거나, 몸을 쐐기벌레처럼 꿈틀거리며 움직여서 광활한 제국의 넓이를 측정하거나, 한 발로 기둥 꼭대기에 올라서 있기도 한다는 말도 들었다. 하지만 이런 의식적인 고행들도 내가 매일 목격하는 장면들만큼 의심스럽거나 놀랍지는 않다. 내 이웃들이 겪는 고난에 비하면 헤라클레스에게 주어졌던 열두 가지 고난도 시시한 것이었다. 헤라클레스는 고작 열두 가지의 고난을 겪고 끝났지만, 나는 내 이웃들이 어떤 괴물을 죽이거나 사로잡아 하나의 고난이라도 끝내는 걸 아직 보지 못했다. 그들에게는 히드라 머리의 뿌리를 불에 달군 쇠막대로 지져버린 이올라오스 같은 친구도 없으며, 머리 하나를 밟아 으깨면 곧바로 머리 두 개가 돋아나는 식이다.

내가 보기에 젊은이들과 마을 사람들의 불행은 농장과 집, 헛간과 가축과 농기구를 물려받은 것이다. 이런 것들은 쉽게 얻을 수 있어도 떨쳐내기는 그만큼 쉽지 않기 때문이다. 차라리 그들이 널찍한 초원에서 태어나 늑대의 젖을 먹고 자랐더라면 더 나았을 것이다. 그랬더라면 그들이 신의 뜻에 따라 어떤 밭에서 일해야 하는지 더 맑은 눈으로 볼 수 있었을 것이다. 누가 그들을 흙의 노예로 만들었는가? 인간은 한

펙의 먼지만 먹으면 된다고 하는데 왜 그들은 에이커에서 날리는 먼지를 먹어야 하는가? 왜 그들은 태어나는 순간부터 자기 무덤을 파기 시작해야 하는가? 그들은 이 모든 것을 앞으로 밀고 가는 인간의 삶을 살면서 능력껏 견뎌야만 한다. 무거운 짐에 짓눌려 거의 숨을 헐떡이며 삶의 길을 힘겹게 걸어가고, 길이 75피트 폭 40피트의 헛간, 한 번도 청소하지 않은 아우게이아스 왕의 외양간처럼 지저분한 외양간, 100에이커의 땅과 경작지, 풀밭과 목초지와 숲을 끌어안고 가야 하는 불쌍한 영혼들, 그렇게 죽지도 못하는 영혼들을 얼마나 많이 만났던가! 상속받지 못한 사람들은 이런 불필요한 골칫거리들과 싸우지는 않지만, 조그만 몸뚱이를 건사하고 유지하는 것도 힘겨워한다.

그러나 인간은 착각 때문에 고생을 하는 것이다. 인간의 좋은 부분은 곧 흙 속으로 들어가 퇴비가 된다. 흔히 필연이라 불리는 그럴싸한 운명에 의해, 옛날 책에서 말한 것처럼 인간은 결국 좀먹고 녹이 슬어서 망가지며, 도둑들이 몰래 들어와 훔쳐갈 재물을 모으느라 애를 쓴다. 삶이 끝나기 전은 아니더라도 삶을 끝마칠 때에 이르면 알겠지만 이런 삶은 어리석은 삶이다. 인간은 데우칼리온과 그의 아내 피라가 돌을 머리 뒤로 던져 창조했다고 전해진다.

Inde genus durum sumus, experiensque laborum,

Et documenta damus quâ simus origine nati.

즉, 롤리가 운을 밟아 낭랑하게 노래한 것처럼

그래서 돌로 된 심장을 지닌 우리 인간은
고통과 근심을 견디고
우리 몸도 돌의 속성을 띠었음을
보여주니

그들의 머리 뒤로 돌을 던지고 돌이 어디에 떨어지는지 보지 말라는 어쭙잖은 신탁에 맹목적으로 따른 신화에 대해서는 이 정도로 해두자.

상대적으로 자유로운 이 나라에서도 대부분의 사람이 순전히 무지와 착각으로 인한 부질없는 근심에 사로잡히고 쓸데없이 거친 노동에 시달리며 삶에서 한층 달콤한 열매를 따지 못하고 있다. 과도한 노동에 그들의 손가락이 투박하게 변하고 심하게 떨려 그런 열매를 따기에 적합하지 않은 것이다. 노동하는 사람이 본래의 진정한 모습을 매일 유지할 여유가 없는 것은 사실이다. 그는 인간들과 당당한 관계를 유지할 수 없다. 자칫하면 그의 노동 가치가 시장에서 현격하게 떨어지기 때문이다. 그는 언제나 한낱 기계에 불과하다. 자기가 알고 있는 것을 뻔질나게 사용해야 하는 노동자가 어떻게 자신의 무지함을 기억하겠는가? 자기가 무지하다는 걸 알아야 성장하는 법인데 우리는 그에 대해 판단하기에 앞서, 때때로 그에게 먹을 것과 입을 것을 무상으로 주고, 우리가 먹는 강장제로 그의 기운을 되찾게 해주어야 한다. 인간의 본성에서 가장 아름다운 특성은 열매를 덮은 과분果粉처럼 아주 조심스레 다루어야만 보존될 수 있다. 하지만 우리는 자신이나 다른 사람을 그처럼 부드럽게 대우하지 않는다.

우리 모두가 알다시피, 가난해서 삶이 힘겹다고 생각하는 사람들이 있다. 말하자면, 그런 사람들은 때때로 숨조차 제대로 내쉬지 못한다. 이 책을 읽고 있는 독자들 중에도 실제로 자신이 먹은 저녁 식사비를 제대로 치르지 못하고, 계속 입어 해진 외투와 구두를 새로 사지도 못하면서, 빌리거나 훔친 시간으로 그러니까 채권자에게 한 시간을 훔쳐 이 책을 여기까지 읽은 사람이 틀림없이 있을 것이다. 여러분 중 많은 사람이 무척이나 초라하고 좀스런 삶을 살고 있을 게 분명하다. 경험으로 갈고닦은 내 눈에는 그렇게 보인다. 사업을 시작해 빚에서 벗어나려 애쓰지만 예외 없이 교도소에 끌려 들어간다. 로마 사람들이 동전을 놋쇠로 만들었던 까닭에 '다른 사람의 놋쇠' 라는 뜻의 라틴어 '에스 알리에눔' 이라 일컬어진 빚은 아주 오랜 옛날부터 진흙수렁이다. 누구라도 빚을 지게 되면 살아 있어도 죽은 것이나 다름없고 다른 사람의 놋쇠에 묻힌 신세가 된다. 또 항상 빚을 갚겠다고, 내일은 꼭 갚겠다고 약속하지만 빚을 갚지 못해 오늘 죽는 것과 같다. 여러분은 환심을 사려고 애쓰며, 주州교도소에 갈 만한 죄를 제외하고는 온갖 방법을 동원해 고객을 확보하려고 안달한다. 거짓말하고 아첨하며 투표권을 팔고, 예절이라는 호두 껍데기에 갇힌 사람이라는 인상을 주거나 너그러운 사람이라는 분위기를 천박하고 덧없이 풍기면서, 이웃을 설득해 그의 구두와 모자, 외투와 마차를 만드는 일을 맡거나 그의 식료품점에서 팔 물건들을 납품하려고 한다. 이렇게 일을 하다 보면 병이 들 테니까 병들 때를 대비해 돈을 저축하기도 한다. 낡은 궤짝에 숨기거나, 벽토를 바른 벽 뒤의 긴 양말에, 혹은 더 안전하게 벽돌 건물인 은행에 돈을 모아둔다. 장소가 어디든 돈이 많든 적든 상관없다.

우리가 흑인노예제도라는 야만적이지만 다소 생소한 노예제도를 운영할 만큼 경박할 수 있다는 사실에 나는 때때로 놀란다. 남북 모두를 노예의 나라로 만들려는 영악하고 음흉한 주인들이 무수히 많다. 남부의 노예 감시인 밑에서 일하는 것도 힘들지만, 북부의 노예 감시인 밑에서 일하는 건 더욱 힘들다. 그러나 최악의 경우는 우리가 자신의 노예 감시인이 되는 경우다. 인간의 내면에 감추어진 신성에 대해 말해보라! 밤낮으로 장터를 향해 간선도로를 달리는 마차꾼을 보라! 그의 내면에 어떤 신성이 꿈틀대고 있겠는가? 그에게 가장 큰 의무는 말에게 먹이를 먹이고 물을 주는 것이다! 해운업자들과 비교할 때 그의 운명은 무엇일까? 그는 '소동을 일으키는 나으리Squire Make-a-stir'를 위해 일하는 게 아닐까? 그는 대체 얼마나 신을 닮았고, 그의 이름이 얼마나 오랫동안 기억될까? 그는 불멸의 존재이거나 신성한 존재이기는커녕 자신에 대한 스스로의 판단, 즉 자신의 행동으로 얻은 평판의 포로와 노예가 되어 움츠리고 굽신거리며, 하루 종일 막연한 두려움에 떨며 지내지 않는가? 세상의 평판은 우리 자신에 대한 사사로운 판단에 비하면 대단한 폭군이 아니다. 우리가 자신을 어떻게 생각하느냐에 따라 우리의 운명이 결정된다. 적어도 우리 운명의 방향이 결정된다. 서인도제도 사람들도 환상과 상상으로부터 자기해방이 되었는데, 우리에게는 어떤 윌버포스가 나타나 이런 해방을 안겨줄까? 자신의 운명에 지나치게 풋풋한 관심을 드러내지 않으려고 마지막 날까지 화장대 방석을 짜며 살아가는 이 땅의 여인네들을 생각해보라! 마치 영원한 삶을 온전히 지키기 위해서는 시간을 죽일 수도 있다는 듯한 모습이다.

대부분의 사람이 조용한 절망의 삶을 꾸려간다. 체념은 곧 절망으로 굳어진다. 우리는 절망의 도시에서 절망의 시골로 들어가 밍크와 사향쥐의 용기에서나 마음의 위안을 얻는 수밖에 없다. 진부하지만 무의식적인 절망이 인류의 오락거리와 유흥거리에도 감춰져 있다. 이런 기분풀이는 일한 후에나 가능하기 때문에 놀이하는 맛이 없다. 그러나 자포자기한 짓을 하지 않는 것이 지혜의 한 특징이다.

교리문답식으로 표현해서 인간이 존재하는 주된 목적이 무엇이고, 삶을 영위하는 데 진정으로 필요한 물품과 수단이 무엇인지 생각해보면, 인간이 예부터 공통된 생활방식을 의도적으로 선택한 이유는 어떤 다른 생활방식보다 그러한 생활방식을 선호했기 때문인 듯하다. 하지만 정직하게 말하면 요즘 사람들에게는 선택의 여지가 없다고 생각한다. 그러나 영민하고 건전한 정신을 지닌 사람들은 언젠가 태양이 환히 떠오른다는 걸 기억한다. 이제라도 근거 없는 편견을 포기해도 늦지 않다. 오래된 사고방식이나 행동방식이라도 증명되지 않은 것이면 무작정 신뢰할 필요가 없다. 오늘 모두가 진리라고 앵무새처럼 떠벌리거나 말없이 받아들이는 것이 내일이면 잘못된 것으로 판명날 수 있다. 비를 뿌려 그들의 밭을 적셔줄 구름이라 믿었던 것이 몇몇 사람의 헛된 의견에 불과했던 것으로 밝혀지듯이 말이다. 노인들이 불가능하다고 말하는 것을 우리는 시도하고, 얼마든지 해낼 수 있다는 것을 알아낸다. 옛날 사람들이 옛날에 뭔가를 이루어냈듯이 새로운 사람들은 새로운 것을 이루어낸다. 옛날 사람들은 불길을 계속 유지하기 위해 새로운 연료를 넣어야 한다는 걸 몰랐을 수도 있지만, 새로운 사람들은 엔진 아래에 마른 장작을 조금씩 넣어 새처럼 빠른 속도로, 그야말로 노인들을 죽일 정도로 빠르게 지구를 빙글빙글 돌아다닌다. 연륜이 젊음보다, 젊음만큼 교사에게 적합한 자질은 아니다. 잃는 것만큼 얻지 못하기 때문이다. 세상에게 가장 현명한 사람이 삶을 살아가는 과정에서 절대적 가치를 배웠을 거라고는 생각하지 않는다. 젊은이들은 노인들에게 아주 중요한 조언을 기대하기 어렵다. 그들의 경험은 지극히 부분적이었고, 그들의 삶은 참담한 실패였기 때문이다. 그들은 실패의 원인을 개인적인 이유에서 찾지만, 각자의 경험에서 잘못 받아들여 앙금처럼 남은 어떤 믿음 때문일 수도 있다. 이제 그들은 옛날처럼 젊지 않다. 나는 이 땅에서 30년 정도를 살았지만, 아직까지 어른들에게 유익하고 진지한 조언을 한마디도 듣지 못했다. 그들은 내게 아무것도 말해주지 않았다. 어쩌면 나에게 해줄 만한 유익한 말을 전혀 모를 수도 있다. 내가 거의 시도조차 하지 않은 실험, 즉 삶이 내 앞에 펼쳐져 있다. 어른들이 시도해보았다는 삶은 내게 도움이 되지 않는다. 내가 어떤 경험이 가치 있을 것이라 생각하며 그것을 직접 하세 되면, 내 멘토들이 그런 경험에 대해 나에게 어떤 말도 해주지 않았다는 사실을 새삼스레 확인하게 될 것이다.

한 농부가 내게 "푸성귀만 먹고는 살 수 없을 거요. 푸성귀에는 뼈를 만들 만한 영양분이 없거든"이라고 말한다. 그래서 그는 뼈에 필요한 영양분을 자신의 몸에 공급하기 위해 하루의 일부를 충실하게 투자한다. 이렇게 말하면서 그는 황소들의 뒤를 따라다니지만, 황소들은 푸성귀만 먹고 뼈를 만들었고 온갖 장애물에도 굴하지 않으며 그와 육중한 쟁기를 힘차게 끌고 나간다. 혼자서 움직일 수 없는 사람이나 병자에게는 삶을 영위하는 데 반드시 필요한 물건들이 다른 사람들에게는 사치품에 불과하고, 심지어 그런 물건들이 있는지조차 모르는 사람들도 있다.

높은 곳이나 낮은 곳이나 인간이 사는 모든 땅을 선조들은 이미 밟고 지나갔고, 또 선조들이 모든 것에 이미 관심을 보였을 거라고 생각하는 사람들이 있는 듯하다. 이블린의 주장에 따르면 "지혜로운 솔로몬은 나무와 나무 사이의 거리까지 법으로 규정했고, 로마의 집정관들은 백성이 불법침입하지 않고 이웃의 땅에 들어가 그곳에 떨어진 도토리를 몇 번이나 주울 수 있는지, 주인의 몫은 얼마인지를 정해두었다." 히포크라테스는 손톱을 어떻게 잘라야 하는지에 대한 지침까지 남겨놓았다. 정확히 말하면, 손톱은 손가락 끝에 맞추어 더 길거나 더 짧지 않도록 잘라야 했다. 다양하고 즐거운 삶을 나락으로 떨어뜨린 원인이라고 추정되는 권태와 지루함은 아담 시대부터 있었던 게 분명하다. 그러나 인간의 능력은 지금까지 계량적으로 측정된 적이 없다. 우리는 인간이 무엇을 할 수 있는지 선조를 기준으로 판단해서는 안 된다. 선조들이 시도한 것이 너무 적기 때문이다. 당신이 지금까지 어떤 실패를 했든 간에 "나의 아들아, 괴로워하지 마라. 네가 해내지 못한 일로 누가 너를 탓하겠느냐?"

우리는 수많은 간단한 방법으로 삶을 시험해볼 수 있을 것이다. 내 콩을 여물게 해주는 바로 그 태양이 우리 지구를 비롯한 다른 행성들까지 밝게 비추는 예를 생각해보자. 내가 이 사실을 기억했더라면 아마 몇몇 실수를 피할 수 있었을 것이다. 이 햇빛은 내가 콩밭을 괭이질할 때의 빛이 아니었다. 별들이 꼭짓점을 이루며 얼마나 아름다운 삼각형들을 빚어내는가! 우주에서 아득히 멀리 떨어진 수많은 별들에 사는 온갖 존재들이 동시에 하나의 별, 우리 지구를 응시하고 있지 않은가! 자연과 인간의 삶은 우리의 몇 가지 기질만큼이나 다채롭다. 다른 사람의 삶이 어떠할 거라고 누가 감히 말할 수 있겠는가? 우리가 순간적으로 서로의 눈동자를 들여다보는 것보다 더 큰 기적이 일어날 수 있을까? 우리는 그 한 시간 만에 이 세계의 모든 시대를 살아야 한다. 그래, 모든 시대의 모든 세계를 살아야 한다. 역사와 시와 신화!—나는 다른 사람의 경험에서 이처럼 놀랍고 유익한 것을 읽어본 적이 없다.

내 이웃들이 좋은 것이라고 말하는 것의 대부분이 실제로는 나쁜 것이라고 나는 굳게 믿는다. 내가 뭔가를 후회한다면, 그것은 내 예절 바른 행동 때문일 가능성이 무척 높다. 대체 어떤 악마에게 씌었기에 나는 그처럼 조신하게 행동했던 것일까? 노인장!—어느새 일흔 살을 살고 대단찮은 명예라도 얻은 탓에 나름대로 가장 지혜로운 말이라고 해주시겠지만—내 귀에는 그 말을 멀리하라고 재촉하는 거역할 수 없는 목소리가 들린답니다. 새로운 세대는 과거 세대의 계획을 좌초된 배처럼 버린답니다.

우리는 지금보다 훨씬 큰 희망을 품고 살아갈 수 있으리라고 생각한다. 우리는 자신의 문제에 대한 근심을 접어두고 그만큼의 정성을 마음 가는 대로 다른 곳에 돌릴 수 있다. 자연은 우리의 강점에도, 약점에도 순응한다. 끝없는 불안과 근심이 거의 치유할 수 없는 지경에 이른 사람이 적지 않다. 우리는 우리가 하는 일의 중요성을 습관적으로 과장한다. 하지만 우리가 시도조차 하지 않은 일이 얼마나 많은가! 그런데 우리가 병이라도 걸린다면 어떻게 되겠는가? 우리는 잠시도 경계심을 늦추지 않는다. 가능하면 종교적 믿음에 기대 살아가지 않겠다고 다짐한다. 그러나 낮에는 눈을 부릅뜨고 지내다가도 밤이 되면 어쩔 수 없이 기도문을 중얼거리며 불확실한 것에 우리를 맡겨버린다. 우리는 철두철미하게, 또 성실하게 지금과 같은 삶을 존중하며 살아갈 수밖에 없기 때문에 변화의 가능성을 부인한다. 이렇게 살아가는 수밖에 없다고 말한다. 그러나 하나의 중심에서 무수한 반지름을 그릴 수 있듯이 세상을 살아가는 방법도 많다. 변화를 계획하는 것만으로도 기적이지만, 그런 기적은 순간순간 일어나고 있다. 공자는 "아는 것을 안다고 하고, 모르는 것을 모른다고 하는 것이 곧 진실로 아는 것이다"라고 말했다. 어떤 한 사람이라도 머릿속으로 상상한 것을 오성悟性에서도 사실인 것으로 바꿔낸다면, 결국에는 우리 모두가 그런 토대 위에 삶을 꾸려갈 것이라고 충분히 예측할 수 있다.

앞서 언급한 불안과 근심 대부분이 무엇에 관한 것이고 또 그것에 대해 우리가 정말로 걱정해야 하는 것인지, 적어도 신경을 써야 하는 것인지 잠시 생각해보자. 지금은 외향적인 문명세계의 한복판에 살지만 대강의 생필품들이 무엇이고, 옛 사람들은 어떤 방법으로 그것들을 얻었는지 알기 위해서라도 원시적이고 개척자적인 삶을 살아보는 것도 괜찮을 것이다. 아니면 옛 상인들이 남긴 거래일지를 뒤적이면서 옛 사람들이 상점에서 흔히 무엇을 샀고, 어떤 물건들이 진열됐는지, 다시 말해 대강의 상점들에는 무엇이 있었는지 알아보는 것도 도움이 될 것이다. 삶의 환경이 향상되더라도 인간 존재의 기본적인 법칙은 크게 변하지 않기 때문이다. 이것은 우리 골격이 선조들의 골격과 구분되지 않는 것과 같다.

내가 '생필품'이라는 단어를 어떤 뜻으로 썼던 간에, 인간이 자신의 노력으로 얻는 모든 것 중에서 생필품은 처음부터, 혹은 오래전부터 사용된 탓에 인간의 삶에서 무척 중요한 위치를 차지하므로, 전혀 없지는 않겠지만 야만성이나 가난 혹은 자기 철학을 이유로 극소수만이 생필품 없이 살아가려 할 뿐이다. 이런 의미에서 보면, 많은 동물에게는 하나의 생필품밖에 없다. 즉 먹을 것이면 충분하다. 초원의 들소에게는 입에 맞는 약간의 풀과 마실 물이 생필품이다. 물론 들소가 숲이나 산의 그늘에서 몸을 쉴 곳을 찾지 않는다는 조건에서 그렇지만. 동물들은 먹을 것과 쉴 곳 이외에 어떤 것도 바라지 않는다. 이런 기후대에서 사는 인간에게 필요한 생필품들은 꼼꼼하게 따지면 식량-주거지-의복-연료라는 항목으로 나뉜다. 이것들을 확보한 후에야 우리가 삶의 진정한 문제들을 자유롭게 받아들여 성공할 가능성이 높기 때문이다. 인간은 집과 의복을 생각해냈고 먹을 것을 조리하는 법까지 고안해냈다. 불이 따뜻하다는 걸 우연히 발견했고 처음에는 불을 사치품으로 사용했겠지만, 이제는 불 옆에 앉는 것을 당연하게 여긴다. 우리가 관찰한 바에 따르면 고양이와 개도 이런 식으로 제2의 천성을 얻는다. 적당한 집과 의복이 있으면 우리는 합리적인 수준에서 체온을 유지할 수 있다. 그러나 집과 의복이 과하거나 연료가 적당한 수준을 넘어 소비되면, 다시 말해서 외부 열이 우리 체온보다 높아지면 그야말로 우리 몸이 요리되기 시작한다고 말할 수 있지 않을까? 박물학자 다윈은 티에라 델 푸에고 섬의 주민들에 대해서, 그의 일행은 옷을 제대로 갖춰 입고 불 옆에 앉아서도 그다지 따뜻해하지 않았지만 발가벗은 원주민들은 불에서 멀리 떨어져서도 "몹시 더운 듯이 땀을 뻘뻘 흘리는 모습"을 보고 깜짝 놀랐다고 말했다. 또 신新네덜란드인들은 발가벗고도 너끈히 지내는데 유럽인들은 옷을 입고도 추위에 덜덜 떤다는 이야기도 들었다. 이런 야만인들의 강건함과 문명인들의 지적인 능력을 겸비할 수 없을까? 리비히의 주장에 따르면, 인간의 몸은 난로이고 음식은 폐에서 진행되는 내부 연소를 유지해주는 연료다. 날씨가 추워지면 우리는 음식을 더 많이 섭취하고, 따뜻한 날씨에는 음식을 덜 먹는다. 동물의 열은 연소가 천천히 진행된 결과며, 연소가 지나치게 빨리 진행되면 질병에 걸리거나 죽음을 맞기도 한다. 연료가 떨어지거나, 통풍장치에 결함이 있으면 불길은 사그라든다. 물론 생명 유지에 필요한 열을 불과 똑같은 것이라 생각해서는 안 되지만, 둘의 비교는 이 정도로만 해두자. 어쨌든 위의 관계에서 보면 '동물의 생명'이라는 표현은 '동물의 열'이라는 표현과 거의 동의어라 할 수 있다. 음식이 우리 체내에서 불을 유지하는 연료로 여겨질 수 있고, 연료는 음식을 준비하거나 외부로부터 열을 가해 우리 몸을 더 따뜻하게 덥혀주는 역할을 하는 반면에, 집과 의복은 그렇게 발생되고 흡수된 열을 유지하는 역할만 하기 때문이다.

따라서 우리 몸에 가장 필요한 것은 온기를 유지하는 것, 요컨대 생명 유지에 필요한 열을 체내에서 유지하는 것이다. 이런 이유로 우리는 고생을 감내하며 음식과 의복과 집을 마련하고, 또 밤에 입는 의복이라 할 수 있는 잠자리를 마련하려고, 보금자리 안에 또 보금자리를 마련하려고 새들에게서 둥지와 가슴 털을 빼앗는다. 두더지가 굴 끝자락에 풀과 나뭇잎으로 잠자리를 짓는 것과 다를 바가 없다! 가난한 사람은 이 세상이 춥다고 습관처럼 투덜댄다. 하기야 우리는 고통의 많은 부분이 사회적인 냉기 못지않게 신체적인 냉기에서 비롯된다고 생각한다. 어떤 기후대에서는 여름이면 극락정토와 같은 삶을 누릴 수 있다. 여름에는 음식을 요리할 때를 제외하고는 연료가 전혀 필요하지 않다. 태양이 곧 불이고, 다양한 과일이 햇살에 넉넉하게 요리된다. 음식은 다른 지역에 비해 훨씬 다채롭고 얻기도 쉬우며, 의복과 집은 전혀 혹은 반쯤은 필요 없다. 내가 직접 경험해 보아 알고 있지만 지금 미국에서는 약간의 연장, 칼과 도끼, 삽과 손수레 등등, 또 공부를 좋아하는 사람에게는 전등과 문방구 및 약간의 책이 필수품 다음으로 필요할 것이며, 우리는 그 모든 것을 적은 비용으로 구할 수 있다. 하지만 적잖은 사람이 지혜롭지 못하게 지구의 빈대편, 미개하고 비위생적인 지역까지 달려가서 나중에 뉴잉글랜드에서 살다가, 즉 편안하고 따뜻하게 살다가 죽기 위해 10년이고 20년이고 장사하는 데만 몰두한다. 호사스런 부자들은 편안하고 따뜻하게 지내는 정도를 넘어, 무리할 정도로 뜨겁게 지낸다. 앞서 말했듯이 이렇게 되면 그들의 몸이 요리되는 셈이다. 물론 유행을 좇아서 말이다.

대부분의 사치품과 생활을 편하게 해준다는 다수의 편의품은 반드시 필요한 물건도 아니지만 인간의 발전에도 방해가 된다. 사치품과 편의품에 관련해서 좀더 말하자면 가장 지혜로운 사람들은 가난한 사람들보다 더 소박하고 빈약한 삶을 살았다. 중국, 인도, 페르시아, 그리스의 옛 철학자들은 외적으로는 누구보다 가난했지만 내적으로는 누구보다 부자인 사람들이었다. 우리는 그들에 대해 많은 것을 알지 못한다. 우리가 그들에 대해 지금만큼이나 아는 것도 놀라운 일이다. 그 이후에 살았던 인류의 개혁가들과 은인隱人들의 경우도 마찬가지다. 우리가 자발적 빈곤이라 칭할 수밖에 없는 그들을 우월한 입장에 놓고 보지 않으면, 누구도 공정하고 현명한 관찰자가 될 수 없다. 농업이나 상업, 문학이나 예술 등 어떤 분야에서나 사치스런 삶의 열매는 말 그대로 사치다. 요즘은 철학 교수는 있어도 철학자는 없다. 옛날에는 철학자로 사는 것이 찬양받을 일이었다면, 이제는 철학을 가르치는 것만으로 박수받을 만하다. 철학자가 된다는 것은 이해하기 어려운 생각을 한다는 것이 아니다. 한 학파를 세운다는 것은 더더욱 아니다. 지혜를 사랑하고, 지혜의 지시에 따라 소박하고 남에게 의지하지 않으며 너그러운 삶, 신뢰감을 주는 삶을 사는 것이다. 또한 삶의 문제를 이론적으로나 실질적으로 조금이나마 해결하는 것이다. 위대한 학자들과 사상가들의 성공은 대체로 신하처럼 처신한 성공이지, 당당하고 남자다운 성공이 아니다. 그들의 조상이 그랬듯이 그들은 순응하며 살아가려고 안간힘을 쓴다. 따라서 그들은 한층 고결한 인간의 원조가 될 수 없다. 왜 인간은 타락했을까? 많은 가문이 몰락하는 이유가 무엇일까? 여러 민족을 무력하게 만들고 파멸의 나락으로 떨어뜨리는 사치의 본질은 무엇일까? 우리 자신의 삶에 사치스런 면이 없다고 확신할 수 있을까? 철학자는 삶의 외적인 형태에서도 시대를 앞서간다. 철학자는 같은 시대를 살아가는 사람들처럼 먹고 자며, 옷을 입고 몸을 덥히지 않는다. 우리는 어떻게 해야 철학자가 되어 다른 사람보다 더 나은 방법으로 생명 유지에 필요한 열을 유지할 수 있을까?

내가 앞서 열거한 이런저런 방법으로 따뜻하게 지낸다면 우리는 다음에 무엇을 원하게 될까? 똑같은 종류의 따뜻함을 더 바라지는 않을 것이다. 더 넉넉하고 더 기름진 음식, 더 크고 더 화려한 집, 더 세련되고 더 많은 옷, 여기저기에서 끝없이 더 뜨겁게 타오르는 불 등등을 더 바라지는 않을 것이다. 삶에 반드시 필요한 것을 얻고 나면, 쓰고 남을 정도로 구하지 않고 다른 대안을 생각하기 마련이다. 달리 말하면, 상대적으로 더 하찮은 일로부터 해방되기 시작했기 때문에 모험적인 삶을 시도한다.

씨가 어느새 어린뿌리를 내린 것으로 보아 흙이 씨에게 적합한 게 확실하다. 이제 자신 있게 햇가지를 위로 뻗어도 괜찮을 것 같다. 인간이 땅에 깊이 뿌리를 내리는 이유가 무엇이겠는가? 그만큼 하늘 높이 올라가기 위한 것이 아니겠는가? 상대적으로 귀한 식물은 공기를 호흡하고 햇살을 받아 마침내 땅에서 멀리 떨어진 곳에 맺는 열매 덕분에

경제

가치를 인정받아 하찮은 식물로 취급당하지 않는다. 2년생 식물이라도 뿌리를 완전히 내릴 때까지만 재배되는데다, 뿌리를 빨리 내리게 하기 위해 윗부분을 잘라내기 때문에 대부분 그 식물이 언제 꽃 피우는지 모른다.

　나는 강하고 용감한 사람들에게 어떤 법칙들을 가르쳐줄 생각으로 이렇게 말하는 것이 아니다. 그런 사람들은 천국에서든 지옥에서든 자신에게 맡겨진 일들을 척척 챙길 것이고, 최고의 부자들보다 호화로운 집을 짓고 아낌없이 돈을 써도 결코 가난해지지 않을 것이다. 그들이 어떻게 사는지 모르겠지만 그런 사람은 꿈에서나 존재할 것 같다. 또 정확히 현재의 상황에서 용기와 영감을 얻고, 사랑하는 사람처럼 애틋하고 열정적으로 현재의 상황을 소중히 생각하는 사람들에게도 충고를 해줄 생각은 없다. 그런데 나 자신이 이런 부류에 속한 사람인 듯하다. 또한 어떤 환경에서도 자신에게 맡겨진 일을 너끈히 해내는 사람들에게도 뭐라고 충고할 생각은 없다. 그들은 일을 기분 좋게 하는지 아닌지 스스로 판단할 수 있는 사람들이기 때문이다. 내가 말하려는 주된 대상은 불만에 싸여 자신의 운명이나 시대가 가혹하기만 하다고 공허하게 불평을 늘어놓을 뿐, 그런 상황을 개선해보려고 노력하지 않는 사람들이다. 맡은 일을 그런대로 하고 있다고 주장하면서, 보기에 딱할 정도로 아무것에나 목청을 높이면서 불평을 터뜨리는 사람들도 있다. 또 겉보기에는 부유하지만 끔찍하게 곤궁한 사람들로, 하찮은 것들을 모으기는 했지만 그것들을 어떻게 사용하고 어떻게 버려야 할지 몰라, 황금이나 은으로 족쇄를 만들어 찬 사람들에게 내 말을 전하고 싶다.

내가 지난 삶을 어떻게 보내고 싶었는지 말하면 독자들 중 내가 실제로 어떻게 살았는지 어느 정도 아는 사람도 꽤 놀랄 것이며, 내 과거의 삶에 대해 전혀 모르는 사람은 당연히 놀랄 것이다. 그래서 내가 소중히 마음에 품었던 계획들 중 일부만을 넌지시 말해보려 한다.

어떤 날씨에나, 낮이나 밤 어떤 시간에나 나는 시간의 홈을 활용하고 그 순간을 내 지팡이에도 표시해두고 싶었다. 달리 말하면, 과거와 미래라는 두 영원이 만나는 점, 요컨대 현재의 순간에 서고 싶었고, 현재라는 출발선에 발끝을 대고 서고 싶었다. 약간 막연하게 들리더라도 용서해주기 바란다. 대부분의 사람이 하는 일에 비해 내 일에 비밀이 많기는 하지만 일부러 감추려는 게 아니라 일의 성격상 비밀이 많을 수밖에 없기 때문이다. 그래도 내가 아는 걸 모두 빠짐없이 말할 것이고, 결코 내 대문에 '출입금지'라고 쓰지 않을 것이다.

나는 오래전에 사냥개와 구렁말, 멧비둘기 한 마리씩을 잃어버렸는데, 지금도 녀석들을 찾고 있다. 녀석들에 대해 이야기를 나눈 많은 여행자들이 녀석들이 지나간 길과, 뭐라고 불러야 녀석들이 반응을 보이는지를 말해주었다. 사냥개가 짖는 소리와 말이 뚜벅뚜벅 걷는 소리를 들었고, 심지어 멧비둘기가 구름 뒤로 사라지는 걸 보았다는 여행자도 한두 명쯤 만났다. 그들은 자기 것을 잃어버린 사람처럼 녀석을 몹시 찾고 싶어하는 듯했다.

해돋이와 새벽만이 아니라, 가능하면 자연 자체를 앞질러 예견할 수 있다면 좋을 텐데! 여름과 겨울, 얼마나 많은 아침에 나는 그 어떤 이웃도 일을 시작하려고 부스럭거리기 이전부터 내 일을 하고 있었던가! 어둠을 뚫고 보스턴으로 향하는 농부들, 일하러 가는 나무꾼 등 많은 마을 사람들이 일을 끝내고 돌아오는 나와 마주쳤다. 내가 태양이 뜨는 걸 실질적으로 도왔던 것은 아니지만, 태양이 뜨는 시간을 함께했다는 것만으로도 나에게는 지극히 의미 있는 일이었다.

그 많은 가을날 그리고 겨울날, 마을 밖에 나가 바람에 담긴 소리를 들으려고 했으며, 그 소리를 듣고 얼마나 급히 전하려고 했던가! 나는 그 소리를 들으려고 내가 가진 돈 거의 전부를 투자했고, 숨까지 헐떡이며 맞바람을 맞으며 달렸다. 바람에 두 정당 중 하나에 관련된 소식이 담겼더라면, 분명히 속보로 《가제트》에 실렸으리라. 어떤 때는 절벽이나 나무 위의 망루에 올라가 사방을 둘러보며 방금 도착한 소식을 전보로 알렸고, 저녁이면 언덕 꼭대기에서 하늘이 떨어지기를 기다렸다. 그래서 뭔가를 잡기 바랐지만 대단한 것을 잡지도 못했고, 잡은 것마저도 햇살을 받으면 만나처럼 녹아버렸다.

오랫동안 나는 그다지 발행부수가 많지 않은 잡지사의 통신원이었지만, 그 잡지사의 편집자는 내가 기고한 글 대부분이 잡지에 싣기에 적절하지 않다고 생각했다. 많은 작가가 흔히 그렇듯이 나도 힘들게 고생한 셈이었다. 하지만 이번 경우 내 고생은 그 자체가 보상이었다.

여러 해 동안, 나는 눈보라와 폭풍우를 관측하는 사람을 자임하며 그 역할을 충실히 해냈다. 또 측량기사 노릇을 하며 간선도로는 아니었지만 숲길과 모든 지름길을 찾아내 길을 열어두었고, 사람들의 발자국으로 효용성이 입증된 협곡들에는 다리를 놓아 사시사철 다닐 수 있게 했다.

걸핏하면 울타리를 넘어가 충직한 목동을 무척 힘들게 하는 마을의 길들여지지 않은 가축들을 돌보고, 농장에서 사람들이 거의 다니지 않는 후미진 구석까지 세심하게 둘러보는 것도 내 일이었다. 그날 어떤 밭에서 요나가 일했는지 솔로몬이 일했는지 알아내지는 못했지만 그런 것까지 내가 상관할 일은 아니었다. 나는 빨간 열매가 달린 월귤나무, 모래땅에서 자라는 벚나무, 팽나무, 아메리카 적송과 검은물푸레나무, 흰포도나무와 노란제비꽃에 물을 주었다. 내가 그렇게 신경 쓰지 않았더라면 그 나무들은 건기에 말라 죽었을지도 모른다.

요컨대 나는 위에서 말한 일들을 오랫동안 꾸준히 계속했고, 자랑하는 건 아니지만 충실하게 내 일을 해냈다. 그러나 마을 사람들은 나를 마을 공무원으로 인정하거나, 내 위치를 적당한 수당이나 받는 한직으로 정할 낌새를 전혀 보이지 않았다. 내가 충실하게 기록했다고 맹세할 수 있는 장부는 정말 한 번도 감사를 받지 않았고, 결재받아 차액을 지급받고 정산된 적은 더더욱 없었다. 하지만 나는 그런 것을 바라지도 않았다.

얼마 전에는 한 원주민 행상이 우리 동네에서 상당히 유명한 변호사의 집에 바구니를 팔려고 왔다. 원주민은 "바구니를 사시겠습니까?"라고 물었지만 "아니요, 우리 집에는 바구니가 필요 없어요"라는 대답을 들었다. 그러자 원주민은 "뭐라고요! 우리를 굶겨죽일 생각입니까?"라고 소리치고는 대문을 박차고 나갔다. 원주민은 주위 백인들이 열심히 일하면 잘사는 걸 보고, 특히 변호사가 변론을 살 짜내기만 하면 마법이라도 부린 것처럼 재물과 지위가 따르는 걸 보고 '나도 사업을 해야겠다. 바구니를 짜야겠다. 그게 내가 할 수 있는 일이니까' 라고 생각했던 것이다. 원주민은 바구니를 짜면 자기 일을 끝낸 것이 되고 그렇다면 백인들은 당연히 바구니를 사야 하는 걸로 생각했던 것이다. 백인들이 살 만한 가치 있는 바구니를 만들거나, 적어도 백인들이 바구니를 가치 있다고 생각하게 만들거나, 아니면 살 만한 다른 물건을 만들어야 한다는 사실은 몰랐다. 나도 가늘게 쪼갠 나무로 바구니 같은 것을 엮어본 적이 있었지만, 백인에게 팔 만한 것으로 만들어내지 못했다. 하지만 나는 바구니를 엮는 것도 보람 있는 일이라고 생각해서, 남들이 살 만한 바구니를 만드는 방법을 연구하는 대신 내 바구니를 굳이 팔지 않아도 괜찮은 방법을 연구했다. 사람들이 성공한 삶이라고 생각하며 칭찬하는 삶은 그저 삶을 살아가는 한 방법에 불과하다. 그런데 다른 모든 방식의 삶을 짓밟아가며 하나의 삶만을 과대평가할 이유가 어디에 있는가?

나와 함께 호흡하는 시민들이 내게 법원의 일자리나 목사 보조 등 그 밖의 먹고살 만한 자리를 제공할 가능성이 거의 없었기 때문에 나는 내 힘으로 먹고살 길을 마련해야 한다는 걸 깨닫고, 여느 때보다 열심히 숲으로 얼굴을 돌렸다. 숲에서는 내가 그런대로 얼굴이 알려진 편이었다. 그래서 나는 평소대로 자본금이 모이기를 기다리지 않고, 수중에 있는 빈약한 수단을 사용해서 곧바로 내 사업을 시작하기로 결심했다. 내가 월든 호수로 간 목적은 돈을 들이지 않고 살려는 것도 아니었고 거기에서 힘들게 살려는 것도 아니었다. 별다른 방해를 받지 않고 개인 사업을 하고, 상식도 없으며 계획을 해서 사업을 꾸려갈 만한 재능도 없어 어리석게는 보여도 그만큼 한심하게는 보이지 않을 일을 하는 데 방해받고 싶지 않아서였다.

나는 어떤 일을 하든 정확하게 처리하는 습관이 몸에 배게 하려고 항상 노력했다. 이런 습관은 누구에게나 반드시 필요한 것이다. 가령, 당신이 천상의 제국과 무역을 할 생각이면 바닷가, 예컨대 세일럼 항구에 작은 회계 사무소를 개설하면 충분하다. 그리고 이 나라가 생산하는 물건들, 순전히 이 땅의 상품들인 많은 양의 얼음과 소나무 목재, 약간의 화강암을 언제나 우리나라 화물선에 실어 수출할 것이다. 무역은 돈벌이가 되지만 위험이 많이 따를 것이다. 따라서 당신이 모든 항목을 직접 점검해야 한다. 조타수와 선장, 또 화주와 보험업자 역할까지 겸하고, 모든 화물을 사고팔며 회계도 직접 처리해야 한다. 받은 편지는 빠짐없이 읽고, 발송하는 편지도 빠짐없이 직접 쓰고 보내야 한다. 수입한 화물을 하역하는 걸 밤낮으로 감독하며, 거의 동시에 해안 곳곳에 있어야 한다. 가장 값진 화물이 저지의 해안 지역에서 자주 하역되기 때문이다. 또 직접 전신기가 되어 수평선을 끈기 있게 훑어보며 연안 쪽으로 향하는 모든 선박에게 무전을 보내야 한다. 멀리 떨어진 까다로운 시장에도 상품을 꾸준히 공급하고 발송해야 한다. 세상 곳곳의 시장 상황은 물론이고, 전쟁과 평화의 가능성까지 파악해서 무역과 문명의 성향을 예측할 수 있어야 한다. 그렇게 하려면 모든 탐험대의 성과를 활용하고, 새로운 항로와 새로 개발된 모든 항해술을 이용해야 한다. 또 해도海圖를 연구하고 암초와 새로 세워진 등대와 부표의 위치를 확인하며, 대수표를 계속 수정해야 한다. 정겨운 부두에 도착해야 할 선박이 자칫하면 계산원의 잘못으로 암초에 부딪혀 좌초하는 경우가 가끔 있기 때문이다. 아직도 밝혀지지 않은 라 페루즈의 운명을 생각하면 된다. 한노와 고대 페니키아인의 시대부터 오늘날까지, 위대한 발견자와 항해가, 위대한 탐험가와 상인의 삶을 공부해서 보편 과학의 발전 속도에 뒤떨어지지 않도록 해야 한다. 또 때때로 재고를 정확히 조사해서 당신의 상황을 파악해야 한다. 무역은 한 사람의 능력을 완전히 짜내야 하는 힘든 일이다. 손익계산, 이자, 정미중량 계산법과 용기 안에 담긴 온갖 것의 계량 등과 같은 문제들을 처리하려면 만물박사가 되어야 한다.

나는 예전부터 월든 호수가 사업을 하기에 적당한 곳이라고 생각해왔다. 철도가 있고 얼음 사업을 하기 때문만은 아니다. 세상에 알려지면 좋을 것이 없을 이점들이 많지만 어쨌든 월든 호수에는 좋은 항구와 좋은 기반 시설이 있다. 네바 강의 늪지처럼 흙으로 메워야 할 곳이 없다. 하지만 집을 지으려면 어디서나 말뚝을 박은 후에 지어야 한다. 말하자면, 월든 호수는 서풍에 네바 강이 얼어붙을 때 밀물이 몰아닥치면 지구의 표면에서 휩쓸려 사라질 거라는 상트페테르부르크처럼 호수의 물이 변해버리는 곳이다.

이 사업은 별다른 자본 없이 시작할 수 있기 때문에 그런 사업을 하는 데 반드시 필요한 수단들을 어디에서 구해야 할지 짐작하기가 쉽지 않을 것이다. 이 의문을 구체적으로 따져보자. 먼저 옷을 구입할 때, 우리는 진정한 실용성보다 새것을 좋아하는 마음과 다른 사람들의 의견을 고려하는 경우가 더 많다. 일을 해야 하는 사람이라면, 옷을 입는 목적이 첫째로 체온을 유지하기 위한 것이고, 둘째로는 지금 같은 사회에서 벌거벗고 지낼 수 없기 때문이란 걸 기억해야 한다. 이렇게 생각하면 누구나 옷을 더 구하지 않고도 얼마든지 필요하고 중요한 일을 해낼 수 있을 거라고 판단할 것이다. 왕과 왕비는 재단사나 재봉사가 정성껏 지어 바친 옷이라도 한 번밖에 입지 않지만, 몸에 꼭 맞는 옷을 입는 편안함을 알지 못한다. 그들은 깨끗한 옷을 걸어두는 목마와 다를 바가 없다. 우리가 입는 옷은 성격의 특징까지 받아들이며 매일 조금씩 우리 자신과 하나가 되어간다. 따라서 병원에서가 아니라면 우리는 옷을 벗어야 할 때마다 망설이고 꾸물거리며, 진지해지기도 한다. 옷을 우리 몸처럼 생각하기 때문이다. 나는 누구라도 기운 옷을 입었다는 이유로 얕잡아 생각해본 적이 없다. 하지만 많은 사람이 건전한 의식을 갖지 못하고 유행하는 옷, 적어도 깨끗하고 수선하지 않은 옷을 입고 싶어한다는 정도는 알고 있다. 그러나 찢어진 곳을 수선하지 않았더라도, 그로 인해 드러나는 최악의 결함은 부주의한 성격에 불과하지 않을까 싶다. 나는 때때로 "무릎이 해져 헝겊 조각을 덧대거나 해진 곳을 이어 박음질한 바지를 입을 수 있겠습니까?"라는 질문으로 지인들을 시험해본다. 대부분의 사람들은 그런 바지를 입으려고 할 정도의 사람들이라면 이미 삶에서 성공할 가능성은 없다고 생각하고 행동한다. 그들은 헤진 바지를 입고 다니는 것보다 부러진 다리로 절룩거리며 시내를 걸어 다니는 게 더 편안하다고 생각한다. 어떤 신사의 다리가 부러지면 서둘러 치료받겠지만, 바짓가랑이가 찢어지면 바지를 수선하려고 하지 않는다. 진정으로 존중받아야 하는 것보다 무엇이 존중받는가를 먼저 생각하기 때문이다. 우리가 아는 사람은 손가락으로 꼽아도, 외투와 바지에 대해서는 더 많이 안다. 당신이 지금 입은 옷을 허수아비에게 입히고, 당신은 그 옆에 맥없이 서 있어 보라. 허수아비보다 당신에게 먼저 인사할 사람이 있을까? 며칠 전, 나는 옥수수밭을 지나다 모자와 외투를 걸쳐놓은 말뚝을 보았다. 나는 그것만으로도 옥수수밭 주인이 누군지 짐작할 수 있었다. 그는 내가 마지막으로 보았을 때보다 약간 더 힘들게 사는 듯했다. 또 낯선 사람이 옷을 입고 주인집에 다가오면 어김없이 짖어대지만, 발가벗은 도둑 앞에서는 얌전하게 군다는 개에 대한 이야기도 들은 적이 있다. 만약 입고 있는 옷을 홀랑 벗겨놓으면 과연 몇 사람이나 자신의 현재 지위를 비슷하게 유지할 수 있을지 무척 궁금하다. 이런 경우, 당신은 가장 존경받는 계급에 속한다는 문명인들을 자신 있게 구분할 수 있겠는가? 동쪽에서부터 서쪽으로 모험적인 세계 여행을 하던 파이퍼 부인이 고향에서 멀리 떨어지지 않은 러시아령 아시아에 도착해서 관리를 만나러 갈 때, "그 나라 사람들의 옷차림만으로 판단할 때 이제 문명국에 도착했다"라는 생각이 들어 어쩔 수 없이 여행복이 아닌 다른 옷을 입었다고 말했다. 민주적인 우리 뉴잉글랜드 도시들에서도 우연히 돈을 벌어 옷과 장신구로 부유하다는 걸 보여주면 거의 누구에게나 존경을 받는다. 그러나 이런 이유로 존경하는 사람들은 무수히 많지만 한결같이 무지한 이방인들이어서, 그들에게는 당장이라도 선교사를 보내야 한다. 게다가 옷이 생기면서 탄생한 바느질은 끝없는 일거리라고 칭해질 만하다. 특히 여자의 옷을 짓기 위한 바느질은 영원히 끝나지 않는다.

힘들게 할 일을 찾아낸 사람이라도 그 일을 하기 위해서 새 옷을 마련할 필요는 없다. 다락방에서 기약 없이 먼지가 쌓이던 헌 옷이라도 그에게는 충분할 것이다. 영웅은 하인이 오랫동안 신었던 낡은 구두라도 기꺼이 신을 것이다—영웅에게 하인이 있다면. 또 맨발이 구두보다 더 오래된 것이므로 영웅은 맨발이라도 괜찮다고 생각할 것이다. 사교 파티와 입법기관에 들락대는 사람들에게는 새 외투가 있어야 한다. 외투를 바꿔 입을 때마다 사람이 달라 보일 테니까. 그러나 내 웃옷과 바지, 내 모자와 구두가 하느님을 섬기기에 부족함이 없다면, 내게는 그것들만으로도 충분하다. 그렇지 못할 이유가 어디 있는가? 자기의 낡은 옷, 낡은 외투가 닳고 닳아서 원재료 상태로 분해된 걸 본 사람이 있을까? 그런 외투를 가난한 소년에게 물려주면 자선 행위로도 여겨지지 않을 것이고, 혹시나 그 소년이 그 외투를 자기보다 더 가난한 소년에게 물려준다면, 더 가난한 소년은 별것도 아닌 걸로 살아갈 수 있으니 오히려 더 부자라고 말할 수 있을 것이다.

감히 말하지만, 새 옷이 필요한 모든 사업을 경계하라. 옷을 새로 입은 사람까지 경계할 것은 없다. 새 사람이 없다면, 새 옷이 어떻게 몸에 맞게 만들어질 수 있겠는가? 당신이 지금 어떤 사업을 계획하고 있다면 헌 옷을 입고 시작해보라. 모든 사람에게 필요한 것은 일을 하는 데 필요한 것이 아니라, 일 자체다. 더 정확히 말하면, 어떤 사람이 되느냐는 것이다. 헌 옷이 누더기고 더럽더라도 새 옷을 구해서는 안 된다. 반듯하게 처신하며 올바로 기업을 운영하거나 먼 길을 항해한 까닭에 헌 옷을 입은 새 사람이라는 기분이 들거나, 헌 옷을 계속 입는 것이 낡은 부대에 새 포도주를 담은 기분이 들 때까지 새 옷을 사서는 안 된다. 조류가 털갈이를 하듯 우리가 털갈이를 할 때는 우리 삶에 위기를 맞은 때다. 물새는 한적한 호수에 숨어들어가 털갈이하며 시간을 보낸다. 따라서 내부의 노력과 확장으로 뱀도 허물을 벗어던지고, 애벌레도 껍데기를 벗는다. 옷은 우리에게 가장 밖에 있는 표피며 인생의 뒤엉킨 악몽일 뿐이다. 따라서 우리가 새 옷을 욕심낸다면, 가짜 국기를 달고 항해하는 것과 다를 바가 없어 결국 우리는 자신에게는 물론이고 인류에게도 버림받고 말 것이다.

우리는 밖으로만 커가는 외생식물처럼 옷 위에 옷을 껴입는다. 밖에 입는 얇고 멋진 옷은 표피, 즉 가짜 피부여서, 우리가 생명을 유지하는 데 아무런 역할을 하지 못해 여기저기 떨어져 나가도 치명적인 상처가 되지 않는다. 우리가 항상 입고 지내는 좀더 두꺼운 옷은 세포막, 즉 피층이다. 그러나 속옷은 체관부, 즉 진정한 껍질이기 때문에 환상박피하지 않고는 벗길 수 없다. 따라서 속옷을 벗기면 그 사람에게 큰 상처를 줄 수 있다. 나는 인종을 막론하고 누구나 어떤 계절에는 속옷에 해당되는 것을 입는다고 믿는다. 우리는 가능하면 간편하게 옷을 입는 것이 바람직하다. 그래야 어둠에서도 자신의 몸을 만져볼 수 있고, 모든 면에서 알뜰하고 철저하게 살아갈 것이기 때문이다. 또 적이 도시를 점령하면 과거의 어느 철학자처럼 아무런 걱정 없이 빈손으로 성문을 걸어나갈 수도 있을 것이다. 두꺼운 옷 한 벌은 실제로 얇은 옷 세 벌이나 마찬가지고, 값싼 옷은 누구나 만족할 만한 가격으로 구입할 수 있다. 두꺼운 외투는 5달러에 사서 오랫동안 입을 수 있으며, 두꺼운 바지는 2달러, 쇠가죽 부츠는 1달러 50센트, 여름용 모자는 25센트, 겨울용 모자는 62.5센트로 살 수 있다. 아니면 집에서 아주 적은 비용을 들여 더 나은 옷이나 모자를 만들 수도 있다. 자기가 번 돈으로 그렇게 차려입어도 그를 존중하는 현명한 사람을 찾아내지 못할 정도로 찢어지게 가난한 사람이 어디 있겠는가?

내가 특별한 형태의 옷을 부탁하면, 내 여자 재단사는 "요즘엔 사람들이 그런 옷을 만들지 않아요"라고 진지하게 말하며, 운명의 세 여신처럼 초월적인 권위를 인용하는 듯 '사람들'이라는 말을 전혀 강조하지 않는다. 또 그녀는 내 말을 진심이라 믿지도 않고 내가 그처럼 무분별하다고 생각하지도 않기 때문에 내가 원하는 옷을 만들게 하기 힘들다는 걸 깨닫는다. 그래서 그런 예언자 같은 말을 들으면 나는 잠시 생각에 잠겨 한 단어씩 또박또박 혼자 되뇌며, 그 말이 뜻하는 바를 이해하고 '그들'이 나와 어느 정도나 밀접한 관계가 있으며 또 그들이 내게 영향을 미칠 수 있는 일에서 어떤 권위를 갖는지 알아내고자 한다. 그리고 결국에는 나도 '사람들'이라는 말을 전혀 강조하지 않고 그녀만큼이나 모호하게 "맞습니다. 사람들은 얼마 전까지 옷을 그렇게 만들지 않았지요. 하지만 요즘엔 그렇게 만듭니다"라고 대답해주고 싶어진다. 그녀가 내 성격을 측정하지 않고, 외투를 걸쳐 놓을 옷걸이인 양 내 어깨 폭을 측정한다면 나를 측정한다고 해서 무슨 소용이 있겠는가? 우리는 미의 세 여신이나 운명의 세 여신을 숭배하는 게 아니다. 유행의 여신을 숭배할 따름이다. 유행의 여신은 온갖 권위를 과시하며 실을 잣고 천을 짜며 재단한다. 파리 출신인 두목 원숭이가 여행자 모자를 쓰면, 미국의 원숭이들도 앞다퉈 똑같은 모자를 쓴다. 나는 사람들의 도움을 받아 이 세상에서 무엇이 됐든 단순하고 순수한 것을 이루어보겠다는 꿈을 때로는 단념한다. 사람들이 다시는 금방 일어서지 못하도록 그들을 강력한 압착기에 통과시켜 그들의 머릿속에서 낡은 생각들을 짜내고 싶은 심정이다. 하지만 뜨거운 불로도 낡은 생각을 완전히 죽일 수 없는 까닭에, 아무도 모르는 사이에 누군가의 머릿속에 남겨진 알에서 구더기가 부화될 터이니 헛수고만 한 셈이다. 그러나 일설에 따르면 이집트의 밀이 미라를 통해 우리에게 전해졌다는 사실을 우리는 잊지 말아야 할 것이다.

내 생각에는 의상이 우리나라를 비롯해 어느 나라에서나 예술의 경지에 올랐다고 주장할 수는 없을 듯하다. 요즘에는 많은 사람이 구할 수 있으면 어떤 옷이든 입으려고 안달하지 않는가. 난파선의 선원들처럼 그들은 해변에서 눈에 띄는 것이면 어떤 옷이나 걸치지만, 시간이나 공간에서 약간의 거리가 생기면 서로 상대의 거짓된 모습을 비웃는다. 어느 세대나 과거의 유행을 비웃으며 새로운 유행에 충실히 따른다. 우리는 헨리 8세나 엘리자베스 여왕 시대의 의상을 보고는 식인종 섬의 왕과 왕비의 의상을 본 것처럼 재미있어 한다. 사람이 벗어놓은 옷은 안쓰럽고 기괴하기도 하다. 사람이 입은 옷에 비웃음을 억누르고 신성함을 더해주는 것은, 그 옷을 입은 사람이 쏟아내는 진지한 눈빛과 그 사람의 내면에서 흐르는 진실한 생명이다. 아를레키노가 복통을 일으키면, 그의 어릿광대 복장도 그런 분위기를 살리는 데 한 못할 것이다. 군인이 포탄에 맞으면 찢어진 군복도 자주색 의상만큼이나 그에게 어울릴 것이다.

남녀를 막론하고 새로운 유행을 좇는 사람들의 유치하고 야만적인 취향 때문에, 이 세대가 오늘날 원하는 특별한 무늬를 찾아낼 수 있을지도 모른다는 생각에 수많은 사람이 만화경을 흔들고 그 안을 들여다본다. 제조업자들은 이런 취향이 일시적인 변덕에 불과하다는 걸 어느새 알아냈다. 두 옷감이 특별한 색을 띤 몇 가닥의 실에서만 다를 뿐인데, 하나는 잘 팔리고 다른 하나는 선반에서 꼼짝도 하지 않는다. 하지만 계절이 바뀌면, 그 옷감이 갑자기 유행하는 경우가 적지 않다. 유행에 비교하면 문신도 그다지 섬뜩한 풍습은 아니다. 피부 깊숙이 지워지지 않게 무늬를 그려 넣는다는 이유만으로 문신을 야만적이라 말할 수는 없다.

나는 우리의 공장 제도가 옷을 구할 수는 있는 최적의 방법이라고 생각하지 않는다. 노동자들의 상황이 하루가 다르게 영국인들의 상황과 비슷해져 가고 있다. 내가 듣고 확인한 바에 따르면, 공장 제도의 주된 목적이 사람들을 위해 정직하게 잘 만든 옷을 입히려는 게 아니라, 기업이 돈을 벌기 위한 것이 확실하기 때문에 그런 변화는 조금도 놀랄일이 아니다. 긴 안목에서 보면, 인간은 녹표로 한 깃올 이룬다. 따라서 당장은 실패하더라도 목표는 높은 곳에 두는 편이 낫다.

집이 이제는 필수품이라는 건 부인할 수는 없지만, 이곳보다 추운지역에서도 옛날에 오랫동안 집 없이 지냈다는 사례들이 있다. 새뮤얼레잉은 "라플란드 사람들은 가죽옷을 입고, 가죽자루를 머리부터 어깨까지 뒤집어쓰고 밤마다 눈밭에서 잠을 잔다─그곳은 어떤 털옷을 입어도 눈밭에 노출되면 생명의 불길이 꺼질 정도로 추운 곳이다"라고 말했다. 레잉은 그들이 그렇게 눈밭에서 자는 걸 직접 보았지만 "그들이 다른 종족들보다 특별히 더 강인한 것은 아니다"라고 덧붙였다. 어쩌면 인간은 이 땅에서 지낸 지 얼마 지나지 않아 집에서 얻는 편안함, 즉 가정의 안락함을 알게 됐는지도 모르겠지만 가정의 안락함은 원래 가족이 주는 만족감보다 집이 주는 만족감을 뜻했을 것이라 여겨진다. 하지만 우리 생각에 집이 겨울이나 우기에나 필요할 듯한 기후대의 경우, 집에서 얻는 만족감은 지극히 부분적이고 일시적일 뿐이다. 1년 중 3분의 2는 파라솔만 있으면 충분하고 굳이 집까지는 없어도 된다. 이곳에서도 옛날에는 집이 여름에 밤이슬을 막는 덮개에 불과했다. 원주민들이 남긴 기록을 보면, 천막집은 낮 동안의 이동을 상징하는 것이었다. 따라서 나무껍질에 연속으로 새기거나 그려진 천막집에서 그들이 무수히 야영했다는 걸 짐작할 수 있다. 인간은 팔다리가 크고 강인하게 태어나지 않아, 자신의 세계를 좁히고 자신에게 알맞은 공간에 벽을 쌓아야만 한다. 인간은 처음에 발가벗고 야외에서 살았다. 그러나 그런 삶이 맑고 따뜻한 날씨에 햇살이 비칠 때는 즐거웠겠지만, 태양이 작열할 때는 말할 것도 없고 우기와 겨울을 맞아 집이라는 피난처를 서둘러 마련하지 않았다면 인간은 봉오리조차 피우지 못했을 것이다. 전설에 따르면, 아담과 이브는 그럴듯한 옷을 입기 전에 나뭇잎으로 몸을 가렸다. 인간은 집을 원했다. 온기와 안락이 있는 공간을 원했다. 처음에는 육체의 온기를, 그 후에는 사랑의 온기를 원했다.

인류의 유아기에 한 용맹무쌍한 사람이 피신처를 찾아 바위 틈새로 기어들어갔을 것이다. 어떤 면에서 모든 아이는 세상을 다시 시작한다. 아이들은 비가 내리고 추운 날에도 밖에서 노는 걸 좋아한다. 아이들은 소꿉장난을 하고 목마놀이를 한다. 그런 놀이를 본능적으로 알기 때문이다. 어렸을 때 완만하게 비탈진 바위나 동굴 입구를 보고 흥미를 느끼지 않았던 사람이 있을까? 그것은 가장 원시적이었던 조상이 그 부분에 대해 품었던 자연스런 열망이 우리 안에 아직 살아 있다는 증거다. 우리는 동굴에서부터 시작해 종려나무 잎, 나무껍질과 나뭇가지, 힘들게 짜서 펼친 아마포, 풀과 짚, 판자와 널빤지, 돌과 타일로 지붕을 덮는 단계로 발전해 나갔다. 마침내 우리는 야외에서 사는 것이 무엇을 뜻하는지 모르는 지경에 이르렀고, 이제 우리 삶은 일반적인 생각보다 훨씬 많은 부분 좁은 울타리 내에서 이루어진다. 화덕에서 밭까지의 거리가 아득히 멀어졌다. 우리가 자신과 천체天體 사이에 어떤 장벽도 없이 더 많은 낮과 밤을 보낼 수 있다면, 또 시인이 지붕 아래에서 시를 읊조리지 않고 성자가 지붕 아래에서 그처럼 오랫동안 머물지 않는다면 더 낫지 않을까 싶다. 새들은 동굴 안에서는 노래하지 않고, 비둘기도 비둘기장 안에서는 순결을 지키지 않는다.

그러나 누구나 살림집을 지으려 한다면 양키다운 재주를 약간 발휘해야만 한다. 그래야 구빈원, 길잡이 실도 없는 미로, 박물관, 양로원, 감옥, 혹은 호화로운 영묘 같은 집을 짓지 않을 테니 말이다. 먼저, 보잘것없는 집이라도 절대적으로 필요한 것이 무엇인지 생각해봐야 한다. 나는 이 마을에서 퍼노브스컷족族이 얇은 광목 천막에서 사는 것을 보았다. 천막 주변에 1피트가량의 눈이 쌓였지만, 내 생각에는 눈이 더 높게 쌓여 바람을 막아주면 그들이 좋아할 것 같았다. 착실하게 일하면서 생계를 꾸려가고 남은 시간을 내가 진정으로 원하는 것에 자유롭게 활용하는 문제로 지금은 안타깝게도 내가 약간 무감각해졌지만 지금보다 훨씬 나 자신을 괴롭혔던 때, 나는 철로 변에 놓인 커다란 상자를 물끄러미 바라보곤 했다. 길이가 6피트, 폭이 3피트쯤 되는 커다란 상자로 인부들이 밤에 연장을 넣어두는 곳이었다. 나는 그 상자를 바라볼 때마다, 곤경에 처한 사람이면 누구라도 1달러에 그런 상자를 구해서 공기가 통하도록 나사송곳으로 구멍을 좀 뚫어놓고 비가 내릴 때나 밤에는 그 안에 들어가 덮개를 닫아 사랑과 영혼의 자유를 마음껏 누릴 수 있으리라는 생각이 들었다. 이런 삶이 최악의 삶으로 여겨지지도 않았고, 결코 비천한 대안인 것 같지도 않았다. 원하는 대로 늦게까지 자지 않을 수 있고, 집세를 달라고 들볶는 집주인에게 시달리지 않으며, 일어나면 언제라도 떠날 수 있지 않은가. 많은 사람이 이런 상자에서 살아도 얼어 죽지는 않을 텐데 더 크고 호화로운 상자를 빌린 값을 지불하느라 죽도록 시달린다. 나는 결코 농담을 하고 있는 게 아니다. 경제는 가볍게 다루어지는 경향을 띠지만, 가볍게 결정해서는 안 될 문제다. 옛날에는 주로 야외에서 살았던 튼튼하고 강인한 종족에게 안락한 집은 자연이 그들 가까이에 제공한 재료만으로 지은 집이었다. 매사추세츠 식민청 원주민 문제 담당관이었던 구킨은 1674년에 쓴 책에서 다음과 같이 말했다. "수액이 올라오는 계절에 원줄기에서 벗겨내고 푸른 기운이 있을 때 무거운 목재로 압착해 길쭉하고 얇게 만든 나무껍질들로 촘촘하고 따뜻하게, 무척 깔끔하게 덮은 집이 원주민들에게는 가장 좋은 집이다. …… 그보다 못한 집은 갈대로 만든 거적으로 덮여 있고, 역시 촘촘하고 따뜻하지만 앞의 집만큼 안락하지는 않다. …… 나는 길이가 60이나 100피트, 폭이 30피트쯤 되는 집들까지 보았다. …… 나는 그들의 천막집에서 가끔 밤을 보냈는데 가장 좋은 영국식 집 못지않게 따뜻했다." 구킨은 원주민들의 천막집에는 카펫이 깔려 있고 벽체 안쪽에는 정교하게 수놓은 돗자리로 둘러졌고 각양각색의 도구가 갖추어져 있었다고 덧붙였다. 원주민들은 천장의 구멍 위에 걸쳐 놓은 돗자리를 끈으로 연결해 열고 닫아 바람의 효과를 조절할 정도로 상당히 깨인 사람들이었다. 이런 천막집은 기껏해야 하루나 이틀이면 세워졌고, 서너 시간이면 해체되고 정리됐다. 모든 가구가 이런 천막집을 지녔거나, 이런 천막집에 방 하나를 갖추고 있었다.

야만인들도 모든 가정이, 가장 좋다는 영국식 집 못지않게 안락해서 거의 본능적이고 소박한 욕망을 채워주기에 충분한 집을 갖고 있다. 하늘을 나는 새에게도 보금자리가 있고 여우에게도 굴이 있으며, 야만인들에게도 천막집이 있는데, 현대 문명사회에서는 절반이 넘는 가정이 집을 갖고 있지 못하다고 말한다면, 내가 어떤 틀에 갇혀 말하는 것이라는 생각이 든다. 큰 마을과 도시에서는 문명이 보편화되어 있다고 하지만, 집을 소유한 가정의 수는 전체의 극히 일부에 지나지 않는다. 그 밖의 사람들은 여름이나 겨울이나 필수품이 되어버린 가장 외적인 껍질, 즉 집 때문에 매년 부담스런 집세를 지불해야 한다. 그 집세라면 천막집들이 곳곳에 들어선 원주민 마을을 통째로 사겠지만, 이제 집세가 그들이 죽을 때까지 가난으로 옭아매는 족쇄가 되어버렸다. 그렇다고 내가 집을 소유하는 편에 비해서 세 들어 사는 것이 불리하다고 말하려는 것은 아니다. 하지만 미개인들은 적은 비용으로 집을 마련할 수 있어 자기 집을 소유하는 반면에, 문명인들은 집을 소유할 경제적 여력이 없기 때문에 세 들어 사는 게 분명하다. 게다가 시간이 지난다고 형편이 나아지는 것도 아니다. 그러나 집세만 내면 가난한 문명인도 미개인의 천막집에 비하면 궁궐 같은 집을 차지할 수 있지 않느냐고 반박할 사람도 있을 것이다. 전국적으로 연간 집세는 25달러에서부터 100달러까지 다양하다. 이 정도의 집세를 지불하면 널찍한 방, 깨끗한 페인트칠과 벽지, 럼퍼드식 벽난로, 뒷면 회반죽 공사, 베니션 블라인드, 구리 펌프, 용수철 자물통, 널찍한 지하실 등 수 세기 동안 이루어낸 개선의 혜택을 누릴 수 있다. 그러나 이런 것들을 누리는 사람은 대부분 '가난한' 문명인인 반면에, 이런 것들을 갖지 못했지만 풍요로운 미개인인 이유는 대체 어디에 있을까? 문명이 진정으로 인간의 조건을 향상한다는 주장이 사실이라면—나도 그렇게 생각하지만 현명한 사람만이 문명의 이점을 활용한다—비용을 더 들이지 않고 더 나은 집을 만들어냈다는 걸 입증해야만 한다. 사물의 값은 내가 삶이라 칭하는 것의 총액이다. 우리 삶은 그 값을 즉각 혹은 천천히 치러야 한다. 이 동네의 평균 집값은 대략 800달러다. 이 정도의 돈을 저축하려면, 노동자가 다른 식구를 부양하지 않아도 10~15년이 걸린다. 노동 가치가 사람마다 다르기 때문에 시간의 폭이 크지만 노동자의 하루 품삯을 평균 1달러로 계산한 것이다. 따라서 노동자는 자신의 오두막을 마련할 돈을 버는 데 평생의 절반을 보내는 셈이다. 노동자가 집을 사지 않고 세 들어 산다고 가정하더라도 불행한 길의 선택일 가능성이 높다. 미개인들이 이런 조건들을 감수하며 천막집을 궁궐과 교환했다면, 그들을 현명한 사람이었다고 말할 수 있을까?

내 생각에 이런 불필요한 재산을 미래에 대비해 모은 자금으로 보유해서 얻는 이익은 개인의 경우, 기껏해야 장례식 비용을 부담하는 정도에 불과하다. 그러나 인간이라고 굳이 장례식을 치러야 할 필요는 없다. 그래도 미래에 대한 대비는 문명인과 야만인의 큰 차이를 보여주는 증거다. 문명인들이 삶을 제도화해서, 그들의 삶을 보존하고 완전하게 하려고 개개인의 삶을 대부분 제도에 흡수시킨 이유가 우리를 위한 선택이었던 건 확실하다. 그러나 나는 우리가 이런 이득을 얻기 위해 지금 어떤 희생을 치르고 있는지 보여주고, 그런 희생에 따른 고생을 겪지 않고도 모든 이득을 누리면서 살 수 있다는 걸 제안하고 싶다.

"가난한 사람들은 늘 너희와 함께 있다" 혹은 "아버지가 신 포도를 먹으면, 아들의 이가 시다"라는 말이 무슨 뜻이겠는가?

"나 주 하느님의 말이다. 내가 나의 삶을 두고 맹세한다. 너희 가운데 어느 누구도 다시는 이스라엘에서 이런 속담을 입에 담지 못할 것이다."

"모든 영혼은 나의 것이다. 아버지의 영혼이나 아들의 영혼이 똑같이 나의 것이니, 죄 짓는 그 영혼이 죽을 것이다."

내 이웃들, 콩코드의 농부들이 지금은 적어도 다른 계급들만큼이나 유복하게 지낸다고 생각하지만, 그들 대부분이 농장의 실질적인 주인이 되기 위해 20년, 30년, 심지어 40년을 힘겹게 일해왔다. 일반적으로 그들이 대출금을 떠안은 채 농장을 물려받거나, 돈을 빌려 농장을 구입했기 때문이다. 그러나 아직 빚을 다 갚지 못한 농부들이 대부분이다. 게다가 그런 고된 노동 중 3분의 1이 집값을 갚기 위한 몫으로 여겨진다. 또한 빚이 농장 가치를 넘어서, 농장 자체가 커다란 골칫거리가 되어버린 경우도 있는 게 사실이다. 그런데도 농장을 물려받는 사람이 있는 이유는, 그의 말대로 농장을 잘 알고 있기 때문이다. 재산 평가인들에게 물어볼 때마다, 그들이 우리 마을에서 저당 잡히지 않은 농장을 보유한 농부를 단번에 열두 명도 열거하지 못하는 걸 알게 되면 놀라지 않을 수 없다. 이런 농장들의 역사를 알고 싶으면, 농장이 저당 잡혀 있는 은행에 물어보면 된다. 농장에서 일해 번 돈으로 대출금을 갚은 사람은 극히 드물어, 모든 이웃이 그가 누군지 알려줄 수 있을 정도다. 내 생각에는 콩코드에 그런 농부가 세 사람이라도 있을지 의심스럽다. 상인들에게 적용되는 말, 즉 대다수, 심지어 100명 중 97명이 틀림없이 실패한다는 말은 농부에게도 그대로 적용된다. 하지만 상인들과 관련해서 한 상인이 적절히 지적한 바에 따르면, 상인들의 실패는 대부분의 경우 재정적인 실패가 아니라, 귀찮다는 이유로 계약을 충실히 이행하지 않은 실패일 뿐이다. 달리 말하면, 도덕적 인성이 무너진 것이다. 이런 이유로 상인들의 세계는 실제보다 더 고약한 모습을 하고 있다. 게다가 성공한 세 사람마저 자신의 영혼을 구원하는 데는 성공하지 못하고, 정직하게 실패한 사람보다 더욱 나쁜 의미에서 파산한 사람이라는 인식까지 심어준다. 파산과 지불거절은 일종의 도

약대로, 이를 계기로 우리 문명에서 많은 부분이 높이 뛰어오르고 재주를 부린다. 그러나 미개인들은 지금 굶주림이라는 탄력성이 없는 발판 위에 서 있는 실정이다. 여하튼 농기계의 모든 접합부가 매끄럽게 움직이는 것처럼, 이곳에서는 미들섹스 가축 품평회가 매년 성대하게 열린다.

농부는 생계 문제를 문제 자체보다 훨씬 복잡한 방식으로 해결하려고 애쓴다. 구두끈을 마련하려고 농부는 소떼에 투기한다. 안락하고 남에게 신세 지지 않는 삶을 살기 위해 완벽한 기술을 발휘하여 올무로 덫을 놓았지만, 돌아서기 무섭게 자기 발이 덫에 걸리고 말았다. 이런 이유로 농부는 가난에서 벗어나지 못하는 것이다. 우리 모두가 사치품에 둘러싸여 지내지만 많은 원시적인 안락함을 제대로 누리지 못하는 이유도 비슷하다. 채프먼이 노래하듯이.

거짓된 인간 사회……
세속의 명리를 좇는 까닭에
하늘의 모든 안락이 공중에서 흩어지는구나.

농부가 집을 마련하면 그 때문에 더 부사가 되는 것이 아니라 더 가난해질 수도 있다. 집이 농부의 주인 노릇을 하기 때문이다. 내가 생각하기에, 미네르바 여신이 만든 집을 두고 "집을 이동할 수 있게 만들지 않아 나쁜 이웃을 피할 수 없을 것이다"라고 비난한 모모스의 반론은 타당한 면이 있다. 더구나 우리의 집들은 정말 관리하기 힘든 재산이어서, 우리가 그 안에서 거주한다기보다는 갇혀 사는 셈이며, 피해야 할 나쁜 이웃은 괴혈병에 걸린 우리 자아라고 주장할 수도 있을 법하다. 이 마을에도 거의 한 세대 전부터 외곽에 있는 집을 팔고 시골로 이주하려고 했지만 그 뜻을 이루지 못한 가정이 적어도 한둘은 있는 걸로 나는 알고 있다. 그들은 죽어서나 집이라는 감옥에서 해방될 것이다.

'대다수'가 결국에는 온갖 개선 장치가 갖추어진 현대식 주택을 소유하거나 임대할 수 있다고 해보자. 문명이 우리 주택을 꾸준히 개선해온 것은 사실이지만, 그 안에서 살아야 하는 사람들까지 똑같은 정도로 개선하지는 못했다. 문명은 궁전을 만들어냈지만, 귀족과 왕을 그런 수준으로 만들어내는 것은 그다지 쉽지 않았다. 문명인이 야만인보다 더 가치 있는 것을 추구하지 못한다면, 또 문명인이 천박한 필수품과 안락을 얻는 데만 삶의 대부분을 보낸다면, 문명인이라고 해서 미개인보다 더 나은 집에서 살아야 할 이유가 어디에 있는가?

그러나 가난한 '소수'는 어떻게 살아가고 있는가? 눈을 크게 뜨고 보면, 외적인 환경에서 미개인보다 나은 사람이 있는 반면 그에 비례해서 미개인보다 못한 처지로 떨어진 사람도 있다는 걸 확인할 수 있을 것이다. 한 계급의 호사가 다른 계급의 빈곤으로 균형이 맞추어진다. 한쪽 끝에는 궁전이 있고, 반대편 끝에는 구빈원과 '침묵하는 빈민들'이 있다. 파라오의 무덤을 만들기 위해 피라미드를 쌓던 무수한 사람들은 마늘을 억지로 먹었고, 인간답게 묻히지도 못했던 것으로 여겨진다. 지금도 궁전의 처마 돌림띠를 마무리하는 석공들은 밤이면 인디언의 천막집보다 나을 게 없는 오두막으로 돌아간다. 문명의 증거가 어디에나 있는 나라에서 국민 대다수가 미개인처럼 처참하게 살지는 않을 거라고 가정하는 것은 잘못된 판단이다. 나는 지금 찢어지게 가난한 사람들에 대해 말하는 것이지 망해버린 부자에 대해 말하는 것이 아니다. 그들의 형편을 알기 위해 멀리 눈을 돌릴 것도 없다. 최근 발전된 문명이 낳은 철로변 어디에나 늘어선 판잣집을 보면 된다. 나는 매일 그곳을 지날때마다 돼지우리처럼 더러운 집에서 사는 사람들을 본다. 그들은 한겨울에도 햇볕을 쬐려고 문을 열어놓고 지낸다. 장작더미는 눈에 띄지 않고 상상조차 할 수 없는 형편이다. 남녀노소 할 것 없이 모두가 추위와 가난에 몸을 웅크리는 오랜 습관 때문인지 몸이 완전히 오그라들어, 팔다리와 지능의 발달도 멈춰버린 듯하다. 이 계급을 공정하게 평가하려면, 그들의 노동으로 비로소 이 세대의 남다른 특징이라 할 수 있는 공사들이 완성됐다는 사실을 기억해야 할 것이다. 정도의 차이는 있지만, 세계 최대의 공장이라는 영국 노동자들의 상황도 크게 다르지 않다. 영국이 아니면 아일랜드를 보면 된다. 아일랜드는 세계 지도에서 흰색이나 개화된 지역 중 하나로 표시되어 있다. 아일랜드인의 신체 조건을, 이 문명인들과 접촉하면서 전락하기 전 북아메리카 원주민이나 남태평양 섬사람 등 여느 야만인의 신체 조건과 비교해보라. 나는 아일랜드 통치자들의 지혜가 문명국 통치자들의 평균에 미치지 못할 이유가 없다고 생각한다. 하지만 지금 아일랜드의 상황만으로도 지독히 비참한 삶이 문명과 공존할 수 있다는 것이 증명된다. 이쯤되면 남부에서 이 나라의 주요 수출품을 생산하며, 그들 자체가 남부의 주요 상품인 남부 노동자들까지 굳이 언급할 필요가 없을 것이다. 어쨌든 내 이야기를 '적절한' 상황에서 살아간다고 여겨지는 사람들에 국한하기 위해서라도 남부 노동자들까지 언급하지는 않을 생각이다.

대부분의 사람은 집이 무엇인지 생각해본 적이 없겠지만, 이웃에게 부끄럽지 않은 집을 소유해야 한다고 생각하기 때문에 쓸데없이 평생 가난하게 지낸다. 재단사가 직접 재단해준 외투라면 무작정 받아 입고, 종려잎이나 우드척 가죽으로 만든 모자를 벗어버리며 왕관을 살 돈이 없어 경제적으로 힘들다고 불평하는 사람과 다를 바가 없다. 지금보다 훨씬 편리하고 호화로운 집을 짓는 건 어려운 일이 아니겠지만, 우리에게 그런 집을 구입할 여력이 없다는 것도 모두 인정해야 할 것이다. 왜 우리는 더 많은 것을 얻으려고 항상 골머리를 썩여야 하는 것일까? 때로는 적은 것으로 만족하는 법을 배워야 하지 않을까? 어째서 덕망 있는 시민이 젊은이에게 죽기 전까지 여분의 덧신과 우산 및 기약 없는 손님을 위한 손님방을 충분히 마련해두어야 한다고 계율과 실례로 그처럼 엄숙하게 가르쳐야 하는가? 왜 우리 가구는 아랍인이나 원주민의 가구처럼 단순하면 안 되는가? 하늘의 사자使者며, 인간에게 신의 선물을 전해준 존재라고 신격화해온 인류의 은인들에 대해 생각해보지만, 그들의 뒤를 따라왔을 시종들이나 유행에 따른 가구를 잔뜩 실은 마차가 내 머릿속에는 전혀 그려지지 않는다. 우리가 아랍인보다 도덕적으로든 지적으로든 훨씬 뛰어난 만큼, 우리 가구가 아랍인의 가구보다 복잡할 수밖에 없는 거라고 인정한다면 어떻게 될까? 얼토당토않은 인정이 아닐까? 지금 우리의 집들은 뒤죽박죽이고 더럽다. 하지만, 훌륭한 가정주부라면 가구 태반을 쓰레기 구덩이에 쓸어

넣어버리며 아침 일을 끝마치지 못한 채로 남겨 두지는 않을 것이다. 아침 일! 오로라가 붉은 얼굴을 내밀고 멤논이 음악을 연주하는 아침에 인간이 이 세상에서 해야 할 일이 무엇일까? 전에는 내 책상 위에 세 개의 석회석 돌덩어리가 있었다. 그러나 매일 그 돌덩어리들에서 먼지를 털어내야 한다는 걸 알고는 등골이 오싹했다. 내 머릿속의 가구들에 쌓인 먼지도 아직 완전히 털어내지 못한 지경이었던 까닭에 나는 정나미가 떨어져 그 돌들을 창밖으로 던져버렸다. 이럴진대 내가 어떻게 가구가 갖추어진 집을 가질 수 있겠는가? 차라리 나는 야외에서 지내고 싶다. 사람들이 땅을 파헤치지만 않는다면 풀에 먼지가 앉지는 않을 테니까.

사치를 좋아하는 방탕한 사람이 유행을 만들어내면, 사람들은 부지런히 그 유행을 따른다. 이른바 최상급 여관에 묵는 여행자는 이런 인과관계를 금세 알아낸다. 여관 주인이 그를 사르다나팔루스 왕이라 생각하기 때문이다. 여관 주인의 한없는 자비에 몸을 맡겨버리면 완전히 무력증이 빠져버릴 지도 모른다. 내가 보기에 우리는 객차를 꾸밀 때 안전과 편의성보다 사치에 더 많은 돈을 쓰는 듯하다. 그렇지 않았으면 객차가 긴 소파와 발받침, 차양 및 동양의 온갖 물건들로 꾸며진 현대식 응접실보다 나을 게 없을 수도 있다. 하지만 우리가 서쪽으로 가져온 동양의 물건들이 하렘의 여인들과 천상의 제국의 나약한 토박이들을 위해 만들어진 것이어서, 조녀선이 그 물건들의 이름을 알게 되면 부끄러워할 것이 뻔하다. 나라면 벨벳 방석 하나에 여러 사람과 불편하게 앉느니, 호박 하나를 독차지하고 앉아 여행할 것이다. 또 유람열차의 호화로운 객차에 앉아 천국에 가는 내내 '말라리아' 기운을 들이마시느니, 소달구지에 앉아 맑은 공기를 마시면서 이 땅을 돌아다 닐 것이다.

원시 시대에 인간은 발가벗고 단순하게 살았다는 사실에서, 인간은 자연에 잠시 머무는 사람이었다는 걸 짐작할 수 있다. 인간은 음식과 수면으로 원기를 회복하면 다시 여행을 계획했다. 말하자면 인간은 세상을 천막 삼아 살면서 계곡을 누볐고, 널찍한 평원을 가로질렀으며, 산꼭대기에 올랐다. 그러나 어찌된 영문인지 인간은 자신이 만든 도구의 도구가 되고 말았다. 허기가 지면 혼자 열매를 따서 배를 채우던 인간이 이제는 농부가 됐다. 나무 아래를 피신처로 삼던 인간이 이제는 집을 갖게 됐다. 이제 우리는 밖에서 밤을 보내지 않는다. 땅에 자리 잡고 앉아 하늘을 잊어버렸다. 우리는 기독교 신앙을 '땅을 경작'하는 개선된 방법으로만 받아들였다. 따라서 이 땅에서의 삶을 위해 가족과 함께 사는 저택을 지었고, 내세를 위해서는 가족묘를 지었다. 최고의 예술 작품은 이런 조건에서 벗어나려는 인간의 투쟁을 표현하는 것이지만, 우리가 예술이라 칭하는 재주는 현재의 비천한 상황을 편안하게 받아들이게 만들며 고결한 상황을 잊게 만드는 효과를 낳을 뿐이다. 사실 이 마을에는 '멋진' 예술품이 자리 잡을 만한 공간이 없다. 설령 그런 예술품이 우리에게 전해졌더라도 우리 삶, 집과 거리 어디에도 그 예술품에 적합한 받침돌이 들어갈 자리가 없다. 그림을 걸어놓을 못 하나가 없고, 영웅이나 성자의 흉상을 놓을 선반 하나 없다. 나는 우리의 집들이 어떻게 지어지고 건축비가 어떻게 지급되며 때로는 지급되지 못하는지 생각해보면, 또 각 가정의 살림살이가 어떻게 관리되고 유지되는지 생각해보면 손님이 벽난로 선반 위에 놓인 천박한 물건들에 찬사를 늘어놓을 때 바닥이 푹 꺼져 흙바닥을 지나 지하실의 단단하고 정직한 바닥까지 떨어지지 않는 게 이상할 지경이다. 나는 이른바 그런 부유하고 세련된 삶이 어설픈 도약으로 얻은 것이라는 생각을 떨칠 수 없다. 나는 그들의 삶을 꾸며주는 '멋진' 예술품을 마음껏 즐기지 못한다. 내 관심은 그 도약에 온통 사로잡혀 있기 때문이다. 내 기억이 맞는다면 인간이 근육의 힘만으로 이루어낸 최고의 도약은 어느 아랍 유목민이 평지에서 25피트를 뛰어넘었다고 전하는 기록이다. 인위적인 지지물이 없다면, 인간은 그런 거리를 뛰어넘은 후에 다시 땅에 떨어지기 마련이다. 나는 그렇게 부당한 능력을 과시하는 사람을 만나면 가장 먼저 "당신은 누구를 믿고 서 있는가? 당신은 실패한 97명 중 한 명인가, 아니면 성공한 세 명 중 한 명인가?"라 묻고 "이 질문들에 대답해보라. 그럼 나는 당신의 겉만 번지르르한 물건들을 조심스레 살펴보고 그 물건들이 장식에 불과하다는 걸 밝혀낼 수 있을 것이다"라고 말해주고 싶다. 말에 매인 수레는 아름답지도 않고 쓸모도 없다. 집을 아름다운 물건들로 장식하려면 먼저 벽에서 군더더기를 벗겨내야 하듯이, 우리 삶에서도 군더더기를 없애고 아름다운 살림살이와 아름다운 삶을 기초로 놓아야 한다. 아름다운 것을 살펴 찾는 안목은 집도 없고 가정주부도 없는 야외에서 가장 확실하게 키울 수 있기 때문이다.

존슨은 『기적을 행하는 섭리』에서 자신과 같은 시기 이 마을에 최초로 정착한 사람들을 언급하며 "그들은 산비탈 아래에 구멍을 파고 들어가, 그 위로 나무를 대고 흙을 덮어 첫 안식처로 삼았다. 가장 높은 쪽 흙에 연기로 자욱한 불을 피웠다"라고 말했다. 그들은 "주님의 축복으로 땅을 경작해서는 빵을 수확한 후에야 집을 지었고" 첫 해의 수확이 너무 적어 "긴 계절을 견디기 위해서는 빵을 아주 얇게 썰어 먹어야 했다"라고 덧붙였다. 뉴네덜란드 지방 장관은 이곳에 정착하려는 사람들에게 정보를 제공하려고 1650년에 네덜란드어로 한층 자세한 자료를 발표했다.

"뉴네덜란드, 특히 뉴잉글랜드에 정착하는 사람들은 처음에는 자신의 바람대로 농가를 지을 만한 방법이 없기 때문에 지하실처럼 장방형의 굴을 6-7피트 깊이로 파고, 굴 안쪽으로 나무판을 덧대 벽을 만든다. 이때 흙이 스며들지 않도록 나무껍질이나 그 밖의 것을 나무판과 흙벽 사이에 채워 넣는다. 바닥에는 두꺼운 판자를 깔고, 벽체들에 나무판을 걸쳐서 천장을 만든다. 그 위에 활대를 가지런히 세우고 나무껍질이나 잔디로 덮어 지붕을 만든다. 이렇게 하면 2년이나 3년, 혹은 4년 동안 온 가족이 습기를 걱정하지 않고 따뜻하게 지낼 수 있다. 이런 지하집은 가족의 규모에 따라 칸막이로 나뉘기도 한다. 식민시대 초기 뉴잉글랜드에 정착한 부유한 지도자들은 처음 두 가지 이유에서 이런 식으로 집을 지었다. 첫째는 집을 짓는 데 시간을 허비해서 다음해에 먹을 식량이 부족하지 않도록 하기 위함이었고, 둘째는 그들이 고국에서 데려온 불쌍한 많은 노동자들을 실망시키지 않기 위한 것이었다. 3-4년이 지나 이 지방이 농사를 짓기에 적합한 땅이 된 후에야 그들은 많은 돈을 들여 멋진 집을 지었다."

우리 조상들이 이곳에서 취한 과정에는 적어도 신중한 면이 있었다. 가장 화급한 욕구부터 먼저 해결해야 한다는 원칙이 있었던 듯하다. 그러나 지금은 가장 화급한 욕구가 해결되고 있는가? 나는 나만을 위한 호화로운 집을 마련해볼까 생각하다가도 주저하게 된다. 이 나라가 아직 '인간 경작'에는 적합하지 않고, 우리 조상들이 밀가루로 만든 빵을 얇게 썰었던 것보다 우리는 '영적인' 빵을 더 얇게 썰어야 할 처지이기 때문이다. 미개하기 그지없는 시대에도 건축적 장식을 무작정 무시할 수는 없는 노릇이다. 갑각류의 껍데기처럼 우리 집에서도 우리 삶과 밀접한 관계가 있는 부분은 우선적으로 아름답게 꾸미고 불필요하게 장식하지는 말자는 것이다. 그러나 안타깝게도 나는 한두 집을 들어가본 덕분에 그런 집들이 어떻게 꾸며졌는지 잘 알고 있다.

우리는 그다지 퇴화되지 않아 지금도 얼마든지 동굴이나 천막집에서 살며 가죽을 입고 살 수 있으리라 생각한다. 그러나 값비싼 대가를 치르기는 했지만 인류의 발명과 산업이 제공하는 이점들을 받아들이는 편이 확실히 더 낫다. 이런 마을에서는 판자와 지붕널, 석회와 벽돌을 그럴듯한 동굴이나 온전한 통나무, 충분한 양의 나무껍질, 심지어 알맞게 이겨진 점토나 판석보다 더 싸고 쉽게 구할 수 있다. 나는 이 문제를 이론적으로나 실질적으로 잘 알고 있기 때문에 충분히 이해하고 말하는 것이다. 조금만 머리를 쓰면 우리는 이런 재료들을 활용해서 지금 최고의 부자들보다 더 부유해질 수 있고, 우리 문명을 축복으로 바꿔놓을 수도 있다. 문명인은 상대적으로 많은 경험과 지혜를 겸비한 미개인에 불과하다. 이제 내가 어떤 실험을 했는지 서둘러 이야기해보 겠다.

1845년 3월 말쯤 나는 도끼 하나를 빌려 월든 호숫가의 숲으로 내려갔다. 가능하면 숲 가까이에 집을 지을 생각에 목재로 곧게 뻗고 아직 어린 백송 몇 그루를 베어 넘어뜨리기 시작했다. 아무것도 빌리지 않고 시작하기는 어렵지만, 뭔가를 빌림으로써 주변 사람들에게 당신 일에 관심을 갖게 하는 것이 가장 편한 방법일 수도 있다. 도끼 주인은 도끼를 건네주면서, 그것은 자신에게 눈동자처럼 소중한 것이라고 말했다. 그러나 나는 도끼를 빌릴 때보다 더 예리하게 다듬어 돌려주었다. 나는 언덕 비탈에서 상쾌한 기분으로 일했다. 사방을 뒤덮은 소나무 숲 사이로 호수가 보였고, 숲의 아담한 공터에서는 소나무와 히커리나무에 새순이 돋고 있었다. 호수의 얼음은 아직 녹지 않았지만 여기저기에서 녹은 곳이 보였다. 그래도 호수는 온통 검은빛을 띠고, 물기에 흠뻑 젖어 있었다. 내가 거기에서 일하던 며칠 동안 때로는 눈보라가 약하게 휘날리기도 했다. 그러나 집에 돌아가려고 철길로 나오면 철로변에 쌓인 노란 모래더미가 희미하게 반짝이며 아련한 대기로 쭉 뻗어갔고 철로는 봄 햇살에 환히 빛났다. 종달새와 딱새를 비롯한 여러 종류의 새가 이미 우리와 함께 새로운 한 해를 다시 시작하려고 찾아왔다. 상쾌한 봄날이 계속되면서 인간의 불만으로 꽁꽁 얼어붙은 겨울도 대지와 더불어 녹아내렸고, 동면하던 생명들도 기지개를 켜기 시작했다. 어느 날, 도끼 자루가 빠졌다. 나는 쐐기로 쓰려고 파릇한 히커리 나뭇가지를 잘라내 돌로 때려 박고는 나무를 불리려고 통째로 도끼를 호수의 얼음이 녹은 구멍에 담갔다. 그때 줄무늬뱀이 호수로 뛰어드는 걸 보았다. 내가 그 주변에 있는 동안, 다시 말해서 15분 이상이나 녀석은 호수 바닥에서 꼼짝하지 않으면서도 별로 불편하지 않은 듯했다. 녀석이 아직 동면 상태에서 완전히 깨어나지 않았기 때문이었을까. 내 생각에는 비슷한 이유로 우리 인간도 현재의 저급하고 원시적인 상태에서 허덕대고 있는 듯하다. 그러나 완연한 봄의 기운이 찾아와 우리를 일깨우는 걸 느낀다면 우리는 반드시 지금보다 더 고결하고 영묘한 삶을 지향할 것이다. 얼마 전까지 나는 서리가 내린 아침에 오솔길을 걷다가 뱀들을 자주 보았다. 뱀들은 한결같이 몸의 일부가 아직 추위에 굳어 제대로 움직이지 못했고, 햇살이 몸을 녹여주기를 기다렸다. 4월 1일에는 비가 내리면서 얼음이 녹았다. 이른 아침, 안개가 자욱했고 일행을 놓친 거위 한 마리가 호수 부근에서 길을 잃은 것처럼 혹은 안개의 정령인 것처럼 꽥꽥거리는 소리가 들려왔다.

나는 며칠 동안 계속해서 나무를 베고 다듬어 샛기둥과 서까래를 만들었다. 그 모든 것을 폭이 좁은 도끼 한 자루로 해냈다. 남들에게 전할 만한 생각이나 학자 같은 생각은 별로 하지 않고 혼자 노래를 흥얼거리면서……

사람들은 많은 것을 안다고 말하는구나
하지만 보라! 많은 것이 날아가버렸다.
예술과 과학,

그리고 그것들이 빚어낸 수많은 창조물들이.

바람이 부는구나.

이 정도는 누구라도 아는 것인데.

나는 주요 목재들을 사방 6인치 크기로 잘라냈다. 샛기둥으로 쓸 목재는 대부분 양면만 다듬었고, 서까래와 바닥재는 한 면만 다듬었으며 다른 면들은 껍질을 그대로 남겨놓았다. 그래서 모든 목재가 톱으로 켠 목재만큼 곧으면서도 훨씬 더 튼튼했다. 또 그때쯤에는 다른 연장을 빌린 덕분에 모든 목재의 아랫동아리에 조심스레 장부 구멍을 뚫고 장부로 연결시켰다. 숲에서 오랫동안 일하지는 않았지만 거의 언제나 빵과 버터를 새참으로 가져갔고, 정오가 되면 내가 잘라낸 어린 소나무 가지들 사이에 앉아 새참을 싸온 신문을 읽었다. 송진이 잔뜩 묻어 빵에서는 소나무 냄새가 은은히 풍겼다. 나는 집을 완성하기도 전에 소나무의 적이 되기보다는 친구가 됐다. 소나무 몇 그루를 베어 넘어뜨리기는 했지만 소나무들을 더 깊이 알게 됐기 때문이다. 때로는 숲을 어슬렁대던 사람이 내 도끼질 소리에 이끌려 찾아왔고, 내가 일하면서 남긴 지저깨비들을 깔고 앉아 우리는 즐겁게 이런저런 대화를 나누었다.

일을 서두르지는 않았지만 한눈팔지 않고 일한 덕분에 4월 중순쯤에는 집의 뼈대로 쓸 목재들을 완전히 갖추고 뼈대를 올릴 준비도 끝냈다. 나는 일찌감치 제임스 콜린스의 판잣집을 사두었다. 피치버그 철로에서 일하던 아일랜드 사람으로 그의 판잣집은 드물게 상태가 괜찮아 판자가 쓸 만할 것 같았다. 내가 그 집을 살펴보려고 들렀을 때 그는 집에 없었다. 나는 밖에서 서성댔다. 창문이 상당히 깊이 들어간데다 높기도 해서 처음에는 안에서 나를 보지 못했다. 판잣집은 아담한 크기였고 지붕은 뾰족한 너새 지붕이었다. 하지만 흙이 두엄 더미처럼 집을 빙 둘러 5피트가량 쌓였고 그 밖에는 눈에 띄는 것이 없었다. 지붕은 햇살에 심하게 비틀리고 약해지긴 했지만 가장 쓸 만했다. 문지방은 아예 없었다. 문짝 아래로는 닭들이 수시로 드나드는 틈새가 있었다. 마침내 콜린스 부인이 문을 열고 나오더니 나에게 안으로 들어와 살펴보라고 했다. 내가 문으로 다가가자 닭들이 우르르 몰려 들어갔다. 집 안은 어두웠고, 대부분이 흙바닥이어서 우중충하고 축축해 마치 학질에 걸릴 것만 같았다. 또 판자가 여기에 하나, 저기에 하나 깔려 있었지만 걷어내면 바스라질 것 같았다. 콜린스 부인이 등불을 밝혀 지붕과 벽의 안쪽을 보여주었다. 또 침대 아래에도 판자가 깔려 있는 걸 보여주었지만, 지하실은 먼지가 2피트가량 쌓인 먼지 구덩이라며 지하실에는 들어가지 말라고 당부했다. 콜린스 부인의 말을 그대로 옮기면 "천장 판자들과 벽을 완전히 두른 판자들, 그리고 창문 하나는 괜찮은 편"이었다. 창문은 원래 완전한 정사각형으로 이중 창문이었지만 최근에는 고양이만 창문으로 들락거린다는 말도 덧붙였다. 그 밖에는 난로 하나, 침대 하나와 앉을 만한 의자 하나, 그 집에서 태어났다는 아기, 명주 양산 하나, 테두리에 금박을 입힌 거울 하나, 떡갈나무 묘목에 박은 못에 걸어놓은 기발한 신형 커피 가는 기계 하나가 그 집에 있는 전부였다. 그 사이에 제임스가 돌아와 매매계약은 곧 체결됐다. 내

경제

가 그날 저녁에 4달러 25센트를 지불하면 그는 그 사이에 다른 누구에게도 팔지 않고 다음 날 아침 5시에 집을 비워주기로 계약했다. 따라서 나는 6시에 그 집의 주인이 될 예정이었다. 제임스는 내게 아침 일찍 오는 게 좋을 거라며, 지대地代와 연료비를 이유로 애매하지만 완전히 부당한 권리를 주장할 사람이 있을지도 모른다고 덧붙였다. 하지만 그 문제 이외에는 어떤 문젯거리도 없다고 장담했다. 이튿날 아침 6시에 나는 그와 그의 가족을 길에서 마주쳤다. 커다란 꾸러미 안에는 그들의 모든 것, 즉 침대와 커피 가는 기계와 거울, 심지어 닭들까지, 요컨대 숲으로 달아나 들고양이가 되어버린 고양이를 제외하고는 모든 것이 들어 있었다. 나중에야 알았지만, 그 고양이는 우드척을 잡으려고 설치한 덫에 걸려 결국 죽고 말았다.

그날 나는 못을 뽑아내고 판잣집을 헐었다. 판자들을 손수레에 조금씩 실어 호숫가로 옮기고 풀밭에 널찍하게 펼쳐놓았다. 햇살에 말려 소독하고 비틀린 것을 바로잡기 위한 조치였다. 숲길을 따라 수레를 밀고 갈 때, 아침 일찍 일어난 개똥지빠귀 한 마리가 내게 맑은 노래를 불러주었다. 그런데 패트릭이라는 꼬마가 내게 몰래 알려준 바에 따르면, 내가 호숫가로 판자를 옮기는 사이에 실리라는 아일랜드 이웃 남자가 곧고 아직 상태가 괜찮아 쓸 만한 못과 꺾쇠와 담장못을 주머니에 슬쩍 집어넣었다는 것이다. 내가 돌아오면 그는 아침 인사를 건넸고, 태연자약하게 먼 산을 바라보듯 판잣집 터를 바라보았다. 그러고는 할 일도 없고 해서 구경나온 거라고 말했다. 그는 구경꾼들을 대표해서 거기에 와서는 겉보기에 아무런 의미도 없는 일에, 트로이 신들을 옮기는 사건에 버금가는 가치를 부여하는 데 일조했다.

나는 남쪽으로 비탈진 언덕 기슭에 지하실을 팠다. 그곳은 원래 우드척이 굴을 팠던 곳이었다. 옻나무와 검은딸기나무 뿌리를 걷어내며 사방 6피트에서 7피트 깊이까지, 식물의 흔적은 거의 보이지 않고 고운 모래가 나올 때까지 파내려갔다. 그 정도의 깊이라면 아무리 혹독한 겨울에도 감자가 얼지 않을 테니까. 지하실의 벽면을 완만히 경사지게 다듬어 돌을 쌓을 필요가 없었다. 그러나 햇살이 지하실에는 전혀 들지 않아, 오래된 벽면이 아직도 원형을 그대로 유지하고 있었다. 이렇게 지하실을 만드는 데 2시간밖에 걸리지 않았다. 나는 땅을 파면서 무척 즐거웠다. 거의 모든 위도에서 일정한 온도를 얻기 위해 땅을 팠기 때문이다. 도시에서 가장 호화로운 저택에도 뿌리채소를 옛날처럼 저장하는 지하실이 아직 존재하며, 지상의 건축물이 사라지고 오랜 세월이 지난 후에도 후손들은 땅속에서 지하실의 흔적을 찾아낸다. 이런 점에서 집은 아직도 굴로 들어가는 입구에 세워진 현관에 불과한 듯하다.

마침내 5월 초, 나는 몇몇 지인의 도움을 받아 집의 골조를 세웠다. 굳이 도움이 필요한 것은 아니었지만 이웃들과 관계를 돈독히 할 기회를 살리고 싶어서 그들에게 도움을 청한 것이었다. 상량식에 참석한 사람들의 면면을 고려할 때 나만큼 영광을 누린 사람은 없을 듯했다. 그들은 언젠가 훨씬 웅장한 건축물의 상량식에 참석할 운명을 타고난 사람들이었기 때문이다. 골조에 벽체를 붙이고 지붕을 올리자마자, 7월 4일 곧바로 나는 내 집에 거주하기 시작했다. 판자의 끝부분을 얇게 깎아 겹치게 이었기 때문에 빗물이 전혀 스며들지 않아 가능한 일이었다. 그러나 벽에 판자를 붙이기 전에 나는 두 수레분의 돌을 호숫가에서 언덕까지 팔로 안아 직접 날랐고, 그 돌로 집의 한 귀퉁이에 굴뚝의 기초를 놓았다. 그리고 가을에 괭이질을 끝낸 후에, 달리 말하면 난방을 위해 불을 지펴야 하기 전에 굴뚝을 올렸다. 그때까지는 아침 일찍 집 밖의 공터에서 식사거리를 준비했다. 지금 생각해도 이 방법은 여러 면에서 편리하고 재미있는 조리 방법인 듯하다. 빵이 구워지기 전에 비바람이 몰아치면 나는 커다란 판자들을 불 위로 움직이지 않게 세워놓고 그 아래 앉아 빵이 구워지는 걸 지켜보며 몇 시간이고 즐거운 시간을 보냈다. 당시 나는 이런저런 일로 너무 바빠 독서를 거의 하지 못했다. 그러나 내가 먹을 것을 쌌던 것이나 식탁보로 썼던 것이나 땅바닥에 널브러진 작은 신문지 조각들은 『일리아드』만큼이나 내게 큰 즐거움을 주었고, 실제로 『일리아드』와 똑같은 역할을 해냈다.

예컨대 출입문과 창문, 지하실과 다락방이 인간의 본성에서 무엇을 근거로 생긴 것인지 생각해보고, 일시적인 필요성보다 더 타당한 이유를 찾아낸 후에야 땅 위에 건물을 올리는 것이 옳기 때문에 나보다는 심사숙고해서 집을 짓는 편이 나을 것이다. 새가 자신의 둥지를 지으려는 것과 마찬가지로 인간이 자신의 집을 지으려는 데는 일종의 합목적성이 있다. 인간이 자신의 손으로 집을 지어 소박하고 정직하게 일해서 자신과 가족을 먹인다면, 어떤 새라도 흥이 나면 노래하듯 누구라도 시적인 재능을 개발할 수 있을지 누가 알겠는가? 하지만 우리는 안타깝게도 다른 새가 지은 둥지에 알을 낳고 귀에 거슬리는 시끄러운 노랫소리 때문에 어떤 여행자도 달갑게 여기지 않는 찌르레기와 뻐꾸기처럼 행동하고 있다. 우리는 집 짓는 즐거움을 영원히 목수에게 양보해야 하는가? 많은 사람들의 경험 세계에서 건축은 어떤 의미가 되었는가? 나는 지금껏 숱한 곳을 돌아다녔지만, 자신의 집을 짓는 소박하고도 자연스러운 일에 열중하는 사람을 만난 적이 없다. 우리는 공동체의 일원이다. 재단사만 아홉 명이 모여야 한 사람 구실을 하는 것은 아니다. 설교자, 상인, 농부 등 누구라도 마찬가지다. 노동의 이런 분할은 대체 어디에서 끝날까? 노동을 분할하는 목적이 궁극적으로 어디에 있을까? 지금도 어떤 사람이 나를 대신해서 생각하고 있을지도 모른다. 그러나 내가 자주적으로 생각하지 않고, 다른 사람이 나를 대신해서 생각한다는 건 결코 바람직한 현상이 아니다.

이 나라에도 건축가라고 일컬어지는 사람들이 있다. 건축적인 장식에는 진리의 핵심, 즉 반드시 필요한 것, 따라서 아름다움이 있어야 한다는 생각에 완전히 사로잡힌 건축가에 대한 이야기를 들은 적도 있다. 그는 그 생각을 계시로 받아들이는 듯하다. 그의 관점에서는 나무랄 데가 없는 생각이겠지만, 내가 보기에는 천박한 아마추어적 취미보다 약간 나은 생각에 불과하다. 건축의 감상적인 개혁가인 그는 기초에서 시작하지 않고 처마돌림띠에서 시작했다. 이렇게라도 진리의 핵심을 장식에 어떻게든 끼워 넣겠다는 생각은 모든 알사탕에 빠짐없이 아몬드나 캐러웨이 열매를 넣어야 한다는 생각과 같다—내 생각이 맞는다면 아몬드는 설탕 없이 먹는 것이 몸에 가장 좋다—이것은 거주자, 즉 안에서 사는 사람이 안과 밖을 진실되게 만들어가며 장식을 자제하는 방법과는 사뭇 다른 생각이다. 예부터 합리적인 사람이 장식을 외적인 것이고, 껍데기에 붙은 것에 불과하다고 생각한 적이 있었던가? 브로드웨이 주민들이 트리니티 교회를 지을 때 건축업자들과 계약을 맺었듯 거북이가 그런 계약으로 점박이 등껍질을 얻었고 조개가 그런 계약을 맺은 덕분에 진주처럼 영롱한 빛을 띠는 것인가? 거북이가 자신의 점박이 등껍질과 실질적으로 아무런 관계도 없듯이 인간도 자신이 사는 집의 건축 양식과 실질적인 관계는 없다. 병사가 아무리 한가해도 자신이 추구하는 미덕을 상징하는 정확한 색을 깃발에 칠하지는 않을 것이다. 그렇게 하면 적이 그의 미덕을 알아차릴 것이고, 따라서 시련이 닥치면 병사는 당황해서 어쩔 줄 모를 것이다.

내 생각에 문제의 건축가는 처마돌림띠 너머로 얼굴을 내밀고, 미개하지만 실제로는 그보다 진실에 대해 더 잘 아는 거주자들을 속이려고 반쪽짜리 진실을 벌벌 떨며 속닥이지 않았을까 싶다. 거주자가 최고의 건축가인 까닭에 거주자의 필요성과 성격으로 인해, 또 겉모습은 눈곱만큼도 생각하지 않는 진실과 고결함을 향한 무의식적 반응으로 건축의 아름다움은 내부에서부터 외부로 점진적으로 변해왔다. 적어도 내가 알기에는 그렇다. 따라서 앞으로도 이런 종류의 아름다움이 숙명적으로 더해지기 전에는 그와 유사한 무의식적인 아름다움이 우리 삶에서 먼저 나타날 것이다. 화가라면 누구나 알고 있겠지만, 이 나라에서 가장 흥미로운 집은 가난한 사람들의 초라하기 그지없고 조금도 꾸미지 않은 통나무집과 오두막집이다. 이런 집들이 '픽처레스크'

하게 보이는 이유는 특이한 겉모습에 있는 게 아니라, 그 집들을 껍데기로 삼아 살아가는 사람들의 삶에 있다. 따라서 교외에 사는 시민들도 소박하고 상상력을 자극하는 삶을 살며, 건축 양식의 효과를 내려고 집을 억지로 꾸미려고 애쓰지 않을 때 그들의 상자 같은 집들도 그처럼 흥미롭게 보일 것이다. 대부분의 건축적 장식은 문자 그대로 공허한 것이어서, 9월의 강풍은 그런 장식들을 빌린 옷인 양 몽땅 날려버리겠지만 본질적인 것에는 아무런 상처도 주지 않을 것이다. 지하실에 올리브나 포도주를 저장해놓지 않은 사람들은 '건축'이 없어도 얼마든지 살아갈 수 있다. 문학에서 문체의 장식과 관련해 똑같은 소동이 벌어진다면, 그래서 교회를 짓는 건축가들이 처마돌림띠에 신경을 쓰듯이 고전으로 남을 책을 써야 할 작가들이 글을 아름답게 꾸미는 데 시간을 보낸다면 어떻게 될까? 벨 레트르와 보자르, 그리고 그것들을 가르치는 교수들이 이런 이유에서 탄생하기는 했다. 요즘 들어 사람들이 기둥을 자신의 위나 아래로 얼마나 기울이고, 상자 같은 집에 어떤 색을 칠해야 하는지 등에 관심을 쏟고 있다는 것은 부인할 수 없는 사실이다. 그래도 우리가 열성적으로 직접 기둥을 기울이고 집에 색을 칠한다면 그나마 약간의 의미는 있을 것이다. 그러나 혼이 이미 거주자에게서 빠져나간 까닭에 그린 행위는 자신의 관을 짜는 행위, 즉 무덤의 건축에 불과하다. 따라서 이제 목수는 '관을 짜는 사람'을 달리 표현하는 이름일 뿐이다. 절망에 빠지거나 삶에 무관심해진 사람은 우리에게 발밑의 흙을 한 주먹쯤 집어들고, 우리 집을 흙색으로 칠하라고 말한다. 그는 자신이 최후로 기거할 좁은 집을 생각하며 그렇게 말하는 것일까? 이 경우에도 동전을 던져보라. 그는 시간이 남아도는 게 분명하다! 왜 우리가 한 줌의 흙을 집어들어야 하는가? 차라리 우리 얼굴색으로 우리 집을 칠하는 편이 나을지도 모른다. 그러면 집이 우리를 대신해 창백해지거나 붉어질 테니까. 오두막 건축 양식을 개선하려는 사업이라니! 누구든 나를 위한 장식을 준비해준다면 나는 기꺼이 시도해보겠다.

겨울이 되기 전에 나는 굴뚝을 올렸다. 또 빗물이 스며들지는 않지만 외벽들에 지붕널을 덧댔다. 그런데 통나무에서 처음 켜낸 조각들로 만든 지붕널이어서 결함도 많고 수액까지 흘러, 나는 모서리들을 대패로 반듯하게 다듬어야만 했다.

이리하여 나는 판자들을 촘촘하게 대고 회반죽까지 칠한 집을 갖게 됐다. 폭이 10피트, 길이가 15피트, 기둥 높이가 8피트로 다락방과 벽장이 있고, 큼직한 창문이 양쪽에 하나씩 있으며, 뚜껑문도 둘이나 있는 집이었다. 한쪽 끝에는 출입문이 있었고, 맞은편에는 벽돌로 쌓은 벽난로가 있었다. 내가 집을 짓는 데 든 비용은 다음과 같았다. 물론 내가 사용한 자재에 대해서는 통상적인 가격을 지불했지만, 나 혼자 모든 일을 해냈기 때문에 노임은 계산하지 않았다. 내가 여기에서 자세한 내역을 밝히는 이유는, 자신의 집을 짓는 데 돈이 얼마나 드는지 정확히 말할 수 있는 사람이 거의 없기 때문이다. 설령 그런 사람이 있더라도 집을 짓는 데 들어간 많은 자재들의 개별적인 비용까지 아는 사람은 더더욱 없기 때문이다.

판자 · · · · · · · · · · · · · · · ·8달러 03½센트

(대부분 판잣집의 판자를 재활용)

지붕과 벽에 쓴 헌 지붕널 · · · · · · · · · ·4달러

윗가지 · · · · · · · · · · · · · ·1달러 25센트

유리가 있는 중고 창문틀 2개 · · · · · · · ·2달러 43센트

헌 벽돌 1,000장 · · · · · · · · · · · · · ·4달러

석회 2통 · · · · · · · · · ·2달러 40센트(비싼 편임)

털 · · · · · · · · · · · · · · · · · · ·31센트

(필요 이상으로 많이 샀음)

철제 벽난로 가로장 · · · · · · · · · · ·15센트

못 · · · · · · · · · · · · · · · ·3달러 90센트

경첩과 나사못 · · · · · · · · · · · · · ·14센트

빗장 · · · · · · · · · · · · · · · · · ·10센트

분필 · · · · · · · · · · · · · · · · · ·1센트 ⎫ 상당 부분을

운송비 · · · · · · · · · · · · · ·1달러 40센트 ⎭ 직접 날랐음

합계 · · · · · · · · · · · · · ·28달러 12½센트

이것은 내가 무단 거주자의 권리로써 획득한 목재와 돌과 모래를 제외하고, 내가 집을 지을 때 사용한 모든 자재를 망라한 것이다. 집 바로 옆에 조그만 장작용 헛간이 있지만, 이 헛간은 집을 짓고 남은 자재들로 지은 것이었다.

이제 나는 콩코드의 번화가에 있는 어떤 집보다 크고 호화로운 집

을 지어볼 생각이다. 물론 그런 집이 지금의 집만큼 내 마음에 들고 비용도 많이 들지 않아야 하겠지만.

따라서 나는 집을 원하는 학생이면 누구나 지금 해마다 부담하는 집세 정도의 비용으로 자신을 위한 평생의 집을 마련할 수 있다는 걸 알게 됐다. 내가 지나치게 호언장담하는 것으로 보인다면, 나 자신을 위해서가 아니라 인류를 위해 큰소리치는 것이라고 변명하고 싶다. 내게 부족한 면이 있고 내가 모순되게 말하더라도 내 말에 담긴 진실이 달라지지는 않는다. 내가 빈말을 하고 위선적으로 행동하기도 하지만—내 단점이지만, 내 단점과 장점을 정확히 구분하기는 어렵다. 이런 점에서 나도 다른 사람들만큼이나 아쉽다—이 부분에 있어서는 편하게 숨 쉬고 마음껏 팔다리를 뻗고 싶다. 그래야 정신적으로나 육체적으로나 위안을 얻을 테니까. 나는 겸손을 빙자한 악마의 변호인이 되지는 않겠다고 굳게 다짐한다. 진실을 변호하고 알리기 위해 전력을 다할 것이다. 케임브리지 대학에서 학생 방은 지금의 내 방보다 약간 더 넓을 뿐이지만 방세가 1년에 30달러다. 하지만 학교 법인은 한 지붕 아래 다닥다닥 32개의 방을 지어 이득을 누리고, 학생들은 시끄러운 이웃을 많이 둔 불편을 감수해야 한다. 때로는 4층에 기거해야 하는 불편도 견뎌야 한다. 우리가 진정으로 현명하다면, 이런 부분들에서 이미 많은 것을 배웠기 때문에 교육이 지금보다 덜 필요할 뿐 아니라 교육을 받기 위한 금전적 비용도 크게 줄어들 것이라고 생각하지 않을 수 없다. 케임브리지 대학이나 다른 대학에서 학생들에게 필요한 편의시설을 학교와 학생 모두가 적절하게 관리한다면, 지금 학생들과 다른 누군가가 치르는 희생의 비용을 10분의 1로 줄일 수 있을 것이다. 돈을 가장 많이 투자해야 하는 항목이, 학생들이 가장 절실하게 원하는 부분은 아니다. 예컨대 수업료는 학기당 비용에서 큰 몫을 차지하지만, 학생이 또래의 가장 교양 있는 사람들과 어울리면서 얻는 훨씬 가치 있는 교육에는 전혀 돈이 들지 않는다. 대학 설립은 흔히 기부금을 거둔 후 분업의 원칙을 맹목적으로 철저히 따르는 식으로 이루어진다. 분업의 원칙은 신중하고 용의주도하게 적용해야 하지만, 대학을 설립하려는 주체는 무작정 건축업자를 불러들인다. 하지만 건축업자는 대학 설립을 돈벌이의 기회로 삼아, 아일랜드인이나 다른 노동자들을 고용해 기초를 다진다. 한편 그 대학에 입학하려는 학생들에게는 곧 대학에 다닐 준비를 하라는 말이 전해진다. 이런 태만의 대가는 후세들이 치러야 한다. 나는 학생들과 학생들에게 덕을 보고 싶어 하는 사람들이 직접 기초를 놓는다면 지금보다는 나을 거라고 생각한다. 젊은 학생이 인간에게 반드시 필요한 육체노동을 의도적으로 피하며 은퇴해서 한가한 시간을 얻게 되더라도, 그런 시간을 유익하게 만들 수 있는 유일한 수단인 경험을 스스로 멀리한 것이기 때문에 결국 수치스럽고 아무런 이득도 없는 한가한 시간밖에 얻지 못할 것이다. "그럼 학생들이 머리 내신 손으로 일해야 한다는 뜻입니까?"라고 반박한 사람도 있을 것이다. 정확히 말하면 결코 그런 뜻은 아니지만, 그와 상당히 비슷한 뜻이라고 생각할 수도 있다. 삶이라는 값비싼 게임에서 공동체에게 지원받는 동안 학생들이 삶을 '즐기기만 한다' 거나 '공부만 하지' 말고 처음부터 끝까지 삶을 진지하게 '살아' 보라는 뜻으로 말하는 것이다. 젊은이들이 지체 없이 삶에서 실험해보는 것보다 삶을 사는 법을 더 효과적으로 배울 수 있는 방법이 또 있겠는가? 내 생각에는 그렇게 해야만 수학만큼이나 그들의 정신을 훈련시킬 수 있다. 어떤 아이가 예술과 학문에 대해 뭔가를 알기를 바란다면, 나라면 그 아이를 학자의 옆집으로 보내는 식의 케케묵은 방법을 사용하지 않을 것이다. 그렇게 하면 뭔가를 배우고 실습하겠지만 정작 삶을 살아가는 기술에 대해서는 배우지 못할 것이기 때문이다. 망원경이나 현미경을 통해 세상을 조사하는 법은 배우겠지만 육안으로 세상을 관찰하는 법은 배우지 못할 것이기 때문이다. 또 화학이나 기계학은 배우겠지만, 자기가 먹을 빵을 어떻게 만들고 벌어야 하는지는 배우지 못할 것이기 때문이다. 해왕성의 새로운 위성을 발견하는 법은 배우겠지만, 자기 눈의 티를 찾아내거나 자기가 어떤 건달의 위성 노릇을 하는지 알아내는 법은 결코 배우지 못할 것이기 때문이다. 따라서 식초 한 방울에 숨어 있는 괴물들은 눈여겨보며 조심하면서도 정작 자신은 주변에서 우글대는 괴물들에게 현혹당해 살아가고 있다는 걸 모르게 된다. 예컨대 관련된 책을 읽어가며 광석을 채굴하고 녹여 잭나이프를 만든 학생과, 인스티튜트에서 야금학 강의를 들었고 아버지에게 로저스사의 주머니칼을 물려받은 학생이 있다고 해보자. 두 학생 중 한 달 후에 누가 더 큰 발전을 이루겠는가? 누가 손가락을 베일 가능성이 크겠는가? …… 나는 대학을 졸업하면서야 항해학을 수강했었다는 걸 알고 깜짝 놀랐다! 차라리 내가 직접 배를 몰고 항구를 한 바퀴 돌았더라면 항해학에 대해 훨씬 더 많이 알았을 것이다. 가난한 학생조차 정치경제학을 공부하고 배워야 하지만, 철학과 동의어 관계에 있는 생계를 위한 경제학은 이 나라의 대학에서 진지하게 가르치지 않는다. 그 결과 가난한 학생은 애덤 스미스와 리카도와 세를 열심히 읽으면서 아버지를 헤어날 수 없는 빚에 몰아넣는다.

이 나라의 대학들이나 수많은 '현대적 개선'이나 마찬가지다. 현대적 개선에 대해서는 일종의 환상이 있다. 개선이라고는 하지만 항상 긍정적 방향의 발전은 아니다. 악마가 초기에 투자한 몫과 그 이후 계속한 투자에 대해 최후까지 강제로 복리를 거둬들이고 있다. 우리가 만들어 낸 발명품들은 진지한 것들에서 우리의 관심을 빼앗아가는 예쁘장한 장난감이기 일쑤여서, 개선되지 않은 목표에 이르기 위한 개선된 수단에 불과하다. 많은 철로가 보스턴이나 뉴욕으로 통하듯, 그런 목표는 발명품이 없던 옛날에도 아주 쉽게 성취할 수 있었다. 우리는 메인 주부터 텍사스 주까지 전신을 가설하려고 지나치게 서두른다. 그러나 메인 주와 텍사스 주 사이에는 전신으로 교신할 만한 중요한 일이 없을 듯하다. 저명한 귀머거리 부인을 간절히 만나고 싶어했지만 막상 그녀를 소개받고 그녀의 나팔형 보청기 한쪽 끝이 손에 쥐어지자 아무 말도 하지 못한 사람처럼 메인 주와 텍사스 주도 서로 난처한 지경에 빠질 것 같다. 전신의 주된 목적은 말을 빠르게 전달하는 것이지 말을 조리 있게 전달하는 것은 아니라고 생각하는 듯하다. 우리는 대서양 아래 터널을 파서 구세계의 소식을 신세계까지 가져오는 걸 몇 주일 앞당기고 싶어 한다. 그러나 터널을 통해 미국인의 퍼덕거리는 큼직한 귀에 전해지는 첫 소식은 기껏해야 애들레이드 공주가 백일해에 걸렸다는 소식이 아닐까 싶다. 어쨌든 1분에 1마일을 달리는 말을 가진 사람이 가장 중요한 소식을 전해주는 것은 아니다. 그는 복음 전도자도 아니며, 메뚜기와 석청을 먹으며 찾아오는 사람도 아니다. 플라잉 차일더스가 방앗간으로 옥수수 한 펙을 나른 적이 있는지도 나는 의심스럽다.

"당신이 돈을 저축하지 않는다니 놀랍기만 합니다. 당신은 여행을 좋아하니 오늘이라도 기차를 타고 피치버그에 가서 그곳을 구경하고 싶을 텐데 말입니다"라고 내게 말하는 사람들이 있다. 그러나 사람들이 생각하는 것보다 나는 현명하다. 내가 터득한 바에 따르면, 가장 빠른 여행자는 걸어다니는 사람이다. 나는 그렇게 말하는 친구에게, 누가 먼저 피치버그에 도착하는지 내기를 해보자고 말한다. 거기까지의 거리는 대략 30마일이고, 요금은 90센트다. 그 돈이면 거의 하루치 품삯이다. 나는 그 철로를 건설하는 데 투입된 노동자들의 하루 품삯이 60센트였던 때를 기억한다. 나는 지금 바로 도보로 출발하면 밤이 되기 전에 그곳에 도착할 수 있다. 나는 실제로 일주일 내내 그런 속도로 여행한 적이 있다. 그 사이에 당신은 차비를 벌어야 할 것이고 내일쯤이나 도착할 것이다. 운이 좋아 때마침 일자리를 얻는다면 오늘 저녁에 도착할 가능성도 없지는 않다. 어쨌든 당신은 곧바로 피치버그로 출발하지 못하고 하루의 대부분을 여기에서 일해야 할 것이다. 철도로 세상 어디에나 갈 수 있더라도 나는 당신보다 앞서 있을 거라고 생각한다. 따라서 그 지역을 구경하고 경험을 하는 데서 나는 당신과 만날 일이 없을 것이다.

이런 것은 누구도 거역할 수 없는 보편적인 법칙이다. 철도에 관련해서도 이 보편적인 법칙은 오십보백보라고 말할 수 있다. 모든 인류가 철도를 이용해 세상 어디라도 갈 수 있게 하려면, 지구의 표면 전체를 평탄하게 깎아내야 할 것이다. 공동자본을 형성해 회사를 설립하고 삽질하는 행위를 오랫동안 계속하면 결국에는 모두가 무료로 무척 빠른 시간내에 어딘가로 기차를 타고 갈 수 있을 거라고 막연하게 생각하는 사람이 많다. 그러나 사람들이 우르르 정거장에 몰려들고 차장이 "승차 완료!"라고 소리치더라도 기차 연기가 걷히고 증기가 물기로 변할 때쯤 기차에 탄 사람은 얼마 되지 않고, 나머지 사람들은 기차에 치여 목숨을 잃거나 크게 다쳤다는 사실이 밝혀질 것이다. 이런 광경은 '우울한 사건'이라고 불릴 것이고 실제로 그렇기도 하다. 나중에라도 차비를 번 사람, 달리 말하면 아주 오랫동안 살아남은 사람은 끝내 기차에 올라탈 수 있겠지만 그때쯤이면 적응력이나 여행하고픈 욕망을 상실한 뒤일 것이다. 이처럼 인생에서 무력한 시기에 확실치 않은 자유를 즐기겠다는 이유로 가장 좋은 시절을 돈 버는 데 보내는 사람들을 보면, 훗날 영국에 돌아와 시인의 삶을 살겠다며 인도로 돈 벌러 떠난 어떤 영국인이 생각난다. 그는 인도에 가는 걸 포기하고 당장 다락방에 올라갔어야 했다. 수많은 아일랜드인이 이 땅의 모든 판잣집에서 뛰쳐나와 "뭐라고? 우리가 건설한 이 철로가 좋은 것이 아니라고?" 소리치며 내 말에 반발할지도 모르겠다. 그럼 나는 "그런 뜻으로 말한 게 아닙니다. 철로는 상대적으로 좋은 것입니다. 여러분이 철로를 건설하지 않았다면 더 나쁜 일을 했을 수도 있을 테니까요. 하지만 여러분이 내 형제이기 때문에, 여러분이 흙을 파는 일보다 더 나은 일을 하며 시

간을 보낼 수 있었다면 좋았을 거라고 생각하는 겁니다"라고 대답할
것이다.

집을 완성하기 전, 나는 예상하지 못한 비용을 충당하기 위해서 정
직하고 적절한 방법으로 10-12달러를 벌어야겠다는 생각에 집 근처
2.5에이커쯤 되는 푸석푸석한 모래땅에 주로 콩을 심었지만 감자와 옥
수수, 완두콩과 순무도 조금 심었다. 그 지역 일대는 모두 11에이커로
소나무와 히커리나무가 주로 자랐고, 바로 전해에 에이커 당 8달러 8센
트로 팔린 땅이었다. 한 농부의 말에 따르면, 그 땅은 "찍찍거리는 다람
쥐를 키우려면 몰라도 다른 데는 아무런 쓸모가 없는 땅"이었다. 나는
그 땅에 거름을 전혀 주지 않았다. 내가 땅주인이 아니라 무단 거주자
에 불과한데다, 다시는 그렇게 넓은 땅을 경작할 생각이 없었기 때문이
다. 또 나는 땅 전체를 한 번도 제대로 괭이질하지 못했다. 쟁기질로 땅
을 갈아엎을 때 캐낸 몇몇 그루터기를 한동안 땔감으로 사용했다. 그루
터기를 캐낸 자리에는 조그맣고 둥그렇게 움푹 패인 흔적이 남았고, 한
번도 경작되지 않은 탓에 그곳에서는 여름 내내 콩이 다른 곳보다 무성
하게 자라 쉽게 구분할 수 있었다. 집 뒤에 있는 죽어서 상품가치가 없
어진 나무들과 호수에서 건져낸 부목들도 땔감으로 사용했다. 쟁기질
을 할 때 한 쌍의 소와 인부를 사야 했지만, 쟁기는 내가 직접 잡았다.
농사를 짓느라 첫해에 지출한 비용은 연장과 씨앗 및 인부를 사는 데 들
인 14달러 72½센트가 전부였다. 옥수수 씨앗은 거저 얻었다. 남아돌아
갈 만큼 많이 심지 않는다면 씨앗 비용은 굳이 언급할 것도 없다. 이렇

게 해서 나는 콩 12부셸(bushel, 1부셸이 영국에서는 무게 단위로 약 28.1킬로그램, 미국에서는 약 27.2킬로그램에 해당한다―옮긴이)과 감자 18부셸, 그리고 약간의 완두콩과 단옥수수를 수확했다. 노란 옥수수와 순무는 너무 늦게 심은 탓인지 아무런 수확을 거두지 못했다. 내가 농사로 거둔 수입은 23달러 44센트였다.

수입 · · · · · · · · · · · ·	23달러 44센트
지출을 빼면 · · · · · · · · ·	14달러 72½센트
나머지 · · · · · · · · · · ·	8달러 71½센트

내가 그때까지 소비한 농작물 이외에, 이 계산을 할 때쯤에는 4달러 50센트 상당의 농산품이 수중에 남아 있었다. 이 정도의 돈이면 내가 키우지 않은 풀을 팔아 얻는 액수보다 훨씬 많은 액수였다. 결국 한 사람의 영혼과 오늘이라는 시간을 고려할 때 내가 실험한 시간은 무척 짧았지만, 어쩌면 내 실험이 일시적인 성격을 띠었다는 이유만으로도 나는 그해 콩코드의 어느 농부보다 농사를 잘 지었다고 생각한다.

다음 해 나는 농사를 더 잘 지었다. 내게 필요한 땅인 약 3분의 1에이커의 땅 전체를 정성껏 가래질했기 때문이다. 나는 두 해의 경험을 통해 우리가 소박하게 살면서 직접 재배한 농작물만 먹는다면, 또 우리가 먹는 만큼의 양만 재배하고 호사스럽고 값비싼 물건을 조금이나마 얻으려고 수확한 농작물을 교환하지 않는다면, 몇 로드(면적 난위로 약 25.3제곱미터―옮긴이)의 땅을 경작하면 충분한지 깨달았다. 아서 영의 책을 비롯한 영농법에 대해 쓴 유명한 많은 책들에서는 입이 적 벌어질 정도로 배울 만한 것이 전혀 없었다. 또한 황소를 이용해 밭을 가는 것보다 가래로 밭을 일구고, 오랫동안 경작한 땅에 거름을 주는 것보다 그때그때 적당한 땅을 택해 새로 일구는 쪽이 비용이 적게 든다는 사실도 이태 동안 농사를 지은 경험으로 알게 되었다. 여름에 틈틈이 쉬엄쉬엄 일하면서도 필요한 농사일을 모두 해낼 수 있어, 지금처럼 황소나 말, 젖소나 돼지에게 얽매여 지내지 않아도 된다는 것도 경험을 통해 배웠다. 나는 이 점에 대해 아무런 편견 없이 말하고 싶다. 현재의 경제·사회적인 제도가 성공하느냐 실패하느냐에 따라 내 처지가 달라질 것도 없기 때문이다. 나는 집이나 농장에 얽매여 살지 않았고 상당히 괴팍한 편인 내 천분의 성향을 언제라도 따를 수 있었기 때문에 콩코드의 어느 농부보다 주변 영향을 받지 않았다. 게다가 내 형편이 그들보다 나았고, 설령 내 집이 불타거나 농사를 실패했더라도 나는 예전과 거의 비슷하게 편히 살았을 것이다.

나는 오래 전부터, 사람이 가축의 주인이 아니라 가축이 사람의 주인이며 가축이 사람보다 훨씬 더 자유롭다고 생각해왔다. 사람과 황소는 서로 일을 주고받는다. 하지만 우리가 삶을 살아가는 데 반드시 필요한 일만 생각하면, 황소가 크게 유리한 입장에 있는 것처럼 보일 것이다. 그런데 사람들이 경작하는 농장은 필요 이상으로 넓다. 사람들이 6주 동안 여물을 만드는 일도 황소가 일해준 대가로 하는 일의 일부에 불과하지만, 이 일도 쉬운 일이 아니다. 모든 면에서 소박하게 사는 나라, 즉 철학자들만이 사는 나라라면 동물의 노동력을 이용할 수밖에 없는 엄청난 실수를 저지르지 않을 것이 확실하다. 옛날에도 그랬지만 조만간 철학자들의 나라가 생길 가능성은 거의 없다. 나는 그런 나라가 있는 게 바람직하다고 생각하지도 않는다. 그러나 나라면 나를 위해 어떤 일이든 시키기 위해 결코 말이나 황소를 길들여 기르지는 않을 것이다. 자칫하면 내가 말이나 소를 돌보는 사람으로 전락할 수도 있기 때문이다. 인간 사회가 그렇게 해서 이득을 보는 것처럼 보이더라도 한 사람의 이익이 다른 사람의 손해를 기반으로 한 것이 아니라고 어떻게 확신할 수 있는가? 또 마구간지기 소년이 주인과 똑같은 이유로 만족한다고 어떻게 확신할 수 있는가? 가축의 도움 없이는 일부 공공사업이 진척될 수 없고, 인간이 그런 치적의 영광을 소와 말에게도 나누어줘야 한다고 인정하더라도, 이런 경우에 인간이 혼자 힘으로는 더 가치 있는 일을 해낼 수 없다고 말할 수 있을까? 인간이 가축의 도움을 받아 불필요하거나 예술적인 일만이 아니라 사치스럽고 무가치한 일까지 하기 시작하면, 황소가 하는 일을 몇몇 사람이 도맡아 해내는 수밖에 없다. 달리 말하면 적지 않은 사람이 강한 자들의 노예로 전락할 수밖에 없다는 뜻이다. 이런 경우에 인간은 자신이 기르는 동물을 위해 일해야 할 뿐 아니라, 상징적으로 말하면 외부에 있는 동물을 위해서도 일해야 한다. 우리 주변에는 벽돌이나 돌로 지은 웅장한 집들이 많지만, 아직도 농부들의 재산은 축사가 그의 집보다 어느 정도 더 큰가에 따라 측정된다. 인근에서 가장 큰 외양간이 우리 마을에 있는 것으로 알려져 있다. 공공건물의 규모도 다른 마을들에 뒤지지 않는다. 그러나 자유롭게 예배를 드리고 자유롭게 발언할 수 있는 공회당이 우리 군에는 거의 없는 편이다. 여러 민족들이 건축물로써 자신들의 흔적을 후세에 남기려 해서는 안 된다. 추상적 사고력으로 자신의 흔적을 남기지 못할 이유가 어디 있는가? 『바가바드기타』는 동양의 어떤 유적보다 경이롭지 않은가! 탑과 신전은 군주들의 사치품이다. 소박하고 자주적인 사람은 군주의 명령을 무작정 따르지 않는다. 천부의 재능은 황제의 소유물이 아니다. 물질에 비유하면, 천부의 재능은 전혀 아니라고는 할 수 없겠지만 은도 아니고 금도 아니며 대리석도 아니다. 그런데 그렇게 많은 돌이 어떤 목적으로 다듬어진 것일까? 나는 아르카디아에서 지낼 때 돌을 다듬는 사람을 한 명도 보지 못했다. 많은 나라가 다듬은 돌을 남겨놓음으로써 그들에 대한 기억을 남기는 헛된 야망에 사로잡혀 있다. 몸가짐을 다듬고 함양하는 데 그런 노력을 기울인다면 어떻게 되겠는가? 한 조각의 양식良識이야말로 달에 닿을 정도로 높이 솟은 기념물보다 더 오랫동안 기억될 것이다. 나는 원래의 자리에 놓인 돌들을 보고 싶다. 테베의 웅장함은 천박한 웅장함이었다. 100개의 성문을 두고 삶의 진정한 목적에서 한없이 멀어져 버린 테베보다, 정직한 사람의 밭을 둘러싼 작은 돌담이 더 양식 있어 보인다. 미개하고 야만적인 종교와 문명은 호화로운 신전을 짓는다. 그러나 흔히 기독교라 일컬어지는 종교는 그렇지 않다. 한 나라가 다듬는 돌의 대부분은 무덤을 짓는 데 사용될 뿐이다. 돌이 생매장되는 셈이다. 피라미드라는 것도, 어떤 야심만만한 얼간이의 무덤을 지으려고 엄청나게 많은 사람이 그들의 삶을 허비할 수밖에 없었다는 사실을 제외하면 그다지 놀랄 것이 없다. 그런 얼간이를 나일 강에 빠뜨려 죽인 후에 그 시체를 개들에게 주었더라면 더 현명하고 명예로웠을 텐데 말이다. 피라미드를 짓는 데 동원된 인부들과 황제를 위해 어떤 핑계를 꾸밀 수 있다면 좋겠지만, 나는 그럴 시간이 없다. 건축가들의 예술을 향한 사랑과 종교도 전 세계 어디에서나 마찬가지다. 그들이 지은 건물이 이집트 신전이든 미합중국 은행이든 다를 바가 없다. 필요 이상으로 많은 비용을 들인 건물들이다. 주된 원인은 허영심이고, 마늘과 버터 바른 빵을 향한 애착이 그런 허영심을 부채질한다. 촉망받는 젊은 건축가인 밸컴 씨는 비트루비우스의 책 뒷면에 단단한 연필과 자로 설계도를 그린다. 그리고 석재를 만드는 회사인 돕슨 앤 선스에 일거리를 준다. 3,000년의 역사가 그 건물을 내려다보기 시작할 때, 인간은 그 건물을 우러러보기 시작한다. 우리의 높은 탑과 기념물도 크게 다르지 않다. 일찍이 우리 마을에 땅을 파고 내려가 중국까지 가겠다는 미친 사람이 있었다. 그는 중국 항아리와 솥이 덜걱거리는 소리까지 들었을 정도로 깊이 파내려갔다고 주장했다. 하지만 나는 내 길을 포기하면서까지, 그가 팠다는 구멍을 구경하고 싶지는 않다. 많은 사람이 서양과 동양의 기념물에 관심을 보이며, 누가 그런 기념물을 세웠는지 알고 싶어한다. 오히려 나는 그 시대에 그런 기념물을 세우지 않은 사람, 그런 하찮은 것을 초월한 사람을 알고 싶다. 그러나 당장은 내 통계자료부터 계속 살펴보자.

나는 손가락 수만큼이나 많은 직업을 지닌 까닭에 그 사이 마을에서 측량과 목공일 및 그 밖에도 여러 일로 날품을 팔아 13달러 34센트를 벌었다. 나는 월든 호숫가에서 2년 이상을 살았고 아래의 계산이 행해진 7월 4일부터 3월 1일까지 8개월 동안 소비한 식비는 다음과 같았다. 단 내가 직접 재배한 감자와 약간의 풋옥수수와 완두콩은 계산하지 않았고, 마지막 날까지 남아 있던 식량도 계산에 넣지 않았다.

쌀 · · · · · · · · · · · · · · · · 1달러 73½센트

당밀 · · · · · · · · · · · · · · · · 1달러 73센트
　　　　　　　　　　(설탕류 중에서 가장 값이 싼 것)

호밀 가루 · · · · · · · · · · · · · 1달러 04¾센트

옥수수 가루 · · · · · · · · · · · · · · 99¾센트
　　　　　　　　　　　　(호밀보다 싸다)

돼지고기 · · · · · · · · · · · · · · · 22센트

밀가루 · · · · · · · · · · · · · · · · 88센트
　　　　(옥수수 가루보다 비싸고 조리하기도 힘들다)

설탕 · · · · · · · · · · · · · · · · · 80센트

돼지기름 · · · · · · · · · · · · · · · 65센트

사과 · · · · · · · · · · · · · · · · · 25센트

말린 사과 · · · · · · · · · · · · · · · 22센트

고구마 · · · · · · · · · · · · · · · · 10센트

호박 1개 · · · · · · · · · · · · · · · · 6센트

수박 1개 · · · · · · · · · · · · · · · · 2센트

소금 · · · · · · · · · · · · · · · · · 3센트

모두가
실패한
실험이었다.

그렇다. 나는 전부 합해서 8달러 74센트를 식비로 썼다. 그러나 대부분의 독자가 나와 똑같은 결함이 있고, 그들의 행실도 활자화하면 나보다 나을 것이 없다는 걸 알기에, 이렇게 염치없이 내 잘못을 공개하는 것이다. 다음 해에는 간혹 한 접시가 될 정도의 물고기를 잡아 저녁거리로 삼았다. 한번은 멀리까지 나가, 내 콩밭을 망쳐놓은 우드척을 잡아―타타르족이었다면 우드척을 전생轉生시켰다고 말했을 것이다―실험해본다는 생각으로 먹어보았다. 사향 냄새가 났지만 그 순간에는 내게 즐거움을 주었다. 우드척을 마을 푸주한에게 맡겨 조리할 수 있게 만들 수 있을 것 같긴 했지만, 우드척을 오랫동안 먹을거리로 삼는 건 그다지 좋은 습관이 아니라는 걸 이내 알게 됐다.

같은 시기에 의복비와 그 밖의 부대비용은 모두 합해서 8달러 40¾센트이고 이 항목에서는 구분할 것이 거의 없다.

석유와 살림 도구 · · · · · · · · · · · · · ·2달러

따라서 대부분의 경우 외부에 맡겨 처리했지만 아직 청구서를 받지 못한 세탁비와 수선비를 제외하고 모든 금전적인 지출은 다음과 같았다. 아래의 항목들은 이 지역에서 살 때 불가피하게 돈을 지출해야 하는 전부거나 그 이상이다.

집· · · · · · · · · · · · ·28달러 12½센트

1년 영농비 · · · · · · · · · · ·14달러 72½센트

| 8개월간 식비 · · · · · · · · · · · · · ·8달러 74센트 |
| 8개월간 의복비 등 · · · · · · · · ·8달러 40 $\frac{3}{4}$센트 |
| 8개월간 석유 등 · · · · · · · · · · · · ·2달러 |
| 합계· · · · · · · · · · · · · ·61달러 99 $\frac{3}{4}$센트 |

생활비를 벌어야 할 독자들을 위해 여기에서 분명히 밝히지만, 나는 이런 지출을 감당하기 위해 직접 경작한 농산물을 팔아 23달러 44센트를 벌었다.

| 농산물 판매대금 · · · · · · · · · ·23달러 44센트 |
| 날품을 팔아 번 돈 · · · · · · · · · · ·13달러 34센트 |
| 합계· · · · · · · · · · · · · · · · ·36달러 78센트 |

지출 총액에서 이 액수를 빼면 25달러 21 $\frac{3}{4}$센트 차액이 생긴다. 이 차액은 내가 숲에 들어갈 때 준비한 돈과 거의 비슷했고, 꼼꼼하게 따져 지출할 수밖에 없었다. 대신 나는 여유로운 시간과 누구에게도 간섭받지 않는 독립된 삶, 그리고 건강을 얻었고 원하는 날까지 편하게 지낼 수 있는 안락한 집도 얻을 수 있었다.

이 통계자료가 일회성이어서 도움이 되지 않는 것으로 보일 수도 있지만, 나름대로 완성도를 지니기 때문에 그만한 가치를 갖는다. 내가 입수한 것은 하나도 빠짐없이 전부 계산에 넣었다. 위의 계산에 따르면, 나는 식비로만 주당 27센트를 쓴 듯하다. 그 이후 거의 2년 동안,

나는 이스트를 첨가하지 않은 호밀 가루와 옥수수 가루, 감자와 쌀, 소금에 절인 약간의 돼지고기, 당밀과 소금, 그리고 물만 먹고 살았다. 인도 철학을 무척 좋아했던 내가 주로 쌀을 먹고 산 것은 당연한 일이었다. 그래도 습관적으로 트집 잡는 사람들의 반론에 대비해, 내가 옛날에도 그랬고 앞으로도 그럴 기회가 다시 있을 거라고 생각하지만 가끔 외식을 하면 내 살림살이가 대체로 큰 타격을 받았다고 미리 말해두는 편이 나을 듯하다. 그러나 방금 말했듯 외식은 생활의 일부가 됐기 때문에 이런 비교 수지 명세표에 아무런 영향을 주지 않는다.

나는 2년간의 경험을 통해, 이 위도의 지역에서도 믿을 수 없을 만큼 적은 수고로 필요한 식량을 얻을 수 있다는 걸 배웠다. 또 인간이 동물만큼 소박한 식사를 하면서도 건강과 체력을 유지할 수 있다는 것도 알게 됐다. 나는 옥수수밭에서 긁어모아 살짝 데쳐 소금을 뿌린 쇠비름을 한 접시로도 만족스런 식사, 그것도 여러 면에서 만족스런 식사를 했다. 내가 여기에서 라틴어 이름을 쓴 이유는 종種의 이름에 담긴 향긋한 맛 때문이다. 평화로운 시절, 평범한 정오에 분별 있는 사람이라면 말랑말랑한 옥수수 알을 넉넉히 데쳐 소금 좀 뿌린 것이면 충분하지, 무엇을 더 바라겠는가? 내가 조금이나마 다양하게 먹은 것은 식탐의 요구에 굴복한 것이지, 건강을 유지하기 위한 것은 아니었다. 하지만 필요한 식량이 부족하기 때문이 아니라 사치스런 음식이 없기 때문에 버질나게 배고파 하는 난처한 지경에 빠진 사람이 적지 않은 지경에 이르렀다. 내가 알고 있는 한 점잖은 부인조차 아들이 오로지 물만 마셨기 때문에 목숨을 잃었다고 생각할 정도다.

독자들은 내가 이 문제를 영양학적 관점보다 경제학적 관점에서 다루고 있음을 눈치 챘을 것이다. 따라서 식료품 저장실을 넉넉히 갖춰놓지 않은 독자는 내 검소한 삶을 시험해볼 엄두도 내지 못할 것이다.

내가 옥수수 가루와 소금만으로 만든 빵은 순수한 옥수수빵이었는데, 집 밖에 불을 피워놓고 지붕널이나 내가 집을 지을 때 잘라내고 남은 목재 동강에 얹어 구운 것이었다. 그때 나온 연기가 빵에 스며들어 소나무 냄새가 풍겼다. 나는 밀가루로도 빵을 만들어보았다. 하지만 호밀 가루와 옥수수 가루를 섞어야 가장 손쉽게 맛있는 빵을 만들 수 있다는 걸 알게 됐다. 추운 날에는 이집트 사람이 알을 인공부화 시키듯 조심스레 조그만 빵 덩어리를 지켜보고 뒤집으며 연달아 굽는 것도 무척 즐거운 일이었다. 이 빵들은 내가 키워낸 진정한 곡물의 열매였으며 내 감각에는 다른 고귀한 열매들에 버금가는 향기를 지녀, 나는 그 향내를 가능하면 오랫동안 보존하려고 빵들을 천으로 싸두었다. 나는 예부터 전해 내려오며 우리에겐 절대로 빼놓을 수 없는 빵 굽는 방법에 대해서도 연구했다. 구할 수 있는 권위 있는 책들을 들춰보며, 효모를 사용하지 않은 최초의 빵이 만들어진 원시 시대까지 거슬러 올라갔다. 야생의 나무 열매와 살코기만 먹던 인류가 부드럽고 세련된 빵을 처음 만나게 된 때부터 시작해서, 반죽이 시큼해지는 걸 우연히 발견하고 빵을 발효시키는 과정, 그 이후로 고안한 다양한 발효법까지 연구했고, 마침내 생명의 양식이라 일컬어지는 '맛있고 달콤하며 건강에 좋은 빵'까지 알게 됐다. '빵의 영혼'이라고도 여겨지는 효모는 빵의 세포조직을 가득 채우는 '스피리투스'이며, 종교적으로는 제단에서 영원히 꺼지지 않는 성화처럼 보존되어왔다. 내 생각에는, 메이플라워호를 타고 아메리카 대륙으로 건너온 최초의 효모 병이 제 역할을 다해낸 덕분에 지금도 이 땅에서 부풀어 오르며 곡물의 큰 파도를 타고 널리 퍼지는 게 아닌가 싶다. 나는 정기적으로 충실하게 마을에서 이 씨앗, 즉 효모를 구해왔다. 그런데 어느 날 아침, 나는 사용법을 깜빡 잊고 뜨거운 증기로 효모를 못쓰게 만들고 말았다. 그 사고를 통해 나는 효모가 반드시 필요한 것은 아니라는 사실을 알게 됐다. 이런 깨달음은 종합적인 과정이 아니라 분석적인 과정을 통해 얻은 것이었다. 그 이후로 나는 기꺼이 효모를 빼고 빵을 만들었다. 하지만 대부분의 주부는 효모를 사용하지 않으면 안전하고 건강에 좋은 빵을 만들지 못할 거라고 단언했으며, 노인들은 내 생명력이 급속히 쇠약해질 거라고 예언했다. 그러나 나는 효모가 필수적인 재료가 아닌 걸 알고 있으며 1년 동안 효모 없이 지냈지만 아직도 버젓이 이 땅에 살아 있다. 나는 호주머니에 효모 병을 넣고 다니는 번거로움을 피할 수 있어 무척 만족한다. 간혹 병마개가 "펑" 하며 튀어나가 내용물이 흘러나오곤 하여 나를 곤혹스럽게 했기 때문이다. 효모를 사용하지 않으면 더 간단하게 빵을 만들 수 있고, 모양도 보기에 흉하지 않다. 인간은 어떤 동물보다 환경과 기후에 더 잘 적응할 수 있는 동물이다. 나는 빵을 만들 때 탄산소다는 물론이고 어떤 산이나 알칼리도 넣지 않았다. 나는 마르쿠스 포르키우스 카토가 기원전 2세기경에 권한 방법에 따라 빵을 만든 것 같기도 하다. 그가 말한 방법을 번역해보면 이러하다. "빵 반죽은 다음과 같이 한다. 손과 반죽 그릇을 깨끗이 씻는다. 가루를 반죽 그릇에 넣고 물을 조금씩 넣으면서 가루를 꼼꼼히 반죽한다. 반죽으로 모양을 만든 후에 뚜껑을 덮고 굽는다." 달리 말하면, 빵을 솥에 넣고 구우라는 뜻이다. 효모에 대해서는 한마디도 없다. 그러나 내가 이 생명의 양식인 빵을 언제나 먹은 것은 아니다. 한때는 주머니가 텅 비어 한 달 넘게 빵을 구경조차 못 했다.

뉴잉글랜드 사람이라면 누구라도 호밀과 옥수수의 땅인 이곳에서 빵의 재료를 쉽게 키울 수 있으므로, 빵의 재료를 구하기 위해 멀리 떨어지고 변덕스런 시장에 의존하지 않아도 된다. 하지만 사람들은 소박하고 자주적인 삶을 멀리하는 까닭에, 콩코드의 상점에서는 신선하고 달콤한 이 가루를 거의 팔지 않는다. 게다가 훨씬 거칠게 간 호미니와 통옥수수를 먹는 사람도 좀처럼 찾아보기 힘들다. 우리들 대부분의 경우 농부들은 직접 생산한 곡물을 소와 돼지에게 먹이고, 상점에서 건강에 더 좋지도 않은 밀가루를 훨씬 비싼 값에 산다. 나는 실험을 통해, 한두 부셸의 호밀과 옥수수쯤은 쉽게 키울 수 있다는 걸 알았다. 호밀은 척박하기 이를 데 없는 땅에서도 자라고, 옥수수도 굳이 비옥한 땅을 골라 재배할 필요가 없기 때문이다. 또한 호밀과 옥수수를 맷돌로 갈아 먹으면, 쌀과 돼지고기를 먹지 않아도 건강하게 살아갈 수 있다는 사실 역시 경험을 통해 배웠다. 진한 단맛이 필요할 때는 호박이나 사탕무로 아주 훌륭한 당밀을 만들어낼 수 있다는 것도 실험을 통해 알아냈다. 또 더 쉽게 당밀을 얻으려면 단풍나무 몇 그루를 심으면 그만이라는 것도 알았다. 또, 단풍나무들이 자라는 동안에는 앞서 언급한 것들 이외에 다양한 대용품을 사용할 수 있다는 것도 알았다. 우리 조상들이 노래했듯이,

호박과 설탕당근과 호두나무 조각으로

우리 입술을 달게 해줄 술을 빚을 수 있기 때문이다.

끝으로, 식료품 중 가장 변변치 않은 소금에 대해 말해보자. 소금을 얻기 위해 가끔 해변을 방문하는 것도 괜찮은 방법인 듯하다. 내가 소금을 전혀 먹지 않고 지낸다면 십중팔구 물도 적게 마실 것이다. 나는 인디언들이 힘들게 소금을 찾아다녔다는 이야기를 어디에서도 읽지 못했다.

나는 식량에 관련해서는 뭔가를 사거나 교환해본 적이 없었다. 집은 이미 마련된 터여서 의복과 연료만 구하면 됐고, 내가 지금 입고 있는 바지는 어떤 농부의 집에서 직접 지은 것이다. 인간에게 그런 능력이 아직 남아 있는 게 감사할 따름이다. 농부가 직공으로 전락한 사건은 인간이 농부로 전락한 사건만큼이나 잊히지 않을 중대한 사건이라고 생각하기 때문이다. 이 새로운 나라에서 연료는 지금도 골칫거리다. 집에 관련해서는 내게 무단 거주가 허락되지 않았다면, 내가 경작한 땅의 일부, 1에이커쯤을 원래 매매된 가격, 즉 8달러 8센트로 구입할 수도 있었다. 그러나 솔직히 말하면 내가 그 땅에 무단 거주함으로써 그 땅의 가치가 올라갈 거라고 생각했다.

세상에는 믿지 않으려는 사람들이 있기 마련이다. 그들은 내게 풀만 먹고도 살 수 있다고 생각하느냐는 따위의 질문을 종종 한다. 그런 질문을 받을 때마다, 나는 문제의 근원을 단숨에 뿌리 뽑기 위해—근원은 믿음이기 때문에—, 나는 널빤지 못만 먹고 살아갈 수도 있다고 대답한다. 그들이 이 말을 이해하지 못하면, 내가 말하고자 하는 것도 대부분 이해하지 못할 것이다. 그래도 나는 이런 유형의 실험들이 시도된다는 이야기를 들을 때마다 기쁘기 그지없다. 예컨대 한 젊은이가 치아를 절구 삼아 껍질을 벗기지 않은 단단한 날옥수수만 먹는 실험을 보름 동안 시도했다는 말을 들었다. 다람쥐들은 이미 똑같은 실험을 해서 성공을 거두었다. 이런 실험을 하기에는 부적합한 노파나, 남편을 잃고 재산의 3분의 1을 유산으로 받아 정미소에 투자한 과부는 놀라겠지만, 인간도 요즘 들어 이런 실험들에 흥미를 보이고 있다.

가구로는 침대 하나, 탁자 하나, 책상 하나, 의자 셋, 지름이 3인치 정도인 거울 하나, 부젓가락 하나와 벽난로용 장작 받침쇠 하나, 솥 하나, 손잡이가 긴 작은 냄비 하나, 프라이팬 하나, 국자 하나, 세숫대야 하나, 나이프와 포크 두 벌, 접시 세 개, 스푼 하나, 기름 단지 하나, 당밀 단지 하나, 그리고 옻칠한 램프 하나가 전부였다. 일부는 내가 직접 만들었고, 나머지는 한 푼도 들이지 않고 얻었지만 그에 대해서는 별도로 설명하지 않으려고 한다. 호박에 앉아야 할 정도로 가난한 사람은 없다. 게으른 사람이나 호박에 앉을 뿐이다. 마을 여러 집의 다락방에는 내가 좋아할 만한 의자가 얼마든지 있어 갖고 나오기만 하면 된다. 가구? 고맙게도 나는 가구점의 도움을 받지 않아도 앉고 설 수 있다. 철학자가 아니면 누가 짐수레에 가구를 가득 싣고 하늘의 햇살과 사람들의 눈총을 받으며 시골길을 올라가면서 부끄러워하지 않겠는가? "저건 스폴딩네 가구인데"라는 소리를 들으면 빈 상자라고 구차하게 변명해야 할 텐데 말이다. 나는 짐수레에 실린 짐을 보고는 이른바 부잣집 짐인지 가난한 집 짐인지 구분할 수 없었다. 그런 짐의 주인은 언제나 가난에 찌든 사람인 것 같았다. 하기야 그런 가구가 많을수록 가난한 사람일 확률이 큰 건 사실이다. 짐수레 하나에는 열두 채의 판잣집에서 거둔 가구가 몽땅 실리는 듯하다. 한 채의 판잣집이 가난하다면, 그런 가구를 잔뜩 실은 짐수레는 열두 배쯤 가난하게 보인다. 그런데 우리가 가구를 버리기 위한 목적이 아니라면, 요컨대 '엑수비에 (exuviae, 라틴어로 버린 물건이라는 뜻―옮긴이)'를 위해서가 아니라면 무엇 때문에 이주를 하는가? 결국에는 이 세상을 떠나 완전히 새롭게 가구가 갖추어진 다른 세상에 가고, 이 세상의 것을 태워버리려는 것이 아닌가? 이런 덫들이 우리 허리띠에 주렁주렁 매달려, 우리에게 정해진 거친 땅에서 한 발짝을 내밀 때마다 우리는 덫까지 질질 끌고 가야 한다. 차라리 덫에 걸린 꼬리를 잘라버린 여우가 운이 좋은 여우였다. 사향쥐는 덫에 걸리면 세 번째 다리를 물어뜯어서라도 도망치려고 한다. 우리 인간이 융통성을 잃어버린 것은 결코 놀라운 일이 아니다. 인간은 얼마나 자주 진퇴양난에 빠지는가! "잠깐만요, 무례한 질문인지 모르겠지만 무슨 뜻으로 진퇴양난이란 말을 쓴 겁니까?" 당신이 천리안을 지닌 사람이라면 누구를 만나든지 그 사람이 지닌 모든 것은 물론이고, 그 사람이 뒤로 감추고 자기의 것이 아닌 척하는 것, 예컨대 부엌 가구와, 그가 아끼면서 불태워버리지 못하는 하찮은 것까지 볼 수 있을 것이다. 그는 이런 것들을 주렁주렁 매달고 어떻게든 앞으로 나아가려고 발버둥치는 것처럼 보일 것이다. 자신의 몸은 어렵사리 옹이구멍이나 대문을 빠져나갔지만 가구를 실은 썰매는 뒤따라 나오지 못해 꼼짝 못하고 서 있다는 뜻에서 나는 그 사람이 진퇴양난이라고 말한 것이다. 말쑥하게 차려입고 옹골차게 보이며, 겉으로는 자유분방하게 보이는 사람이 잔뜩 긴장해서 자기 입으로 자기 가구가 보험에 들어 있다느니 그렇지 않다느니 하며 떠들어대는 소리를 들을 때마다 나는 연민의 정을 느끼지 않을 수 없다. "하지만 내 가구는 어떻게 해야 합니까?" 이런 질문을 던지는 화려한 나비는 이미 거미줄에 걸려든 것이다. 오래 전부터 어떤 가구도 지니지 않은 것처럼 보이는 사람들에게도 꼬치꼬치 따져 물으면, 다른 사람의 헛간에 적잖은 가구를 보관해두고 있다는 걸 알게 된다. 내가 보기에 요즘의 영국은 엄청난 짐을 끌고 다니며 여행하는 노신사와 비슷하다. 오랫동안 살림살이를 하면서 축적된 하찮은 것들도 불에 태워버릴 용기가 없어 거추장스럽게 짐으로 끌고 다닌다. 큰 여행가방, 작은 여행가방, 모자 상자, 꾸러미 따위 등등. 적어도 앞의 세 가지는 버려도 상관없다. 요즘에는 건강한 사람도 자기 침대를 등에 지고 걷기는 힘들다. 따라서 나라면 병든 사람에게 침대를 내려놓고 뛰라고 충고해줄 것이다. 나는 자신의 모든 재산이 담긴 보따리를 짊어지고 비틀거리며 걷는 이민자를 보았다. 보따리가 마치 그의 목덜미에서 자라는 거대한 혹처럼 보였다. 나는 그 사람이 한없이 불쌍하게 여겨졌다. 그 보따리가 그의 전 재산이어서가 아니라, 그가 전 재산을 짊어지고 다니기 때문이었다. 내가 그런 덫을 끌고 다녀야 할 처지가 된다면, 덫을 가볍게 처리해서 덫에 내 중요한 부분이 걸리지 않도록 조심할 것이다. 그러나 가능하면 애초부터 발을 덫에 넣지 않는 것이 더 현명한 짓일 것이다.

말이 난 김에, 커튼 역시 단 한 푼도 들이지 않았다는 걸 말해둬야겠다. 해와 달 이외에는 나를 훔쳐볼 사람도 없을 테고, 해와 달이 내 집을 들여다보는 건 언제라도 환영이기 때문이다. 달빛이 비친다고 해서 우유가 시큼해지고 고기가 썩지는 않는다. 또 햇빛을 받는다고 내 가구에 흠집이 나거나 카펫의 색이 바래지는 않는다. 간혹 해가 너무 뜨겁게 내리쬐면, 살림살이에 한 항목을 추가하는 것보다 자연이 제공하는 천연의 커튼 뒤로 몸을 피하는 것이 경제적으로 훨씬 낫다고 생각한다. 언젠가 한 부인이 내게 신발 바닥을 닦는 깔개를 주겠다고 했다. 그러나 집 안에 깔개를 둘 만한 공간도 없고, 안에서나 밖에서 깔개를 털 만한 시간도 없어 나는 문 앞의 잔디에 신발 바닥을 문지르는 편이 낫겠다고 생각하며 그 제안을 정중히 거절했다. 어쨌든 악은 근원부터 피하는 게 최선이다.

얼마 전에 나는 한 교회 집사가 남긴 개인 재산을 경매하는 장소에 있었다. 그의 삶이 헛되지는 않았던지—.

인간이 행한 죄악은 사후에도 남는다.

여느 경매장과 다름없이, 대다수의 물건이 그의 아버지 시대부터 쌓이기 시작한 하찮은 것이었다. 심지어 바싹 말린 촌충까지 있었다. 다락방과 다른 먼지 구덩이에서 반세기를 보낸 그 물건들은 지금까지도 불태워지지 않았다. 모닥불을 피워 그 물건들을 불사르는 파괴의 정화 대신 경매를 택해 그 하찮은 물건들의 가치를 증대시켰다. 동네 사람들이 우르르 몰려들어 물건들을 구경했고 하나도 빠뜨리지 않고 모두 사들여 그들의 다락방과 먼지 구덩이로 조심스레 옮겼다. 그것들은 그들의 유산이 정리될 때까지 그곳에 꼼짝 않고 있다가 똑같은 과정이 다시 시작될 것이다. '인간은 죽을 때 먼지를 일으킨다'는 말이 무색하지 않을 지경이다.

몇몇 미개인들의 풍습은 우리가 본받으면 좋을 듯하다. 적어도 그들은 매년 허물을 벗는 흉내를 내는 의식을 치르기 때문이다. 그들에게 진짜 허물이 있든 없든 그들은 그런 의식의 의미를 알고 있다. 우리도 바트램이 머클래스 인디언의 풍습이라며 다음과 같이 설명한 '버스크', 즉 '첫 열매의 향연' 같은 축제를 벌인다면 좋지 않겠는가? "어떤 마을에서 버스크 축제를 벌일 때 마을 사람들은 새 옷, 새 항아리, 새 냄비를 비롯한 여러 가재도구와 가구를 미리 준비해두고, 헌 옷과 그밖의 낡은 것들을 모은다. 그 후에 집과 광장만이 아니라 마을 전체에서 더러운 때를 쓸어내고 깨끗이 청소한다. 남은 곡식과 오래된 저장식품까지 한곳에 높이 쌓아 불을 질러 없애버린다. 약을 먹고 사흘 동안 금식한 후에 마을 전체에서 불을 끈다. 금식 기간에는 식욕을 비롯한 욕망을 충족시키는 모든 행위를 피한다. 또 대사면이 내려지며 모든 죄인이 고향으로 돌아갈 수 있다." 또 바트램은 "금식이 끝나고 나흘째 되는 날 아침, 대제사장이 광장에서 마른 나무들을 서로 비벼 불을 새로 지핀다. 이 불로부터 마을의 모든 집에 새롭고 순수한 불길이 전해진다"라고 덧붙였다.

그 후, 그들은 새로 수확한 옥수수와 열매로 잔치를 벌이고 춤을 추며 노래한다. 이런 잔치는 사흘 동안 계속되며 "다시 나흘 동안은 그들과 비슷한 방식으로 정화를 치르며 새해맞이를 준비한 이웃 마을의 친구들을 초대해 함께 즐긴다."

멕시코 사람들은 52년마다 세상이 한 주기를 끝낸다고 믿었기 때문에, 52년 주기가 끝날 때 비슷한 정화의식을 치렀다.

사전을 보면 성례聖禮는 "내적이고 영적인 은총을 눈에 보이게 겉으로 드러내는 증거"라고 정의되어 있다. 나는 이런 정화의식보다 이 정의에 들어맞는 성례를 들어본 적이 없다. 따라서 그들이 계시를 받았다는 성경 기록은 없지만, 나는 그들이 하느님에게 직접 영감을 받아 그런 의식을 행하는 것이라고 확신한다.

나는 5년 이상 순전히 맨손으로 일해서 먹고살았다. 그리고 연간 약 6주만 일해도 생계를 유지하는 데 필요한 모든 비용을 벌 수 있다는 것도 알았다.

따라서 겨울 전부와 여름의 대부분을 돈에 구애받지 않고 연구하는 데 몰두할 수 있었다. 나는 학교 운영에도 철두철미하게 이 방법을 시도해보았지만, 비용이 수입과 겨우 균형을 맞추거나 약간 초과한다는 걸 깨달았다. 상황에 맞게 옷을 입고 훈육해야 한다고 생각하고 믿은 것까지는 아니었지만 어쩔 수 없이 그렇게 처신할 수밖에 없었고, 게다가 내 시간까지 적잖게 빼앗겼다. 나는 학생들의 장래를 위해서가 아니라 순전히 생계를 위해서 가르쳤기 때문에 그 자체가 실패였다. 나는 사업도 해보았다. 그러나 사업이 자리를 잡으려면 10년이 걸리고, 그때쯤이면 내가 악마의 길을 걷고 있을 게 확실하다는 사실을 깨달았다. 그리고 그때쯤에 내가 장사를 잘한다는 소리를 들을까 봐 두렵기도 했다. 옛날에 생계를 위해 내가 할 수 있는 일을 찾아 여기저기를 둘러보고 다닐 때 친구들의 바람에 맞추려 했던 서글픈 경험이 아직도 머리를 쥐어뜯을 정도로 기억에 새롭지만, 당시 나는 월귤나무 따는 일을 진지하게 생각해보았다. 그 일이라면 내가 얼마든지 해낼 수 있고, 나의 가장 큰 장점이 작은 것에도 만족하는 것이기 때문에 작은 이익이라도 나면 그걸로 충분할 것 같았다. 게다가 이것은 자본도 별로 들지 않고, 내게 익숙한 생활방식에도 그다지 어긋나지 않는다고 어리석게 생각했다. 내 지인들은 이런저런 사업이나 전문 직종에 서슴없이 뛰어들었지만, 나는 그 일을 그들의 일과 거의 비슷하다고 생각했다. 여름 내내 언덕들을 돌아다니며 내 눈에 띄는 월귤을 따서 별 생각 없이 넘기면 된다고 생각했다. 요컨대 아드메토스 왕의 양떼를 돌보는 것과 다를 바가 없다고 생각했다. 또한 나는 들풀이나 상록수를 캐서, 숲을 떠올리고 싶어하는 마을 사람들에게 팔 생각도 해보았다. 심지어 도시까지 건초용 수레에 싣고 나갈 생각도 해보았다. 그러나 그 후에, 나는 어떤 장사를 하든 장사는 관련된 모든 것을 저주하게 한다는 걸 알게 됐다. 설령 우리가 하늘의 메시지를 거래하는 사업을 하더라도 장사에 깃든 저주를 피해갈 수는 없다.

나는 특별히 좋아하는 것이 있고 무엇보다 자유를 소중히 생각했기 때문에, 또 열심히 살아가면 충분히 성공을 거둘 수 있었기 때문에 값비싼 카펫이나 그 밖의 화려한 가구들, 우아한 조리실, 그리스나 고

딕 양식의 집을 당장 손에 넣기 위해 내 시간을 허비하고 싶지는 않았다. 이런 것들을 구입하는 데 어떤 어려움도 없고, 손에 넣은 뒤에 사용하는 방법까지 훤히 아는 사람들이 있다면, 나는 그런 사람들에게나 이런 것들을 계속 좇으라고 말해주고 싶다. 어떤 사람들은 부지런히 일하고, 일 자체를 위해 혹은 그들이 더 나쁜 길로 빠지는 걸 막아주기 때문에 일하는 걸 좋아하는 것처럼 보인다. 지금 당장은 그런 사람들에게 할 말이 없다. 지금보다 자유로운 시간이 더 많아지면 어쩔 줄 모르는 사람들에게는 지금보다 두 배로 열심히 일하라고, 즉 빚을 완전히 갚고 자유의 증서를 얻을 때까지 일하라고 권하고 싶다. 나는 날품팔이 일이야말로 가장 자유로운 직업이란 걸 깨달았다. 1년에 30~40일만 일하면 나 혼자 먹고살기에 충분했기 때문이다. 날품팔이 일은 해가 지면서 끝난다. 따라서 그 이후로는 완전히 자유여서, 어떤 노동을 하느냐에 구애받지 않고 자기가 선택한 일에 완전히 몰두할 수 있다. 그러나 날품팔이를 고용한 주인은 다달이 고민해야 하기 때문에, 한해가 시작하고 끝날 때까지 숨 돌릴 틈이 없다.

요컨대 나는 소박하고 현명하게 산다면 이 땅에서 자기 한 몸을 유지하는 건 고생이 아니라 오락거리라는 사실을 굳게 믿었고, 또한 경험으로도 확인했다. 소박하게 사는 종족에게는 일상적인 일이, 상대적으로 인위적인 것에 의존해 사는 민족에게는 일하는 짬짬이 기분 전환을 위해 하는 놀이로만 보일 것이다. 그러나 나보다 땀을 쉽게 흘리는 사람이 아니라면, 이마에 땀을 흘리면서까지 일을 해야 할 필요가 없다.

내가 아는 한 젊은이가 몇 에이커의 땅을 물려받았다며, 자기도

'방법이 있다면' 나처럼 살아야 한다고 생각한다고 말했다. 하지만 나는 누구도 내 생활방식을 그대로 받아들이는 걸 원하지 않는다. 게다가 남이 내 생활방식을 제대로 배우기도 전에 나는 다른 생활방식을 찾아낼지도 모르고, 이 세상에 가능하면 서로 다른 사람이 많이 존재하기를 바라기 때문이다. 더 나아가, 각자가 아버지나 어머니, 혹은 이웃의 방식을 답습하지 말고 자기만의 고유한 길을 신중하게 찾아내 꾸준히 따르라고 말해주고 싶다. 젊은이는 집을 지을 수도 있고 나무를 심을 수도 있으며 멀리 항해를 떠날 수도 있다. 젊은이가 우리에게 하고 싶다고 말하는 일을 방해하지 말자. 항해사와 도망 노예가 북극성에서 눈을 떼지 않듯 우리는 정확한 지표가 있어야만 현명하게 처신할 수 있다. 그 지표는 우리를 평생 인도해주기에 충분한 길잡이가 될 수 있다. 우리가 목표로 한 시간 내에 항구에 도착하지 못할 수 있지만, 우리가 나아가야 할 방향을 유지할 수는 있다.

이런 경우에는 한 사람에게 해당되는 지표가 1,000명의 사람에게는 더더욱 확실하게 해당된다고 분명하게 말할 수 있다. 큰 집을 짓는다고 작은 집에 비례해서 비용이 더 드는 것은 아니잖은가. 그 이유는 하나의 지붕으로 모든 공간을 덮을 수 있고, 하나의 지하실이 땅 밑에 있으며, 하나의 벽으로 여러 방을 구분 지을 수 있기 때문이다. 그러나 나는 외따로 떨어져 사는 걸 좋아한다. 그리고 다른 사람과 담을 함께 사용하는 이점을 역설해 공동의 담을 쌓는 것보다 혼자 쌓는 것이 결국에는 더 싸게 먹힐 것이다. 그를 설득하는 데 성공했더라도 공동의 담을 더 싸게 지으려다 보면 벽이 얇아지기 마련이며, 그가 고약한 이웃으로 밝혀질 수도 있고 자기 쪽을 수리하지 않을 수도 있기 때문이다. 최상의 협력도 대체로 지극히 부분적이고 피상적이기 십상이다. 진정한 협력은 거의 눈에 띄지 않아 아예 없는 것처럼 보이며, 우리 귀에 들리지 않는 화음과도 같다. 믿음이 있는 사람은 어떤 상황에서나 똑같은 믿음으로 협력하겠지만, 믿음이 없는 사람은 누구와 어울리더라도 세상의 보통 사람들과 비슷하게 행동할 것이다. 협력한다는 것은 가장 고결한 의미에서나 가장 저급한 의미에서나 '삶을 함께 꾸려간다' 는 뜻이다. 얼마 전, 나는 두 젊은이가 함께 세계 일주를 하기로 계획했다는 이야기를 들었다. 한 젊은이는 돈이 없어 여행 중 돛대 앞에서, 또 쟁기 뒤에서 일하면서 경비를 벌어야 했고, 다른 젊은이는 주머니에 환어음을 갖고 떠나기로 했다는 이야기였다. 한 친구는 전혀 일하지 않을 것이기 때문에, 두 젊은이가 오래지 않아 멀어지고 협력하지 않을 거라는 건 쉽게 예상할 수 있다. 그들은 여행에서 첫 번째로 만나는 흥미로운 위기에 서로 헤어질 것이다. 내가 앞서 말했듯이, 혼자 다니는 사람은 오늘이라도 출발할 수 있다. 그러나 다른 사람과 함께 여행하는 사람은 상대가 준비될 때까지 기다려야 한다. 따라서 오랜 시간이 지난 후에도 그들이 출발할 수 있을지는 미지수다.

그러나 이 모든 것이 너무 이기적이라고, 몇몇 마을 사람이 말하는 것을 들었다. 솔직히 말해서, 나는 지금까지 자선 행위에 거의 신경 쓰지 않았다. 의무감에서 몇 번 희생을 치른 것이 고작이었고, 그것도 이런 즐거움을 포기한 것이었다. 나를 설득해 마을의 가난한 사람들을 돕는 일에 나서게 하려는 온갖 수단을 동원하는 사람들이 있다. 한가한 사람에게는 악마가 일거리를 찾아주기 때문에 나에게 할 일이 없다면 심심풀이라도 자선 행위를 시도해볼지 모르겠다. 하지만 언젠가 내가 그런 일에 본격적으로 뛰어들어 몇몇 가난한 사람들을 모든 면에서 내 생활수준 정도로 불편 없이 지원함으로써 그들의 하느님에게 의무를 지울 생각으로, 실례를 무릅쓰고 그들에게 그런 제안을 했지만 그들은 조금도 망설이지 않고 너나 할 것 없이 모두 가난하게 사는 게 낫겠다며 내 제안을 거절했다. 남녀를 막론하고 우리 마을 사람들은 이웃의 행복을 위해 무척 다양한 방법으로 헌신하고 있지만, 적어도 한 사람 정도는 덜 인간적인 다른 일을 하도록 내버려두었으면 좋겠다. 다른 일도 그렇지만 자선 행위에도 천부적 재능이 있어야 한다. 선행을 베푸는 것도 시간을 온전히 투자해야 하는 직업 중 하나다. 게다가 나는 자선 행위를 그런대로 해보았다. 그러나 이상하게 들리겠지만 자선 행위는 내 성격에 맞지 않는 것 같아 만족스러웠다. 사회가 나에게 요구하는 선행을 베풀기 위해, 또 우주를 파멸로부터 구하기 위해, 내게 특별히 주어진 소명을 일부러, 의식적으로 저버릴 생각은 전혀 없다. 나는 다른 부분에서도 그와 비슷하지만 훨씬 확고한 인내로 추구하는 소망이 있어야 우주가 보존된다고 믿는다. 그러나 뭇 사람들이 자신의 재능을 발휘하는 걸 방해하지는 않을 것이다. 나는 자선 행위 자체를 마뜩잖게 생각하지만, 몸과 마음을 다하여 이런 일에 삶을 바치는 사람들에게 "십중팔구 그렇겠지만 세상 사람들이 그 일을 나쁜 짓이라 말하더라도 거기에 굴하지 말고 끝까지 인내하십시오"라고 말해주고 싶다.

그렇다고 내 경우가 특별하다고는 전혀 생각하지 않는다. 내 경우가 특별하다고 우기면 독자들 중에서도 비슷하게 항변할 사람이 많을 것이기 때문이다. 어떤 일을 할 때, 내가 그 일을 하는 걸 내 이웃들이 좋다고 말할 거라고 단언하지는 않겠지만, 그 일을 위해 고용할 사람으로는 나만한 사람은 없을 거라고 서슴없이 말한다. 하지만 어떤 일을 내게 맡길 것인가는 전적으로 고용주의 몫이다. '좋은 것'이라는 단어의 일반적 의미에서, 내가 얼마나 좋은 일을 하느냐는 내 주된 관심사가 아니며, 대부분의 경우에 내 의도와도 전혀 상관이 없다. 사람들은 "더 가치 있는 사람이 되겠다는 목표에 집착하지 말고 네가 지금 있는 곳에서 지금 그대로의 모습으로 시작하라. 처음처럼 친절한 마음으로 어디서든 선한 일을 하려고 애쓰라"고 습관처럼 말한다. 내가 이런 맥락에서 설교를 한다면 "먼저 선한 사람이 되라!"고 말해주고 싶다. 태양이 본래의 따뜻한 열기와 너그러움을 꾸준히 늘여가 누구도 감히 똑바로 쳐다볼 수 없을 정도로 환히 빛나는 사이에도 본래의 궤도에 따라 세상을 돌아다니며 세상에 온정을 베푸는 대신, 더 정확히 말하면, 더 진실에 가까운 철학이 밝혀냈듯 세상이 태양 주변을 돌며 많은 혜택을 누리는 대신, 사람들은 자신의 환한 불꽃을 달이나 육등성에게 넘겨주고 로빈 굿펠로처럼 여기저기를 돌아다니며 오두막의 창문들을 하나씩 들여다보면서, 미치광이들에게 용기를 북돋아주고 살코기를 썩게 하며, 어둠을 걷어내는 역할 정도에 만족해야 하겠는가. 파에본은 선행을 베풂으로써 하늘의 태생임을 증명하려고 하룻동안 태양의 전차를 빌렸지만, 전찻길에서 벗어나 하늘나라의 아래쪽 거리에 있던 몇 블록의 주택단지를 불사르고 지구의 표면을 불태웠다. 그리하여 지구에서는 모든 샘이 마르고 거대한 사하라 사막이 생겼다. 결국 주피터 신이 파에톤을 번개에 실어 지구에 내동댕이치자, 태양이 파에톤의 죽음에 슬퍼하며 1년 동안 빛을 비추지 않았다.

썩은 선행에서 풍기는 냄새만큼 고약한 냄새는 없다. 썩은 선행은 인간의 썩은 살덩이고, 신의 썩은 살덩이다. 어떤 사람이 내게 선행을 베풀겠다는 의식적인 목적을 갖고 내 집에 오고 있다는 걸 확실하게 안다면, 나는 필사적으로 달아날 것이다. 입과 코, 눈과 귀를 먼지로 막아 질식시킬지도 모르는 아프리카 사막의 메마르고 뜨거운 바람, 즉 시뭄이라 불리는 바람과 맞설 이유는 없지 않은가. 그가 베푸는 선행에 내가 약간이라도 은혜를 입어, 선행이라는 바이러스가 내 피에 섞일까 봐 두렵기 때문이다. 아니, 그런 경우가 닥치면 나는 차라리 악행을 참고 견디는 편을 택하고 싶다. 내가 굶주림에 시달린다고 내게 먹을 것을 주고, 내가 추위에 덜덜 떤다고 나를 따뜻하게 해주며, 내가 도랑에 빠졌다고 나를 거기에서 건져내준다고 해서 그 사람이 내게 마냥 좋은 사람인 것은 아니다. 뉴펀들랜드 개도 그 정도는 해낼 수 있다. 가장 넓은 의미에서 보면 자선은 인간을 향한 사랑이 아니다. 하워드는 누가 뭐라 해도 그 나름대로는 더할 나위 없이 친절하고 훌륭한 사람이었고 그에 따른 보상을 받았다. 그러나 도움이 절실히 필요한데도 우리가 상대적으로 형편이 낫다는 이유로 그들에게 아무런 도움을 받지 못한다면, 100명의 하워드가 우리에게 무슨 소용이겠는가? 내게, 혹은 나와 같은 사람에게 어떤 형태로든 도움을 주려는 안건이 진지하게 논의되는 자선 모임이 있다는 이야기를 나는 지금까지 들어본 적이 없다.

화형대에 올라선 인디언들은 자신을 괴롭히는 예수회 선교사들에게 새로운 고문 방법을 제시하며 선교사들을 어리둥절하게 만들곤 했다. 인디언들은 육체적 고통에도 쉽게 굴복하지 않았기 때문에 선교사들이 어떤 위안거리를 제공해도 쉽게 현혹되지 않는 경우가 많았다. "남에게 대접을 받고자 하는 대로 너희도 남에게 대접하라"는 율법은 인디언들의 귀에 그다지 설득력 있게 들리지 않았다. 그들은 남에게 어떻게 대접받느냐에 그다지 신경 쓰지 않았고, 선교사들과는 전혀 다른 방식으로 적들을 사랑하며, 적들이 어떤 짓을 하더라도 너그럽게 용서하는 태도를 보여주었다.

가난한 사람들을 도울 바에는 당신의 선례로 그들이 훨씬 뒤처지게 되더라도 그들에게 절실히 필요한 도움을 주어야 한다. 돈을 줄 때는 당신이 그 돈을 함께 사용하고, 그들에게 돈을 무작정 넘겨주지 않도록 하라. 우리는 간혹 재미있는 착각을 일으킨다. 가난한 사람들은 더럽고 초라하며 무지하게 보이지만, 그렇다고 해서 반드시 춥고 굶주리며 지내는 것은 아니다. 그런 겉모습은 부분적으로 그들의 취향일 수 있고, 반드시 그들의 불행 때문만은 아니다. 따라서 그들에게 돈을 주면 그 돈으로 더 많은 누더기를 구입할지도 모른다. 나는 아일랜드 노동자들이 초라한 누더기를 걸치고 호수에서 서툴게 얼음을 잘라내는 모습을 볼 때마다 가슴이 아팠다. 나도 추위에 떨고는 있었지만, 그들보다는 약간은 더 깨끗하고 멋진 옷을 입고 있었으니까. 그런데 지독히 추웠던 어느 날, 호수에 빠진 아일랜드 노동자 하나가 몸을 덥히려고 내 집에 왔다. 그는 세 겹이나 껴입은 바지와 두 켤레의 양말을 벗은 후에야 맨살을 드러냈다. 바지와 양말은 한결같이 더럽고 너덜너덜했다. 내가 그에게 겉옷을 건넸지만, 그가 거절할 수 있었던 이유는 속옷을 잔뜩 껴입고 있었기 때문이다. 그에게 정말 절실하게 필요한 것은 바로 그런 '더킹(dukcing, 말장난이다. '물에 빠져 흠뻑 젖다'는 뜻과 '면이나 아마포로 지은 옷'이라는 두 가지 뜻이 있다—옮긴이)'이었다. 그 후로 나는 나 자신이 불쌍하게 느껴지기 시작했고, 그에게 싸구려 기성복 가게를 통째로 주는 것보다 나에게 플란넬 셔츠 하나를 주는 것이 더 큰 자선일 수 있다는 사실을 깨달았다. 악의 뿌리를 공격하는 사람이 하나 있다면, 악의 가지를 잘라내는 사람은 1,000명쯤 있다. 가난한 사람들을 위해 가장 많은 시간과 돈을 할애하는 사람은 가난을 조금이라도 구제하려고 노력하지만 그런 노력은 물거품으로 끝나고, 오히려 그의 생활방식으로 가난을 조장하는 역할을 하고 있는 것일 수 있다. 그런 사람은 아홉 명의 노예에게 일요일의 자유를 주기 위해 열번째 노예를 덤으로 얹어주는 신앙심 깊은 노예 상인과 다를 바가 없다. 또, 가난한 사람을 부엌에서 일하게 하는 식으로 친절을 베푸는 사람들도 있다. 하지만 부엌에서 몸소 일하는 사람이 더 자상한 사람이라 할 수 있지 않을까? 수입 중 10분의 1을 자선하는 데 쓴다고 자랑하는 사람이 있다. 그러나 수입의 10분의 9를 자선하는 데 쓴다면 자선 자체를 끝낼 수 있지 않을까? 결국 사회는 재산 중 10분의 1만을 되찾을 뿐이라는 뜻이다. 이런 현상이 그 재산을 지닌 사람의 아량 때문인가, 아니면 정의를 집행하는 관리들의 해이 때문인가?

자선은 인류에 의해 가치를 충분히 인정받는 거의 유일한 미덕이다. 아니, 자선의 가치는 지나치게 과대평가됐다. 우리의 이기심 때문에 자선은 과대평가되고 있다. 어느 화창한 날 이곳 콩코드에서, 건장하게 생겼지만 가난한 사람이 내게 어떤 마을 사람을 입에 침이 마르도록 칭찬했다. 그 사람이 가난한 사람들, 결국 자신에게 친절하다는 이유였다. 지금은 인류의 친절한 아저씨와 아주머니가 인류의 진정한 영적인 아버지와 어머니보다 존중받는 세상이다. 언젠가 나는 어떤 목사가 한 영국에 대한 강연을 들었다. 학식과 지성을 겸비한 그 목사는 영국 과학계, 문학계, 정치계의 위인들, 예컨대 셰익스피어, 베이컨, 크롬웰, 밀턴, 뉴턴 등등을 나열한 후에 기독교계의 영웅들에 대해 이야기했다. 그는 직업 때문에 어쩔 수 없다는 듯이 기독교계의 영웅들을 위인 중의 위인으로 다른 사람들보다 훨씬 높은 자리에 올려놓았다. 그가 언급한 기독교계의 영웅들은 펜과 하워드와 프라이 부인이었다. 누구나 그 말에서 거짓과 위선을 느꼈을 것이다. 그 세 사람은 영국이 낳은 가장 위대한 사람들이 아니었다. 기껏해야 영국에서 가장 훌륭한 박애주의자로 손꼽히는 사람들이었다.

나는 자선에 마땅히 주어지는 칭찬을 폄하할 생각은 조금도 없다. 다만, 이 땅에서 사는 동안 땀 흘려 일하며 인류에게 축복을 안겨준 모든 사람을 공평히 다루고 싶을 뿐이다. 나는 인간의 정직성과 자비심을 높이 평가하지는 않는다. 다른 식으로 말하면, 정직성과 사비심은 인간의 줄기와 잎이라 할 수 있다. 우리가 환자의 탕약을 만드는 식물도 푸름이 시들면 하찮은 용도에나 사용되고, 돌팔이 의사에 의해 주로 사용된다. 나는 인간의 꽃과 열매를 원한다. 어떤 향내가 그 사람으로부터 내게 풍겨오기를 바라고, 어떤 원숙함이 우리 관계에 향내를 더해주기를 바란다. 그의 선함은 불완전하고 일시적인 행위가 결코 아닐 것이다. 언제나 넘쳐흐르는 선함이지만 그에게 어떤 희생도 요구하지 않아, 그는 자신이 선행을 베푼다는 사실조차 의식하지 못할 것이다. 이러한 선함은 허다한 죄를 덮어주는 인정이다. 박애주의자들은 자신이 이겨낸 슬픔에 대한 기억을 공기로 삼아, 흔히 그 기억으로 인류를 감싸며 그것을 동정심이라 부른다. 우리는 절망이 아니라 용기를 전해주고, 질병이 아니라 건강과 안락함을 전해주어야 한다. 또한 절망과 질병이 전염되어 확산되지 않도록 조심해야 한다. 남부의 어떤 평야에서 통곡의 목소리가 들려오는가? 우리가 빛을 전해줘야 할 미개인이 어떤 위도에서 살고 있는가? 우리가 구제해야 할 저 무도하고 잔혹한 사람은 누구인가? 어딘가 아픈 까닭에 제 기능을 다하지 못하는 사람이 있다면, 또 그가 복통까지 앓는다면, 배는 동정심의 본산이기 때문에 그는 곧바로 세상을 개혁하려고 나설 것이다. 그리고 그 자신이 소우주임을 깨닫는다. 그런 깨달음이야말로 진정한 깨달음이고, 그는 그런 깨달음을 이루어낸 사람이다. 세상이 풋사과를 먹었던 것이다. 그의 눈에는 지구 자체가 하나의 커다란 풋사과로 보인다. 따라서 인간의 자식들이 설익은 사과를 조금씩 물어뜯는다고 생각하면 섬뜩하고 무서워진다. 그는 박애정신을 과감하게 발휘하며 곧바로 에스키모와 파타고니아 사람들을 찾아 나서고, 많은 사람이 모여 사는 인디언 마을과 중국 마을을 끌어안는다. 따라서 박애 활동을 몇 년쯤 하고 나면, 그 동안 신들이 자신들의 목적에 따라 그를 이용했을 테니 그는 소화불량증을 깨끗이 치유하고, 지구는 사과가 익어가기 시작한 것처럼 한쪽 뺨이나 양쪽 뺨 모두에서 발그스레 변하기 시작한다. 또한 삶은 미숙함을 떨쳐내고 다시 한 번 즐겁고 건강한 삶이 된다. 나는 내가 범한 짓보다 극악무도한 짓을 꿈에도 생각해본 적이 없었고, 나보다 더 나쁜 사람은 예전에도 알지 못했고, 앞으로도 만날 수 없을 것이다.

개혁가를 정말 슬프게 하는 것은 곤경에 빠진 이웃에 대한 동정심이 아니라, 개인적으로 앓는 병이라고 나는 굳게 믿는다. 하느님의 가장 거룩한 아들들이라도 예외가 아니다. 그 병이 치유되고, 봄이 그에게 찾아오며, 아침이 그의 침대 위로 떠오르면, 그는 한 마디 해명도 없이 너그러운 의료인들을 저버릴 것이다. 내가 담배를 반대하는 강연을 하지 않은 이유를 변명하자면, 내가 담배를 한 번도 씹어본 적이 없기 때문이다. 담배를 반대하는 강연은 개심한 담배 상용자들이 치러야 하는 벌이다. 하지만 나는 담배 이외에 씹어서는 안 될 것을 꽤 많이 씹어보아 그런 것들에 대해 강연할 수는 있다. 당신이 누군가에게 속아 어떤 자선 행위를 하게 된다면 오른손이 하는 일을 왼손이 모르게 하라. 그 일은 굳이 알 가치가 없기 때문이다. 물에 빠진 사람을 구한 후에는 구두끈을 매고 말없이 떠나라. 당신만의 시간을 확보해, 자유롭게 하고 싶은 일을 시작하라.

우리가 성자들과 접촉하기 시작하면서 우리 습성은 문란해졌다. 찬송가 책은 하느님을 저주하면서도 끝까지 견디라고 말하는 노래들로 가득하다. 예언자들과 구원자들은 인간에게 희망을 북돋아주기보다는 두려움을 달래주는 데 그쳤다고 말할 사람도 있을 것이다. 생명이라는 선물에 대한 소박하고 억누를 수 없는 만족감, 하느님을 향해 영원히 기억에 남을 만한 찬양은 어디에도 기록되어 있지 않다. 건강과 성공은 아득히 멀리 떨어지고 숨어 있는 것처럼 보이지만 내게 도움이 된다. 반면에 질병과 실패는 슬픔에 젖게 만들고 내게 해롭다. 질병과 실패가 나에게 동정심을 품고, 거꾸로 내가 질병과 실패를 안타깝게 생각하더라도 마찬가지다. 따라서 우리가 진정으로 인디언적 방법, 식물적인 방법, 자기적인 방법, 자연적인 방법으로 인류를 구원하려 한다면 먼저 자연만큼이나 단순하고 건강해져야 한다. 또한 우리 이마에 드리운 구름을 걷어내고, 작은 생기까지 우리 숨구멍으로 받아들여야 한다. 가난한 사람들을 감시하는 역할에 머물지 않고, 세상에 가치를 더해주는 위인이 되려고 노력해야 한다.

나는 시라즈의 사디가 쓴 『굴리스탄』, 즉 『장미정원』에서 다음과 같은 글을 읽었다. "그들은 현자에게 '전능한 하느님께서 창조하신 나무들 중에는 고결하고 그늘을 드리워주는 유명한 나무도 많은데 열매를 맺지 않는 삼나무를 제외하고는 어떤 나무도 아자드, 즉 자유롭다고 일컬어지지 않습니다. 여기에 어떤 비밀이 있는지요?' 라고 물었다. 현자는 '어떤 나무에나 고유한 과실이 있고, 정해진 계절이 있다. 그 계절이 계속되는 동안에는 생기가 넘치고 꽃을 피우지만, 그 계절이 지나면 마르고 시든다. 삼나무는 계절에 구애받지 않고 언제나 푸르다. 아자드한 사람들, 즉 종교적으로 독립된 사람들도 이런 속성을 지닌다. 너희도 일시적이고 덧없는 것에 마음을 두지 마라. 칼리프의 시대가 끝난 후에도 디즐라, 즉 티그리스 강은 바그다드를 적시며 계속 흐를 것이기 때문이다. 너희에게 많은 재물이 있으면 대추야자나무처럼 아낌없이 나누어주라. 그러나 나누어줄 것이 없거든 삼나무처럼 자유인이 되라."

보충하는 시
가난의 허세

—토머스 커루

가난하고 궁핍한 철면피여, 그대는 뻔뻔하게도
하늘나라에서 한 자리를 요구하는구나.
그대의 초라한 오두막, 혹은 그대의 세탁통이
쉽게 얻을 수 있는 햇볕에서,
혹은 그늘진 샘터 옆에서
풀뿌리와 향신 채소로
나른하고 학자연하는 미덕을 기른다는 이유로.
거기에서 그대의 오른손은
아름다운 미덕을 꽃피우며
번성하는 마음에서 우러나는 인정 많은 열정을 찢어내고
본성을 타락시키며 감정을 마비시킨다.
또 고르곤처럼, 힘차게 뛰는 사람들마저

돌덩이로 바꿔놓는다.

우리는 그대의 어쩔 수 없는 절제에서 비롯되고,

기쁨도 모르고 슬픔도 모르는

부자연스런 무지에서 비롯되는

따분한 관계를 원하지 않는다.

능동적이지 못하고 어쩔 수 없어

거짓으로 끌어올린 소극적인 인내를

그대에게 원하는 것도 아니다.

이 비천하고 영락한 무리들은

평범함에 만족하는 까닭에

그대의 노예근성에 어울린다.

그러나 우리가 원하는 미덕은 평범을 넘어선 것들,

대담하고 너그러운 행위, 왕 같은 당당함,

만물을 꿰뚫어보는 신중함, 한계를 모르는 아량,

옛사람들도 이름을 남기지 못하고

헤라클레스, 아킬레우스, 테세우스와 같다며

유형만을 남겨놓은 영웅적인 미덕이다.

그대의 역겨운 오두막으로 돌아가라.

그리고 새롭게 빛나는 하늘을 보거든

그 위인들이 어떤 존재였던가를 알아보라.

나는 어디에서,
무엇을 위하여 살았는가

Where I Lived, and What I Lived For

우리는 삶의 어느 시기에 이르면 모든 장소를 내가 살 집터로 가능한 곳인지 습관적으로 생각해보게 된다. 그래서 나는 내가 사는 곳을 중심으로 사방 12마일 안을 측량했다. 나는 상상으로 모든 농장을 잇달아 사들였다. 돈이 있으면 어떤 농장이든 살 수 있었는데, 내가 농장들의 가격을 알고 있었기 때문이다. 나는 모든 농장의 땅을 하나씩 직접 밟고 다니며, 야생 사과를 맛보았고 주인과 농사일에 대한 이야기를 나누었다. 또 어떤 값을 부르든 주인이 원하는 값에 농장을 사들여 그에게 다시 저당 잡히는 생각도 해보았다. 때로는 주인이 부르는 값보다 더 높은 값을 매길 때도 있었다. 말하는 걸 지극히 좋아하는 나는 그의 말을 토지 문서로 여겨 토지 문서를 제외한 모든 것을 인수해 경작을 시작하고 그 주인까지도 어느 정도 교화시키고, 농사일을 충분히 즐긴 후에는 뒤로 물러서 그가 농사를 계속 짓도록 넘겨주는 상상도 해보았다. 이런 경험 때문에 친구들은 나를 일종의 부동산 중개인으로 생각할 지경이었다. 내가 어디에 눌러앉든 나는 그곳에 살 수 있는 가능성이 있었고, 따라서 경치는 나를 중심으로 펼쳐졌다. 집이 '세데스', 즉 엉덩이를 붙이는 곳이 아니라면 무엇이겠는가? 시골에 엉덩이를 붙이고 산다면 더욱 좋을 것이다. 나는 조만간 개발 될 가능성이 없는 많은 집터를 찾아냈다. 마을에서 너무 멀리 떨어졌 다고 생각할 사람도 있겠지만, 내 눈에는 마을이 그 집터로부터 너무 멀리 떨어진 것으로 보였다. 나는 "여기라면 충분히 살 수 있겠어!"라 고 말하며, 그곳에서 한 시간 동안 머물면서 여름과 겨울을 미리 살아 보고, 어떻게 몇 년의 시간을 보내며 겨울을 이겨내고 봄이 오는 걸 볼 수 있을까 생각해보았다. 장래에 이 지역에 살게 될 사람들은 어디에 집을 짓든 그들의 도래가 오래전 예견됐다는 걸 확인할 수 있을 것이 다. 땅을 과수원과 숲과 초지로 구획한 후, 어떤 떡갈나무나 소나무는 문 앞에 그대로 남겨두고 고목나무는 어디에서 보아야 가장 멋지게 보 이는지 결정하는 데 오후 한나절이면 충분했다. 나는 그 땅을 경작할 수 있도록 묵혀두었다. 그대로 내버려둘 수 있는 것이 많을수록 부유 한 사람이기 때문이다.

나는 상상의 나래를 활짝 펴서 몇몇 농장의 선매권까지 갖는 꿈— 선매권은 실제로도 내가 간절히 원하는 것이었다—까지 꾸었지만, 농 장을 실제로 소유하는 어리석은 짓을 범하지는 않았다. 그러나 내가 실제로 농장을 소유할 뻔한 적이 있었다. 바로 홀로웰 농장을 구입했 을 때로 나는 당시 종자를 선별하기 시작했고, 종자를 운반할 외바퀴 손수레를 만들 재료를 모으기도 했다. 그러나 땅주인이 내게 토지 문 서를 양도하기 전에, 그의 아내가 마음을 바꿔 농장을 계속 유지하고 싶어했다—어떤 남자에게나 그런 부인이 있기 마련이다. 그래서 땅주인은 내게 10달러를 주겠다며 계약을 해지하자고 했다. 지금에야 사실대로 말하지만, 나는 당시 가진 돈이 10센트밖에 없었다. 따라서 내가 10센트만을 가진 사람인지, 농장을 가진 사람인지, 10달러를 가진 사람인지, 아니면 그 모든 것을 가진 사람인지 내 산수 능력으로는 도무지 구분할 수 없었다. 하지만 나는 그것을 충분히 즐겼기 때문에 땅주인에게 10달러는 물론이고 농장까지도 그냥 가지라고 했다. 더 정확히 말하면, 너그럽게도 나는 내가 농장을 구입한 값 그대로 땅주인에게 되팔았고, 그 역시 부자가 아니었기 때문에 그에게 10달러를 선물로 주었다. 그래도 내게는 여전히 10센트와 종자, 그리고 외바퀴 손수레를 만들 재료가 남아 있었다. 덕분에 나는 내 가난에 아무런 손해도 입히지 않고 잠시나마 부자 노릇을 해보았다. 그때 그곳의 풍경이 내 기억에 남았다. 그 후로도 나는 해마다 그곳의 경치가 생산한 것을 외바퀴 손수레도 없이 내 기억으로 옮겨왔다. 따라서 경치와 관련해

나는 내가 측량한 모든 땅의 군주며,
그에 대한 내 권리를 의심할 이는 한 사람도 없다.

나는 한 시인이 농장에서 가장 값나가는 곳을 즐긴 후 돌아가는 걸 자주 보았는데 심술궂은 농부는 시인이 야생 사과를 약간 따갔을 거라고 생각할 뿐이다. 시인은 그의 농장을 운율에 옮겨, 즉 "보이지 않지만 가장 아름다운 울타리로 멋지게 에워싸고, 젖을 짜서 웃물을 걷어낸 후에 크림을 몽땅 가져가며, 농부에게는 찌꺼기 우유만 남겨놓았지

만, 농장 주인인 농부는 그 사실을 오랫동안 전혀 모른다"라고 했다.

내가 보기에 홀로웰 농장의 진정한 매력은 다음과 같은 것이었다. 첫째, 마을에서 2마일이나 떨어지고 가장 가까운 이웃도 반 마일 밖에 있는데다 간선도로와도 널찍한 밭을 사이에 두고 있어 완벽하게 외진 곳이었다는 점이다. 둘째는 농장의 경계를 이루는 강인데 농장 주인은 강에서 피어오르는 안개 덕분에 봄 서리의 피해를 입지 않는다고 말했지만, 내게는 그다지 중요하지 않았다. 셋째, 잿빛을 띠며 거의 허물어진 상태인 집과 헛간, 헐어빠진 울타리에 대한 생각도 나와 전 주인은 크게 달랐다. 넷째, 속이 비고 이끼로 뒤덮인 사과나무들에는 토끼가 갉아먹은 흔적이 있어 주변에 어떤 이웃들이 있는지 말해주었다. 그러나 무엇보다 마음을 사로잡았던 것은, 내가 이 강을 처음 거슬러 올라갈 때 품었던 이 농장에 대한 추억이었다. 당시 집은 울창한 꽃단풍나무 숲 뒤로 감추어져 있었지만 집에서 기르는 개 짖는 소리를 들을 수 있었다. 따라서 농장 주인이 바위들을 파내고 속이 빈 사과나무들을 베어내고 목초지 군데군데에서 올라온 어린 자작나무를 뿌리째 캐내기 전에, 한마디로 주인이 농장 환경을 개선하겠다고 손질을 가하기 전에 나는 홀로웰 농장을 사려고 서둘렀다. 위에서 언급한 매력을 즐기기 위해 나는 농장을 운영할 각오가 되어 있었다. 아틀라스처럼 세상을 내 어깨에 짊어지고—아틀라스가 그 대가로 어떤 보상을 얻었는지에 대해서는 들어본 바가 없다—농장 값을 지불하고 농장을 내 것으로 만들어 누구에게도 방해받지 않고 지내겠다는 바람 이외에는 어떤 동기나 이유도 없이 모든 일을 묵묵히 해내겠다는 각오가 되어 있었다. 농장을 그대로 내버려두면 내가 원하는 것을 풍성하게 수확할 수 있다는 걸 알았기 때문이다. 그러나 앞서 말했듯 이런 꿈은 물거품이 되고 말았다.

따라서 대규모 농장 운영에 관련해서 나는 씨 뿌릴 준비를 한 것으로 끝나고 말았지만, 채마밭은 꾸준히 가꾸어왔다. 많은 사람이 씨앗은 해가 묵을수록 좋아진다고 생각한다. 시간이 좋은 씨앗과 나쁜 씨앗을 구분해준다는 것은 확실하다. 그러므로 마침내 내가 씨를 뿌리게 될 때 실망할 가능성은 크게 줄어들 것이다. 그러나 나는 나와 같은 시대를 사는 사람들에게 "가능하면 오랫동안 자유롭게, 어디에도 얽매이지 말고 살아보라!"고 말하고 싶다. 농장 일에 얽매여 살든 군 교도소에 갇혀 지내든 별 차이가 없다.

내가 나만의 '컬티베이터'로 삼은 「농업론」을 쓴 대大 카토는 다음과 같이 말했다. 내가 읽은 유일한 번역본은 이 구절을 정말 엉망으로 번역해놓았다.

"농장을 구할 생각이 있다면 마음속으로 몇 번을 다시 생각해보고 욕심부려 사지 마라. 발품을 팔아 직접 둘러보는 수고를 아끼지 말고, 한 번만 둘러보면 충분할 거라고 생각하지 마라. 좋은 농장이라면 둘러볼수록 마음에 들 것이다."

나도 욕심부려 농장을 사지 않고, 내 목숨이 붙어 있는 동안 둘러보고 또 둘러보고 죽어서는 거기에 묻힐 생각이다. 그럼 그 농장이 더욱더 내 마음에 들지도 모르니까.

이번 실험은 내가 같은 유형으로 시도한 두 번째 실험이었다. 나는 이번 실험을 다소 자세하게, 하지만 편의상 2년간의 실험을 1년으로 축약해 설명해보려고 한다. 앞서 말했듯이, 나는 절망을 감싸고 달래기 위한 송가頌歌를 쓰려는 게 아니다. 아침에 횃대 위에 올라선 수탉처럼 기운차게 허풍이라도 떨어보려는 것이다. 그 때문에 이웃들이 잠에서 깨더라도!

내가 숲에 처음 정착한 날, 다시 말해 내가 낮과 밤을 숲에서 지내기 시작한 날은 우연히도 독립기념일, 즉 1845년 7월 4일이었다. 당시 집은 완성되지 않아 겨울을 나기에 적합하지 않았다. 회벽도 바르지 않고 굴뚝도 없이 겨우 비만 가려주는 정도였다. 벽은 비바람에 변색된 거친 판자가 전부였고, 게다가 곳곳에 널찍한 틈새가 있어 밤에는 서늘했다. 그러나, 똑바로 잘라낸 하얀 사잇기둥과 매끄럽게 새로 대패질한 문틀과 창문틀 덕분에 집 전체가 깔끔하고 시원해 보였다. 특히 아침에는 목재들이 이슬에 흠뻑 젖어, 정오가 되면 목재에서 향긋한 수액이 배어날 것만 같은 환상에 빠지곤 했다. 내 상상에서 이 집은 하루 종일 이런 장밋빛 잔상을 띠며, 내가 전해에 방문했던 산 위의 집을 떠올리게 해주었다. 그 집은 통풍이 잘되고 회벽을 칠하지 않은 오두막으로, 떠돌이 신을 반갑게 맞아주고 여신이 옷자락을 질질 끌며 거닐기에 부족함이 없는 집이었다. 내 집을 스쳐 지나는 바람도 산등성이를 휘몰아치는 바람이어서 지상의 음악에서 끊어진 가락, 즉 지상의 음악에서 천상의 부분만을 전해주었다. 아침 바람은 쉴 새 없이 불며, 창조의 시는 끊이지 않는다. 그러나 바람에 담긴 창조의 시를 듣는 귀는 소수에 불과하다. 올림포스 산은 속세를 떠나면 어디에나 있다.

보트를 제외하고 내가 전에 내 것으로 소유했던 유일한 집은 천막이었다. 이것은 내가 여름에 여행할 때 가끔 사용했던 것으로 둘둘 말려 지금도 내 다락방에 보관되어 있다. 그러나 보트는 몇 사람의 손을 거친 후에 이제는 시간의 강을 따라 멀리 사라졌다. 그런데 모든 면에서 알찬 집을 마련했으니 나도 세상에 정착하기 위해 상당히 진전한 셈이었다. 외장을 거의 입히지 않은 이 집은 나를 에워싼 일종의 결정체였고, 내 생각이 고스란히 반영된 집이었다. 또한 윤곽만 그린 그림처럼 많은 의미가 함축된 집이었다. 나는 바람을 쐬려고 집 밖으로 나갈 필요가 없었다. 집 안의 공기는 언제나 신선한 기운을 잃지 않았기 때문이다. 집 안에 앉아 있는 게 아니라 문 바로 뒤에 앉아 있는 기분이었다. 비가 내리는 날에도 마찬가지였다. 「하리반사」에서는 "새가 없는 집은 간을 맞추지 않은 고기와 같다"라고 말한다. 내 집은 그렇지 않았다. 나는 어느새 새들의 이웃이 되어 있었다. 그것은 새를 잡아 가둬놓았기 때문이 아니라, 새들 곁에 집을 지었기 때문이다. 나는 채마밭과 과수원을 번질나게 드나드는 새들만이 아니라 마을 사람들에게 전혀 혹은 거의 세레나데를 불러주지 않는 숲새들, 더 격정적으로 노래해 가슴을 뛰게 만드는 숲새들과도 이웃이 됐다. 티티새, 지빠귀, 풍금조, 멧새, 쏙독새를 비롯해 그 밖에도 많은 새가 있었다.

나는 콩코드 마을에서 남쪽으로 약 1마일 반쯤 떨어진 조그마한 호숫가에 자리를 잡았다. 마을보다 지대가 약간 높았고, 콩코드와 링컨 사이에 있는 커다란 숲 한복판이었으며, 주변에서 유일하게 널리 알려진 들판 콩코드 전쟁터에서 남쪽으로 2마일쯤 떨어진 곳이었다. 그러나 내 집은 숲에서 상당히 낮은 곳에 위치해, 맞은편 호반은 반 마일밖에 떨어지지 않았지만 다른 곳과 마찬가지로 숲으로 덮여 있어 내 집에서 가장 멀리 떨어진 지평선을 이루었다. 처음 일주일 동안은 바라볼 때마다 호수가 산허리에 위치하고 있어, 호수의 바닥이 다른 호수의 수면보다 훨씬 높을 거라는 인상을 받았다. 해가 뜨면, 호수는 밤에 입은 안개 옷을 벗기 시작하며, 여기저기에서 잔물결과 햇살에 반사된 잔잔한 수면이 조금씩 드러났다. 그 사이에 안개는 밤의 비밀집회를 끝낸 유령처럼 사방에서 살그머니 숲으로 물러났다. 산허리에 있기 때문인지, 이슬은 다른 어느 곳보다 늦게까지 나무에 맺혀 있는 것 같았다.

8월의 잦은 폭우가 멈춘 후 이 조그만 호수는 내게 가장 소중한 이웃이었다. 공기와 물은 전혀 움직이지 않았지만 하늘에는 구름이 가득했다. 한낮에도 저녁처럼 쥐죽은 듯 고요했지만, 사방에서 지저귀는 티티새의 노랫소리가 호숫가 곳곳에서 들렸다. 호수는 바로 이런 때가 가장 잔잔하다. 호수 위의 맑은 공기층은 얇고 구름에 의해 금세 어둑해지기 때문에 원래의 햇살과 반사된 빛으로 가득 채워진 수면은 낮은 하늘이 되며, 그 자체로는 훨씬 더 소중한 하늘이 된다. 얼마 전 나무들을 벤 근처 언덕 꼭대기에서 굽어보면, 호수 너머 남쪽으로 굴곡지면서 드넓게 뻗어가는 언덕들이 아름다운 풍경을 빚어낸다. 언덕은 끝자락에서 호수와 맞닿았고, 마주 보는 언덕들의 경사면은 울창한 계곡을 이루며 호수 방향으로 흐르는 강을 형성하고 있는 것처럼 보였지만, 실제로는 어떤 강도 없었다. 그쪽 녹음에 우거진 언덕들 사이로 그 너머까지 눈을 돌리면, 지평선에서 푸른 기운을 띤 한층 높은 산들이 보였다. 또 까치발을 딛고 서면 북서쪽에서 훨씬 푸르고 더 멀리 있는 산맥의 몇몇 봉우리가 어렴풋이 보이기도 했다. 이것은 마치 하늘에서 절대 바래지 않는 푸른색으로 찍어낸 동전처럼 보였다. 마을의 한 귀퉁이도 보였다. 그러나 그 지점에서도 나를 둘러싼 숲 너머 다른 방향으로는 아무것도 보이지 않았다.

근처에 물이 있으면, 땅에 부력을 주어 땅을 띄워주기 때문에 좋다. 아주 작은 샘이라도 그 안을 들여다보면 땅이 대륙이 아니라 섬이라는 사실을 깨닫게 해준다는 점에서 가치가 있다. 이런 점은 샘물이 버터를 차갑게 유지해주는 역할만큼이나 중요하다. 홍수가 나면 호수 너머의 서드베리 초원은 대야에 빠진 동전처럼 신기루 현상에 의해 급류로 변한 계곡에서 약간 떠 있는 것처럼 보였다. 따라서 그 언덕 꼭대기에 서서 서드베리 초원 쪽을 바라보면 호수 너머의 모든 땅이 중간에 낀 이 작은 호수에 의해서도 고립되어 마치 물 위에 떠 있는 얇은 빵 껍질처럼 보였고, 내가 사는 이곳이 새삼 그저 '마른 땅'에 불과하다는 걸 깨달았다.

집 앞에서 내다본 풍경은 훨씬 좁지만 나는 조금도 답답하거나 갇혀 있다는 느낌이 들지 않았다. 내 상상력을 북돋아주기에 충분히 널찍한 초원이 있었다. 반대편 호반은 높은 고원지대로 올라갔고, 왜소한 졸참나무가 우거진 고원지대는 서부의 대평원과 타타르의 대초원을 향해 뻗어가며, 한곳에 정착하지 못하는 모든 인간 가족들에게 넉넉한 공간을 제공했다. 그래서 다모다라는 자신의 가축들에게 새롭고 더 넓은 초지가 필요했을 때 "광활한 지평선을 자유롭게 즐기는 존재를 제외하고는 이 세상에서 누구도 행복하지 않다"라고 말했던 것이다.

장소와 시간, 모두가 바뀌었다. 나는 우주에서 가장 매혹적인 지역에, 또 역사에서 내 마음을 가장 끌어당기던 시대에 더 가까워졌다. 나는 천문학자들이 밤마다 관찰하는 수많은 별만큼이나 아득히 멀리 떨어진 곳에서 살았다. 우리는 천상계의 외진 한구석에, 카시오페이아의 의자 뒤로 세상의 소음과 번민에서 벗어난 무척 즐거운 곳들이 있으리라고 상상하곤 한다. 나는 내 집이 우주에서 그처럼 외따로 떨어졌지만 언제나 새롭고 더럽혀지지 않은 장소에 실제로 자리 잡고 있음을 발견했다. 플레이아데스성단이나 히아데스성단, 혹은 알데바란 별이나 견우성에서 조금이라도 가까운 곳에 사는 게 정말 가치 있는 일이라면 나는 실제로 그런 곳에서, 즉 내가 뒤에 남겨두고 온 삶으로부터 그만큼 멀리 떨어진 곳에서 살았다. 따라서 가장 가까이에서 사는 이웃에게도 나는 한없이 작아져가는 빛처럼 반짝거려, 달빛이 없는 밤에나 그에게 보일 뿐이었다. 내가 무단으로 들어가 점거한 창조의 공간은 그런 곳이었다.

한 목동이 살고 있었네.
그의 양떼가 주변을 거닐다
시간마다 그를 먹이던
저 산만큼 드높은 생각을 품고.

목동의 양떼가 목동의 생각보다 높은 풀밭을 찾아 꾸준히 올라갔다면, 목동의 삶은 어떻게 달라졌을 것인가?

언제나 아침은 내 삶을 자연과 똑같이 소박하게, 감히 말하자면 자연처럼 순결하게 꾸려가라는 초대장이었다. 나는 예전부터 그리스인만큼이나 아우로라 여신을 진심으로 숭배해왔다. 나는 아침 일찍 일어나 호수에서 목욕을 했다. 그런 행위는 일종의 종교적 의식이었고, 내가 가장 잘한 행위 중 하나였다. 중국 탕왕의 욕조에는 이런 취지에서 "매일 네 자신을 완전히 새롭게 하라. 매일 똑같이 되풀이하고 영원히 그렇게 하라"라는 글이 새겨져 있다고 전한다. 나는 이 말에 담긴 뜻을 이해할 수 있다. 아침은 영웅들의 시대를 되살려낸다. 이른 새벽에 문과 창문을 열어놓고 앉아 있으면, 보이지도 않고 상상할 수도 없게 내집 안을 헤집고 돌아다니는 모기의 희미하게 앵앵거리는 소리에도 나는 예부터 명성을 노래한 어떤 나팔 소리 못지않은 감동을 받는다. 모기의 날갯짓 소리는 호메로스의 진혼곡이었다. 그 자체로 분노와 방랑을 노래하는 공중에서 맴도는 『일리아드』와 『오디세이아』 같은 대서사시였다. 모기의 날갯짓 소리에는 광대무변한 면이 있다. 그것은 이 세상의 변함없는 생장력과 생식력을 금지당할 때까지 알리려는 지속적인 광고였다. 아침은 하루에서 가장 기억에 남는 시간이며 잠을 깨는 시간이다. 우리는 아침에 가장 덜 졸립다. 밤낮을 가리지 않고 항상 잠을 자는 우리 몸의 어떤 부분도 아침에는 적어도 한 시간 정도 깨어 있다. 우리가 천분天分에 의해 깨지 않고 하인이 기계적으로 살짝 선드러주는 덕분에 잠을 깬다면, 또 새롭게 얻은 힘과 내면의 열망 및 거기에 동반되는 천상의 굽이치는 음악과 대기를 가득 채운 향기에 의해서가 아니라 공장의 종소리에 잠을 깬다면, 우리가 그날 기대할 수 있는 것은 거의 없다. 적어도 우리가 잠들었던 전날보다 더 고귀한 삶을 살게 될 거라고 기대하기는 힘들다. 따라서 어둠도 열매를 맺으며, 빛 못지않게 소중한 것이라는 사실이 입증된다. 하루하루에 자신이 아직 더럽히지 않은 더 이른 더 신성한 새벽의 시간이 있다는 걸 믿지 못하는 사람은, 삶에 대한 희망을 버리고 어둠에 싸인 내리막길을 걷는 사람이다. 감각적인 삶을 부분적으로라도 중단하면 영혼은 물론이고 신체기관까지 매일 활력을 되찾고, 그로써 그의 천분은 한층 고결한 삶을 다시 시도하게 된다. 분명히 모든 기억할 만한 사건은 아침 시간과 아침의 대기에서 일어난다. 『베다』에서도 "모든 지혜는 아침과 함께 잠에서 깨어난다"라고 말하지 않는가. 모든 시인과 영웅은 멤논처럼 아우로라의 자식이며, 해가 뜰 때 그들의 음악을 토해낸다. 태양과 보조를 맞춰 활달하고 기운차게 생각하는 사람에게 하루는 언제나 아침이다. 시계가 몇 시를 가리키고, 다른 사람들이 어떤 태도로 어떻게 일하느냐는 중요하지 않다. 아침은 내가 깨어 있고 내 안에 새벽이 깃드는 때다. 도덕적인 개혁은 잠을 떨쳐내려는 노력이다. 사람들이 잠을 자며 시간을 보낸 것도 아닌데 그들의 하루를 제대로 설명하지 못하는 이유가 무엇일까? 그렇다고 그들이 계산에 어두운 사람들은 아니다. 그들이 나른한 졸음에 압도당하지 않았다면 뭔가를 해냈을 것이다. 수많은 사람이 잠을 깨서 육체노동을 한다고 하지만, 지적 능력을 효과적으로 발휘할 만큼 깨어 있는 사람은 백만 명 중 한 명에 불과하고, 시적인 삶이나 신성한 삶을 살아갈 정도로 깨어 있는 사람은 1억 명 중 한 명에 불과하다. 깨어 있다는 것은 살아 있다는 뜻이다. 안타깝게도 나는 지금까지 완전히 깨어 있는 사람을 만난 적이 없다. 하기야 그런 사람을 만났더라도 내가 어떻게 그 사람의 얼굴을 똑바로 쳐다볼 수 있었겠는가?

우리는 기계의 도움을 받지 않고, 우리가 깊은 잠에 빠졌을 때도 우리를 저버리지 않을 새벽을 한없이 기대함으로써 다시 깨어나고 항상 깨어 있는 상태를 유지하는 법을 배워야 한다. 인간이 의식적인 노력을 통해 삶의 질을 높이는, 의심할 바 없는 능력을 지녔다는 사실보다 우리에게 더 용기를 북돋워주는 것은 내가 아는 한 없다. 특별한 그림을 그리거나 조각을 해서 어떤 물건들을 아름답게 만들 수 있다는 건 대단한 일이다. 그러나 우리 주변을 감싸는 대기와 매질媒質 자체를 조각하고 색칠할 수 있다면 그야말로 영광스런 일이며, 우리는 분명히 그렇게 할 수 있다. 하루의 질에 영향을 미치는 것이야말로 최고의 예술이다. 누구에게나 아주 사소한 부분까지 가장 고결하고 중대한 시간에 묵상할 가치가 있게 자신의 삶을 만들 의무가 있다. 우리가 여기저기에서 얻는 빈약한 정보마저 무시한다면, 더 정확하게는 헛되이 날려버린다면 신탁을 전하는 무녀가 우리 삶이 어떻게 끝날 것인지 분명히 말해줄 것이다.

나는 숲으로 갔다. 온전히 내 뜻에 따라 살고, 삶의 본질적인 면에 부딪치고 싶었기 때문이다. 삶에서 배워야만 하는 것을 내가 배울 수 있는지 확인해보고 싶은 마음도 있었다. 또 죽음을 맞게 됐을 때 지금껏 제대로 살지 않았다고 후회하고 싶지도 않았다. 나는 삶이 아닌 삶을 살고 싶지 않았다. 삶은 정말로 소중한 것이니까. 나는 불가피한 경우가 아니면 이런 목표를 단념하고 싶지 않다. 나는 깊이 있는 삶을 살며, 삶의 골수骨髓를 완전히 빨아먹고 싶었다. 삶이 아닌 것을 모조리 없애버리면서 스파르타 사람처럼 기운차게 살고 싶었다. 낫을 휘둘러 넓은 길을 내고 풀을 바싹 베어 삶을 구석으로 몰아가서는 가장 낮은 단계까지 전락시킬 때, 삶이 천박한 것으로 판명난다면 삶의 천박함을 하나도 빠뜨리지 않고 완전히 알아내어 세상에 알리고, 반대로 삶이 숭고한 것이라면 경험을 통해 삶의 숭고함을 깨달아 내 다음 여행에서 그 사실을 정확하게 알리고 싶었다. 대부분의 사람이, 내가 보기에는 삶이 악마의 것인지 하느님의 것인지 모르면서도 인간이 존재하는 주된 목적을 '하느님을 찬양하며 하느님으로부터 영원한 즐거움을 얻기 위함'이라고 성급히 결론짓기 때문이다.

그러나 한 우화에서는 우리가 오래전에 인간으로 변했다고 말하지만, 우리는 아직도 개미처럼 비천하게 살아가고 있다. 또 우리는 소인족族처럼 두루미들과 싸우고 있다. 엎친 데 덮친 격이고, 얻어맞은 데 또 얻어맞은 셈이다. 이런 경우, 우리 최대의 장점은 충분히 피할 수 있는데도 쓸데없이 불쌍한 모습을 띠는 것이다. 우리 삶은 아무것도 아닌 일로 우왕좌왕한다. 정직한 사람은 열 손가락 넘게 헤아릴 게 거의 없고, 극단적인 경우에는 열 발가락을 보태고 나머지는 대충 하나로 뭉뚱그리면 충분하다. 단순하게, 소박하게, 수수하게! 당신의 일을 둘이나 셋으로 줄이고, 100가지나 1,000가지로 늘리지 마라. 100만 대신에 여섯까지만 세라. 장부를 엄지손톱에 기록하라. 문명화된 삶이라는 변덕스런 바다 한가운데에서는 구름과 폭풍과 유사流砂 등 온갖 것을 고려해야 하기 때문에 우리가 침몰해 바닥에 가라앉아 항구에 도착하지 못하는 사태가 벌어지지 않으려면 추측항법으로 살아가야만 한다. 이런 점에서 성공한 사람은 뛰어난 계산가인 것이 분명하다. 단순화하라, 단순화하라! 하루에 세 끼를 먹는 대신, 꼭 먹어야 한다면 한 끼만 먹어라. 100가지 요리 대신 다섯 가지로 만족하라. 다른 것들도 같은 비율로 줄여라. 우리 삶은 자잘한 소국으로 이루어진 독일 연방과 비슷하다. 국경은 끊임없이 변해 독일 사람도 국경이 어떻게 되었는지 알지 못한다. 우리나라도 이른바 내부적 개선을 하고 있음에도, 그것이 실제로는 외부적이고 피상적인 개선에 불과해서 정확한 계산과 가치 있는 목표의 부재로 흉측하게 비대해진 기관이 되고 말았다. 그것은 가구가 뒤죽박죽 흐트러지고 자체의 덫에 걸려 꼼짝하지 못하며, 사치품과 무분별한 지출로 황폐해진 기관이다. 이 땅의 수많은 가정도 다를 바가 없다. 국가와 가정에 만연한 이런 현상을 치유할 수 있는 유일한 방법은 엄격한 절약이다. 스파르타 사람들 이상으로 삶을 소박하고 단순하게 살며, 목적의식을 고양해야 한다. 우리 삶의 속도는 지나치게 빠르다. 사람들은 우리나라가 무역을 해서 얼음을 수출하고, 전신으로 소식을 주고받으며, 한 시간에 약 30마일을 달리는 것이 반드시 필요한 것이라고 생각한다. 그러나 그들은 정말로 그렇게 살아야 하는지 않는지에 대해서는 조금도 생각하지 않는다. 우리가 개코 원숭이처럼 살아야 하는 건지, 인간답게 살아야 하는 건지도 약간 헷갈린다. 우리가 침목을 만들지 않고 철로를 깔지 않는다면, 또 밤낮으로 일에 몰두하지 않는다면, 그래서 그때그때 땜질하는 방식으로 우리 삶을 개선한다면, 누가 철로를 놓을 것인가? 철로가 놓여 있지 않다면 우리가 어떻게 제때 천국에 갈 수 있겠는가? 그러나 관점을 바꿔, 우리가 집에 머물며 우리 일에만 열중한다면 누가 철로를 원하겠는가? 우리가 철로 위를 달리는 게 아니라 철로가 우리 위를 달리고 있다. 철로를 떠받치는 침목들이 무엇인지 생각해본 적이 있는가? 침목 하나하나가 사람, 아일랜드 사람이거나 양키, 즉 뉴잉글랜드 사람이다. 철로가 그들 위에 놓였고, 그들은 모래로 덮였다. 결국 기차는 그들 위를 매끄럽게 달리는 셈이다. 장담하지만, 그들은 건강한 침목들이다. 몇 년 주기로 새로운 침목이 깔리고 그 위로 기차가 달린다. 따라서 철로 위를 달리는 즐거움을 누리는 사람이 있는 반면, 철로를 떠받치는 불행한 역할을 해야 하는 사람도 있다. 잠에 취해 걷는 사람, 즉 잘못된 방향으로 놓인 예비 침목에 기차가 부딪히며 그 사람을 잠에서 깨우면, 승객들은 갑자기 기차를 멈춰 세우고 무슨 예외적인 사건이라도 터진 것처럼 소동을 피운다. 침목을 원래 놓인 대로 평평하게 유지하려면 5마일마다 인부가 필요하다는 사실을 알았을 때 나는 무척 기뻤다. 그런 정보는 그들이 때때로 다시 잠에서 깨어, 일어날 수 있다는 전조이기 때문이다.

왜 우리는 이처럼 바쁘게 살며 삶을 허비해야 하는가? 마치 굶주리기도 전에 굶어죽겠다고 결심한 꼴이다. 우리는 제때의 한 바늘이 나중에 아홉 바늘을 던다고 말하면서도 내일 아홉 번 바느질하는 수고를 덜려고 오늘 1,000바늘을 꿰고 있다. 우리는 일을 한다고 늘 바쁘지만 막상 중요한 일은 하나도 없다. 모두가 무도병舞蹈病에 걸려 머리를 가만히 놓아두지 못하는 것 같다. 만약 불이 나서 내가 교회의 종 줄을 종의 아가리가 뒤집어지지 않을 정도로 몇 번 잡아당기기만 하면, 콩코드 외곽의 자기 농장에서 일하는 남자들, 아침까지도 바빠 죽겠다고 입이 닳도록 투덜대던 남자들은 물론이고 어린아이와 여자들까지 모든 걸 내팽개치고 종소리를 따라 몰려들 것이다. 하지만 대부분은 화염에 싸인 재산을 구하려고 몰려든 것이 아니다. 사실대로 말하면, 불난 건물은 탈 만큼 타야 하는 것이고, 모두가 알다시피 우리가 불을 지른 것은 아니라는 생각으로 불구경을 하려고 온 사람이 훨씬 더 많다. 또 불 끄는 걸 구경하다가, 멋지게 보이면 그 작업에 슬그머니 끼어드는 사람도 있다. 불난 건물이 교회인 경우도 마찬가지다. 어떤 사람은 식사를 하고 나서 30분 정도 선잠을 자고 눈을 뜨자마자 고개를 치켜들며, 다른 모든 사람이 그를 위해 보초라도 선 것처럼 "무슨 새로운 소식 없나?"라고 묻는다. 어떤 사람은 30분마다 깨워달라고 부탁하지만 특별한 목적이 있는 것도 아니다. 그래도 그는 깨워준 대가를 지불하려고 꿈 이야기를 해준다. 밤잠을 자고 난 후의 뉴스는 아침 식사만큼 빼놓을 수 없는 것이다. '이 세상 어디에서든 사람들에게 일어난 새로운 소식을 말해주세요!' 라는 심정으로 그는 커피를 마시고 롤빵을 씹으면서 어떤 기사를 끝까지 읽는다. 그것은 한 남자가 와시토 강변에서 그날 아침 두 눈을 뽑혔다는 기사다. 그 기사를 읽는 동안, 그는 자신이 어둡고 깊이를 알 수 없는 매머드 동굴에 살고 있으며 눈이 퇴화되어 원시체만을 갖고 있다는 사실을 상상조차 하지 못한다.

나는 우체국이 없어도 편하게 살 수 있을 것 같다. 내 생각에는 우체국을 이용하면서까지 주고받아야 할 중요한 소식은 거의 없는 듯하다. 비판적으로 말하면, 수년 전에도 똑같은 이야기를 했지만 지금까지 나는 우표 값을 할 만한 편지를 한두 통밖에 받지 못했다. 1페니 우편제도는 "1페니를 줄 테니 당신 생각을 말해달라"고 편하게 던지던 농담이 누군가의 생각을 얻기 위해 정말로 1페니를 내야 하는 제도가 되어버린 것이다. 나는 신문에서도 기억할 만한 소식을 읽었다는 기억이 없다. 누군가 강도를 만났다거나 살해당했다거나 사고로 죽었다는 소식, 어떤 집에 불이 났고, 어떤 배가 침몰했으며, 어떤 기선이 폭발했고, 어떤 젖소가 서부 철도노선에서 기차에 치였으며, 어떤 미친개가 죽었고 겨울철에 메뚜기떼가 나타났다는 소식은 한 번 읽고 나면 다시 읽을 필요가 없다. 한 번이면 충분하다. 원칙을 알고 있다면 무엇 하러 무수한 사례와 적용에 신경 쓰는가? 철학자에게 이른바 '새 소식'은 모두 한담에 불과하다. 그런 소식을 편집하고 읽는 사람은 찻잔이나 홀짝대는 나이 든 아줌마들뿐이다. 하지만 이런 한담에 목숨을 거는 사람들이 적지 않다. 일전에 어떤 신문사에 새로 들어온 외국 소식을 알려는 사람들이 엄청나게 몰려든 바람에, 신문사 건물의 커다란 판유리 몇 장이 사람들의 무게를 이기지 못하고 박살났다는 소식을 들었다. 그런데 진지하게 생각해보면, 그 외국 소식이라는 것도 시대를 읽는 지혜가 있는 사람이라면 12개월 전, 아니 12년 전이라도 상당히 정확히 써낼 수 있는 소식이었다. 예를 들어 스페인의 경우에는 돈 카를로스와 공주, 돈 페드로와 세비야와 그라나다―내가 신문을 끊은 이후로 이름이 바뀌었을 수도 있다―를 때때로 적당한 비율로 집어넣어 기사를 꾸미고, 다른 흥밋거리가 없을 때는 투우에 관한 기사로 보충하는 방법을 터득하면 그 기사는 문자 그대로 사실이어서, 신문에서 같은 제목으로 간결하고 명쾌하게 작성된 기사들만큼이나 훌륭하게 스페인의 정확한 상황이나 혼란상을 우리에게 전해줄 것이다. 영국의 경우, 그 땅에서 마지막으로 있었던 의미 있는 뉴스거리는 1649년의 혁명이었다. 따라서 영국이 평년에 수확하는 농산물의 역사를 알고 있다면, 당신이 돈을 벌려고 농산물 투기에 관계하지 않았다면, 영국의 수확량에 관심을 갖고 주목할 필요가 없다. 신문을 거의 보지 않는 사람이 추측할 수 있을 정도라면 외국에서는 새로운 사건이 거의 일어나지 않는다는 뜻이다. 프랑스 혁명 같은 혁명도 예외가 아니다.

새 소식이라! 결코 늦지 않는 것이 무엇인지 아는 게 훨씬 중요하지 않겠는가! 위나라의 대부 거백옥이 공자에게 사람을 보내 근황을 물었다. 공자는 거백옥의 사자를 옆에 앉히고 "그대의 주인은 요즘 어떻게 지내시나?"라고 물었다. 사자가 공손하게 "저의 주인께서는 허물을 적게 하려고 하나 잘 되지 않는 것 같습니다"라고 대답했다. 사자가 떠난 후 공자는 "훌륭한 사자로다! 훌륭한 사자로다!"라고 말했다. 목사는 한 주일을 끝내는 휴식의 날에―일요일은 새롭고 용기 있게 한 주일을 시작하는 날이 아니라 잘못 보낸 한 주일을 적절히 끝내는 날 이기 때문에―질질 끄는 지루한 설교로 그렇잖아도 나른한 농부들의 귀를 괴롭히지 말고, 우레 같은 목소리로 "중지! 정지! 겉으로는 빨라 보이면서 왜 그리 느린가?"라고 꾸짖어야 한다.

가짜와 잘못된 생각이 가장 건전한 진실로 존중받는 반면 진실은 거짓된 것으로 여겨지는 세상이다. 인간이 줄기차게 진실만을 주시하며 기만당하지 않으려고 애쓴다면 우리가 알고 있는 것과 비교할 때 삶은 동화나 『아리비안 나이트』처럼 흥미진진할 것이다. 우리가 피할 수 없는 것과 당연히 존재해야 하는 것만을 존중한다면, 음악과 시가 길거리 어디에서나 울려퍼질 것이다. 우리가 서두르지 않으며 여유 있고 현명하게 처신한다면, 언제나 위대하고 가치 있는 것만이 절대적으로 존재한다는 걸 깨닫게 될 것이며, 사소한 두려움과 별 가치 없는 즐거움은 진실의 그림자에 불과하다는 것도 알게 될 것이다. 이런 삶은 우리에게 언제나 원기를 북돋워주는 숭고한 삶이다. 그러나 우리는 눈을 감고 잠에 빠져 세월을 허송하며, 겉모습에 무비판적으로 현혹됨으로써 판에 박힌 일상의 삶을 살아간다. 이것은 순전히 착각에 근거한 삶이다. 어린아이들은 삶을 놀이로 생각하기 때문에 어른보다 삶의 진정한 규칙과 관계를 더 명확하게 구분한다. 어른들은 삶을 가치 있게 살아가지 못하지만 경험을 통해, 즉 실패를 통해 배운 덕분에 어린아이들보다 현명하다고 생각한다. 그러나 나는 인도의 어떤 책에서 다음과 같은 구절을 읽은 적이 있다.

"옛날에 왕의 아들이 어렸을 때 왕궁에서 쫓겨나 나무꾼의 손에서 자랐다. 그는 이런 상태에서 어른이 됐기 때문에 자신이 이 야만적인 부족의 일원이라고 생각했다. 그런데 아버지의 대신 하나가 그를 발견하고 그의 진짜 신분에 대해 알려주었다. 하여 그는 자신의 신분에 대한 오해를 떨쳐내고 자신이 왕자인 걸 알게 됐다."

인도 철학자는 이 일화를 언급한 후 "따라서 어떤 사람이나 자신이 처한 환경에 영향을 받아 자신의 위치를 잘못 생각하지만, 결국에는 고결한 스승을 통해 자신의 위치에 대한 진실이 밝혀지고, 그때서야 자신이 '브라마'임을 알게 된다"라고 덧붙였다. 나는 우리 뉴잉글랜드 사람들이 세상의 껍데기를 꿰뚫어보지 못하기 때문에 지금처럼 비천한 삶을 사는 것이라고 생각한다. 우리는 존재하는 것처럼 보이는 것이 실제로 존재한다고 믿는다. 어떤 사람이 이 마을을 걸어다니며 오로지 진실만을 본다면 '물방아보※'가 어디로 가겠는가? 그가 거기에서 본 것을 있는 그대로 우리에게 이야기한다면 우리는 그가 어떤 곳을 말하는지 알아내지 못할 것이다. 공회당, 법원, 교도소, 상점, 우리가 사는 집을 보라. 진실한 눈으로 볼 때 그것들이 실제로 무엇인지 말해보라. 당신이 진실한 눈으로 그것들을 보며 설명하면, 그 과정에서 그것들 모두가 산산조각날 것이다. 사람들은 진실을 멀리 있는 것, 우주의 외곽, 가장 멀리 떨어진 별 뒤에 있는 것이라고 생각한다. 아담보다 먼저 있었고, 최후의 인간 이후에도 남아 있을 것이라고 생각한다. 물론 영원에는 진실하고 숭고한 무엇이 있다. 그러나 이 모든 시간과 장소의 경우는 바로 지금 여기에 있는 것이다. 하느님 자신도 지금 이 순간 궁극에 이르며, 시간의 흐름에서 이 순간보다 더 신성한 때는 없다. 우리는 우리를 에워싼 진실을 끊임없이 받아들여 진실에 완전히 푹 젖어야만 숭고하고 고결한 것을 이해할 수 있다. 우주는 우리가 마음에 품은 생각에 변함없이 고분고분 응답해준다. 우리가 빨리 여행하든 느리게 여행하든 거기에는 우리를 위한 길이 놓여 있다. 이렇게 생각하며 우리 삶을 살아보자. 시인이나 예술가가 홈 없고 지극히 고결한 구상을 머릿속에 품지 못했더라도 후손 가운데 누군가는 그 일을 해낼 수 있었다.

하루를 자연처럼 살아보자. 그렇다고 철로 위에 떨어진 견과류 껍질이나 모기의 날개 때문에 탈선하는 기차처럼 엉뚱한 짓을 하라는 것은 아니다. 꾸물대지 말고 아침 일찍 일어나거나, 소란 피우지 말고 점잖으면서도 신속하게 아침 식사를 끝내보자. 오겠다는 친구를 거절하지 말고 가겠다는 친구를 말리지 말며, 종이 울리면 듣고 아이들이 울어도 내버려두며 하루를 보내보자. 우리가 시대의 흐름에 굴복하고, 거기에 휩쓸려 살아가야 할 이유가 어디에 있는가? 태양이 정점에 이른 때 얕은 여울에 자리 잡은 점심이라고 불리는 저 무서운 급류와 소용돌이에 휩쓸리고 짓눌리지 말자. 이런 위험을 이겨내야 우리가 안전하다. 그 이후로 길은 내리막길이기 때문이다. 긴장을 풀지 말고 아침의 활력을 유지하며, 율리시스처럼 돛대에 몸을 묶고 급류와 소용돌이를 피해 다른 길을 모색하며 항해하자. 기관사가 기적을 울리면, 고통 때문에 목이 쉴 때까지 울리도록 내버려두자. 종이 울린다고 해서 우리가 뛰어야 할 이유가 무엇인가? 종을 음악과 비슷한 것이라고 생각할 수도 있지 않은가. 이제부터라도 우리는 마음을 가라앉히고 여론과 편견 및 전통과 착각과 겉치레로 뒤덮인 진창, 즉 지구를 뒤덮은 충적지를 우리 발로 헤치고 나가 파리와 런던, 뉴욕과 보스턴과 콩코드를 지나고, 교회와 국가를 지나며, 시와 철학과 종교를 지나면 마침내 본래 있어야 할 곳에 있는 단단한 바닥과 바위에 이르게 될 것이다. 그곳이 바로 '진실'이라 말할 수 있는 곳이고, 우리가 "여기야, 확실해!"라고 말할 수 있는 곳이다. 따라서 큰물과 서리와 불 아래로 '프앵 다쀠', 즉 성벽과 국가의 기초를 놓을 수 있고 가로등을 안전하게 설치할 수 있는 곳을 마련했으므로, 그곳에 측정기를 설치해보자. 나일로미터가 아니라, 진실의 측정기를 설치해보자. 그래야 가짜와 겉치레라는 홍수가 시시때때로 진실을 얼마나 깊이 뒤덮었던가를 미래 세대가 알 수 있을 테니까. 우리가 현실과 마주 보고 현실을 직시한다면 태양이 언월도처럼 양면 모두에서 빛나는 걸 보게 되고, 그 칼날이 달콤하게 당신의 심장과 골수까지 파고드는 걸 느끼며, 그로 인해 인간으로서 우리의 삶을 행복하게 끝마치게 될 것이다. 우리가 정말 죽어가는 것이라면 목구멍에서 가르랑거리는 소리를 듣고 사지 끝에서부터 차가워지는 것을 느끼자. 하지만 그 후에도 우리가 살아 있다면 우리가 해야 할 일을 하자.

시간은 내가 낚시질하는 강일 뿐이다. 나는 그 강에서 목을 축인다. 그러나 그 강물을 마실 때 모래 바닥을 보며 강이 얼마나 깊은지 가늠한다. 시간은 얕은 곳에서 힘없이 흘러 덧없이 멀어지지만, 영원은 남는다. 나는 더 깊은 곳에 들어가 물을 마신다. 별들이 조약돌처럼 바닥에 깔린 하늘에서 낚시질한다. 나는 셈을 전혀 하지 못한다. 알파벳의 첫 글자도 모른다. 나는 이 세상에 태어난 날만큼 지혜롭지 못한 것을 항상 한탄해왔다. 지성은 푸줏간의 큰 칼이다. 지성은 세상의 비밀을 식별하고 그것을 갈라낸다. 나는 필요 이상으로 내 손을 바쁘게 놀리고 싶지 않다. 손과 발도 내 머리이기 때문이다. 나는 내 최고의 능력들이 머리에 집약되어 있다는 걸 분명히 느낀다. 몇몇 동물이 주둥이와 앞발을 사용해 뭔가를 찾듯 내 머리도 뭔가를 찾기 위한 기관이라는 것을 본능적으로 안다. 그래서 나는 머리를 활용해 이 언덕들에서 내가 나아갈 길을 파내고 찾아낼 것이다. 분명히 이 부근 어딘가에 풍부한 광맥이 있을 거라고 생각한다. 나는 점지팡이와 엷게 피어오르는 연기로 그것을 판단할 것이다. 바로 여기서부터 내가 나아갈 길을 찾아나설 것이다.

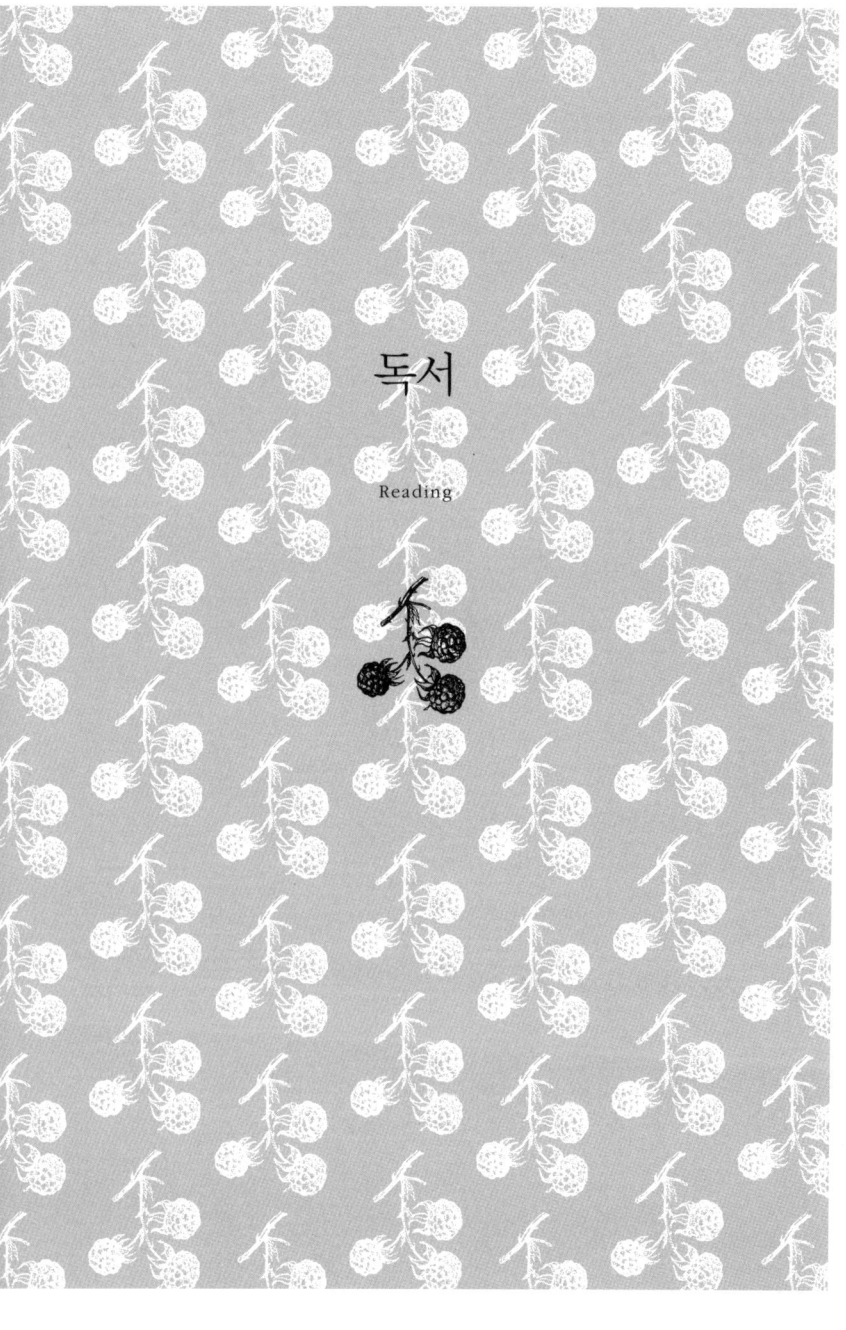

독서

Reading

직업을 선택할 때 좀더 신중했다면 아마 모두가 근본적으로는 학자나 관찰자가 됐을 것이다. 남녀노소를 막론하고 우리는 누구나 인간의 본성과 운명에 관심이 많기 때문이다. 자신이나 후손을 위해 재산을 축적하고 가문이나 국가를 세우며 명성까지 얻어도 우리는 결국 죽기 마련이다. 그러나 진실을 다룬다면 우리는 영원히 죽지 않을 것이며, 변화와 사고를 두려워할 필요가 없다. 고대 이집트와 인도의 철학자가 신의 조각상을 덮은 베일의 한 귀퉁이를 처음으로 벗겨냈다. 하지만 그 베일은 지금도 들려진 채 살랑살랑 흔들려, 그 철학자가 그랬듯이 나도 그 신선하고 눈부신 모습에서 눈을 떼지 못한다. 당시 그렇게 대담했던 사람은 그 철학자 안의 나였고, 지금 그 모습을 회상하는 사람은 내 안의 그 철학자이기 때문이다. 그 베일에는 먼지 하나 내려앉지 않았다. 그 신성한 모습이 드러난 이후로 시간조차 흐르지 않았다. 우리가 진정으로 개선하려는 그 시간, 또한 개선될 수 있는 그 시간은 과거도 현재도 미래도 아니다.

내 집은 대학보다 사색하기에 적합했을 뿐 아니라 진지한 독서를 하기에도 나왔다. 흔하디흔한 순회도서관조차 찾아오지 않는 곳이었지만 이곳에서 나는 세상을 떠돌아다니는 책들, 처음에는 나무껍질에 씌어졌지만 지금은 가끔 리넨 종이에 인쇄될 뿐인 책들에게 어느 때보다 더 깊은 영향을 받았다. 시인 미르 카마르 우딘 마스트는 "앉아서도 영적인 세계를 경험하는 이점을 나는 책에서 얻었고, 포도주 한 잔에도 취하는 즐거움을 심원한 교리라는 술을 마셨을 때 경험했다"라고 말한다. 나는 호메로스의 『일리아드』를 여름 내내 책상 위에 올려두었지만 가끔씩 그 책을 들춰보았다. 처음에는 집 짓기를 마무리하는 동시에 콩밭을 일구어야 했기 때문에 손을 놓을 틈이 없어, 그 이상으로 책을 읽는다는 건 불가능했다. 하지만 앞으로는 책 읽을 시간이 얼마든지 있을 거라는 희망에 기운을 잃지 않았다. 일하는 짬짬이 한두 권의 천박한 여행기를 읽었고, 결국에는 외딴 호숫가에서 시간을 보내는 자신이 부끄러워 "지금 나는 어디에 살고 있는 거야?"라고 스스로 질책하기도 했다.

학생은 호메로스나 아이스킬로스의 작품을 그리스어로 읽더라도 방탕과 사치에 빠질 위험이 없다. 영웅을 다룬 책들을 읽고 학생은 영웅을 어느 정도 본받고, 그런 책을 읽는 데 아침 시간을 할애할 것이기 때문이다. 영웅을 그린 책들이 우리 모국어의 문자로 인쇄되더라도 타락한 시대에 사는 사람에게는 도무지 이해되지 않을 것이다. 따라서 우리는 지혜와 용기와 관용을 발휘해 일상적인 용법이 허용하는 것보다 더 큰 의미를 추측해가며 단어 하나하나, 문장 하나하나의 뜻을 열심히 찾지 않으면 안 된다. 요즘 저렴한 가격에 많은 출판물이 쏟아져

나오고 번역된 책도 많지만, 고대의 영웅을 그린 작가들은 좀처럼 소개되지 않는다. 그들은 여느 때와 마찬가지로 멀리 동떨어진 사람들처럼 보이고, 그들의 작품을 인쇄한 문자는 희한하고 이상해 보인다. 그래도 고대 언어에서 영원히 잊히지 않을 암시와 자극이 될 만한 몇 마디를 배워 길거리의 천박함을 딛고 일어선다면, 젊은 날과 소중한 시간을 투자할 가치는 충분하다. 농부가 어딘가에서 들은 라틴어 몇 마디를 머릿속에 담아두고 반복해서 사용한다고 해서 쓸데없는 짓을 한다고 욕할 것은 없다. 때때로 사람들은 고전 연구가 결국에는 더 현대적이고 실용적인 학문에게 자리를 내주어야 할 것처럼 말한다. 그러나 모험을 즐기는 학생이라면 어떤 언어로, 얼마나 오래전에 쓰인 것인지 상관하지 않고 고전을 손에서 놓지 않을 것이다. 고전이 인류의 가장 고귀한 생각을 기록한 것이 아니라면 무엇이겠는가? 고전은 결코 썩지 않는 유일한 신탁이어서, 지금 이 시대의 의문에 대한 해답까지 담겨 있다. 델포이와 도도나도 그 시대에 대한 질문에 제대로 대답하지 못했는데 말이다. 고전을 멀리하는 것은 자연이 오래됐다고 해서 자연 연구를 소홀히 하는 것과 다를 바가 없다. 올바른 독서, 즉 참다운 책을 참다운 정신으로 읽는 것은 고귀한 운동이며 요즘 세태가 높이 평가하는 어떤 운동보다도 독자에게 힘든 운동이다. 운동선수들이 받는 것과 같은 훈련이 요구되고, 책을 읽겠다는 마음가짐을 거의 평생 동안 유지해야 하기 때문이다. 책은 처음 쓰였을 때처럼 신중하고 조심스럽게 읽혀져야 한다. 책이 쓰인 그 민족의 언어를 말할 수 있는 것만으로는 충분하지 않다. 입말과 글말, 즉 귀로 듣는 언어와 글로 읽는 언어 사이에는 현저한 차이가 있기 때문이다. 입말은 대체로 순식간에 끝나는 하나의 소리, 하나의 말, 하나의 방언에 불과해서 거의 동물적이다. 따라서 우리는 동물처럼 어머니에게 입말을 무의식적으로 배운다. 반면에 글말은 입말이 거듭 사용되면서 다듬어진 결과다. 입말이 어머니의 말이라면, 글말은 아버지의 말이다. 따라서 글말은 신중하고 선택된 말이어서 귀로 듣기에 무척이나 중요하며, 글말을 입으로 말하려면 다시 태어나야만 한다. 중세 시대에 그리스어와 라틴어를 입으로만 말할 줄 알았던 민중은 태생적 운명으로 인해 그 언어들로 쓰인 뛰어난 작품들을 읽지 못했다. 그들이 아는 그리스어나 라틴어가 아니라, 정선된 문학 언어로 쓰였기 때문이다. 그들은 그리스와 로마에서 상대적으로 고결한 방언을 배우지 않았다. 따라서 그런 방언으로 쓰인 책들은 그들에게 휴지와 다를 바가 없었다. 대신 그들은 당시의 저속한 문학을 더 높이 평가했다. 그러나 유럽의 몇몇 국가가 그들만의 독특한 문자를 갖게 됐다. 완전하지는 않았지만 문학을 발전시키기에는 충분했다. 문자가 생기자 가장 먼저 학문이 되살아나며 학자들이 먼 과거로부터 고대의 보물들을 찾아낼 수 있었다. 로마와 그리스의 무수한 민중이 듣지도 못했던 것을, 많은 시간이 흐른 후에 소수의 학자가 읽을 수 있게 됐다. 지금도 소수의 학자만이 그런 글을 읽고 있다.

웅변가들이 가끔 토해내는 감동적인 말에 우리가 제아무리 감탄하더라도 덧없이 사라지는 입말을 가장 고결한 글말에 비교할 수는 없다. 별들로 수놓인 하늘이 구름보다 훨씬 위에 있는 관계와 같다. 거기에 별들이 있고, 그 별들을 읽어낼 수 있는 사람들이 있다. 천문학자들은 별들에 대해 이러쿵저러쿵 말하고 관찰한다. 글말은 우리가 일상에서 주고받는 말이나 증기처럼 호흡같이 증발되는 게 아니다. 토론장에서 유창한 웅변이라 일컬어지는 것은 학문에서 흔히 수사학으로 설명된다. 웅변가는 순간적으로 받은 영감에 응해 눈앞의 군중, 그의 목소리를 들을 수 있는 사람들에게 열변을 토해낸다. 그러나 작가는 대체로 평정한 삶을 살기 때문에, 웅변가에게 영감을 주는 사건이나 군중을 만나면 오히려 정신이 혼란스럽다. 작가는 인류의 지성과 마음, 즉 시대를 초월해서 그를 이해할 수 있는 모든 사람을 상대로 말한다.

알렉산더 대왕이 원정을 떠날 때마다 『일리아드』를 귀중품 보관함에 넣고 다녔다는 이야기는 조금도 놀랍지 않다. 글로 기록된 문헌은 가장 소중한 유물이다. 문헌은 어떤 예술 작품보다 우리에게 친밀하기도 하지만 보편적인 성격을 띤다. 문헌은 인간의 삶에 가장 가까운 예술 작품이다. 문헌은 어떤 언어로나 번역되어 읽힐 수 있을 뿐 아니라, 모든 인간의 입을 통해 표현될 수 있다. 캔버스나 대리석만으로는 표현되지 않지만, 생명의 숨결로는 조각될 수 있는 것이다. 이렇듯 옛사람의 생각을 상징하던 문자가 현대인의 말이 된다. 그리스의 대리석 조형물에 그랬듯이 2,000번의 여름은 그리스의 기념비적인 문학에도 한층 성숙해진 황금빛과 가을빛을 전해주었을 뿐이다. 그 기념비적 문학이 잔잔하고 신성한 분위기를 온 땅에 전해주며 시간의 부식에서 스스로를 보호한 덕분이었다. 책은 이 세상의 소중한 재산이며 많은 세대와 민족을 거쳐 물려받은 유산이다. 가장 오래되고 가장 훌륭한 책은 어느 오두막의 선반에서나 자연스럽고 당연하게 한 자리를 차지한다. 그런 책들은 특별한 주장을 내세우지 않지만 독자를 계몽하고 기운을 북돋워주는 한, 양식 있는 독자라면 그런 책들을 거부하지 않을 것이다. 그런 책을 쓴 저자들은 어떤 사회에서나 자연스럽고 거역할 수 없는 특권계급에 속하며 인류에게 왕이나 황제보다 더 큰 영향을 미친다. 무지하고 냉소적이기도 한 장사꾼이 성실하게 사업한 결과 그토록 바라던 여유와 자립할 만한 수입을 얻어 부유한 상류 사회의 일원으로 인정받으면, 다음 단계에는 필연적으로 더 높은 사회 그러나 접근할 수 없는 사회, 즉 지식인과 천재의 사회로 눈을 돌리지만 그러기에는 자신에게 교양이 턱없이 부족하며 그의 재산도 덧없고 부족하다는 걸 깨닫는다. 하지만 그런 깨달음에 그치지 않고, 자신에게 부족하다는 걸 뼈저리게 느낀 지적 교양을 자식들은 얻게 해주려고 애쓰는 뛰어난 식견을 발휘한다면 그는 한 가문의 창시자가 된다.

옛 고전을 원래의 언어로 읽는 법을 배우지 않은 사람들은 인류의 역사를 제대로 모를 수밖에 없다. 어떤 고전도 현대어로 번역된 적이 없기 때문이다. 우리 문명 자체가 그런 고전의 번역으로 여겨지지 않기 때문일 수 있다. 호메로스의 작품은 아직 영어로 인쇄된 적이 없고, 아이스킬로스의 작품과 베르길리우스의 작품도 마찬가지다. 그들의 작품은 아침 못지않게 정묘하고 옹골차게 완벽하며 아름답다. 후세 작가들의 천재적 재능에 대해 우리가 뭐라 말하더라도 그들은 옛 고전 작가들의 정교한 아름다움과 완성도 및 평생 문학에 바친 영웅적인 노고에 견줄 바가 못 된다. 설령 있더라도 무척 드물다. 고전 작가들의 이름조차 몰랐던 사람들은 그들을 아예 잊을 작정이라고 말한다. 우리가 그들에게 관심을 기울이고 그들을 올바로 이해할 수 있는 학문적 능력과 천분을 갖춘 후에 그들을 잊자고 말하는 것도 성급한 판단일 것이다. 우리가 '고전'이라 일컫는 이런 유산과, 고전보다 훨씬 더 오래되고 더 고전적이지만 거의 알려지지 않은 여러 민족의 경전들이 한층 더 축적될 때 바티칸 궁전이 『베다』와 조로아스터교 경전과 『성경』 및 호메로스와 단테와 셰익스피어의 작품 등으로 채워질 때, 또 미래의 모든 세기가 그때그때의 전리품을 세계의 광장에 차곡차곡 놓아둘 때, 그 시대는 진정으로 풍요로워질 것이다. 이렇게 쌓아올린 것 옆에서 우리는 언젠가 하늘에 오를 수 있을 거라는 희망을 갖게 될 것이다.

위대한 시인들의 작품은 아직 인류가 제대로 읽은 적이 없다. 위대한 시인만이 그들의 시를 읽어낼 수 있기 때문이다. 민중이 별을 읽듯, 즉 천문학적으로가 아니라 점성술적으로 그들의 시를 읽었을 뿐이다. 대부분의 사람은 조금이라도 편할 생각에 읽기를 배운다. 장사를 하면서 속임수에 넘어가지 않을 목적이 아니라 장부를 작성하려고 계산법을 배우는 것과 다를 바가 없다. 따라서 대부분의 사람이 고결한 지적 운동으로서의 독서에 대해서는 거의, 혹은 전혀 모른다. 하지만 진정한 의미에서 이런 독서는 우리를 사치품처럼 달래며 그동안 우리의 고결한 능력을 잠들게 하는 책을 읽는 게 아니라, 마음의 준비를 단단히 하고 읽어야 하며 잠에서 완전히 깨어 정신이 가장 또렷한 시간을 할애해야 하는 책을 읽는 것이다.

우리는 이미 문자를 배웠기 때문에 기왕 책을 읽을 바에는 가장 뛰어난 문학 작품을 읽어야 한다고 나는 생각한다. 평생 4학년이나 5학년 교실에서, 혹은 학교 앞에 있는 가장 낮은 벤치에 앉아 에이 비 에이 와 단음절 단어를 끝없이 반복할 수는 없잖은가. 대부분의 사람은 읽거나 누군가 읽어주는 걸 듣는 것으로 만족하며 한 권의 좋은 책, 예컨대 『성경』에 담긴 지혜에 의해 죄인이 되어버리는 듯하다. 그래서 그 이후 평생을 무기력하게 지내며, 이른바 쉬운 읽을거리를 읽으면서 그들의 능력을 헛되이 날려버린다. 우리 순회도서관에는 몇 권으로 구성된 책이 있다. 그 책에는 『리틀 리딩』이라는 제목이 붙어, 나는 그 제목이 내가 가보지 못한 어떤 마을을 가리키는 것이라고 생각했다. 세상에는 가마우지와 타조처럼 고기와 야채로 실컷 배를 채우고도 이런 종류의 책들을 너끈히 소화할 수 있는 사람들이 있다. 그들은 어떤 것도 허투루 버리는 걸 용납하지 못하기 때문이다. 다른 사람들이 이런 하찮은 읽을거리를 만들어내는 기계라면, 그들은 그런 것들을 읽어내는 기계다. 그들은 제불론과 세프로니아에 대한 9,000번째 이야기를 읽는다. 두 연인이 누구도 경험하지 못한 격렬한 사랑을 나누지만 그들의 진정한 사랑은 결코 순탄하게 진행되지 못한다는 이야기, 그들의 사랑이 잘나가다 장애물에 부딪혀 비틀거리지만 다시 일어서서 계속된다는 이야기를 읽으며 시간을 보낸다. 또 종탑까지는 결코 올라가지 말았어야 할 어느 불쌍하고 불행한 사람이 교회의 첨탑까지 올라가는 이야기도 읽는다. 그럼 그 사람을 쓸데없이 그곳까지 올려놓고 희희낙락하는 소설가는 종을 시끄럽게 울리면서 세상 사람들을 모아놓고 "아, 그 사람이 다시 내려왔습니다!"라며 어떻게 내려왔는지 들으라고 떠벌린다. 내 생각을 솔직히 말하면, 옛날에 주인공들이 별자리에서 활약했듯이 지금의 일반적인 소설 세계에서는 그런 향상심에 불타는 주인공들을 인간 풍향계로 바꾸어 그들이 못된 장난으로 정직한 사람들을 괴롭히지 못하게, 녹슬 때까지 어딘가 꼭대기에서 빙글빙글 돌면서 내려오지 못하게 하는 편이 더 나을 듯하다. 소설가가 다음에 종을 울리면 나는 교회당이 불타 없어지더라도 꼼짝하지 않을 것이다. "『티틀톨 탄Tittle-Tol-Tan』을 쓴 유명 작가의 신작인 중세를 배경으로 한 연애소설, 『살금살금 펄쩍—뛰어넘기The Skip of the Tip-Toe-Hop』가 매달 분책으로 출간될 예정. 혼잡이 예상되오니 한꺼번에 오지 마십시오." 사람들은 눈을 부릅뜨고, 원초적인 호기심이 발동하여 이런 소설을 읽는다. 그들의 모래주머니는 지치지도 않아 주름을 예민하게 다듬을 필요도 없다. 마치 네 살배기 꼬마가 벤치를 지키고 앉아 금박을 입힌 2센트짜리 『신데렐라Cinderella』를 열심히 읽는 것과 다를 바 없다. 내가 보기에, 그런 소설을 통해서는 아무리 읽어도 발음이나 말투 혹은 강조하는 법에서 어떤 향상도 이뤄내지 못한다. 또한 교훈을 끌어내고 끼워넣는 능력을 키우지도 못한다. 눈이 침침해지고 생명 유지에 필요한 순환 능력이 떨어지며 지적 능력이 전반적으로 저해되면서 서서히 감퇴하는 결과를 빚을 뿐이다. 이처럼 말초적인 신경만 자극하는 생강 빵이 거의 모든 집의 화덕에서 순수한 밀이나 호밀과 옥수수로 만든 빵보다 더 부지런히 매일 구워지며, 시장에서도 더 확실하게 팔린다.

훌륭한 독서가라고 일컬어지는 사람들조차 좋은 책을 읽지 않는다. 우리 콩코드의 문화는 이느 수준일까? 이 마을에서 극히 예외적인 경우를 제외하면, 모두가 읽고 철자까지 말할 수 있는 영어로 쓰인 문학 중에서도 가장 뛰어난 작품이나 그에 버금가는 작품을 좋아하는 사람을 찾아보기는 힘들다. 이곳만이 아니라 다른 곳에서도 대학을 졸업한 사람들이나 말 그대로 교육을 받은 사람들조차 영문학의 고전에 대해 거의 혹은 전혀 모른다. 기록된 인류의 지혜인 옛 고전과 경전들은 알고자 하는 사람이라면 누구나 구해볼 수 있지만, 이 책들을 알리려고 하는 노력은 어디에서나 미미하기 짝이 없다. 내가 알고 지내는 중년의 한 나무꾼은 프랑스 신문 하나를 구독한다. 그의 말에 따르면 새 소식을 알기 위한 게 아니라, 그런 것은 초월했고 캐나다에서 태어났기 때문에 프랑스어를 "계속 연습하기 위해" 프랑스 신문을 구독하는 것이다. 그가 이 세상에서 할 수 있는 가장 바람직한 일이 무엇이라고 생각하느냐는 내 질문에 그는 프랑스어 이외에 영어를 계속 공부해서 실력을 키우는 것이라고 대답했다. 이런 마음가짐은 대학을 졸업한 사람들이 일반적으로 취하는 태도거나, 취하고 싶어하는 태도다. 그들은 그런 목적을 위해 영어 신문을 구독하기 때문이다. 영어로 쓰인 가장 훌륭한 책 한 권을 막 읽고 난 사람이 그 책을 두고 대화를 나눌 수 있는 사람을 몇 명이나 찾아낼 수 있을까? 또는 이른바 무식한 사람도 알고 있을 정도로 칭찬이 자자한 그리스어 고전이나 라틴어 고전을 그가 원문으로 끝까지 읽어냈다면 어떻게 될까? 십중팔구 그는 함께 대화를 나눌 사람을 전혀 찾아내지 못해 그 책에 대해 입을 다물고 지낼 수밖에 없을 것이다. 우리나라 대학 교수 중에서도 그리스어와 라틴어의 어려움을 정복했다 하더라도 그에 비례해서 그리스 시인의 지혜와 작풍까지 이해하고, 신중하고 영웅적으로 고전을 원문으로 읽는 독자의 마음을 헤아려줄 사람은 거의 없다. 또 성스러운 경전들, 즉 인류의 『성경』도 마찬가지다. 이 경전들의 제목이라도 말할 수 있는 사람이 이 마을에 있을까? 대부분이 유대인 이외에 다른 민족에게도 경전이 있 다는 사실조차 모른다. 누구나 1달러 은화를 줍기 위해서라면 먼 길을 돌아갈 것이다. 그러나 고대 세계의 가장 현명한 사람들이 말했고, 그 이후로 모든 시대의 현인들이 그 가치를 확실히 보증한 황금처럼 빛나 는 가르침이 우리 옆에 있지만 우리는 기껏해야 '쉬운 읽을거리' 및 『초급 독본』과 『교과 독본』까지만 읽는 법을 배우고, 학교를 졸업한 후 에는 미숙한 사람과 초보자를 위한 『리틀 리딩』과 이야기책을 읽는다. 따라서 독서만이 아니라 우리의 대화와 사고까지 지극히 낮은 수준을 벗어나지 못해, 소인족과 난쟁이의 가치밖에 갖지 못한다.

나는 이 콩코드 땅이 지금까지 배출한 사람보다 더 현명한 사람들, 즉 여기서는 이름조차 거의 알려지지 않은 사람들과 친하게 지내고 싶 다. 그들이 플라톤의 이름을 거론하는 걸 듣고서도 내가 플라톤의 저 서를 읽지 않을까? 만약 그렇다면, 플라톤이 나와 같은 마을에 사는데 도 내가 그를 만나지 않는 것과 다를 바가 없고, 그가 바로 옆집에 사는 데도 그가 말하는 걸 한 번도 들어보지 못하거나 그의 말에 담긴 지혜 에 주의를 기울이지 않는 것과 같다. 그러나 실제로는 어떤가? 플라톤 의 영원히 사라지지 않을 지혜가 담긴 『대화편Dialogues』이 바로 옆 신반 에 놓여 있지만 나는 그 책을 아직 읽어보지 않았다. 우리는 교양이 없 고 천박하며 무지하다. 물론, 글을 전혀 읽을 줄 모르는 우리 마을 사람 들의 무지, 어린이와 지적 수준이 낮은 사람을 위한 글만 읽을 줄 아는

독서

사람들의 무지를 뚜렷이 구분하지 않고 말한 것이기는 하다. 우리는 고대 세계의 위인들만큼 훌륭해져야 한다. 그러나 그렇게 되려면 그들이 얼마나 훌륭했는지부터 알아야 한다. 우리는 발육부전인 동물이어서, 지적으로 일간신문의 칼럼보다 더 높이 비상하지 못한다.

　모든 책이 독자들만큼 지루하고 재미없지는 않다. 우리 상황에 정확히 들어맞는 말이 있어, 그 말을 확실히 듣고 이해할 수 있다면 그 말이 아침이나 봄보다 우리 삶에 유익해 세상의 새로운 모습을 우리에게 보여줄 가능성이 높다. 한 권의 책을 읽고 새로운 삶을 시작한 사람은 부지기수로 많다. 인류가 지금껏 이루어낸 기적을 설명하고 앞으로 있을 새로운 기적까지 드러내줄 책이 우리를 위해 존재하고 있을지도 모른다. 지금은 말로 표현할 수 없는 것이 어딘가에 이미 말로 표현되어 있을지도 모른다. 지금 우리를 혼란과 혼돈에 빠뜨리며 당혹스럽게 만드는 문제들이 과거의 현인들에게도 똑같이 제기되었다. 하나의 문제도 예외가 없었다. 현인들은 저마다 각자의 능력에 따라 그 질문들에 글과 삶으로 대답했다. 게다가 그들로 인해 우리는 지혜와 더불어 너그러운 마음까지 배운다. 콩코드 외곽의 농장에 홀로 고용된 사람은 특이한 종교적 체험을 통해 거듭남으로써 자기 신앙의 요구로 엄숙하고 배타적인 침묵의 삶에 내몰린 것이라 믿으며 지금의 삶이 진실된 삶이 아니라고 생각할지 모른다. 그러나 조로아스터는 수천 년 전에 똑같은 길을 걸었고 똑같은 경험을 했지만 지혜로웠던 까닭에 그런 삶이 보편적이란 걸 깨달았고, 그 깨달음에 따라 이웃을 대했다. 그래서 그가 하나의 예배 방식을 만들어 사람들 사이에 확립했다고 전해지는 것이다. 그 농부가 겸손한 자세로 조로아스터와 허심탄회하게 대화를 나누게 해보자. 또 모든 위인들의 영향을 받아 편협한 마음에서 벗어나 '우리 교회'라는 생각을 떨쳐내자.

우리는 19세기에 살며 어느 나라보다 장족의 발전을 이루고 있다고 자랑한다. 그러나 우리 마을이 자체의 문화 발전을 위해서는 거의 노력하지 않는다는 사실을 생각해보라. 나는 마을 사람들의 비위를 맞추고 싶지도 않고, 그들에게 아첨을 받고 싶지도 않다. 그런 아첨은 우리 모두의 발전에 아무런 도움을 주지 못하기 때문이다. 우리는 자극받을 필요가 있다. 황소처럼 막대기로 찔려서라도 부지런히 걸음을 옮겨야 할 필요가 있다. 우리나라에서 어린이만을 위한 학교, 공립 초등학교 제도는 상대적으로 훌륭한 편이다. 그러나 겨울에만 열리는 반쯤 기아 상태에 빠진 문화강좌, 주정부의 제안으로 얼마 전 미약하게 시작한 도서관을 제외하면 성인을 위한 학교는 없다. 우리는 정신의 영양보다 몸의 영양이나 질병에 관련해 훨씬 많은 돈을 쓴다. 이제는 초등 수준을 넘는 학교를 설립해 우리가 성인의 문턱에 들어서면서 자신을 교육하기를 그만두지 않도록 해야 할 때가 됐다. 또한 마을 자체가 대학이 되고, 나이 든 어른은 대학의 특별 연구원이 되어—정말로 순탄한 환경에 있다면—일반교양을 학습하면서 남은 삶을 여유 있게 보낼 때가 됐다. 이 세상에 영원히 하나의 파리, 하나의 옥스퍼드만 있어야 할 이유가 있는가? 학생들이 여기에서 기숙하며, 콩코드의 하늘 아래에서 일반교양을 공부할 수도 있지 않은가? 아벨라르 같은 대학자를 초빙해 우리에게 강연해달라고 부탁할 수도 있지 않은가? 안타깝게도 우리는 가축에게 먹이를 주고 가게를 지켜야 한다는 구실로 학교를 멀리하고, 자신의 교육을 거의 잊고 지낸다. 이 나라에서는 마을이 어떤 면에서 유럽 귀족의 역할을 떠맡아야 한다. 마을이 예술의 후원자가 되어야 한다. 우리 마을은 그런 역할을 할 수 있을 만큼 부유하다. 아량과 세련된 의식이 부족할 뿐이다. 농부와 장사꾼이 중요하게 생각하는 것에는 돈을 아낌없이 사용하지만, 상대적으로 지적인 사람들이 훨씬 가치 있다고 확신하는 것에 돈을 쓰자고 제안하면 유토피아적인 몽상이라고 여긴다. 우리 마을은 행운에 감사하든지 정치에 감사해야겠지만 읍사무소를 짓는 데 1만 7,000달러를 썼다. 그러나 그런 껍데기에 들어가야 할 진정한 요체, 즉 살아 있는 현인에게는 100년이 지나도 그만한 돈을 투자하지 않을 것이다. 겨울의 문화강좌를 위해 매년 기부되는 125달러가 이 마을에서 동일한 액수로 모금되는 어떤 돈보다 유익하다. 우리가 진정으로 19세기에 산다면, 19세기가 제공하는 이점을 즐기지 못할 이유가 어디에 있는가? 왜 우리의 삶은 모든 점에서 지방적인 차원에 머물러야 하는가? 우리가 신문을 읽어야 한다면, 보스턴에서 일어난 홍밋거리나 다루는 신문은 던져버리고 세상에서 가장 훌륭한 신문을 즉시 구독하지 못할 이유가 무엇인가? '중립적인 가정'을 위한 신문들의 젖꼭지를 빨거나, 이곳 뉴잉글랜드에서 발행하는 《올리브 가지》를 뜯어먹는 짓은 이제 그만두자. 모든 학회의 보고서를 받아본다면, 우리도 그들이 아는 모든 것을 알게 될 것이다. 왜 하퍼앤 브라더스 출판사와 레딩 컴퍼니에게 우리가 읽어야 할 책 선정을 맡겨야 하는가? 세련된 취향을 지닌 귀족이 자신의 교양에 도움이 되는 모든 것, 즉 천분-학습-지혜-책-그림-조각-음악-철학적 도구 등을 항상 주변에 두듯, 우리 마을도 그렇게 해보자. 메이플라워호를 타고 플리머스에 도착한 우리 청교도 조상이 황량한 바위에서 추운 겨울을 이겨내면서 그랬다고 해서 우리까지 한 명의 교육자, 한 명의 목사, 한 명의 교회 머슴, 교구 도서관 하나, 세 명의 행정위원에 만족해서는 안 된다. 집단적으로 행동하는 것이 우리 제도의 정신에도 맞는다. 또한 우리 상황이 나날이 좋아지고 있기 때문에 우리 재산이 귀족의 재산보다 많을 게 확실하다. 뉴잉글랜드는 세상의 모든 현인들을 초빙해 가르침을 받고, 그동안 그들의 체재비를 부담한다면 우리는 지방의 한계를 벗어날 수 있을 것이다. 귀족들이 아닌 보통 사람들로 구성된 고결한 마을을 만들어보자. 필요하다면 강을 가로지르는 다리 하나를 덜 놓아 조금 둘러 가더라도, 우리를 에워싼 무지의 검은 심연을 건너기 위한 구름다리 하나를 더 놓아보자.

소리들

Sounds

그러나 신중하게 선정한 최고의 고전이라도 책에만 골몰하여 특정한 글만 읽는다면, 글말 자체도 결국은 방언이고 지방어에 불과하기 때문에 우리는 모든 것과 모든 사건을 비유하지 않고 말하고 그 자체로 풍부한 표현력을 지닌 표준적인 언어를 잊을 위험이 있다. 많은 것이 발표되기는 하지만 인쇄되는 것은 거의 없다. 사람들은 덧문이 완전히 제거되면 덧문 틈새로 흘러들던 햇살을 더 이상 기억하지 않을 것이 뻔하다.

방심하지 않고 항상 조심하는 태도를 대신할 수 있는 더 좋은 방법과 훈련은 없다. 잘 선택한 역사, 철학, 시학 등의 강의, 가장 바람직한 사회 공동체, 누구나 동경하는 삶의 방식도 반드시 봐야 할 것을 놓치지 않고 눈여겨보는 훈련에 비교하면 그다지 중요한 것이 아니다. 당신은 단순히 글을 읽는 독자나 학생이 되겠는가, 아니면 꿰뚫어보는 사람이 되겠는가? 당신의 운명을 읽고, 당신 앞에 놓인 것을 읽어라. 그리고 미래를 향해 나아가라.

나는 숲에서 처음 맞이한 여름에 책을 읽지 않았다. 대신 콩밭을 맸다. 아니, 가끔은 그보다 나은 일을 했다. 최고로 아름답게 수놓인 눈앞의 순간을, 손으로든 머리로든 어떤 일을 하면서 빼앗기고 싶지 않을 때가 있었다. 나는 내 삶의 장에 널찍한 여백을 두고 싶다. 가끔 여름날 아침, 나는 습관대로 목욕한 후에 동틀녘부터 정오까지 햇살이 내리쬐는 문에 앉아 몽상에 빠지곤 했다. 사방이 소나무와 히커리나무, 옻나무로 우거지고 새들이 사방에서 지저귀거나 집 주변을 소리 없이 날아다녀 누구에게도 방해받지 않는 고독과 정적을 즐길 수 있었다. 그리고 해가 서쪽 창문에서 떨어지거나 멀찍이 있는 간선도로에서 어떤 여행자의 마차가 덜거덕거리는 소리가 들리면, 그때서야 나는 시간이 상당히 흘렀다는 걸 깨달았다. 이런 계절에 나는 밤새 옥수수처럼 쑥쑥 자랐다. 이런 몽상이 그 시간에 손으로 해냈을 어떤 일보다도 훨씬 나았다. 그 시간은 내 삶에서 빼낸 시간이 아니었다. 내게 할당된 시간에 더하여 넉넉하게 주어진 시간이었다. 동양인이 일을 중단하고 묵상하는 이유를 나는 그제야 깨달았다. 대부분의 경우, 나는 시간이 어떻게 흘러가든 개의치 않았다. 낮 시간은 내 일을 조금이라도 덜어주려는 것처럼 흘러갔다. 조금 전까지 아침이었는데 어느새 저녁이었다. 그 사이에 어떤 일을 했는지 기억나지도 않았다. 새처럼 노래하는 대신 내게 주어진 끝없는 행운에 말없이 미소만 지을 뿐이었다. 참새가 집 앞의 히커리나무에 앉아 높은 음으로 짧게 지저귀듯이, 나는 낄낄대거나 녀석이 내 보금자리에서 흘러나오는 노랫소리를 들을까 봐 흥겨운 기분을 억눌렀다. 나의 하루하루는 이교도 신들의 이름이 붙은 일주일의 날들이 아니었다. 시간으로 잘게 쪼개진 날도 아니었고, 시계가 똑딱거리는 소리에 안달하는 날도 아니었다. 내가 푸리족처럼 살았기 때문이다. 푸리족은 "어제와 오늘과 내일을 한 단어로 말한다. 어제를 뜻할 때는 뒤쪽을 가리키고, 내일을 뜻할 때는 앞쪽을, 또 지금 지나가는 날을 뜻할 때는 머리 위를 가리키는 것으로 뜻의 차이를 나타낸다"라고 알려져 있다. 나의 이런 삶은 내 동료와 마을 사람들에게 지독히 게으른 삶으로 비쳤을 것이다. 그러나 새와 꽃이 자기들의 기준으로 나를 평가했다면 나는 결코 부족한 데가 없는 사람으로 평가받았을 것이다. 우리는 자신의 내면에서 삶의 동기를 찾아야 한다. 정말이다! 자연의 하루는 무척 차분해서, 인간의 나태함을 좀처럼 꾸짖지 않는다.

집 밖에서 사교계와 극장에서 즐거움을 찾아야 하는 사람들에 비해, 적어도 내 생활 방식에는 장점이 있었다. 즉 내 삶 자체가 내게는 즐거움이 됐고 끊임없이 새로운 면을 띠었다는 것이다. 내 삶은 많은 장면으로 이루어진 끝나지 않는 한 편의 연극이었다. 우리가 언제나 진실로 삶을 꾸려간다면, 또 우리가 배운 마지막이자 최선의 방식으로 삶을 정리한다면, 우리는 잠시도 권태에 시달릴 틈이 없을 것이다. 당신의 천분을 충실히 따른다면, 그런 삶은 당신에게 매시간 새로운 가능성을 보여줄 것이다. 집안일도 즐거운 심심풀이였다. 바닥이 더러워지면 나는 일찍 일어나 모든 가구를 집 밖의 풀밭에 내놓았다. 침대와 침대 틀은 통째로 옮겼다. 그리고 바닥에 물을 뿌리고, 호수에서 건진 흰 모래를 끼얹은 후에 바닥이 깨끗하고 하얗게 될 때까지 대빗자루로 북북 문질렀다. 마을 사람들이 아침 식사를 끝낼 쯤이 되면 아침 햇살에 집 안은 충분히 말라 나는 다시 안에 들어갈 수 있었고 마을 사람들에게 방해받지 않고 묵상할 수 있었다. 세간들이 풀밭에 나와 집시의 등짐처럼 작은 더미를 이룬 것을 지켜보는 것도 즐거웠다. 책들과 펜과 잉크가 그대로 놓인 삼발이 탁자가 소나무와 히커리나무에 에워싸여 서 있는 모습도 재미있게만 느껴졌다. 세간들도 밖에 나온 것을 좋아하며, 다시 안에 들어가고 싶어하지 않는 것처럼 보였다. 때때로 나는 차양을 연결해 물건들 위까지 덮고, 그 아래에 앉아 있고 싶었다. 햇살이 그 물건들을 비추는 모습을 보거나, 자유로운 바람에 그 물건들이 펄럭거리는 소리를 듣는 것도 나름대로 가치 있는 일이었다. 익숙한 물건들도 집 밖에 내놓고 보면 집 안에서 볼 때보다 훨씬 흥미롭게 보인다. 새 한 마리가 바로 옆의 나뭇가지에 앉아 있고, 떡쑥이 탁자 밑에서 자라며, 검은딸기 덩굴이 식탁 다리를 휘감는다. 솔방울, 가시 돋친 밤송이 껍질, 딸기 잎이 주변에 흩어져 있다. 마치 이런 형상들이 우리 가구, 예컨대 탁자와 의자와 침대 틀에 옮겨진 것처럼 보였다. 우리 가구들이 한때 이런 동식물의 한복판에 서 있었기 때문일까.

내 집은 언덕 기슭에, 정확히 말하면 커다란 숲의 가장자리 끝에 있었다. 어린 리기다소나무와 히커리나무가 집을 빙 둘러쌌고, 언덕 따라 좁은 길을 6로드쯤 내려가면 호수가 있었다. 집 앞 뜰에서는 딸기와 검은딸기와 떡쑥, 물레나물과 미역취, 난쟁이 꿀밤나무와 모래벚나무(학명은 체라수스 푸밀라), 월귤나무와 땅콩이 자랐다. 5월 말이 다가오면 모래벚나무가 짧은 줄기에 원통형의 산 모양으로 배열된 섬세한 꽃들을 피우며 오솔길 양편을 아름답게 수놓았고, 가을이 되면 줄기들이 상당한 크기에 야무지게 생긴 버찌의 무게를 이기지 못하고 햇살처럼 사방으로 굽어져 화관 모양을 빚어냈다. 나는 자연에 경의를 표하며 버찌를 맛보았지만 입맛에 맞지 않았다. 옻나무(학명은 루스 글라브라)도 집 주변에서 무성하게 자라며, 내가 쌓아놓은 둑 높이를 훌쩍 넘어 첫 계절에만 5-6피트까지 자랐다. 옻나무의 잎은 열대 나무의 잎처럼 널찍한 깃털 모양이어서 이상해 보였지만 시원한 기분을 느끼게 해주었다. 옻나무의 커다란 새순은 죽은 것처럼 보이던 마른 줄기에서 늦은 봄 갑자기 돋아, 초록빛을 띤 우아하고 부드러운 가지로 마법처럼 커졌다. 가지의 지름이 1인치에 달할 정도였다. 때때로 창가에 앉아 있으면, 옻나무 가지들이 무턱대고 자라나 약한 마디에 무거운 짐을 지워서인지, 공기의 요동이 전혀 없는데도 갓 돋은 연약한 가지가 자기 무게를 이기지 못하고 부러져 부채처럼 땅바닥에 떨어지는 소리가 들리곤 했다. 또 꽃을 활짝 피웠을 때 많은 야생벌을 유혹했던 딸기류 식물들은 8월이 되자 벨벳처럼 밝은 진홍색을 띠기 시작했고, 이것들도 열매의 무게에 굽어지며 연약한 팔다리를 부러뜨렸다.

올여름 오후, 창가에 앉아 있으면 매들이 내 개간지 주변을 빙빙 돌며 날아다닌다. 야생 비둘기들은 두셋씩 짝을 지어 내 앞을 질주하듯 날거나, 집 뒤의 스트로브잣나무에 앉아 안절부절 못하며 허공을 향해 소리 지른다. 물수리는 호수의 잔잔한 수면에 잔물결을 일으키며 물고기 한 마리를 잡아채고, 밍크는 집 앞 습지에서 슬그머니 나와 습지 기슭에서 개구리를 덮친다. 사초莎草는 여기저기로 훨훨 날아다니는 쌀먹이새의 무게에 눌려 굽어진다. 반 시간 전부터 들리던 보스턴에서 시골로 여행자들을 실어 나르는 기차의 덜컹거리는 소리가 잠잠해졌지만, 얼마 후에 메추라기의 심장 소리처럼 되살아났다. 내가 듣기에, 이 마을의 동쪽에 사는 어떤 농부에게 보내졌지만 얼마 지나지 않아 도망쳐 초라한 몰골에 향수병까지 걸린 채 다시 집으로 돌아왔다는 어떤 소년처럼 나는 세상에서 아득히 멀리 떨어진 곳에 산 것은 아니었기 때문에 기차 소리를 들을 수 있었다. 소년은 그처럼 따분하고 길도 없는 외딴 곳을 본 적이 없었고, 사람들도 모두 떠난데다 기적 소리조차 들을 수 없었다고 투덜거렸다고 전해진다. 나는 매사추세츠에 지금도 그런 곳이 있으리라고는 생각하지 않는다.

참으로, 우리 마을이 철로 위를
번개처럼 달리는 화살 하나의 표적이 되었네.
우리의 평화로운 들판 위에 들리는 저 달래는 듯한 소리는?
콩코드.

내가 사는 곳에서 남쪽으로 100로드쯤 떨어진 곳에서, 피치버그까지 연결된 철로가 호숫가를 따라 달린다. 나는 평소 철로 옆의 둑길을 따라 마을까지 걸어간다. 말하자면, 그 철로가 나와 사회를 이어주는 끈이다. 화물열차를 타고 이 노선의 끝에서 끝까지 다니는 사람들은 오랜 지인인 양 내게 인사를 한다. 하도 자주 지나쳐서 나를 철도 회사 직원이라고 생각하는 게 확실하다. 하기야 나는 그렇기도 하다. 나도 지구 궤도의 어딘가에서 기꺼이 궤도를 수리하는 사람이 되고 싶으니까.

기관차의 기적 소리가 여름에나 겨울에나 내 숲에 파고들어, 마치 매가 어떤 농부의 안뜰 위를 맴돌며 날카롭게 울어대는 소리처럼 들린다. 또 많은 도시의 상인들이 안절부절 못하며 우리 마을의 경계 내에 들어오고, 반대편에서는 대담하게 시골 장사꾼들이 들어오고 있다는 걸 내게 알려주는 기적 소리기도 하다. 그들은 하나의 지평선 아래에 있게 될 때 서로 상대에게 속도를 늦추라고 경고하듯 기적을 울린다. 그런 경고의 기적 소리가 때로는 두 마을의 경계 너머에서도 들린다. "자, 시골 양반들, 식료품들이 왔소이다! 당신들이 먹을 양식이 왔소!" 그러나 자기 농장에서 수확하는 것만으로 완전히 자급자족할 수 있는 사람은 하나도 없어, 누구도 그들에게 "우리에겐 그런 것 필요 없소!" 라고 말하지 못한다. 대신 시골 사람들을 태운 기차가 "식료품 값 여기 있소!"라고 기적을 울린다. 도시의 성벽을 향해 시속 20마일로 달려갈 긴 파성퇴破城槌처럼 생긴 목재와, 성벽 안에서 사는 지치고 무거운 짐을 진 사람들 모두가 앉기에 충분한 의자들이 그 값이다. 시골은 거대한 나무를 베어내는 예절을 보임으로써 도시에 의자를 넘긴다. 토종 월귤나무들로 가득하던 언덕들이 발가벗겨지고, 초원의 덩굴월귤들을 갈퀴로 긁어모아 도시로 보낸다. 목화는 도시로 올라가고 옷감은 시골로 내려온다. 생사는 도시로 올라가고 모직물은 시골로 내려온다. 책들은 도시로 올라가지만 책을 쓰는 현인은 시골로 내려온다.

행성처럼 움직이는 차량들을 단 기관차─그 기차를 보는 사람에게는 기차가 달리는 궤도가 순환 곡선처럼 보이지 않아 그 속도와 방향으로 달리는 기차가 태양계로 다시 돌아올 거라고 확신할 수 없기 때문에, 더 정확하게는 혜성처럼 움직이는 차량들이다—가 증기 구름을 깃발처럼 휘날리며 황금빛과 은빛의 화환을 뒤에 남길 때, 그래서 솜털 같은 수많은 구름이 높은 하늘에서 햇살을 받아 환히 펼쳐지는 것처럼 보일 때, 방랑하는 신인神人, 즉 구름을 마음대로 조절하는 신인이 조만간 석양의 하늘을 자기 수행원들의 제복으로 삼을 것처럼 보일 때, 나는 지구가 마침내 그 안에서 살 만한 가치를 지닌 종족을 만난 것이라는 생각이 든다. 또 철마가 콧구멍에서 불과 연기를 뿜어내며 천둥처럼 씩씩대는 콧김에 언덕에서 메아리가 울리고 발굽에 대지가 흔들리는 소리가 들릴 때도 나는 똑같은 생각이 든다(새로운 신화에 어떤 날개 달린 말과 불 뿜는 용이 등장할지 모르겠다). 모든 것이 눈에 보이고 귀에 들리는 그대로라면, 인간이 고결한 목적을 위한 하인으로 자연의 힘을 이용한다면 얼마나 좋을까! 기관차가 위로 뿜어내는 구름이 영웅적 행위에 따른 땀이고, 농부의 밭 위에 떠 있는 구름처럼 인간에게 유익한 것이라면, 자연의 힘과 자연 자체도 즐거운 마음으로 인간의 사명에 동참하며 인간의 보호자가 될 것이다.

아침 기차가 지나가는 걸 지켜볼 때는 해가 뜨는 걸 볼 때와 똑같은 느낌이었다. 해는 어김없이 정해진 시간에 떠올랐으니까. 기차가 보스턴을 향해 달리는 동안 뒤로 멀리까지 흔적을 남기며 하늘에 닿을 듯 점점 높이 올라가는 연기구름은 태양을 잠시 가리고, 먼 곳에 있는 내 밭에도 그늘을 던진다. 연기구름이 천국을 향해 달리는 기차라면 대지에서 떨어지지 못하는 저 하찮은 기차는 창촉의 미늘에 지나지 않는다. 철마의 마구간지기는 겨울 아침에도 산 사이로 떠 있는 별들의 빛을 받아 아침 일찍 일어나 자신의 준마에게 꼴을 주고 마구를 채운다. 따라서 철마에 생명의 열기를 주고 철마를 달리게 할 불도 일찌감치 지펴졌다. 이 일이 아침 일찍 행해지는 만큼 순박하면 좋을 텐데! 눈이 높게 쌓이면 준마는 눈 신을 질끈 묶어 신고 거대한 쟁기로 산에서부터 해안까지 고랑을 판다. 쟁기 뒤의 파종기처럼 준마 뒤에 달린 객차들은 씨앗 대신 안절부절 못하는 승객들과 이런저런 상품들을 시골 땅에 쏟아낸다. 하루 종일 화마火馬는 시골을 날아다니며, 주인을 잠시 쉬게 하려고 멈출 뿐이다. 한밤중 숲에서도 외진 골짜기에서 화마가 얼음과 눈으로 에워싸인 자연의 힘과 맞서 싸울 때면 나는 발굽 소리와 거친 콧김에 잠을 깬다. 화마는 아침별이 뜰 때에야 마구간에 돌아오지만 쉬거나 잠깐 눈도 붙이지 못한 채 다시 여행 준비를 시작한다. 저녁이면 마구간에서 화마가 낮에 쓰고 남은 힘을 발산하는 소리가 내 귀에 우연히 들리기도 한다. 몇 시간이라도 강철 같은 얕은 잠을 자며 신경을 안정시키고 간과 뇌를 식히려는 게 아니겠는가. 이 일이 지치지 않고 계속되듯, 그만큼 영웅적이고 당당한 일이면 좋으련만!

기차는 짙은 어둠이 깔린 밤 객실에 불을 환히 밝히고, 옛날에는 낮에도 사냥꾼만이 드나들던 마을 너머의 인적 드문 숲을 뚫고 달린다. 하지만 승객들은 그런 사실을 의식조차 하지 못한다. 많은 사람이 모인 읍이나 도시의 환한 역에서 멈춰 섰던 기차가 어느새 디즈멀 대습지를 지나며 올빼미와 여우를 깜짝 놀라게 한다. 기차의 출발과 도착은 이제 마을의 하루에서 중요한 사건이 됐다. 기차가 규칙적이고 정확하게 도착하고 출발하는데다 기적 소리가 멀리까지 들려, 농부들은 기적 소리에 그들의 시계를 맞춘다. 따라서 잘 운영되는 제도 하나가 온 국민을 관리하게 된 듯하다. 철도가 발명된 이후 사람들의 시간관념이 조금이나마 나아지지 않았을까? 사람들이 마차 역에서 그랬던 것보다 기차역에서 더 빨리 말하고 생각하는 게 아닐까? 기차역의 분위기에는 가슴 설레게 하는 무언가가 있다. 나도 기차역이 자아내는 기적 같은 분위기에 놀란 적이 한두 번이 아니다. 내가 보기에 내 이웃 가운데는 결코 그처럼 빠른 교통수단으로 보스턴에 가지 않을 사람이 좀 있었지만, 기차가 도착하면 그들조차 역에 모습을 드러냈다. 일을 '철도식으로' 하라는 말은 이제 유행어가 됐다. 어떤 권력이 방해하지 말라는 경고가 진지하게 반복되면 듣는 편이 낫다. 그러나 기차역의 경우에는 사람들이 모여도 지배자가 소요 단속령 포고문을 읽으려고 멈춰 서서 군중의 머리 위로 발포할 수 없다. 우리는 아트로포스처럼, 결코 옆으로 비켜서지 않는 운명을 만들었다(기관차에 그 이름을 붙여도 좋을 듯하다). 기차가 정확히 몇 시 몇 분에 나침반의 어떤 방향으로 화살처럼 쏘아진다는 게 사람들에게 알려져 있다. 하지만 기차가 사람들의 일을 방해하지는 않는다. 아이들은 기차가 오지 않는 철로 위를 걸어 학교에 간다. 우리는 기차 덕분에 좀더 안정된 삶을 살아간다. 따라서 우리 모두 윌리엄 텔의 자식이 되는 훈련을 받고 있는 셈이다. 대기는 보이지 않는 화살로 가득하다. 당신이 지금 걷고 있는 길을 제외한 모든 길이 숙명의 길이다. 그러니 지금 걷는 길을 계속 걸어가라.

상업이 내 마음에 드는 이유는 모험적이고 대담한 면 때문이다. 상업은 두 손을 꼭 잡고 주피터에게 기도하지 않는다. 나는 상인들이 저마다 용기 있게 만족한 얼굴로 장사에 나서는 걸 본다. 그리고 그들이 생각하던 것보다 훨씬 많은 성과를 거둔다. 그들이 의식적으로 계획했더라도 해내지 못할 일까지 해내는 듯하다. 부에나비스타 전투의 최전선에서 반 시간 동안이나 견뎌낸 영웅적인 행위보다, 눈 치우는 넉가래를 겨울 숙소로 삼아 지내는 사람들의 꿋꿋하고 적극적인 용기에 나는 더 감동받는다. 그들의 용기는 보나파르트가 가장 희귀한 용기라고 생각했던 새벽 3시의 용기일 뿐 아니라, 너무 일찍 쉬러 가지 않고 폭풍이 잠잠해지거나 철마의 힘줄이 얼어붙었을 때만 잠자리를 찾는 용기다. 사람들의 피를 얼어붙게 만드는 대폭설이 아직까지 광란을 벌이는 오늘 아침에도 그들의 기관차에 달린 종소리가 자신들의 차가운 입김에서 생긴 짙은 안개를 뚫고 내 귀에 희미하게 들린다. 뉴잉글랜드의 북동 지역을 강타한 눈폭풍의 거부에도 기차가 크게 연착하지 않고 다가오고 있다는 걸 말해주는 종소리다. 눈과 서리로 뒤덮인 제설 인부들이 보인다. 그들의 머리가 쟁기의 볏 위로 어렴풋이 보이고, 쟁기의 볏은 시에라네바다 산맥의 큰 바위처럼 데이지와 들쥐의 보금자리가 아니라, 우주 밖에서 어딘가를 차지하고 있는 다른 것을 뒤덮고 있다.

상업은 예상외로 자신만만하고 침착하며, 조심스러우면서도 모험적이고 끈질기다. 게다가 상업이 운영되는 방법도 무척 자연스럽다. 많은 기상천외한 기획이나 감상적인 실험보다 훨씬 자연스럽다. 바로 이런 이유로 상업이 눈부시게 성공한 것이 아닐까 싶다. 화물 열차가 덜컹거리며 내 옆을 지나갈 때마다 나는 기운이 나고 얼굴에서 웃음꽃이 핀다. 롱 워프에서부터 샘플레인 호수까지 냄새를 흩날리며 달리는 상품의 냄새를 맡을 때면 외국의 땅, 산호초와 인도양, 열대 기후, 그리고 광활한 지구가 머릿속에 떠오른다. 내년에 수많은 뉴잉글랜드 사람들의 엷은 황갈색 머리칼을 가려줄 종려나무 잎들, 마닐라삼과 코코넛 껍질, 오래된 잡동사니와 황마포 부대, 고철과 녹슨 못 등을 볼 때마다 나는 세계 시민이 된 듯한 기분이 든다. 찢어진 돛들이 종이로 만들어져 책으로 인쇄되는 경우보다, 화물칸에 실린 지금이 뭔가를 더 분명하게 드러내주고 흥미롭게 보인다. 돛들이 견뎌낸 폭풍의 역사를 이 찢어진 흔적들보다 더 생생하게 그려낼 사람이 있겠는가? 이 돛들은 더 이상 고칠 데가 없는 교정쇄다. 메인 주의 숲에서 벌채한 원목을 실은 화물칸이 지금 눈앞에 지나간다. 지난 홍수에 바다로 떠내려가지 않은 원목들이다. 원목은 떠내려가거나 쪼개진 것이 많아 가격이 1,000달러당 4달러가 올랐다. 소나무, 가문비나무, 삼나무 원목들은 1등급, 2등급, 3등급, 4등급으로 등급이 제각각이지만 얼마 전만 해도 모두가 한 등급으로 곰과 말코손바닥사슴과 순록 위에서 흔들거리던 나무들이다. 다음에는 토머스턴 산 석회를 실은 화물칸이 지나간다. 최상급 석회지만 언덕들을 지나 멀리 간 후에야 소석회가 된다. 이번에는 색과 질이 그야말로 각양각색인 누더기로 채운 가마니들을 실은 화물칸이 지나간다. 누더기는 최하 수준까지 떨어진 무명과 아마포이고, 옷으로서는 최후의 결말이다. 밀워키가 아니면 어디에서도 추어올려지지 않을 무늬들이다. 영국과 프랑스와 미국에서 만든 날염 천, 깅엄, 모슬린 등 한때 눈부셨던 천들이 부자와 가난한 사람에 상관없이 사방팔방에서 수집되어 한 가지 색이나 명암만 약간 다르게 조절한 종이로 변할 것이고, 그 종이에는 상류인생과 하류인생 모두가 사실에 근거해 생생히 적힐 게 분명하다. 문이 꼭 닫힌 차량에서는 소금에 절인 생선 냄새가 풍긴다. 나는 뉴잉글랜드의 돈벌이인 이 강렬한 냄새를 맡으며 그랜드뱅크스와 어업을 머릿속에 떠올린다. 이 세상을 위해 철저하게 보존되고 어떤 것도 썩힐 수 없어 성도의 견인堅忍이라는 원칙까지 무색하게 만드는 소금에 절인 생선을 구경하지 못한 사람이 있을까? 소금에 절인 생선으로 우리는 길을 청소하거나 포장할 수 있고, 불쏘시개를 쪼갤 수도 있다. 마부는 이런 생선으로 자신과 짐을 햇살과 바람과 비로부터 보호한다. 콩코드의 한 상인이 옛날에 그랬듯이, 상인은 장사를 시작할 때 절인 생선을 간판 대신 출입문에 걸어두었다. 그래서 나중에는 가장 오래된 단골손님조차 그것이 동물인지 식물인지 광물인지 확실히 말할 수 없는 지경에 이르지만, 그래도 눈송이처럼 깨끗해서 솥에 넣고 삶으면 토요일 저녁에는 안성맞춤인 암갈색 생선으로 변할 것이다. 다음에는 스페인산 가죽을 실은 화물칸이 지나간다. 꼬리는 황소의 몸으로 스페니시 메인 지역의 광대한 초원을 마음껏 헤집고 다닐 때처럼 꼬여서 위로 뻗은 모습을 그대로 간직하고 있다. 이것은 고집스런 면의 전형으로, 타고난 결함이 얼마나 절망적이고 치유하기 힘든지 그대로 보여준다. 솔직히 말해서, 나는 어떤 사람의 실제 성향을 알게 되면 그 성향을 현재의 상태에서 더 낫거나 더 나쁘게 바꿀 수 있으리라고 기대하지 않는다. 동양 사람들이 말하듯 "들개 꼬리를 따뜻하게 달군 후 눌러서 끈으로 동그랗게 묶어둘 수는 있다. 그러나 그런 일을 12년이나 반복하더라도 들개 꼬리는 원래의 형태를 잊지 않을 것이다." 이런 꼬리들이 보여주는 뿌리 깊은 습성을 효과적으로 치유할 수 있는 유일한 방법은 그 꼬리들을 아교로 만들어버리는 것이다. 내가 알기에도 꼬리는 아교를 만드는 데 흔히 쓰듯이, 아교로 붙여놓은 후에 는 그대로 있을 것이다. 이번에는 당밀, 혹은 브랜디가 든 큰 통이 눈에 띈다. 버몬트 주 커팅스빌의 존 스미스에게 보내는 것으로, 그는 그린 산맥 지역의 상인이며 자신의 개간지 근처에 사는 농부들을 위해 물건 을 수입한다. 아마도 지금쯤 그는 옥상 출입문에서 서성이며 얼마 전 해 안에 도착한 물건들이 자신의 물건 가격에 어떤 영향을 미칠지 생각할 것이고, 전에도 스무 번쯤 말했겠지만 오늘 아침 다음 기차로 들어올 최 상급 물건에 상당한 기대를 걸고 있다고 단골 고객들에게 거듭 말하고 있을 것이다. 게다가 그 물건은《커팅스빌 타임스》에 광고도 하고 있다.

이런 물건들은 올라가는 반면에 내려오는 물건들도 있다. 바람을 가르는 소리에 깜짝 놀라 나는 책에서 눈을 뗀다. 멀리 북쪽 산악지대 에서 베인 커다란 소나무가 그린 산맥과 코네티컷 강을 넘어 날아오더 니, 10분도 안 되는 시간에 화살처럼 타운십을 완전히 통과해 다른 사 람은 볼 틈이 없었다. 그리고 소나무는

어떤 위대한 기함旗艦의
돛대가 되리라.

들어보라! 이번에는 뭇 산의 가축들, 양의 우리와 마구간, 그리고 야외의 젖소 우리에서 살던 가축, 막대기를 든 가축상인들, 양떼 틈에 있는 목동들을 실은 기차가 들어온다. 산악지대의 목초지를 제외하고

는 모든 것이 9월의 강풍에 산에서부터 날려 내려오는 나뭇잎들처럼 재빠르게 지나갔다. 송아지들과 양들이 가냘프게 울어대는 소리, 황소들이 부산을 떠는 소리로 사방이 시끌벅적해 목초지 계곡이 바로 옆을 지나가는 듯했다. 방울을 달고 맨 앞에 선 양이 방울을 딸랑거리면 산들은 정말 숫양처럼 뛰어다니고 나지막한 언덕들은 어린 양처럼 뛰어다닌다. 가축 상인들이 탄 차량은 한가운데 있어, 이제 그들도 가축들과 같은 처지라 할 일이 없지만 막대기를 계급장인 양 쓸데없이 꼭 쥐고 있다. 그들의 개들은 어디에 있을까? 개들은 한꺼번에 우왕좌왕 몰려다닌다. 개들은 거의 버려지고 말았다. 냄새를 맡아야 할 것을 잃어버렸다. 개들이 피터버러 산 뒤에서 짖는 소리, 그린 산맥의 서쪽 기슭에서 헐떡이는 소리가 내 귀에 들리는 것 같다. 개들은 가축들이 도살당하는 모습까지 지켜보지는 않을 것이다. 개들도 할 일을 잃었다. 그들의 충성심과 예민한 후각은 이제 표준 이하로 떨어졌다. 그들은 면목이 없어 개집으로 슬금슬금 돌아가거나, 아니면 야생으로 돌아가 늑대나 여우와 동맹을 맺을지도 모른다. 이렇게 목장의 삶을 실은 기차가 당신 옆을 지나 멀어져 간다. 종이 울린다. 나는 선로에서 벗어나야 한다. 그래야 차량들이 지나갈 테니까.

내게 철로는 무엇인가?
철로가 어디에서 끝나는지
나는 보러 가지 않으리.
철로는 몇몇 골짜기를 메우고

제비들을 위해 둑을 쌓으며
철로는 모래를 휘날리고
검은딸기를 자라게 한다.

그러나 나는 숲의 손수레 길처럼 철로를 건넌다. 나는 기차가 '슈 웃'하며 내뿜는 연기와 증기에 눈이 멀고 귀가 먹지는 않을 것이다.

어느새 기차가 지나가고 부산스럽던 세상도 기차와 함께 끝나자, 게다가 호수의 물고기들도 덜컹대는 기차의 진동을 느끼지 않자 나는 어느 때보다 외로워졌다. 남은 긴 오후 시간 동안 묵상에 잠길 테고, 멀리 떨어진 간선도로를 오가는 마차나 소에 맨 수레가 덜걱거리는 희미한 소리만이 내 묵상을 방해하겠지.

일요일이면 나는 때때로 종소리를 들었다. 링컨, 액턴, 베드퍼드, 콩코드에서 바람을 타고 희미하게 들려오는 감미로운 종소리였다. 달리 말하면 자연의 선율, 야생의 세계에 들어올 가치가 있는 소리였다. 숲 너머로 상당히 멀리서부터 지평선에 늘어선 바늘 같은 솔잎을 하프의 줄처럼 생각해 건드린 듯 종소리에 윙윙대는 진동음이 더해진다. 아득히 멀리에서 들리는 모든 소리는 똑같은 하나의 효과를 자아내며 우주의 수금을 연주한 것처럼 들린다. 이것은 멀리 보이는 산등성이까지의 대기가 아낌없이 나눠주는 푸른 색조 덕분에 산등성이가 우리 눈에 더욱 흥미롭게 보이는 것과 다를 바 없다. 일요일에 내게 들리는 종소리는 공기가 팽팽하게 잡아당긴 선율이었고 솔잎을 비롯한 숲나무들의 모든 잎과 주고받은 선율이었다. 또한 자연의 힘이 취해 조절한 후, 계곡에서 계곡으로 메아리처럼 울리는 소리의 한 부분이었다. 메아리는 어느 정도까지는 본래의 소리다. 바로 여기에 메아리의 마력과 매력이 있다. 메아리는 종소리에서 되풀이할 만한 소리의 되풀이일 뿐 아니라, 부분적으로는 숲의 목소리기도 하다. 즉 숲의 요정이 똑같이 읊조리는 노랫말과 음이다.

저녁이면 숲 너머 지평선에서 어느 젖소의 '음매' 하며 우는 소리가 감미롭고 아름답게 들렸다. 처음에는 그 소리가 언덕과 골짜기 너머에서 방랑하며 때때로 나에게 세레나데를 불러주던 음유시인들의 목소리일 거라고 착각했지만, 결국 젖소가 자연스레 내뱉는 음악의 연장선이라는 걸 알고 나서도 불쾌할 정도로 실망하지는 않았다. 내가 그 젊은 음유시인들의 노래를 젖소의 음악과 비슷하게 인식했다고 말한다고 해서 그들을 비웃으려는 의도는 조금도 없다. 오히려 그들의 노래에 대한 내 인식을 그대로 표현한 것일 뿐이다. 요컨대, 그들의 노래는 자연의 소리였다.

여름에도 어떤 기간에 저녁 기차가 지나간 후로 일곱 시 반이면 어김없이 쏙독새들이 문 앞 그루터기나 마룻대 위에 앉아 반 시간 동안 자신들의 저녁 기도를 단조롭게 읊어댔다. 쏙독새는 시계만큼이나 정확하게, 매일 저녁 해가 떨어지고 5분이 지나지 않아 노래하기 시작했다. 나는 쏙독새의 습관을 알게 되는 소중한 기회를 얻은 셈이었다. 때로는 네다섯 마리가 숲의 여러 곳에서 한꺼번에 울었고, 뜻밖에도 한 소절씩 잇달아 우는 경우도 있었다. 나는 무척 가까이 있었기 때문에,

쏙독새들이 한 음을 끝내고는 쏙독쏙독 하는 소리만이 아니라, 거미줄
에 걸린 파리처럼 유별나게 윙윙거리는 소리까지 분명히 들을 수 있었
다. 또 숲에서는 쏙독새 한 마리가 줄에 매달린 것처럼 내게서 몇 미터
거리를 두고 주위를 빙빙 도는 경우도 있었다. 아마 내가 녀석의 알 주
위에 있었기 때문인 듯했다. 쏙독새들은 일정한 간격을 두고 밤새 노
래했고, 동이 트기 직전과 동틀 무렵이면 그들의 노래는 어김없이 다
시 구성지게 변했다.

다른 새들이 조용해지면 가면올빼미들이 순서를 이어받아 상중喪中
인 여인처럼 '울룰루' 하고 옛 노래를 시작한다. 가면올빼미들의 오싹
한 울음소리는 그야말로 벤 존슨의 가면극을 떠올리게 한다. 한밤중의
교활한 마녀들! 가면올빼미의 울음소리는 시인들이 순박하고 무뚝뚝
하게 부엉부엉 노래하는 소리가 아니다. 눈곱만큼의 장난기도 없는 지
극히 엄숙한 무덤의 소곡이며, 동반 자살한 연인들이 지옥의 숲에서
숭고한 사랑의 고통과 기쁨을 기억하며 서로 위안하는 노래다. 하지만
나는 가면올빼미들이 숲 언저리에서 떨리는 목소리로 통곡하고 슬픔
에 잠겨 응답하는 울음소리를 듣는 걸 좋아한다. 그들의 울음소리가
음악의 어둡고 한탄스런 면이고 어쩔 수 없이 노래해야 하는 회한과 탄
식인 것처럼, 때로는 내게 음악과 노래하는 새들을 떠올리게 하기 때
문이다. 올빼미는 정령이다. 한때 인간의 모습으로 밤마다 이 땅을 거
닐며 어둠의 행위를 저질렀지만 이제는 죄를 범했던 현장에서 탄식의
송가와 만가輓歌를 부르며 죗값을 치르는 추락한 영혼의 비천한 정령이
며 음울한 전조다. 올빼미를 통해 나는 우리 모두의 거처인 자연의 다

양성과 포용력에 대한 새로운 깨달음을 얻는다. 아아, 태어나지 말았어야 했는데! 호수의 이쪽에서 올빼미 한 마리가 이렇게 탄식하고는 절망의 날갯짓으로 훨훨 날아가 잿빛을 띤 떡갈나무에 다시 내려앉는다. 잠시 후, 호수 반대편 끝에서 다른 올빼미가 떨리는 목소리로 진지하게 "⋯⋯ 태어나지 말았어야 했는데!"라고 탄식하는 소리가 들리고, 또 멀리 링컨 숲에서도 "⋯⋯ 말았어야 했는데!"라는 탄식이 희미하게 들린다.

울음소리가 큰 올빼미가 내게 세레나데를 불러주었다. 바로 옆에서 들으면 자연에서 가장 우울한 소리라는 생각마저 들고, 죽어가는 인간의 신음소리를 자연이 연판으로 만들어 자연의 합창단에 영원히 집어넣은 듯하다. 달리 말하면 죽어가는 인간이 미약하게나마 남긴 보잘것없는 흔적으로, 인간이 모든 희망을 버리고 어둠의 계곡에 들어갈 때 짐승처럼 울부짖지만 인간의 흐느낌이 남아 있어 목구멍을 울리는 음율 때문에 더욱 섬뜩하게 들리는 울음소리며—내가 그 소리를 흉내 내려고 하면 언제나 "글르"라는 소리가 먼저 튀어나온다—건전하고 대담한 생각을 억눌러 끈적한 곰팡이가 핀 단계에 이른 마음을 표현하는 울음소리다. 나는 그 올빼미의 울음을 들을 때마다 무덤을 파헤쳐 시체를 먹는다는 귀신, 정신박약자, 정신이상자의 울부짖음이 머릿속에 떠올랐다. 그러나 지금 멀리 떨어진 숲에서 올빼미 한 마리가 정말 음악적 선율처럼 들리는 노랫소리로 응답한다. 부엉 부엉 부엉 부엉. 사실 대부분의 경우, 올빼미의 울음소리는 낮이든 밤이든, 여름이든 겨울이든 언제 들리든 간에 내게 즐거움을 가져다주었다.

나는 이 세상에 올빼미가 있어 기쁘다. 올빼미들이 인간을 위해 바보같이, 또 미치광이처럼 큰 소리로 울게 내버려두자. 올빼미의 울음소리는 대낮에도 환하지 않은 소택지와 어슴푸레한 숲에 정말 잘 어울리는 소리로, 사람들이 아직 그 존재조차 모르는 미답의 광활한 자연을 떠올리게 한다. 올빼미는 어느 누구도 피할 수 없는 쓸쓸한 황혼과 흡족하게 채워지지 않은 생각을 상징한다. 어떤 소택지에서는 해가 윗부분에만 비춘다. 검은 가문비나무에는 송라 이끼가 주렁주렁 늘어져 있고, 작은 매들은 위에서 빙빙 돌며, 박새는 상록수들 사이에서 재잘거리고, 자고와 토끼는 나무 아래에서 살금살금 걸어다닌다. 그러나 이제 한층 음울하고 이곳에 어울리는 날이 밝아오면, 다른 종류의 생명체가 잠에서 깨어나 자연의 의미를 표출한다.

저녁 늦게는 멀리에서 짐마차가 덜컹대며 다리를 건너는 소리—밤에는 어떤 소리보다 멀리까지 들리는 소리—, 개들이 짖는 소리가 들렸고, 때로는 외양간 앞마당에 홀로 떨어진 젖소가 "음매" 하고 우는 소리가 멀리서 들려왔다. 그 사이에 호숫가에서는 황소개구리들의 우렁찬 울음소리가 울려퍼졌다. 황소개구리들은, 아직 뉘우치지 못하고 스틱스 호수—월든 호수에 수초는 거의 없고 개구리들만 있기 때문에 월든의 요정들이 이런 비교를 용서해주기를 바랄 뿐이다—에서 돌림노래를 부르려는 옛 술고래와 술꾼의 고집스런 영혼인 듯하다. 황소개구리들은 과거에 즐기던 잔칫상의 흥겨운 규칙을 지키고 싶어하지만 그들의 목소리는 점점 거칠고 엄숙할 정도로 침침하게 변해 그런 떠들썩함을 조롱하는 듯하고, 포도주는 향을 잃어 오직 배만 부르게 하는 술로 변해버린다. 따라서 과거의 기억을 달래줄 달콤한 취기는 오르지 않고, 물로 배를 채운 듯한 포만감과 팽창감만 느낄 뿐이다. 의장인 듯 한 황소개구리는 이 북서쪽 호숫가에서 침 흘리는 어린 자식들의 냅킨 으로 쓰는 하트 모양의 잎에 턱을 괴고 한때 경멸하던 물을 크게 한 모 금 들이켜고는 갑자기 "개구울, 개구울, 개구울" 하고 외치며 잔을 돌 린다. 그러자 곧바로 멀리 떨어진 후미진 곳에서부터 물을 타고 똑같 이 따라 말한 암호가 들려온다. 서열과 허리둘레에서 두 번째인 황소 개구리가 자기에게 정해진 선까지 물을 마셨다는 뜻이다. 이런 의식이 호수를 한 바퀴 쭉 돌고 나면 의식의 집전자가 만족해서 "개구울!" 하 고 울음을 터뜨린다. 그러면 한 마리씩 차례로 가장 홀쭉해서 물을 흘 리고 가장 연약해서 배가 덜 나온 녀석까지 똑같은 소리로 따라한다. 여기에는 어떤 실수도 없다. 그 후, 술잔이 다시 돌아간다. 해가 뜨며 아침 안개가 걷힐 때까지 술잔은 계속 돌아간다. 마침내 대장 개구리 만 호수 바닥으로 떨어지지 않고 때때로 "개굴" 하고 울며 잠시 응답을 기다리지만 어디에서도 응답하는 소리가 들리지 않는다.

내 개간지에서 수탉의 울음소리를 들었는지 확실히 알 수 없지만 노래하는 조류로서 수탉의 음악성만으로 수평아리를 키워볼 가치가 있을 거라고 생각했다. 한때 인도의 야생 꿩이었던 수탉의 울음소리는 분명히 독특한 데가 있다. 수탉이 가축화되지 않고 자연으로 되돌아갈 수 있다면, 수탉의 울음소리는 기러기가 왝왝거리는 소리나 올빼미가 부엉부엉 하는 소리를 뛰어넘어 금세 우리 숲에서 가장 유명한 소리가 될 것이다. 수탉의 나팔소리가 멈추면 암탉들이 꼬꼬댁거리며 그 시간을 채워준다고 상상해보라! 달걀과 닭다리에 대해서는 말할 것도 없고 인간이 닭을 길들여 가축에 목록을 더한 것은 조금도 놀랍지 않다. 겨울 아침에 닭들이 옛날에 많이 살던 숲, 즉 닭들의 고향이던 숲을 걷다가 야생 수평아리들이 나무 위에서 힘차게 우는 소리를 들어보라. 맑고 날카로운 울음소리가 온갖 소리로 뒤범벅인 땅에서 다른 새들의 약한 울음소리를 압도하며 수 킬로미터까지 전해지는 모습을 생각해보라! 그 소리에 많은 종족이 바짝 긴장할 것이다. 그 소리를 듣고 누가 일찍 일어나지 않겠는가? 삶이 계속되는 동안 매일 조금씩 일찍 일어나, 결국에는 모두가 말할 수 없이 건강하고 부유하며 현명해지지 않겠는가? 이 외국산 새의 울음소리는 모든 나라의 시인들이 제각각 토착 명금鳴禽의 울음소리로 줄곧 찬양해왔다. 대담무쌍한 수탉은 어떤 기후권에서도 살 수 있으며, 토착 동물보다 더 토박이처럼 적응한다. 수탉은 언제나 건강하고, 폐활량도 대단하다. 수탉은 결코 기백을 잃지 않는다. 대서양과 태평양을 항해하는 뱃사람들도 수탉의 목소리에 잠을 깬다. 그러나 수탉의 날카로운 울음소리는 얕은 잠에서도 나를 깨우지 못했다. 나는 개와 고양이, 젖소와 돼지는 물론이고 암탉도 키우지 않았다. 따라서 내 집에는 가정적인 소리가 없었을 거라고 말하는 사람도 있을 것이다. 우유 교반기와 물레도 없었고, 우리에게 위안을 주는 솥이 끓는 소리나 주전자에서 증기가 빠지는 소리, 어린아이가 우는 소리도 들리지 않았다. 따라서 전통적인 삶에 얽매인 사람은 미치거나, 그 전에 지루해서 죽어버렸을 것이다. 심지어 벽 틈에 숨어 있는 쥐조차 없었다. 쥐도 굶어 죽었거나, 더 정확히 말하면 아예 들어오지 않았을 것이기 때문이다. 다만 다람쥐가 지붕 위와 바닥 아래에서 노닐었고 마룻대에서는 쏙독새, 창 밑에서는 어치가 울었다. 또 산토끼와 우드척이 집 아래를 들락거렸고, 가면올빼미 혹은 고양이올빼미가 집 뒤에서 울었다. 야생 기러기 떼와 떠벌이 물총새가 호수에서 살았고, 밤에 우는 여우가 있었다. 농장 주변에서 흔히 보이는 온순한 새인 종달새와 꾀꼬리조차 내 개간지에는 들어오지 않았다. 마당에는 우렁차게 우는 수탉도 없었고, 꼬꼬댁거리는 암탉도 없었다. 아니, 마당이란 건 없다! 울타리를 두르지 않은 자연이 당신의 바로 문턱까지 이어진다. 조성된 지 얼마 되지 않은 숲이 창문 아래에서 생장하고, 야생 옻나무와 검은딸기 덩굴이 당신의 지하실까지 뚫고 들어간다. 억센 리기다소나무들은 무성하게 자라 지붕널에 부대끼며 삐걱거리는 소리를 내고, 그 뿌리들은 집 아래로 뻗어간다. 강풍이 불면 날아가버릴 석탄통이나 차일도 없다. 집 뒤에서 부러지거나 뿌리째 뽑힌 소나무는 땔감으로 사용된다. 또 폭설이 내려도 앞마당까지 길이 막히지 않는다. 대문도 없고 앞마당도 없으니까. 문명 세계로 이어지는 길 자체가 없으니까!

고독

Solitude

몹시 즐거운 저녁이다. 온몸이 하나의 감각기관이 되어 모든 구멍으로 즐거움을 빨아들인다. 나는 자연을 돌아다니며 이상한 자유를 느낀다. 마치 자연의 일부가 된 기분이다. 구름이 끼고 바람이 불어 쌀쌀하지만 나는 셔츠 바람으로 돌투성이 호숫가를 따라 걷는다. 특별히 눈길을 끄는 것은 없지만 자연의 모든 것이 이상스레 내 마음을 사로잡는다. 황소개구리들이 요란하게 울어대며 곧 밤이 올 것이라고 알리고, 쏙독새의 울음소리가 호수 면에 잔물결을 일으키는 바람을 타고 들려온다. 바람에 흔들리는 오리나무와 포플러 잎과 하나가 된 기분에 숨 쉬기도 힘들다. 하지만 호수처럼 평정한 내 마음은 잔물결만 일 뿐 넘실대지는 않는다. 저녁 바람에 살랑이는 이 작은 물결들은 모든 걸 반사하는 매끄러운 수면만큼이나 폭풍우와는 거리가 멀다. 이제 어둠이 내렸지만 숲에서는 여전히 매섭게 바람이 불고, 물결들도 계속해서 밀려온다. 간혹 몇몇 동물이 노래하며 다른 동물들의 마음을 달래준다. 완벽한 평화는 없다. 사나운 동물들은 휴식을 취하지 않고 먹잇감을 찾아다닌다. 여우, 스컹크, 토끼까지 어느덧 두려움을 잊은 채 들판과 숲을 배회하고 다닌다. 그들은 자연의 파수꾼이며, 활기찬 생명의 나날들을 이어주는 고리다.

집에 돌아오면 방문객이 들렀다 남긴 흔적이 눈에 들어온다. 바로 한 다발의 꽃이나 상록수로 엮은 화관, 혹은 노란 호두나무 잎이나 나뭇조각에 연필로 써놓은 이름이다. 좀처럼 숲을 찾지 않는 사람들이 오는 길에 숲의 작은 조각들을 취해 갖고 놀다가 의도적이거나 자기도 모르게 남겨놓은 것이다. 버드나무 가지의 껍질을 벗겨서 반지를 만들어 내 탁자에 올려놓고 간 사람도 있었다. 나는 굽은 잔가지나 짓눌린 잔디, 혹은 구두 자국을 보고 내가 없을 때 방문객이 다녀갔다는 걸 짐작할 수 있었다. 또 떨어진 꽃이나 한 움큼 뽑혀 던져진 풀, 심지어 반 마일쯤 떨어진 철로 변에 떨어진 풀 등의 사소한 흔적이나, 은은히 남은 시가 혹은 파이프 담배 냄새로 방문객의 성별과 연령과 인품을 대충 짐작할 수 있었다. 믿기지 않겠지만, 60로드 정도 떨어진 간선도로를 따라 어떤 여행자가 지나가고 있다는 걸 나는 그의 파이프 담배 냄새로만 알아내기도 했다.

우리 주변에는 대체로 넉넉한 공간이 있다. 지평선은 우리가 팔을 뻗으면 닿을 만큼 가까운 곳에 있지 않다. 울창한 숲이 문 앞에 있는 것도 아니다. 호수도 마찬가지다. 그러나 우리에게 익숙해진 만큼 척박해지고, 어떻게 해서든 우리의 것으로 삼아 울타리를 둘러 자연을 개간하려는 개척 사업이 끊임없이 어떤 형태로든 진행되고 있다. 사람들이 내게 양도한 수 제곱마일이나 되는 인적이 드물고 광활한 땅에서 내가 은둔의 삶을 사는 이유가 무엇이겠는가? 가장 가까운 이웃도 1마일이나 떨어진 곳에 살고 있어, 언덕 꼭대기에 올라가지 않으면 내 집으로부터 반 마일 안에서는 집조차 보이지 않는다. 숲으로 에워싸인 지평선 끝까지가 전부 내 땅이다. 지평선 한쪽으로 호수에 닿는 곳에서는 철로가 보이고, 맞은편으로 숲길의 경계를 이루는 울타리가 보인다. 그러나 대부분의 경우, 내가 사는 곳은 대초원만큼이나 적막하기 그지없다. 거의 아시아나 아프리카와 같은 뉴잉글랜드다. 말하자면 나만을 위한 태양과 달과 별이 있는 곳이어서, 그 작은 세계가 전부 내 것이다. 밤에는 내 집 앞을 지나거나 문을 두드리는 여행자도 없었다. 내가 최초의 인간, 아니 마지막 인간이 된 기분이었다. 그래도 봄에는 메기를 낚시하려고 오는 마을 사람이 드문드문 있었지만—그들은 어둠이라는 미끼를 달고 자기만의 월든 호수에서 더 많은 메기를 낚았던지—, 거의 언제나 빈 바구니를 들고 곧 돌아가며 '세상을 어둠과 나에게' 남겨놓았다. 따라서 밤의 검은 핵核은 어떤 이웃 인간에 의해서도 더럽혀지지 않았다. 마녀들이 모두 교수당하고 기독교와 양초가 보급됐지만 사람들은 대체로 아직 어둠을 두려워하는 듯하다.

하지만 가장 즐겁고 감미로우며, 가장 순진무구하면서도 용기를 북돋워주는 만남은 어떤 자연물에서나 발견할 수 있다는 것을 나는 몸소 경험했다. 불쌍하게도 인간을 지독히 혐오하는 사람이나, 지독히 우울한 기분에 사로잡힌 사람도 마찬가지일 것이다. 자연 한복판에 살면서 감각을 유지하는 사람에게는 검은 담즙이 과다하게 분비되는 우울증이라는 게 있을 수 없다. 폭풍우도 있을 수 없다. 폭풍우조차 건강하고 순박한 귀에는 아이올로스의 음악일 뿐이다. 어떤 것도 단순하고 용기 있는 사람을 천박한 슬픔에 억지로 밀어넣을 수 없다. 내가 계절과의 우정을 만끽하며 즐기는 한, 어떤 것도 내게 삶을 부담스럽게 만들 수 없다고 나는 굳게 믿는다. 오늘 보슬비가 내리며 내 콩밭을 적시고 나를 집 안에 가둬두고 있지만, 그 때문에 쓸쓸하거나 우울하지는 않다. 보슬비는 나에게도 좋다. 비가 내려 콩밭을 매지는 못하지만, 비는 내가 김을 매는 것보다 훨씬 유익한 것이다. 물론 비가 너무 오랫동안 계속되어 땅속의 씨가 썩고 저지대의 감자가 못쓰게 되더라도 고지대의 풀에게는 좋을 것이고, 풀에게 좋다면 내게도 좋은 것이다. 때때로 나 자신을 다른 사람들과 비교해보면, 나는 과분할 정도로 그들보다 신들에게 더 큰 은총을 받은 듯하다. 게다가 내 주변 사람들이 갖지 못한 권한과 담보까지 갖고 있어, 특별히 인도받고 보호받는 기분이다. 내가 편리하게 생각하는 것은 아니지만, 정말 그런 일이 가능하다면 신들이 내 비위를 맞추고 있는 게 확실하다. 나는 외롭다고 느껴본 적이 한 번도 없었다. 혼자라는 생각에 마음이 답답한 적도 없었다. 그러나 딱 한 번, 내가 숲에 들어와서 몇 주가 지났을 때, 평온하고 건강한 삶을 위해 가까운 곳에 이웃을 반드시 두어야 하는 게 아닌지 한 시간 동안 고민한 적이 있었다. 남들과 떨어져 혼자라는 것이 싫었다. 그러나 당시 내 기분이 약간 이상하다는 걸 알았고, 금세 회복되리라는 예감이 들었다. 보슬비를 보면서 이런 생각들에 잠겨 있던 그날, 나는 문득 자연에서, 후두둑 떨어지는 빗방울에서 그리고 내 집을 에워싼 모든 소리와 풍경에서, 형용할 수 없이 달콤하고 자애로운 교감을 느꼈다. 나를 지탱해주는 대기처럼 말로 설명할 수 없는 무한한 우애를 불현듯 느꼈다. 마치 인간을 이웃으로 둘 때 상상할 수 있는 이점들을 하찮게 만들어버리는 느낌이었다. 그 이후로 나는 그런 이점들을 생각해본 적이 없다. 작은 솔잎 하나하나도 공감대를 확대하고 부풀리며 나와 친구가 됐다. 우리가 황량하고 음울한 곳이라고 흔히 말하는 곳에서도 나와 마음이 맞는 무엇인가가 존재한다는 걸 분명히 느낄 수 있었다. 또한 나와 혈연적으로 가장 가깝고 진정으로 인간적인 것은 사람도 아니며, 더 구체적으로 말하면 마을 사람이 아니라는 걸 분명히 깨달았다. 그때부터 어떤 곳도 나에게는 낯선 곳이 될 수 없다고 생각하게 되었다.

한탄이 슬퍼하는 사람들을 때 이르게 소멸시키느니
살아 있는 사람들의 땅에서 그들의 날도 며칠 남지 않으리라.
토스카의 아름다운 딸이여.

봄이나 가을에 오랫동안 비바람이 몰아치던 때를 나는 무척 좋아했다. 오전은 물론이고 오후에도 집에 틀어박혀, 끊임없이 윙윙대는 바람 소리와 집을 때리는 빗소리를 들으며 마음을 달랠 수 있었기 때문이다. 일찍 찾아온 황혼이 긴 저녁을 예고함으로써 넉넉한 시간을 두고 많은 생각이 뿌리를 내려 상상의 나래를 활짝 펼 수 있었다. 북동풍에 실려와 매섭게 뿌리던 비는 마을의 집들을 호된 시련에 빠뜨려, 집 안으로 빗물이 들어오는 걸 막으려고 하녀들이 빗자루와 양동이를 들고 현관 앞에 서서 만반의 준비를 할 때도 나는 내 작은 집의 문 뒤에 느긋하게 앉아 집이라는 보호막을 마음껏 즐겼다. 입구라고는 그 문 하나뿐이었으니까. 천둥까지 치며 비가 억수로 내린 어느 날에는 번개가 호수 건너편의 커다란 리기다소나무를 때려, 꼭대기에서 밑동까지 1인치가 넘는 깊이에 폭은 4-5인치쯤 되는 상처를 남겨놓았다. 홈이 너무나 확연히 눈에 띄는 흉터가 완벽한 선형을 그려, 누군가 지팡이로 쓰려고 파낸 것 같았다. 나는 일전에 다시 그 나무 옆을 지나면서 8년 전 무엇도 저항할 수 없는 무서운 번갯불이 순박한 하늘에서 떨어져 남긴 흔적, 그러나 그때보다 더 뚜렷해진 흔적을 위에서 아래로 쭉 훑어보고는 경외감에 사로잡혔다. 사람들은 걸핏하면 내게 "당신은 거기에서 외로움을 느꼈을 겁니다. 비 오고 눈 내린 날, 특히 그런 날 밤에는 사람들과 가까이 있고 싶었을 겁니다"라고 말한다. 나는 그렇게 말하는 사람들에게 이렇게 대답해주고 싶다. "우리가 살고 있는 이 지구 전체가 우주에서는 한 점에 불과합니다. 당신 생각에, 저 별에서 가장 멀리 떨어져 사는 두 사람의 거리는 얼마나 될 것 같습니까? 우리 측량 도구로는 그 너비를 올바로 측량할 수도 없습니다. 왜 내가 외롭다고 느껴야 합니까? 우리 행성도 은하수에 있지 않습니까? 나는 당신 질문이 내게 가장 중요한 질문이라고 생각하지 않습니다. 어떤 사람을 주변 사람들과 떼어놓아 그를 외롭게 만드는 공간이 있다면, 어떤 종류의 공간이겠습니까? 다리를 부지런히 움직인다고 해서 두 사람의 마음까지 가깝게 할 수는 없다는 걸 나는 깨달았습니다. 우리는 무엇을 가장 가까이에 두고 살고 싶어할까요? 많은 사람은 분명히 아닐 겁니다. 기차역, 우체국, 술집, 교회당, 학교, 식료품점, 비컨 힐, 파이브 포인츠 등 사람들이 많이 모이는 곳은 결코 아닐 겁니다. 우리 삶의 영원한 원천에 가까이 살고 싶어할 겁니다. 경험에 비추어보면 우리는 그곳에서 삶의 출구를 발견했으니까요. 버드나무가 물 가까이에 서서 뿌리를 물 쪽으로 뻗는 것과 다를 바가 없습니다. 물론 사람의 본성에 따라 다르겠지만, 현명한 사람이면 그곳에 지하실을 팔 겁니다……"

어느 날 저녁, 나는 월든 거리에서 시장으로 한 쌍의 소를 몰고 가던 콩코드 사람을 뒤쫓아가서 만났다. 그는 이른바 '상당한 재산'을 모은 사람이었다. 하지만 나는 이른바 상당한 재산이라는 것을 한 번도 바람직하게 생각한 적이 없었다. 어쨌든 그는 내게 어떻게 편안한 삶의 많은 부분을 포기할 생각을 하게 됐느냐고 물었다. 나는 그런 삶을 분명히 좋아한다고 대답했다. 내가 농담을 한 것은 아니었다. 그리고 나는 내 집의 잠자리로 돌아왔고, 그는 어둠과 진흙을 뚫고 브라이턴—아니면 브라이트 타운—으로 계속 걸어갔다. 아마 그는 이튿날 아침에야 그곳에 도착했을 것이다.

죽은 사람이 눈을 뜨거나 되살아날 가능성이 있다면 시간과 장소는 별로 중요하지 않다. 그런 기적이 일어날 수 있는 곳은 언제나 똑같고 우리의 모든 감각을 말할 수 없이 즐겁게 해주는 곳이다. 대부분의 경우, 우리는 지엽적이고 덧없는 상황에서만 기회를 만들려고 한다. 그런 상황들이 우리 주의력을 산만하게 만드는 원인인 것은 사실이다. 어떤 것에나 그것을 만들어내는 힘이 가장 가까이에 있기 마련이다. 우리 바로 옆에서는 원대하기 이를 데 없는 법칙들이 끊임없이 시행되고 있다. 우리 바로 옆에는 우리가 고용한 일꾼이나 우리가 함께 대화를 나누고 싶어하는 일꾼이 아니라, 우리 자신을 일거리로 삼는 일꾼이 있다.

"하늘과 땅의 신비로운 힘은 그 영향력이 얼마나 넓고 깊은가!"

"그 힘은 보려고 해도 보이지 않으며, 들으려 해도 들리지 않는다. 그 힘은 만물의 본질과 일치하기 때문에 만물과 분리될 수 없다."

"그 힘으로 말미암아 우주에서 인간은 마음을 순화하고 정화하며, 의관을 정제하고 조상에게 제사를 드린다. 만물의 본질은 신비로운 지혜의 바다이므로 그 힘은 우리 위와 좌우, 어디에나 있다. 그 힘은 사방에서 우리를 에워싸고 있다."

우리는 내가 흥미를 갖고 시도하는 어떤 실험의 대상이다. 지금과 같은 상황에서 잠시만이라도 부질없는 세상 이야기를 하지 않고는 살 수 없는 것일까? 우리에게 기운을 북돋워주는 생각만 하며 살 수 없을까? 공자는 "덕은 외롭지 않으니, 반드시 이웃이 있기 마련이다"라고 정확히 지적했다.

사색을 통해 우리는 건전한 의미에서 이성의 굴레를 벗어날 수 있다. 정신의 의식적인 노력을 통해 우리는 행동과 그 결과에 연연하지 않을 수 있으며, 그렇게 할 때 좋은 것이든 나쁜 것이든 모든 것이 급류처럼 우리 옆을 지나간다. 우리는 자연과 완전히 하나가 되지 못한다. 나는 강물에 떠내려가는 부목(浮木)일 수도 있고, 하늘에서 그것을 내려다보는 인드라 신일 수도 있다. 나는 어떤 연극 공연에는 영향을 받으면서도 개인적으로 훨씬 관련 있어 보이는 실제 사건에는 아무런 영향을 받지 않을 수 있다. 나는 나 자신이 인간이라는 존재, 달리 말하면 생각과 감정을 지닌 존재라는 걸 알고 있다. 또한 내게는 어떤 이중성이 있어, 타인에게만큼이나 나 자신에게서 초연할 수 있는 듯하다. 내 경험이 아무리 치열하게 진행되더라도, 그 경험에 참여하지 않고 구경꾼 입장에서 그 경험을 기록하는 나의 일부가 내 안에 존재하는 걸 알고 있다. 엄격히 말하면, 그 일부는 나의 일부가 아니다. 당신도 아니고 나도 아니다. 삶이라는 연극은 비극일 가능성이 크다. 그 연극이 끝나면 구경꾼도 떠난다. 구경꾼의 입장에서 보면 삶이라는 연극은 일종의 허구, 즉 상상이 빚어낸 작품일 뿐이다. 이런 이중성이 우리를 보잘것없는 이웃, 때로는 그런 친구로 전락시키는 게 아닌가 싶다.

나는 가능하면 많은 시간을 혼자 지내는 것이 건강에 좋다고 생각한다. 누군가와 함께 있자면 곧 지루해지고 시간도 헛되이 보내기 마련이다. 상대방이 세상에서 가장 착한 사람일지라도 마찬가지다. 나는 혼자 있는 걸 좋아한다. 나는 아직까지 고독만큼이나 편안한 친구를 만난적이 없다. 대부분의 경우, 우리는 방에서 혼자 지낼 때보다 밖에 나가 사람들 사이에 있을 때 더 외롭다. 생각하거나 일하는 사람은 언제나 혼자다. 그런 사람은 혼자 생각하고 혼자 일하도록 내버려두자. 고독은 당사자와 다른 사람 사이에 놓인 공간의 거리로 측정되는 것이 아니다. 케임브리지 대학의 북적거리는 벌집 속에서도 정말 근면한 학생은 사막의 데르비시만큼이나 고독하다. 농부는 하루 종일 밭이나 숲에서 혼자 일하면서 괭이질하고 나무를 베지만 외로움을 느끼지 않는다. 몰두해서 일하기 때문이다. 그러나 해가 저물어 집에 돌아오면 온갖 생각의 포로가 되어 혼자 방에 가만히 앉아 있지 못하고, 사람들을 만나 기분을 풀 수 있는 곳을 찾아간다. 그래야 낮 시간의 고독을 보상받을 수 있다고 생각하기 때문이다. 따라서 학생이 밤은 물론이고 낮에도 대부분의 시간을 집에서 혼자 보내면서도 지루해하거나 '울적한 기분'에 빠지지 않는 이유가 농부는 궁금할 것이다. 학생이 집에서 지내지만 농부처럼 자신의 '밭'에서 일하고 자신의 '숲'에서 나무를 베며, 또 농부와 똑같이 사람들과 어울려 기분풀이 할 것을 찾지만 훨씬 압축된 형태로 그런 것을 즐긴다는 사실을 농부는 알지 못하기 때문이다.

　사람들과의 교제는 일반적으로 너무 천박하다. 우리는 서로 너무 빈번하게 만나서 상대에게 새로운 가치를 얻을 시간적 여유가 없다. 우리는 하루에도 식사라는 명목으로 세 번 만나, 오래되어 곰팡내 나는 치즈를 서로에게 다시 맛보게 한다. 그 곰팡내 나는 치즈가 바로 우리 자신이다. 우리는 이런 빈번한 만남을 견디기 위해서, 또 터놓고 싸울 수는 없기 때문에 예의와 범절로 불리는 일정한 규칙들을 따라야만 한다. 우리는 우체국에서도 만나고 친목회에서도 만난다. 매일 밤 난롯가에서도 만난다. 우리는 너무 혼잡하게 살며, 서로를 방해하고 서로에게 걸려 넘어진다. 그래서 서로에 대한 존경심을 잃어가고 있는 듯하다. 장담하지만, 조금만 덜 자주 만나도 중요한 모든 대화를 얼마든지 충분히 나눌 수 있을 것이다. 공장에서 일하는 여자들을 생각해 보라. 그들은 혼자일 때가 없다. 꿈속에서도 혼자이기 힘들다. 내가 지금 사는 곳처럼 1제곱마일 면적에 한 사람만 산다면 훨씬 좋을 것이다. 인간의 가치는 그가 처한 상황에 있는 것이 아니다. 우리 눈에 보이는 그의 상황에서 그의 가치까지 판단해서는 안 된다.

숲에서 길을 잃고 나무 아래에서 굶주림과 탈진으로 죽어가던 사람에 대한 이야기를 들은 적이 있다. 그는 몸이 쇠약해지고 병적인 상상에 시달려 정말로 자신을 에워싸고 있다고 믿었던 기괴한 환영들 덕에 혼자라는 고독감에서 벗어날 수 있었다. 따라서 우리가 육체적으로나 정신적으로 건강하다면, 지금과 비슷하지만 훨씬 더 정상적이고 자연스런 만남을 통해서도 지속적으로 기운을 북돋우며 우리가 결코 혼자가 아니라는 사실을 깨닫게 된다.

내 집에는 함께 사는 동반자가 많다. 특히 아무도 찾아오지 않는 아침에는 더욱 그렇다. 누구든 내 상황을 남들에게 전달할 수 있도록 몇 가지 비유를 들어 설명해보겠다. 월든 호수에 살며 떠들썩하게 웃는 물새나 월든 호수 자체가 외롭지 않듯이 나도 전혀 외롭지 않다. 저 쓸쓸한 호수에게 어떤 친구가 있겠는가? 하지만 저 호수의 담청색을 띤 물속에는 푸른 악령이라고는 없고 푸른 천사만 있다. 태양도 혼자다. 우중충한 날씨에는 때때로 태양이 둘로 보이지만, 하나는 가짜 태양이다. 하느님도 혼자이시다. 그러나 악마는 결코 혼자가 아니다. 악마에게는 많은 패거리가 있다. 이런 점에서, 악마는 군대다. 드넓은 초원에 덩그러니 혼자 있는 멀런이나 민들레, 콩잎과 수영, 등에와 호박벌이 외롭지 않듯이 나도 외롭지 않다. 밀 브룩, 풍향계, 북극성, 남풍, 4월의 소나기, 1월의 따뜻한 날씨, 새 집에 처음 거미줄을 친 거미가 외롭지 않듯이 나도 외롭지 않다.

긴 겨울날 저녁 눈이 펑펑 쏟아지고 숲에서 바람이 매섭게 불면, 나보다 먼저 이곳에 정착한 원주인이 내 집을 간혹 방문했다. 그가 월든 호수를 파고 바닥에 돌을 깔았으며, 호수 주변에 소나무를 심었다고 전한다. 그는 내게 먼 옛날과 새로이 찾아올 영원한 미래에 대한 이야기를 들려준다. 우리는 사과나 사과즙조차 나눠 먹지 않으면서도 즐겁게 우의를 다지고 사물에 대한 긍정적인 시각으로 흥겨운 시간을 보낸다. 정말 지혜롭고 유머러스한 친구여서, 나는 그를 무척 사랑한다. 그는 고프나 월리보다 더 은밀하게 처신해서 세상 사람들은 그가 죽은 걸로 생각하지만, 그가 어디에 묻혔는지 아는 사람은 아무도 없다. 대부분의 사람들에게는 보이지 않지만, 한 초로의 부인도 이웃에 살고 있다. 나는 때때로 그 부인의 향초 밭을 한가롭게 거닐면서 약초를 캐고, 부인의 이야기를 듣는 걸 좋아한다. 그녀가 비길 데 없는 생식력이라는 천부적 능력을 지닌데다 신화시대보다 더 이전까지 거슬러 올라가는 기억력을 지녔기 때문이다. 또 그녀가 어렸을 때 모든 사건이 일어났기 때문에 모든 전설의 기원, 즉 전설 하나하나가 어떤 사실에 근거한 것인지에 대해서도 내게 이야기해줄 수 있다. 그녀는 지금도 혈색이 좋고 활기가 넘치며 날씨와 계절을 가리지 않고 즐겁게 살기 때문에 자식들보다 더 오래 살 것 같다.

태양과 바람과 비, 여름과 겨울 등 자연은 형언할 수 없이 순수하고 인정이 많아 우리에게 건강과 활력을 안겨준다. 끊임없이! 게다가 우리 인간과 깊이 교감하기 때문에 한 사람이라도 정당한 이유로 슬픔에 잠기면 자연 전체가 영향을 받아 태양은 밝은 빛을 잃고 바람은 인정 어린 한숨을 내쉬며, 구름은 빗방울로 눈물을 떨어뜨리고 숲은 한여름에도 잎을 떨구며 상복을 입을 것이다. 그런데 내가 어떻게 대지와 교감하지 않겠는가? 나 자신도 부분적으로는 잎과 식물의 부식토가 아닌가?

　우리의 건강을 지켜주고 마음을 평온하게 하며 편안히 유지해줄 환약은 무엇일까? 나의 증조부도 아니고 당신의 증조부도 아니다. 우리의 증조모인 자연이 빚어낸 보편적이고 식물적이며 식물학적인 약이다. 이 약을 통해 자연은 예부터 젊음을 유지하며, 자신이 창조된 이후로 파 노인 같은 수많은 장수자보다 더 오래 살았고, 그들의 썩어가는 지방으로부터 자신의 건강을 지켜왔다. 내 만병통치약은 병을 운반하려고 만든 것처럼 보이는 길고 얕으며 검은 범선처럼 보이는 짐마차에서 꺼내는 약, 요컨대 돌팔이 의사가 아케론 강과 사해에서 퍼낸 물을 적당히 섞어 담은 작은 유리병이 아니다. 내 만병통치약은 무엇과도 섞이지 않은 아침 공기 한 모금이다. 아침 공기! 사람들이 하루의 원천인 새벽에 맑은 아침 공기를 마시지 못한다면, 이 세상에서 아침 시간 구독권을 잃어버린 사람들을 위해 아침 공기를 병에 조금씩 담아 상점에서 팔아야 할 것이다. 그러나 잊지 말아야 할 것은, 아침 공기는 서늘한 지하실에서도 정오까지 머물지 못하고, 정오가 되기 훨씬 전에 뚜껑을 밀어젖히고 아우로라의 발자취를 따라 서쪽으로 가버린다는 것이다. 내가 숭배하는 여신은 늙은 약초의藥草醫 아스클레피오스의 딸로 여러 기념물에서 한 손에는 뱀을 쥐고 다른 손에는 뱀이 때때로 얼굴을 박고 뭔가를 마시는 잔을 쥐고 있는 모습으로 묘사되는 히기에이아가 아니다. 내가 숭배하는 여신은 주피터 신에게 술을 따라주는 여신이고, 주노 여신과 야생 상추의 딸로 신과 인간에게 젊음의 활력을 되찾게 해주는 능력을 지녔던 헤베 여신이다. 헤베 여신은 이 땅에서 유일하게 항상 몸 상태를 최적으로 유지하며 건강하고 활달하게 살았던 젊은 여자였을 것이다. 그녀가 나타나는 곳에서는 언제나 봄이 활짝 열렸으니까.

방문객들

Visitors

나도 대부분의 사람들과 똑같이 남들과 함께 있는 걸 좋아하고, 내 마음에 맞는 열정적인 사람에게는 오랫동안 거머리처럼 달라붙을 각오도 되어 있다고 생각한다. 나는 천성적으로 은둔자가 아니다. 일 때문에 술집에 가야 한다면 그 술집에서 가장 끈질긴 단골 손님보다 더 오래 버티고 앉아 있을 수도 있는 사람이다.

내 집에는 세 개의 의자가 있다. 고독을 고집하려면 의자 하나로 충분하고, 우정을 위해서는 두 개의 의자, 사교를 위해서는 세 개의 의자가 있어야 하는 법이다. 방문객들이 예기치 않게 그 이상으로 찾아와도 그들 모두를 위한 의자는 세 개밖에 없었지만, 그들은 서 있음으로써 방을 그런대로 효과적으로 이용했다. 작은 집에도 놀라울 정도로 많은 사람이 들어갈 수 있다. 내 집 지붕 아래에도 한꺼번에 25명, 아니 30명의 영혼이 그들의 몸뚱이와 함께 있었던 적이 있지만, 우리는 여기저기에 흩어져 서로 너무 가까이 붙어 있다는 걸 의식하지 못했다. 여인숙이든 개인 주택이든 헤아리기 힘들 정도로 많은 방과 널찍한 홀, 그리고 포도주를 비롯한 평화 시의 필수품을 저장하기 위한 지하실을 갖춘 건물이 많다. 내가 보기에는 많은 건물이 그 안에 거주하는 사람 수에 비해 터무니없이 넓다. 너무 넓고 웅장해서, 거주자들이 그 안에서 우글거리는 해충처럼 보일 지경이다. 포고관이 트레먼트, 애스터, 미들섹스 하우스 등과 같은 호텔 앞에서 소환장을 발표할 때마다, 모든 거주민을 위한 광장에 우스꽝스런 생쥐 한 마리가 슬금슬금 기어 나와서는 곧바로 포장도로에 난 구멍으로 다시 기어들어가는 걸 보면 놀랍기만 하다.

내가 작은 집에서 가끔 경험한 불편 하나는 손님과 함께 거대한 생각을 거창하게 나누기 시작할 때 우리가 공간적으로 충분한 거리를 두기 힘들다는 점이다. 우리는 생각의 돛을 올리고 항해를 떠나 한두 항로를 달린 후 항구에 도착할 만한 공간이 있기를 바란다. 생각이라는 총알은 좌우상하의 요동을 이겨내고 마침내 안정된 궤적을 잡아 상대방의 귀에 들어가야 하지만, 그렇지 못하면 상대방의 머리를 뚫고 나올 수 있다. 우리 문장도 전개가 진행되며 본격적으로 작전을 벌일 공간을 원했다. 국가와 마찬가지로 개인 사이에도 적당히 넓은, 자연스러운 경계만이 아니라 중립 지역도 필요하다. 나는 한 친구와 호수를 사이에 두고 이야기를 나누며, 이것이 무척 색다르고 유쾌한 경험이라는 생각이 들었다. 내 집에서는 우리가 너무 가까이에서 대화를 나눠 상대가 말하는 걸 제대로 들을 수 없었다. 말하자면, 상대에게 들리도록 나지막하게 말할 수 없었다. 비유하자면, 잔잔한 수면에 두 개의 돌을 지나치게 가까이 던질 때는 두 파문이 서로를 방해하지 않는가! 우리가 목소리 크고 마냥 말하기를 좋아하는 사람이라면 바싹 붙어 서서 서로 상대의 숨결까지 느낄 수도 있다. 그러나 우리가 깊이 생각해서 조심스레 말하는 사람이라면, 동물적인 모든 열기와 습기가 증발할 수 있을 정도로 멀찌감치 떨어져 있기를 원한다. 우리가 소리내어 말하지 않는 것까지 서로 나누는 지극히 친밀한 관계를 즐기려면 침묵해야 할 뿐 아니라, 어떤 식으로든 서로의 목소리를 들을 수 없을 정도로 육체적으로도 아주 멀리 떨어져 있어야 한다. 이런 기준에서 보면, 말은 잘 듣지 못하는 사람의 편의를 위해 존재하는 것이다. 그러나 우리가 고함을 질러서는 제대로 전달할 수 없는 미묘한 것이 많다. 대화가 한층 고상하고 묵직한 어조를 띠기 시작하면 손님과 나는 의자를 조금씩 뒤로 밀어 결국에는 서로 벽에 붙어 마주 보아야 했다. 그때는 방이 넓지 않아 아쉬웠다.

하지만 나의 '가장 좋은' 방, 즉 언제든지 친구를 맞이할 준비가 되어 있고 카펫에 햇살이 거의 들지 않는 내 휴게실은 집 뒤의 소나무 숲이었다. 여름날, 귀중한 손님들이 오면 나는 그들을 그곳으로 데려갔다. 그곳은 돈으로 살 수 없는 하인이 바닥을 청소하고 가구의 먼지까지 털어내며 모든 것을 가지런히 정돈해두었다.

손님이 한 명인 경우에는 이따금 나의 소박한 식사를 함께 나누어 먹었다. 따라서 즉석 푸딩을 만들려고 휘젓거나, 재속에서 빵 덩어리가 부풀고 익어가는 걸 지켜보면서 대화를 중단하지 않고 계속할 수 있었다. 그러나 손님이 스무 명쯤 몰려와 내 집을 차지하고 앉으면, 두 사람은 넉넉히 먹을 빵이 있었을지 모르겠지만 먹는 것은 잊힌 습관인 것처럼 식사에 대해 전혀 언급하지 않았다. 그래서 우리는 자연스레 금식을 했고, 그것이 손님을 박대하는 거라고는 전혀 느껴지지 않았다. 오히려 가장 적절하고 사려 깊은 행동으로 여겨졌다. 일반적으로 빈번하게 회복시켜주어야 하는 육체적 생명력의 소모와 쇠약도 이런 경우에는 기적적으로 늦춰지는 것 같았고, 활력 또한 조금도 줄어들지 않았다. 이런 식이라면 나는 20명은 물론이고 1,000명이라도 충분히 손님을 초대할 수 있을 것 같았다. 내 집에 와서 나를 만나고도 실망하거나 배를 주린 채 돌아간 사람이 있었다면, 내가 적어도 그 사람의 심정을 이해했다는 건 알아주기 바란다. 대다수의 주부는 의아하게 생각하겠지만, 옛 관습을 버리고 새롭고 더 나은 관습을 받아들이는 것은 의외로 쉽다. 당신이 손님들에게 내놓는 식사에 당신의 평판을 내맡길 필요가 없다. 내가 누군가의 집을 방문하는 걸 케르베로스만큼이나 나를 꺼리게 만드는 게 있다면, 대접상 줄줄이 내놓는 과시적인 요리다. 그런 대접이야말로 나에게 다시는 자기를 괴롭히지 말아달라는 정중하고 에두른 그의 암시로 받아들여지기 때문이다. 앞으로도 나는 그런 집을 다시는 방문하지 않을 생각이다. 내가 정말 자랑스럽게 생각하는 것은, 한 방문객이 명함 대신 노란 호두나무에 써서 남겨놓은 스펜서의 시를 내 집의 표어로 삼은 것이다.

그곳에 도착해 그들은 아담한 집을 채운다.
그곳에서는 누구도 환대를 구하지 않는다.
그들에게는 휴식이 향연이며, 모든 것이 그들의 뜻대로다.
가장 고결한 정신에 가장 큰 만족이 있는 법이다.

훗날 플리머스 식민지 총독을 지낸 윈슬로가 한 동료와 함께 매사소이트 추장을 예방했을 때였다. 그들은 걸어서 숲을 지나야 했기 때문에 추장의 집에 도착했을 때쯤에는 지치고 배도 고팠다. 매사소이트 추장은 그들을 반갑게 맞아주었지만, 그날은 식사에 대해 어떤 언급도 없었다. 그들의 말을 그대로 인용하면, 밤이 되자 "추장은 우리를 자기 부부가 쓰는 침대에 함께 눕게 했다. 그들이 한쪽 끝에, 우리가 맞은쪽 끝에 누웠다. 침대는 바닥에서 1피트쯤 위에 놓인 판자에다 얇은 깔개를 깐 것에 불과했다. 추장의 두 부하가 누울 공간이 없어 우리 옆으로 밀고 들어와 우리를 거의 덮어버렸다. 그래서 먼 길을 여행한 것보다 잠을 자는 게 더 피곤했다."

이튿날 한 시에 매사소이트 추장이 직접 잡은 것이라며 물고기 두 마리를 가져왔다. 잉어보다 3배는 큰 물고기였다. "그 물고기를 끓이는 동안 적어도 40명이 자기 몫을 기대하고 있었다. 대부분이 조금씩 나눠 먹었다. 우리가 이틀 밤과 하루 낮 동안에 먹은 것이라곤 그것이 전부였다. 우리 중 한 사람이 꿩의 일종인 자고새 한 마리를 사지 않았더라면 우리는 쫄쫄 굶으면서 여행했을 것이다." 그들은 먹지도 못한 데다 "미개인들이 부르는 귀에 거슬리는 노랫소리 때문에(미개인들은 노래하면서 잠드는 습관이 있었다) 잠도 제대로 자지 못한 탓에 머리가 놀아버릴까 봐 두려워, 여행을 할 기력이 남아 있을 때 집에 돌아가려고 부랴부랴 그 마을을 떠났다. 비록 잠자리에 관련해서 그들이 허접한 대접을 받은 건 사실이었고, 그들은 그런 대접을 불편하게 생각했어도 인디언들은 그들에게 최고의 경의를 표한 것이었다. 그러나 내가 아는 한, 먹는 것에 관련해서 인디언들은 그 이상 잘할 수 없었을 것이다. 그들에게는 자기들이 먹을 것도 없었다. 그들은 손님들에게 사과하는 것으로 먹을 것을 대신할 수 있으리라 생각할 만큼 어리석은 사람들이 아니었다. 따라서 그들은 허리띠를 더 세게 졸라매고 먹을 것에 대해 아무 말도 하지 않았던 것이다. 그 후 윈슬로가 다시 그들을 방문했을 때는 그들에게 먹을 것이 많은 계절이어서, 먹을 것을 대접받는 데 부족함이 없었다.

사람은 어디에 살든 다른 사람을 전혀 만나지 않고 살 수는 없다. 나는 숲에서 살 때 내 삶의 어떤 시기보다도 더 많은 방문객을 만났다. 달리 말하면, 나를 찾아오는 방문객이 좀 있었다는 뜻이다. 또 숲에서는 어느 곳에서보다 더 유리한 환경에서 여러 방문객을 만났다. 그러나 사소한 일로 나를 찾아오는 사람은 거의 없다시피 했다. 이런 점에서, 내가 단지 마을에서 멀리 떨어져 산다는 이유만으로 친구들이 추려졌다고 말할 수 있다. 나는 고독이라는 거대한 바다로 멀리 물러섰고, 교제라는 강물이 그 바다로 흘러들었다. 따라서 대부분의 경우, 내게 필요한 것으로는 곱디고운 퇴적물만이 내 주변에 쌓였다. 게다가 반대편에 아직 탐험되지 않고 문명화되지 않은 대륙들이 있다는 증거물이 내게 떠내려왔다.

호메로스의 작품에 등장하는 인물이나 파플라고니아인 같은 사람이 아니라면 어떤 사람이 오늘 아침 내 집을 찾아왔겠는가. 그가 무척이나 잘 어울리고 시적인 이름을 갖고 있는데도 내가 여기에서 밝힐 수 없어 유감이지만 여하튼 그는 캐나다 사람으로 나무꾼이고 기둥을 만드는 사람이다. 그도 호메로스에 대해 들었던지 "책이 없으면 비가 오는 날에는 무얼 해야 할지 몰랐을 것"이라고 말했지만, 그 많은 장마철을 겪었으면서도 책 한 권을 온전히 읽지 않았을 것처럼 보였다. 여기에서 멀리 떨어진 그의 고향 교구에서 그리스어를 읽을 줄 아는 어떤 신부가 그에게 『성경』 구절 읽는 법을 가르쳐주었다고 하지만, 이제는 그가 호메로스의 책을 쥐고 있는 동안 내가 그에게 번역해주어야 한다. 아킬레우스가 파트로클로스의 슬픔에 젖은 표정을 나무라는 대목이다.

왜 자네는 눈물을 흘리는가, 파트로클로스. 어린 계집애처럼?
혹시 자네 혼자 프티아에서 온 소식을 들은 게 아닌가?
악토르의 아들, 메노이티오스가 아직 살아 있고,
아이아코스의 아들, 펠레우스도 미르미돈 사람들에 섞여 살아 있다는
소문이 있네.
둘 중 하나라도 죽었다면 우리가 크게 슬퍼해야겠지만.

그가 "괜찮은데요"라고 말한다. 오늘은 일요일 아침인데도 그는 한 환자를 위해 긁어모은 하얀 떡갈나무 껍질 한 다발을 겨드랑이에 끼고 "오늘 이런 걸 구하러 다닌다고 잘못될 건 없겠지요"라고 말한다. 그는 호메로스가 위대한 작가라는 사실은 알았지만, 호메로스가 어떤 책을 썼는지는 몰랐다. 그보다 순박하고 때 묻지 않은 사람을 만나기는 힘들 것이다. 부도덕과 질병이 세상 사람들의 머리에 음산한 그림

자를 던지지만, 그에게는 그런 것이 아예 존재하지 않는 듯했다. 그는 스물여덟 살쯤이었고, 12년 전에 캐나다의 고향 집을 떠나 미국에 들어와 일하며, 확실하지는 않지만 언젠가는 고향에 돌아가 농장을 사겠다는 꿈을 안고 돈을 벌었다. 그의 생김새는 투박하기 이를 데 없었다. 튼튼하지만 둔하게 보였다. 그러나 기품 있게 행동했다. 햇볕에 탄 목은 무척 굵었고, 텁수룩한 머리칼은 검은색이었으며, 푸른 눈동자는 총기가 없이 항상 잠이 덜 깬 듯 보였지만 때로는 반짝거리며 감정을 드러냈다. 납작한 회색 천 모자를 쓰고, 우중충한 색깔의 두꺼운 모직 외투에 쇠가죽 장화를 신고 다녔다. 그는 육류를 무척 좋아했다. 그는 여름 내내 나무를 베면서, 거의 언제나 내 집을 지나 2마일쯤 떨어진 일터로 갔다. 그의 손에는 먹을 것, 즉 대체로 우드척 고기였던 차디찬 살코기가 담긴 양철통이 쥐어져 있었고, 그의 허리띠에는 커피를 담은 돌로 만든 병이 끈에 매달려 흔들거렸다. 간혹 그는 내게 커피를 권하곤 했다. 그는 일찍 일어나 내 콩밭을 지나갔지만, 양키들처럼 부산을 떨거나 허겁지겁 일터로 가지 않았다. 또한 그는 몸이 상할 정도로 일하지는 않았다. 입에 풀칠할 정도로만 벌어도 상관하지 않았다. 일터로 가는 길에 그의 개가 우드척을 잡으면, 해질녘까지 우드척을 호수에 안전하게 담가 둘 수 있을지 없을지를 먼저 찬찬히 생각하기는 했지만—그는 이런 문제에 대해 오랫동안 생각하는 걸 좋아했다—걸핏하면 양철통을 덤불에 감춰놓고 1마일 반을 되돌아가, 그가 기숙하고 있는 집에서 우드척을 손질하고는 지하실에 보관해두곤 했다. 또 아침에 내 집 앞을 지나면서 "비둘기가 엄청나게 많아요! 내가 매일 일하지만 않으면 비둘기, 우드척, 토끼, 자고를 사냥해서 내가 원하는 만큼 고기를 구할 수 있을 거예요. 정말이에요! 하루만 사냥해도 일주일 먹을 걸 잡을 수 있을 거예요"라고 말하기도 했다.

그는 뛰어난 나무꾼이어서 나무 베는 기술에 간혹 화려한 몸짓을 더하기도 했다. 그는 나무들을 지면에서 가까우면서도 평평하게 베어 냈다. 따라서 나중에 돋는 새순들이 한층 생생하게 보였고, 그루터기들 위에서 썰매라도 탈 수 있을 것 같았다. 또 그가 나무를 얼마나 벴는지 입증하기 쉽게 통나무째로 남겨두지 않고, 나중에 사람들이 손으로도 부러뜨려 사용할 수 있도록 가느다란 땔감으로 쪼개 놓았다.

그가 무척 조용하게 혼자 살면서도 행복한 나날을 보냈기 때문에 나는 그에게 관심을 가졌다. 특히 그의 눈은 흥겨운 기분과 만족감이 넘쳐흐르는 샘이었다. 그가 좋아하는 모습은 어떤 불순물도 섞이지 않는 순수한 것이었다. 때때로 나는 그가 숲의 일터에서 나무를 베며 일하는 모습을 지켜보았다. 그때마다 그는 표현할 수 없을 만큼 만족스러운 웃음을 터뜨리며 캐나다식 프랑스어로 내게 인사말을 건넸다. 하지만 그는 영어도 썩 잘했다. 내가 다가가면 그는 일을 잠시 멈추고, 주체할 수 없는 즐거움을 간신히 억누르며, 그가 베어 넘어뜨린 소나무 줄기 위에 길게 누웠다. 그리고 환히 웃으며 말하면서, 소나무의 속껍질을 벗겨내 공처럼 동그랗게 말아 입에 넣고 씹었다. 그는 이처럼 몹시 생기발랄해서, 문득 재미있는 것이 머릿속에 떠오르면 깔깔대고 웃다가 소나무 줄기에서 굴러 떨어져 땅바닥을 구르기도 했다. 또 고개를 들어 주변 나무들을 쳐다보며 "정말, 여기에서 나무를 베는 게 너무나 재미있어요. 나는 이보다 더 재미있는 일을 바라지 않아요"라고 말하곤 했다. 때때로 한가할 때면 그는 권총을 쥐고 하루 종일 숲을 헤집으며 쏘다녔고, 일정한 간격을 두고 자신을 위해 축포를 쏘며 즐거운 시간을 보냈다. 겨울에는 정오쯤 불을 지펴 주전자에 커피를 넣고 끓였다. 그가 통나무에 앉아 점심을 먹으면 때때로 박새들이 주변에 모여들어 그의 팔에 내려앉아, 손에 쥔 감자를 쪼아먹기도 했다. 그럼 그는 "이 작은 녀석들이 옆에 있어 좋아요"라고 말했다.

그는 동물적인 면이 주로 발달한 것 같아 보였다. 육체적으로 인내하고 만족한다는 점에서, 그는 소나무와 바위의 사촌이었다. 언젠가 내가 그에게 하루 종일 일하고 나면 밤에 피곤하지 않느냐고 묻자, 그는 정색을 하며 진지한 표정으로 "천만에요, 나는 평생 한 번도 피곤한적이 없어요!"라고 대답했다. 그러나 그에게서 지적인 면과 이른바 정신적인 면은 갓난아기의 그것처럼 잠들어 있었다. 그는 가톨릭 신부가원주민을 가르치는 무심하고 비효율적인 방법으로만 교육받은 게 분명했다. 그런 식으로 배운 학생은 자각 수준에 이르지 못하고 신뢰하고 공경하는 수준에 그쳐, 어른이 되지 못하고 영원히 어린아이로 남게 된다. 자연의 여신이 그를 만들 때 튼튼한 몸과 만족하는 마음을 그의 운명으로 주었고, 그 후로도 사방에서 그를 공경과 신뢰로 떠받치고 있는 까닭에, 그는 칠십 평생을 어린아이로 살아가야 할 것 같았다. 그는 너무 순수하고 때 묻지 않아 어떤 소개법을 동원해도 그를 제대로 소개할 수는 없을 듯하다. 당신이 이웃에게 우드척을 소개하는 것보다 더 어렵다. 당신이 그랬듯이 당신 이웃도 그가 어떤 사람인지 직접 알아내야 했다. 그는 어떤 역할도 자진해서 하지 않았다. 사람들은 그에게 일을 시키고 품삯을 주며, 그가 배를 채우고 옷을 입는 걸 도왔지만 그는 결코 다른 사람들과 생각을 주고받지 않았다. 어떤 열망도 없는 사람을 겸손하다고 말할 수 있다면, 그는 정말 천성적으로 겸손한 사람이어서 겸손이 그의 뚜렷한 특징으로 보이지도 않았고, 그 자신도 자신이 겸손한 사람이라는 걸 의식하지 못할 정도였다. 그에게 자기보다 똑똑한 사람은 신 같은 존재였다. 또 그에게 어떤 대단한 사건이 일어날 거라고 말하면, 그런 사건은 그에게 어떤 것도 기대하지 않고 스스로 모든 걸 알아서 처리하며 그를 완전히 잊힌 존재로 놓아둘 거라고 생각하는 것처럼 행동했다. 그는 칭찬을 들어본 적이 없었다. 그는 특히 작가와 설교자를 공경했고, 그들이 하는 일을 경이롭게 생각했다. 내가 글을 어지간히 쓴다고 말했을 때, 그는 그 말을 내가 그저 손으로 뭔가를 많이 쓴다는 뜻으로 오랫동안 이해했다. 그도 글씨를 상당히 깔끔하게 쓸 수 있었기 때문이다. 때때로 나는 그의 고향 교구 이름이 프랑스어에만 있는 악센트 부호까지 더해서 간선도로 옆에 쌓인 눈 위에 깔끔하게 쓰인 것을 보고, 그가 그곳을 지나갔다는 걸 알았다. 언젠가 내가 그에게 자신의 생각을 글로 써보려고 한 적이 있느냐고 묻자, 그는 글을 모르는 사람을 위해 편지를 읽어주고 써준 적은 있지만 자기 생각을 글로 써보려고 해본 적은 없다고 대답했다. 아니, 자기 생각을 글로 써낼 수가 없다며 무엇을 먼저 써야 할지도 모르는데 글을 쓰려고 했다가는 제명을 다하지 못할 거라고 말했다. 그러고는 철자법까지 신경 써야 하지 않느냐고 덧붙였다.

내가 보는 앞에서, 한 저명한 현인이자 개혁가가 그에게 세상이 바뀌기를 원하지 않느냐고 물었다. 그러나 그는 그런 질문을 처음 받는 것처럼 놀란 표정으로 킥킥 웃으며 "아니요, 지금도 충분히 좋은데요"라고 대답했다. 어떤 철학자라도 그와 교제하면 많은 영감을 받을 것 같았다. 그를 처음 보는 사람에게는 그가 세상 물정을 거의 모르는 사람처럼 보였다. 하지만 나는 간혹 그에게서 전에는 보지 못하던 면을 엿보았고, 그때마다 그가 셰익스피어만큼 똑똑한 건지 아니면 어린아이처럼 무지한 건지 헷갈리곤 했다. 달리 말하면, 그가 훌륭한 시적 의식을 지닌 건지 아니면 순전히 멍청한 건지 구분하기 힘들었다. 한 콩코드 사람은 그가 꼭 맞는 작은 모자를 쓰고 혼자 휘파람을 불면서 빈둥거리며 마을을 걸어가는 걸 보면 변장한 왕자가 생각난다고 내게 말하기도 했다.

그에게 있는 책이라고는 연감 한 권과 산수책 한 권이 전부였다. 그 때문인지 그는 산수 실력이 상당했다. 연감은 그에게 일종의 백과사전이었다. 그는 연감을 인간이 아는 모든 것들이 요약된 책이라고 생각했는데, 연감에 인간이 축적한 지식이 상당히 담겨 있는 것은 사실이다. 나는 당시의 다양한 개혁에 대해 그에게 어떻게 생각하느냐고 묻는 걸 좋아했고, 그는 무척 단순하고 실리적인 관점에서 그런 개혁을 바라보았다. 공장이 없어도 살 수 있겠느냐는 질문에, 그는 자신이 집에서 짠 버몬트 그레이로 지은 옷을 입고 있는데 그런대로 괜찮다고 대답했다. 차와 커피 없이도 지낼 수 있겠느냐? 이 나라가 물 이외에 다른 음료를 제공하고 있느냐? 이런 질문들에는 솔송나무 잎을 물에 담

가두었다가 마시면 되고, 그것이 더운 날씨에는 물보다 나은 것 같다고 대답했다. 또 돈이 없어도 살 수 있겠느냐고 물었을 때는 화폐제도의 기원을 암시하며 그에 대한 가장 철학적인 설명과 일치하는 방식으로 돈의 편리성을 설명했고 '페쿠니아'라는 라틴어 단어의 유래까지도 간접적으로 설명했다. 가령 황소 한 마리가 그의 전 재산인데 어떤 가게에서 바늘과 실을 사야 한다면, 매번 그 액수에 해당하는 만큼 소의 일부를 저당 잡히는 것이 불편하기 때문에 결국 불가능하지 않겠느냐는 것이었다. 그가 많은 제도를 어떤 철학자보다 훌륭하게 변호해줄 수 있었던 이유는, 자신의 문제와 관련시켜 설명함으로써 그 제도들이 널리 보급된 이유를 실감나게 제시했기 때문이었다. 그는 아무리 머리를 짜내도 그 밖의 다른 이유를 생각해내지 못했다. 또 언젠가는 인간에 대한 플라톤의 정의—깃털 없는 두 발 동물—와, 어떤 철학자가 털을 뽑은 수탉을 보여주며 이것이 플라톤의 인간이라고 말했다는 이야기를 듣고는, 사람과 수탉은 무릎이 서로 다른 방향으로 굽어지는 게 중요한 차이라고 생각한다고 말했다. 때때로 그는 "말하는 게 너무 좋아요! 정말 하루 종일이라도 말할 수 있을 것 같아요!"라고 소리치기도 했다. 또 언젠가 그를 몇 달 만에 다시 만났을 때 내가 이번 여름에 새로운 아이디어를 얻은 게 있느냐고 묻자, 그는 "아이쿠, 나처럼 일해야 하는 사람은 옛날부터 알고 있던 거라도 잊지 않으면 다행일 겁니다. 선생님과 함께 김을 매는 사람이 경주를 하고 싶어하면 선생님 정신은 거기에만 팔릴 겁니다. 오직 잡초만 생각할 거라고요"라고 대답했다. 우리가 오랜만에 만나면, 그가 먼저 내게 어떤 발전을 이루었느냐고 물을 때도 있었다. 어느 겨울날, 나는 그에게 외부의 신부를 대신할 것을 그의 내면에서 찾게 하고 삶에서 좀더 원대한 동기를 제시해주고 싶은 생각에, 항상 자신에게 만족하느냐고 물었다. 그는 "물론이죠! 어떤 사람은 이런 것에 만족하고 어떤 사람은 저런 것에 만족하겠지만, 충분히 벌어서 등을 따뜻한 난로에 대고 배를 식탁에 대고 하루 종일 앉아 있을 수 있다면 누구나 만족할 겁니다. 틀림없이 그럴 거예요!"라고 대답했다. 나는 온갖 수단을 써보았지만, 그가 사물을 정신적인 면에서 보게 할 수는 없었다. 그가 이해하는 범위에서 가장 중요한 것은 단순한 편의성이었다. 우리가 짐승에게도 그 정도는 판단할 수 있으리라고 예상할 수 있는 것이었다. 따지고 보면, 대부분의 사람에게 적용되는 현상이다. 내가 그에게 생활방식을 조금이라도 개선해보라고 말하면, 그는 후회하는 기색도 없이 너무 늦었다고 대답할 뿐이었다. 하지만 그는 정직과, 그와 유사한 미덕이 옳은 거라고 굳게 믿었다.

아주 보잘것없는 것이긴 했지만 그에게서 건설적이고 참신한 면이 발견되기는 했다. 실제로 나는 그가 혼자 힘으로 생각해서 자기만의 생각을 표현하는 경우를 간혹 보았다. 그런 드문 경우를 다시 목격할 수 있다면 나는 어떤 궂은 날에도 10마일을 걸어갈 것이다. 어쨌든 그는 사회의 많은 제도를 재창조하는 참신한 발상을 보여주었다. 비록 머뭇거리고 자기 생각을 분명하게 표현하지는 못했지만, 그는 남 앞에 내놓아도 부끄럽지 않은 생각을 마음속에 품고 있었다. 그러나 그의 생각은 너무 원시적인데다 자신의 동물적인 삶에 깊이 연루되어, 그저 배우기만 한 사람의 생각보다는 훨씬 훌륭해도 남들에게 전할 수 있을 정도의 것으로 다듬어지는 경우가 거의 없었다. 최하층의 삶을 사는 사람들이 영원히 초라하고 무지하더라도, 그들 중에도 항상 자신만의 관점에서 세상을 보지만 아무것도 보지 못한 척하는 천재들이 있을 수 있다는 걸 그를 통해 알 수 있었다. 겉으로는 어리석고 흐리멍덩하게 보일지 모르지만, 그들도 바닥이 없다고 여겨지는 월든 호수만큼이나 그 깊이를 감히 헤아리기 힘든 사람들이다.

많은 여행자가 그들이 가던 길에서 벗어나 나를 만나고 내 집의 내부를 둘러보려고 와서는 방문의 구실로 물 한 잔을 청했다. 그럼 나는 호숫물을 떠 마신다고 대답하고, 호수를 가리키며 국자를 빌려주겠다고 말했다. 나는 외딴 곳에서 살았지만, 모두가 분주히 움직이는 4월 초쯤 있기 마련인 연례적인 방문의 대상에서 나도 예외일 수 없었다. 내 몫의 행운을 누리기도 했지만, 나를 찾아오는 방문객들 중에는 이상한 사람들도 있었다. 구빈원과 다른 곳을 전전하는 약간 덜떨어진 사람들도 나를 찾아왔다. 그러면 나는 그들이 지닌 모든 능력을 끌어내 머릿속 생각을 내게 털어놓게 하려고 무척 애썼다. 이런 경우에 지적 능력을 우리 대화의 주제로 삼으면 그런대로 효과가 있었다. 게다가 그들 중 일부는 이른바 빈민 감독관이나 도시 행정위원보다 더 현명하다는 걸 깨닫고, 이제는 주객이 전도되어야 할 때가 됐다는 생각마저 들었다. 지적 능력이라는 면에서도 반쯤 덜떨어진 사람과 정상적인 사람 사이에 큰 차이가 없다는 것도 알게 됐다. 어느 날, 악의라고는 찾을 수 없고 순박하기 이를 데 없는 극빈자가 나를 찾아와서 나처럼 살고 싶다고 말했다. 그는 가축과 그 자신이 딴 곳으로 벗어나지 않도록 들판에 쌓아둔 곡물 부대 위에 다른 사람들과 함께 서거나 앉아 울타리 노릇 하는 걸 내가 종종 보아왔던 사람이었다. 그는 겸손이라 일컫는 어떤 행위도 넘어서는 자세로, 더 정확히 말하면 겸손이라고 말하기도 무색할 정도로 지극히 단순하고 진실하게, 자신의 "지능이 떨어진다" 라고 말했다. 그의 말을 그대로 옮겨보면, 주님이 그를 그렇게 만들었 지만 주님이 다른 사람만큼이나 그도 돌봐주신다고 생각한다며 "저는 어릴 때부터 줄곧 이랬습니다. 생각하는 힘이 부족했습니다. 저는 다른 아이들과 달랐습니다. 저는 머리가 나빴습니다. 그렇지만 주님의 뜻이었다고 생각합니다"라고 말했다. 그리고 그는 내 앞에서, 자신의 말이 맞다는 걸 입증하려고 했다. 그는 내게 형이상학적인 수수께끼였 다. 나는 그처럼 전도유망한 바탕을 지닌 사람을 거의 만나보지 못했 다. 그의 말은 단순하면서도 진지했고, 모두가 진실이었다. 실제로 그 는 자신을 낮춘 만큼 높아졌다. 나도 처음에는 몰랐지만, 그런 현상은 현명한 처신의 결과였다. 불쌍하고 지능이 떨어지는 극빈자가 놓은 진 실과 정직이라는 기반 위에서 우리 관계는 현인들의 관계보다 더 나은 방향으로 발전할 수 있을 것 같았다.

대체로 마을에서는 가난한 사람으로 여겨지지 않았지만 가난한 사 람으로 여겨져야 마땅했던 사람, 세상에서는 가난한 사람으로 여겨지 는 사람들도 간혹 나를 찾아왔다. 그들은 손님 대접까지는 아니지만 '따뜻한 배려'를 원하고, 진정으로 도움 받기를 바라며, 무엇보다 자립 하지 않기를 다짐했다는 사실을 알리는 것으로 속내를 털어놓기 시작하는 사람들이다. 나는 방문객이 어떤 이유로 세상에서 누구도 따라올 수 없는 식욕을 지니게 됐고 그런 식욕을 계속 유지하고 있더라도 실제로 굶어죽을 정도는 아니기를 바란다. 자선의 대상은 손님이 아니다. 하지만 내가 내 일을 시작하면서 점점 냉담하게 대답하는데도 그들의 방문이 끝났다는 걸 모르는 사람들이 있었다. 이동이 빈번한 계절에는 분별력이 거의 극과 극인 사람들이 나를 찾아왔다. 자기가 해야 할 일을 아는 정도를 넘어 상당한 분별력을 지닌 사람도 있었지만, 농장에서 일하던 습관이 그대로 남아 사냥개들이 뒤쫓아오며 짖는 소리를 들은 듯 우화 속의 여우처럼 때때로 귀를 바짝 세우는 도망 노예들도 있었다. 그들은 그때마다 간절한 표정으로 나를 쳐다보며 이렇게 말하는 것 같았다.

아, 그리스도인이여, 저를 되돌려 보내실 겁니까?

특히 나는 진짜 도망 노예 한 명이 북극성을 향해 계속 도망치도록 도와준 적이 있었다. 병아리 한 마리를 데리고 다니는 암탉처럼 한 가지 생각밖에 할 줄 모르는 사람들도 있었다. 그런데 그것도 실제로는 병아리가 아니라 새끼 오리였다. 반면 오만 생각을 하고 텁수룩한 머리를 가진 사람들도 있었다. 그들은 한 마리의 벌레를 쫓아다니는 100마리의 병아리를 돌봐야 하고, 매일 아침 이슬에 병아리 20마리가 길을 잃어버리는 통에 그 녀석들을 찾아다니느라 애를 태우고 온몸이 더럽혀지는 암탉과도 같은 사람들이었다. 다리 대신 머리를 앞세우는 사람,

즉 지능을 지닌 지네로 어떤 것에나 집적거리는 사람들도 있었다. 예컨 대 화이트 산맥에서 그렇게 한다면서 방문객들이 이름을 적어놓는 방명록을 준비해두는 게 어떻겠느냐고 제안하는 사람이 있었다. 하지만 애석하게도 나는 기억력이 뛰어나서 그런 것이 필요하지 않았다.

이쯤에서 내 방문객들의 몇 가지 특징을 언급하지 않을 수 없다. 소녀와 소년, 그리고 젊은 여성은 숲에 있는 걸 대체로 좋아하는 것 같았다. 그들은 호수를 들여다보고 꽃을 유심히 관찰하면서, 그들에게 허락된 시간을 유용하게 활용했다. 반면에 사업가들, 심지어 농사를 짓는 사람들도 내 고독한 삶과 일거리만 생각했고 이러저러한 것에서부터 내가 너무 멀리 떨어져 사는 상황에만 관심을 보였다. 말로는 그들이 가끔 숲 거닐기를 좋아한다고 했지만, 실제로는 그렇게 하지 않는 것이 분명했다. 생활비를 벌거나 생계를 유지하는 데 모든 시간을 쏟고 한눈팔 틈 없이 일해야 하는 사람들, 하느님을 독점한 듯이 하느님에 대해 말하며 다른 의견은 참고 넘어가지 못하는 목사들, 의사들과 변호사들, 내가 없을 때 내 찬장과 침대—그 부인은 내 시트가 자신의 시트만큼 깨끗하지 않다는 걸 어떻게 알았을까—를 몰래 엿보는 가정주부들, 젊음을 포기하고 잘 닦인 전문직의 길을 따라가는 게 안전하다고 결론지은 젊은이들, 이들 모두가 거의 이구동성으로 내 상황에서는 좋은 일을 할 수 없다고 말했다. 아! 그것이 문제였다. 나이나 성별을 막론하고, 시대에 뒤지고 의지가 약한 사람들과 소심한 사람들은 걸핏하면 질병과 급작스런 사고 및 죽음을 생각했다. 그들에게 삶은 위험으로 가득한 것인 듯했다—하지만 아예 위험이란 걸 생각하지 않는다면 어떤 위험이 있겠는가.—따라서 그들은 신중한 사람이라면 가장 안전한 곳, 예컨대 B박사가 즉각 달려올 수 있는 곳을 선택할 것이라고 생각했다. 그들에게 마을은 문자 그대로 '공동-체', 즉 함께 방어하기 위한 동맹이었다. 누구나 짐작하겠지만, 그들은 약상자 없이는 월귤나무 열매도 따러 가지 않을 사람들이었다. 내가 여기에서 말하고자 하는 핵심은 살아 있는 사람에게는 언제든지 죽을 수 있는 위험이 있다는 것이다. 물론 그가 처음부터 죽은 것이나 다름없는 사람이라면 위험의 비율은 그만큼 줄어들겠지만, 앉아 있는 사람도 달리는 사람과 똑같은 정도의 위험을 감수해야 한다. 마지막으로는 자칭 개혁가들이 있었다. 그들은 내가 언제나 다음과 같은 노래를 하고 있을 것이라고 생각하는 가장 성가신 사람들이었다.

이곳은 내가 지은 집이랍니다.
이 사람은 내가 지은 집에서 사는 사람이랍니다.

그러나 그들은 세 번째 행이 있는 걸 몰랐다.

이 사람들은 내가 지은 집에서 사는 사람을 성가시게 하는 사람들이랍니다.

나는 닭을 키우지 않았기 때문에 잿빛개구리매를 무서워하지 않았다. 오히려 사람을 들볶는 인간 개구리매가 무서웠다.

그래도 그들보다 훨씬 반가운 방문객들이 있었다. 딸기를 따러 오는 어린아이들, 일요일 아침이면 깨끗한 셔츠를 입고 산책하는 철도원들, 낚시꾼들과 사냥꾼들, 시인들과 철학자들, 요컨대 자유를 찾아 정말로 마을을 버리고 숲을 찾아온 정직한 순례자들을 나는 언제라도 반갑게 맞아들였다—"어서 오십시오, 영국인들! 환영합니다, 영국인들!" 왜냐하면 내가 이 종족과 교감을 나누었기 때문이다.

콩밭

The Bean-Field

그러는 사이에 모두 합하면 7마일이 넘는 밭이랑에 내가 심은 콩들이 김매기를 학수고대하고 있었다. 얼마 전 콩을 심을 때쯤에는 가장 먼저 심은 콩들이 상당히 자랐기 때문이었다. 사실 콩 심기를 차일피일 미루는 건 쉽지 않다. 이 한결같고 자존심까지 있는 노동, 즉 작은 헤라클레스의 노역에 어떤 의미가 있는지 나는 몰랐다. 밭이랑과 콩은 내가 원하던 것보다 훨씬 많았지만 나는 그것들을 사랑하게 됐다. 그것들은 나를 땅과 이어주었고, 그 때문에 나는 안타이오스처럼 힘을 얻었다. 하지만 왜 내가 밭이랑을 올리고 콩을 키워야 했을까? 오직 하느님만이 아실 일이다. 이해하기 힘들지만 나는 여름 내내 콩밭과 씨름했다. 전에는 양지꽃, 검은딸기, 물레나물 따위의 향긋한 야생 열매들과 예쁘장한 꽃들이 자라던 이곳에 콩이 대신 자라도록 하기 위한 노동이었다. 나는 콩에서 무엇을 배워야 하고, 콩은 내게서 무엇을 배워야 할까? 나는 콩을 정성껏 돌보며 잡초를 뽑아주고 아침 일찍부터 밤늦게까지 콩에서 눈을 떼지 않는다. 그것이 나의 하루 일과다. 나는 넓적한 이 고운 잎을 바라본다. 이 마른 땅을 적셔주는

콩밭

이슬과 비, 그리고 대부분의 경우 메마르고 척박하게 변해버린 땅 자체에 조금이나마 남은 생산력은 나를 도와주는 조수들이다. 반면에 내 적들은 벌레들과 서늘한 날씨, 그리고 무엇보다도 우드척이다. 특히 우드척은 4분의 1에이커 정도의 콩밭을 깨끗이 먹어치웠다. 그러나 나는 무슨 권리로 물레나물과 그 밖의 모든 것을 쫓아내고, 예부터 그것들로 뒤덮였던 향초 밭을 뒤엎었던가? 하지만 남은 콩들은 우드척의 공격을 견딜 정도로 곧 질겨질 것이고, 그렇게 되면 곧 새로운 적을 맞이해야 할 것이다.

지금도 생생히 기억하지만, 나는 네 살 때 보스턴에서 이곳 고향 마을로 이주했고, 그때 이 숲과 밭을 지나 월든 호수에도 들렀다. 이곳은 내 기억에 새겨진 가장 오래된 장소 중 하나다. 오늘 밤 내 피리 소리가 그 호수의 수면 위에서 메아리치며 울려퍼졌다. 나보다 더 나이 먹은 소나무들은 여전히 그 자리에 서 있고, 혹시 몇몇 그루가 쓰러졌다면 나는 그 나무들의 그루터기로 저녁을 지었을 것이다. 또 어린나무들이 사방에서 자라며 새로 태어난 어린아이들의 눈을 위해 새로운 풍경을 만들어가고 있다. 이 초지에서는 똑같은 다년생 뿌리에서 거의 똑같은 물레나물의 새싹이 튼다. 그리고 마침내 나까지도 어렸을 때 꿈꾸던 저 아름다운 풍경에 옷을 입히는 데 한몫을 하게 됐다. 내가 이곳에 살며 이곳에 미친 영향 중 하나가 이 콩잎과 길쭉한 옥수수잎 그리고 감자 덩굴로 나타났다.

나는 고지대에 있는 2.5에이커의 땅에 콩을 심었다. 땅이 개간된 지 15년 정도밖에 지나지 않은데다 내가 2-3코드의 그루터기를 캐내기도 했기 때문에 아무 거름도 주지 않았다. 그러나 여름 내내 내가 김을 매며 화살촉을 발견했다는 점에서, 백인들이 들어와 땅을 개간하기 전부터 이곳에 살았지만 지금은 멸종한 어느 부족이 옥수수와 콩을 심었고 따라서 바로 이 곡물, 즉 콩에 대한 지력을 어느 정도 떨어뜨렸을 것 같긴 하다.

우드척이나 다람쥐가 길을 건너기 전이나 해가 난쟁이 꿀밤나무 위로 떠오르기 전, 즉 모든 이슬이 그대로 맺혀 있는 동안에 나는 콩밭에 무성한 건방진 잡초들을 때려눕히기 시작했고 그 위에 흙을 뿌렸다. 농부들은 내게 이슬을 밟으며 일하지 말라고 훈계했지만, 나는 당신에게 가능하면 이슬이 그대로 맺혀 있는 동안 모든 일을 끝내라고 조언하고 싶다. 이른 아침 나는 맨발로 일하며 조형 미술가처럼 이슬에 젖은 잘게 부서지는 모래를 밟고 다녔다. 하루가 저물 때쯤에는 햇볕 때문에 발바닥에 물집이 생겼다. 그러나 햇볕이 내게 괭이질해야 할 곳을 밝혀주는 동안, 나는 자갈이 많은 고지대에서 녹색으로 물든 15로드 길이의 긴 밭이랑들 사이를 천천히 오가며 잡초를 뽑았다. 밭이랑의 한쪽 끝에는 난쟁이 꿀밤나무 숲이 있어 나는 그 그늘에서 쉴 수 있었다. 반대편 끝에는 검은딸기밭이 있었다. 내가 이랑을 한 바퀴 돌고 올 때마다 검은딸기는 색이 더욱 짙어지는 것 같았다. 잡초를 뽑고 콩줄기 주위를 새 흙으로 덮어주며, 내가 씨를 뿌린 이 잡초의 기운을 북돋워주고, 노란 흙이 자신의 여름 생각을 쑥과 포아풀과 나도겨이삭이 아니라 콩잎과 콩꽃으로 표현하도록 유도해, 결국에는 이 땅이 풀 대신 콩을 말하도록 하는 것이 내 일상의 과제였다. 나는 말이나 소의 도움을 거의 받지 않았고 어른이든 아이든 인부를 고용하지 않았으며, 개량된 농기구의 도움도 받지 않았다. 따라서 일하는 속도는 무척 느렸지만 콩들과 한층 친숙해졌다. 그러나 육체노동이 지루하고 따분하게 진행되더라도 결코 최악의 형태로 표현된 나태함이라고 할 수는 없다. 육체노동에는 영원히 사라지지 않을 교훈이 담겨 있어, 학자에게는 육체노동이 최고의 결과를 안겨준다. 어디까지 가는지는 모르겠지만 링컨과 웨일런드를 지나 서쪽을 향해 가는 여행자들에게 나는 '아그리콜라 라보리오수스(라틴어로 '열심히 일하는 농부'라는 뜻이다—옮긴이)'의 전형으로 보였을 것이다. 그들은 이륜마차에 편하게 앉아 팔꿈치를 무릎에 얹고 고삐를 꽃줄처럼 느슨하게 늘어뜨린 채 여행하는 사람들이었지만, 나는 땅에서 벗어나지 못하고 집에 남아 힘들게 일하는 사람이었다. 그러나 내 밭은 곧 그들의 사야四野와 생각에서 벗어났다. 길 양편으로 아득히 멀리까지 훤히 트여 경작된 밭이라고는 내 밭이 유일했다. 따라서 여행자들은 내 밭을 화젯거리로 삼을 수밖에 없었을 것이다. 그들이 한가롭게 주고받는 이야기와 평가가 밭에서 일하는 사람, 즉 내 귀에까지 의도치 않게 들려 올 때도 적지 않았다. "콩이 너무 늦었어! 완두콩이 너무 늦었어!" 하기야 다른 농부들이 김매기를 벌써 시작할 때도 나는 여전히 파종을 계속하고 있었으니, 농업 전문가를 자처하던 어느 목사였다면 생각하지도 못할 일이었다. "이보게, 옥수수가 사료용이군. 사료용 옥수수!"라며 판단하는 사람도 있었고 검은 보닛을 쓴 여자가 회색 외투를 입은 남자에게 "저 사람이 여기에 사는 걸까요?"라고 묻는 소리도 들렸다. 험상궂게 생긴 농부가 온순하고 일 잘하는 말을 세우더니 고랑에 거름이 전혀 보이지 않는다며 대체 뭐 하는 거냐고 묻고는 지저깨비나 그 밖의 작은 찌꺼기를 거름으로 써보라고 권하기도 한다. 그러고는 재와 벽토도 쓸 만하다고 덧붙인다. 그러나 25에이커의 내 콩밭에는 수레처럼 쓰이는 괭이와, 그 괭이를 끄는 두 손밖에 없었다. 그 밖의 수레와 말은 내가 싫어했고, 지저깨비도 멀리 있었다. 여행자들은 덜컹거리며 내 콩밭을 지나갈 때, 그들이 이미 지나친 밭들과 내 밭을 큰 소리로 비교했다. 덕분에 내가 농업의 세계에 어떻게 서 있는지 알게 됐다. 내 밭은 콜먼 씨의 보고서에서는 찾아볼 수 없는 밭이었다. 그런데 인간이 지금까지 개간하지 않아 상대적으로 덜 길들여진 밭에서 자연의 여신이 생산하는 작물의 가치를 누가 감히 평가하겠는가? 영국 목초는 신중히 무게가 측정되고 습도가 계산되며, 규산염과 칼륨의 양도 측정된다. 그러나 숲의 골짜기와 호수, 목초지와 습지에서도 다양한 곡물이 풍요롭게 자라고 있지만 인간의 손에 의해 수확되지 않을 뿐이다. 달리 말하면, 내 밭은 자생적인 들판과 신중히 경작된 밭을 연결하는 고리였다. 어떤 나라는 문명국이고, 어떤 나라는 반문명국이며 어떤 나라는 야만적이고 미개한 나라듯, 내 밭은 나쁜 의미에서는 아니었지만 반쯤만 경작된 밭이었다. 내 밭에서 자라는 콩들은 원래의 야생적인 원시 상태로 선선히 돌아가고 있는 중이었고, 여기서 내 괭이는 그 콩들을 위해 목동의 노래 〈랑즈 데 바슈〉를 불렀다.

바로 옆의 자작나무 우듬지에서 적갈색을 띤 명금—붉은 개똥지빠귀라고 부르고 싶어하는 사람이 있다—이 당신과 함께 있어 즐겁다는 듯이 아침 내내 노래를 부른다. 당신이 여기에 없다면 녀석은 다른 농부의 밭에서 노래를 부르고 있을 것이다. 당신이 씨를 뿌리는 동안 녀석은 신나게 노래한다. "씨를 떨어뜨려요, 씨를 떨어뜨려요—씨를 덮으세요, 씨를 덮으세요—잡초를 뽑으세요, 잡초를 뽑으세요." 그러나 내가 뿌린 씨는 옥수수가 아니어서 그 새와 같은 적들로부터 안전했다. 그 새의 시시한 노랫소리, 한 현이든 스무 현이든 파가니니를 흉내 낸 녀석의 어쭙잖은 연주가 당신의 파종과 무슨 관계가 있는지 궁금하겠지만, 침출시킨 재나 벽토보다는 녀석의 노랫소리가 더 낫다. 내 경우에 그 새의 노랫소리는 내가 전적으로 신뢰한 값싼 덧거름이었다.

나는 괭이로 새 흙을 긁어 이랑 쪽으로 끌어당길 때, 원시 시대에 이곳의 하늘 아래 살았지만 역사에 기록되지 않는 종족의 영면을 방해하기도 했다. 그들이 남긴 작은 전쟁 도구와 사냥 도구가 그렇게 현 시대에 모습을 드러냈다. 그 도구들은 다른 자연석들과 뒤섞여 있었다. 인디언들이 피운 모닥불이나 햇볕에 탄 흔적을 고스란히 간직한 자연석들도 눈에 띄었다. 또한 근래에 이곳에 들어와 땅을 개간한 사람들이 남겼을 도자기 조각과 유리 조각도 있었다. 괭이가 돌에 부딪히며 내는 소리는 음악처럼 숲과 하늘에 울려퍼지며, 순간적으로 무한한 수확을 거둬들이는 내 노동의 동반자가 됐다. 그 순간부터 내가 괭이질하는 곳은 콩밭이 아니었고, 콩밭을 괭이질하는 사람은 내가 아니었다. 그때 내가 머릿속에 조금이나마 뭔가를 떠올렸다면, 오라토리오를 관람하려고 도시로 나갔던 지인들이었다. 따라서 그들이 자랑스럽기도 했지만, 한편으로는 불쌍하다는 생각도 들었다. 화창한 날 오후—나도 그런 유쾌한 날을 때때로 즐겼다—에는 아메리카 쏙독새가 눈의 티처럼, 아니 하늘의 눈에 긴 티처럼 높은 곳에서 맴돌았고, 마침내 하늘이 찢어지고 갈라져 산산조각 난 듯 요란한 소리를 내며 급강하하기도 했지만, 하늘을 덮은 장막은 여전히 조금의 틈새도 없었다. 아메리카 쏙독새는 작은 도깨비처럼 하늘을 가득 채우고, 지상의 모래밭이나 언덕 꼭대기 바위에 알을 낳아 덮어두지도 않지만 사람들은 지금껏 그 알들을 거의 발견한 적이 없다. 아메리카 쏙독새는 바람에 떠올라 하늘을 둥둥 떠다니는 나뭇잎처럼, 또 호수에서 갑자기 생긴 잔물결처럼 우아하고 날쌘하기도 하다. 이처럼 자연에는 닮은꼴들이 있다. 공중에 사는 파도의 형제로, 파도를 타고 항해하며 바다를 둘러보는 아메리카 쏙독새의 바람에 부푼 완벽한 날개는 바다의 깃털 없는 소박한 날개라 할 수 있다. 때때로 나는 한 쌍의 말똥가리가 높은 하늘에서 선회하는 모습을 지켜보았다. 말똥가리들은 내 머릿속 생각이라도 읽은 듯이, 번갈아 하늘 높이 치솟았다가 내려왔고, 서로 접근했다가 멀어지곤 했다. 때로는 야생 비둘기들이 약간 떨듯이 까부르는 소리를 내며 급행 배달원처럼 이 숲에서 저 숲으로 날아가는 모습에 매료되기도 했다. 또 섬뜩하고 이국적인 점들이 있는 도롱뇽이 내 괭이질에 썩은 그루터기 밑에서 느릿하게 기어나왔다. 이놈은 이집트와 나일 강의 흔적이 뚜렷했지만 우리와 같은 시대를 사는 동물이다. 내가 일을 멈추고 괭이에 기대고 있으면 밭이랑 어딘가에서 이런 소리가 들려왔고, 이런 모습이 눈에 들어왔다. 이것은 이 나라가 우리에게 제공하는 끝없는 즐거움의 일부였다.

경축일이면 읍 소재지에서 쏘는 대포가 이 숲까지 울려퍼져 장난감 공기총 소리처럼 들리고, 때로는 군악대의 연주가 조금이나마 들리기도 한다. 마을 끝자락에 있는 콩밭에서 일할 때는 대포 소리가 말불버섯이 터지는 소리처럼 들렸다. 내가 알지 못한 군사 동원이 있었을 때는 마을에서 곧 어떤 폭발이 일어날 것처럼 성홍열이나 궤양성 발진 같은 가려움증과 질병이 지평선에서 막연히 감지됐고, 결국에는 한결 호의적인 바람이 들판을 거쳐 웨일런드로 가는 길을 넘어 황급히 불어와 '민병단원'들의 소식을 내게 전해주었다. 멀리서 웅웅거리는 소리는 누군가의 벌들이 벌집에서 나가 떼 지어 몰려다니기 때문에, 베르길리우스가 충고한 대로 이웃들이 가재도구 중에서 소리가 가장 요란한 것들로 땡땡거려 벌들을 다시 벌집으로 불러들이려고 애쓰는 것 같았다. 땡땡거리던 소리가 거의 사그라들고 웅웅거리는 소리도 그치면, 게다가 호의적이던 산들바람까지 아무런 이야기도 전해주지 않으면, 그들이 마지막 수벌까지 모조리 미들섹스의 벌집에 안전하게 불러들여 이제는 벌집에 묻은 꿀에만 마음을 쏟고 있다는 뜻이었다.

나는 매사추세츠에서, 더 나아가 우리 조국에서 자유가 무탈하게 유지되고 있다는 걸 알고 자부심을 느꼈다. 따라서 다시 괭이질로 돌아갈 때 나는 미래에 대한 말로 표현할 수 없는 확신에 차서, 미래를 조용히 낙관하며 내 일을 즐겁게 계속했다.

여러 악단이 한꺼번에 연주하면, 마을 전체가 거대한 풀무가 된 듯한 소리를 냈다. 또한 모든 건물이 번갈아 요란한 소리를 내며 늘어났다 폭삭 주저앉는 것 같았다. 그러나 때로는 정말 고상하고 영감마저 불러일으키는 선율이 이 숲까지 들려왔고, 명성을 예찬하는 트럼펫 소리도 들렸다. 그때마다 나는 멕시코 사람을 쇠꼬챙이에 꽂고 맛있는 양념까지 더할 수 있을 것 같아—우리가 항상 하찮은 것을 두고 다투어야 할 이유가 있는가?—내 의협심을 과시하기 위해 우드척이나 스컹크를 찾아 주변을 둘러보았다. 이런 군악대의 연주는 멀리 팔레스타인에서 들려오는 것 같아 나는 지평선에서 행진하는 십자군을 떠올렸고, 마을 위로 뻗은 느릅나무 우듬지가 심하게 전율하는 것 같기도 했다. 그날은 '위대한' 날이었지만, 내 개간지에서 보이는 하늘은 평소와 마찬가지로 변함없이 위대한 모습을 띠고 있어, 내 눈에는 어떤 차이도 보이지 않았다.

내가 콩과 나눈 긴 교제는 색다른 경험이었다. 씨를 뿌리고 잡초를 뽑고 수확해서 도리깨질하고 좋은 콩을 선별해서 팔았다—파는 게 가장 어려웠다—그런데 콩을 맛보기도 했으니 먹어본 경험도 덧붙일 수 있겠다. 나는 콩에 대해 알아보기로 결심했다. 콩이 자라는 동안 나는 새벽 5시부터 정오까지 콩밭에서 괭이질했고, 그 후의 시간은 주로 다른 일을 하면서 보냈다. 내가 다양한 종류의 잡초들과 이상하면서도 친숙한 관계를 맺었다고 생각해보라—앞으로 이에 대한 이야기를 되풀이하는 경향이 있다면, 일에서도 되풀이하는 경우가 많았기 때문이다—나는 잡초의 미묘한 조직들을 무자비하게 깨뜨렸고, 괭이로 몹시 불공평한 차별을 하며 잡초에 속한 풀은 완전히 없애버리고 콩은 꼼꼼하게 가꾸었다. 저놈은 유럽산 쑥—저놈은 돼지풀—저놈은 괭이밥—저놈은 포아풀—덤벼들어 저놈을 잘라내라. 뿌리째 뽑아 햇볕에 던져버려라. 저놈의 수염뿌리 하나라도 그늘에 두지 마라. 그렇지 않으면 저놈이 반대편으로 몸을 뒤집어, 이틀 만에 부추처럼 벌떡 일어설 것이다. 그것은 긴 전쟁이었다. 두루미와의 전쟁이 아니라 잡초와의 전쟁이었다. 잡초는 태양과 비와 이슬을 자기편으로 둔 트로이 사람들이었다. 콩들은 매일 내가 괭이로 무장하고 자기들을 구하러 오는 것을 보았을 것이다. 내가 그들의 적을 솎아내며 밭고랑을 잡초의 시체더미로 채워가는 것을 보았을 것이다. 주위에 꽉 들어찬 전우들보다 1피트는 크고 기운차게 볏을 흔들던 수많은 헥토르가 내 무기 앞에 속절없이 쓰러져 먼지 속에 뒹굴었다.

그 여름날, 나와 같은 시대를 살던 사람들은 보스턴이나 로마에서 미술품에 열중하거나 인도에서 명상에 몰두하지 않으면 런던이나 뉴욕에서 사업에 전념하고 있었지만, 나는 뉴잉글랜드의 농부들과 함께 농사일로 시간을 보내고 있었다. 내가 콩을 먹고 싶어서 그랬던 것은 아니다. 남들이야 콩으로 죽을 쑤든 투표에 사용하든 간에 콩에 관련해 나는 선천적으로 피타고라스의 추종자라서 콩을 쌀로 교환하려고 콩 농사를 지었던 것이다. 그러나 수사적 표현을 위한 것에 불과하더라도 훗날 우화를 지을 작가에게 도움을 주기 위해서는 누군가 밭에서 일을 해야만 할 것 같기도 했다. 농사일은 대체로 무척 즐거웠고, 지나치게 오랫동안 계속되면 방탕으로 변질될 수도 있는 즐거움을 느끼게 했다. 나는 콩밭에 거름을 전혀 주지 않았고, 한 번도 밭 전체를 괭이질한 적도 없었지만, 나름대로 열심히 괭이질한 덕분에 결국에는 그에 따른 보상을 받았다. 이블린의 표현을 빌리면 "삽으로 흙을 끊임없이 뒤집고 또 뒤집는 것에 비교할 만한 퇴비나 거름은 없다." 또 이블린은 다른 책에서 "흙, 특히 새 흙에는 어떤 자력磁力이 있다. 그 자력으로 흙은 자신에게 생명력을 주는 힘 혹은 덕목(어느 쪽으로 불러도 상관없다)인 염분을 끌어당긴다. 우리가 흙을 계속 뒤집으며 땀을 흘리는 이유는 바로 그 힘을 얻어 우리 생명을 유지하기 위함이다. 모든 짐승의 똥과 그 밖의 지저분한 거름들은 이런 개선의 대용물에 불과하다"라고도 말했다. 게다가 내 콩밭은 "녹초가 되고 지칠 대로 지쳐 안식일을 즐기는 밭"이었기 때문에, 케넬름 딕비 경이 비슷하게 생각했듯이 공기로부터 '생명의 영기'를 끌어당긴 듯하다. 나는 12부셸의 콩을 수확했다.

　그러나 콜먼 씨가 주로 부농富農의 호화로운 실험을 보고했다는 불평이 있기 때문에, 내 지출 항목을 자세하게 밝히면 다음과 같다.

괭이 구입비 · · · · · · · · · · · · · · · · · 54센트

쟁기, 써레, 고랑 대금 · · · · 7달러 50센트(너무 비싸다)

콩 씨앗 구입비 · · · · · · · · · · · · · 3달러 12½센트

씨감자 구입비 · · · · · · · · · · · · · · 1달러 33센트

완두콩 종자 구입비 · · · · · · · · · · · · · 40센트

순무 씨앗 구입비 · · · · · · · · · · · · · · · 6센트

까마귀 울타리용 흰 끈 · · · · · · · · · · · · 2센트

말쟁이와 소년의 3시간 품삯 · · · · · · · · · 1달러

수확물 운반을 위한 말과 수레 · · · · · · · · 75센트
_____

합계 · · · · · · · · · · · · · · · 14달러 72½센트

내 수입은 다음과 같다(가장은 파는 습관을 가져야지 사는 습관을 가져서는 안 된다).

콩 9부셸 12쿼트 판매 · · · · · · · ·	16달러 94센트
큰 감자 5부셸 판매 · · · · · · · ·	2달러 50센트
작은 감자 9부셸 판매 · · · · · · · ·	2달러 25센트
풀 · · · · · · · · · · · · · · ·	1달러
줄기 · · · · · · · · · · · ·	75센트
합계 · · · · · · · · · · ·	23달러 44센트

* 다른 곳에서 이미 말했듯이 금전적 이익은 8달러 71 $\frac{1}{2}$ 센트였다.

내가 콩을 재배한 경험에서 얻은 결과는 다음과 같다. 주위에 흔한 작고 하얀 강낭콩 중에서 색이 섞이지 않고 선명하고 동그란 것을 종자로 삼아, 6월 초순쯤 3피트 간격으로 만든 이랑에 18인치 간격을 두고 심는다. 처음에는 벌레에 신경 써야 하고, 벌레 때문에 빈 곳에 콩을 다시 심어야 한다. 다음에는 우드척의 공격에 대비해야 한다. 사방으로 노출된 밭에서는 특히 그렇다. 우드척이 지나가면서 처음에 난 싹을 거의 모조리 뜯어먹기 때문이다. 어린 덩굴이 나오면, 우드척은 단번에 알아보고 다람쥐처럼 똑바로 서서 눈만 아니라 꼬투리까지 꺾어버린다. 하지만 무엇보다 중요한 것은 가능하면 일찍 수확하는 편이 좋다는 사실이다. 그래야 서리를 피하고 수요가 있을 때 적절한 값에 판매할 수 있기 때문이다. 이렇게 해야 큰 손해를 피할 수 있다.

　나는 이 경험을 통해 더 많은 교훈을 얻기도 했다. 예컨대 다음 해 여름 그처럼 열심히 콩과 옥수수를 심지 않고 대신 성실과 진리, 단순함과 믿음, 순수 등과 같은 씨앗을 잃지 않고 있다면 그런 씨앗을 심어 덜 일하고 덜 경작하더라도 그 씨앗들이 이 땅에 자라 내게 힘을 북돋워줄 수 있는지 살펴보겠다고 마음속으로 생각했다. 이 땅이 그 씨앗들을 키워내지 못할 만큼 기력을 소진하지는 않았으니까. 안타깝지만 나는 혼잣말로 이렇게 푸념했다. 그러나 다음 해 여름은 이미 지나갔고, 그다음 여름과 또 그다음 여름도 지나갔다고 말이다. 따라서 독자인 당신에게, 내가 심은 씨앗들은 정말 그런 미덕을 지닌 씨앗들이었지만 벌레가 먹거나 생명력을 상실한 까닭에 싹을 틔우지 못했다는 걸 말해두지 않을 수 없다. 대체로 사람들은 조상만큼만 대담하거나 비겁하려 한다. 인디언이 수세기 전 시작해서 최초의 정착자들에게 가르쳐주었던 방식 그대로, 지금 세대는 그 방식을 운명처럼 받아들이며 매년 옥수수와 콩을 심는다. 일전에 나는 어떤 노인이 괭이로 구멍을 파는 걸 보고 놀라지 않을 수 없었다. 그런 식으로 구멍을 판 게 적어도 70번은 넘었을 것이다. 물론 그때도 그가 죽어서 눕게 될 무덤을 파는 것은 아니었다! 그러나 뉴잉글랜드 사람들은 왜 새로운 모험을 시도하지 않는 걸까? 곡류, 감자와 건초, 과수원만 그토록 강조하고 다른 작물을 재배하지 않는 이유가 무엇일까? 왜 씨앗으로 쓸 콩에는 그처럼 신경 쓰면서 새로운 세대의 인간에 대해서는 걱정하지 않는 것일까? 우리가 어떤 사람을 만날 때, 내가 앞에서 나열했고 우리 모두가 다른 어떤 생산물보다 소중하다고 생각하지만 대부분의 경우 종잡을 수 없이 공중에서 떠도는 미덕들 중 일부가 그 사람 안에 뿌리를 내리고 자라는 걸 확실히 보게 된다면 우리 마음은 정말 만족스럽고 즐거울 것이다. 예컨대 진리와 정의처럼 말로 표현할 수 없을 정도로 신비로운 미덕이 지극히 적은 양이거나 새롭게 변형된 모습으로 세상에 나타났다고 해보자. 우리 대사들은 그런 씨앗을 본국에 보내라는 지시를 받아야 할 것이고, 국회는 그 씨앗들을 전국 방방곡곡에 퍼뜨리는 데 도움을 아끼지 않아야 할 것이다. 점잖게 격식을 따지고 있어서는 안 된다. 가치와 우정의 본질이 그 씨앗에 있다면, 우리는 서로 속이고 욕하며 배척하는 천박한 짓을 피해야 한다. 이런 이유로 우리는 성급하게 만나서는 안 된다. 나는 요즘 사람을 거의 만나지 않는다. 그들에게 시간적 여유가 없는 듯하기 때문이다. 그들 모두 각자의 콩 때문에 바쁘다. 그토록 바쁘게 일하는 사람과는 사귀지 않는 편이 낫다. 그들은 힘들게 일하다가 일하는 틈틈이 괭이나 삽을 지팡이 삼아 기대고, 즉 버섯처럼은 아니지만 똑바로 섰다기보다는 지상에 내려앉아 걷는 제비처럼 발을 땅에서 약간 떼어놓고 있다.

그리고 그는 말을 하면서 이따금 날개를
폈다가 다시 접곤 했다. 금방이라도 날아갈 듯이.

따라서 우리는 그들과 이야기할 때, 천사와 대화를 나누고 있는 것이 아닐까 하는 생각마저 들지 모른다.

빵이 항상 우리에게 영양분을 주는 것은 아니다. 그러나 인간과 자연에서 어떤 식으로든 너그러운 면을 찾아내서 순수하고 이타적인 즐거움을 함께 나누는 것은 언제나 우리에게 도움이 된다. 특히 무엇이 우리를 괴롭힐지 모를 때 뻣뻣한 관절까지 풀어주며 우리를 유연하고 탄력 있게 만들어주기도 한다.

과거의 시와 신화에서 짐작할 수 있듯이, 농사일은 한때 신성한 예술이었다. 그러나 이제 우리는 불경스럽게도 성급하고 무분별하게 농사를 짓는다. 우리가 커다란 농장과 많은 수확만을 목표로 삼기 때문이다. 이제는 농부들이 자신에게 맡겨진 소명의 신성함을 표현하고 농업의 신성한 기원을 다시 기억할 만한 축제도 없고 행렬도 없으며 의식도 없다. 기껏해야 소 품평회와 이른바 추수감사절이라는 것만 남아 있을 뿐이다. 농부를 유혹하는 것은 상품과 진탕 먹고 마시는 잔치뿐이다. 농부는 더 이상 케레스와 지상의 주피터에게 제물을 바치지 않고, 지옥의 플루토스를 섬긴다. 탐욕과 이기심 때문에 땅을 재산 혹은 재산을 획득하기 위한 수단으로 생각하는 야비한 성향에서 누구도 벗어나지 못한 까닭에, 풍경이 훼손되고 농사일의 가치가 떨어지며 농부는 초라하기 이를 데 없는 삶을 살아간다. 이제 농부는 자연을 도둑으로 생각한다. 카토는 농업에서 얻는 이익을 무엇보다 경건하고 정당한 것이라고 말했고, 바루는 "옛 로마인들은 똑같은 땅을 어머니이자 케레스라고 불렀다. 또 그들은 농사를 짓는 사람들이 경건하고 유익한 삶을 살며, 그들만이 사투르누스 왕의 후예로 남았다고 생각했다"라고 말했다.

태양은 경작된 밭과 초원 지대와 숲을 차별하지 않고 내려다본다는 걸 우리는 쉽게 잊어버린다. 그 모든 것이 햇살을 똑같이 반사하고 흡수한다. 태양이 매일 지나는 노정路程에서 내려다보는 그림처럼 아름다운 풍경에서 우리가 경작한 밭은 아주 작은 부분에 불과하다. 태양의 눈에 지구는 어디나 똑같이 가꾸어진 정원처럼 보인다. 따라서 우리는 태양의 빛과 열에서 혜택을 받는 만큼, 그에 상응하는 믿음과 아량을 보여줘야만 한다. 내가 씨앗으로 뿌린 콩들을 정성껏 돌봐서 가을에 수확한다고 무슨 소용이 있겠는가? 내가 그렇게 오랫동안 돌보았던 이 넓은 밭이 이제는 나를 으뜸가는 경작자로 생각하지 않고 내게서 멀어져 자기에게 더 친절한 것, 즉 자기에게 물을 주며 자기를 더 푸르게 만드는 자연의 영향력을 기대하고 있다. 이 콩들에는 내가 수확하지 못한 결실도 있었다. 콩들의 일부는 우드척을 위해 자랐던 것이 아닐까? 밀의 이삭(라틴어에서 이삭을 뜻하는 'spica'는 원래 '희망'을 뜻하는 'spe'에서 'speca'를 거쳐 파생된 것이다)이 농부의 유일한 희망이 되어서는 안 된다. 밀 이삭의 핵, 즉 낟알(라틴어 'granum'은 '열매를 맺다'를 뜻하는 'gerendo'에서 파생)이 밀에서 생산되는 전부는 아니다. 이렇게 생각하면 우리 수확이 어떻게 실패할 수 있겠는가? 잡초의 씨가 새들의 풍성한 먹이가 된다면 잡초가 무성하게 자라는 것도 나는 기뻐해야 하지 않겠는가? 밭에서 거둔 수확이 농부의 헛간을 가득 채우느냐 채우지 않느냐는 그다지 중요하지 않다. 올해 숲에 밤이 많이 열릴지 열리지 않을지 다람쥐가 걱정하지 않듯이, 진정한 농부라면 그런 걱정을 떨쳐내고 자기 밭에서 거둘 수확물에 대한 권

리 자체를 포기하고, 첫 열매만이 아니라 마지막 열매까지도 제물로
바치겠다는 각오로 하루하루의 일을 끝마칠 것이다.

마을

The Village

나는 오전에 괭이질을 한 후, 혹은 글을 읽거나 쓴 후에 다시 호수에서 멱을 감았다. 후미진 곳에서 잠깐 동안 헤엄치며 몸에서 노동의 먼지를 씻어내거나, 공부로 인해 생긴 주름을 마지막 하나까지 폈다. 오후는 완전히 자유로운 시간이었다. 나는 매일 혹은 하루걸러 마을까지 천천히 내려가 세상 돌아가는 이야기를 들었다. 마을에서는 세상 이야기가 끊임없이 나돌며 입에서 입으로, 신문에서 신문으로 전해졌고 그런 이야기를 동종요법식으로 취하면 잎사귀가 살랑대는 소리나 개구리의 울음소리만큼 신선하게 들렸다. 숲을 거닐며 새와 다람쥐를 보았듯 나는 마을을 걸어다니며 어른과 아이를 보았다. 소나무들 사이를 스치는 바람 소리 대신 수레가 덜컹거리는 소리를 들었다. 내 집에서 한 방향으로 쭉 걸으면 강가의 풀밭에 사향쥐가 모여 사는 곳이 있었다. 반대편 지평선에는 느릅나무와 아메리카 플라타너스가 뒤섞인 작은 숲 아래로 사람들이 분주하게 살아가는 마을이 있었다. 내게는 그들이 굴 앞에 앉아 있다가 한담이나 나누려고 옆 굴로 달려가는 프레리도그인 것처럼 신기하게 보였다. 나는 마을로 자주 내려

마을

가 그들의 습성을 유심히 지켜보았다. 마을은 내게 신문사의 커다란 편집실처럼 보였다. 이런 생각을 뒷받침이라도 하듯이, 한쪽 끝에는 옛날 스테이트 가街에 있던 레딩 앤 컴퍼니에서 그랬듯이 견과류와 건포도, 소금과 오트밀 등 여러 식료품이 쌓여 있었다. 어떤 사람은 앞의 상품들, 즉 뉴스에 엄청난 욕심을 부리고 소화기관이 그에 못지않게 튼튼해서, 큰길가에 꼼짝하지 않고 주야장천 앉아 뉴스를 들을 수 있다. 뉴스는 에테시안 계절풍처럼 부글부글 끓고 숙덕거리며 흘러가기도 하지만, 때로 뉴스는 에테르를 흡입시킨 것처럼 그들의 의식에는 아무런 영향을 주지 않고 무감각하게 만들어 고통을 느끼지 못하게 만든다. 그렇지 않으면 때로는 뉴스를 듣는 자체가 무척 고통스러울 것이기 때문이다. 나는 마을을 어슬렁거리며 걸어다닐 때마다 그런 양반들이 줄지어 있는 걸 보았다. 사다리에 앉아 햇살을 받으며 몸을 앞쪽으로 약간 기울인 채 신문 기사의 줄을 따라 이리저리 눈을 굴리며 만족한 표정을 짓는 사람들도 있었고, 여인상이 조각된 기둥처럼 혹은 기둥을 떠받쳐야 하는 것처럼 주머니에 손을 넣고 헛간에 기대 서 있는 사람들도 있었다. 그들은 거의 언제나 집 밖에서 지내며 바람을 타고 오는 소문을 들었다. 그들은 무척 거친 제분기여서, 모든 소문이 처음에는 그 안에서 대충 소화되고 부서진 후 집 안의 한층 가늘고 섬세한 깔때기 안으로 비워진다. 나는 마을에서 식료품점과 술집, 우체국과 은행이 중심축 역할을 한다는 걸 알아냈다. 또 마을이라는 기계장치의 필수 부품으로 마을 사람들은 종과 대포와 소방차를 편리한 곳에 세워두고 있었다. 집들은 인간의 능력을 최대한 끌어내려고 골목길 사이에

서로 마주 보도록 배치되어 있어 모든 여행자는 골목길을 지날 때마다 시련을 겪어야 했다. 남녀노소 할 것 없이 누구라도 그에게 주먹을 날릴 수 있었기 때문이다. 물론 줄의 앞머리에서 가까운 쪽을 차지한 사람들은 가장 잘 볼 수 있고 눈에도 잘 띄는데다 여행자에게 가장 먼저 주먹을 날릴 수 있기 때문에 그 자리를 차지한 대가로 가장 큰돈을 지불했다. 마을 외곽에서는 사람들이 뿔뿔이 흩어져 살기 때문에 줄의 간격이 점점 멀어지기 시작한다. 따라서 여행자가 담을 넘거나 소들이 다니는 길로 빠져나가 도망칠 수 있었으므로 변두리 사람들은 토지세나 창문세를 아주 조금만 냈다. 여행자를 유혹하려는 간판이 사방에 걸려 있었다. 선술집과 여행자에게 먹을 것을 만들어주는 지하실은 시장기를 미끼로 여행자를 잡으려 했고, 포목점과 금은방은 호화로운 물건을 미끼로, 또 이발소와 구둣방과 재봉사는 차례로 머리카락과 발과 치마를 미끼로 여행자를 잡으려 했다. 게다가 이들 하나하나가 유혹하는 걸로 그치지 않고 자기 집에 들러달라는 초대장을 끔찍하도록 집요하게 보냈고, 그들은 이때쯤 내가 들를 거라고 기대했다. 대부분의 경우 나는 그런 시련을 겪은 사람에게 흔히 하는 충고를 받아들여 한눈팔지 않고 대담하게 목표점만을 보고 걷거나 "수금을 치며 신들을 찬양하는 노래를 크게 부르며 세이렌들의 목소리를 압도해 위험에서 벗어난" 오르페우스처럼 머릿속으로 고상한 생각을 함으로써 그런 위험에서 멋지게 벗어났다. 때때로 체면을 크게 따지지 않고 부리나케 도망쳐 울타리의 작은 구멍으로 주저치 않고 빠져나갔기 때문에 누구도 내 행방에 대해 알지 못했다. 때로는 습관처럼 아무 집에나 불쑥 들어가기도 했다. 그 집에서 환대를 받고, 바로 전까지 체로 걸러낸 핵심적인 소식, 즉 바닥에 완전히 가라앉힌 소식, 전쟁과 평화에 대한 전망, 세상이 훨씬 오랫동안 유지될 가능성이 있는지 따위에 대한 소식을 들은 후 뒷길로 빠져나가 다시 숲으로 달아났다.

마을에서 늦게까지 머물러 밤이 깊어지면, 특히 어둡고 폭풍우가 몰아치는 밤에는 외부를 단단히 여미고 나의 외적인 인간에만 키를 맡기거나, 항해가 순조로우면 키마저 고정시키고 생각이라는 흥겨운 선원과 함께 해치 아래로 들어가 호밀 부대나 옥수수 가루 부대를 어깨에 짊어지고 불을 환히 밝힌 마을 회관이나 강연장에서부터 돛을 활짝 펴고 숲에 있는 나의 아늑한 항구를 향해 걸어가면 기분이 무척 좋았다. "나는 항해할 때" 선실의 난롯가에 앉아 기분 좋은 생각을 많이 했다. 심한 폭풍우를 여러 번 만났지만, 어떤 날씨에도 표류하지 않았고 걱정하지도 않았다. 보통날 밤에도 숲은 대부분의 사람이 생각하는 것보다 훨씬 어둡다. 따라서 나는 나무들 사이로 열린 하늘을 번질나게 올려다보며 길을 찾아야 했다. 수레길조차 없는 곳에서는 내가 전에 남긴 흔적을 발끝으로 더듬었고, 지독히 깜깜한 밤 숲 한복판에서, 가령 18인치 정도 떨어진 두 소나무 사이를 지날 때는 손끝에 느껴지는 특별한 나무들과의 익숙한 관계에 의지해 방향을 잡았다. 하여 어둡고 무더운 밤 눈에는 보이지 않는 숲길을 발끝으로 느끼면서 집에 오는 길 내내 꿈 꾸듯 멍한 상태였던 나는 늦은 시간 집에 돌아와 문빗장을 걸려고 손을 들 때에야 번뜩 정신이 들었다. 그러나 내가 어떻게 집에 돌아왔는지 한 발자국도 생각나지 않았다. 그래서 손이 어떤 도움을 받지 않고도 입을 찾아가듯이, 내 몸도 주인이 버리더라도 너끈히 집을 찾아오겠다는 생각이 들었다. 방문객이 몇 번인가 저녁까지 머문 적이 있었다. 어두운 밤이어서 나는 그를 집 뒤에 있는 수레길까지 배웅하고 그가 계속 걸어가야 할 방향을 알려주어야 했다. 물론 그 방향을 유지하려면 눈보다 발의 안내를 받아야 했다. 언젠가 칠흑같이 깜깜한 밤 나는 호수에서 낚시하던 두 청년에게 그들의 집으로 가는 길을 가르쳐주었다. 그들은 숲을 지나 1마일쯤 떨어진 곳에서 살았던 까닭에 그 길을 잘 아는 편이었다. 하루인가 이틀 후 두 청년 중 한 명이 나를 만나자, 그들은 집을 가까이 두고도 거의 밤새 헤맸고 아침이 다 되어서야 집에 들어갔다고 투덜댔다. 게다가 밤새 굉장한 소나기가 몇 차례 퍼붓는 바람에 나뭇잎들이 완전히 젖어 그들이 집에 들어갈 때쯤에는 완전히 물에 빠진 생쥐 꼴이었다고 덧붙였다. 속담이 말하듯 칼로 자를 수 있을 정도로 깜깜한 밤에는 많은 사람이 마을의 큰길에서도 길을 잃는다는 이야기를 들었다. 마을 외곽에 사는 사람은 짐마차를 타고 뭔가를 사러 시내로 오면 하룻밤을 묵어야 했다. 외지에서 방문한 사람들이 발끝으로만 인도를 더듬으면서 길을 가다 자기도 모르는 사이에 길에서 반 마일쯤 벗어나는 건 다반사였다. 어느 때든 숲에서 길을 잃는 것은 놀랍고도 기억할 만한 경험이며 동시에 소중한 경험이기도 하다. 낮에도 눈보라가 치면 잘 아는 길을 올라섰더라도 마을로 연결되는 방향을 가늠하기 어렵다. 그 길을 수없이 다녔더라도 그 길의 특징을 알아볼 수 없어, 시베리아에 있는 길처럼 낯설게만 보인다. 밤에는 훨씬 더 당황하기 마련이나. 조나수가 눈에 익숙한 수로 표지와 돌

마을

출부를 보고 방향을 전환하듯 우리도 지극히 사소한 산책을 할 때는 끊임없이, 그러나 무의식적으로 방향을 바꾼다. 평소의 항로를 넘어가면 가까이에 있는 돌출부의 방향을 머릿속에 그려둔다. 따라서 완전히 길을 잃거나 한 바퀴를 돌기 전에—사람은 눈을 감고 한 바퀴만 돌아도 세상의 방향감각을 상실하니까!—자연의 광활함과 불가사의를 정확히 깨달아야 한다. 잠에서 깨어나든 넋을 잃은 상태에서 깨어나든 그때마다 모두가 나침반 바늘을 읽는 법을 배워야 한다. 달리 말하면 우리가 방향감각을 상실하기 전에, 우리가 이 세상을 잃어버리기 전에, 우리 자신을 다시 찾기 시작해서 우리가 어디쯤에 있는지 깨달아야 할 것이며, 아울러 우리 관계의 무한함도 깨달아야 할 것이다.

첫 번째 여름이 끝나가던 어느 날 오후, 나는 구두 수선공에게 맡겨둔 구두를 찾으려고 마을로 내려갔다가 체포당해 감옥에 갇혔다. 다른 곳에서 말했듯이, 주상원 의사당 문 앞에서 남녀노소를 가축처럼 사고 파는 주정부에 세금을 납부하지 않았기 때문이다. 아니, 그런 주정부의 권위를 인정하지 않았기 때문이다. 하지만 그런 이유로 내가 숲에 들어간 것은 아니었다. 나에게는 다른 여러 목적이 있었다. 그러나 한 사람이 어디를 가더라도 다른 사람들이 그를 집요하게 쫓아와 비열한 제도를 강요하며 괴롭힌다. 게다가 그들은 할 수만 있다면, 강제로라도 나를 그들의 이상하기 이를 데 없는 사회에 가둬두려 한다. 나는 우격다짐으로 저항해서 어느 정도 효과를 볼 수 있었을 것이고, 사회에 반항하며 미친 듯이 날뛸 수도 있었을 것이다. 그러나 사회가 절망에 빠진 쪽이기 때문에 나는 사회가 나를 억누르려고 미친 듯이 날뛰기를 바랐다. 하지만 나는 다음 날 석방됐고 수선한 구두를 찾아, 페어헤이븐 언덕에서 월귤나무 열매로 식사를 하기에 제철을 맞은 숲으로 돌아왔다. 나는 정부를 대표한다는 사람을 제외하고는 누구에게도 간섭을 받아본 적이 없었다. 원고를 넣어둔 책상을 제외하면 내 집에는 자물쇠도 없고 날름쇠도 없었다. 문빗장이나 창문에 걸어둘 못 하나도 없었다. 밤이나 낮이나 문을 잠근 적도 없었다. 집을 며칠이고 비울 때도 그랬고 다음 해 가을, 내가 메인 주의 숲에서 보름을 지냈을 때도 마찬가지였다. 그런데도 내 집은 존중받았다. 군인들이 집을 빙 둘러싸고 지켰더라도 그만큼 존중받지는 못했을 것이다. 산책하다 피곤에 지친 사람은 내 벽난로 옆에서 휴식을 취하며 몸을 녹일 수 있었고, 문학을 좋아하는 사람은 내 책상에 놓인 몇 권의 책을 즐길 수도 있었으며, 호기심 많은 사람은 벽장문을 열어 내가 점심을 먹고 무엇을 남겼는지 저녁거리로 무엇을 준비하고 있는지 살펴볼 수 있었다. 그토록 많은 온갖 계급의 사람이 이 길로 호수를 찾아왔지만 나는 그들 때문에 어떤 심각한 불편도 겪지 않았다. 작은 책 한 권, 어울리지 않게 금박을 입힌 호메로스의 책을 제외하고는 잃어버린 것이 없었다. 그래도 지금쯤에는 우리 편 군인이 그 책을 찾아냈으리라고 믿는다. 만약 모든 사람이 당시의 나처럼 단순하게 산다면 절도와 강도가 사라질 것이라고 나는 확신한다. 충분한 정도를 넘어선 재산을 보유한 사람들이 있는 반면에 먹고살기도 힘든 사람들이 섞여 사는 공동체에나 절도와 강도가 있는 법이다. 포프가 번역한 호메로스의 책들이 하루라도 빨리 널리 확산돼야 할 것이다.

마을

너도밤나무 그릇만으로 만족하던 시절에는
사람들이 전쟁으로 고통받지 않았다.

"정치를 하는데 어찌 형벌을 사용하십니까? 그대가 선하고자 하면
백성이 선해질 것입니다. 군자의 덕은 바람이고, 소인의 덕은 풀입니
다. 풀 위에 바람이 불면 반드시 자빠지는 법입니다."

호수

The Ponds

　　　　　　나는 사람을 질리도록 만나고 마을의 친구들까지 지치게 한 후 "새로운 숲과 새로운 목초지를 향해" 평소보다 서쪽으로 훨씬 더 멀리, 마을에서도 사람들이 거의 다니지 않는 곳까지 산책했으며, 때로는 해가 완전히 저물기 전에 페어헤이븐 언덕에서 월귤나무 열매와 블루베리로 저녁거리를 마련하고 며칠 더 먹을 것을 따서 저장했다. 열매는 사는 사람은 물론 그것을 시장에서 팔려고 재배하는 사람에게도 진정한 맛을 보여주지 않는다. 열매의 진정한 맛을 만끽하는 방법은 한 가지뿐이지만, 그 방법을 택하는 사람은 극소수에 불과하다. 월귤나무 열매의 맛을 알고 싶다면 목동이나 자고새에게 물어보라. 월귤나무 열매를 직접 따보지 않은 사람도 그 맛을 안다고 생각하겠지만, 그건 세상 사람들의 착각이다. 월귤나무 열매는 결코 보스턴까지 전해지지 않는다. 월귤나무는 그곳의 세 언덕에서 자라기 시작한 이후로 그곳에서 잊히고 말았다. 시장으로 옮겨지는 수레에서 과분果粉이 부대껴 떨어지고, 열매에서 가장 맛있는 부분도 사라져버리기 때문에 월귤나무 열매는 그때부터 _그저 단순한 먹거리로 전락하고 만다.

영원한 정의가 지배하는 한 순수한 월귤나무 열매 하나도 시골 언덕에서 보스턴으로 가져오지 못할 것이다.

나는 하루의 괭이질이 끝나면, 아침부터 조급하게 호수로 낚시질하러 나선 친구를 찾아가곤 했다. 내가 도착할 즈음이면 그는 이런저런 철학을 시도해본 끝에 체노비타라는 옛 수도회에 가입하기로 결론이라도 내린 듯 오리나 물 위에 떠 있는 나뭇잎처럼 입을 꼭 다물고 꼼짝하지 않았다. 그 친구보다 나이가 든 사람 한 명이 함께 있었다. 그는 뛰어난 낚시꾼인데다 온갖 목공예에 재주를 지닌 사람으로 내 집이 낚시꾼들의 편의를 위해 지어진 집이라고 생각하며 무척 좋아했다. 나도 그가 내 집 현관 앞에 앉아 낚싯줄을 정리하는 걸 보고 즐겁기는 마찬가지였다. 가끔 우리는 호수에 배를 띄우고 양쪽 끝에 마주 보고 앉았다. 그러나 그의 귀가 근래 어두워져 우리는 많은 대화를 나누지 못했는데 그는 이따금씩 찬송가를 흥얼거리곤 했다. 이런 식의 교제는 내 철학과도 썩 어울리는 것이었다. 따라서 우리 교제는 깨어지지 않는 완전한 조화의 좋은 예로, 말로 이루어진 경우보다 훗날 회상하기에 훨씬 기분 좋은 교제였다. 나는 친하게 이야기를 나눌 사람이 없을 때면 곧잘 노로 뱃전을 때려 메아리가 울리게 하곤 했다. 그러면 그 소리가 사방으로 점점 퍼져나가 호수를 에워싼 숲을 가득 채웠고, 서커스단의 동물 조련사가 야생동물들을 자극하듯 숲 전체를 뒤흔들어 놓아, 마침내 숲의 모든 계곡과 산허리에서부터 "우르릉" 소리가 내 귀를 때렸다.

날씨가 따뜻한 저녁이면 나는 종종 배에 앉아 피리를 불었다. 그러면 퍼치들이 피리 소리에 홀린 듯 내 주변을 맴돌았고, 달빛은 온통 숲의 잔해들로 뒤덮인 이랑진 바닥을 비추었다. 전에도 나는 한 친구와 함께 어두운 여름날 밤 가끔 모험하는 기분으로 이 호수에 와서, 물고기들을 유인할 생각에 호숫가에 모닥불을 피워놓고, 실 끝에 벌레들을 잔뜩 매달아 메기를 잡았다. 또 밤늦게 낚시를 끝내고는 불붙은 나무들을 꽃불처럼 공중으로 높이 던졌다. 그러면 그 나무들은 호수에 떨어지며 "피시식" 소리와 함께 꺼졌다. 그 순간 우리는 칠흑같은 어둠 속을 더듬어야 했다. 그리고 우리는 휘파람을 불며 숲을 지나, 사람들이 우글거리는 소굴로 돌아갔다. 그러나 이제 나는 호숫가에 내 집을 마련해두고 있다.

때때로 나는 마을 어느 집의 거실에서 늦게까지 지내다가 그 집 식구가 모두 잠자리에 든 후에야 숲으로 돌아와서는 다음 날 점심거리를 마련할 생각으로 한밤중에 배를 타고 달빛을 받아가며 몇 시간 동안 낚시를 했다. 그때 올빼미와 여우가 나를 위해 세레나데를 불러주었고, 때로는 이름 모를 새가 손을 뻗으면 닿을 만한 곳에서 구슬프게 우는 소리도 들려왔다. 내게는 잊히지 않을 소중한 경험들이었다. 호숫가에서 20-30로드쯤 떨어진 곳에 자리를 잡고, 40피트 아래까지 닻을 내린 나는 달빛 아래에서 꼬리로 수면에 잔물결을 일으키는 수천 마리의 작은 퍼치와 은빛 연준모치에게 둘러싸여 긴 아마실을 통해 40피트 아래에 둥지를 틀고 사는 신비로운 밤의 물고기들과 교감을 나누었다. 밤의 부드러운 산들바람에 배가 이리저리 떠밀리며 60피트쯤 풀어놓은 낚싯줄을 끌어당기면 가끔 그것이 가볍게 떨리는 걸 느꼈다. 그것은 어떤 생명체가 낚싯줄 끝 부근에서 살금살금 돌아다니고, 확신을 갖지 못해 우물쭈물하며 선뜻 결정을 내리지 못하고 있다는 걸 암시하는 신호였다. 마침내 내가 천천히 몸을 일으켜 한 손 한 손 천천히 줄을 올려 감으며, 찍찍거리고 몸부림치는 메기를 끌어올렸다. 특히, 캄캄한 밤에 이 세계 너머 전혀 다른 공간에서 광대하고 우주론적인 주제로 이런저런 생각을 할 때 이런 희미한 반발을 느끼며 퍼뜩 꿈에서 깨어 자연과 다시 하나가 되는 것은 무척 색다른 경험이었다. 나는 낚싯줄을 허공으로 높이 던지는 동시에, 그보다 밀도가 더 높지 않은 물을 향해 아래로도 던질 수 있을 것 같았다. 달리 말하면, 나는 낚시 바늘 하나로 두 마리의 물고기를 낚았다.

월든의 풍경은 아담한 편이다. 무척 아름답지만 그렇다고 웅장하다고는 말할 수 없으며, 오래전부터 호수에 자주 다니거나 호수 주변에서 살아보지 않은 사람에게는 별다른 관심을 끌지도 못한다. 하지만 이 호수는 무척 깊고 맑기 때문에 자세히 설명할 만한 가치가 있다. 월든 호수는 길이가 반 마일, 둘레가 1.75마일, 면적이 61.5에이커인 맑고 짙푸른 우물이다. 또한 소나무와 떡갈나무가 뒤섞인 숲 한복판에 위치한 마르지 않는 샘으로, 구름과 수증기에 의한 것이 아니라면 별달리 물이 들어오고 나가는 곳이 없다. 호수를 에워싼 언덕들은 수면에서 40-80피트 높이로 가파르게 올라서 있지만, 4분의 1마일과 3분의 1마일쯤 떨어진 남동쪽과 동쪽에 있는 언덕들의 높이는 각각 100피트와 150피트에 이른다. 호수 주변은 완전히 삼림지다. 콩코드의 모든 물은 적어도 두 가지 색을 띤다. 하나는 멀리에서 보았을 때의 색이며, 다른 하나는 본래의 색에 더 가까운 색으로 가까이에서 보았을 때의 색이다. 멀리에서 보면 색이 빛에 좌우되고 그날 하늘의 색과 같다. 여름날 맑은 날씨에 약간 떨어진 곳에서 보면 푸른색으로 보인다. 특히 물이 요동칠 때는 더욱 그렇다. 한편 아주 멀리에서 보면 모든 물이 똑같은 색으로 보인다. 반면에 폭풍우가 몰아치는 날에는 때때로 모든 물이 짙은 청회색을 띤다. 하지만 대기의 뚜렷한 변화가 없어도 어떤 날에는 바다가 푸른색이고 어떤 날에는 초록색이라 하지 않는가. 세상 전체가 눈으로 뒤덮였을 때 나는 우리 강의 물과 얼음이 거의 풀처럼 초록빛을 띠는 걸 본 적 있다. 푸른색이 '액체든 고체든 순수한 물의 색'이라고 생각하는 사람들이 있다. 그러나 배에 앉아 우리 마을의 물을 내려다보면 무척 다양한 색으로 보인다. 월든 호수는 똑같은 지점에서 보아도 어떤 때는 푸른색, 어떤 때는 초록색으로 보인다. 땅과 하늘 사이에 놓여서인지 월든 호수는 두 색 모두를 가지고 있다. 언덕 꼭대기에서 보면 월든 호수는 하늘의 색을 그대로 보여주지만, 모래까지 훤히 들여다보이는 가까이에서 본 호숫가에서는 누르스름한 색을 띠고 곧이어 연초록색으로 변하며, 점점 짙어져서 호수 한복판에서는 전체적으로 암녹색을 띤다. 빛의 변화에 따라, 언덕 꼭대기에서 보더라도 호숫가의 물이 선명한 초록색을 띠기도 한다. 이것은 호숫물이 녹음綠陰을 반사한 탓에 그렇게 보이는 것이라고 말하는 사람들이 있지만, 철로의 모래둑 옆에서도 호숫물은 똑같이 선명한 초록색이고, 봄에 나뭇잎이 돋기 전에도 마찬가지다. 따라서 초록색을 띠는 것은 전체적으로 푸른색인 물에 모래의 노란색이 뒤섞인 결과일 수 있다. 호수의 홍채 색이 그렇다. 봄이 올 때 호수 바닥부터 반사되고 땅을 통해 전해진 태양열에 의해 덥혀진 얼음이 처음으로 녹기 시작하면 아직 꽁꽁 얼어붙은 호수 한복판 부근에 좁은 수로가 형성되는 곳도 바로 거기다. 우리 마을의 다른 물들과 마찬가지로 월든 호수도 맑은 날씨에 물결로 일렁이는 수면은 직각이 되면서 하늘을 반사할 정도로 파도가 크게 치면, 수면은 더 많은 빛을 흡수하기 때문인지 조금만 멀리 떨어져서 봐도 하늘보다 더 짙은 푸른색으로 보인다. 그럴 때 배에 올라타 물결에 갈라진 채 햇살에 반사된 수면을 바라보면 그 어디에도 비교할 수 없고 말로도 표현할 길 없는 옅은 푸른색이 내 눈을 사로잡는다. 물결 무늬가 있거나 햇살의 방향에 따라 색이 변하는 명주나 날카로운 칼날에서 연상되는 그 옅은 푸른색은 하늘보다 더 하늘색이었고, 호수의 원래 색인 암녹색을 띤 파도의 반대 면과 차례로 교차했다. 따라서 파도의 반대 면은 옅은 푸른색에 비교했을 때 진흙처럼 우중충하게만 보였다. 지금도 생생히 기억하지만, 월든 호수는 겨울날 해가 떨어지기 전 서쪽 하늘에서 구름들 사이로 힐끗 보이는 하늘의 조각처럼 투명하고 녹색을 띤 푸른색이었다. 하지만 호숫물을 유리잔에 담아 햇빛에 비추어보면 똑같은 양의 공기처럼 아무런 색이 없다. 큼직한 유리판은 유리 제조업자의 말을 빌리면 그 '덩치' 때문에 초록색을 띠지만, 똑같은 유리로 된 작은 조각은 아무 색도 없다는 것은 널리 알려진 사실이다. 월든 호수의 물을 얼마나 큰 덩치에 담아야 초록색을 띠게 되는지 나는 실험해보지 않았다. 우리 마을을 흐르는 강물은 직선으로 내려다보는 사람의 눈에 검은색이나 무척 짙은 암갈색으로 보이고, 대다수의 호숫물과 마찬가지로 강에서 목욕하는 사람의 몸에 누르스름한 색을 더해준다. 그러나 월든 호숫물은 수정처럼 맑기 때문에 호수에서 목욕하는 사람의 몸이 설화석고처럼 희게 보이는데다 팔다리가 커지고 뒤틀리면서 괴물로 변한 듯한 효과를 자아내 한층 부자연스럽게 보이기 때문에 미켈란젤로 같은 화가들에게는 좋은 연구 대상이 될 것이다.

월든 호수의 물은 맑고 투명해서 25-30피트 깊이의 바닥까지 훤히 보인다. 호수에서 조용히 노를 저어가면 수십 피트 아래에서 1인치에 불과한 작은 퍼치와 은빛 연준모치가 떼 지어 다니는 걸 볼 수 있지만, 퍼치는 가로 줄무늬 때문에 쉽게 식별된다. 당신 눈에는 그런 곳에서 생계 수단을 찾는 퍼치가 금욕적인 물고기로 보일 것이다. 오래전 어느 겨울날, 나는 꽁꽁 얼어붙은 호수에서 강꼬치고기를 잡으려고 곳곳에 구멍을 뚫었다. 물가에 올라서면서 나는 도끼를 얼음 쪽으로 슬쩍 던졌다. 그런데 어떤 악령이라도 끼어들었던지 도끼가 4-5로드쯤 쭉 미끄러지면서 얼음 구멍 하나에 빠져버렸다. 그곳은 깊이가 25피트가 넘는 곳이었다. 호기심에 나는 얼음판에 엎드려 구멍으로 물속을 내려다보았다. 한쪽으로 도끼가 보였다. 도끼 머리가 호수 바닥에 박히고, 똑바로 선 손잡이가 호수의 맥박에 따라 앞뒤로 살랑살랑 흔들렸다. 내가 어떤 방해도 하지 않으면, 도끼는 그곳에 똑바로 서서 손잡이가 썩어 없어질 때까지 흔들거릴 것만 같았다. 나는 때마침 갖고 있던 얼음끌로 도끼 바로 위에 구멍을 뚫고, 주변에서 찾아낸 자작나무를 칼로 최대한 길게 잘라냈다. 그리고 올가미를 만들어 자작나무 끝에 매단 후 조심스레 아래로 내려뜨려 손잡이의 옹이 부분에 걸쳐놓고는 줄을 천천히 잡아당겨 도끼를 물 밖으로 끌어냈다.

한두 군데 모래로 덮인 곳을 제외하면 호숫가는 전체적으로 포장용 석재처럼 매끄럽고 둥글둥글한 하얀 돌들이 깔려 있고, 무척 가파른 편이어서 단숨에 물에 뛰어들면 머리까지 쑥 빠지는 곳이 많다. 물이 맑고 투명하지 않다면 이쪽 호숫가에서 바닥을 보고 나서 반대편 호숫가에 올라설 때나 바닥을 다시 볼 수 있겠지만, 월든 호수에는 바닥이 없다고 생각하는 사람까지 있을 정도다. 물이 탁한 곳은 한 군데도 없고, 건성으로 보면 수초도 전혀 없는 것처럼 보인다. 얼마 전에 침수된 작은 초지는 엄격히 말하면 월든 호수에 속하지 않아 이곳을 제외하면, 아무리 자세히 뜯어보아도 눈에 띄는 식물 중에 붓꽃이나 큰고랭이는 물론이고 심지어 노란색이든 흰색이든 백합조차 찾아내기 힘들다. 하트 모양의 작은 잎과 애기가래만이 약간 눈에 띄고, 순채인 듯한 꽃봉오리가 한두 개쯤 보일 뿐이다. 하지만 목욕하는 사람에게는 이것조차 보이지 않을 수도 있다. 이것들도 주변의 물처럼 깨끗하고 맑기 때문이다. 호숫가의 돌들이 물속으로 1-2로드까지 바닥에 쭉 깔려 있어, 가장 깊은 곳을 제외하고는 바닥이 완전히 모래로 깔려 있다. 가장 깊은 곳에는 수없이 반복된 가을 동안 그곳까지 떠내려온 나뭇잎들이 썩어서 형성된 퇴적물이 있다. 또, 한겨울에도 선명한 초록색 수초가 닻에 걸려 올라오기도 한다.

월든 호수와 꼭 닮은 호수인 화이트 호수는 서쪽으로 약 2마일 반 떨어진 나인 에이커 코너에 있다. 그러나 이곳을 중심으로 12마일 이

내에 있는 내가 아는 대부분의 호수 중 월든 호수처럼 맑은 우물 같은 성질을 3분의 1이라도 가지고 있는 호수는 없다. 아마도 이곳에서 연이어 살았던 많은 종족이 이 호수의 물을 마셨고 감탄하며 수심을 재고 사라졌겠지만, 호수의 물은 여전히 변함없는 초록빛으로 투명하다. 월든 호수는 간헐샘이 아니다! 아담과 이브가 에덴에서 쫓겨났던 그해 봄날 아침에도 월든 호수는 아마 존재하고 있었을 것이므로, 그때도 안개와 남풍을 동반한 부드러운 봄비에 얼음이 녹고 인간이 몰락했다는 소식을 듣지 못해 이 맑은 호숫물에 만족하며 살아가는 무수한 오리와 기러기가 수면을 뒤덮고 있었을 것이다. 당시에도 호수의 수위는 오르내리기를 시작해서 맑게 정화된 호숫물은 지금과 같은 색을 띠었을 것이고, 따라서 이 세상에서 유일한 월든 호수가 되고 하늘의 이슬을 증류하는 호수가 되는 특허권을 하늘에서 얻었을 것이다. 기억에서도 사라진, 얼마나 많은 종족의 문학에서 이 호수가 카스탈리아의 샘 역할을 했고, 어떤 요정이 황금시대에 이 호수를 지배했는지 누가 알겠는가? 월든 호수는 콩코드가 자신의 보관寶冠을 장식하고 있는 최고급 보석이다.

하지만 이 호수를 가장 먼저 찾았던 사람들이 그들의 흔적을 남겨놓은 듯했다. 나는 얼마 전 울창한 숲이 잘려나간 곳까지 호수를 따라 한 바퀴를 돌다가 가파르게 올라간 산기슭에서 좁은 선반 같은 오솔길을 찾아내고 깜짝 놀랐다. 산허리를 오르내리며 물가에서 가까워지고 멀어지기를 반복하는 오솔길은 이곳에서 살았던 사람들만큼이나 오래된 듯 원주민 사냥꾼들의 발길에 밟아 다져졌고, 지금 이곳에 사는 사람들도 부지불식간에 가끔 그 길을 밟고 다녔다. 겨울에 눈이 약간 내린 직후에 호수 한복판에 서면 그 길이 유난히 뚜렷하게 잘 보인다. 잡풀과 잔가지에 가려지지 않기 때문인지 파도처럼 굽이치는 하얀 선으로 보인다. 반면에 여름에는 4분의 1마일쯤 떨어지면 곳곳에서 보이지만, 가까운 곳에서는 거의 눈에 띄지 않는다. 말하자면 눈이 그 오솔길을 흰색의 활자로 뚜렷이 양각한 것처럼 보인다. 언젠가 이곳에 지어질 별장들에 아름답게 꾸며지게 될 정원에서나마 그 길의 흔적이 어느 정도 보존되지 않을까 싶다.

월든 호수의 수위는 등락을 거듭한다. 그런 등락이 주기적인 것인지 아닌지, 그 기간은 얼마나 되는지에 대해 정확히 아는 사람은 아무도 없지만, 여느 경우와 마찬가지로 많은 사람들이 아는 체한다. 대체로 겨울에는 높아지고 여름에는 낮아지지만 일반적으로는 우기와 건기와 일치하지 않는다. 내가 그 호숫가에 살던 때보다 1피트나 2피트가 낮았던 때와, 적게 잡아도 5피트 정도 높았던 때를 나는 지금도 기억해낼 수 있다. 지금은 호수 속까지 이어지는 좁은 모래톱이 있고 그 모래톱의 한쪽이 무척 깊다. 하지만 1824년경 호숫가로부터 6로드쯤 떨어진 모래톱에서 솥을 걸고 차우더를 끓이는 걸 돕던 때가 생각난다. 그런데 25년 전부터는 그런 재미를 누리지 못했다. 그로부터 수년이 지난 후에 내가 숲의 후미진 만에서 배를 타고 낚시를 하곤 했다고 말하면 친구들은 믿기지 않는다는 표정으로 내 말에 귀를 기울였다. 그 만은 그들이 알고 있던 유일한 호반에서 15로드쯤 떨어진 곳인데다 오래전 풀밭으로 변해 있었기 때문이다. 그런데 월든 호수의 수위는 2년 전부터 꾸준히 상승해서,

1852년 여름인 지금은 내가 그곳에 살던 때보다 5피트 높아져 30년 전과 같은 높이에 이르러 그 풀밭에서 다시 낚시를 할 수 있게 됐다. 따라서 월든 호수의 수위 변동 폭은 기껏해야 6-7피트 정도로 추정된다. 하지만 호수를 둘러싼 언덕들에서 흘러드는 물의 양은 무시해도 좋을 정도이므로, 지하의 원천源泉들에 영향을 미치는 원인들로 인해 호수의 수위가 상승하는 것은 확실하다. 올여름에 호수의 수위가 다시 떨어지기 시작했다. 이런 변동이 주기적이든 그렇지 않든 간에 오랜 세월을 거친 끝에 완성된 것처럼 보이는 것은 주목할 만하다. 나는 한 번의 상승과 두 번의 하락을 부분적으로 관찰해보았다. 관찰 결과에 따르면, 앞으로 12-15년 후에는 내가 알고 있는 가장 낮은 수위까지 월든 호수의 수위가 떨어질 거라고 예상된다. 월든 호수에서 동쪽으로 1마일 떨어진 곳에 있는 플린트 호수는 물이 흘러들고 빠져나가는 곳이 있어 그에 따른 변동을 고려하더라도 월든 호수와 등락을 함께한다. 두 호수 사이에 있는 작은 호수들도 마찬가지다. 실제로 이 호수들은 얼마 전, 즉 월든 호수와 같은 시기에 수위가 최고조에 달했다. 내가 관찰한 바에 따르면 화이트 호수도 마찬가지다.

월든 호수의 수위가 오랜 간격을 두고 등락을 반복하는 현상은 적어도 다음과 같은 점에서 유익하다. 지금처럼 높은 수위가 1년 이상 지속되면 호수 주변을 걸어다니는 게 어렵겠지만, 마지막으로 수위가 상승한 시기부터 호수 주변에 자라난 떨기나무들과 여러 나무들, 예컨대 리기다소나무, 자작나무, 오리나무, 사시나무 등을 죽여 수위가 다시 떨어지면 말끔한 호반이 드러나게 될 거라는 점이다. 매일 밀물과 썰물이 반복된 많은 호수나 강과 달리, 월든 호숫가는 수위가 가장 낮을 때 가장 깨끗하다. 내 집 옆의 호숫가에는 옛날에 일렬로 서 있었을 15피트 높이의 리기다소나무들이 지렛대로 쓰러뜨린 것처럼 죽어 넘어졌고, 그리하여 리기다소나무의 잠식이 중단됐다. 이 나무들의 크기로 지금의 높이까지 지난번에 수위가 상승한 이후 얼마나 많은 시간이 흘렀는지 짐작해볼 수 있다. 이런 수위 변화를 무기로 월든 호수는 호반까지 권리를 주장한다. 따라서 호반shore은 '베어낸 곳shorn'이라고 할 수 있다. 나무들은 점유권을 앞세워 호반을 차지할 수 없다. 호반은 호수의 입술이며, 거기에서는 수염이 자라지 않는다. 호수가 때때로 혀로 핥으며 입맛을 다시기 때문이다. 수위가 최고조에 이르면 오리나무와 버드나무와 단풍나무가 물에 잠긴 줄기에서 무수히 붉은 섬유질 뿌리를 사방으로 수 피트까지 뻗고, 바닥에서부터 3-4피트까지 올라오기도 한다. 이 모든 것이 어떻게든 살아보려는 안간힘이다. 호반 근처에서 흔히 보던 키큰월귤나무도 평소에는 열매를 맺지 않지만, 이런 환경에서는 많은 열매를 맺었다.

호숫가에 매끄럽고 둥글둥글한 하얀 돌들이 전체적으로 어떻게 깔리게 됐는지 궁금해하는 사람이 적지 않았다. 마을 사람들 모두가 그에 관련된 전설을 알고 있었고, 노인들은 어렸을 때 그 전설을 들었다고 내게 말해주었다. 전설에 따르면, 옛날에 인디언들이 이곳의 한 언덕에 모여 의식을 행하고 있었다. 그 언덕은 지금 월든 호숫가 땅 아래로 깊이 가라앉은 것만큼이나 하늘로 높이 솟은 언덕이었다. 인디언들은 신성모독적인 언행을 남발했지만, 그들은 그런 부덕한 짓에서 조금도 죄의식을 느끼지 않았다. 따라서 의식이 진행되는 동안, 언덕이 요동치며 갑자기 가라앉았다. 월든이라는 이름의 노파 한 명만이 겨우 살아남았고, 그 노파의 이름을 따서 월든 호수라고 불렀다는 것이다. 또, 언덕이 흔들릴 때 돌들이 비탈을 따라 굴러떨어지며 현재의 호반이 됐을 것이라 했다. 어쨌든 옛날에는 이곳에 호수가 없었고 지금은 있다는 것만은 확실하다. 이 인디언 전설은 앞서 언급한 옛 정착자에 대한 이야기와 모순되는 점이 전혀 없다. 그는 수맥을 찾는 막대를 쥐고 처음 찾아와 풀밭에서 모락모락 엷게 피어오르는 수증기를 보았고, 개암나무 가지가 계속해서 아래를 가리키자 여기에 우물을 파기로 결정을 내리던 상황을 생생하게 기억한다. 호숫가의 돌들에 대해서는 아직도 많은 사람이 주변 언덕들을 때리는 물결의 작용만으로는 설명하기 어렵다고 생각한다. 그러나 내가 관찰한 바에 따르면, 호수를 에워싼 언덕들에는 똑같은 종류의 돌이 눈에 띄게 많다. 따라서 호수 바로 옆을 지나는 철로 양편에 그 돌로 담을 쌓아야 했을 정도였다. 게다가 호수 기슭이 무척 가파른 곳에 돌이 가장 많다. 따라서 안타깝지만 호반에 깔린 돌들은 내게 더 이상 불가사의한 현상이 아니다. 나는 누가 그 돌들을 깔았는지 알아냈다. 월든이라는 이름이 영국의 어떤 지역, 예컨대 새프론월든에서 유래한 것이 아니라면, 이 호수가 애초부터 '월드 인 폰드', 즉 '담에 둘러싸인 호수'라고 불렸을 거라고 추측해볼 수 있다.

월든 호수는 나를 위해 누군가 이미 파놓은 샘이었다. 호숫물은 언제나 맑지만, 1년 중 4개월 동안은 그에 못지않게 차갑기도 하다. 그때의 호숫물은 마을에서 가장 좋은 물이라고 할 수는 없어도 마을의 어떤 물만큼이나 좋은 듯하다. 겨울 노천에 드러난 물은 뭔가에 의해 보호되는 샘물과 우물물보다 더 차갑다. 1846년 3월 6일 오후 5시부터 이튿날 정오까지 내가 지낸 방에 걸어둔 온도계는 지붕에 내리쬔 햇볕 때문인지 한때 화씨 65-70도까지 올라갔지만, 방에 놓아둔 호숫물의 온도는 42도를 넘어가지 않았다. 그것은 마을의 가장 차가운 우물에서 막 길어온 물보다 1도쯤 낮은 것이었다. 같은 날, 보일링 샘물의 온도는 42도였다. 달리 말하면, 보일링 샘물은 내가 온도를 측정한 물 중 가장 따뜻했지만, 내가 아는 한 얕게 고여 있는 지상수가 섞이지 않는다면 여름에 가장 차가운 물이다. 게다가 월든 호수는 깊은 수심 덕분에 한여름에도 햇볕에 노출된 대부분의 물처럼 미지근해지지 않는다. 지극히 더운 날씨에도 양동이에 물을 받아 지하실에 밤새 놓아두면 시원해지고 낮에도 그대로 유지됐다. 나는 근처에 있는 샘물을 길어다 마시기도 했지만, 월든 호숫물은 일주일이 지나도 길어온 날과 물맛이 똑같았고, 펌프 물맛과는 달랐다. 여름에 호숫가에서 일주일 동안 야영하는 사람들은 물을 담은 양동이를 천막 그늘에 2-3피트 깊이로 묻어두면 얼음이라는 사치품의 신세를 질 필요가 없을 것이다.

월든 호수에서는 강꼬치고기가 예전부터 잡혔다. 엄청난 속도로 릴을 낚아채어 낚시꾼이 꼬리조차 보지 못했기 때문에 안심하고 8파운드는 될 거라고 우겼던 강꼬치고기는 제쳐두더라도 7파운드짜리가 정말로 잡힌 적이 있었다. 퍼치고기와 메기도 잡혔는데 2파운드가 넘는 것도 적지 않았다. 또 은빛 연준모치, 치빈 혹은 로치라 불리는 잉어과 물고기, 레우키스쿠스 풀켈루스는 그런대로 잡혔지만, 검은 송어와 포모티스 오베수스가 잡히는 경우는 무척 드물었다. 나는 뱀장어도 두 마리 잡았는데 한 마리가 4파운드는 너끈히 나갔다─물고기의 경우 대체로 무게가 평판의 유일한 근거고 내가 잡은 뱀장어 두 마리가 이곳에서 잡힌 유일한 뱀장어였기 때문에 뱀장어에 대해 특별히 언급한 것이다. 또 길이가 5인치 정도로 옆구리는 은빛이고 등은 초록빛이며, 황어와 약간 비슷한 특징을 띤 작은 물고기를 잡았던 기억도 희미하게 남아 있다. 이런 이야기를 하는 이유는 내가 직접 경험한 사실을 전설로 남기고 싶기 때문이다. 하지만 월든 호수에는 물고기가 그다지 많지 않은 편이다. 많지는 않지만 강꼬치고기만이 월든 호수의 가장 큰 자랑거리다. 한번은 세 종류의 강꼬치고기를 얼음에 엎드려서 본 적이 있었다. 하나는 길쭉하고 납작하며 푸른빛을 띤 강꼬치고기로 강에서 잡히는 것과 비슷하다. 다른 하나는 밝은 황금색을 띠고 초록빛을 은은히 풍기며 무척 깊은 곳에 사는 것으로, 이 호수에서 가장 흔한 강꼬치고기다. 마지막 것은 황금색을 띠고 앞의 것과 생김새가 비슷하지만, 옆구리에 작은 암갈색과 검은색 반점들이 약간 희미한 암적색 반점들과 뒤섞여 있어 송어와 무척 비슷하다. 따라서 레티쿨라투스라는 종명種名이 이 종류의 강꼬치고기에는 적합하지 않고, 차라리 구타투스라고 불러야 마땅할 것 같다. 세 종류 모두 살이 무척 단단해서 크기에 비해 무게가 많이 나간다. 물이 더 맑기 때문인지 은빛 연준모치들, 메기와 퍼치는 물론이고 이 호수에 서식하는 모든 물고기가 콩코드 강이나 다른 호수에 서식하는 물고기들에 비해 훨씬 깨끗하고 생김새도 예쁘장하며 살도 단단해서 다른 곳의 물고기들과 쉽게 구분된다. 어류학자라면 몇몇 물고기에서 새로운 변종을 찾아낼 것이다. 개구리와 거북이의 한 종족도 서식하며, 말조개도 눈에 띈다. 사향쥐와 밍크도 호수 주변에 흔적을 남기고, 때로는 떠돌이 흙탕거북이 찾아오기도 한다. 나는 간혹 아침에 배를 기슭에서 밀어낼 때 밤에 배 밑으로 숨어들어간 커다란 흙탕거북의 잠을 방해하기도 했다. 오리와 기러기는 봄과 가을에 이 호수를 번질나게 찾아온다. 흰가슴 녹색제비(히룬도 비콜로르)는 수면을 스치듯 날아다니고, 물총새는 후미진 작은 만에서부터 화살처럼 튀어나와 어디론가 날아간다. 가슴에 얼룩점이 있는 도요새(토타누스 마쿨라리우스)는 여름 내내 돌이 많은 호숫가를 따라 뒤뚱거리며 날아다닌다. 나는 물 위로 얼굴을 내민 스트로브잣나무에 앉아 있는 물수리를 간혹 방해하기도 했다. 그러나 월든 호수가 페어헤이븐 만처럼 갈매기가 날아가면서 일으키는 바람에 더럽혀진 적이 있는지는 확실하지 않다. 기껏해야 월든 호수는 1년에 되강오리 한 마리 정도만 너그럽게 받아들일 뿐이다. 지금껏 열거한 것들이 현재 월든 호수를 들락거리는 중요한 동물들이다.

잔잔한 날에 모래로 덮인 동쪽 호반에서부터 배를 타고 조금 나가 8-10피트 아래의 물속을 내려다보면 달걀보다 작은 돌들이 지름 6피트, 높이 1피트 정도로 둥그렇게 쌓여 있고 주변은 모두 모래인 곳이 보인다. 호수의 다른 곳에도 이런 돌무더기가 있어, 처음에는 인디언이 어떤 목적으로든 얼음 위에 그런 모양으로 돌을 쌓았는데 얼음이 녹으면서 돌무더기가 고스란히 바닥에 가라앉은 것이라고 생각하기 십상이다. 그러나 그렇게 생각하기에는 돌무더기가 너무 일정한 모양으로 쌓였고 몇몇은 그다지 오래된 것처럼 보이지도 않는다. 게다가 강에서 발견되는 돌무더기와 비슷하다. 그러나 월든 호수에는 빨대잉어도 없고 다묵장어도 살지 않아 어떤 물고기가 그런 돌무더기를 쌓았는지 짐작하기 힘들다. 어쩌면 황어의 보금자리일지도 모르겠다. 어쨌든 호수 바닥에 흥미로운 수수께끼를 더해주는 돌무더기다.

호반은 상당히 들쑥날쑥해서 단조롭지 않다. 나는 마음의 눈을 통해 깊은 만이 톱니처럼 들쑥날쑥한 서쪽 호반, 한층 가파른 절벽을 이룬 북쪽 호반, 그리고 아름다운 부채꼴을 이루며 호수 쪽으로 돌출된 곳이 서로 겹칠 듯 연달아 계속되어 그 사이로 인간의 발길이 닿지 않는 작은 만이 숨어 있을 것만 같은 남쪽 호반을 그려본다. 물가에서부터 올라온 언덕들에 둘러싸인 자그마한 호수 한복판에서 쳐다보는 숲만큼 멋진 배경을 뽐내고 더없이 아름답게 보이는 숲이 있을까. 이런 경우 숲의 모습을 반사하는 물은 최고의 전경前景을 빚어낼 뿐 아니라, 구불거리는 호반 덕분에 숲에 가장 어울리는 자연스런 경계까지 이룬다. 도끼가 숲의 한 부분을 베어낼 때나 경작된 밭이 호숫가까지 침범했을 때처럼 벗겨진 곳이나 불완전한 곳이 없다. 나무들에게는 물가로 뻗어갈 충분한 공간이 있어, 하나같이 가지들을 기운차게 호수 쪽으로 뻗는다. 자연의 여신이 거기에서 식서飾緖를 자연스레 마무리하여 우리의 눈길은 호숫가의 작은 떨기나무부터 가장 높다란 나무까지 찬찬히 좇아 올라간다. 인간의 손길이 닿은 흔적은 거의 보이지 않는다. 호숫물은 1,000년 전 그랬던 것처럼 지금도 호반에서 철썩인다.

호수는 어떤 풍경에서나 가장 아름답고 감성적인 부분이다. 호수는 대지의 눈이다. 우리는 호수를 들여다보며 자신의 본성이 지닌 깊이를 헤아려본다. 호숫가 근처 나무들은 눈의 가장자리를 수놓는 가냘픈 속눈썹이며 주변의 우거진 언덕과 절벽은 눈 위에 걸린 눈썹이다.

9월의 어느 조용한 오후, 옅은 안개로 맞은편 호반선이 흐릿하게 변해갈 때 호수의 동쪽 끝에 자리 잡은 평평한 모래사장에 서면 '유리 같은 호수의 수면'이라는 표현이 어디에서 유래했는지 짐작할 수 있을 것 같았다. 허리를 굽혀 가랑이 사이로 호수를 보면, 수면은 계곡에 걸린 가느다란 거미줄처럼 보이고 멀리 떨어진 소나무 숲을 배경으로 반짝거리며 대기의 두 층을 갈라놓는다. 맞은편 언덕까지 젖지 않고 수면 아래로 걸어갈 수 있을 것 같고, 제비들이 수면 위로 스치듯 날며 물 위에 살포시 내려앉을 수 있을 것 같기도 하다. 실제로 제비들은 착각한 듯 때때로 수면 아래로 뛰어들고서야 실수를 깨닫는다. 서쪽 호수를 바라보려면 진짜 태양만이 아니라 수면에 반사된 태양이 똑같이 눈부시게 빛나기 때문에 두 손으로 눈을 가려야만 한다. 호수 전체에 일정한 간격으로 흩어진 소금쟁이들이 햇살을 받으며 움직임으로써 상상하기에도 벅찬 작은 광채를 빚어내는 곳이나, 오리가 깃털을 다듬거나 앞에서 말했듯이 제비가 수면을 스치듯 낮게 나는 곳을 제외하곤 두 태양 사이의 수면을 자세히 뜯어보면 문자 그대로 유리처럼 반질반질하다. 멀리에서 물고기 한 마리가 반원을 그리며 공중으로 3-4피트쯤 뛰어오르는 듯도 하다. 녀석이 수면을 박차고 오른 곳에서 섬광이 한 번 번쩍이고, 녀석이 물을 때리는 곳에서 다시 섬광이 번쩍한다. 때로는 은빛을 띠는 반원이 처음부터 끝까지 보이기도 한다. 또 엉겅퀴 관모冠毛가 수면 위로 여기저기 떠 있으면 물고기들이 그 주변으로 맹렬하게 달려들며 잔물결을 일으킨다. 호수면은 녹은 유리가 식기는 했지만 응결되지 않은 상태와 비슷하고, 수면에 떠 있는 약간의 티끌은 유리 안의 불순물처럼 순수하고 아름답다. 하지만 보이지 않는 거미줄, 즉 물의 요정들이 휴식을 취하는 방책에 의해 호수의 다른 곳과 분리된 것처럼, 유난히 매끄럽고 짙은 색을 보이는 수면이 간혹 눈에 띄기도 한다. 언덕 꼭대기에서는 물 위로 거의 어디에서나 뛰어오르는 물고기를 볼 수 있다. 강꼬치고기나 은빛 연준모치 한 마리가 매끄러운 수면에서 벌레를 쪼아먹기만 하면 호수 전체의 평형 상태가 확실하게 깨지기 때문이다. 물속의 살인은 결국 밝혀지기 마련이지만, 이 단순한 사실이 알려지는 복잡하고 정교한 방법이 경이롭기만 하다. 원을 그리는 파문의 지름이 약 6로드에 이를 때, 멀리 떨어진 언덕 꼭대기에 앉아 있는 내게도 그 파문은 분명하게 보인다. 심지어 4분의 1마일쯤 떨어진 곳에서 물매암이(기리누스)가 매끄러운 수면 위에 끊임없이 발을 놀리며 앞으로 달려가고 있다는 걸 눈치 챌 수도 있다. 물매암이가 물 위를 걸을 때 작은 고랑을 내고, 선명한 잔물결을 일으켜 양쪽으로 갈라지게 하기 때문이다. 그러나 소금쟁이는 잔물결을 거의 일으키지 않으면서 수면에서 미끄러지듯 움직인다. 수면이 크게 요동칠 때는 소금쟁이도 보이지 않고 물매암이도 보이지 않는다. 하지만 잔잔한 날이면 녀석들은 안식처를 떠나, 순간의 충동으로 대담하게 호숫가를 미끄러지듯 벗어나 호수를 완전히 횡단해버린다. 태양의 따스한 햇살이 정말

고맙게 느껴지는 맑은 가을날에 이처럼 언덕 꼭대기의 나무 그루터기에 앉아 호수를 굽어보며, 수면에 반사된 하늘과 나무들 사이로 끊임없이 남겨지는 동그란 보조개들을 연구하자면 마음마저 차분해진다. 그런 보조개들이 없다면 수면은 우리 눈에 제대로 보이지 않았을 것이다. 이 드넓게 펼쳐진 호수에는 어떤 방해거리도 없지만, 물항아리가 흔들릴 때 출렁이는 파문들이 기댈 때를 찾고 모든 것이 다시 평온해지듯, 방해거리가 나타났다가도 금세 사라지고 진정된다. 호수에서 물고기 한 마리가 뛰어오르고 벌레 하나가 떨어져도 아름다운 선을 그리는 원형의 잔물결로 알려진다. 호수의 수원이 끊임없이 샘솟고, 호수의 맥박이 부드럽게 고동치며, 호수의 가슴이 들썩이는 듯하다. 환희로 전율하는 것인지, 고통으로 전율하는 것인지 구분되지 않는다. 호수 곳곳에서 벌어지는 현상들은 그저 평화롭기만 하다! 인간의 행위가 봄을 맞은 것처럼 다시 빛난다. 그렇다, 오늘 오후 나뭇잎과 잔가지, 돌과 거미줄 등 모든 것이 이슬에 젖은 봄날 아침처럼 반짝거린다. 노를 움직일 때마다, 벌레가 움직일 때마다 섬광이 번뜩인다. 노가 물을 때리며 빚어내는 메아리마저 한없이 달콤하게 들린다!

9월이나 10월, 그런 날의 월든 호수는 숲의 완벽한 거울이며, 그 거울 주변에 박힌 돌들은 내 눈에 희귀한 보석으로 비친다. 호수만큼 아름답고 순수하며 동시에 커다란 것이 지구 표면에 또 있을까. 하늘의 물, 여기에는 울타리도 필요 없다. 많은 종족이 찾아왔다 떠났지만 호수를 더럽히지는 않았다. 호수는 돌로도 깰 수 없는 거울이며, 그 거울에 바른 수은은 결코 닳아 없어지지 않을 것이고 거울의 금박은 자연이 끊임없이 수선해준다. 폭풍우에도 먼지에도 호수의 표면은 흐려지지 않고 언제나 맑고 깨끗하다. 호수는 거기에 떨어진 모든 불순물이 가라앉는 거울이다. 아지랑이 같은 햇살이라는 솔이 먼지를 쓸어내고 털어주는 거울이다. 이런 의미에서 햇살은 가벼운 걸레다. 호수라는 거울에는 입김을 불어도 입김이 남지 않는다. 호수는 자신의 입김을 수면 위의 구름으로 높이 띄워 올려보내고, 그 구름의 모습을 자신의 가슴에 받아들인다.

호수라는 물밭은 대기에 있는 정령을 드러낸다. 호수는 위로부터 새로운 생명과 움직임을 끊임없이 받아들인다. 호수는 그 본성에서 땅과 하늘의 중간쯤이다. 땅에서는 풀과 나무만 흔들리지만, 물은 그 자체가 바람에 잔물결을 일으킨다. 나는 빛줄기나 순간적으로 번쩍이는 빛을 보고 산들바람이 호수의 어디쯤에 부는지 짐작할 수 있다. 우리가 호수의 수면을 내려다볼 수 있다는 건 경이로운 일이다. 어쩌면 우리는 언젠가 대기의 표면을 내려다보며, 훨씬 포착하기 힘든 정령이 대기의 어디쯤을 휩쓸고 지나가는지도 알아차릴 수 있을 것이다.

10월 하순경, 된서리가 내리면 소금쟁이와 물매암이는 마침내 자취를 감춘다. 그 후, 11월의 평온한 날에는 수면에 잔물결을 일으키는 것이 전혀 없다. 11월 어느 날 오후, 며칠 동안 계속되던 비바람이 그쳐 고요하기 이를 데 없었지만 하늘은 여전히 잔뜩 흐렸고 대기는 안개로 가득했다. 호수도 지독히 잔잔해 수면이 어딘지 구분하기 힘들 정도였다. 10월의 밝은 기운은 사라지고, 호수를 에워싼 언덕들에 찾아온 11월의 칙칙한 색이 수면에도 드리워졌다. 나는 가능한 한 조심스레 노를 저었지만 배가 지나가며 만들어낸 낮은 물결이 거의 내 눈이 닿는 곳까지 멀리 퍼져나가자 호수의 잔잔한 수면이 이랑진 밭처럼 변했다. 그러나 수면을 바라보던 내 눈으로부터 멀리 떨어진 이곳저곳에서 희미하게 깜박이는 빛이 들어왔다. 서리를 피한 소금쟁이들이 그곳에 모여 있는 것 같기도 했고, 수면이 너무 잔잔해서 호수 바닥에서 샘이 분출하는 곳이 고스란히 보이는 것 같기도 했다. 나는 그런 곳 중 하나를 향해 천천히 노를 저어 다가갔다. 그러자 내가 무수히 많은 작은 퍼치에게 에워싸인 것을 알고 깜짝 놀랐다. 5인치 정도의 짙은 청동색 퍼치들이 초록빛을 띤 물에서 까불거리며 끊임없이 수면까지 올라와 잔물결을 일으켰고, 때로는 수면에 거품을 남겨놓기도 했다. 그처럼 투명하고 바닥이 없어 보일 정도로 깊은 물에 구름의 형상이 어른거려, 나는 기구를 타고 공중에 떠 있는 기분이었다. 또 지느러미를 돛처럼 활짝 펴고 내 바로 밑에서 좌우로 지나가는 퍼치들이 새떼와 비슷해서, 그 헤엄치는 모습이 마치 하늘에서 맴돌며 날고 있는 듯 느껴졌다. 월든 호수에는 그런 물고기 떼가 많았다. 겨울이 드넓은 채광창에 얼음처럼 차가운 덧문을 내리기 전에 남겨진 짧은 시간을 마음껏 활용하려는 듯, 물고기들은 가벼운 산들바람이 수면을 때리거나 약간의 빗방울이 떨어진 것처럼 수면 위로 모습을 드러냈다. 무심코 다가가면 물고기들은 화들짝 놀라 텀벙거렸고, 누군가 잎이 무성한 나뭇가지로 물을 때린 것처럼 꼬리로 잔물결을 일으키며 물속 깊숙이 달아났다. 마침내 바람이 매섭게 불고 안개가 짙어지며 물결이 일렁이기 시작하자 퍼치들은 전보다 더 높이 뛰어올라, 몸의 절반 정도를 물 밖으로 내밀었다. 어떨 때는 3인치쯤 되는 100여개의 검은 점이 수면 위로 동시에 나타나기도 했다. 어느 해인가 나는 12월 5일에도 호수 면에서 적잖은 파문이 맴도는 것을 보았다. 안개까지 자욱하게 낀 것을 보고, 곧 큰비가 쏟아지겠다는 생각에 서둘러 노를 잡고 집을 향해 힘껏 배를 저었다. 나는 아직 뺨에서 아무런 낌새도 느끼지 못했지만 금방이라도 비가 한바탕 쏟아지고 흠뻑 젖을 것만 같았다. 그런데 갑자기 파문들이 사라졌다. 그제야 그것이 퍼치들이 만들어낸 파문이란 걸 깨달았다. 내가 노 젓는 소리에 겁을 먹고 깊은 물속으로 달아난 퍼치들 때문에 갑자기 파문이 사라진 것이다. 실제로 나는 퍼치 떼가 사라지는 모습을 어렴풋이 보았다. 결국 그날 오후에는 비가 내리지 않았다.

월든 호수가 주변을 에워싼 숲 때문에 어두컴컴하던 시기에 이 호수를 자주 드나들었던 한 노인이 내게 들려준 이야기에 따르면, 거의 60년 전 당시에는 월든 호수가 오리를 비롯한 여러 가금류로 북적거렸고 호수 주변에 독수리도 많았다. 그는 낚시를 하려고 이 호수에 자주 들렀는데 그때마다 호숫가에서 찾아낸 낡은 통나무배를 이용했다. 스트로브잣나무와 통나무의 속을 파내고 연결한 후에 양끝을 직각으로 잘라낸 배였다. 무척 조잡하게 만든 통나무배였지만, 아주 오랫동안 사용해 결국 침수되어 바닥에 가라앉은 것 같았다. 그 배의 주인이 누구인지 알 수 없었지만 호수의 일부인 것만은 확실했다. 그는 히커리 나무껍질을 엮은 끈을 닻줄로 사용했다. 미국이 독립하기 전에 이 호숫가에서 살았던 옹기장이 노인에게 들었다며, 그는 호수 바닥에 있었다는 철궤에 대한 이야기를 해주었다. 옹기장이 노인도 직접 보았다는 그 철궤는 가끔 호숫가로 떠밀려 올라왔지만, 가까이 다가가면 깊은 물속으로 도로 사라져버린다는 것이다. 나는 그 낡은 통나무배가 똑같은 나무지만 훨씬 정교하게 만들어진 인디언의 통나무배 역할을 대신했다는 말을 듣고 반가웠다. 아마 그 통나무배도 처음에는 호숫가에 서 있던 나무였을 것이고, 그 후에 쓰러져 호수에 흘러들면서 한 세대 동안 호수를 건너다니기에 가장 적합한 배 역할을 하며 떠다녔을 것이다. 실제로 내가 처음 호수의 깊은 곳을 들여다보았을 때, 바닥에 큼직한 나무줄기들이 가라앉아 있는 것을 어렴풋이 보았던 기억이 아직도 생생하다. 오래전 바람에 거기까지 떠밀려갔거나, 나무 값이 쌌을 때 베어졌다가 얼음 위에 남겨진 나무들이었다. 그러나 지금은 그런 나무줄기들이 대부분 사라지고 보이지 않는다.

내가 처음 월든 호수에서 배를 띄워 노를 저었을 때, 호수는 울창하고 높다란 소나무와 떡갈나무로 완전히 에워싸여 있었다. 후미진 만에는 포도 덩굴이 호숫가에 있던 나무들을 뒤덮어, 나무들이 그늘집처럼 보였고, 배가 그 아래를 지나갈 수 있는 곳도 있었다. 호숫가와 맞닿은 언덕들은 무척 가파른데다 당시 언덕을 뒤덮은 나무들이 상당히 컸기 때문에, 서쪽 끝에서 내려다보면 호수가 숲의 풍경을 감상하기 위한 원형극장처럼 보였다. 나는 지금보다 젊었을 때 여름날 오전이면 호수 한복판까지 배를 저어 나간 후, 산들바람에 배를 맡기고는 널찍이 자리를 차지하고 길게 누워 몽상에 잠긴 채 많은 시간을 보냈다. 그리고 배가 모래사장에 닿을 때야 눈을 뜨고 일어나, 내 운명이 나를 어떤 기슭으로 데려왔는지 둘러보았다. 그때는 아무것도 하지 않는 무위無爲가

가장 매력적이고 생산적인 일이던 시기였으므로, 나는 하루에서 가장 소중한 시간을 그런 식으로 보내고 싶어 툭하면 오전에 호수로 빠져나왔다. 나는 부자였다. 물론 금전적으로는 부자가 아니었지만, 내게는 햇빛이 찬란한 시간과 여름날들이 얼마든지 있었으므로 그 시간을 아낌없이 썼다. 그렇다고 내가 작업장에서, 또 교단에서 더 많은 시간을 보내지 않았던 것을 후회하지는 않는다. 그러나 내가 호숫가를 떠난 이후로도 나무꾼들은 훨씬 더 오랫동안 남아 그곳을 더욱 황폐화시켰다. 이제 숲길을 느긋하게 산책하면서 이따금 나무들 사이로 호수가 보이는 경치를 즐기기란 오랫동안 불가능할 것이다. 앞으로 내 뮤즈의 여신이 침묵하더라도 그 여신을 탓할 수는 없을 것이다. 숲이 베어졌는데 어떻게 새들이 노래하기를 바랄 수 있겠는가?

호수 바닥에 가라앉아 있던 나무줄기들, 그 낡은 통나무배, 그리고 호수를 에워싸던 울창한 숲은 이제 사라지고 없다. 마을 사람들조차 호수의 정확한 위치를 모르기 때문에 호수에 와서 목욕을 하고 물을 마시려고도 하지 않으며, 적어도 갠지스 강만큼 성스러워만 하는 그 호숫물을 관으로 마을까지 끌어와 접시를 씻으려 한다. 그들은 단지 꼭지를 돌리거나 마개를 뽑는 것만으로 월든을 차지하려고 한다! 저 악마 같은 철마의 귀청을 찢을 듯한 울음소리는 이제 마을 어디에서나 들린다. 그 철마는 쇠발굽으로 보일링 샘을 흙탕물로 전락시켰고, 월든 호숫가의 숲을 몽땅 먹어치운 것도 그것이다. 욕심 많은 그리스인이 뱃속에 1,000명의 병사를 감춘 채 남겨놓은 트로이 목마와 다를 바가 없다! 저 철마를 딥 커트에 멈춰 세우고, 저 교만한 골칫덩이의 살비뼈 사이로 복수의 칼날을 찔러 넣을 무어홀의 무어, 즉 이 나라의 투사는 어디 있는가?

하지만 내가 월든 호수에 대해 알고 있는 여러 특징 중 가장 특별한 것은 순수성을 잘 보존하고 있다는 점이다. 많은 사람이 월든 호수에 비유됐지만, 실제로 그런 명예를 누릴 만한 자격을 지닌 사람은 거의 없다. 나무꾼들이 호숫가의 이곳저곳을 벌거숭이로 만들었고, 아일랜드 사람들이 호수 옆에 돼지우리처럼 더러운 집을 지었으며, 철로가 호수의 경계를 침범했고, 또 한때 얼음 장수들이 호수에서 얼음을 걷어갔지만, 월든 호수 자체는 변하지 않았다. 내가 어린 시절에 보았던 물과 조금도 다르지 않다. 모든 변화는 내 안에서 일어났을 뿐이다. 월든 호수에 무수한 잔물결이 있었지만 영원히 지워지지 않는 주름살은 없다. 그러므로 월든 호수는 영원한 청년이다. 지금도 호숫가에 서면 제비가 옛날과 똑같이 수면에 뜬 벌레를 잡으려는 듯 부리를 호숫물에 살짝 담그는 모습을 볼 수 있을 것이다. 오늘 밤에도 월든 호수는 내게 새로운 감흥을 안겨주었다. 나는 마치 20년 이상 동안 거의 매일 이 호수를 보지 않았던 것처럼 새삼스레 '아, 여기가 월든 호수로구나. 내가 오래전에 처음 보았던 숲속의 호수와 똑같아!'라고 생각한다. 지난겨울에 숲을 베어낸 호숫가에서는 또 다른 숲이 여느 때와 마찬가지로 활기차게 형성되고 있다. 호수의 수면에서는 당시와 똑같은 생각이 샘솟아 오른다. 월든 호수는 자신에게는 물론 창조주에게도 맑은 기쁨이고 행복이다. 나에게도 역시 그렇기를 바랄 따름이다. 월든은 거짓이라고는 없는 대담한 사람의 작품인 것이 확실하다. 그는 손으로 직접 이 호수를 둥글게 다듬어 자신의 생각만큼 깊이 파고 물을 맑게 하여 콩코드에 유산으로 남겨주었다. 나는 월든 호수의 얼굴에서, 이 호수가 나와 똑같은 생각을 하고 있다는 표정을 읽어내며 나도 모르게 이렇게 말할 뻔했다. 월든이여, 정말 당신인가?

한 줄을 아름답게 꾸미는 건
내 꿈이 아니다.
내가 월든에서 사는 것보다
하느님과 천국에 더 가까이 갈 방법이 있겠는가.
나는 돌이 많은 월든의 호반이며
그 위를 지나는 산들바람이다.
살짝 오므린 내 손 안에
월든의 물과 모래가 있다.
월든에서 가장 깊은 곳이
내 생각에서는 가장 높은 곳에 있다.

기차는 호수를 구경하려고 멈추는 법이 없다. 하지만 기관사와 화부와 제동수, 그리고 정기 승차관을 갖고 있어 이 호수를 자주 보는 승객은 덕분에 조금이라도 나은 사람이 됐을 거라고 나는 상상해본다. 기관사는 평온하고 순수한 호수의 모습을 하루에 적어도 한 번 보았다는 사실을 밤에도 잊지 않을 것이다. 적어도 그의 본성은 잊지 않을 것이다. 한 번만 보더라도 월든 호수는 스테이트 가街와 증기기관에시 묻

호수

275

은 검댕을 씻어내는 데 도움을 준다. 그래서 월든 호수를 '하느님의 물방울'이라 부르자고 제안하는 사람도 있다.

앞에서도 말했지만, 월든 호수에는 물이 들어오는 곳과 나가는 곳이 뚜렷하게 보이지 않는다. 그러나 월든 호수는 멀리 떨어지고 상대적으로 높은 지대에 위치한 플린트 호수와, 그 사이에 있는 일련의 작은 호수들을 통해 간접적으로 관계를 맺고 있는 한편 상대적으로 낮은 지역에 위치한 콩코드 강과 직접적이고 명백한 관계를 맺고 있다. 물론 월든 호수와 콩코드 강 사이에도 일련의 비슷한 호수들이 있어, 어떤 지질학적인 시대에 월든 호수가 그 호수들로 흘러 들어갔을 것이라고 보인다. 따라서 하느님이 금지하겠지만 조금만 파면 월든 호수가 다시 그 호수들로 흘러가게 만들 수 있다. 숲의 은둔자처럼 오랫동안 금욕적이고 절제된 삶을 살면서 월든 호수가 그처럼 경이로운 순수성을 얻었다면 상대적으로 불순한 플린트 호수의 물이 섞이거나, 월든 호숫물이 바다의 파도에 섞여 그 달콤한 맛을 잃어버리는 것을 애석하게 생각하지 않을 사람이 있겠는가?

링컨에 있는 플린트 호수, 즉 샌디 호수는 우리 지역에서 가장 큰 호수이자 내해內海로 월든에서 동쪽으로 1마일쯤 떨어진 곳에 있다. 플린트 호수가 훨씬 커서 면적이 197에이커인 걸로 알려져 있으며, 물고기도 훨씬 많다. 그러나 상대적으로 얕고 눈에 띄게 물이 맑지도 않다. 나는 기분전환도 할 겸 숲을 지나 플린트 호수까지 자주 걸어갔다. 거침없이 얼굴에 부딪히는 바람을 느끼고 물결이 일렁이는 걸 보며 뱃사람들의 삶을 떠올리는 것만으로도 그럴 만한 가치가 있었다. 가을에 바람이 부는 날이면 그곳에 밤을 주우러 갔다. 그런 날이면 호수에 떨어진 밤이 물결을 타고 내 발치까지 밀려오기도 했다. 어느 날, 나는 시원한 물보라를 얼굴에 맞으며 사초莎草가 무성한 호숫가를 따라 걷다가 썩어가는 배의 잔해를 우연히 발견했다. 옆 부분이 사라지고 평평한 바닥의 흔적만 겨우 남은 잔해가 골풀 사이에 버려져 있었다. 그러나 썩어 잎맥만 남은 커다란 부엽浮葉처럼, 원래의 모양은 뚜렷이 남아 있었다. 그것은 바닷가에서나 상상할 수 있을 난파선의 잔해처럼 인상적이었고 훌륭한 교훈까지 담겨 있었다. 그때쯤 잔해는 식물성 부식토에 불과해, 골풀과 붓꽃이 자라는 호숫가의 일부가 되어 있었다. 나는 플린트 호수의 남쪽 끝으로 모래가 깔린 바닥에 생긴 잔물결 자국을 보고 감탄하곤 했다. 물의 압력 때문인지 물속을 걷는 사람의 발끝에 단단하고 딱딱하게 느껴지는 자국이었다. 또한 이 자국들을 따라 물결 모양을 하고 일렬로 줄줄이 자라는 골풀들은 마치 물결이 일부러 거기에 심어놓은 듯했다. 그곳에는 별수염풀인 듯한 것의 줄기와 잎 혹은 뿌리가 둥그렇게 뭉쳐진 것도 상당히 눈에 띄었다. 그것은 지름이 1.5-4인치에 이르는 다양한 크기로 공처럼 완벽한 구형이었고 바닥에 모래가 깔린 얕은 물에서 오락가락하며 때로는 호반까지 밀려 올라오기도 한다. 또, 속까지 꽉 찬 풀이거나, 혹은 안에 약간의 모래가 들어 있기도 하다. 처음에는 조약돌처럼 물결의 작용 때문에 그런 모양으로 형성됐을 거라고 생각할 사람도 있겠지만, 지름이 반 인치에 불과한 가장 작은 것도 안팎이 똑같은 물질로 이루어지며, 1년 중 한 계절에만 만들어진다. 게다가 내 생각이 맞다면, 물결은 이미 매우 단단한 물질을 더 단단하게 하는 게 아니라

마모시킬 뿐이다. 또한 이것들은 마른 후에도 상당 기간 동안 둥근 형태를 그대로 유지한다.

플린트 호수! 이 명칭은 우리가 이름을 붙이는 데 상상력이 부족하다는 걸 극명하게 보여주는 확실한 증거다. 하늘에서 내린 물을 담은 이 호수의 옆에 농장을 조성했고, 호숫가의 나무들을 무자비하게 베어낸 사악하고 어리석은 농부가 무슨 권리로 호수에 자신의 이름을 붙였단 말인가? 그는 뻔뻔스런 자신의 얼굴이 비치는 1달러짜리나 반짝이는 1센트짜리 동전의 표면을 더 좋아했고, 호수에 앉은 야생 오리조차 불법 침입자로 취급한 지독한 구두쇠였다. 그는 탐욕스러운 하피처럼 무엇이든 쓸어담는 오랜 습관 때문에 손가락까지 굽고 못이 박인 갈고리로 변해버렸다―따라서 플린트 호수라는 이름은 나를 위해 붙여진 이름이 아니다. 내가 그 호수에 가는 이유는 그 수전노를 만나거나 그에 대한 이야기를 듣기 위한 것이 아니다. 그는 진심 어린 마음으로 그 호수를 본 적이 없었고, 호수에서 목욕한 적도 없었으며, 호수를 사랑하지도 않았고 보호하지도 않았으며, 호수에 대해 좋은 말을 한 적도 없다. 물론 하느님께 그런 호수를 만들어주어 고맙다고 기도한 적도 없었다. 오히려 그곳에서 헤엄치는 물고기, 그곳에 자주 들락거리는 물새나 네발짐승, 호숫가에서 자라는 야생화, 혹은 삶의 역사가 호수의 역사와 밀접한 관계가 있는 어떤 미개인이나 그 자식의 이름을 따서 짓는 편이 나을 뻔했다. 적어도 비슷한 사고방식을 지닌 이웃이나 주의회가 그에게 부여한 토지대장 이외에는 그 호수의 소유권을 주장할 만한 어떤 자격도 보여주지 못한 사람―호수의 금전적 가치만 생각하고 그의 존재만으로도 호숫가 전체를 저주의 구렁텅이에 넣었을 것이며, 호수 주변 땅을 불모의 땅으로 만들고 호숫물까지 전부 써버리고 싶어했을 사람—또 호수가 영국 건초나 덩굴월귤 밭이 아닌 걸 아쉬워하며—호수 자체는 환금성이 없다는 이유로 가능하다면 호숫물을 빼내 바닥의 진흙이라도 팔았을 사람의 이름이 붙지는 말았어야 했다. 그 호수는 그의 제분소도 돌리지 못했다. 따라서 호수를 지켜보는 것이 그에게는 조금도 '특권'으로 여겨지지 않았다. 나는 그의 노동을 존중하지 않는다. 모든 것에 가격을 매긴 그의 농장도 바람직하게 생각하지 않는다. 그는 자신에게 이익이 된다면 풍경은 물론이고 하느님까지 시장에 내다 팔 사람이다. 사실대로 말하면, 그는 시장에서 자신의 신을 찾는 사람이다. 그의 농장에서는 어떤 것도 공짜로 자라지 않는다. 그의 밭에서는 곡물이 아니라 달러가 자라고, 그의 풀밭에서는 꽃이 아니라 달러가 피며, 그의 나무에서는 열매가 아니라 달러가 열린다. 그는 열매의 아름다움을 사랑하지 않는다. 또한 열매가 달러로 교환되기 전까지 그에게는 아직 완전히 여문 것이 아니다. 나는 가난할지라도 진정한 부를 즐기고 싶다. 가난한 농부들, 그들이 가난한 것에 비례해서 나는 그들을 존경하고 그들에게 관심을 갖는다. 전형적인 농장! 건물들이 퇴비더미 틈에 버섯처럼 서 있고, 사람들이 사는 방과 말·황소·돼지를 위한 방이 서로 바싹 붙어 있다! 청소가 되어 있기도 하지만 그렇지 않을 때도 많다. 사람들도 가축처럼 갇혀 지내는 곳! 퇴비와 버터밀크 냄새가 뒤섞인 거대한 기름 얼룩! 인간의 심장과 뇌로 거름을 주며 고도의 경작이 행해시는 곳! 교회 묘지에 하찮은 감자를 재배하려는 것과 다를 바가 없다. 농장의 전형적인 모습이 이렇다.

안 된다, 이래서는 안 된다. 풍경에서 가장 아름다운 곳에 사람 이름을 붙이려면 가장 고결하고 존경할 만한 사람의 이름만 붙이도록 하자. 우리 호수들에게 적어도 이카로스의 바다처럼 진실한 이름을 붙여주자. 그 바다의 해안에서는 지금도 대담한 도전의 함성이 메아리치고 있지 않은가.

아담한 구스 호수는 월든 호수에서 플린트 호수로 가는 길에 있다. 콩코드 강이 넓어진 곳인 페어헤이븐은 면적이 70에이커쯤 되는 것으로 알려져 있으며 이곳에서 남서쪽으로 약 1마일쯤 떨어진 곳에 있다. 화이트 호수는 면적이 약 에이커로 페어헤이븐을 지나 1마일 반을 더 가면 만날 수 있다. 이상이 나의 호수 지역이다. 콩코드 강과 더불어 이 호수들의 물을 이용하는 수리권水利權이 나에게 있다. 이 호수들은 밤낮으로, 또 해마다 내가 가져가는 곡물을 빻아준다.

나무꾼들과 철로, 그리고 나 자신도 월든 호수의 신성함을 더럽혔기 때문에, 이제 우리 지역의 호수들 중 가장 아름답지는 않아도 가장 매력적인 호수, 즉 숲의 보석은 화이트 호수다. 하지만 호숫물이 눈부시게 맑은 점에서 유래한 것이든 모래 색깔에서 유래한 것이든 화이트라는 이름은 너무 평범해서 적절치 않은 것 같다. 하지만 이런 점에서, 또 다른 특징에서도 화이트 호수는 월든 호수의 작은 쌍둥이라 할 수 있다. 두 호수는 서로 너무 닮은꼴이어서 지하를 통해 서로 연결되어 있을 거라는 생각마저 든다. 호숫가에 돌이 많은 것도 같고, 호숫물도 똑같은 색조를 띤다. 찌는 듯이 무더운 삼복더위에 월든 호수에서 그랬듯이 그다지 깊지 않은 만들을 숲 사이로 내려다보면, 화이트 호수의 물도 바닥에서 반사된 색에 엷게 물들어 아련한 청록색이나 옅은 녹회색을 띤다. 오래전에 나는 모래를 대량으로 구해 사포를 만들려고 화이트 호수를 자주 다녔지만, 이후로도 그 호수를 꾸준히 찾아간다. 화이트 호수를 자주 드나드는 어떤 사람은 이 호수를 비리드 호수로 부르자고 하지만, 내 생각에는 다음과 같은 상황을 고려해 옐로 파인 호수라고 불러도 괜찮을 듯하다. 약 15년 전에, 확실한 종으로 분류된 것은 아니지만 이 부근에 옐로 파인이라고 불리는 리기다소나무류의 우듬지가 깊은 물속에서 수면 위로 얼굴을 내밀고 있는 걸 볼 수 있었다. 그래서 이 호수가 땅이 가라앉아 생긴 것이며, 옐로 파인은 옛날 그곳에 조성됐던 원시림의 일부일 거라고 생각하는 사람들이 적지 않았다. 내가 확인한 바에 따르면, 먼 옛날 1792년 콩코드의 한 시민이 《매사추세츠 역사학회 학회지》에 발표한 「콩코드 시의 지형」이라는 논문에서 월든 호수와 화이트 호수에 대해 언급하고는 "화이트 호수의 경우 수위가 많이 낮아지면, 호수 한복판에 나무 한 그루가 마치 그 자리에서 자란 것처럼 나타난다. 하지만 뿌리는 수면에서 50피트쯤 아래에 있고, 우듬지 부분이 잘려나간 모습이다. 잘려나간 부분의 지름은 14인치쯤 된다"라고 덧붙였다. 1849년 봄 나는 서드베리에서 그 호수와 가장 가까운 곳에 사는 사람과 우연히 대화를 나누었다. 그는 10년인가 15년 전에 그 나무를 호수에서 끌어낸 장본인이 자기라고 말했다. 그의 기억이 맞는다면, 나무는 호숫가에서 12-15로느쯤 떨어진 물속에서 있었고, 그곳의 수심은 30-40피트였다. 그때는 겨울이었다. 그날 그는 오전에 얼음을 잘라내면서, 오후에는 이웃들의 도움을 받아 늙은 옐로 파인을 호수 밖으로 끌어내야겠다고 결심했다. 그는 나무가 있는 곳에서부터 호숫가 쪽으로 얼음을 톱으로 좁다랗게 잘라낸 후, 황소를 이용해 나무를 끌어오려 얼음판 위에서 끌고 갔다. 그러나 그는 일을 시작하고 얼마 지나지 않아, 나무가 뒤집혀 있다는 사실을 알고 깜짝 놀랐다. 말하자면, 나뭇가지들이 아래를 가리키며 좁은 끝부분이 모랫 바닥에 단단히 박혀 있었던 것이다. 그래도 굵은 쪽의 지름은 1피트쯤 됐기 때문에 그는 괜찮은 목재용 원목을 얻을 수 있겠다고 생각했다. 그러나 나무가 전체적으로 너무 썩어, 땔감으로나 쓴다면 그나마 괜찮을 것 같았다. 나와 그것에 관한 대화를 나눌 당시 그는 헛간에 그 나무의 일부를 보관하고 있었다. 나무 밑동에는 도끼와 딱따구리가 남긴 흔적이 있었다. 그는 나무가 호숫가에서 죽어 결국 호수 쪽으로 쓰러졌을 것이고, 그 후 위쪽은 잔뜩 물을 먹은 반면 밑동 부분은 말라 가벼운 탓에 호수 한복판으로 떠내려가다가 거꾸로 뒤집혀 가라앉았을 거라고 생각했다. 하지만 그의 아버지는 여든 살이었는데도 나무가 호수 한복판에 있는 걸 본 기억이 없다고 말했다. 지금도 화이트 호수 바닥에는 상당히 큰 통나무가 누워 있는 게 간혹 눈에 띈다. 수면에 찰랑이는 물결 때문인지 그런 통나무들은 마치 커다란 물뱀이 움직거리는 것처럼 보인다.

화이트 호수에는 배가 거의 눈에 띄지 않는다. 그도 그럴 것이 낚시꾼을 유혹할 만한 것이 거의 없기 때문이다. 진흙에서 피어나는 흰 백합이나 일반적인 창포 대신 붓꽃(이리스 베르시콜로르)만이 호숫가 어디에서나 맑은 물에 살짝 잠긴 돌 틈에서 피어오른다. 6월이면 벌새들이 찾아와 붓꽃의 푸르스름한 잎과 꽃봉오리의 색, 특히 물에 어른거리는 붓꽃의 모습이 녹회색 호숫물과 독특한 조화를 이룬다.

화이트 호수와 월든 호수는 지구의 표면을 장식하는 커다란 수정이며 '빛의 호수'다. 만일, 두 호수가 영원히 응결되고 움켜쥘 수 있을 정도로 작다면 보석처럼 노예들을 동원해 황제의 머리를 장식하려고 가져갔을 것이다. 그러나 두 호수는 액체인데다 크고 넓어 우리와 우리 후손의 품에서 영원히 벗어날 수 없기 때문인지 우리는 두 호수를 대수롭지 않게 생각하고 코이누르 다이아몬드에 열광한다. 두 호수는 너무 순수해서 오히려 시장 가치가 없다. 이곳에 더러운 것이라고는 전혀 없다. 우리 삶보다 훨씬 아름답고, 우리 성격보다 훨씬 투명한 호수들이다! 우리는 지금까지 두 호수의 비천한 모습을 본 적이 없다. 농부의 집 앞에서 오리들이 헤엄치는 물웅덩이는 비교가 되지 않을 정도로 깨끗하다. 깨끗한 야생 오리들이 이 호수들을 찾아온다. 자연의 품에 살면서도 자연을 고맙게 여기는 사람은 없다. 깃털을 지닌 새들은 아름다운 목소리로 노래하며 꽃들과 조화를 이루지만, 자연의 야생적이고 풍요로운 아름다움과 하나가 되려는 젊은 남녀는 어디 있는가? 자연은 그들이 사는 도심에서 멀리 떨어져 거의 언제나 홀로 꽃을 피운다. 그럼에도 천국에 대해 이야기하는 것! 땅을 욕되게 하는 짓이다.

베이커 농장

Baker Farm

때때로 나는 소나무 숲을 거닐었다. 신전처럼 혹은 장비를 완전히 꾸리고 바다에 우뚝 서 있는 듯한 숲에서는 나뭇가지들이 흔들리며 빛에 은은히 반짝거렸다. 포근하고 녹음이 우거진 숲은 그늘까지 드리워져 드루이드교의 승려들까지 자신들이 숭배하던 떡갈나무를 버리고 그 숲의 소나무들 앞에서 고개를 조아렸을 것이다. 나는 플린트 호수 너머에 있는 삼나무 숲을 찾아가기도 했다. 잿빛이 감도는 푸른 장과류 열매가 주렁주렁 달린 나무들이 우뚝 솟아 발할라 궁전 앞에 서 있어도 어울릴 것 같고, 땅 위를 기어다니는 바하버눈향은 열매가 달린 화관으로 땅을 뒤덮고 있다. 때로는 습지를 둘러보기도 했다. 그곳에는 소나무 겨우살이 지의류가 검정가문비나무에 꽃줄처럼 매달려 있고, 늪을 지배하는 신들을 위한 둥근 탁자인 독버섯이 땅을 뒤덮고 있다. 또한 독버섯보다 예쁜 버섯들은 그루터기를 장식하는 나비나 조가비, 혹은 식물을 뜯어먹는 경단고둥처럼 보인다. 늪진달래와 산딸나무도 자라고, 오리나무의 붉은 열매는 꼬마 도깨비의 눈동자처럼 반짝거린다. 노박덩굴은 아무리 단단하기 이를 데 없는 나무라도 흠집을 내고 으깨버린다. 야생 호랑가시나무 열매는 너무나 아름다워, 그 열매를 보는 사람이라면 자신의 집조차 잊는다. 인간이 맛보기에는 너무 아름다운 이름 모를 금지된 열매들도 그를 현혹하며 유혹한다. 나는 학자들을 방문하지 않고 이 부근에서 보기 힘든 특이한 종류의 나무들을 자주 찾아다녔다. 그런 나무들은 멀리 떨어진 목초지의 한복판에 서 있거나 숲이나 늪의 깊은 곳에, 혹은 산꼭대기에 있었다. 예컨대 굵기가 2피트쯤 되는 멋지게 생긴 검은자작나무 몇 그루가 있고, 그 사촌 격인 헐렁한 황금색 조끼를 걸친 듯한 황자작나무도 검은자작나무와 비슷한 향내를 풍긴다. 깔끔한 줄기에 그림처럼 아름답게 이끼가 낀 너도밤나무는 사소한 부분까지도 완벽하다. 현재 너도밤나무는 곳곳에 흩어져 자라는 몇 그루를 제외하면, 내가 아는 한 나무들이 상당한 크기로 자란 작은 숲 하나만이 마을에 남아 있다. 옛날에 근처에서 미끼로 쓴 너도밤나무 열매에 당한 비둘기들 덕분에 그 숲이 만들어졌다고 말하는 사람들이 꽤 있다. 이 나무를 쪼개면 은빛 나뭇결이 반짝거려 제법 볼 만하다. 참피나무와 서어나무도 있다. 켈티스 옥시덴탈리스, 즉 느릅나무와 비슷한 팽나무가 있지만 제대로 자란 것은 한 그루뿐이다. 돛대보다 더 큰 소나무, 지붕널 나무, 평균 이상으로 완벽한 솔송나무가 숲 한복판에 탑처럼 우뚝 서 있기도 하다. 그 밖에도 많은 나무를 언급할 수 있겠지만 그 나무들은 내가 여름과 겨울, 언제라도 찾아가는 신전이었다.

언젠가 나는 활처럼 굽은 무지개의 한쪽 끝에 서 있었다. 무지개 끝자락은 대기의 낮은 층을 완전히 차지하며 주변의 풀과 나뭇잎을 물들였다. 나는 울긋불긋한 수정을 통해 세상을 본 것처럼 황홀한 기분이었다. 그곳은 무지개 빛깔의 호수였으며, 나는 잠시나마 그 호수에서 돌고래처럼 사는 듯한 기분에 젖었다. 그 시간이 조금이라도 더 지속됐더라면 나의 일과 삶까지 무지개 빛깔로 물들었을 것이다. 나는 철둑길을 걸을 때 내 그림자 주위에 어른대는 후광을 신기하게 생각하며, 내가 선택받은 사람이라는 상상에 빠져들곤 했다. 나를 찾아온 어떤 사람은 자신의 앞에서 걸어가던 아일랜드 사람들의 그림자 주위에는 그런 후광이 없었다며, 그런 후광이 이 땅에서 태어난 사람만의 특징이라고 주장하기도 했다. 벤베누토 첼리니는 회고록에서, 성 안젤루스 성에 갇혀 지내는 동안 악몽이었는지 환상이었는지 모르지만 그런 경험을 한 후로 그가 이탈리아에 있든 프랑스에 있든 아침저녁으로 휘황찬란한 빛이 그의 머리 그림자 위로 나타났다며, 특히 풀이 이슬에 젖을 때 그런 현상이 뚜렷이 나타났다고 덧붙였다. 이 현상은 내가 앞에서 언급한 것과 똑같은 현상일 거라 여겨지며, 눈여겨보면 특히 아침에 관찰되지만, 다른 때에도, 심지어 달빛에서도 관찰된다. 이 현상은 빈번하게 발생하는 현상이지만 평소 우리가 눈여겨보지 않을 뿐이다. 첼리니처럼 상상력이 지나치게 풍부한 사람의 경우에는 이런 현상이 미신으로 발전할 충분한 근거가 된다. 게다가 첼리니는 자신의 후광을 극소수에게만 보여주었다고 말한다. 어쨌든 자신이 조금이라도 주목받고 있다는 걸 의식하는 사람들은 정말 유별난 것 같지 않은가?

어느 날 오후 나는 식물민으로는 채워지지 않는 영양을 보충하기 위해 숲을 지나 페어헤이븐으로 낚시하러 갔다. 그때 나는 베이커 농장에 딸린 플레전트 초원을 지났다. 그 후에 한 시인이 다음과 같이 시작하는 시를 노래했을 정도로 베이커 농장은 한적한 곳에 동떨어져 있었다.

그대의 입구는 기분이 상쾌해지는 들판,
이끼 낀 과실나무들이 들판의 일부를
기운차게 흐르는 시냇물에게 양보하고,
시내에서는 사향쥐가 미끄러지듯 활주하며
변덕스런 송어가
이곳저곳을 헤집고 다닌다.

월든 호숫가에 자리 잡기 전에 베이커 농장에서 살아볼까 하고 생각해본 적이 있었다. 그날 나는 베이커 농장을 지나며 사과를 '훔쳤고', 시내를 건너 뛰며 사향쥐와 송어를 놀라게 하기도 했다. 우리의 자연스런 삶이 흔히 그렇듯, 그날도 막연하게나마 사건이 연이어 터질 듯한 기미는 전혀 보이지 않는 그런 오후였다. 나는 오후가 절반쯤 지난 뒤에야 출발했다. 도중에 소나기를 만나, 소나무 아래에서 나뭇가지들을 머리에 포개 얹고 오두막 대신 손수건을 뒤집어쓴 채 30분을 우두커니 서 있어야 했다. 마침내 허리가 잠길 때까지 물속에 들어가 고기풀 위로 낚시줄을 던지기 무섭게 구름의 어둑한 그림자가 나를 뒤덮었다. 그리고 천둥까지 우르르 울리기 시작해서 나는 멍하니 천둥소리에 귀를 기울이는 수밖에 다른 도리가 없었다. 나는 '신들은 불쌍하고 아무런 무기도 없는 낚시꾼에게 저런 번갯불을 내리치면서까지 쫓아내고는 우쭐대는군' 하고 생각했다. 그래서 나는 가장 가까운 오두막으로 황급히 몸을 피했다. 어떤 길에서나 반 마일쯤 떨어진 곳에 있었지만 호수에서 훨씬 가까웠고 오랫동안 아무도 살지 않던 오두막이었다.

그리고 이곳에 시인이 집을 지었다.
몇 년 동안 꼬박.
보라, 곧 허물어질 것 같은
허름한 오두막을.

뮤즈의 여신은 이렇게 말하지만, 내가 그 오두막에 들어갔을 때 그곳에는 아일랜드 사람인 존 필드가 아내와 여러 자식과 함께 살고 있었다. 얼굴이 넓적한 큰아들은 아버지를 도와 일했고, 그때도 비를 피해 아버지와 함께 습지에서부터 달려온 참이었다. 한편 주름투성이 얼굴에 무녀처럼 머리가 원뿔형인 어린 막내는 귀족들의 궁전에라도 앉은 듯 아버지의 무릎에 앉아, 자기 집에 갑자기 들이닥친 습기와 굶주림에 짓눌린 낯선 사람을 호기심 어린 눈빛으로 쳐다보는 어린아이의 특권을 누렸다. 하지만 자신이 존 필드의 불쌍하고 굶주린 자식이 아니라 귀족의 막내로 세상의 희망이며 주목받는 대상이라는 것까지는 몰랐다. 밖에서 소나기가 쏟아지고 천둥이 치는 동안 우리는 지붕에서 비가 가장 적게 새는 쪽 아래에 옹기종기 모여 앉았다. 이 가족을 미국으로 태워온 배가 만들어지기 전인 먼 옛날에도 나는 그곳에 여러 번 앉은 적이 있었다. 정직하고 열심히 일하기는 했지만 주변머리가 없는 사람의 전형이 바로 존 필드였다. 그의 아내도 저 높다란 화로 한구석에서 꿋꿋하게 끊임없이 먹을거리를 만들어냈다. 그녀는 동그랗고 번들거리는 얼굴에 한쪽 가슴을 드러내고 있었지만, 언젠가는 형편이 나아질 거라는 희망을 버리지 않았다. 또 걸레가 손에서 떠날 새가 없었지만 그 효과는 어디에서도 눈에 띄지 않았다. 닭들도 비를 피해 집 안으로 들어와 가족의 일원인 양 이곳저곳을 돌아다녔고, 너무 인간화되어 구워 먹기 힘들겠다는 생각마저 들었다. 닭들은 고개를 꿋꿋이 세우고 내 눈을 들여다보거나, 내 구두를 의미심장하게 쪼아댔다. 그 사이에 집주인은 나에게 자신에 대한 이야기를 시작했다. 에이커당 10달러의 임금을 받고, 1년 동안 퇴비로 강변의 낮은 풀밭을 경작하는 조건으로 이웃 농부를 대신해서 삽과 습지용 곡괭이를 써 그 습지를 뒤엎으며 열심히 개간하고 있다는 것이었다. 얼굴이 넓적한 큰아들은 아버지가 얼마나 불리한 계약을 맺었는지도 모른 채 즐거운 마음으로 아버지를 도와 일하고 있었다. 나는 내 경험을 바탕으로 그를 돕고 싶은 마음에 그가 내게는 가장 가까운 이웃 중 한 사람이며, 내가 그곳에 낚시하러 온 한가한 놈팡이처럼 보이겠지만 실제로는 그와 똑같은 식으로 생계를 꾸려간다고 말했다. 하지만 나는 비가 새지 않는 밝고 깨끗한 집에서 살며, 그의 집처럼 누추한 집을 1년 동안 빌리는 집세를 넘지 않는 금액으로 그런 집을 지었기 때문에, 그도 원하면 한두 달 만에 그의 가족만을 위한 궁전을 직접 지을 수 있을 거라고 말했다. 나는 차와 커피, 버터와 우유, 심지어 살코기도 먹지 않기 때문에 그런 것들을 얻기 위해 일할 필요가 없고, 또 힘들게 일하지 않으니 많이 먹을 필요가 없어 먹는 데 아주 적은 비용만 지출한다고도 말했다. 그러나 그는 기본적으로 차와 커피, 버터와 우유, 살코기를 먹기 때문에 그것들을 얻기 위해 힘들게 일해야 하고, 힘들게 일하면 그의 몸에서 소모된 부분만큼 회복하려고 다시 많이 먹어야 한다는 점에서 내 경우와 비교하면 오십보백보인 것 같지만, 그는 항상 불만스러운데다 삶을 허비하고 있기 때문에 실제로는 손해라고도 말했다. 하지만 그는 미국에 들어와서 매일 차와 커피와 살코기를 구할 수 있다는 것만으로도 이익이라 생각했다. 그러나 미국은 그런 것들 없이도 살아갈 수 있는 삶의 방식을 자유롭게 추구할 수 있는 나라고, 정부가 국민에게 노예제도와 전쟁을 지지하라고 강요하지도 않으며, 노예제도를 운영하고 전쟁을 치르는 데서 직간접적으로 비롯되는 불필요한 비용을 국민에게 강제로 떠넘기지 않는다는 점에 미국의 참모습이 있다. 그래서 나는 의도적으로 그를 철학자, 혹은 철학자가 되고 싶어하는 사람처럼 대하며 말했다. "지상의 모든 초원이 야생의 상태로 남겨지더라도, 인류가 죄로부터 구원받기 위해 시작한 노력의 결과라면 나는 기꺼이 기뻐할 겁니다. 우리 인간은 자신의 문화에 가장 적합한 것을 찾아내기 위해 역사를 공부할 필요는 없습니다." 그러나 안타깝게도 아일랜드 사람을 올바른 길로 인도하는 것은 일종의 정신적인 습지용 괭이로 정신이란 습지를 개간하는 것만큼이나 힘든 일이었다. 나는 그에게 습지에서 힘들게 일하기 때문에 무거운 장화와 질긴 옷이 필요할 텐데 그런 것들은 금세 더러워 지고 닳아 해지지 않느냐고 말했다. 내가 가벼운 신발을 신고 얇은 옷을 입어 신사 같은 옷차림을 했다고(실제로는 그렇지 않았다) 생각할지 모르지만 실제로는 그보다 비용을 절반 정도밖에 들이지 않았고, 또 내가 원하면 힘들이지 않고 즐기면서 한두 시간을 투자하면 이틀 동안 먹기에 충분한 물고기를 잡거나, 일주일 동안 내가 먹고 사는 데 충분한 돈을 벌 수 있다고도 말했다. 따라서 그와 그의 가족이 단순하게 살려고 한다면, 가족 모두가 여름이면 재미 삼아 월귤나무 열매를 따러 다닐 수 있을 거라고 덧붙였다. 내 말에 존은 한숨을 토해냈고, 그의 아내는 양손을 허리에 대고 나를 뚫어지게 쳐다보았다. 그들이 그런 삶을 시작할 만한 경제적 여력이 있는지, 혹은 그런 삶을 꾸준히 살아가기에 충분한 산술적 능력이 있는지 따져보는 듯한 표정이었다. 그런 삶은 그들에게 추측항법으로 항해하는 것과 같아 그들이 원하는 항구에 어떻게 도착해야 할지 분명히 알지 못했던 건 확실하다. 따라서 내 생각에는 그들이 아직도 대담하게 자신들의 방식대로 삶의 전선에 정면으로 뛰어들어 결사적으로 살아가고 있지 않을까 싶다. 말끔한 쐐기를 박아 거대한 기둥을 쪼개는 기술이나 세세한 부분까지 해결하는 능력을 갖추지 못한 탓에, 삶을 엉겅퀴 다루듯 거칠게 다루어야 한다고 생각할 테니까. 그러나 안타깝게도 존 필드, 그는 산술적 계산을 하지 않고 살아가며 실패를 거듭하는 까닭에 그들 부부는 엄청나게 불리한 입장에서 싸우고 있는 것이다.

나는 "낚시를 해본 적은 있습니까?"라고 물었다. "물론입니다. 한

가할 때면 가끔 낚시를 합니다. 맛있는 퍼치고기를 잡습니다." "미끼로는 무엇을 씁니까?" "먼저 지렁이로 은빛 연준모치를 잡아, 그걸 미끼로 퍼치고기를 잡습니다"라고 말하자 그의 아내가 기대감에 들뜬 얼굴로 "존, 지금 나가서 잡아오면 좋겠어요"라고 말했다. 그러나 존은 난색을 표했다.

마침내 소나기가 그쳤고 동쪽 숲 위에 걸린 무지개가 맑은 저녁을 약속했다. 나는 오두막을 나섰다. 밖에 나와 우물 바닥을 살펴보는 걸로 오두막 주변 조사를 끝내고 싶은 마음에 접시 하나를 빌려달라고 부탁했다. 하지만 안타깝게도 우물물은 얕고, 바닥에는 모래가 깔려 있었다. 게다가 두레박 끈은 끊어지고 두레박도 우물에 빠져 있었다. 우왕좌왕하는 사이에 적당한 조리용 그릇이 선택됐고, 물은 증류 과정을 거치는 듯했다. 협의와 오랜 지체가 있은 후에야 마침내 목마른 사람에게 물이 건네졌다. 하지만 아직 식지도 않고 모래가 가라앉지도 않은 물이었다. 나는 '이런 걸쭉한 물이 여기에서는 생명을 지탱해주는구나'라고 생각했다. 그래서 나는 눈을 꼭 감고 능숙하게 물을 한 방향으로 흔들어 모래를 차단하며 진심 어린 환대에 맞추어 나름대로 성심껏 물을 마셨다. 그렇게 예의와 관련되는 경우 나는 까다롭지 않은 편이다.

비가 그친 후 나는 아일랜드 사람의 집을 떠나 발걸음을 다시 호수 쪽으로 돌렸다. 외딴 풀밭, 진흙 구덩이와 수렁, 세상에서 버림받은 황량한 곳을 건너 강꼬치고기를 잡으려고 서두르는 내 모습에서, 정식 교육을 받고 대학까지 졸업한 나 자신이 순간적이나마 하찮게 여겨졌다. 그러나 나는 무지개를 어깨에 짊어지고, 점점 붉어가는 서쪽을 향해 언덕을 달려 내려갔다. 맑은 공기를 타고 딸랑거리는 방울 소리가 귀에 희미하게 들려왔다. 어디서부터 들려오는 소리인지 몰랐지만, 나를 인도하는 선령善靈은 이렇게 말하는 것 같았다―날마다 어디로든 멀리 낚시를 나가고 사냥을 나가라, 더 멀리 더 멀리―앞날을 걱정하지 말고 시냇가와 난롯가에서 쉬어라. 젊었을 때 너의 창조주를 기억하라. 새벽이 오기 전에 근심을 잊고 일어나 모험에 나서라. 한낮에는 날마다 다른 호숫가에서 지내고, 밤에는 어디라도 너의 집으로 삼아라. 여기보다 넓은 들판은 없고, 여기에서 즐길 수 있는 놀이보다 가치 있는 놀이는 없다. 너의 본성에 따라 저기 보이는 사초와 고사리처럼 마음이 이끄는 대로 살아라. 결코 영국의 건초처럼 길들여지지 마라. 천둥이 울린다고 겁먹지 마라. 천둥이 농부들의 작물에 피해를 준다고 그걸 어찌하겠느냐? 네가 상관할 일은 아니다. 농부들은 수레와 오두막으로 피신하더라도 너는 구름 아래로 피하라. 생활비를 버는 걸 너의 일로 삼지 말고, 너의 재밋거리로 삼아라. 땅을 즐기되 소유하지 마라. 진취성과 믿음이 부족한 까닭에 많은 사람이 현재의 위치에서 벗어나지 못한 채 사고팔며, 농노처럼 삶을 헛되이 보내고 있는 것이다.

아, 베이커 농장이여!

그 풍경에서 가장 소중한 것은
약간씩 비추는 순수한 햇살이다.

울타리가 둘러진 그대의 풀밭에서는

누구도 뛰놀며 흥청거리지 않는다.

난처한 문제들이 제기되지 않으니

그대는 누구와도 입씨름하지 않으며,

소박한 갈색 옷을 헐렁하게 걸친

그대는 처음 보았을 때도 지금만큼이나 순해 보였지.

오라, 사랑하는 사람들이여,

미워하는 사람들도,

성령의 비둘기 자손들도,

이 나라 가이 포크스의 후예들도,

그리고 음모단을 교수형에 처하라.

나무의 부러지지 않는 서까래에 매달아!

사람들은 밤이면 꼬박꼬박 집에 돌아온다. 고작 집 바로 옆의 밭이
나 길에서 돌아오는 것이며, 집에서 웅성거리는 소리가 끊임없이 들려
올 정도로 가까운 곳이다. 그들의 삶은 매일 단조롭게 반복되기 때문
에 하루하루 시들어가지만, 아침저녁으로 그들의 그림자는 그들이 매
일 다니는 곳보다 더 멀리 뻗는다. 우리는 먼 곳으로부터 집으로 돌아
와야 한다. 매일 모험과 위험과 발견의 세계에서 새로운 것을 경험해
새로운 인간이 되어 집으로 돌아와야 한다.

내가 호수에 도착하기도 전에 존 필드가 어떤 충동을 느꼈는지 생각을 고쳐먹고 해지기 전까지 습지에서 일하는 걸 포기한 채 호수로 달려왔다. 그러나 내가 한 줄을 꽉 채울 정도로 물고기를 잡는 동안 그 불쌍한 사람은 겨우 두 마리를 방해만 했을 뿐이었다. 그는 그게 자신의 운이라고 말했다. 그러나 우리가 배에서 자리를 바꿔 앉자 운까지 자리를 바꾸었다. 불쌍한 존 필드!―나는 그가 이 글을 읽지 않기를 바란다. 이 글을 읽고 조금이라도 나아진다면 몰라도―그는 이 원시적인 새로운 나라에서 늙은 나라의 방식대로 살려고 생각하는지 은빛 연준모치로 퍼치고기를 낚으려 한다. 은빛 연준모치가 때로는 좋은 미끼라는 걸 나도 인정한다. 그 나름의 고유한 세계관을 지녔지만 그는 가난하다. 태생부터 가난하다. 아담의 할머니 때부터 물려받은 아일랜드의 빈곤과 가난한 삶, 수렁에서 허우적대는 방식으로는 습지를 건너는 물갈퀴가 달린 발의 뒤꿈치에 날개라도 돋지 않는 한 그는 물론이고 그의 후손도 이 땅에서 일어서지 못할 것이다.

더 높은 법칙들

Higher Laws

잡은 물고기를 줄에 꿰어 들고 낚싯대를 질질 끌면서 숲을 지나 집에 돌아왔을 때는 상당히 어두워진 뒤였다. 그때 우드척한 마리가 길을 가로질러 살그머니 도망가는 걸 보고, 나는 이상하게도 야만적인 기쁨에 온몸이 짜릿해지며 녀석을 사로잡아 날로 먹고 싶은 충동이 들었다. 꼭 배가 고파서 그랬던 것은 아니다. 우드척이 상징하는 야생성 때문에 그런 기분에 사로잡힌 것이었다. 하지만 나는 호숫가에서 사는 동안, 한두 번 정도 반쯤 굶주린 사냥개처럼 이상하게 모든 것을 포기한 심정으로 어떤 종류의 고기라도 찾으려 숲속을 헤맸다. 그때 나는 어떤 고기라도 먹을 수 있을 것 같았고, 설령 살덩이를 뜯어먹는다고 해도 그다지 야만적이지 않을 것 같았다. 말로는 설명하기 힘들지만 나는 이미 지극히 야생적인 광경에 익숙해졌기 때문이었다. 당시나 지금이나 나는 대부분의 인간이 그렇듯 더 높은 삶, 달리 말하면 영적인 삶을 향한 본능과 원시적이고 야만적인 삶을 향한 또 다른 본능이 내 안에서 꿈틀거리는 걸 느낀다. 나는 이렇듯 상반된 두 본능 모두를 존중한다. 나는 선한 것 못지않게 야생적인 것을 사랑한다. 낚시에는 야생성과 모험이 있기 때문에 나는 아직도 낚시에 끌린다. 때로는 삶을 철저히 받아들여 하루하루를 야생동물처럼 더 충실하게 살고 싶기도 하다. 내가 자연과 친하게 된 데는 어렸을 때부터 낚시와 사냥을 해왔기 때문인 것 같다. 낚시와 사냥은 일찍부터 우리를 자연에 인도해 그 안에 머물게 해준다. 따라서 낚시와 사냥이 아니면 우리는 어린 나이에 자연 풍경과 좀처럼 친해지기 힘들다. 낚시꾼과 사냥꾼, 나무꾼 등은 들판과 숲에서 그들의 삶을 보내기 때문에 특별한 의미에서 자연의 일부라고 할 수 있다. 따라서 어떤 기대감을 안고 자연에 접근하는 철학자나 시인에 비해, 그들이 일하는 사이사이는 자연을 관찰하기에 훨씬 유리한 상황인 경우가 많다. 대초원을 여행하는 사람은 자연스레 사냥꾼이 되고, 미주리 강과 컬럼비아 강의 상류 지역을 여행하는 사람은 덫을 놓는 사냥꾼이 되며, 세인트 메리 폭포를 여행하는 사람은 낚시꾼이 된다. 그러나 그저 여행만 하는 사람은 세상을 간접적으로, 게다가 절반만 배우기 때문에 세상을 속속들이 알지 못한다. 여행하는 사람들이 여행을 통한 실제의 경험을 통해 본능적으로 이미 알고 있던 것을 과학이 보고할 때 우리는 가장 큰 관심을 보인다. 그런 과학만이 진정한 인문학, 즉 인간 경험에 대한 이야기기 때문이다.

양키, 즉 미국인에게는 공휴일이 그다지 많지 않고 어른이나 아이 할 것 없이 영국인만큼 다양한 놀이를 즐기지 못하기 때문에 오락거리가 거의 없다고 하는 사람들이 있지만 이는 잘못된 주장이다. 이곳 미국에서는 사냥과 낚시 같은 한층 원시적이지만 홀로 즐기는 오락거리가 영국에서 즐기는 오락거리들에게 아직 자리를 양보하지 않았기 때문이다. 내 또래 뉴잉글랜드 사람들 거의 모두가 열 살에서 열네 살 사이에 엽총을 어깨에 걸어보았고, 그들의 사냥터와 낚시터는 영국 귀족의 개인용 사냥터나 낚시터처럼 한정된 공간이 아니었을 뿐 아니라 야만인의 사냥터나 낚시터보다 훨씬 드넓었다. 따라서 내 또래가 어렸을 때 마을의 공유지를 더 자주 들락거리며 거기에서 놀지 않았던 것은 조금도 이상할 게 없다. 그러나 요즘 들어 어느덧 변화가 일어나고 있다. 그것은 인도주의가 널리 퍼졌기 때문이 아니라 사냥감이 눈에 띄게 줄어들었기 때문이다. 굳이 동물보호단체까지는 거론할 필요도 없겠지만 사냥꾼이 사냥감인 동물들의 가장 좋은 친구이기 때문일지도 모르겠다.

호숫가에 살 때 나는 가끔씩 물고기로 식단에 변화를 주고 싶었다. 실제로 나는 인류 최초의 어부들과 똑같은 필요성 때문에 물고기를 잡았다. 내가 낚시를 반대하는 인도주의를 어떤 식으로 생각하든 그 인도주의는 허울일 뿐이며, 그것은 내 감정보다는 내 철학에 관계된 것이다. 나는 지금 낚시에 대해서만 말하는 것이다. 새 사냥에 대해서는 오래전 다른 식으로 생각해 월든 숲에 들어가기 전에 엽총까지 팔아버렸기 때문이다. 내가 낚시를 했던 이유는 다른 사람들에 비해 자비심이 없었기 때문은 아니다. 낚시가 내 감정에 크게 영향을 준다고는 생각하지 않았기 때문이다. 나는 물고기가 불쌍하지도 않았고 지렁이에게 연민을 느끼지도 않았다. 낚시는 그저 습관적인 행위였다. 나는 새 사냥을 하려고 엽총을 갖고 다닌 마지막 몇 년 동안, 조류학을 연구하는 중이고 처음 보는 새나 희귀한 새만 잡을 뿐이라고 변명했다. 그리나 이제는 엽총으로 새를 사냥하는 것보다 더 나은 방법으로 조류학을 연구할 수 있다는 것을 인정한다. 이 방법은 새의 습성을 훨씬 면밀하게 관찰해야 하기 때문에, 그 이유만으로도 나는 엽총을 기꺼이 버렸다. 하지만 인도주의적인 이유로 사냥을 반대하지만 사냥을 대신할 만큼 똑같이 유익한 재밋거리가 있는지 나는 의심하지 않을 수 없다. 따라서 몇몇 친구가 아들이 사냥을 하도록 내버려둬야 할지 걱정이라며 내게 물어보면, 나는 사냥이 내가 받은 교육에서 가장 유익한 부분 중 하나였다는 기억을 떠올리며 "당연하지. 아들을 사냥꾼으로 키워보게. 처음에는 재미 삼아 사냥을 즐기더라도 가능하면 이곳이나 풀이 돋는 황무지에서 녀석들이 사냥할 만한 큼직한 동물을 더 이상 찾아내지 못할 정도로 뛰어난 사냥꾼이 되도록 키워보게. 사람을 끌어들이는 사냥꾼, 그러니까 사람을 낚는 어부로 키워보게"라고 대답했다. 이런 점에서 나는 초서의 작품에 등장하는 수녀의 생각에 전적으로 동의한다. 그 수녀는

사냥꾼은 성자가 아니라고 말하는 구절에
털이 뽑힌 암탉만큼의 관심도 주지 않았다.

인류의 역사에서와 마찬가지로 개인의 역사에서도 사냥꾼이 알곤 킨족의 표현대로 "가장 뛰어난 사람"인 시절이 있다. 우리는 총을 한 번도 쏴보지 못한 소년을 동정하지 않을 수 없다. 그것은 그 소년이 더 인정이 많기 때문이 아니라 안타깝게도 제대로 교육받지 못했기 때문

이다. 지금은 사냥에 푹 빠진 소년들에 대해 나는 이런 식으로 대답한다. 그 아이들이 조만간 사냥이라는 습관을 벗어날 것이라고 굳게 믿기 때문이다. 인간의 도리를 아는 사람이라면 무분별한 소년 시절을 보낸 후에 자신과 똑같은 자격으로 삶을 살아가는 동물들을 이유 없이 살상하지는 않을 것이다. 산토끼도 곤경에 빠지면 어린아이처럼 울기 마련이다. 세상의 어머니들에게 분명히 말하지만, 내 동정심이 언제나 인간을 향한 사랑만을 강조하는 것은 아니다.

젊은이는 흔히 다음과 같은 방식으로 숲과 자신의 가장 원초적인 부분을 처음 만난다. 그는 처음에 사냥꾼이나 낚시꾼으로서 숲을 찾아간다. 하지만 그가 더 나은 삶을 위한 씨앗을 내면에 지니고 있다면, 시인이나 자연주의자가 그렇듯 결국에는 자신의 진정한 목표물들을 알아내고 엽총과 낚싯대를 버리게 된다. 이런 점에서 대부분의 사람은 아직 어리고, 영원히 어린 티를 떨쳐내지 못한다. 일부 국가에서는 사냥하는 성직자를 보는 것도 어려운 일이 아니다. 그런 성직자는 선한 목자의 개가 될지는 모르지만 선한 목자와는 거리가 멀다. 나무를 베거나 얼음을 잘라내는 일, 혹은 그와 유사한 일을 제외하고는 내가 아는 한 어른이든 어린아이든 우리 마을 사람을 월든 호수에 꼬박 한나절 동안 확실히 붙들어둔 유일한 일은 낚시 하나밖에 없었다고 생각하면 놀랍기만 하다. 그들은 언제라도 호수를 보러 올 기회가 있었지만 긴 줄에 줄줄이 꿸 정도로 물고기를 잡지 못하면 운이 없거나 시간에 대한 적절한 보상을 받지 못했다고 생각하기 일쑤였다. 그들이라면 낚시의 찌꺼기가 호수 바닥에 가라앉기 전에 천 번이라도 호수를 찾아가 그들의 목적을 순수하게 만들어갈 수 있을 것이다. 그러나 이런 정화과정은 앞으로도 영원히 계속될 것이 분명하다. 주지사와 그의 자문위원회 위원들도 어렸을 때 월든 호수로 낚시를 다녔을 것이기 때문에 호수를 희미하게나마 기억하고 있을 것이다. 그러나 이제 낚시를 하기에는 너무 나이가 많고 지나치게 위엄을 차리기 때문에 낚시를 완전히 잊고 살아간다. 하지만 그들도 죽어서 천국에 가기를 원한다. 주 의회가 이런 점을 중요하게 생각하더라도 호수에서 사용되는 낚싯바늘의 수를 규제하는 정도에 그칠 것이다. 그러나 주 의회는 주 의회 자체를 미끼로 삼아 호수를 낚으려는 낚싯바늘 중 정작 낚싯바늘에 대해서는 아무것도 모른다. 따라서 문명화된 공동체에서도 배아기의 인간은 사냥꾼 단계라는 발전 단계를 거쳐야 한다.

수년 전부터 나는 낚시를 할 때마다 자존심이 약간 무너지는 걸 거듭 느꼈다. 나는 지금까지 꾸준히 낚시를 해왔다. 낚시에 재주가 있기도 하고, 또래의 많은 사람과 마찬가지로 낚시에 대한 본능적 충동이 있어 그것이 가끔 되살아나지만, 막상 낚시를 하고 나면 낚시를 하지 않았더라면 더 나았을 거라는 기분을 지울 수 없다. 내가 잘못 생각하고 있는 것은 아닌 듯하다. 그런 기분은 어떤 어렴풋한 암시다. 하지만 아침의 첫 햇살도 어렴풋하기는 마찬가지다. 내 안에 깃든 이런 본능은 하등동물의 본능인 것이 분명하다. 그러나 내가 인정이 많아진 것도 아니고 지혜가 깊어진 것도 아닌데 해가 갈수록 낚시하는 횟수가 줄어들어, 이제는 낚시에서 완전히 손을 뗐다. 그러나 내가 황무지에서 살아가야 한다면 다시 본격적으로 낚시와 사냥을 할 수밖에 없으리라는 것을 알고 있다. 게다가 물고기와 모든 살코기에는 근본적으로 부정不淨한 면이 있다. 그래서 나는 집안일이 어디에서 시작되는지, 다시 말하면 온갖 고약한 냄새와 쓰레기를 없애 집을 아늑하게 유지하고 매일 깔끔하게 남부끄럽지 않은 겉모습을 갖추기 위해 많은 비용을 들이는 노력이 어디에서 시작되는지 깨닫기 시작했다. 나 자신이 푸주한이고 주방의 심부름꾼인 동시에 요리사였고, 요리를 대접받는 신사기도 했기 때문에 철저한 경험을 바탕으로 자신 있게 말할 수 있다. 내가 동물성 음식을 반대한 실질적인 이유는 그런 음식이 불결하기 때문이다. 게다가 나는 직접 물고기를 잡아 깨끗이 씻은 후 요리해 먹었지만 기본적인 영양을 제대로 섭취하지 못한 기분이 들었다. 그런 수고는 무의미하고 불필요한 짓이었고, 얻는 것보다 잃는 게 더 많았다. 약간의 빵이나 몇 개의 감자로도 충분했을 것이고, 그렇다면 번거로운 수고와 더러운 오물은 덜했을 것이다. 나와 동년배인 많은 사람이 그렇듯이 나도 오랫동안 동물성 음식, 차와 커피 등을 거의 입에 대지 않았다. 그런 음식들이 내게 어떤 식으로든 악영향을 미쳤다는 걸 알아냈기 때문이 아니라 내 상상에 그런 음식들이 바람직하지 않았기 때문이다. 동물성 음식에 대한 반감은 경험의 결과가 아니라 본능이다. 검소한 음식을 먹고 사는 것이 많은 점에서 더 아름답게 보이기도 했다. 결코 완벽하게 해내지는 못했지만 내 상상력을 만족시킬 만큼은 해냈다. 자신의 고결하고 시적인 능력을 최상의 상태로 유지하려고 진지하게 노력해본 사람이라면 누구나 동물성 음식을 멀리하고, 어떤 종류의 음식이든 과식하는 걸 피하려고 했을 거라고 나는 굳게 믿는다. 커비와 스펜스의 책에서 확인했지만 "몇몇 곤충은 완전히 성장한 후에 섭식기관을 잘 갖추고 있어도 그 기관을 사용하지 않는다"라는 곤충학자들의 지적은 주목할 만한 사실이다. 두 곤충학자는 "거의 모든 곤충이 완전히 성장한 후에는 유충의 상태에 있을 때보다 훨씬 덜 먹는다는 것이 일반적인 현상이다"라며 "게걸스레 먹는 애벌레가 나비로 변하고 …… 탐욕스레 먹는 구더기가 파리로 변한 후에는" 한두 방울의 꿀이나 그 밖의 달콤한 과즙으로 만족한다고 덧붙였다. 나비의 날개 아래 있는 배는 여전히 유충의 모습을 띤다. 이 배는 벌레로 잡아 먹혀야 하는 나비의 운명을 재촉하는 한입 거리다. 대식가는 유충 상태에 있는 사람이다. 많은 나라가 이런 지경에 처해 있다. 거대한 배는 그들이 환상도 없고 상상력도 없는 나라라는 걸 고스란히 보여준다.

상상력을 해치지 않을 정도로 소박하고 깨끗한 먹을거리를 장만해서 요리하는 건 어려운 일이다. 그러나 나는 우리가 몸에 양식을 공급할 때 상상력에도 양식을 공급해야 한다고 생각한다. 몸과 상상력, 둘 모두가 하나의 식탁에 앉아야 한다. 하지만 이런 일은 얼마든지 가능할 수 있다. 열매를 절제해서 먹으면 우리 식욕을 부끄럽게 생각할 이유가 없고, 가장 가치 있는 일을 추구하는 데 방해받을 필요도 없다. 그러나 당신의 접시에 담긴 음식에 양념을 추가로 더 치면, 그것은 당신에게 독이 된다. 기름진 음식을 먹는 데 시간을 투자할 만한 가치는 없다. 동물성 음식이든 식물성 음식이든 매일 다른 사람이 자기를 위해 준비해주던 음식을 직접 마련하는 모습을 다른 사람에게 보이면 대부분의 사람이 부끄러워할 것이다. 그런 모습을 다른 사람이 보아도 전혀 부끄럽지 않을 때까지는 우리가 문명화된 것이 아니다. 신사와 숙녀일지는 모르지만 진정한 남자와 여자는 아니다. 여기에서 어떤 변화가 있어야 할지 짐작할 수 있다. 상상력이 살코기와 비계와는 화합되지 않는 이유에 의문을 품어도 소용 없다. 나는 그 둘이 화합되지 않는다는 것에 만족할 뿐이다. 그럼, 인간이 육식동물이라는 것이 수치스러운 사실이 아닐까? 맞는 말이다. 인간은 다른 동물을 잡아먹어야 살아갈 수 있고, 실제로 상당히 그렇기도 하다. 그러나 덫을 놓아 토끼를 잡으려고 하거나 새끼 양을 도살해본 사람은 알겠지만, 이런 삶의 방식은 서글프다. 인간에게 지금보다 무해하면서도 건강에 좋은 음식만을 먹고 사는 방법을 가르쳐주는 사람은 인류의 은인으로 여겨질 것이다. 내 식습관과는 상관없이, 나는 인류가 점점 발전해가면서 운명적으로 육식을 멀리하게 될 것이라고 확신한다. 이것은 미개인 부족들이 한층 문명화된 사람들과 접촉하면서 서로 잡아먹는 관습을 버린 것만큼이나 확실하다.

각자의 천분이 희미하지만 끊임없이 제기하는 목소리는 의심할 여지없이 진실하기 때문에 그 목소리에 귀를 기울이면 그 목소리가 우리를 어떤 극단으로, 심지어 광기로 이끌어가지는 않을까 걱정하겠지만, 의지가 점점 굳어지고 믿음도 깊어지면 우리가 가야 할 길이 그 방향에 있다는 걸 알게 된다. 심신이 건강한 사람이 희미하지만 확실히 느끼는 반발심이 결국에는 인간의 주장과 관습에 승리를 거두기 마련이다. 관습이 우리를 잘못된 길로 끌고 갈 때까지 그 누구도 자신의 천분을 따르지 않는다. 천분을 따른 결과로 몸이 약해지더라도 그 결과는 더 높은 법칙에 부합하는 삶이기 때문에, 누구도 그런 결과가 후회스럽다고 말할 수는 없을 것이다. 우리가 낮과 밤을 즐겁게 받아들이고 삶이 꽃이나 향기로운 풀처럼 향기를 발산한다면, 그래서 우리 삶이 한층 탄력적이고 별처럼 빛나며 조금이라도 더 영원에 가까워진다면 그런 삶이야말로 바로 성공이다. 자연 전체가 우리를 축하하는 선물이며, 우리 자신을 축복해야 할 이유가 언제라도 있게 된다. 가장 큰 이득과 가치는 결코 제대로 평가되지 않는다. 따라서 우리는 그런 이득과 가치가 존재하는지 의심하기에 이르고, 그런 것들을 금세 잊어버린다. 하지만 그런 것들은 가장 높은 곳에 분명히 존재한다. 가장 놀랍고 실재적인 사실은 사람들 사이에 결코 전달되지 않는 듯하다. 내가 일상의 삶에서 거두어들이는 진정한 수확은 아침이나 저녁의 색조만큼 불확실하고 말로 표현하기 힘든 것이다. 그 수확은 내가 손에 움켜쥔 별가루고, 무지개 한 조각이다.

하지만 나는 결코 유별나게 까다로운 사람이 아니었다. 때로는 필요하면 튀긴 쥐라도 맛있게 먹을 수 있었다. 또 나는 아편 중독자의 천국보다 자연의 하늘을 더 좋아하는 이유와 똑같은 이유로 아주 오래전부터 물만 마신 것을 다행이라고 생각한다. 나는 언제나 맑은 정신을 유지하고 싶다. 뭔가에 취하고자 한다면 한도 끝도 없다. 나는 물이 지혜로운 사람의 유일한 음료라고 생각한다. 포도주도 그다지 고상한 술이 아니다. 아침의 희망을 한 잔의 따뜻한 커피로 날려버리고, 저녁의 희망에 한 접시의 차를 끼얹는다고 생각해보라! 내가 이런 음료들의 유혹에 넘어간다면 얼마나 저급한 지경까지 추락하겠는가! 음악도 우리를 취하게 할 수 있다. 겉보기에는 그런 아주 사소한 원인들이 그리스와 로마를 멸망시켰고, 미래에는 영국과 미국을 멸망시킬 것이다. 어차피 취해야 한다면 누가 자신이 마시는 공기에 취하기를 바라지 않겠는가? 내가 거친 노동을 오랫동안 계속하는 걸 반대하는 가장 큰 이유는 그런 노동을 하고 나면 무지막지하게 먹고 마셔대야 했기 때문이다. 그러나 사실대로 말하자면, 나는 이제 이런 부분들에서 예전에 비해 약간은 덜 까다로워진 편이다. 식탁에 종교적인 냄새를 지워내고 축복을 기원하지도 않는다. 내가 예전보다 지혜로워졌기 때문이 아니라, 솔직히 고백하면 후회스럽기는 하지만 시간이 지나면서 오히려 억세지고 세상에 무관심해졌기 때문이다. 대부분의 사람이 젊은 시절에만 시에서 감흥을 느끼듯이, 어쩌면 이런 문제들도 젊은 시절에만 관심사가 될 수도 있다. 내 습관은 행방이 묘연하고, 내 생각만이 여기에 남아 있다. 그렇다고 내가 『베다』에서 "동시에 어디에나 존재하는 초월자를 진심으로 믿는 사람은 세상에 존재하는 무엇이나 먹을 수 있다"라고 지칭한 특혜받은 사람이라고는 결코 생각하지 않는다. 달리 말하면, 초월자를 진심으로 믿는 사람은 무엇을 먹고 누가 먹을 것을 준비했는지 의문을 가질 필요가 없다는 뜻이지만 인도의 한 주석가가 말했듯이 『베다』는 이런 경우에도 그 특권을 '곤궁한 시대'에 국한했다는 사실에 주목해야 한다.

식욕과는 아무 관계도 없는 먹거리에서 말로 표현할 수 없는 만족감을 느껴보지 않은 사람이 있을까? 나는 저급한 미각에서 정신적인 직관을 얻었고, 입천장을 통해 영감을 얻었으며, 언덕 비탈에서 따 먹은 장과류 열매가 내 천분을 키웠다고 생각하면 전율을 느꼈다. 증자曾子는 "영혼이 자유롭지 않으면 보아도 보이지 않고, 들어도 들리지 않으며, 음식을 먹어도 음식 맛을 모른다"라고 말했다. 자신이 먹는 음식의 진정한 맛을 아는 사람은 결코 폭식가가 되지 않지만, 그 맛을 모르는 사람은 폭식가를 면할 수 없다. 시의원이 거북에 식탐을 부리듯, 청교도가 흑빵 껍데기에 식탐을 부리며 달려들 수 있다. 입으로 들어가는 음식이 우리를 더럽히는 게 아니라, 음식을 향한 식탐이 우리를 더럽힌다. 문제는 음식의 질이나 양이 아니라 감각적인 자극에 대한 탐닉이다. 우리가 먹는 음식이 동물처럼 움직이는 몸을 유지하고 정신적인 삶에 활력을 주기 위한 음식이 아니라, 우리를 지배하는 벌레들을 위한 양식이 될 때 문제가 된다. 사냥꾼이 흙탕거북과 사향쥐 및 그 밖의 야만적인 한입 거리를 좋아하고 고상한 체하는 부인이 송아지의 발에서 우려낸 젤리나 먼바다에서 잡은 정어리를 좋아한다면 두 사람은 크게 다르지 않다. 사냥꾼은 물방아용 연못을 찾아가고, 귀부인은 식품 저장실을 찾아가는 것이 다를 뿐이다. 그들, 그리고 당신과 내가 먹고 마시면서 어떻게 이처럼 짐승처럼 추잡한 삶을 살 수 있는지 놀랍기만 하다.

우리 삶은 전반적으로 무척 도덕적이다. 선과 악의 휴전을 잠시도 용납하지 않는다. 선은 결코 실패하지 않는 유일한 투자다. 이러한 선에 대한 강조가, 세상 방방곡곡에 울려퍼지는 하프의 선율에서도 우리 가슴을 두근거리게 한다. 하프는 우주의 법칙을 권고하고 다니는 우주 보험회사 외판원이며, 우리가 베푸는 작은 선은 보험료다. 젊은이는 결국 무관심하게 변하지만 우주의 법칙은 어떤 경우에도 무관심하지 않고 예민한 사람의 편이다. 어떤 미풍에나 질책의 소리가 담겨 있으므로 미풍에 귀를 기울이고 질책의 소리를 들어보라. 그 소리를 듣지 못하는 사람은 불행한 사람이다. 우리가 현을 건드리거나 음전音栓을 만지작거리면 어김없이 도덕의 선율이 마법처럼 우리를 옭아맨다. 멀리 떨어져서 들으면 진저리나는 숱한 소음도 우리의 천박한 삶을 도도하게 풍자하는 감미로운 음악처럼 들린다.

　우리는 내면에 동물적 속성이 감춰져 있어, 고결한 본성이 잠들 때 그 속성이 깨어난다는 것을 알고 있다. 그 동물적 속성은 파충동물처럼 비열하고 도덕적으로 방종하며, 결코 완전히 떨쳐낼 수 없는 것인 듯하다. 말하자면, 동물적 속성은 건강한 삶을 살아갈 때도 우리 몸에서 기생하는 벌레와도 같다. 우리가 그런 동물적 속성을 멀리할 수는 있지만 속성 자체를 바꿀 수는 없다. 따라서 동물적 속성이 고유한 활력을 지니기 때문에 우리가 건강하더라도 순수하지 못할까 봐 걱정된다. 언젠가 나는 돼지의 아래턱뼈를 주웠다. 하얗고 건강한 엄니에서 정신적인 건강이나 활력과는 뚜렷이 다른 동물적인 건강과 활력이 존재한다는 걸 읽어낼 수 있었다. 그 돼지는 절제와 청결과는 다른 수단으로 성공적인 삶을 누렸던 게 분명했다. 맹자의 말을 빌리면 "인간이 금수와 다른 점은 지극히 사소한 부분 때문이다. 범인은 그 차이를 금세 잃어버리나 군자는 그 차이를 조심스레 유지한다." 우리가 순수의 경지에 이르면 어떤 삶을 살게 될지 누가 알겠는가? 나에게 순수가 무엇인지 가르쳐줄 수 있는 지혜로운 사람이 어디 있는지 안다면 나는 당장이라도 그를 찾아 나설 것이다. 『베다』의 가르침에 따르면 "우리가 신에게 가까이 다가가기 위해서는 욕망을 억제하고 몸의 외적인 감각을 억제하는 힘과 좋은 행실이 반드시 필요하다." 하지만 우리는 정신력만으로 잠시나마 몸의 모든 부분과 기능을 지배해서, 천박한 감각에 따르는 형태를 띤 것을 순수하고 경건한 것으로 바꿔갈 수 있다. 우리가 정신적으로 나태할 때 생산적인 에너지는 헛되이 낭비되며 우리를 불결하게 만들지만, 절제할 때는 그 에너지가 우리에게 활력을 주고 영감을 준다. 순결은 인간성을 꽃피우기 위한 조건이다. 천재적 재능, 영웅적 자질, 신성함 등은 모두 순결의 결과로 얻는 다양한 열매에 불과하다. 인간은 순수의 항로가 열릴 때 하느님에게 곧장 다가갈 수 있다. 순수한 행실은 우리에게 영감과 용기를 북돋워주고, 불순한 행실은 우리를 낙담의 구렁텅이에 밀어 넣는다. 우리 삶은 이러한 부침의 반복이다. 내면에서 동물적 속성은 매일 조금씩 죽어가는 반면 신성한 면은 굳건해진다고 확신하는 사람은 축복받은 사람이다. 자신의 열등하고 동물적인 속성 때문에 부끄러워하지 않을 사람은 하나도 없을 것이다. 나는 우리가 파우누스와 사티로스처럼 신이나 반신반인半神半人, 즉 신성과 수성이 결합된 존재고 탐욕으로 가득한 피조물일까 봐 두렵다. 또한 우리 삶 자체가 어느 정도는 우리에게 치욕을 안겨주는 것이 아닌지 두렵기도 하다.

그의 야수들에게 적당한 자리를 내주고
마음의 숲을 쳐낸 사람은 얼마나 행복할까!

* * * * *

내면의 말과 염소와 늑대 등 온갖 짐승을 이용하지만

자신은 어떤 짐승의 나귀도 아닌 사람은 얼마나 행복할까!

그 밖의 사람들은 돼지치기일 뿐 아니라

돼지들을 극도로 흥분시켜

더 고약하게 만든 악마들이기도 하다.

감각에 충실한 관능은 다양한 형태로 나타나지만 관능 자체는 하나다. 순수함도 그 자체로는 하나다. 우리가 육체적 감각을 만족시키기 위해 먹거나 마시거나, 누군가와 함께 살거나 잠을 자거나, 그 모든 행위가 결국에는 똑같다. 하나의 욕망에 불과하다. 따라서 어떤 사람이 감각에 얼마나 지배당하며 사는가를 알려면 그가 이런 행위들 중 하나를 어떻게 하는지 눈여겨보기만 하면 된다. 불순한 사람은 순수하게 서지도 못하고 앉지도 못한다. 파충류는 굴의 한쪽 입구를 공격당하면 다른 입구로 달아난다. 잡된 것이 섞이지 않고 깨끗하고 싶다면 먼저 절제해야 한다. 순결하다는 게 무엇인가? 우리는 자신의 순결에 대해 어떻게 확신할 수 있을까? 아무도 확신할 수 없다. 우리는 순결이라는 미덕에 대해 자주 들어왔지만, 정작 순결이 무엇인지 모른다. 귀로 들은 소문에 대해 편하게 이야기할 뿐이다. 우리는 심신의 활동에서 지혜와 순수를 얻고, 나태하면 무지하고 감각에 휩쓸리기 마련이다. 만약, 학생이 감각대로 행동한다면 그것은 정신이 나태하다는 증거다. 깨끗하지 못한 사람은 십중팔구 게으른 사람이며, 난로 옆에 앉아 시간을 죽이고 빈둥거리며 햇볕을 쬐고 피곤하지 않은데도 휴식을 취하는 사람이다. 불결한 상태를 비롯한 온갖 죄악을 피하려면 부지런히 일해야 한다. 마구간이라도 청소해야 한다. 천성은 극복하기 힘들지만 반드시 극복해야만 한다. 이교도보다 순수하지 못하고, 이교도보다 욕망을 억제하지 못하며 이교도보다 종교적이지 못하면서 우리가 그리스도인이라고 주장한들 무슨 소용이 있겠는가? 비록 우리가 이교도적 종교라고 평가하지만, 글을 읽는 사람에게 부끄럽다는 생각을 안겨주며 의식적인 수행에 불과하더라도 새로운 방향에서 노력하도록 자극하는 가르침으로 가득한 종교적 경전들이 많다는 걸 나는 알고 있다.

내가 이런 말 하는 것이 망설여지는 이유는 주제 때문이 아니라—나는 외설스러운 말이라도 서슴지 않고 하는 편이다—이런 말을 하다 보면 내가 불순한 사람임이 필연적으로 드러나기 때문이다. 우리는 어떤 감각적 행위에 대해서는 거리낌 없이 말하면서도 어떤 감각적 행위에 대해서는 침묵을 지킨다. 우리는 인간 본성의 필연적인 역할에 대해 전혀 언급하지 못할 정도로 타락하고 말았다. 옛날 일부 국가에서는 인간 본성의 모든 기능이 경건하게 논의되고 법으로 규정됐다. 인간 본성에 대한 논의가 현대인의 눈에는 지극히 저속하게 보일지 모르지만, 인도의 법전 제정자는 어느 것 하나도 사소하게 넘기지 않았다. 그는 먹는 법, 마시는 법, 남녀가 함께 사는 법, 대변과 소변을 배설하는 법 등을 가르침으로써 하찮은 것을 높였고, 이런 행위들을 하찮게 다룸으로써 부당하게 자신을 높이지 않았다.

우리는 모두가 몸이라 불리는 성전의 건축가다. 몸은 각자가 섬기는 신을 위해, 순전히 각자의 취향대로 세워진 성전이다. 누구도 대리석을 망치로 두들겨댄다고 자신의 몸에서 빠져나갈 수는 없다. 우리 모두가 조각가고 화가며, 우리에게 주어진 재료는 피와 살과 뼈다. 고결함은 인간의 얼굴부터 곧바로 순화하는 반면 천박함과 관능성은 인간의 얼굴을 야수처럼 뒤바꿔놓는다.

9월의 어느 날 저녁, 존 파머는 힘든 하루 일과를 끝내고 문 앞에 앉아 있었지만, 마음은 아직도 일에서 완전히 벗어나지 못했다. 목욕을 한 후 그는 그곳에 앉아, 자신의 내면에 있는 지적인 면을 되살려내려고 애썼다. 꽤 서늘한 저녁이었고, 서리가 내릴까 봐 걱정하는 이웃들도 있었다. 그가 이런저런 생각을 시작하고 얼마 지나지 않아, 누군가 피리를 부는 소리가 들렸다. 피리 소리가 그의 기분과 거의 완벽하게 어울리는 것 같았다. 하지만 그는 자신의 일에 대한 생각에서 벗어나지 못했다. 일에 대한 생각이 계속 그의 머릿속을 맴돌아 의지와는 달리 그 일을 계획하고 연구하지만, 사실 그 일은 그에게 별로 중요한 것이 아니었다. 그 일은 그의 피부에서 끊임없이 벗겨내야 하는 때에 불과했다. 그러나 피리 소리는 그가 일하는 공간과는 다른 공간에서부터 그의 귀까지 파고들며, 내면에 잠들어 있는 능력을 발휘할 수 있는 일을 넌지시 권했다. 피리 소리에 그는 자신이 살고 있는 길과 마을과 주州를 까맣게 잊어버렸다. 그때 어떤 목소리가 그에게 속삭였다. "왜 너는 여기에서 머물며 이 천박하고 고된 삶을 살고 있느냐? 똑같은 별들이 여기가 아닌 다른 들판 위에서 반짝이고 있는데."

그러나 어떻게 이런 환경에서 벗어나 실제로 다른 곳으로 이주할 수 있었겠는가? 그가 생각해낼 수 있었던 방법은 다시 검소한 삶을 실천해 정신을 몸까지 끌어내려 타락한 생활에서 몸을 구원해내고 자신을 더더욱 소중하게 생각하며 살아가겠다는 다짐이었다.

동물 이웃들

Brute Neighbors

나는 간혹 한 친구와 함께 낚시를 했다. 그는 마을의 반대편에서 살기 때문에 마을을 지나 내 집까지 찾아오는 친구였다. 그 친구와 함께 저녁거리를 잡는 낚시질은 저녁을 먹는 것만큼이나 사교적인 행사였다.

　　은둔자 : 지금 세상이 무얼 하고 있는 걸까? 3시간 전부터 소귀나무 위에서 메뚜기가 파닥거리는 소리조차 듣지 못했어. 비둘기들은 모두 횃대에 앉아 잠들었는지 날개를 푸드덕거리는 소리도 들리지 않고. 좀 전에 숲 너머에서 들려온 소리는 농부가 정오를 알리는 뿔피리 소리였을까? 일꾼들은 소금에 절인 삶은 쇠고기, 사과즙과 인디언빵을 찾아가고 있겠군. 왜 사람들은 그렇게 안달하는 걸까? 먹지 않는 사람은 일할 필요도 없을 텐데. 그런데 얼마나 수확했을까? 보스가 시끄럽게 짖어대는 소리들 때문에 생각조차 제대로 할 수 없는 곳이라면, 누가 그런 곳에서 살려고 할까? 아, 살림살이가 있군! 그 성가신 문고리를 항상 반질거리게 닦고, 오늘처럼 화창한 날이면 통들을 씻어야 하겠지! 차라리 집이 없는 편이 낫지. 속이 빈 나무에 살면 되니까. 그럼 아침에

찾아오는 손님과 만찬회 대신 딱따구리가 톡톡 쪼는 소리만 있겠지. 아, 마을에는 사람들이 너무 많아. 햇살도 너무 뜨겁고. 그들은 나와는 너무도 다른 삶을 살려고 태어난 것 같아. 나는 샘에서 물을 떠먹고, 내 선반에는 흑빵 한 덩어리가 있지. 잠깐! 방금 나뭇잎이 바스락거리는 소리가 들렸는데. 마을에서 제대로 얻어먹지 못한 개가 사냥 본능에 이끌려 나온 걸까? 혹시, 이 숲에서 길을 잃었다는 돼지가 아닐까? 비가 온 후에 그 녀석의 발자국을 본 적이 있잖아. 나뭇잎이 바스락대는 소리가 점점 가까워지는데. 옻나무와 들장미가 흔들리고. 어, 시인, 자네였나? 오늘의 세상은 마음에 드나?

시인 : 저 구름들을 보게. 정말 멋지게 걸려 있잖아! 오늘 내가 본 것 중 제일 아름다운 것 같군. 옛 그림에서도 저런 구름은 못 보았고, 외국 땅에서도 저런 구름은 못 보았네. 스페인 해안에 있었을 때를 제외하고는. 정말 지중해 하늘을 보는 것 같구먼. 먹을거리를 마련하려고 낚시를 할까 생각했는데. 오늘은 아무것도 먹지 않았거든. 낚시야말로 시인에게 걸맞은 일이잖나. 내가 배운 유일한 재주기도 하고. 같이 가자고!

은둔자 : 거절하기 힘들군. 흑빵도 곧 떨어질 테니까. 기꺼이 함께 가겠지만 지금 막 중요한 명상을 끝내고 있던 참이네. 거의 끝났으니까 잠깐만 나를 혼자 내버려두면 좋겠군. 하지만 늦어지지 않도록 자네는 그동안 미끼를 마련해두게. 이 부근에서는 지렁이를 구경하기 힘들 거야. 흙에 거름이 거의 섞이지 않았거든. 지렁이란 놈이 거의 멸종됐다고 봐야지. 죽도록 배가 고프지 않을 때는 땅을 파서 지렁이를 잡

는 재미도 낚시를 하는 재미 못지않다네. 오늘은 그 재미를 자네 혼자 마음껏 즐기게. 그래도 한 마디 조언하자면, 저기 물레나물이 물결치는 것처럼 보이는 땅콩밭을 삽으로 파보게. 내가 장담하지만, 삽질을 세 번 할 때마다 지렁이 한 마리를 찾아낼 수 있을 것이네. 물론 잡초를 뽑을 때처럼 풀뿌리 부근을 잘 살펴야 하겠지만. 하지만 더 멀리 가보는 것도 괜찮을 거야. 좋은 미끼는 거리의 제곱에 거의 비례해서 늘어난다는 걸 알아냈거든.

은둔자(혼잣말로) : 그런데 내가 어디까지 명상했더라? 대강 이런 생각을 했던 것 같은데. 세상은 우리에게 선택을 요구한다고. 천국에 갈 것인가, 아니면 낚시질을 하러 갈 것인가? 이 명상을 끝내면 이런 달콤한 기회가 또 올까? 나는 사물의 본질에 거의 녹아들어간 기분이었어. 여지껏 경험하지 못한 기분이었고, 내가 생각했던 것들이 다시 내게로 돌아오지 않을까 봐 두렵군. 휘파람으로 그 생각들을 불러낼 수 있다면 그렇게라도 하겠는데. 생각들이 우리에게 어떤 제안을 할 때 '잠깐 생각 좀 해봐야겠어' 라며 망설이는 게 현명한 짓일까? 내가 했던 생각들이 흔적을 남기지 않아, 이제 방향조차 가늠할 수가 없어. 대체 내가 어떤 생각을 하고 있었던 것일까? 안개가 짙게 낀 날이었다는 건 알겠는데. 공자의 가르침을 읽어봐야겠군. 그럼 그 상태로 돌아갈 수 있을지도 모르니까. 그런데 우울한 상태였는지, 무아경에 막 빠져든 상태였는지도 모르겠는걸. 적바림 같은 종류의 기회는 한 번밖에 오지 않으니까.

시인 : 은둔사, 이세 끝났나? 내가 너무 빨리 돌아왔나? 지렁이를 완

전한 놈으로 열세 마리나 잡았고, 좀 잘려나가거나 작은 놈도 잡았네. 그래도 작은 물고기를 잡기에는 좋을 거야. 낚싯바늘을 너무 많이 감싸지 않으니까. 마을에 있는 지렁이들은 너무 커서, 은빛 연준모치라면 지렁이 한 마리로 배를 채우고도 낚싯바늘에 걸리지 않을 정도야.

은둔자 : 알겠네. 출발하지. 콩코드로 가볼까? 수위가 너무 높아지지 않았다면 거기가 괜찮을 거네.

우리가 보는 이 대상들이 하나의 세계를 이루는 이유가 무엇일까? 왜 우리는 이런 동물들을 이웃으로 두는 것일까? 생쥐 이외에는 어떤 것도 이 틈새를 메울 수 없었던 것처럼. 필파이와 그 밖의 우화 작가들은 동물들을 유용하게 이용한 듯하다. 모든 동물이 짐을 나르는 짐승, 어떤 의미에서는 우리 생각의 일부를 운반하는 짐승이기 때문이다.

내 집을 수시로 드나들던 생쥐는 다른 곳에서 이 나라에 전해진 것으로 여겨지는 흔한 생쥐가 아니라, 마을에서는 구경조차 할 수 없는 야생 토종 생쥐였다. 나는 그 생쥐를 저명한 박물학자에게 보냈고, 그는 이 생쥐에게 큰 관심을 보였다. 내가 집을 지을 때 그런 토종 생쥐 한 마리가 집터 아래에 이미 보금자리를 마련해두고 있었고, 마루를 다시 놓고 대팻밥을 쓸어내기도 전에 녀석은 점심때가 되면 어김없이 나타나 내 발밑에 떨어진 빵부스러기를 주워 먹었다. 녀석은 전에 사람을 본 적이 없는 것 같았다. 이내 나와 친해져서 내 구두 위로 달려와 옷에까지 기어오르곤 했다. 또 동작이 다람쥐와 닮아 방 안 벽을 종종걸음으로 쉽게 올라가기도 했다. 그러던 어느 날, 내가 긴 의자에 팔꿈치를 대고 기대앉아 있을 때, 녀석이 내 옷을 타고 올라오더니 소매를 따라 먹을거리가 담긴 종이봉지 주변을 맴돌았다. 나는 봉지를 꼭 여미고 이리저리 옮기면서 녀석과 숨바꼭질 놀이를 했다. 마침내 내가 엄지와 검지로 치즈 한 조각을 쥐고 가만히 있자, 녀석은 내 손바닥까지 올라와 앉아 치즈를 조금씩 뜯어 먹었다. 그러고는 파리처럼 얼굴과 발을 깨끗이 씻고 어디론가 사라졌다.

딱새도 곧 내 헛간에 둥지를 지었고, 울새는 거의 집에 기대 자라는 소나무에 보금자리를 지었다. 6월에는 수줍음이 많은 자고새(테트라오 움벨루스)가 새끼들을 이끌고 집 뒤 숲에서 나와 창문을 지나 집 앞쪽으로 날아갔다. 암탉처럼 울며 새끼들을 불렀고, 모든 행동에서도 숲의 암탉이란 걸 보여주었다. 사람이 가까이 다가가면 새끼들은 어미의 신호에 쏜살같이 흩어진다. 마치 회오리바람이 녀석들을 날려버린 것 같았다. 게다가 새끼들은 마른 나뭇잎, 잔가지와 너무 비슷하고, 여행자가 새끼들이 옹기종기 모인 곳에 무심코 발을 내딛더라도 어미가 후다닥 날아가며 불안감에 고양이처럼 울어대는 소리를 내거나 날개를 땅에 질질 끄는 모습을 보이면서 그들의 관심을 끌기 때문에 주위에 새끼들이 있다는 걸 눈치 채지 못하는 경우가 많다. 때때로 어미들은 여행자 앞에서 정신 나간 것처럼 데굴데굴 구르고 빙글빙글 돌기도 해서, 여행자는 그 녀석이 대체 무슨 짐승인지 한동안 알아차리지 못하기도 한다. 새끼들은 종종 나뭇잎 하나에 얼굴을 처박으며 납작하게 웅크리고 앉아 꼼짝하지 않고, 멀리에서 어미의 지시만을 하염없이 기다리며 사람이 가까이 다가가도 달아나지도 않고 모습을 드러내지도 않는다. 하여 여행자들이 새끼들을 본의 아니게 밟거나, 녀석들을 한참 동안 쳐다보면서도 어떤 짐승인지 알아보지 못하는 경우까지 있다. 그럴 때 나는 새끼들을 손바닥에 올려놓은 적이 있었다. 새끼들은 어미와 그들의 본능에만 충실하려고 두려워하거나 떨지도 않고 내 손바닥에 웅크리고 앉아 꼼짝하지 않았다. 이런 본능이 얼마나 철저한지, 한번은 내가 새끼들을 다시 나뭇잎에 올려놓을 때 우연히 한 마리가 옆으로 눕혀졌는데 10분 정도 지난 후에는 다른 녀석들도 똑같은 자세를 하고 옆으로 누워 있었다. 자고새 새끼들도 다른 새들의 새끼처럼 깃털이 나지 않지만, 병아리보다는 발육이 훨씬 빠르다. 녀석들의 크고 잔잔한 눈동자에 담긴 어른스럽지만 천진난만한 표정은 쉽게 잊히지 않는다. 모든 지혜가 그 눈동자에 어려 있는 듯하다. 유아기의 순수함만이 아니라 경험으로 확인된 지혜까지도 담긴 것만 같은 눈동자다. 그런 눈동자는 자고새가 태어날 때 생긴 것이 아니다. 그 눈동자에 비친 하늘과 같은 시대에 생긴 것이다. 숲은 이런 보석을 다시 잉태하지 못할 것이고, 여행자가 그처럼 맑은 우물을 들여다볼 기회도 많지는 않을 것이다. 무지하고 무모한 사냥꾼이 이런 때 어미 자고새에게 종종 총질을 해서 이 죄 없는 새끼들은 먹잇감을 찾아 어슬렁거리는 짐승이나 새의 먹이가 되거나 자신들과 너무 닮은, 썩어가는 나뭇잎들과 뒤섞여버린다. 암탉이 품고 부화시킨 자고새 새끼들도 어떤 신호음에 곧바로 흩어지지만, 자기들을 다시 불러 모으는 어미의 소리를 한 번도 듣지 못한 까닭에 길을 잃어버린다고 전한다. 자고새들은 내게 암탉과 병아리였다.

놀랍게도 많은 동물들이 숲에서 사람들의 눈에 띄지 않지만 활개를 치며 자유롭게 살아가며, 또 여전히 마을 가까이에서도 꿋꿋하게 살아가고 있다. 오직 사냥꾼들만이 그런 낌새를 눈치 채고 있을 뿐이다. 수달은 여기에서 얼마나 한적한 삶을 꾸려가고 있는가! 수달은 4피트의 자그마한 소년 몸집만큼이나 자라지만, 얼핏이라도 수달을 본 사람은 아무도 없을 것이다. 나는 예전에 집 뒤의 숲에서 너구리를 본 적이 있는데, 지금도 밤이면 너구리들이 흐느끼는 소리가 들리는 것 같다. 나는 씨를 뿌린 후, 정오가 되면 흔히 그늘에서 한두 시간쯤 휴식을 취하며 샘 옆에서 점심을 먹고 책을 읽었다. 이 샘은 내 밭에서 반 마일쯤 떨어진 브리스터 언덕 아래에서 스며 나와 늪과 개울에 물을 공급하는 원천이었다. 그 샘에 가려면 어린 리기다소나무가 울창하게 자라고 풀로 뒤덮인 골짜기들을 계속해서 내려가, 늪 근처의 더 큰 숲으로 들어가야 했다. 아주 외지고 그늘진 곳에, 가지를 널찍하게 뻗은 스트로브잣나무 아래로 깨끗하고 물에 젖지 않은 앉을 만한 풀밭이 있었다. 나는 거기에 샘을 파서 물을 휘젓지 않고도 한 양동이쯤 뜰 수 있는 우물을 만들었다. 호숫물이 따뜻한 한여름에는 거의 매일 물을 길으러 샘에 갔다. 거기에서도 멧도요가 새끼들을 데리고 벌레를 찾아 진흙을 뒤적거리고 있었다. 어미는 새끼들의 1피트쯤 위에서 날며 둑을 내려갔고, 새끼들은 그 아래에서 떼를 지어 달렸다. 그러나 마침내 내가 주변에 있는 걸 눈치 챈 어미는 새끼들의 곁을 떠나 내 주위를 빙빙 돌며 조금씩 가까이 다가왔다. 그러고는 4-5피트까지 접근해 날개와 다리가 부러진 척하며 내 관심을 끌어 나를 새끼들에게서 떼어놓으려고 했다. 게다가 새끼들은 가냘프게 짹짹거리며, 어미에게 지시받은 대로 이미 일렬로 행군해 늪을 통과하고 있었다. 때로 어미는 보이지 않고 새끼들만 짹짹거리는 소리가 들릴 때도 있었다. 쇠멧비둘기도 있었다. 쇠멧비둘기는 샘에 내려앉거나, 내 머리 위에서 날개를 퍼덕이며 스트로브잣나무의 가지들을 옮겨다녔다. 붉은 다람쥐는 가까운 나뭇가지를 타고 내려와 스스럼없이 굴며 호기심을 보였다. 누구라도 숲에서 동물들을 유인할 만한 곳에 오랫동안 앉아 있기만 하면, 그곳에 사는 모든 동물들이 차례로 모습을 드러낸다.

나는 다소 평화롭지 못한 사건을 목격하기도 했다. 어느 날 장작더미, 정확히 말하면 그루터기를 쌓아놓은 곳에 갔다가 커다란 개미 두 마리가 치열하게 싸우는 걸 보았다. 한 녀석은 붉은색을 띠었고, 다른 녀석은 검은색을 띤데다 훨씬 커서 거의 0.5인치는 될 것 같았다. 두 녀석은 뒤엉켜서 떨어지지 않았다. 나무토막들 위에서 맞붙어 싸우면서 끝없이 뒹굴었다. 나는 그 주변을 살펴보다가 나무토막들이 그런 전투원들로 까맣게 덮여 있는 걸 보고 깜짝 놀랐다. '두엘룸'이 아니라 '벨룸'이었다. 두 개미 종족 간의 전쟁이었다. 붉은개미들이 검은개미들과 맞붙어 싸웠고, 전반적으로 붉은개미 두 마리가 검은개미 한 마리를 공격하는 형세였다. 미르미돈의 대군大軍이 내 장작더미의 언덕과 골짜기를 완전히 뒤덮었고, 땅바닥에는 전사하거나 죽어가는 붉은개미와 검은개미가 널려 있었다. 이것은 내가 지금까지 목격한 유일한 전투였고, 전투가 치열하게 전개되는 동안 내가 발 딛었던 유일한 전쟁터였다. 그야말로 대살육전이었다. 붉은 공화주의자와 검은 제국주

의자가 목숨을 걸고 벌이는 한판 전쟁이었다. 개미들은 사방에서 치열한 전투를 벌였지만 내 귀에는 어떤 소리도 들리지 않았다. 인간 병사도 그처럼 결연히 싸운 적은 없었을 것이다. 나는 나무토막들 사이로 햇살이 살짝 비치는 골짜기에서 서로 꽉 달라붙어 싸우는 한 쌍의 개미를 지켜보았다. 그때가 정오였지만 해가 질 때까지, 아니 목숨이 완전히 끊어질 때까지 싸울 듯한 태세였다. 상대적으로 작은 붉은개미 전사가 적의 머리에 바이스처럼 꽉 달라붙은 채 그 전쟁터에서 이리저리 뒹굴면서도 적의 더듬이 하나를 뿌리 근처부터 한순간도 쉬지 않고 끊임없이 물어뜯고 있었다. 상대의 더듬이 하나는 나무토막 아래로 이미 떨어지고 없었다. 한편 힘이 더 센 검은개미는 붉은개미를 떨쳐내려고 몸을 좌우로 흔들어댔다. 나는 가까이 다가가 자세히 살펴보았다. 붉은개미는 이미 다리 몇 개가 떨어지고 없었다. 두 개미는 불독보다 더 끈질기게 싸웠다. 어느 녀석도 물러설 기색을 전혀 보이지 않았다. 그들의 전투 구호는 '죽을 때까지 싸워라!' 인 것이 분명했다. 그 사이 붉은개미 한 마리가 무척 흥분한 모습으로 골짜기 기슭을 따라 내려오고 있었다. 적을 이미 해치웠거나 아직 전투에 참가하지 않은 듯했지만, 사지가 멀쩡한 것으로 보아 후자인 게 거의 확실했다. 그의 어머니가 그에게 방패를 들고 돌아오거나 방패에 실려 돌아오라고 훈계했던 모양이다. 어쩌면 그는 홀로 떨어져 분노를 품고 있다가 이제야 그의 파트로클로스를 위해 복수하거나 그 친구를 구하려고 달려온 아킬레우스였을지도 모른다. 멀리서 이 불공평한 전투—검은개미가 붉은개미보다 몸집이 두 배나 컸기 때문에—를 지켜보던 그는 빠른 걸음으로 다가와서는 두 전사에게서 0.5인치쯤 떨어진 곳에 멈추고 경계 태세를 갖추었다. 잠시 기회를 엿보던 그는 기습적으로 검은개미에게 달려들어 오른쪽 앞다리 뿌리 근처를 공략하기 시작했고, 검은개미가 자기의 발 하나를 잡는 걸 막지 않았다. 이윽고 세 개미가 엉겨붙어 목숨을 건 사투를 벌였다. 마치 세상의 모든 자물쇠와 시멘트를 무색하게 만들 만한 새로운 종류의 끈끈이가 발명된 것 같았다. 그때 양쪽 개미 모두가 서로 높은 나무토막에 군악대를 배치해두고 둔하게 움직이는 전사들에게는 용기를 북돋워주고 죽어가는 전사들에게 위안을 주기 위해 각자의 국가를 연주하는 걸 보았다고 해도 나는 그다지 놀라지 않았을 것이다. 그 개미들이 사람이기라도 한 듯 나도 약간은 흥분에 휩싸였다. 개미와 인간은 비교할수록 별반 차이가 없다. 미국의 역사, 적어도 콩코드의 역사에서는 전투에 참여한 인원수나 전투에서 보여준 애국심과 용기 면에서 개미들의 전투에 비교할 만한 순간이 기록된 전투는 없었다. 전투에 참여한 병사 수와 즐비한 시신들을 보면 아우스터리츠 전투와 드레스덴 전투가 무색할 정도였다. 콩코드 전투! 애국자 쪽에서 두 명이 전사하고, 루서 블랜처드가 부상당했던 전투! 하지만 여기에는 모든 개미가 버트릭처럼 용맹했고—"사격하라! 제발 사격하라!"—수천 마리의 개미가 데이비스와 호스머에게 닥친 운명을 맞았다. 이곳에는 한 명의 용병도 없었다. 개미들은 우리 조상과 똑같이 대의를 위해 싸웠다. 차茶에 붙은 3페니의 세금을 피하기 위해 싸운 것이 아니었다. 이 전투의 결과는 적어도 벙커힐 전투 결과만큼이나 당사자들에게는 중요하고 절대 잊히지 않을 사건이었을 것이다.

나는 앞에서 자세히 묘사한 개미 세 마리가 싸우고 있던 나무토막을 집으로 가져가 창틀에 놓고 커다란 컵으로 덮어놓았다. 전투의 결과를 알고 싶었기 때문이다. 맨 처음에 언급한 붉은개미를 현미경으로 살펴보았다. 녀석은 검은개미의 남은 더듬이를 이미 끊어내고, 적의 앞다리 쪽을 열심히 물어뜯고 있었다. 하지만 녀석의 가슴은 완전히 찢어져 중요한 기관들이 검은 전사의 턱에 완전히 노출된 반면, 검은개미의 가슴판은 녀석이 뚫지 못할 정도로 두꺼웠던지 멀쩡했다. 붉은개미의 고통 어린 짙은 적갈색 눈동자에서는 전쟁만이 빚어낼 수 있는 흉포한 빛이 번뜩였다. 세 개미는 큰 컵에 씌워진 채 30분을 더 싸웠다. 내가 다시 전황을 살폈을 때는 검은개미가 두 적의 머리를 몸에서 끊어낸 뒤였다. 하지만 아직 살아서 꿈틀거리는 머리들은 검은개미의 양 옆구리를 여전히 꽉 물고 있어, 검은개미의 안장 앞테에 묶어둔 무시무시한 전리품처럼 매달려 있었다. 검은개미는 두 더듬이를 다 잃고 다리도 하나밖에 남지 않았지만, 게다가 내가 알지 못하는 많은 상처까지 입었겠지만 양 옆구리에 붙은 붉은개미의 머리들을 떼어내려고 힘겹게 버둥거렸다. 마침내 다시 반 시간 정도가 흐른 후에야 검은개미는 뜻을 이루었다. 내가 유리컵을 들어올리자 검은개미는 그런 심한 부상을 입고도 창틀을 넘어 밖으로 나갔다. 나는 그가 전투에서 결국 살아남아 어떤 오텔 데 쟁발리드에서 여생을 보냈는지는 모르겠지만, 그의 끈질긴 면은 이후로 그다지 쓸모가 없을 것이라고 생각한다. 나는 어느 쪽이 승리를 거두었고, 전쟁의 원인이 무엇이었는지 알아내지 못했다. 그러나 인간들이 내 집 앞에서 빚인 처절하고 흉포한 살육전을 목격한 것처럼 그날 내내 가슴이 두근거리고 마음이 괴로웠다.

커비와 스펜스의 주장에 따르면, 개미들의 전투는 먼 옛날부터 찬양되고 전투의 역사까지 기록되어 있지만 개미들의 전투를 실제로 목격한 현대 작가는 후버가 유일한 것 같다고 한다. 그들은 "아이네아스 실비우스는 배나무 줄기에서 큰 개미들과 작은 개미들이 집요하게 벌인 전투를 상세히 기록한 후에, 교황 에우제니오 4세 시대의 저명한 법률가 니콜라스 피스토리엔시스가 그 전투를 직접 목격하고 전투의 전 과정을 무척 충실하게 이야기해주었다고 덧붙였다. 큰 개미와 작은 개미 간에 벌어진 비슷한 교전은 올라우스 마그누스에서도 언급된다. 그 교전에서 작은 개미들이 승리를 거두었고, 전우들의 시신은 매장했지만 큰 개미들의 시신은 새들의 먹이가 되도록 방치해두었다고 전해진다. 이 교전은 폭군 크리스티안 2세가 스웨덴에서 추방당하기 전에 있었다"라고 말했다. 내가 목격한 개미들의 전투는 미국에서 포크 대통령이 통치하던 시기, 즉 웹스터의 도망노예법이 통과되기 5년 전에 일어났다.

식료품을 보관하는 지하실에서 흙탕거북의 꽁무니를 쫓는 데나 적합한 마을의 많은 개들이 주인 몰래 숲에서 굼뜬 다리를 놀리며, 오래된 여우굴과 우드척의 구멍을 찾아 냄새를 맡고 돌아다녔지만 별다른 성과를 거두지 못했다. 우두머리인 듯한 빼빼 마른 들개는 숲을 민첩하게 헤집고 다니며 숲의 주민들에게 두려움을 불러일으켰다. 우두머리 들개를 놓쳐 뒤처진 마을 개들은, 나무 위로 잽싸게 달아나 눈치를 보는 조그만 다람쥐를 향해 불독처럼 짖어대다가, 길 잃은 날쥐를 쫓는 중이라고 생각했던지 육중한 몸뚱이로 덤불들을 짓누르며 느릿하게 달렸다. 언젠가 나는 돌이 많은 호숫가를 고양이가 걸어다니는 걸 보고 놀란 적도 있었다. 고양이가 인가에서 그처럼 멀리 떨어진 곳을 헤매고 다니는 경우는 극히 드물기 때문이다. 나도 놀랐지만 고양이도 나를 보고는 놀란 듯했다. 하지만 잘 길들여져서 하루 종일 양탄자에 엎드려 지내는 고양이일지라도 숲을 편하게 받아들이는 듯하며, 교활하면서도 은밀한 움직임 때문인지 원래 숲에서 사는 동물보다 더 자연스럽게 보인다. 언젠가 숲에서 장과류 열매를 딸 때도 어린 새끼들을 거느린 고양이를 맞닥뜨린 적이 있었다. 그 고양이는 상당히 야생화되어 있어 어린 새끼들도 어미 고양이 못지않게 나를 쏘아보며 무섭게 으르렁거렸다. 내가 숲에서 살기 수년 전에는 링컨에서도 월든 호수에서 가장 가까이 있는 농가 중 하나인 길리언 베이커 씨의 농가에 '날개달린 고양이'로 불리던 고양이가 있었다. 나는 1842년 6월에 그 고양이를 보려고 베이커 씨의 농가를 찾아갔다. 하지만 고양이는 평소 습관대로 숲에 사냥을 나가고 없었다(그 고양이가 수컷이었는지 암컷이었는지 모르지만 나는 관례에 따라 고양이를 여성대명사로 표현하고자 한다). 고양이 여주인이 내게 해준 말에 따르면, 그 고양이는 1년 조금 전인 4월 무렵 농가 부근에 처음 모습을 드러냈고 결국에는 그들의 식구로 받아들여졌다. 털은 진한 갈색을 띤 쥐색이지만 목에 하얀 반점 하나가 있고, 네 발은 흰색이었으며, 꼬리는 여우처럼 털이 많고 길었다. 겨울에는 털이 빽빽하게 자라 양 옆구리를 덮을 정도로 늘어지며, 길이 10 12인치에 폭이 2.5인치쯤인 띠를 형성했다. 턱 밑으로 옛

동물 이웃들

부분은 헐렁하고 아랫부분은 펠트처럼 촘촘한 술 같은 수염까지 자랐다. 그러나 봄이 되면 이런 털들은 모두 떨어졌다. 베이커 씨 부부는 고양이의 '날개'라며 날개 한 쌍을 내게 주었고, 나는 그것을 지금도 보관하고 있다. 그 날개에는 피막처럼 보이는 게 없다. 그래서 그 고양이가 날다람쥐나 다른 야생동물의 잡종일 거라고 생각하는 사람도 있지만, 꼭 현실성 없는 생각만은 아니다. 동물학자들의 의견에 따르면, 담비와 집고양이가 교배해서 다양한 잡종 동물이 태어났다고 하기 때문이다. 만약 내가 어떤 고양이를 길렀다면 내가 기르기에 적합한 고양이는 그 고양이가 아니었을까 싶다. 시인의 고양이라면 시인의 말과 마찬가지로 날개가 달리지 못할 이유가 없지 않은가?

가을이면 되강오리(콜림부스 글라키알리스)가 여느 때와 마찬가지로 호수를 찾아와 털갈이를 하고 목욕을 하며, 내가 잠을 깨기도 전에 야성적인 웃음소리로 숲을 뒤흔들어 놓았다. 되강오리가 찾아왔다는 소문이 돌면 물방아보의 모든 사냥꾼이 민첩하게 반응하며, 특허를 얻은 엽총과 원뿔형 탄환 및 소형 망원경을 갖추고 둘이나 셋씩 짝을 지어 기그gig를 타거나 걸어서 사냥에 나선다. 가을의 나뭇잎처럼 바스락거리며 숲을 지나 호수를 찾아오는 사냥꾼이 되강오리 한 마리당 적어도 열 명은 되는 듯하다. 그 불쌍한 새가 어디에나 있을 수는 없기 때문에 호수의 이쪽 편에 자리를 잡는 사냥꾼도 있고, 반대편에 진을 치는 사냥꾼도 있다. 그러나 지금처럼 10월의 포근한 바람이 불면 나뭇잎들이 바스락거리고 호수의 수면에 잔물결이 인다. 따라서 되강오리는 어디에도 보이지 않고 웃음소리도 들리지 않지만 되강오리의 적들은 망원경으로 호수를 샅샅이 뒤지고 간혹 총을 발포해 숲을 흔들어 놓는다. 물결이 물새들의 편에 서서 커다랗게 일어나 화난 듯이 돌진하면 사냥꾼들은 마을과 상점으로, 또 끝내지 못한 일로 되돌아가야 한다. 그러나 사냥꾼들이 성공할 때가 더 많았다. 나는 이른 아침에 물 한 양동이를 길으러 호수에 나가면 몇 로드쯤 앞에서 그 당당한 새가 작은 만을 떠나 헤엄쳐 나가는 걸 자주 보았다. 되강오리가 어떻게 반응하는지 알아보고자 배를 타고 따라잡으려 하면, 되강오리는 물속으로 잠수해서 완전히 자취를 감추어버린다. 그리고 그날 늦게까지 되강오리를 다시는 보지 못한다. 그러나 수면에서는 내가 되강오리보다 한 수 위였다. 또 비가 오면 되강오리는 아무 소리도 없이 사라졌다.

10월의 무척 조용한 어느 오후, 나는 북쪽 호반을 따라 노를 젓고 있었다. 특히 그런 날에는 되강오리들이 박주가리의 솜털처럼 호수에 떠 있기 마련이지만, 그날따라 호수를 둘러봐도 되강오리가 보이지 않았다. 그런데 갑자기 되강오리 한 마리가 호숫가에서부터 한가운데로 헤엄쳐 나왔다. 그리고 내 앞에서 몇 로드쯤 떨어진 곳에 멈추고는 야성적인 웃음을 터뜨리며 자신의 존재를 드러냈다. 내가 노를 저어 쫓아가자 녀석은 물속으로 숨어버렸다. 그러나 녀석이 물 밖으로 나왔을 때 나는 조금 전보다 녀석과 더 가까운 곳에 있었다. 녀석은 다시 물속으로 잠수했다. 이번에는 내가 녀석이 취할 방향을 잘못 가늠해서 녀석이 다시 수면 위로 나왔을 때 우리 사이의 간격은 50로드로 벌어지고 말았다. 결국 내가 간격을 벌리는 데 일조한 셈이었다. 녀석은 다시 한참 동안 크게 웃었다. 이번에는 전보다 더 그렇게 웃을 만한 이유가 있었다. 되강오리 녀석은 아주 교활하게 움직여서 나는 6로드 안쪽으로는 접근할 수 없었다. 녀석은 물 밖으로 나올 때마다 고개를 이리저리 돌려 호수와 육지를 침착하게 살피며, 호수면이 가장 널찍하면서도 배에서 최대한 멀리 떨어진 곳에서 다시 나올 수 있도록 방향을 고르는 것 같았다. 놀라울 정도로 신속하게 결정을 내리고 곧바로 실행에 옮겼다. 녀석은 곧 나를 호수에서 가장 넓은 곳으로 끌고 갔고, 나는 녀석을 그곳에서 끌어낼 방법이 없었다. 녀석이 머릿속으로 어떤 생각을 하는 동안, 나는 그 녀석이 무슨 생각을 하는지 짐작해보려고 애썼다. 호수의 매끄러운 수면에서 인간과 되강오리가 벌이는 재미있는 게임이었다. 상대의 말이 게임판 아래로 갑자기 사라지고, 그 말이 다시 나타날 만한 곳에 최대한 가까이 당신 말을 놓는 게임이라고 생각해보라. 때때로 되강오리 녀석은 전혀 예기치 않게 내 반대편에서 불쑥 떠오르기도 했다. 배 바로 밑을 지나간 것이 분명했다. 녀석은 숨을 오래 견디는데다 끈기까지 대단해서 한참을 헤엄친 후에도 곧바로 다시 물속으로 숨어버렸다. 그래서 녀석이 깊은 호수의 매끄러운 수면 아래 어디쯤에서 물고기처럼 민첩하게 헤엄치고 있는지, 아무리 머리를 짜내도 짐작하기 힘들었다. 되강오리는 호수에서도 가장 깊은 바닥까지 내려갈 정도로 수영 솜씨가 뛰어나고 숨도 오래 참을 수 있기 때문이다. 뉴욕의 호수들에서는 송어를 잡으려 수심 80피트에 설치한 낚싯바늘에 되강오리들이 잡혔다고 전해진다. 하지만 월든 호수는 뉴욕의 어떤 호수보다 수심이 깊다. 물고기들은 외계에서 온 이 흉한 방문객이 자기들 틈에서 쏜살같이 헤엄치는 걸 보고 얼마나 놀랐을까! 하지만 되강오리는 수면에서나 물속에서 자신이 어떤 진로를 택해야 하는지 확실히 아는 것 같았고, 물속에서 훨씬 빨리 헤엄쳤다. 나는 되강오리가 다가가는 수면에서 잔물결이 이는 걸 한두 번 보았지만, 녀석은 고개만 살짝 내밀고 주변을 정찰하고는 곧바로 다시 물속으로 들어가버렸다. 결국 나는 녀석이 어디에서 떠오를지 예측하려고 애쓰기보다는 노를 내려놓고 녀석이 다시 나타나기를 기다리는 편이 낫다는 걸 깨달았다. 눈에 힘을 주고 한 방향으로 수면을 지켜보고 있으면 녀석이 갑자기 내 뒤에서 섬뜩한 웃음을 터뜨려 깜짝 놀란 게 한두 번이 아니었다. 하지만 녀석이 그처럼 약삭빠르게 행동하면서도 수면 위로 올라와서는 곧바로 크게 웃으며 어김없이 자신을 드러낸 이유가 무엇이었을까? 되강오리의 하얀 가슴 때문에 더 도드라져 보였던 게 아닐까? 그 녀석이 정말 어리석은 되강오리라는 생각까지 들었다. 녀석이 수면 위로 나올 때는 거의 언제나 물이 철썩이는 소리가 들려 나는 녀석의 위치를 알아낼 수 있었다. 그러나 되강오리는 그렇게 한 시간을 놀아도 처음처럼 팔팔해 보였고 힘차게 잠수해서는 처음보다 더 멀리 헤엄쳤다. 수면에서는 물갈퀴가 달린 발을 물속에서 열심히 움직이면서도 가슴은 가만히 두고 점잖게 헤엄치는 걸 보면 놀라지 않을 수 없었다. 평소 되강오리는 그야말로 악마처럼 포악하게 웃었지만, 그래도 물새의 울음소리와 약간 비슷한 면이 있었다. 그러나 간혹 녀석은 나를 완전히 좌절감에 빠뜨리며 멀리 떨어진 수면 위로 불쑥 나타나서는 섬뜩할 정도로 길게 울음을 토해냈다. 새가 아니라 늑대의 울음소리에 가까웠다. 어떤 야수가 일부러 주둥이를 땅에 박고 길게 울부짖는 것 같았다.

그 소리는 되강오리의 울음소리, 루닝이었다. 그것은 내가 이곳에서 여지껏 들어본 소리 중 가장 야생적인 소리였고 숲을 멀리까지 뒤흔드는 소리였다. 나는 되강오리가 자신의 능력을 굳게 믿고 내 노력을 조롱하며 웃는 것이라는 결론을 내렸다. 그때 하늘은 구름에 덮여 흐렸지만 월든 호수는 거울처럼 잔잔해서, 되강오리가 수면을 깨는 소리는 듣지 못해도 어디에서 자맥질하는지 볼 수 있었다. 되강오리의 하얀 가슴, 평온한 대기, 잔잔한 수면은 녀석에서 불리한 조건이었다. 마침내 녀석이 50로드쯤 떨어진 곳에서 물 위로 떠오르며 길게 울부짖는 소리를 냈다. 마치 되강오리의 신에게 도와달라고 절규하는 것 같았다. 곧이어 동쪽에서 바람이 몰아치며 수면에 잔물결이 일었고, 온 대기가 안개비로 젖어들었다. 되강오리의 기도가 응답받고, 되강오리의 신이 내게 화를 내고 있다는 생각마저 들었다. 그래서 나는 녀석이 일렁이는 수면 위로 멀리 사라지는 걸 물끄러미 바라보기만 했다.

가을에 나는 오리들이 사냥꾼의 눈에서 멀리 벗어나 월든 호수 한복판에서 약삭빠르게 이리저리 방향을 바꿔가며 헤엄치는 모습을 몇 시간씩 지켜보곤 했다. 루이지애나 호수들의 질퍽한 어귀에서는 그다지 써먹을 필요가 없는 재주다. 어쩔 수 없이 펄쩍 날아올라야 할 때도 간혹 오리들은 하늘에 떠 있는 검은 점처럼 상당한 높이에서 호수 위를 빙글빙글 맴돌았다. 그 정도 높이에서는 다른 호수들과 강을 쉽게 볼 수 있었을 것이다. 그래서 나는 오리들이 오래전에 그런 곳들로 떠났을 거라고 생각했지만, 오리들은 4분의 1마일을 비스듬히 날아 멀리 떨어진 한적한 곳에 내려와 앉아 있었다. 그러나 오리들이 월든 호수의 한복판에서 안전하게 헤엄칠 수 있다는 것 이외에 여기에서 무슨 이득을 얻는지 나는 모르겠다. 오리들도 아마 나와 똑같은 이유로 월든 호수의 물을 사랑하는 게 아닐까.

난방

House-Warming

10월이면 나는 단순히 먹을거리로 여겨서만이 아니라 그 아름다운 모습과 향기 때문에 더욱 소중하게 느껴지는 포도송이를 강가의 풀밭에서 잔뜩 땄다. 거기에서 나는 밀랍처럼 매끄러운 작은 넌출월귤도 보았지만 황홀하게 바라보기만 하고 따지는 않았다. 진주처럼 동그랗고 붉은색을 띤 넌출월귤을 농부들이 볼품없는 갈퀴로 긁어 뜯어내면 깔끔하던 풀밭은 엉망진창으로 변한다. 농부들이 그 풀밭의 전리품을 별생각 없이 부셸 단위나 달러 단위로 구분해서 보스턴과 뉴욕에 팔면, 잼으로 만들어진 넌출월귤은 대도시에서 자연을 사랑하는 사람들의 미각을 만족시킨다. 푸주한들도 드넓은 초원에서 아메리카들소의 혀를 이런 식으로 긁어모으며, 그 과정에서 찢기고 시들어가는 식물에 대해서는 아랑곳하지 않는다. 장과류의 반짝이는 열매도 내 눈만을 즐겁게 해주는 먹거리였다. 그러나 땅주인과 여행자가 못 보고 넘어간 야생 사과는 뭉근한 불로 삶아 먹으려고 조금 모아서 저장해두었다. 또 밤이 여물면 겨울에 먹으려고 반 부셸 정도 저장해두었다. 이 계절에는 당시 링컨 부근에 끝없이 펼쳐진 밤나무 숲—이제 이 밤나무 숲은 철로 아래에서 깊은 잠을 자고 있다—을 어깨에 배낭 하나 메고 손에는 밤송이를 깔 막대기를 쥐고서 돌아다니면 무척 흥미진진했다. 서리가 내릴 때까지 기다릴 수가 없어서, 나는 나뭇잎이 바스락거리고 붉은다람쥐와 어치가 요란하게 잔소리하는 소리를 들으며 숲을 걸어 다녔고, 때때로 녀석들이 반쯤 먹은 밤을 훔치기도 했다. 녀석들이 고른 밤송이에는 확실히 옹골찬 밤이 들어 있기 때문이었다. 때로는 나무에 기어올라 나뭇가지를 흔들기도 했다. 내 집 뒤에도 밤나무들이 있었다. 특히 집을 완전히 그림자로 뒤덮던 커다란 밤나무가 꽃을 피우면 주변 모두를 향기로 감싸는 꽃다발이 됐지만, 열매는 대부분 다람쥐들과 어치들이 차지했다. 어치는 이른 아침부터 떼 지어 날아와, 밤송이가 떨어지기 전에 밤을 쪼아먹었다. 나는 집 근처의 밤나무들을 녀석들에게 양보하고 집에서 멀리 떨어져 온통 밤나무로 이루어진 숲을 찾아갔다. 밤은 빵을 충분히 대신할 수 있는 먹거리였다. 어쩌면 밤 이외에도 많은 대용식품을 찾아낼 수 있었을 것이다. 어느 날, 나는 낚시 미끼로 쓸 지렁이를 찾아 땅을 파다가 대지콩(아피오스 투베로사)을 넝쿨째 발견했다. 대지콩은 원주민의 감자로 거의 전설 속 열매여서, 언젠가 말한 대로 내가 어린 시절에 먹은 적이 있었는지조차 의심하면서 대지콩을 다시 맛볼 수 있으리라고는 꿈도 꾸지 않던 터였다. 그 후로도 곱슬곱슬하고 빨간 벨벳처럼 보드라운 대지콩의 꽃이 다른 식물의 줄기에 매달린 걸 보았지만, 그 꽃이 대지콩의 꽃인 줄은 몰랐다. 경작이 본격적으로 진행되면서 대지콩은 거의 멸종되고 말았다. 맛이 달콤한 대지콩은 된서리를 맞은 감자의 맛과 무척 비슷하다. 내 입맛에는 구워 먹는 것보다 삶아 먹는 게 더 맛있었다. 내가 우연히 찾아낸 이 덩이줄기 작물은 자연의 여신이 미래의 어느 시기에 이곳에서 자식들을 검소하게 키우고 먹이겠다는 어렴풋한 약속인 것 같았다. 소들이 살찌고 곡물 밭이 넘실대는 이 시대에 보잘것없는 이 뿌리는 한때 인디언 부족의 토템이었지만, 이제는 완전히 잊혀거나 꽃을 피우는 덩굴로만 알려져 있을 뿐이다. 그러나 자연의 여신이 이곳을 다시 지배하게 되면 연약하고 호사스런 영국 작물들은 무수한 적들 앞에서 사라질 것이다. 또한 인간이 지키지 않으면 까마귀가 옥수수를 마지막 한 알까지 인디언의 하느님이 다스리는 남서쪽의 광활한 옥수수 밭으로 도로 가져갈 것이다. 처음에 까마귀가 그곳에서 옥수수를 이곳으로 전해주었다고 하니까 말이다. 그러나 지금 거의 멸종 상태에 이른 대지콩은 서리와 야생적 환경에도 되살아나 번성하며 자신이 이곳의 토착 식물이라는 사실을 입증하고, 사냥으로 살아가던 부족의 먹거리로서 과거의 중대한 위치와 권위를 되찾을 것이다. 인디언의 케레스나 미네르바가 대지콩을 창조해서 그들에게 남긴 것이 분명했다. 이곳에서 시詩의 지배가 시작되면 대지콩의 잎과, 열매를 주렁주렁 매단 넝쿨이 우리의 예술 작품에서 표현될 것이다.

9월 1일쯤에는 호수 건너편에서 두세 그루의 작은 단풍나무가 벌써 주홍빛으로 물들기 시작했고, 그 아래 호수 쪽으로 뻗은 땅끝에서는 사시나무 세 그루의 하얀 술기늘이 물가까지 가지를 뻗었다. 아, 그 색에는 얼마나 많은 이야깃거리가 담겨 있었던가! 그때부터 한 주일이 지날 때마다 나무들은 저마다의 특성을 조금씩 드러내며, 거울처럼 매끄러운 호수 수면에 비친 자신의 모습을 뽐냈다. 매일 아침 이 화랑畵廊의 관리인은 벽에서 낡은 그림들을 떼어내고, 한층 눈부시고 조화로운 채색으로 우리 눈을 사로잡는 새로운 그림들을 내걸었다.

10월에는 말벌들이 수천 마리나 떼를 지어 월동할 장소인 양 내 집에 몰려와 창문 안쪽과 벽의 위쪽에 자리를 잡고는 간혹 방문객이 들어오는 걸 방해하기도 했다. 매일 아침 말벌들이 추위에 마비되면, 나는 적잖은 말벌을 밖으로 쓸어냈지만 녀석들을 완전히 쫓아내려고 안달하지는 않았다. 오히려 말벌들이 내 집을 괜찮은 피신처로 삼아준 것에 대해 고맙다는 생각마저 들었다. 말벌들은 나와 함께 살았지만 나를 심하게 괴롭히지는 않았다. 게다가 겨울과 지독한 추위를 피해 나도 알지 못하는 틈새로 점차 사라졌다.

말벌들과 마찬가지로 나도 11월이 되면 겨울을 지낼 곳으로 떠나기 전에 월든 호수의 북동쪽 호숫가를 자주 둘러보았다. 리기다소나무 숲과 돌이 많은 호반에서 반사된 햇살 때문에 호숫가는 난롯가처럼 보였다. 그런 곳에 있을 수 있다면, 인위적으로 피운 불보다 햇살에 몸을 덥히는 게 훨씬 더 즐겁고 몸에도 좋을 듯했다. 그래서 나는 이미 그곳을 떠난 사냥꾼처럼 여름이 남겨 놓았지만 여전히 붉게 타오르는 깜부기불에 몸을 덥혔다.

굴뚝을 올리게 됐을 즈음, 나는 석공 기술을 연구했다. 중고 벽돌을 사용했기 때문에 먼저 벽돌들을 흙손으로 깔끔하게 정리해야만 했다. 덕분에 벽돌과 흙손의 속성에 대해 남들보다 훨씬 많은 걸 알게 됐다.

벽돌에 붙은 모르타르는 50년이나 된 것이었고, 시간이 지날수록 더 단단해진다는 말이 있다. 그러나 이런 말은 사람들이 진위를 따져보지 않고 무작정 따라 하는 걸 좋아하는 말 가운데 하나에 불과하다. 게다가 이런 말들은 시간이 지나면서 더 단단해지고 확고하게 굳어지기 때문에, 이런 말들에서 오래 묵은 잘난 척한 부분을 떼어내려면 흙손으로 한참 두드려야 할 것이다. 메소포타미아의 많은 마을은 바빌론의 폐허지에서 구한 양질의 중고 벽돌로 지어졌다. 그렇다면 그 벽돌에 붙은 시멘트는 더 오래됐기 때문에 더 단단할 가능성이 크다. 설령 이런 관계가 맞더라도 나는 그런 시멘트를 수없이 때리고도 닳지 않는 강철 특유의 강인함에 감명받았다. 내가 사용한 벽돌에서 느부갓네살이라는 이름을 읽지는 못했지만, 그 벽돌들은 과거 굴뚝에 사용됐던 것이어서 벽난로에 쓸 만한 벽돌을 최대한 골라낼 노동량과 시간을 절약했다. 또 벽난로를 쌓으면서 벽돌 사이의 틈새를 호숫가에서 구한 돌들로 채웠고, 같은 곳에서 구한 하얀 모래로 모르타르를 만들었다. 나는 벽난로가 집에서 가장 중요한 부분이라고 생각했기 때문에, 벽난로 짓는 데 가장 오랜 시간을 들였다. 너무 신중하게 일했기 때문인지 아침에 바닥부터 시작하긴 했지만 밤이 되어서도 벽돌을 한 방향으로 바닥 위 몇 인치밖에 올리지 못해 베개로 삼을 수 있을 정도였다. 하지만 내 기억이 맞는다면 그 때문에 내 목이 뻣뻣해지지는 않았다. 목이 뻣뻣해진 것은 그보다 훨씬 전이다. 당시 나는 한 시인을 받아들여 보름 동안 숙식을 제공했기 때문에 공간이 좁아 내가 벽난로 쪽에서 잘 수밖에 없었다. 나에게도 칼이 두 개나 있었지만 그도 자신의 칼을 가져와,

우리는 칼들을 흙에 푹 찔러넣어 윤을 내곤 했다. 또, 그는 내가 요리하는 걸 돕기도 했다. 나는 벽난로가 조금씩 반듯하고 탄탄하게 올라가는 걸 보면 즐거웠고, 천천히 진척될수록 그만큼 오래 견딜 수 있을 거라고 생각했다. 굴뚝은 어느 정도 독립적인 구조물로, 지면에서 시작해 집을 관통하여 하늘까지 올라간다. 집이 타버린 후에도 굴뚝은 여전히 서 있는 경우가 적지 않은 것으로 보아 굴뚝의 중요성과 독립성은 분명하다. 그때는 여름이 끝나갈 무렵이었고 어느새 11월에 들어섰다.

북풍에 호수가 이미 차가워지기 시작했지만, 북풍이 부단히 몇 주일을 분 후에야 월든 호수는 완전히 차가워졌다. 그만큼 월든 호수가 깊다는 뜻이다. 저녁에 벽난로에 불을 지피기 시작했을 때는 집에 회반죽을 바르기 전이어서 판자들 사이로 틈새가 많았기 때문인지 굴뚝으로 연기가 잘 빠져나갔다. 옹이가 많은 거친 갈색 판자로 벽을 두르고, 껍질이 그대로 있는 나무를 머리 높이 서까래로 올려 서늘하고 통풍이 잘되는 집에서 저녁 시간을 즐겁게 보냈다. 그러나 회반죽을 칠한 후의 집은 내 눈에 썩 달갑게 보이지 않았지만, 훨씬 안락해졌다는 것은 부인할 수 없었다. 사람이 사는 집이라면 머리 위가 약간 어두울 정도로 높아 저녁마다 서까래 부근에서 그림자가 어른거려야 하지 않을까? 그림자들이 만들어내는 형상들은 프레스코 벽화나 다른 값비싼 가구보다 공상과 상상을 자극하는 데 더 낫다. 내가 집을 주거지로만이 아니라 추위를 피하기 위한 곳으로 사용하기 시작하면서부터 내 집에 비로소 살기 시작했다고 말할 수 있을 것 같다. 나는 한 쌍의 낡은 장작받침쇠를 구해 장작을 벽난로 바닥에 살짝 띄워놓았다. 내가 손수 쌓은 굴뚝 안쪽에 검댕이 생기는 걸 보는 것도 기분이 좋았다. 또한 나는 여느 때보다 즐겁게 불길을 쑤석거릴 수 있는 권리를 마음껏 누렸다. 내 집은 작아서, 집 안에서 메아리가 울리는 것까지는 즐길 수 없었다. 그러나 하나의 방으로 되어 있고 이웃에서 멀리 떨어져 있어 실제보다 커 보였다. 집이 갖추어야 할 모든 것이 방 하나에 집중되어 있었다. 방이 곧 부엌이고 침실이었으며, 응접실이자 거실이었다. 따라서 나는 부모와 자식, 주인과 노예가 집에서 살면서 얻는 모든 만족감을 누릴 수 있었다. 카토가 말했듯, 한 가족의 가장(파트렘파밀리아스)이라면 시골 별장에 "기름과 포도주를 저장하는 지하실, 많은 통을 마련해두어야 한다. 그래야 힘든 시기가 닥쳐도 어렵지 않게 견딜 것이며 가장의 공덕과 영광을 높이는 데도 이득이 될 것이다." 내 지하실에도 감자가 1퍼킨 정도 담긴 작은 통, 2쿼트 가량의 완두콩과 그 안에서 기어다니는 바구미가 있었다. 선반에는 약간의 쌀, 당밀 한 단지, 그리고 호밀 가루와 옥수수 가루가 1펙씩 있었다.

가끔 나는 황금시대에 서 있는 더 크고 사람들로 붐비는 집을 꿈꾼다. 영구적인 재료로 지어지고 요란한 장식물로 꾸미지 않았으며, 널찍하고 야만적으로 보이지만 튼튼하고 원시적인 하나의 방으로만 이루어진 집을 꿈꾼다. 천장도 없고 벽에 회반죽을 칠하지 않았으며 서까래와 마룻내만이 우리 머리 위로 일종의 낮은 하늘을 떠받치며 그런대로 비와 눈을 피할 수 있는 집이다. 우리가 문지방을 넘어서자마자 옛 왕조의 사투르누스 신에게 엎드려 절할 때 확연히 눈에 들어오는 왕대공과 쌍대공에 경의를 표할 수밖에 없는 집이다. 지붕을 보려면 횃불을 긴 막대기에 매달아야 하는 큰 동굴 같은 집이다. 이런 집에서 어떤 사람은 벽난로 안에서 살고, 어떤 사람은 창문이 움푹 들어간 곳에 산다. 팔걸이와 등받이가 있는 긴 의자에서 사는 사람도 있고 방의 한쪽 끝에 사는 사람도 있으며, 반대편 끝에서 사는 사람도 있다. 심지어 높은 서까래 위에서 거미들과 함께 사는 사람도 있다. 바깥문을 열면 곧바로 들어올 수 있어 딱딱한 격식이 필요 없는 집이며, 피곤에 지친 여행자가 더 이상 걷지 않고도 씻고 식사를 하며 대화를 나누고 잠잘 수 있는 집이다. 또한 비바람 치는 밤에 기꺼이 들어오고 싶은 피난처이며, 집에 반드시 필요한 것은 모두 갖추었지만 구태여 관리할 것은 전혀 없는 곳이다. 집의 모든 보물이 한눈에 들어오고, 사람이 사용해야 하는 모든 것은 못걸이에 걸려 있다. 모든 공간이 부엌인 동시에 식품 저장실이고 응접실인 동시에 침실이며 창고인 동시에 다락방이다. 가운데가 불룩한 통이나 사다리처럼 반드시 필요한 물건과 찬장 같은 편의시설이 눈에 띄고, 냄비의 요리가 끓는 소리가 들리며, 저녁거리를 조리하는 불과 빵을 굽는 화덕을 언제라도 들여다볼 수 있는 집이며, 반드시 필요한 가구와 도구가 주된 장식품인 집이다. 빨래를 밖에 걸지 않아도 되고 불을 밖에서 지필 이유도 없어 안주인이 밖에 나갈 필요가 없으며, 요리사가 지하실로 내려가려고 할 때 간혹 당신에게 마루의 뚜껑문에서 비켜달라고 부탁할 수도 있어 당신이 직접 바닥을 발로 굴러보지 않고도 바닥이 단단한지 아니면 아래가 비었는지 알 수 있는 집이다. 또, 내부가 새의 둥지처럼 훤히 트이고 감추는 게 없어,

앞문으로 들어가 뒷문으로 나갈 때마다 안에서 사는 사람들 중 몇몇을 만나기 마련이다. 손님이 되는 동시에 집을 마음대로 돌아다니는 자유를 부여받기 때문에 8분의 7에게 교묘히 배척당해 특정한 방에 혼자 감금된 채 편하게 지내라는 말을 듣지 않아도 되는 집이다. 요즘은 집주인이 손님을 자신의 벽난로 옆에 받아들이는 경우가 거의 없다. 석공에게 집 안의 복도 어딘가에 손님을 위한 벽난로를 설치하게 한다. 따라서 손님 접대가 이제는 손님을 가능하면 멀리 떼어놓는 기술이 되었다. 게다가 손님을 독살할 계획이라도 품은 양 음식에도 비밀스러운 요소가 너무 많다. 내가 많은 사람의 땅에 무단으로 들어가 합법적인 퇴거 명령을 받을 수 있었다는 건 알지만, 정말 많은 사람의 집까지 들어갔다고는 생각하지 않는다. 내가 방금 언급한 집과 같은 곳에서 소박하게 사는 왕과 왕비가 있다면, 그리고 내가 마침 그 집이 있는 쪽으로 가게 된다면 나는 낡은 옷을 걸치고라도 그 왕과 왕비를 찾아뵙고 싶다. 그러나 현대식 궁전에 들어가게 된다면, 뒷걸음질해서 궁전을 빠져나오는 방법을 어떻게 해서라도 배우려 할 것이다.

우리가 응접실에서 주고받는 말이 모든 활력을 잃어 완전히 '팔라버'로 변질되었다. 우리는 말의 상징성과 동떨어진 삶을 살고 있어 말의 은유와 비유가 미끄럼틀과 식품용 승강기로 아주 멀리 보내진 듯하다. 달리 말하면, 응접실이 부엌과 일터에서 아주 멀리 떨어져 있다는 뜻이다. 저녁 식사조차 어떤 서녁 식사의 비유에 불과하다. 미개인만이 자연과 진실에 가까이 살고 있어 거기에서 비유를 끌어올 수 있는 듯하다. 학자들은 한결같이 서북부 속령屬領 지역이나 맨 섬에 멀리 떨어져 살고 있는데 부엌에서 어떤 일이 논의되는지 어떻게 알겠는가?

하지만 내 손님들 중 그런대로 오랫동안 머물면서 나와 함께 옥수수 죽을 먹을 정도로 대담한 사람은 한둘에 불과했다. 거의 모든 손님이 그런 위기가 다가오면, 옥수수 죽이 내 집을 기초까지 흔들어놓을 것처럼 서둘러 떠났다. 하지만 내 집은 상당한 옥수수 죽을 손님들에게 제공하고도 끄떡하지 않았다.

날씨가 얼어붙을 듯이 추워지기 시작한 후에야 나는 회반죽을 벽에 칠했다. 이를 위해 호수 반대편에서 더 희고 깨끗한 모래를 배로 실어 날랐다. 필요했다면 나는 기꺼이 훨씬 더 멀리까지 갔을 것이다. 그 사이에 집은 사방으로 바닥까지 지붕널이 이어졌다. 윗가지를 붙일 때는 망치질 한 번으로 모든 못을 깊숙이 박을 수 있어 무척 즐거웠다. 회반죽을 흙받기에서 벽으로 깔끔하고 신속하게 옮기는 것이 크나큰 목표였다. 그때, 예전에 멋진 옷을 입고 마을을 빈둥빈둥 돌아다니면서 일꾼들에게 이러쿵저러쿵 충고하는 버릇이 있던 남자의 이야기가 떠올랐다. 어느 날, 그는 말 대신 과감히 행동하기로 하고 소매를 말아 올리고는 미장이의 흙받기를 받아들었다. 그리고 흙손에 무사히 회반죽을 올려놓고는 머리 위의 윗가지를 흐뭇한 표정으로 바라보며 그쪽으로 대담하게 흙손을 옮겼다. 그 순간, 낭패스럽게도 흙손에 담겼던 회반죽이 주름 잡힌 옷의 가슴에 왕창 떨어지고 말았다. 나는 회반죽칠의 경제성과 편의성에 새삼스레 감탄하지 않을 수 없었다. 회반죽이 냉기를 무척 효과적으로 차단하고, 마무리를 멋지게 해주기 때문이다. 덕분에 나는 미장이가 범하기 쉬운 많은 잘못에 대해서도 알게 됐다.

또 습기를 좋아하는 벽돌이 내가 회반죽을 매끄럽게 다듬기도 전에 회반죽에서 습기를 몽땅 빨아들이고, 그리하여 새로 지은 벽난로를 처음 사용할 때는 양동이로 여러 통의 물이 필요하다는 걸 알고 놀랍기도 했다. 나는 그 전해 겨울에 콩코드 강에서 사는 우니오 플루비아틸리스의 껍질로 실험 삼아 약간의 석회를 만들어본 적이 있어, 내게 필요한 재료를 어디에서 구할 수 있는지 알았다. 따라서 마음만 먹었다면 1-2마일쯤 떨어진 곳에서 괜찮은 석회석을 구해 직접 태워 석회를 만들어 낼 수도 있었다.

그 사이에 월든 호수에서 가장 그늘지면서도 얕은 후미진 곳에 엷은 막이 덮이기 시작했다. 그로부터 며칠 후, 심지어 몇 주가 지난 후에야 호수는 전반적으로 얼어붙었다. 첫 얼음은 단단하고 빛을 차단하는데다 투명해서 얕은 곳의 바닥을 조사할 최적의 기회를 제공하기 때문에 무척 흥미롭고 완벽하다. 수면 위의 소금쟁이처럼 1인치 두께에 불과한 얼음 위에 몸을 쭉 뻗고 엎드리면, 2-3인치밖에 떨어지지 않은 호수 바닥을 유리 뒤의 그림처럼 느긋하게 살펴볼 수 있다. 이런 시기의 물은 언제나 잔잔하기 마련이다. 모래에는 어떤 동물이 여기저기 돌아다니다가 그 길을 따라 그대로 돌아온 듯한 고랑이 무척 많다. 하얀 석영의 미세한 알갱이로 된 물여우의 딱지들이 잔해처럼 흩뿌려져 있기도 하나. 고랑에도 물여우들의 딱시가 석삸게 있기 때문에 물여우들이 모래에 고랑 같은 주름을 남겼을 가능성도 있지만 그렇다고 생각하기에는 고랑이 깊고 넓은 편이다. 얼음 자체가 가장 흥미로운 연구대상이지만 얼음을 연구하려면 첫 기회를 활용해야 한다. 호수가 얼어붙은 다음 날 아침 얼음을 면밀히 살펴보면, 대다수의 기포가 처음에는 얼음 속에 있는 것처럼 보이지만 실제로는 얼음 밑에 붙어 있고, 더 많은 기포가 바닥에서 끊임없이 올라오고 있다는 걸 확인할 수 있다. 이때까지는 얼음이 비교적 단단하여 빛을 차단한다. 다시 말해 얼음 아래의 호숫물이 보인다. 이 기포들은 지름이 1인치의 80분의 1에서 8분의 1까지 다양하며, 무척이나 맑고 아름답다. 얼음 아래의 기포에 비친 얼굴이 보일 정도이며, 1제곱인치의 얼음에 30-40개의 기포가 생긴다. 얼음 안에도 가늘고 긴 기포가 생기는데 길이가 반 인치 정도고 위쪽에 정점이 있는 뾰족한 원뿔 모양이다. 또 얼음이 갓 형성된 때에는 작은 원형 기포들이 염주 알을 이어놓은 듯 위아래로 줄줄이 연결된 경우도 많다. 그러나 얼음 안에 맺힌 기포는 얼음 아래에 맺힌 기포에 비해 많지도 않고 뚜렷이 보이지도 않는다. 나는 때때로 돌을 던져 얼음이 얼마나 단단한지 시험해보기도 했다. 얼음을 뚫고 들어간 돌은 공기를 물에 끌고 들어가, 얼음 아래에 무척 크고 뚜렷한 기포가 형성됐다. 어느 날, 얼음이 얼고 48시간이 지난 후 같은 장소를 살펴보았다. 얼음 가장자리의 이음매에서도 분명히 확인할 수 있었듯이 얼음이 1인치 정도 더 얼었지만 그 큰 기포들은 완벽한 상태를 유지하고 있었다. 그러나 그 이틀은 '인디언 여름'처럼 무척 따뜻했기 때문에, 짙은 초록빛의 호숫물과 바닥을 그대로 보여주던 얼음은 더 이상 투명하지 않고 희끄무레한 잿빛을 띠었다. 두께는 두 배나 두꺼워졌지만 전보다 단단하지는 않았다. 기포들이 따뜻한 날씨에 크게 팽창하면서 혼합되어 규칙성을 상실했기 때문

이었다. 기포들은 더 이상 염주 알을 이어놓은 듯 위아래로 줄줄이 연결
되지 않고, 가방에서 쏟아놓은 듯한 은화처럼 서로 포개지거나, 좁은
틈새에 낀 것처럼 얇은 조각의 모습을 하고 있었다. 이렇게 얼음의 아름
다움은 사라졌고, 그 후로는 얼음의 밑바닥을 살펴볼 수도 없었다. 새
로 형성된 얼음에서 그 큰 기포가 어떤 위치를 차지하는지 알고 싶은 마
음에 나는 중간 크기의 기포가 있는 얼음 덩어리를 깨내어 뒤집어보았
다. 새로 형성된 얼음은 기포들 주변과 아래쪽에 형성됐기 때문인지 두
얼음 사이에 끼어 있었다. 기포는 아래쪽 얼음 속에만 있었지만 위쪽 얼
음에 바싹 달라붙고 납작한 모양이었다. 정확히 말하면 양쪽 끝을 둥글
린 렌즈 모양이었고 두께는 4분의 1인치, 지름은 4인치 정도였다. 나는
기포 바로 아래에 있는 얼음들이 한결같이 뒤집어 놓은 받침 접시 모양
으로 녹는 걸 보고 깜짝 놀랐다. 얼음의 가운데 부분은 높이가 8분의 5
인치 정도였다. 물과 기포 사이에는 8분의 1인치도 되지 않는 얇은 격
벽이 남겨져 있었는데 이 격벽에 있던 기포들은 대다수가 아래쪽으로
터져 있었다. 지름이 1피트쯤 되는 큰 기포들 아래에는 얼음이 전혀 없
는 것 같았다. 그래서 내가 처음 얼음의 아랫면에서 보았던 무한히 많은
작은 기포들도 이제는 얼어버렸고, 그 기포들이 각각의 각도에 따라 화
경 역할을 하며 아래에 있던 얼음을 녹여 없애버렸을 것이라고 생각했
다. 달리 말하면, 기포들은 얼음이 갑자기 날카로운 소리를 내며 갈라
지게 하는 작은 공기총이라고 할 수 있다.

　내가 회반죽 공사를 끝내기가 무섭게 마침내 겨울이 본격적으로 시

작됐고, 바람도 그 순간을 학수고대하고 있던 것처럼 집 주변에서 울부짖기 시작했다. 온 땅이 눈으로 덮인 뒤에도 밤마다 기러기들이 어둠 속에 날아와 요란하게 울어대고 날개를 펄럭이며, 어떤 녀석들은 월든 호수에 내려앉고 어떤 녀석들은 숲 위를 아슬아슬하게 스치며 멕시코를 향해 페어헤이븐 쪽으로 날아갔다. 밤 10시나 11시쯤 마을에서 돌아올 때면 한 떼의 기러기, 혹은 오리가 내 집 뒤의 숲에 있는 웅덩이 옆에서 먹을 것을 찾아 마른 잎들을 밟는 소리와 우두머리가 희미하게 왝왝거리는 울음소리에 따라 황급히 떠나는 녀석들의 소리를 듣곤 했다. 월든 호수는 1845년 12월 22일 밤에야 처음으로 완전히 얼어붙었지만, 플린트 호수와 그 밖의 얕은 호수들과 콩코드 강은 열흘이나 그 이전에 이미 꽁꽁 얼었다. 1846년에는 12월 16일, 1849년에는 12월 31일경, 1850년에는 12월 27일경, 1852년에는 1월 5일, 1853년에는 12월 31일에 완전히 얼었다. 눈은 11월 25일부터 이미 온 땅을 뒤덮으며 갑자기 나를 겨울 풍경으로 에워쌌다. 나는 내 껍질 안에 더 깊숙이 움츠러들었지만, 내 집만이 아니라 가슴까지 밝은 불을 지피려고 애썼다. 그때부터 내가 밖에서 할 일은 숲에서 마른 가지를 수거해 품에 안거나 어깨에 짊어지고 헛간에 옮기는 것이었다. 때로는 죽은 소나무를 양 겨드랑이에 한 그루씩 끼고 질질 끌고 오기도 했다. 이미 자기 몫을 다한 낡은 숲 울타리는 내게 뜻밖의 소득이었다. 그 울타리가 테르미누스 신을 더 이상 섬기지 못했기 때문에 나는 그 울타리를 불카누스 신에게 제물로 바쳤다. 눈밭을 돌아다니며 사냥한 땔감, 아니 훔친 땔감으로 조리한 저녁 식사는 얼마나 흥미진진하겠는가! 그렇게 훔친 땔감으로 조리한 빵과 고기는 달콤하고 맛있다. 우리가 살아가는 마을 숲 근처에는 땔감으로 쓸만한 데도 집을 덥히는 데 사용하지 않는 온갖 종류의 삭정이와 못쓰는 나무가 얼마든지 있다. 심지어 어떤 사람들은 그런 것들이 어린 나무의 성장을 방해한다고 생각한다. 호수에는 떠다니는 유목도 있었다. 여름에 나는 철로가 건설될 때 아일랜드 노동자들이 리기다소나무를 껍질도 벗기지 않고 통나무째 엮어 만든 뗏목을 우연히 발견했다. 나는 그 뗏목을 호반까지 반쯤 끌어올려 놓았다. 2년 동안 물을 흠뻑 먹고, 그 후 6개월 동안 뭍에 올라와 있던 뗏목은 아무리 해도 마르지 못할 정도로 물이 배어 있었지만 모양새는 흠잡을 데가 없었다. 그래서 겨울 어느 날, 나는 뗏목에 엮인 통나무들을 하나씩 풀어내 호수를 가로질러 거의 반 마일을 운반했다. 정확히 말하면, 15피트 길이의 통나무를 한쪽 끝은 어깨에 얹고 반대편 끝은 얼음판 위에 내려놓은 채 뒤에서 밀어 옮겼다. 때로는 여러 개의 통나무를 자작나무의 낭창낭창한 가지로 묶고, 끝에 갈고리 모양의 돌기가 있는 길쭉한 자작나무나 오리나무를 그 사이에 끼워 넣어 끌고 가기도 했다. 이 통나무들은 온통 물을 먹어 납처럼 무거웠지만 오랫동안 탔을 뿐 아니라 화력도 대단했다. 그래서 송진이 물에 담겨 있을 때 램프에서 더 오래 타는 것처럼 이 통나무들도 물에 흠뻑 젖어 더 잘 타는 것이라는 생각이 들었다.

길핀은 영국의 숲 경계지에 사는 사람들을 다룬 글에서 "불법 침입자들이 숲에 부단으로 늘어와 숲의 경계에 짓는 집과 울타리는 ……옛 삼림법에서 중대한 불법행위로 여겨졌고, 들짐승을 놀라게 하고 숲에 손실을 가할 위험이 있다 하여 공유지 침해라는 죄목으로 엄한 처벌을 받았다"라고 했다. 그러나 나는 사냥꾼이나 나무꾼은 물론이고 내가 워든 경이라도 된 것처럼 숲에서 서식하는 야생동물과 초목에 관심이 많았다. 나도 실수로 숲에 불을 낸 적이 있었지만 어디라도 숲의 일부가 타면 숲의 주인보다 더 오랫동안 낙담하며 깊은 슬픔에 잠겼다. 심지어 숲의 주인이 직접 나무들을 베어낼 때도 나는 슬펐다. 우리 농부들이 숲을 베어낼 때, 옛 로마인이 신성한 숲(루쿰 콘루카레)을 솎아내 빛이 스며들게 하려 했을 때 느꼈던 경외감, 즉 숲이 어떤 신에 바쳐진 것이라 믿는 경외감을 조금이라도 느끼기를 나는 바랐다. 로마인은 속죄를 위한 제물을 바치며 "남신이든 여신이든 이 숲을 제물로 받은 신이시여, 저와 제 가족과 자식을 보살펴주십시오"라고 기도했다.

이 새로운 시대, 이 새로운 나라에서도 나무에 크나큰 가치, 즉 황금보다 더 항구적이고 보편적인 가치가 여전히 부여된다는 사실이 놀랍기만 하다. 우리가 이루어낸 무수한 발견과 발명에도 불구하고 누구도 나뭇더미를 모른 체하고 지나가지 않는다. 나무는 우리 조상인 색슨족이나 노르만족에게 소중했던 만큼이나 우리에게도 소중하다. 그들이 나무로 활을 만들었다면 우리는 나무로 총의 개머리판을 만든다. 30년도 더 오래전에 미쇼는 "뉴욕과 필라델피아에서 연료용 땔감의 가격은 파리에서 거래되는 최고급 목재의 가격과 엇비슷하거나 그보다 높다. 이 광대한 수도는 매년 30만 코드 이상의 목재가 필요하고, 밖으로 300마일에 달하는 경작지로 둘러싸여 있는데도 그런 실정이다"라고 말했다. 이 마을에서 목재 가격은 거의 꾸준히 오르고 있어, 목재 값이 올해에는 작년보다 얼마나 오르느냐가 유일한 문제다. 다른 용건이 없는데도 숲을 직접 찾아오는 장사꾼들과 직공들은 목재 경매에 반드시 참가하고, 나무꾼이 일한 후에 남긴 부스러기를 줍는 특권을 얻기 위해 높은 값을 치르기도 한다. 사람들은 오래전부터 숲에서 땔감과 예술품 재료를 구해왔다. 뉴잉글랜드 사람들과 뉴네덜란드 사람들, 파리 사람들과 켈트인, 농부와 로빈 후드, 블레이크 아줌마와 해리 길, 세계 대부분 지역의 왕족과 농부, 학자와 야만인 등 누구에게나 몸을 따뜻하게 하고 먹을 것을 조리하기 위해서는 아직 숲에서 얻은 장작이 필요하다. 나도 장작 없이는 지낼 수 없다.

모든 사람이 자신의 장작더미를 애정 어린 눈길로 바라본다. 나는 창문 앞에 장작을 쌓아두는 걸 좋아한다. 나무토막이 높이 쌓일수록 내가 즐겁게 일하던 순간들이 더 잘 떠오른다. 내게는 주인이 누군지 모를 낡은 도끼 한 자루가 있었다. 겨울날이면 내 집의 양지바른 곳에서 나는 콩밭에서 캐낸 그루터기들을 그 도끼로 팼다. 내가 밭을 갈 때 소를 몰던 사람이 예언했듯이, 그루터기들은 나를 두 번이나 따뜻하게 해주었다. 한 번은 내가 그루터기들을 도끼로 쪼갤 때였고, 다른 한 번은 그루터기를 쪼개 얻은 땔감으로 불을 지필 때였다. 따라서 그루터기보다 더 많은 열을 주는 땔감은 없는 것 같았다. 나는 마을 대장장이에게 부탁해 도끼를 날카롭게 다듬으라는 충고를 받았다. 그러나 나는 대장장이를 건너뛰었고, 숲에서 구한 히커리나무를 도끼에 끼워 넣어 도끼를 그런대로 쓸 만하게 만들었다. 도끼는 비록 날이 무디기는 했지만 적어도 자루에는 제대로 박혀 있었다.

송진이 많은 소나무 토막들은 그야말로 보물이었다. 불길을 살리는 이런 땔감이 땅속에 아직 엄청나게 감춰져 있다는 사실을 기억하는 것도 흥미로운 일이다. 과거에 나는 어떤 헐벗은 언덕 비탈을 가끔 '탐사'하고 다녔다. 그곳은 전에 리기다소나무가 숲을 이룬 곳이어서 송진이 많은 소나무 뿌리를 캐내곤 했기 때문이다. 이런 뿌리들은 거의 썩지 않는다. 적어도 30-40년은 된 듯한 그루터기들이 백목질은 부드럽고 푸석푸석한 흙으로 변했더라도 안쪽은 말짱해, 두꺼운 껍질층은 중심에서부터 4-5인치 떨어져 흙과 같은 높이에서 고리 모양을 이루는 것에서도 확인된다. 도끼와 삽으로 이런 광맥을 파보면, 금맥을 만난 것처럼 혹은 쇠기름처럼 노란 골수가 모여 있는 곳을 땅속 깊은 곳에서 만나게 된다. 그러나 나는 대부분 눈이 오기 전에 숲에서 구해 헛간에 쌓아놓은 마른 잎으로 불을 지폈다. 나무꾼들은 숲에서 야영할 때, 푸른 잎이 달린 히커리나무를 가늘게 쪼개 불쏘시개로 사용한다. 가끔 나도 이런 방법을 사용했다. 마을 사람들이 지평선 너머에서 불을 피우면 나도 굴뚝으로 가늘고 기다란 연기를 피워 올려 월든 골짜기에 사는 야생동물들에게 내가 깨어 있음을 알렸다.

가벼운 날개가 달린 연기여,
하늘로 솟아오르며 그대의 날개를 녹이는
이카로스의 새여,
노래하지 않은 종달새여, 새벽을 알리는 사자使者여,
그대의 보금자리인 양 작은 마을들 위를 맴도는구나.
그게 아니면 그대의 치맛자락을 끌어올리며

한밤의 환상이 빚어낸 꿈과 어렴풋한 형상을

떨쳐내는 것이겠지.

밤이면 별을 덮어 감추고,

낮이면 빛을 어둡게 하며 해를 가리는구나.

그대, 내 향이여, 이 화로에서 위로 올라가

신들에게 이 밝은 불을 용서해달라고 간구하라.

갓 잘라낸 단단한 생나무는 거의 사용하지 않았지만 다른 어떤 땔감보다 내 목적에 부응했다. 겨울날 오후 나는 간혹 생나무로 불을 활활 피워놓고 산책을 나갔다. 서너 시간 후에 돌아와도 불은 여전히 빨갛게 타오르고 있었다. 따라서 내가 밖에 나가 있을 때도 집은 비어 있는 게 아니었다. 마치 명랑한 가정부를 집에 남겨둔 것과 같았다. 나는 불과 함께 한 지붕 아래에서 살았고, 내 가정부는 언제나 믿을 만했다. 하지만 어느 날, 나는 장작을 패다가 집에 불이 붙었는지 창문으로 집 안을 살펴봐야겠다는 생각이 들었다. 내 기억이 맞다면 그때가 그런 문제로 유난히 걱정한 유일한 때였다. 그래서 나는 집 안을 들여다보았고, 한번은 불티가 침대에 튄 걸 보았다. 황급히 달려 들어가 불을 껐지만, 침대에 이미 내 손바닥만 한 흔적을 남긴 뒤였다. 그러나 내 집은 햇살이 잘 들고 바람이 잘 통하지 않는 곳에 위치한데다 지붕도 상당히 낮았으므로 겨울에도 한낮에는 불을 시쁴시 않고 지낼 수 있었다.

두더지들은 지하실에 보금자리를 마련하고 감자를 이미 3분의 1정도 먹어치웠을 뿐 아니라, 내가 회반죽 공사를 하고 남긴 털과 갈색 벽지로 아늑한 침대까지 만들어두었다. 가장 야생적인 동물들도 인간과 마찬가지로 안락하고 따뜻한 걸 좋아하기 때문이다. 두더지들은 무척 신중하게 그런 공간을 마련하기 때문에 겨울을 무사히 넘긴다. 내 친구들 중 일부는 내가 일부러 얼어 죽으려고 숲에 들어간 것처럼 말했다. 동물은 안전한 곳에 잠자리를 만들고, 자기 몸으로 잠자리를 덥힐 뿐이다. 그러나 인간은 불을 발견한 덕분에 널찍한 방에 공기를 가두고 방을 덥힌다. 달리 말하면, 자기 온기를 빼앗기는 대신 방을 덥혀 잠자리로 만든다. 그런 방에서 사람들은 거추장스러운 옷을 벗은 채 돌아다니며, 한겨울에도 여름 같은 날을 살아갈 수 있다. 또한 창문을 이용해 햇살을 받아들이고, 등불을 밝혀 낮 시간을 늘릴 수도 있다. 따라서 인간은 본능을 한두 걸음쯤 넘어서서 예술을 추구하는 시간을 조금씩 마련한다. 밖에서 지독히 거친 바람과 오랫동안 싸운 탓에 온몸이 마비되기 시작해도 따뜻한 온기가 감도는 집에 들어오면 나는 금세 몸의 기능들을 회복하고 생명을 이어갈 수 있었다. 그러나 호화찬란한 집에 사는 사람도 이런 점에 대해서는 특별히 자랑할 것이 거의 없고, 인류가 최후에 어떻게 멸망할 것인지에 대해 추측하느라 우리가 골치를 썩일 필요도 없다. 북쪽에서 좀더 매서운 광풍이 불어닥치면 언제라도 인류의 목숨을 결정하는 실을 쉽게 끊어놓을 것이기 때문이다. 우리는 지독히 추웠던 금요일과 대폭설의 날까지 거슬러 올라가 날짜를 헤아리지만, 좀더 추운 금요일이나 더 큰 폭설이 닥치면 이 땅에서 인류의 존재는 멸할지도 모른다.

이듬해 겨울, 나는 숲의 주인이 아니었기 때문에 절약할 생각으로 조그만 요리용 화로를 사용했다. 그러나 화로는 앞이 열린 벽난로만큼 불을 잘 유지하지 못했다. 게다가 대부분의 경우, 요리하는 것도 더 이상 시적인 과정이 아니라 화학적인 과정이었다. 이제 화로의 시대가 되면서, 우리가 과거에는 인디언의 방식을 따라 감자를 재에 넣어 구웠다는 사실은 곧 잊히고 말 것이다. 화로는 공간을 차지하고 집에 냄새를 풍기는데다 불이 보이지 않았다. 그래서 나는 친구 하나를 잃어버린 듯한 기분이었다. 불에서는 언제나 어떤 얼굴이 보인다. 노동자는 저녁이면 불을 들여다보며, 낮 동안 쌓인 무가치한 것과 불순물을 생각에서 지워내지만, 나는 이제 불 앞에 앉아 불을 들여다볼 수 없다. 그 때문인지 한 시인이 적절히 표현한 시구가 새로운 힘을 얻어 내 기억에 되살아났다.

밝은 불꽃이여, 삶의 모습을 비춰주는
그대의 사랑스럽고 친근한 공감을
내게 거절하지 마소서.
내 희망이 아니면 무엇이 그처럼 밝게 치솟아
올라가겠는가?
내 운명이 아니면 무엇이 밤에 그처럼 낮게
가라앉았겠는가?

왜 그대는 우리의 벽난로와 응접실에서 추방당했는가?
모두에게 환영받고 사랑받던 그대였는데.

이제 우리 삶에서 흐릿하기 그지없는 흔한 빛에 비하면

당시 그대의 존재는 얼마나 환상적이었던가?

그대의 밝은 불빛은 우리 영혼과 마음에 맺는다고

신비로운 대화를 나누지 않았던가?

너무나 대담하게 비밀까지도?

그래, 우리는 이제 희미한 그림자조차 흔들리지 않고

기쁨도 슬픔도 없이

그저 불기운이 손과 발을 따뜻하게 해주는

난롯가에 앉아 있어 안전하고 안정되기는 했지만

더 큰 열망을 품지 못한다.

아담하고 실용적인 난로 옆에서

현재라는 시간은 자리 잡고 앉아

잠에 빠져들기도 하겠지만,

어둑한 과거에서 걸어나와 모닥불의 휘청대는 불꽃 옆에

우리와 함께 앉아 이야기를 나누던 유령도 두려워하지 않으리라.

— 후퍼 부인

과거의 거주자들,
그리고 겨울의 방문객들

Former Inhabitants; and Winter Visitors

나는 신나게 휘몰아치는 눈보라를 몇 차례 이겨냈
다. 밖에서는 눈이 매섭게 몰아쳐 올빼미의 울음소리마저 멈춰버렸지
만 나는 벽난로 앞에서 즐겁게 겨울 저녁을 보내곤 했다. 몇 주 동안,
내가 숲을 산책할 때 만난 사람이라고는 가끔 땔감을 마련하러 와서 썰
매로 마을까지 싣고 가는 사람들밖에 없었다. 하지만 나는 자연의 힘
에 매료되어 숲에 쌓이고 쌓인 눈을 밟으며 길을 냈다. 내가 일단 밟고
지나간 길에 바람이 떡갈나무 잎들을 떨어뜨렸고, 그 잎들은 자리를
잡은 곳에서 햇살을 흡수해 눈을 녹임으로써 내가 발을 딛기에 알맞은
마른 바닥을 만들었을 뿐 아니라, 밤에는 잎들이 검은 선으로 보여 내
게 길잡이 노릇을 했기 때문이다. 나는 사람들과의 교제를 대신하는
마음으로, 이 숲에서 먼저 살았던 사람들을 떠올려야만 했다. 집 근처
의 길을 지날 때 숲에서 살던 사람들이 웃고 떠들던 소리가 들렸고, 집
과 경계를 이루는 숲에는 그들의 작은 채마밭과 집이 여기저기에 흩어
져 있었지만 당시에는 지금보다 울창한 나무들에 가려 숲 밖에서 보이
지 않았다고 기억하는 마을 사람이 많았다. 내 기억에도 역마차가 지

날 때 양편 소나무들과 동시에 스치는 곳이 여러 군데 있었는데, 그 길을 따라 혼자 걸어서 링컨으로 가야 했던 여자들과 아이들은 두려움에 떨며 거리 대부분을 거의 뛰어가기 일쑤였다. 그 길은 사람들이 이웃마을에 가거나 나무꾼이 수레를 맨 말을 끌고 다닐 때 주로 이용하는 하찮은 길이었지만, 여행자가 지금보다 훨씬 다양한 모습을 즐기며 오랫동안 기억에 담아둘 만한 길이었다. 지금은 널찍한 밭이 마을에서부터 숲까지 펼쳐져 있지만 당시에는 통나무를 바닥에 깐 길이 담갈색의 습지를 가로지르고 있었다. 그 길의 흔적이 지금은 구빈원으로 사용되는 스트래튼 농장부터 브리스터 언덕까지 이어진 먼지로 뒤덮인 간선도로 아래 아직 남아 있을 것이다.

내 콩밭 동쪽에 있는 그 길 건너편에는 카토 잉그램이 살았다. 그는 콩코드 마을의 신사, 던컨 잉그램 향사鄕士의 노예였다. 던컨 잉그램은 월든 숲에 집을 지어 그의 노예가 그곳에 살도록 허락해주었다. 물론 카토는 우티켄시스가 아니라 콩코디엔시스로, 기니에서 잡혀온 흑인 노예였다고 전해진다. 그의 작은 밭 주변으로는 호두나무들이 있었는데, 그가 늙으면 필요할 거라는 생각에 그 나무들을 길렀다고 기억하는 사람들이 적지 않다. 결국은 그보다 젊고 피부가 더 하얀 투기꾼이 그 호두나무들을 차지했지만, 그도 이제는 똑같이 좁은 집에 잠들어 있다. 카토의 지하실은 반쯤 허물어진 채 아직 남아 있지만, 주변에 서 있는 소나무들에 가려 극소수만 알고 있을 뿐이다. 지금은 그 흔적마저 옻나무에 속한 떨기나무(루스 글라브라)로 완전히 뒤덮여 있으며, 미역취류 중에서 가장 일찍 꽃이 피는 종(솔리다고 스트릭타)이 무성하게 자라고 있다.

내 콩밭 한쪽 구석에서 마을과 제일 가까운 곳에는 질파라는 유색인 여자의 작은 집이 있었다. 질파는 아마에서 실을 뽑아 마을 사람들에게 팔았고, 우렁차고 탁 트인 목소리로 노래를 불러 월든 숲을 뒤흔들어 놓았다. 그러나 1812년의 전쟁 때 그녀가 집을 비운 사이, 다시는 적대 행위를 하지 않겠다는 조건으로 석방된 포로였던 영국 군인들이 집에 불을 질렀고, 그녀가 기르던 고양이와 개와 닭들도 모두 타 죽었다. 그녀는 힘겨운 비인간적인 삶을 살았다. 이 숲을 자주 드나들던 한 노인의 기억에 따르면, 어느 날 정오에 그녀의 집을 지날 때 그녀가 팔팔 끓는 냄비에 대고 혼잣말로 "너는 온통 뼈로구나. 뼈만 있어"라고 투덜대는 소리를 들었다고 했다. 이제 떡갈나무 숲으로 변한 그곳에서 나는 벽돌 몇 장밖에 보지 못했다.

길을 따라 조금 내려가면 오른쪽 브리스터 언덕에는 브리스터 프리먼이 살았다. 그는 '솜씨가 좋은 흑인'으로 한때 커밍스 치안판사의 노예였다. 브리스터 언덕에는 브리스터가 심고 가꾼 사과나무들이 아직 자라고 있다. 이제는 커다란 늙은 나무들이 됐지만 그 나무들에 달린 사과는 내 입맛에 여전히 야생 사과처럼 상큼했다. 얼마 전 나는 링컨 마을의 오래된 공동묘지에서 그의 묘비에 적힌 글을 읽었다. 콩코드에서 후퇴하다 전사한 영국 척탄병들의 이름 없는 무덤들 근처 한쪽 구식에 세워진 작은 묘비였다. '시피오 브리스터' —그를 스키피오 아프리카누스라고 부를 만한 이유는 있었다—그리고 그가 탈색이라도 된 것처럼 '유색인'이라고 덧붙여져 있었다. 또 묘비명에는 그가 사망

한 때가 뚜렷이 새겨져 있었지만, 그런 표기는 그가 한때 이 땅에 숨 쉬고 살았던 사람이라는 사실을 내게 간접적으로 말해주는 방법일 뿐이었다. 그는 펜다라는 자상한 아내와 함께 살았다. 펜다는 점치는 여자였는데 점괘를 항상 좋은 쪽으로 말했다. 둥글넓적한 검은 얼굴은 어떤 밤의 아이들보다 까맸고, 그처럼 까만 얼굴은 그 이전이나 이후로도 콩코드 위에 뜬 적이 없었다.

언덕을 더 내려가면 왼쪽으로 숲을 지나는 옛길이 있는데 스트래튼 가족 농가의 흔적이 부분적으로 남아 있다. 그들의 과수원은 옛날에 브리스터 언덕의 비탈을 완전히 뒤덮고 있었지만, 오래전부터 리기다소나무에게 밀려나 이제는 몇몇 그루터기만 남아 있을 뿐이다. 그러나 이 그루터기들의 오래된 뿌리는 지금도 마을에서 자라는 많은 나무들의 천연 묘목 역할을 하고 있다.

마을 쪽으로 더 내려가면 숲길 반대편으로 숲이 거의 끝나는 곳에서 브리드의 집터를 만나게 된다. 옛 신화에서도 이름이 분명히 언급되지 않은 악마의 못된 장난으로 유명한 집터다. 이 악마는 우리 뉴잉글랜드의 일상적인 삶에서도 두드러지고 간담이 서늘한 역할을 해왔기 때문에 신화의 여느 등장인물만큼이나 언젠가는 그의 전기를 써둘 만한 가치가 있다. 처음에는 친구나 일꾼으로 가장해서 찾아오지만 가족 전부의 재산과 목숨을 빼앗는다. 이 악마의 이름은 '뉴잉글랜드 럼주'다. 그러나 이 집터에서 일어난 비극들을 아직 이야기할 때는 아니다. 어느 정도 시간이 흘러 그 비극들이 완화되고 하늘색을 띨 때를 기다리자. 이곳에 한때 선술집이 있었다는 소문도 있지만 지극히 불분명하고 의심스러운 소문에 불과하다. 여행자들의 목을 축여주고 그들의 말에게 기운을 북돋워주었다는 우물이 있었다는 소문도 마찬가지다. 소문이 사실이라면 당시 이곳에서 사람들은 서로 인사를 나누며 새로운 소식을 주고받고는 다시 각자의 길을 떠났을 것이다.

　브리드의 오두막은 오랫동안 비워져 있었지만 12년 전만 해도 멀쩡하게 서 있었다. 내 집과 거의 비슷한 크기였다. 내 기억이 맞는다면, 어느 선거일 밤에 개구쟁이 녀석들이 그 집에 불을 질렀다. 당시 나는 마을 끝자락에 살고 있었고, 대버넌트의 『곤디버트』에 푹 빠져 지냈다. 게다가 그해 겨울 나는 무기력증에 시달렸다. 그런 무기력증은, 면도를 하다 잠이 들기도 하고 일요일이면 잠에서 깬 상태로 안식일을 지키기 위해 지하실에서 감자의 싹을 따내야 하던 삼촌의 유전병으로 보아야 할지, 아니면 차머스가 편집한 영국 시집을 하나도 빼놓지 않고 읽으려던 시도의 후유증으로 생각해야 할지 알 수 없었다. 무기력증은 나의 네르비족을 완전히 압도했다. 내가 『곤디버트』에 얼굴을 툭 떨어뜨렸을 때 화재를 알리는 종소리가 들렸고, 소방마차가 여기저기에서 쏟아져 나오는 남자들과 아이들의 뒤를 따라 부리나케 그쪽으로 달려갔다. 나는 개울을 건너뛴 덕분에 선두에 속해 달렸다. 전에도 헛간과 상점과 가정집 등 불이 난 곳을 숱하게 보았던 우리는 숲 너머 멀리 남쪽에서 불이 난 거라고 생각했다. 누군가 "베이커네 헛간이야!"라고 소리쳤다. 그러자 다른 사람이 "코드먼 저택이야!"라고 반박했다. 그때 지붕이 내려앉은 듯 새로운 불꽃이 숲 위로 치솟아올랐다. 우리 모두가 "콩코드 주민이여, 불을 끄러 갑시다!"라고 소리쳤다. 마차들이 사람을 빼곡히 싣고 무서운 속도로 달려갔다. 그들 중에는 아무리 먼 곳이어도 직접 가서 확인해야만 하는 보험회사 직원도 십중팔구 타고 있었을 것이다. 때때로 소방마차가 종을 딸랑딸랑 울리며 천천히 뒤에서 달려왔다. 그리고 나중에 사람들이 쑥덕거렸듯이, 불을 지르고 경보를 울린 녀석들이 맨 뒤에서 따라왔다. 우리는 진정한 이상주의자처럼 직감의 증언을 거부하고 이처럼 무작정 화재 현장으로 달려갔다. 마침내 길모퉁이를 돌자 불붙은 나무가 바지직거리는 소리가 들렸고 화끈거리는 열기가 담 너머에서부터 밀려왔다. 안타까운 일이지만, 그제야 우리가 현장에 도착했다는 걸 실감할 수 있었다. 화재 현장을 코앞에 두자 우리의 열기는 이내 사그라졌다. 처음에 우리는 개구리 연못의 물을 퍼서 불난 곳에 부을 생각이었지만, 집이 벌써 거의 탔고 상당히 허름한 집이어서 완전히 타도록 내버려두기로 결정했다. 그래서 소방마차를 에워싸고 서서 옆 사람을 밀어제치면서까지 확성기에다 우리 기분을 토해냈고, 때로는 목소리를 낮추고 배스컴의 상점 화재를 비롯한 세상 사람들이 목격한 큰 화재 사건들을 언급하기도 했다. 또 우리가 '소방마차'를 때맞춰 끌고 왔고, 옆의 개구리 연못이 물로 가득 채워져 있었다면 모든 것을 다 태워버린 위협적인 최후의 화재를 또 다른 홍수로 바꿔놓을 수 있었을 거라는 생각을 은밀히 주고받기도 했다. 마침내 우리는 기물손괴죄를 저지르지 않고 화재 현장에서 철수해 잠자리로 돌아가거나 『곤디버트』로 돌아갔다. 그러나 나는 『곤디버트』의 서문에서 기지機智가 영혼의 화약이라는 주장과 관련된 구절, 즉 "그러나 인디언들이 화약을 모르듯이 사람들 대부분이 기지가 뭔지 모른다"라는 구절을 특별히 뽑아두고 싶었다.

　이튿날 거의 같은 시간에 나는 우연히 그 길을 따라 밭을 가로질러 걷다가, 전날 밤 불이 났던 곳에서 나지막이 끙끙거리는 소리를 들었다. 나는 어둠을 뚫고 가까이 다가갔다. 그곳에는 내가 집안의 유일한 생존자로 알고 있는, 가문의 장점과 단점을 모두 상속받고 그 화재와 유일하게 이해관계가 있는 아들이 배를 깔고 엎드려 지하실 벽 너머 아직도 연기를 피우는 숯덩이를 바라보며 평소 습관대로 혼잣말로 투덜대고 있었다. 그는 멀리 떨어진 강변의 낮은 풀밭에서 하루 종일 일하고 있었는데 자기 마음대로 사용할 수 있는 시간을 얻자, 그 시간을 활용해 조상의 집이자 그가 어린 시절을 보낸 집에 곧바로 찾아온 것이었다. 그는 줄곧 엎드린 채 시선을 차례로 바꿔가며, 기억의 돌 틈에 감춰놓은 어떤 보물이라도 있는 것처럼 사방에서 지하실을 들여다보았지만, 지하실에는 벽돌더미와 잿더미 외에 아무것도 없었다. 집은 사라지고 없어, 그는 남은 것만 열심히 살펴보았다. 그는 내가 곁에 있다는 사실을 동정심으로 해석해 위안을 받았는지, 우물이 감춰진 곳을 어둠이 허락하는 만큼 내게 보여주었다. 천만다행으로 우물은 불에 탈 수 없는 것이었다. 그는 한참 동안 손으로 벽을 더듬으며, 그의 아버지가 깎고 조립했다는 방아두레박을 찾아냈고 한쪽 끝을 무겁게 만들려고 무거운 걸 단단히 고정시킨 쇠갈고리나 꺾쇠—그때 그가 의지할 수 있는 모든 것이었다—노 더듬어 찾아내고는 그 쇠갈고리가 보통 '언걸고리'가 아니라는 걸 내게 납득시키려고 애썼다. 나는 그 갈고리를 만져보았다. 그리고 이후 거의 매일 산책을 하며 그 집터를 지나칠 때마다,

한 가문의 역사가 그 갈고리에 매달려 있다는 생각에 그것을 유심히 살펴보았다.

좀더 내려가면 왼쪽으로 우물과, 담 옆으로 라일락 군락이 보인다. 지금은 널따란 밭으로 변했지만 옛날에는 너팅과 르 그로스가 살았던 곳이다. 이제 링컨 쪽으로 되돌아가 보자.

앞서 언급한 어느 집보다 깊은 숲속, 또 숲길이 호수에 가장 가까이 지나가는 곳에서는 와이먼이라는 옹기장이가 무단으로 정착해 살며, 옹기를 만들어 마을 사람들에게 팔았다. 그는 자식들에게 그 일을 물려주었지만 모두가 세속적인 물질에는 풍요롭지 않았고, 거주하는 땅도 땅 주인의 묵인 아래 살고 있었다. 가끔 보안관이 세금을 징수하러 왔지만, 내가 그의 보고서에서 읽었듯이 압류할 만한 것이 전혀 없어 형식적으로 '대팻밥을 압류했다.' 한여름이던 어느 날, 내가 괭이질을 하고 있을 때, 옹기를 수레에 가득 싣고 시장으로 가던 어떤 사람이 내 밭 옆에 말을 멈추고는 와이먼의 아들에 대해 물었다. 와이먼의 아들이 그에게서 오래전에 녹로를 샀는데 어떻게 됐는지 알고 싶어했다. 나는 『성경』에서 옹기장이의 진흙과 녹로에 대해 읽은 적이 있었다. 그러나 우리가 사용하는 옹기가 『성경』 시대부터 끊이지 않고 전해진 것이고, 어딘가에서 조롱박처럼 나무에 열리는 것이라고만 생각해왔다. 그래서 내 이웃에서 도예라는 예술이 행해진 적이 있었다는 걸 듣고는 무척 반가웠다.

내가 살기 전, 이 숲에서 마지막으로 살았던 사람은 아일랜드 사람인 휴 코일(이름의 철자를 코일처럼 돌돌 감아 표현하면 Hugh Quoil)

이었다. 그는 와이먼이 살던 집에서 살았고 코일 대령이라 불렸다. 그가 워털루 전쟁에 참전했다는 소문도 있었다. 내가 월든 호숫가에 살 때 그가 살아 있었더라면 몇 번이고 그를 졸라 전투에 관한 이야기들을 들었을 것이다. 그는 여기에서 살 때 도랑 파는 일을 했다. 나폴레옹은 세인트헬레나 섬으로 추방당하고 코일은 월든 숲으로 피신한 셈이었다. 내가 그에 대해 아는 것은 한결같이 비극적이었다. 그는 세상에서 많은 경험을 한 사람답게 예의 바르고, 누구보다 정중히 말했다. 알코올 중독에 의한 진전震顫 섬망증에 걸렸기 때문인지 한여름에도 두툼한 외투를 입고 다녔고, 얼굴빛은 거의 심홍색이었다. 내가 월든 숲에 살기 시작한 직후 그는 브리스터 언덕 기슭에 있는 길에서 죽었다. 그래서 나는 그를 이웃이라고 생각해본 적이 없었다. 집이 헐리기 전에도 그의 친구들은 '흉가'라고 여기며 피했지만, 나는 그 집을 찾아가보았다. 그의 낡은 옷이 그의 분신인 듯 높은 나무 침대에 돌돌 말린 채 놓여 있었다. 샘에 깨진 물동이 대신 파이프가 깨진 채 벽난로에 들어가 있었다. 그가 브리스터 샘에 대한 이야기는 들었지만 한 번도 본 적이 없다고 내게 말했기 때문에, 샘에 남겨진 깨진 물동이로는 그의 죽음을 상징할 수 없었을 것이다. 바닥에는 다이아몬드와 하트의 킹을 비롯해 더러운 카드들이 흩어져 있었다. 유산 관리인이 잡지 못한 검은 닭 한 마리는 칠흑같이 검었고, 레너드를 기다리는 것처럼 꾸꾸거리지도 않고 조용히 옆방으로 잠자리를 찾아 늘어갔다. 십 뒤로 씨를 뿌리기는 했지만 심한 섬망증 발작 때문에 수확기가 된 그때까지 한 번도 괭이질을 하지 않은 채 마밭은 윤곽마저 희미했고, 로마쑥과 도깨비바늘로 뒤덮여 있었다. 도깨비바늘이 씨를 퍼뜨리려고 내 옷에 달라붙었다. 뒷담에는 우드척 가죽이 활짝 펼쳐져 있었다. 그가 마지막 전투에서 거둔 전리품이었다. 그러나 그에게는 따뜻한 모자나 벙어리장갑이 더 이상 필요하지 않았다.

이제 이 집터에는 움푹 들어간 흔적만이 남아 있다. 그 아래로는 지하실을 쌓은 돌들이 묻혀 있고, 볕이 드는 풀밭에는 딸기와 나무딸기와 멍덕딸기가 자라고 개암나무와 옻나무가 덤불숲을 이루고 있다. 굴뚝이 있던 구석진 곳에는 리기다소나무인지 떡갈나무인지 잘 구분되지 않는 나무가 구불대며 뻗어 있고, 문간 섬돌이 있던 곳에는 물박달나무처럼 생긴 나무가 바람에 흔들리며 향내를 발산하고 있다. 간혹 우물의 흔적이 눈에 띄기도 한다. 옛날에는 샘물이 흘러나오던 곳이었겠지만 이제는 눈물 한 방물 흘리지 않는 마른풀만 있을 뿐이다. 언제가 될지는 모르지만 훗날 다시 찾을 생각에 마지막 사람이 떠나면서 평평한 돌로 덮고 잔디로 감춰둔 깊은 우물도 있다. 우물을 덮다니! 얼마나 눈물겨운 일이었겠는가. 그도 틀림없이 눈물의 샘을 터뜨렸으리라. 이렇게 흔적만 남은 지하실들도 버려진 여우 굴처럼 한때는 사람들이 부산스레 움직이며 살았던 곳이다. 또 그들은 어떤 형태로든 어떤 언어로 '운명과 자유의지와 절대 예지'에 대한 이야기를 나누었을 것이다. 그러나 내가 그들이 내린 결론에 대해 알 수 있는 것이라고는 "카토와 브리스터가 속였다"라는 말로 귀결될 정도에 불과하지만 유명한 철학 학파의 가르침만큼이나 교훈적인 것이다.

문과 상인방과 문턱이 사라지고 한 세대가 지난 후에도 라일락은 여전히 활기차게 자라 매년 봄이면 향기로운 꽃봉오리를 터뜨리고, 생각에 잠겨 길을 걷는 여행자는 그 꽃을 꺾는다. 언젠가 그 집 어린아이들이 앞마당의 공터에 심고 가꾸었을 라일락이 이제는 목초지에서도 외진 곳에 세워진 담 옆에 우두커니 서서 새로이 조성된 숲에도 자리를 양보해야 할 처지에 이르렀다. 라일락은 그 집안의 유일한 생존자로 마지막 혈통인 셈이다. 거무스름한 피부의 아이들은 눈이 둘밖에 없던 보잘것없는 나뭇가지를 응달진 곳에 심고 매일 물을 주면서도, 그 가지가 자신에게 그늘을 드리우던 집과 그 옆의 채마밭과 과수원보다 더 오래 살아남아 그들이 어른으로 성장해서 세상을 떠난 지 반 세기가 지난 후에도 처음 맞은 봄에 그랬던 것처럼 계속해서 어여쁜 꽃을 피우고 달콤한 향내를 풍기며 어느 외로운 방랑자에게 그들 이야기를 어렴풋이 해주리라고는 조금도 생각하지 않았을 것이다. 나는 숲에서 살며 처음 맞은 봄에 보았던 것처럼 여전히 부드럽고 단아하며 화사한 라일락꽃의 색에 다시 눈길을 준다.

그러나 콩코드는 지금도 여전히 그 땅을 지키고 있는 반면 이 작은 마을은 더 크게 성장하지 못하고 사라진 이유가 무엇일까? 자연의 혜택을 입지 못했던 것일까? 정말 물의 혜택이 없었던 것일까? 깊은 월든 호수와 시원한 브리스터 샘은 그들에게 오랫동안 건강히 마실 물의 특권을 주었건만, 그들은 그 물을 올바로 활용하지 못하고 오직 술잔을 희석하는 데 이용했다. 그들은 한결같이 술을 좋아하는 사람들이었다. 바구니와 돗자리를 짜고, 마구간용 비를 만들며, 옥수수를 말리고, 아마실을 잣고, 도자기를 빚으며, 황무지를 장미꽃처럼 꽃피우며 번성할 수는 없었던 것일까? 그리하여 후손들이 조상의 땅을 대대로 이어받게 할 수는 없었던 것일까? 땅이라도 척박했다면 저지대처럼 타락해서 사라진 것이라고는 생각하지 않았을 것이다. 안타깝게도 이곳에서 예전에 살던 사람들을 기억한다고 해서 경치의 아름다움이 더해지지는 않는다. 어쩌면 자연은 나를 최초의 정착자로 삼아 모든 걸 다시 시도해보려는 것일지도 모른다. 그렇다면 지난봄에 세운 내 집이 이 작은 마을에서 가장 오래된 집이 된다.

내가 지금 차지하고 있는 터에 다른 사람이 이미 집을 지은 적이 있었는지 나는 모르겠다. 과거에 도시가 있던 터에 세워진 도시에서 나를 구해주소서! 그 도시의 자재는 폐허의 잔해일 것이고, 정원은 공동묘지였을 테니까. 그런 도시의 땅은 하얗게 바래고 저주받겠지만, 그런 일이 닥치기 전에 지구는 반드시 멸망하고 말 것이다. 나는 이렇게 과거를 회상하며 이 숲에 사람들을 다시 들여 살게 했고, 마음을 가라앉히고 잠이 들었다.

겨울에는 나를 찾아오는 손님이 거의 없었다. 눈이 높이 쌓이면 한두 주일 동안 내 집 근처에 얼씬대는 사람이 없었다. 그러나 내 집에서 나는 들쥐만큼, 혹은 눈더미에 파묻혀 아무것도 먹지 못하고도 오랫동안 견뎌냈다는 소와 닭만큼 아늑하고 편안하게 살았다. 혹은 우리 주에 있는 서튼 마을에 처음 정착한 가족처럼 살았다. 1717년 대폭설로 오두막이 완전히 파묻히고 가장은 때마침 집에 없었지만, 굴뚝에서 피어오른 연기가 눈더미를 뚫고 만든 구멍만으로 한 인디언이 그 집을 찾아내 가족을 구했다고 전한다. 그러나 내 주변에는 나를 걱정해주는 친절한 인디언이 없었다. 집주인이 집에 있었기 때문에 그런 인디언이 필요 없기도 했다. 대폭설! 얼마나 귀가 솔깃해지는 말인가! 그때는 농부들이 말이나 소를 끌고서 숲이나 늪에 갈 수 없으므로 집 앞에 서서 햇볕을 가려주는 그늘나무를 베어내 써야 했다. 나무껍질이 더 단단해진 때였고, 이듬해 봄에야 확인됐듯이 늪의 나무들은 땅에서부터 10피트 높이에서 베어졌다.

눈이 높이 쌓였을 때 내가 간선도로에서부터 집까지 올 때 택한 반 마일 정도의 길이 그림으로 표현됐다면, 점 사이의 간격이 널찍하고 꾸불거리는 점선이었을 것이다. 날씨가 풀린 일주일 동안 나는 내 발자국으로 이미 깊게 패인 길을 똑같은 보폭, 똑같은 횟수로 오갔다. 일부러 양각기처럼 정확하게 걸었다―우리는 겨울에 부득이 그런 단조로운 일을 하며 시간을 보낸다. 내가 지나간 발자국은 종종 하늘의 푸른색으로 채워졌다. 그러나 날씨가 치명적으로 내 산책, 더 정확히 말하면 내 외출을 방해하지는 않았다. 나는 너도밤나무나 자작나무, 혹은 옛날부터 알고 있던 소나무와의 약속을 지키기 위해 높이 쌓인 눈밭을 헤치며 곧잘 8-10마일을 걸었다. 소나무들은 얼음과 눈의 무게 때문에 가지가 축 늘어지고 우듬지가 뾰족하게 변해 전나무처럼 보였다. 눈이 전체적으로 거의 2피트 높이로 쌓일 때 가장 높은 언덕 꼭대기까지 눈을 뚫고 올라가려면 걸음을 내딛을 때마다 머리로 쏟아지는 눈보라를 털어내야 했다. 간혹 사냥꾼조차 겨울 야영지로 피신할 때는 히우적거리며 손과 무릎으로 기어올라가기도 했다. 어느 날 오후, 나는 아메리카 올빼미(스트릭스 네블로사) 한 마리가 백주 대낮에 스트로브잣나무 아래 죽은 가지에서 줄기 쪽 가까이 앉아 있는 모습을 즐거운 마음으로 지켜보았다. 녀석과 나 사이의 거리는 1로드가 채 되지 않았다. 내가 움직이면서 발로 눈을 밟아 뽀드득 소리내면 녀석은 그 소리를 듣지만 나를 보지 못하는 게 분명했다. 내가 크게 소리를 내자, 녀석은 목을 쭉 뻗고 목의 깃털을 곧추세우며 눈을 크게 떴다. 그러나 녀석은 곧바로 다시 눈꺼풀을 떨어뜨리고 꾸벅꾸벅 졸기 시작했다. 녀석은 고양이의 날개 달린 형제인 양 고양이처럼 그렇게 눈을 반쯤 뜨고 앉아 있었다. 그런 녀석을 30분 정도 지켜보자 나도 졸음이 밀려왔다. 녀석의 눈꺼풀 사이로는 좁은 틈새가 있었다. 녀석은 그런 틈새로 한 방향으로만 나와의 관계를 유지했다. 요컨대 반쯤 감긴 눈으로 꿈나라에서 바깥세상을 경계하며 자신의 시야를 방해하는 희미한 물체, 혹은 티끌 같은 나를 인식하려고 애썼다. 꽤 시간이 지난 후에 내가 좀더 큰 소리를 내거나 더 가까이 접근하면 녀석은 불안한 모습을 보이며, 꿈을 방해받아 짜증난 듯 나뭇가지에 앉아 느릿하게 얼굴을 이리저리 돌렸다. 마침내 올빼미가 나뭇가지를 떠나 날개를 펄럭이며 소나무들 사이로 날아갔다. 활짝 펼친 날개의 폭이 의외로 넓었지만 날갯짓 소리는 전혀 들리지 않았다. 올빼미는 앞이 보이지 않기 때문에 주변 상황을 미묘하게 감지하는 힘을 빌려 소나무 가지 사이를 빠져나가며, 예민한 날개로 그에게는 어둠이나 다름없는 길을 더듬어 다시 앉을 자리를 찾아냈다. 녀석은 거기에 편히 앉아 자신의 날이 밝아오기를 기다릴 것 같았다.

초원은 바람에게는 더할 나위 없는 놀이터여서, 초원을 가로지른 철로 옆 둑길을 걸을 때마다 나는 세차게 휘몰아치며 살을 에는 듯한 바람과 싸웠다. 찬 바람이 한쪽 뺨을 때리면 나는 이교도였지만 맞은편 뺨도 내밀었다. 브리스터 언덕에서부터 마찻길 옆도 크게 나은 상황은 아니었다. 드넓게 펼쳐진 들판에 쌓인 눈이 바람에 날려 월든으로 가는 길 담 사이로 들어와, 바로 앞에 지나간 사람의 발자국이 반 시간도 안 되어 지워질 때도 나는 친절한 인디언처럼 마을로 내려갔다. 집에 돌아올 때쯤이면 북서풍이 길에서 급히 굽어진 모퉁이에 가루눈을 분주히 쌓아놓아 나는 헐떡이며 새로운 눈더미 사이를 헤치고 걸어야 했다. 토끼 발자국은 물론이고, 흰발생쥐가 남긴 작은 활자 같은 흔적조차 보이지 않았다. 하지만 한겨울에도 따뜻한 샘물이 흘러 잔디와 앉은부채가 언제나 파랗게 돋아나는 늪을 어김없이 찾아낼 수 있었고, 강인한 새들이 봄이 오기를 기다리는 모습도 간혹 눈에 띄었다.

눈보라가 몰아칠 때도 나는 이따금 외출을 나갔다. 저녁에 집에 돌아오면 문에서부터 시작된 깊게 눌린 나무꾼의 발자국이 보였다. 벽난로에는 그가 깎은 나무토막들이 잔뜩 쌓여 있으며, 집 안은 그가 피운 파이프 담배 냄새로 가득했다. 언젠가 일요일 오후, 내가 때마침 집에 있을 때 눈을 밟고 오는 발자국 소리가 들렸다. 그는 머리가 명석한 농부로 사교적인 잡담을 하려고 멀리서부터 숲을 지나 내 집까지 찾아온 것이었다. 극소수에 불과한 자신의 소명을 다해 '농장을 벗 삼은 사람' 중 하나였다. 또한 교수의 가운 내신 작업복을 입은 농부로 헛간 앞마당에서 한 짐의 퇴비를 수레에 싣는 것도 능숙했지만 교회나 정부에서 교훈을 끌어내는 것도 그에 못지않게 능숙했다. 우리는 세련되지 못했지만 소박했던 시대, 즉 추워서 정신을 바짝 차리게 해주던 날씨에 사람들이 커다란 불을 피워놓고 맑은 정신으로 둘러앉아 있던 시대에 대해 대화를 나누었다. 별다른 화젯거리가 없으면 현명한 다람쥐들이 오래전에 포기한 까다로운 문제들을 집적거려 보았다. 껍데기가 두꺼워 어렵게 보이는 문제들은 알맹이가 없기 일쑤지 않은가.

높이 쌓인 눈을 헤치고 무시무시한 눈보라와 싸우며 가장 멀리에서 내 오두막을 찾아온 사람은 시인이었다. 농부, 사냥꾼, 군인, 신문기자는 물론이고 철학자까지 겁먹게 할 수는 있어도 시인을 막을 수 있는 것은 어디에도 없다. 시인은 순수한 사랑으로 움직이기 때문이다. 누가 시인이 오고 가는 것을 예측할 수 있겠는가? 시인은 자신의 본분에 이끌려 때를 가리지 않고, 심지어 의사가 잠자는 시간에도 밖으로 뛰쳐나간다. 우리의 떠들썩한 웃음소리에 작은 집이 들썩였고, 나지막이 진지하게 주고받는 대화가 집 안 구석구석까지 울려퍼졌다. 덕분에 오랫동안 침묵을 지킨 월든 골짜기에 조금이나마 그에 대한 보상을 해주었다. 그때의 내 오두막에 비하면 브로드웨이조차 조용하고 삭막해 보일 지경이었다. 조금 전에 말한 농담에 관계된 것이든 곧 말할 농담에 관계된 것이든 적당한 간격을 두고 어김없이 웃음폭탄이 터졌다. 우리는 묽은 죽 한 접시를 나눠 먹으며 삶에 대한 '새로운' 이론들을 만들어냈다. 철학이 요구하는 명철한 머리에, 함께하는 우정의 장점이 더해진 이론들이었다.

나는 월든 호숫가에서 보낸 마지막 겨울 동안 또 한 명의 반가운 방문객을 맞았다는 사실을 결코 잊지 못할 것이다. 그는 마을을 지나 눈과 비와 어둠을 뚫고 마침내 나무들 사이로 보이는 내 집 등불을 길잡이 삼아 나를 찾아와 긴 겨울 저녁을 함께 보낸 적이 한두 번이 아니었다. 그는 마지막으로 남은 철학자 중 하나고, 코네티컷이 세상을 위해 낳은 위인이다. 처음에 그는 코네티컷에서 생산된 물건들을 팔고 다녔고, 그 후에는 그의 표현을 빌리면, 자신의 머리를 팔고 다닌다. 그는 지금도 머리를 팔고 다니며 하느님을 재촉하고 사람들에게 수치심을 안겨주지만, 견과류가 씨를 결실로 맺듯 그의 머리만을 결실로 맺을 뿐이다. 내 생각에 그는 이 세상에 살아 있는 사람들 중에서 신념이 가장 투철한 사람인 것 같다. 그는 뭇 사람이 알고 있는 것보다 더 나은 상태를 꿈꾸면서 말하고 행동한다. 시대가 제자리를 맴돌아도 그는 결코 실망하지 않을 사람이다. 그는 현재에 모든 것을 건 사람이 아니다. 지금은 상대적으로 무시당하고 있지만, 그의 시대가 오면 지금은 아무도 생각하지 못하는 법들이 시행될 것이고 가장들과 지배자들이 조언을 구하려고 그를 찾아올 것이다.

얼마나 분별이 없기에 평온을 보지 못하는가!

그는 인간의 진정한 친구이자, 인간의 발전을 바라는 거의 유일한 친구다. 영원불멸한 존재라기보다는 묘지기 노인이다. 인간은 하느님의 더럽혀지고 기울어진 기념물에 불과하므로, 인간의 몸에 조각된 하느님의 형상을 분명히 드러내려고 불굴의 인내와 믿음으로 노력하는 사람이기 때문이다. 그는 열린 지성으로 어린아이와 거지, 미친 사람과 학자를 차별 없이 받아들이고, 어떤 사람의 생각이라도 기꺼이 들어주며 거기에 넓은 식견과 과학적 정확성을 덧붙인다. 내 생각에는 그가 세상의 간선도로에서 모든 나라의 철학자들이 묵을 수 있는 큰 여관을 운영해야 한다. 또 그 여관의 간판에는 "사람은 환영하지만 동반 짐승은 사절함. 여유 있고 차분한 마음으로 진지하게 올바른 길을 찾는 분은 들어오십시오"라고 쓰여 있어야 할 것이다. 내가 아는 한 그는 더할 나위 없이 합리적인 사람이며, 결코 별난 생각을 하는 사람이 아니다. 어제와 내일이 똑같을 사람이다. 언젠가 우리는 함께 산책하며 이야기를 나누었다. 세상을 완전히 잊은 채 대화를 나누었다. 그는 제도적 기관에도 서약하지 않은 자유인, 즉 인제누스였다. 우리가 어떤 방향을 택하든 그가 풍경의 아름다움을 한껏 드높여주었기 때문에 마치 하늘과 땅이 만나는 것 같았다. 우리 머리 위로 아치처럼 걸린 하늘이 그의 평온함을 그런대로 보여주는 까닭에, 그런 하늘만이 푸른 옷을 걸친 그에게 가장 적절한 지붕인 듯하다. 나는 그도 언젠가 죽을 거라는 걸 믿을 수 없다. 그 없이는 자연의 여신이 지내기 힘들 테니까.

우리는 생각이라는 지붕널을 하나씩 잘 건조시킨 후 차분하게 앉아 그것을 깎고 모양을 다듬어가며 우리의 칼을 시험하고, 호박 소나무의 노란 나뭇결에 감탄하곤 했다. 또 우리는 조심스럽고 공손하게 물에 발을 내딛거나 아주 순조롭게 함께 낚싯줄을 당겼기 때문에, 생각이라는 물고기들은 시내에서 겁먹지 않았고 둑에 앉아 낚시질하는 사람들을 두려워하지도 않았다. 오히려 생각이라는 물고기들은 서쪽 하늘에 떠다니는 구름이나, 서쪽 하늘에서 때때로 모였다가 흩어지는 진주색 양털 뭉치처럼 당당히 오갔다. 우리는 함께 신화를 되짚어보았고, 우화 하나를 다듬어 마무리했으며 지상에서는 그럴듯한 기초를 찾을 수 없는 성들을 공중에 짓기도 했다. 위대한 관찰자! 위대한 예견자! 그와 이야기를 나눈 시간은 뉴잉글랜드의 야화를 즐기는 시간이었다. 아! 은둔자와 철학자, 그리고 내가 전부터 줄곧 말해왔던 옛 정착자, 우리 셋은 그런 이야기를 나누었다. 대화가 끝없이 전개되어 내 작은 집을 찢어놓을 것만 같았다. 지름 1인치의 원면적마다 대기압 이외에 몇 파운드의 중력이 가해졌는지 감히 말할 수는 없지만, 우리 이야기가 집을 부풀렸고 결국 이음매를 터뜨려놓아 그 후에는 새어 나가는 걸 막기 위해 그 틈새들을 지루하게 메워야만 했다. 그러나 나는 그런 틈새를 메울 뱃밥 같은 것을 이미 충분히 마련해두고 있었다.

내가 오랫동안 기억할 만한 '충실한 시간'을 함께 나눈 또 한 사람이 있었다. 마을에 있는 그의 집에서 주로 그런 시간을 가졌지만 때때로 그도 나를 잠깐이나마 만나려고 찾아왔다. 그러나 월든 호숫가에서 친분을 나눈 사람은 더 이상 없었다.

어디에서나 그렇듯이, 월든 호숫가에서도 나는 결코 오지 않을 방문객을 간혹 기대하곤 했다. 『비슈누 푸라나』에서는 "집주인은 초저녁이면 젖을 짜는 데 걸리는 시간만큼, 혹은 괜찮다면 그보다 더 오랫동안 앞마당에서 손님이 도착하기를 기다려야 한다"라고 말한다. 나는 방문객을 친절히 맞아야 한다는 이 의무를 종종 행하며, 젖소 떼 전부의 젖을 짜고도 남을 시간만큼 기다렸지만 마을에서부터 내 집을 향해 다가오는 사람을 보지는 못했다.

겨울 동물들

Winter Animals

호수들이 단단히 얼어붙으면서 많은 곳을 지름길로 다닐 수 있었고 호수 주변 낯익은 풍경들이 겉모습부터 새로운 얼굴로 변했다. 나는 전에도 플린트 호수에서 종종 노를 젓고 스케이트를 타기도 했지만 그 호수가 눈으로 덮인 후에 건너자 의외로 넓고 낯설게 보여 배핀 만밖에 생각나지 않았다. 내 주위에는 눈으로 덮인 평원 끝에 링컨을 감싼 언덕들이 우뚝 솟아 있어, 전에 그곳에 선 적이 있었다는 것조차 기억나지 않았다. 얼음 위로 얼마나 떨어졌는지 가늠할 수 없는 곳에서는 낚시꾼들이 늑대 같은 개들을 데리고 주변을 서성이고 있어 물개 사냥꾼이나 에스키모처럼 보였고, 안개가 끼면 전설 속 동물처럼 어렴풋이 보여 그들이 거인인지 난쟁이인지도 가늠할 수 없었다. 나는 저녁에 링컨으로 강연하러 갈 때 플린트 호수를 가로질러 건넜다. 말하자면, 길이 아닌 길을 다녔고 내 오두막집에서부터 강연장까지 집이라고는 한 채도 없는 길을 다녔다. 그 사이에 있는 구스 호수에는 한 무리의 사향쥐가 살며 얼음 위로 높이 집을 지어두고 있었지만, 나는 그 옆을 지나갈 때 밖에 나와 노는 녀석을 한 마리도 보지 못

거울 동물들

389

했다. 월든 호수는 다른 호수들과 마찬가지로 눈이 거의 쌓이지 않거나 군데군데 얕게 쌓이기 때문에, 사방에 눈이 거의 2피트 높이로 쌓여 마을 사람들이 겨우 큰길들로만 다닐 때도 월든 호수는 언제든지 내가 마음 놓고 다닐 수 있는 마당이었다. 마을의 큰길에서 멀리 떨어지고 예외적으로 긴 간격을 두고 들리는 썰매 방울의 딸랑거리는 소리에서도 멀리 떨어진 그곳에서, 눈의 무게에 가지가 휘어지고 고드름이 잔뜩 매달린 떡갈나무들과 장엄한 소나무들이 그늘을 드리우며 드넓게 잘 다져진 말코손바닥사슴 마당에서 나는 미끄럼을 타거나 스케이트를 탔다.

겨울밤은 물론이고 때로는 낮에도 거리를 알 수 없이 아득히 먼 곳에서 올빼미의 쓸쓸하지만 높낮이 있는 "부엉부엉" 우는 소리가 들렸다. 얼어붙은 땅을 적당한 픽으로 긁으면 날 것 같은 그런 소리는 월든 숲의 링구아 베르나쿨라(토속어)여서 어느새 내게 상당히 익숙해졌지만, 올빼미가 그런 소리를 내는 현장을 직접 본 적은 한 번도 없었다. 겨울 저녁에 문을 열 때면 어김없이 올빼미의 울음소리가 들렸다. 어떤 때는 낭랑하게 들리는 "후 후 후, 후러 후" 소리가 처음 세 음절에 힘을 주어 "하우 데르 두(어어이, 이봐)"라고 누군가를 부르는 소리처럼 들렸고, 때로는 "후 후"라는 소리로만 들렸다. 겨울이 막 시작되어 호수에 얼음이 얼기 전인 어느 날 밤 9시경, 나는 기러기 한 마리가 크게 우는 소리에 깜짝 놀랐다. 그래서 문 쪽으로 걸어나가자, 기러기들이 내 집 위로 낮게 날면서 숲에 몰아치는 폭풍처럼 날갯짓하는 소리가 들렸다. 기러기들은 내 집에서 흘러나온 불빛 때문에 호수에 앉으려던 계획을 포기한 듯 월든 호수 위를 날아 페어헤이븐을 향하고 있었다. 그 사이 대장 기러기는 일정한 소리로 계속해서 크게 울어댔다. 그런데 갑자기 올빼미가 나와 아주 가까운 곳에서, 내가 숲에서 사는 동물들로부터 들어본 것 중에는 가장 섬뜩하고 무서운 소리로 대장 기러기에게 일정한 간격을 두고 응답했다. 그것은 고양이올빼미가 분명했고, 토박이가 더 큰 음역과 성량을 지녔다는 것을 과시함으로써 허드슨 만에서 날아온 이 침입자를 세상의 웃음거리로 만들고 모욕을 주어 콩코드 지평선 밖으로 쫓아내기로 결심한 듯했다. 내게 바쳐진 밤의 이 시간에 성채를 놀라게 하는 의도가 뭐냐? 너는 내가 이 시간에 방심하고 잠이나 자며, 내가 너 정도의 폐와 목청을 갖지 못했을 거라고 생각하느냐? 부엉부엉, 부엉부엉, 부엉부엉! 이것은 내가 그때까지 들어본 소리 중 가장 오싹한 불협화음이었다. 하지만 예민한 귀를 가진 사람은 이 평원에서는 그때까지 본 적도 들은 적도 없는 협화음을 그 불협화음에서도 찾아냈을 것이다.

나는 콩코드의 근방에서 내 소중한 잠자리 친구인 호수의 얼음이 아우성치는 소리도 들었다. 얼음이 잠자리에서 안절부절못하고 이리저리 뒤척이며, 소화불량과 악몽에 시달리는 것 같았다. 때로는 서리에 뒤덮인 땅이 요란하게 갈라지는 소리에 잠이 깨기도 했다. 마치 누군가 한 떼의 소를 몰고 와 내 문을 두드리는 소리처럼 들렸다. 아침에 나가보면 땅이 4분의 1마일 길이에 3분의 1인치의 폭으로 갈라진 균열을 볼 수 있었다.

때로는 여우들이 달밤에 자고새나 다른 먹잇감을 찾아 딱딱하게 얼어붙은 눈밭을 헤집고 다니며, 어떤 불안감에 짓눌리거나 뭔가를 표출하려는 듯 들개처럼 사납고 포악하게 짖어대는 소리가 들리기도 했다. 여우들은 빛을 찾아 발버둥치며, 완전히 개가 되어 길거리를 마음 놓고 달리고 싶어하는 것 같기도 했다. 우리도 오랜 시간이 걸렸다는 걸 고려해보면, 인간이 그랬듯 동물의 세계에서도 문명화가 진행되고 있는 것은 아닐까? 내게는 동물들이, 굴을 파고 살던 시대의 원시적인 인간, 요컨대 아직은 자기 몸을 지키는 데 급급하지만 변화를 기다리는 인간처럼 보였다. 이따금 집에서 새어나가는 불빛에 이끌려 여우 한 마리가 내 창문까지 가까이 다가와서 내게 교활한 저주를 퍼붓고는 잽싸게 달아나는 경우도 있었다.

대체로 붉은다람쥐(스키우루스 후드소니우스)는 새벽부터 지붕 위를 후다닥 달리고 담을 오르내리면서 나를 잠에서 깨웠다. 마치 나를 잠에서 깨우라고 숲에서 보낸 전령 같았다. 겨우내 나는 아직 여물지도 않은 단옥수수 반 부셸 정도를 문 밖의 눈밭에 던져놓고는 그것에 유혹당한 여러 동물들이 움직이는 모습을 지켜보며 즐거운 시간을 보내기도 했다. 황혼녘과 밤에는 토끼들이 어김없이 찾아와 풍성한 식사를 즐겼고, 붉은다람쥐들은 하루 종일 오가며 교묘한 몸짓으로 내게 큰 즐거움을 주었다. 처음에는 한 마리가 난쟁이 꿀밤나무들 사이에서 조심스레 다가와서는 갑자기 내기라도 건 듯이 엄청난 힘을 쓰며, '뒷다리'를 부리나케 움직이면서 놀라운 속도로 바람에 날린 나뭇잎처럼 쪼르르 몇 걸음 눈밭을 달려왔지만 이내 반대쪽으로 물러났다. 그러나 한 번에 반 로드 이상을 물러나지는 않았다. 그러다가 갑자기 멈춰 서서 익살스런 표정을 짓고는 우주에 존재하는 모든 눈이 자기에 집중된 듯 별다른 이유도 없이 공중제비를 넘었다—숲에서도 가장 외지고 한적한 곳에서조차 다람쥐는 무희만큼이나 관객을 의식하며 행동하는 듯하다. 이렇게 다람쥐는 내 쪽으로 완전히 걸어오는 데 걸리는 시간보다—나는 다람쥐가 걷는 걸 본 적이 없었다—경계하며 머뭇거리는 데 더 많은 시간은 보냈다. 그런데 우리가 잭 로빈슨을 부를 틈도 없이 다람쥐가 갑자기 어린 리기다소나무 꼭대기까지 올라가서는 시계태엽을 감는 듯한 소리를 내며 상상의 관객들을 나무랐다. 혼잣말을 하면서 동시에 온 세상에게 말하는 것 같았다—나는 아무리 머리를 짜내도 그럴 만한 이유를 알아낼 수 없었지만 다람쥐는 그 이유를 아는 것 같기도 했다. 마침내 다람쥐는 옥수수가 놓인 곳에 접근해서 적당한 알갱이 하나를 골랐다. 그리고 조금 전과 똑같이 삼각형 방향으로 뛰어 돌아다니다가, 창문 앞에 쌓아둔 장작더미 꼭대기까지 올라갔다. 거기에서 다람쥐는 내 얼굴을 빤히 쳐다보고는 몇 시간이나 앉아 지내며 이따금 새 옥수수를 가져왔다. 처음에는 욕심 사납게 옥수수알을 갉아먹었지만 반쯤 먹고 남은 속대를 대충 던져버렸다. 하지만 결국에는 까다로워졌는지 속 알갱이만 조금 먹고는 옥수수를 갖고 놀았다. 장작 위에 한 발로 균형을 잡으며 붙잡고 있던 옥수수가 잠깐 방심한 틈에 발에서 빠져나와 땅에 떨어지자, 다람쥐는 어리둥절하면서도 익살맞은 표정으로 옥수수를 물끄러미 쳐다보았다. 옥수수가 살아 있는 게 아닌가 의심하는 듯한 표정으로, 다람쥐는 그 옥수수를 다시 주워야 할지 아니면 다른 옥수수를 가져와야 한지, 아니면 아예 그곳을 떠나야 할지 선뜻 결정하지 못했다. 그러고는 옥수수를 생각하다가 금세 바람결에 들려오는 소리에 귀를 기울이는 것 같았다. 그 염치없는 조그만 녀석은 그런 식으로 오전에만도 많은 옥수수를 없애버렸다. 마침 내 다람쥐 녀석은 상당히 길고 통통한 옥수수, 자기 몸집보다 훨씬 큰 옥수수를 집고는 교묘하게 균형을 잡아 숲으로 끌고 가기 시작했다. 마치 들소를 잡아끄는 호랑이처럼 지그재그로 가면서 자주 쉬었다. 또 혼자 감당하기에는 너무 무거웠는지 힘겹게 끌고 가며 걸핏하면 넘어 졌고, 옥수수를 수직과 수평 사이인 대각선으로 눕혀서 끌고 갔다. 여 하튼 어떤 대가를 치르더라도 끝까지 해내겠다고 단단히 다짐한 것 같 았다. 무척이나 까불거리고 변덕스런 녀석이었다. 녀석은 자기가 사는 곳까지, 확실하지는 않지만 내 집에서 40-50로드쯤 떨어진 곳에 있는 소나무 꼭대기까지 옥수수를 끌고 올라갔는지 나는 나중에 그 주변에 서 옥수수 속대들이 사방으로 흩어져 있는 걸 보았다.

마침내 어치들이 모습을 드러내기 시작했다. 사실 어치들은 8분의 1마일 떨어진 곳에서부터 조심스레 다가왔기 때문에 녀석들의 귀에 거 슬리는 울음소리는 오래전부터 들렸다. 어치들은 아무도 모르게 살그 머니 나무를 타고 조금씩 가까이 날아와 다람쥐들이 떨어뜨린 옥수수 알갱이를 부리로 물고 리기다소나무 가지에 앉아 알갱이를 서둘러 삼 키려고 한다. 하지만 알갱이가 어치의 목구멍에 비해 너무 커서 연신 캑캑거린다. 어치는 온갖 고생을 한 후에야 알갱이를 토해내고, 한 시 간쯤 부리로 알갱이를 열심히 쪼아 잘게 부순다. 어치들은 누가 뭐라 해도 도둑이어서, 나는 어치들을 별로 존중하지 않았다. 그러나 다람쥐들은 처음에는 부끄럼을 탔지만, 금세 원래 자기 것을 돌려받은 것처럼 행동했다.

그 사이에 박새도 떼 지어 찾아왔다. 박새들은 다람쥐들이 떨어뜨린 부스러기를 물고 가까이 있는 작은 나뭇가지에 날아 앉아서 굽은 발톱 아래에 부스러기를 두고 마치 그것이 나무껍질 속에 숨은 벌레인 양 작은 부리로 열심히 쪼아 가는 목구멍에 들어갈 수 있도록 잘게 부쉈다. 이 작은 박새들은 조금씩 떼를 지어 매일 날아와 장작더미에서 먹을 것을 찾거나, 문 앞에서 부스러기를 쪼아 먹으면서 맑은 혀짤배기 소리를 조그맣게 내는 것이 마치 풀에 맺힌 고드름들이 부딪칠 때 짤랑거리는 소리와 비슷했고 "데이 데이 데이"라고 경쾌하게 지저귀는 소리처럼도 들렸다. 흔하지는 않았지만 봄처럼 따뜻한 날에는 여름철의 딱새처럼 철사가 울리는 듯한 "피비" 하고 우는 소리가 숲 언저리에서 들려왔다. 박새들이 분위기에 익숙해지자, 마침내 한 마리가 내가 한 아름 안고 운반하던 장작더미 위에 살며시 내려앉아 겁도 없이 나뭇조각을 쪼아댔다. 또 언젠가 내가 마을 밭에서 괭이질을 하고 있을 때 참새 한 마리가 내 어깨에 잠시 내려앉았다. 그때 나는 어떤 어깨장식을 달더라도 그만큼 우쭐한 기분을 느끼지 못할 것 같았다. 다람쥐들과도 결국에는 매우 친해져서, 내 발이 지름길을 막고 있으면 가끔 내 구두 위를 지나가기도 했다.

땅이 완전히 눈으로 덮이지 않았을 때, 그리고 겨울이 끝자락에 접어들며 눈이 남쪽 언덕 기슭과 장작더미 부근에서 녹기 시작하자 자고새들이 먹을 것을 찾아 아침 저녁으로 숲에서 나왔다. 이 즈음이면 숲에서는 어떤 방향을 걷든 갑자기 자고새가 튀어나와 날개를 잽싸게 움직이며 날아간다. 그러면 높은 곳의 작은 가지와 잎에 쌓인 눈이 흔들리며 햇살에 황금 가루처럼 떨어진다. 이 대담한 새는 겨울을 조금도 두려워하지 않는 것 같다. 걸핏하면 눈 더미 속에 몸을 감추기 때문이다. 또 "때로는 공중에서 부드러운 눈 속으로 돌진해서는 거기에서 하루나 이틀쯤 숨어 지내기도 한다"라고 전해진다. 해가 지면 자고새들이 야생 사과의 새싹을 쪼아 먹으려고 숲에서 너른 들판으로 나왔다. 나는 그런 녀석들을 깜짝 놀라게 하곤 했다. 자고새들은 버릇처럼 저녁마다 특정한 나무를 찾아가기 때문에 약삭빠른 사냥꾼은 그런 나무들 주변에 숨어 자고새를 기다린다. 마을에서 멀찌감치 떨어져 숲 근처에 있는 과수원들은 자고새 때문에 피해가 적지 않다. 어쨌든 나는 자고새들이 그렇게라도 배불리 먹는다는 것이 무척 반갑다. 자고새는 새싹과 약물을 먹고 살아가는 자연이 낳은 새다.

어둑한 겨울 아침이나, 짧은 겨울 오후에는 한 떼의 사냥개가 추적의 본능을 억누르지 못하고 요란하게 짖어대며 온 숲을 헤집고 다니는 소리가 간혹 들렸다. 사람이 뒤따르고 있다는 걸 입증하듯 이따금 사냥 나팔 소리가 들리기도 했다. 요즘 들어 숲이 다시 떠들썩하지만 여우가 호수의 너른 공터로 뛰쳐나오지 않고, 악타이온을 뒤따르는 사냥개 무리도 보이지 않는다. 저녁쯤 사냥꾼들이 전리품으로 여우 꼬리 하나를 썰매에 달고 질질 끌며 여관을 찾아 돌아가는 모습을 보게 될지도 모르겠다. 사냥꾼들은 여우가 얼어붙은 땅속에 그대로 숨어 있으면 안전할 것이고, 또 여우가 일직선으로만 달아나면 어떤 여우 사냥개도 여우를 따라잡지 못할 거라고 말한다. 그러나 추적자들을 멀리 따돌린 여우는 걸음을 멈추고 쉬면서 그들이 따라오는지 귀를 기울인다. 마침내 추적자들이 모습을 드러내면 여우는 다시 달아나지만 자기가 자주 다니던 곳으로 향한다. 그러나 그곳에서는 사냥꾼들이 여우를 기다리고 있다. 때때로 여우는 긴 담 위를 한참 달리다가 한쪽으로 멀리 뛰어내리기도 한다. 또 여우는 물에 들어가면 자기 냄새를 지울 수 있다는 사실을 알고 있는 듯하다. 한 사냥꾼은 내게 이런 이야기를 해주었다. 언젠가 사냥개들에게 추적당하던 여우가 갑자기 월든 호수로 뛰어드는 걸 보았다는 것이다. 그때 월든 호수는 얼었지만 얕은 웅덩이가 곳곳에 있었다. 여우는 호수를 어느 정도 건너가다가 뒤돌아서 같은 쪽 호숫가로 돌아왔다. 얼마 지나지 않아 사냥개들이 호숫가에 도착했지만 곧 여우 냄새를 잃고 우왕좌왕했다. 때로는 사냥개들만 떼로 몰려와 내 집을 빙글빙글 돌면서, 어떤 광기에 사로잡힌 것처럼 내게는 눈길조차 주지 않고 요란하게 짖어댄다. 어떤 경우에도 녀석들은 추적을 단념하지 않을 듯한 태세다. 사냥개들은 이런 식으로 한곳을 계속 빙글빙글 돌며, 얼마 전에 남겨진 여우 흔적을 찾아내려고 애쓴다. 영리한 사냥개는 그 냄새를 찾아내기 위해 다른 모든 것을 포기하기 때문이다. 어느 날, 한 남자가 렉싱턴에서부터 내 오두막집까지 찾아왔다. 그러고는 몸집이 커서 큰 발자국을 남기고 벌써 일주일째 혼자 사냥을 다닌다는 자기 사냥개의 행방을 물었다. 그러나 내가 그에게 무슨 말을 해주어도 그는 더 똑똑해질 것 같지 않았다. 내가 그의 질문에 대답하려 할 때마다 그는 내 말을 가로막으며 "그런데 댁은 여기에서 뭐 하는 겁니까?"라고 물었기 때문이다. 비록 그는 개 한 마리를 잃었지만 사람 하나를 찾아낸 셈이었다.

술을 물처럼 마시고서 1년에 한 번씩, 월든 호숫물이 가장 따뜻할 때면 호수로 목욕하러 오는 늙은 사냥꾼이 있었다. 그때마다 그는 나를 잠깐 찾아왔고 한번은 내게 이런 이야기를 해주었다. 오래전 어느날 오후, 그는 엽총을 들고 월든 숲으로 '순찰'을 나갔다. 그는 웨일랜드 길을 걷다가 사냥개들이 짖는 소리를 들었다. 소리가 점점 가까워졌고, 곧이어 여우 한 마리가 담을 넘어 길로 뛰어들었다. 그러고는 곧바로 반대편 담을 넘어 길 밖으로 자취를 감추었다. 그는 재빨리 엽총을 쏘았지만 여우를 맞추지 못했다. 조금 뒤에서는 늙은 사냥개가 새끼 세 마리를 데리고 열심히 달려왔다. 녀석들은 자기들끼리만 사냥을 나온 게 확실했고, 곧 다시 숲으로 사라졌다. 그날 오후 늦게 그가 월든 호수 남쪽의 울창한 숲에서 쉬고 있을 때 멀리 페어헤이븐 쪽에서 사냥개들이 여전히 여우를 쫓으며 짖는 소리가 들렸다. 사냥개들이 짖는 소리가 온 숲에 울려퍼지며 어떤 때는 웰메도 쪽에서, 어떤 때는 베이커 농장 쪽에서 점점 가까이 다가왔다. 그는 한참 동안 가만히 서서 개들이 짖는 노랫소리에 귀를 기울였다. 사냥꾼의 귀에는 감미롭게만 들리는 노랫소리였다. 그런데 갑자기 여우가 나타났다. 느긋하면서도 조용히 차분한 걸음으로 장엄한 숲길을 요리조리 빠져나가, 자신을 추적하는 사냥개들을 멀리 따돌렸던 것이다. 여우를 불쌍히 여긴 듯한 나뭇잎들의 바스락거리는 소리가 여우의 발자국 소리를 감추어준 덕분이었다. 여우는 숲 한가운데 있는 바위에 훌쩍 뛰어올라 고개를 똑바로 세우고 앉아 귀를 바짝 기울였다. 그러나 여우 바로 뒤에는 사냥꾼이 있었다. 사냥꾼은 여우를 향한 연민으로 엽총을 든 팔을 들지 못했다. 하지만 그런 연민은 덧없는 감정이었을 뿐 연이어 다른 생각이 전광석화처럼 뒤따랐고 엽총을 조준했다. 그리고 쾅! 여우는 바위에서 굴러 떨어지며 땅바닥에 널브러졌다. 사냥꾼은 그 자리에서 움직이지 않고 사냥개들이 짖는 소리에 귀를 기울였다. 여전히 사냥개들이 다가오고 있었고, 곧 가까운 숲은 악마처럼 짖어대는 사냥개들의 소리가 좁은 숲길에 시끄럽게 울려퍼졌다. 마침내 어미 사냥개가 눈앞에 불쑥 나타나 코를 땅에 대고 쿵쿵대고, 실성한 것처럼 허공을 물어뜯고는 바위를 향해 곧장 달려갔다. 그러나 죽은 여우를 보자 어미 사냥개는 깜짝 놀라 벙어리가 된 것처럼 입을 꼭 다물고 주변을 빙글빙글 돌았다. 새끼들도 하나씩 차례로 나타났지만, 그들의 어미처럼 수수께끼와도 같은 여우의 죽음을 보고 침묵에 빠져들었다. 그제야 사냥꾼은 앞으로 나가 사냥개들 사이에 섰다. 그렇게 수수께끼는 풀렸다. 사냥꾼이 여우의 껍질을 벗겨내는 동안 사냥개들은 조용히 기다렸다. 그리고 한동안 사냥꾼이 전리품으로 획득한 여우 꼬리를 뒤따랐지만, 곧 방향을 틀어 숲으로 다시 사라졌다. 그날 저녁 웨스턴 마을의 한 유지가 이 콩코드 사냥꾼의 오두막을 찾아와, 자신의 사냥개들이 웨스턴 숲에서 시작해 벌써 일주일째 자기들끼리 사냥을 하고 다닌다면서 사냥개들에 대해 물었다. 콩코드 사냥꾼은 알고 있는 대로 내답해주었고 여우 가죽을 그 유지에게 내놓았다. 그러나 웨스턴의 유지는 정중하게 거절하고 오두막을 떠났다. 유지는 그날 밤 사냥개들을 찾지 못했지만, 사냥개들이 강 건너 한 농가에서 밤을 지냈고 그곳에서 배불리 먹은 후에 아침 일찍 다시 떠났다는 걸 이튿날에야 전해들었다.

내게 이런 이야기를 해준 사냥꾼은 샘 너팅이라는 사람을 기억하고 있었다. 너팅은 페어헤이븐 바위 턱에서 곰을 사냥해 콩코드로 내려와 곰 가죽을 럼주와 교환하곤 했던 사냥꾼이었다. 너팅은 그 사냥꾼에게 말코손바닥사슴을 거기에서 본 적이 있다고 말했다. 너팅에게는 버고인이라는 유명한 여우 사냥개 한 마리가 있었는데 너팅은 버고인을 버긴이라고 발음했으며, 내게 이런 이야기를 전해준 사냥꾼에게도 그 사냥개를 가끔 빌려주곤 했다는 것이었다. 콩코드에서 오랫동안 장사를 했고 전직 대위였으며 읍사무소 공무원과 주의원까지 지낸 사람의 한 '거래일지'를 보면 다음과 같은 기록이 있다. 1742-1743년 1월 18일, "존 멜번 대위, 회색 여우 한 마리 2실링 3펜스." 여우는 요즘 전혀 눈에 띄지 않는다. 1743년 2월 7일 일지에는 헤즈카이어 스트래튼에게 "고양이 가죽 절반을 1실링 4$\frac{1}{2}$펜스"에 거래했다고 쓰여 있다. 물론, 여기에서 고양이는 살쾡이일 것이다. 스트래튼은 프랑스 전쟁에 하사관으로 참전했는데 고양이처럼 하찮은 동물을 사냥해 팔지는 않았을 것이기 때문이다. 사슴 가죽도 사들였고 거의 매일 팔린 것으로 보인다. 콩코드 인근에서 마지막으로 사냥한 사슴의 뿔을 지금까지 간직하고 있는 사람이 있는가 하면, 자신의 삼촌이 참가했다는 사슴 사냥을 내게 자세히 말해준 사람도 있었다. 옛날 이곳에 사냥꾼들은 수없이 많았지만 모두 유쾌한 사람들이었다. 나도 무척 마른 니므롯을 생생히 기억하고 있다. 내 기억이 맞다면 그는 길가에서 나뭇잎 하나를 따서 어떤 사냥 나팔보다 힘차고 구성지게 연주했다.

달이 뜬 어느 날, 나는 한밤중에 산책을 하다가 숲에서 어슬렁대는 사냥개들과 가끔 마주쳤다. 사냥개들은 나를 보면 슬금슬금 피하고는 내가 지나갈 때까지 덤불 옆에 조용히 서 있었다.

다람쥐와 들쥐는 내가 저장해둔 견과를 두고 다투었다. 내 집 주변에는 지름이 1-4인치에 불과한 수십 그루의 리기다소나무가 있었다. 지난겨울에 생쥐들은 리기다소나무를 갉아 먹었다. 눈이 오랫동안 많이 내려 그들에게는 노르웨이의 겨울만큼이나 혹독했던 까닭에 다른 양식이 부족해서 소나무 껍질이라도 많이 먹어야만 했던 것이다. 그래도 리기다소나무들은 살아남았고 한여름에는 잎도 무성했다. 대다수가 고리 모양으로 껍질이 벗겨졌지만 1피트 정도 더 자랐다. 그러나 지난겨울과 같은 일을 또 당한다면 모든 나무가 죽을 것이 뻔했다. 생쥐한 마리에게 소나무 한 그루를 통째로 저녁거리로 내주면서 줄기를 위아래로 갉아먹지 않고 빙 둘러 갉아먹게 허락됐다는 게 놀랍지만, 빽빽하게 자라는 속성을 지닌 리기다소나무들을 솎아주려면 그런 방법이 필요한 것 같기는 하다.

멧토끼(레푸스 아메리카누스)는 무척 흔했다. 한 마리는 겨우내 내 집 아래를 본거지로 삼았다. 마루판 하나만을 사이에 두고 나와 동거한 셈이었다. 매일 아침 내가 움직이기 시작하면 멧토끼는 황급히 떠나면서 나를 놀라게 했나―서두르는 바람에 머리를 마루판에 부딪치며 "쿵! 쿵! 쿵!" 소리를 냈기 때문이다. 어둑해지면 멧토끼들은 내가 던져놓은 감자 껍질을 갉아먹으려고 습관처럼 내 집 문 앞으로 모여

들었지만, 땅 색깔과 너무 비슷해서 움직이지 않으면 구분하기 힘들었다. 때때로 황혼녘에 창밖을 내다보면 창문 아래 꼼짝 않고 앉아 있는 멧토끼를 시야에서 놓쳤다가 다시 찾곤 했다. 저녁에 내가 문을 벌컥 열면 멧토끼들은 찍찍 소리를 내며 용수철처럼 튀어 도망갔다. 가까이에 있는 멧토끼들은 내게 동정심만 불러일으켰다. 어느 날 저녁, 멧토끼 한 마리가 나와 두 걸음밖에 떨어지지 않은 문 옆에 앉아 있었다. 처음에는 두려움에 질려 벌벌 떨면서도 움직일 생각조차 하지 않았다. 축 늘어진 귀와 뾰족한 코, 짧은 꼬리와 가느다란 발, 게다가 뼈만 앙상하게 남아 여윈 몸이 왜소하고 불쌍하게만 보였다. 자연이 이제는 더 나은 혈통을 받아들이지 못하고 가까스로 명맥을 유지하는 듯했다. 녀석의 커다란 눈은 어리고 병약해 보였다. 마치 수종水腫에라도 걸린 것처럼 보였다. 나는 녀석을 향해 한 발 내딛었다. 그러자 녀석은 탄력 있는 용수철처럼 팅겨 일어나서는 몸과 네 다리를 우아하게 쭉 뻗어 눈밭을 질주해 숲으로 사라지며, 야생의 자유로운 동물로서 자신의 생명력과 자연의 위엄을 보여주었다. 멧토끼가 날씬한 데는 이유가 없지 않았던 것이다. 그것이 멧토끼의 본래 모습이었다(일부 학자는 '레푸스'와 '레비페스'가 '발이 빠른'을 뜻한다고 생각한다).

만약, 시골에 토끼와 자고새가 없으면 어떻게 될까? 토끼와 자고새는 가장 소박하면서도 토속적인 동물에 속한다. 옛날에도 지금만큼이나 인간에게 알려진 오래되고 유서 깊은 동물 가족이며 자연의 색과 본질을 동시에 지닌 동물들, 또 잎과 땅에 가장 가까운 동물들이다. 게다가 토끼와 자고새는 서로 유사하기도 하다. 하나는 날개가 달리고 하나는 다리가 달렸다는 것이 다를 뿐이다. 토끼나 자고새가 불쑥 뛰쳐나와 도망치면 우리는 야생동물을 본 것이 아니라 숲을 걸을 때 나뭇잎이 바스락거리는 걸 기대하는 것만큼이나 자연스런 동물을 본 것에 불과하다. 그 어떤 혁명적 변화가 닥치더라도 자고새와 토끼는 땅의 진정한 토착 동물로서 틀림없이 번성할 것이다. 숲에서 나무가 베여 없어지지만 그곳에서 새로 돋는 새싹과 덤불이 토끼와 자고새에게 숨을 곳을 마련해주므로, 그들은 그 어느 때보다 수적으로 더욱 늘어나고 있다. 멧토끼 한 마리에게 먹을 곳과 숨을 곳을 제공하지 못하는 곳이라면 정말 불행한 시골일 것이다. 몇몇 목동들이 잔가지 울타리와 말갈기 덫을 설치해두기는 했지만, 우리 숲에는 자고새와 멧토끼가 많아 어느 늪에서나 녀석들이 걸어다니는 모습을 볼 수 있다.

겨울의 호수

The Pond in Winter

조용한 겨울밤을 보낸 후, 잠에서 깰 때마다 꿈속에서 어떤 질문을 받았고 그 질문에 답하려고 애썼지만 헛일이라는 기분이 들었다. 무엇을—어떻게—언제—어디에서 했느냐와 같은 질문이었다. 그러나 온갖 피조물이 살아가는 자연은 새벽을 맞이하며 평온하고 흡족한 얼굴로 내 널찍한 창문을 들여다보았지만, 그 입술로 아무런 질문도 하지 않았다. 나는 질문의 응답, 즉 자연과 햇살에 잠을 깼다. 어린 소나무까지 점처럼 보일 정도로 땅 위를 높이 뒤덮은 눈과 내 집이 서 있는 언덕의 비탈이 "힘내!"라고 말하는 듯했다. 자연은 어떤 질문도 하지 않지만, 대신 우리 인간이 묻는 어떤 질문에도 대답하지 않는다. 자연은 그렇게 하기로 오래전에 결심을 굳혔다. "오, 군주시여, 우리 눈은 이 우주의 경이롭고 다채로운 광경을 바라보면서 감탄하며 영혼에 전합니다. 밤이 이 눈부시게 아름다운 창조물의 일부를 어둠으로 덮어 감추지만, 낮이 다시 찾아와 지상에서 창공의 들판까지 쭉 뻗은 이 원대한 작품을 우리에게 드러내줍니다."

그리고 나는 아침 일을 시작했다. 먼저 도끼와 양동이를 들고 물을 찾아 나서야 한다. 이제 꿈속은 아니니까. 춥고 눈이 내린 밤을 보낸 후에는 물을 찾기 위해 점치는 막대가 필요했다. 어떤 바람에도 민감하게 반응하며 부르르 떨어 빛과 그림자를 그대로 반영하던 호수의 수면이 겨울에는 1피트, 때로는 1피트 반까지 깊게 돌덩이처럼 얼어붙는 까닭에 무겁디무거운 소 떼까지 너끈히 견딘다. 눈이 호수의 수면을 똑같은 높이로 덮기도 한다. 그러면 호수는 평평한 들판과 전혀 구분되지 않는다. 주변을 둘러싼 언덕에 사는 마멋처럼, 호수는 눈꺼풀을 닫고 석 달 혹은 그 이상 동면에 들어간다. 나는 언덕들에 에워싸인 풀밭에 선 것처럼 눈 덮인 호수에 올라서서 1피트 높이로 쌓인 눈을 헤치고 걸어가, 1피트 깊이의 얼음을 잘라내어 내 발 아래로 창문을 연다. 그 바로 옆에 무릎을 꿇고 앉아 호숫물을 마시며 간유리를 통과한 것처럼 부드러운 햇빛이 스며든 물고기들의 조용한 거실과 여름 때와 똑같이 밝은 모래가 깔린 호수 바닥을 내려다본다. 수면 아래는 황혼녘의 호박색 하늘처럼 언제나 잔잔한 평온함이 지배해서 그곳에 사는 거주자들의 차분하고 한결같은 기질을 그대로 보여주는 듯하다. 천국은 우리 머리 위에만이 아니라 이렇듯 우리의 발아래에도 있다.

모든 것이 얼어붙어 상쾌한 기분마저 들 때는 이른 아침부터 사람들이 낚시얼레와 간단한 점심을 들고 호수를 찾아와 눈 덮인 벌판에 구멍을 뚫고 가느다란 낚싯줄을 내려뜨린다. 강꼬치고기와 퍼치고기를 낚으려는 것이다. 그들은 야성의 인간들이어서 본능적으로 읍내 사람들과는 다른 유행을 따르고 다른 권위를 신봉하며 또 그들이 왕래함으로써 그것조차 없다면 완전히 갈라질지도 모를 마을들을 여기저기에서 이어주는 역할을 한다. 그들은 두꺼운 외투를 입고 호숫가의 마른 떡갈나무 잎 위에 앉아 점심을 먹는다. 도시인이 인공적인 지식에 정통한 만큼 그들은 자연과 관련된 것에 박식하다. 그들은 그런 것들을 결코 책에서 배우지 않았다. 그래도 그들이 알고 말할 수 있는 것보다 훨씬 많은 것을 해낸 사람들이다. 그들이 행하는 것들은 세상에 아직 널리 알려지지 않은 것들이다.

퍼치고기를 미끼로 삼아 강꼬치고기를 낚는 사람이 있다. 그의 양동이를 들여다보면 여름 호수를 들여다보는 것처럼 감탄사가 절로 나온다. 그는 여름을 자기 집에 가둬두었거나, 여름이 어디로 물러났는지 아는 것 같다. 대체 한겨울에 이런 물고기들을 어떻게 잡았을까? 그랬다, 땅이 얼어붙었기 때문에 그는 썩은 통나무에서 벌레를 잡았고, 그것을 미끼로 퍼치고기와 강꼬치고기를 잡았던 것이다. 그의 삶 자체가 박물학자의 서재보다 자연을 더 깊이 꿰뚫고 있는 셈이다. 따라서 그 자신이 박물학자의 연구 과제가 된다. 박물학자는 칼로 이끼를 들추고 나무껍질을 조심스레 벗겨 벌레를 찾는다. 반면에 야성의 낚시꾼은 도끼로 통나무를 완전히 쪼개 열어젖히기 때문에 이끼와 나무껍질이 사방으로 날린다. 그는 나무껍질을 벗겨 생계를 꾸린다. 이런 사람은 낚시할 자격이 있고, 나는 자연이 그런 사람을 통해 완성되어 가는 걸 보고 싶다. 퍼치고기는 땅벌레를 삼키고 강꼬치고기는 퍼치고기를 삼키며 낚시꾼은 강꼬치고기를 삼킨다. 존재의 단계에서 모든 틈새가 이런 식으로 메워진다.

나는 안개 낀 날 호숫가를 산책할 때, 남들보다 서툰 낚시꾼이 채택한 원시적인 방법을 즐겁게 지켜보곤 했다. 그런 낚시꾼은 호숫가에서 부터 4-5로드 간격으로 얼음에 좁게 판 구멍들 위로 오리나무 가지를 걸쳐놓고, 낚싯줄이 끌려 들어가지 않도록 그 끝을 막대기에 묶어두었다. 그리고 오리나무의 작은 가지 위로, 즉 얼음판에서 1피트나 그 이 상 위로 느슨하게 걸쳐둔 낚싯줄에는 마른 떡갈나무 잎을 매달아두었다. 그 잎이 호수 아래로 끌려 내려가면 물고기가 잡혔다는 뜻이었다. 호숫가를 반쯤 걸으면 이런 오리나무들이 일정한 간격을 두고 안개 사이로 어렴풋이 보였다.

아, 월든 호수의 강꼬치고기! 강꼬치고기들이 얼음판 위에나, 낚시 꾼이 얼음판에 작은 구멍을 파서 물이 조금 들어오도록 만든 웅덩이에 누워 있는 걸 보면 전설에나 나오는 물고기처럼 눈부시게 아름다운 그 모습에 나는 깜짝 놀란다. 길거리에서는 물론이고 심지어 숲에서도 보기 드물고 이곳 콩코드 사람들에게도 아라비아만큼이나 이국적인 물고기다. 강꼬치고기는 눈부시고 초월적인 아름다움을 지녀, 콩코드 거리에서 명성을 날리는 송장 같은 대서양대구나 해덕대구와는 차원이 다르다. 강꼬치고기는 소나무처럼 녹색도 아니고 돌처럼 회색도 아니며 하늘처럼 푸른색도 아니다. 내 눈에는 꽃과 보석처럼 진귀한 색으로 보인다. 진주 같기도 하고 월든의 호숫물이 동물화된 핵, 즉 결정체인 듯하다. 물론 강꼬치고기는 안팎 모두에서 철저하게 월든이며, 동물 세계에서 작은 발도파 신자들이다. 나는 이런 강꼬치고기가 여기에서 잡힌다는 사실이 놀라울 뿐이다. 이 깊고 넓은 샘에서, 월든 길을 덜 거덕거리며 지나가는 수레와 마차, 딸랑딸랑 종을 울리며 지나가는 썰매보다 훨씬 더 밑에서 황금빛과 에메랄드빛을 띤 이 커다란 물고기가 헤엄치고 있다는 사실이 놀랍기만 하다. 나는 지금까지 어떤 시장에서도 강꼬치고기 종류를 본 적이 없다. 만약 강꼬치고기가 시장에 나온다면 모두의 눈을 사로잡을 것이다. 강꼬치고기가 물 밖에 끌려 올라오면, 제명대로 살지 못하고 하늘의 희박한 공기로 옮겨가는 인간처럼 몇 번 경련을 일으키고는 쉽게 자신의 혼을 포기해버린다.

오래전에 잃어버린 월든 호수의 바닥을 되찾고 싶어 나는 1846년 초 얼음이 녹기 전에 나침반과 사슬과 측연선으로 호수 바닥을 세밀하게 측정했다. 월든 호수의 바닥에 대해서는 설왕설래가 많았다. 심지어 바닥이 없다는 말까지 있었지만, 그런 이야기들에는 어떤 근거도 없었다. 사람들이 수심도 측정하지 않고 어떤 호수에는 바닥이 없다고 오랫동안 믿는 걸 보면 놀랍기만 하다. 어느 날 나는 이 부근을 산책하면서 바닥이 없다는 호수를 두 곳이나 만났다. 심지어 월든 호수가 지구의 반대편까지 완전히 뚫려 있다고 믿는 사람도 많았다. 얼음판에 오랫동안 납작 엎드려 착각을 일으키는 매개물을 통해 그것도 물기에 젖은 눈으로 호수 바닥을 내려다본 사람들은 감기에 걸릴까 봐 두려운 나머지 성급히 결론을 내려야 한다는 생각에 사로잡혀 수레를 끌 사람만 있다면 '한 짐의 건초를 운반할 수 있는' 거대한 구멍을 보았고, 그 구멍을 스틱스 강의 의심할 바 없는 수원水源이자 지옥으로 들어가는 입구라고 생각했다. 한편 몇몇 마을 사람들은 '56파운드의 추'를 준비해, 1인치 굵기의 밧줄을 수레에 가득 싣고 호수까지 찾아와 호수 바닥을 측정하려고 했지만 실패했다. '56파운드의 추'가 이미 바닥에 닿았는데도 그들이 경이로운 것을 무한정 받아들이는 자신들의 포용력을 측정하려는 생각에 쓸데없이 밧줄을 계속 풀었기 때문이다. 그러나 내가 독자들에게 분명히 말할 수는 있는 것은 월든 호수가 예외적으로 깊기는 하지만 터무니없이 깊지는 않다는 것이다. 월든 호수에도 분명히 단단한 바닥이 있다. 나는 대구용 낚싯줄과 1.5파운드 가량의 돌을 이용해 월든 호수의 수심을 쉽게 측정했다. 돌 아래에 물이 있으면 돌을 상대적으로 어렵지 않게 끌어당길 수 있지만 바닥에 닿은 돌은 훨씬 세게 끌어당겨야 한다. 따라서 돌이 바닥에서 떨어지는 순간을 정확히 알아낼 수 있다. 가장 깊은 곳은 정확히 102피트였다. 그 후에 수위가 5피트 상승했으니, 그만큼을 더하면 107피트가 될 것이다. 호수의 면적이 작은 편이라는 것을 고려하면 대단한 수심이다. 그러나 상상력이 개입해 여기에서 1인치라도 뺄 수는 없다. 만약 모든 호수가 얕다면 어떻게 될까? 그렇다면 인간의 마음에도 어떤 영향을 미치지 않을까? 나는 월든 호수가 깊고 맑아 하나의 상징이 된 것이 무척 고마울 뿐이다. 인간이 무한의 세계를 믿는 동안 앞으로도 몇몇 호수는 바닥이 없는 호수라고 여겨질 것이다.

한 공장 주인은 내가 월든 호수의 깊이를 알아냈다는 이야기를 듣고도 내 측정 결과가 맞지 않을 거라고 생각했다. 댐에 대한 그의 지식으로 판단할 때, 모래가 그처럼 가파른 경사를 이루지는 않는다는 것이었다. 그러나 사람들이 대부분 생각하는 것처럼 아주 깊은 호수들의 수심도 면적에 비례하지는 않는다. 따라서 호수의 물을 퍼내도 엄청난 계곡이 드러나지는 않을 것이다. 이런 호수들은 산골짜기와는 다르다. 예컨대 월든 호수의 한 지역이 면적에 비하면 예외적으로 깊지만, 호수의 중심을 종단면으로 잘라내면 얕은 접시보다 더 깊지는 않을 것이기 때문이다. 대부분의 호수는 물을 퍼내면 우리가 흔히 보는 움푹 들어간 초원과 흡사할 것이다. 윌리엄 길핀은 풍경과 관련된 모든 것에서 감탄할 만한 대체로 정확한 평가를 내렸다. 그는 스코틀랜드 피너 호수의 물목에 서서 그곳을 "수심이 60-70패덤이고 폭이 4마일인 염수호의 만"이라고 묘사했다. 길이가 약 50마일이며, 산으로 에워싸인 그 호수에 대해 길핀은 "홍적기洪積期의 함몰이나 그 함몰의 원인이었던 자연의 변동이 있은 직후, 혹은 물이 그 함몰지에 밀려들기 전에 우리가 이곳을 보았더라면 무시무시한 협곡이 눈앞에 펼쳐졌을 것이다!"라고 말하며 다음과 같이 덧붙였다.

거대한 산들이 하늘 높이 치솟아오르고
넓고 깊고 텅 빈 물 밑바닥은
솟아오른 산들의 높이만큼 낮게 가라앉는다.

그러나 피너 호수에서 지름이 가장 짧은 곳을 근거로 얻은 면적을 월든 호수에 적용하면 앞에서 월든 호수의 종단면도 얕은 접시처럼 보일 거라고 말했는데 피너 호수는 월든 호수에 비해 수심이 4분의 1에 불과한 것으로 계산될 것이다. 피너 호수에서 물을 퍼낼 때 드러날 무시무시한 협곡에 대해서는 이쯤에서 끝내자. 미소 짓는 무수한 계곡들과 그 사이로 뻗은 옥수수밭도 따지고 보면 물이 빠져나간 '무시무시한 협곡'을 차지하고 있는 것에 불과하지만, 그런 곳의 순박한 거주자들에게 이런 사실을 깨닫게 하려면 지질학자의 통찰력과 멀리 내다보는 시야가 필요하다. 관찰력이 뛰어난 사람이라면 지평선의 나지막한 언덕들이 원시시대에 호숫가였다는 흔적을 찾아낼 수 있을 것이다. 그런 역사를 감추기 위해 원시시대 이후에 평원이 반드시 융기될 필요는 없었다. 그러나 간선도로에서 일하는 사람들은 알고 있듯이 소나기가 내린 후에는 흙탕물로 채워진 웅덩이 옆에서 움푹 패인 땅이 흔히 발견된다. 요컨대 상상력을 약간만 허락하면 자연보다 더 깊이 잠수하고 더 높이 날아오른다는 뜻이다. 실제로 바다의 깊이는 그 폭에 비하면 무척 미미한 것으로 밝혀질 것이다.

나는 얼음을 뚫고 수심을 측량했으므로 얼지 않는 항구를 측량할 때보다 훨씬 정확하게 바다 형태까지 측정할 수 있었고 월든 호수의 바닥이 대체로 일정한 것에 상당히 놀랐다. 가장 깊은 곳에는 태양과 바람과 쟁기에 영향을 받은 어떤 밭보다도 평평한 바닥이 수 에이커나 펼쳐져 있었다. 예컨대 임의적으로 선택한 선에서 측정한 깊이는 30로드 안에서 1피트 이상 달라지지 않았다. 호수 가운데 부근에서는 수심이 어떤 방향으로나 대체로 100피트당 3-4인치 내에서 변할 거라고 미리 예측할 수도 있었다. 월든 호수처럼 전체적으로 모래가 바닥을 이룬 호수들에도 깊고 위험한 구멍이 있을 거라고 습관적으로 말하는 사람이 적지 않지만, 이런 환경에서는 물의 흐름이 울퉁불퉁한 모든 곳을 평평하게 만드는 법이다. 바닥이 대체로 고르고 호반만이 아니라 호수를 둘러싼 언덕들과도 거의 완벽하게 맞닿아 있기 때문에, 멀리 떨어진 갑岬의 깊이도 호수 바로 맞은편을 측량함으로써 알아낼 수 있었고, 그 방향도 맞은편 호반을 관찰함으로써 측정할 수 있었다. 갑은 모래톱과 평평한 여울이 되고, 계곡과 협곡은 깊은 물과 수로가 된다.

나는 10로드를 1인치로 줄인 축척으로 월든 호수의 지도를 그리고, 모두 100군데 이상의 깊이를 측정한 결과를 써넣었다. 그리고 다음과 같은 놀라운 일치를 찾아냈다. 가장 깊은 곳을 가리키는 숫자가 명백히 지도 한복판에 있는 걸 보고 나는 지도 위에 자를 세로로, 다음에는 가로로 놓아보았다. 놀랍게도 가장 긴 세로선과 가장 긴 가로선이 가장 깊은 지점에서 정확히 교차했다. 호수의 한복판은 거의 평평하고, 호수의 윤곽선은 결코 규칙적이라 할 수 없으며, 가장 긴 세로선과 가장 긴 가로선은 작은 만의 안쪽까지 측정해서 얻은 것이었는데도! 그래서 나는 "호수나 웅덩이만이 아니라 바다에서도 가장 깊은 곳을 이런 식으로 측정할 수 있지 않을까? 이 규칙이 계곡을 엎어놓은 것이라고 여겨지는 산의 높이에도 적용되지 않을까?"라고 혼잣말로 중얼거렸다. 누구나 알겠지만 산에서 가장 높은 곳이 가장 좁은 곳은 아니지 않은가.

다섯 곳의 만 중 세 곳의 수심을 쟀고, 세 곳 모두에서 물목을 가로질러 모래톱이 형성되고 안쪽 수심이 더 깊다는 것을 확인할 수 있었나. 따라서 만은 물이 수평만이 아니라 수직으로도 육지로 연장되며 해분이나 독립적인 호수를 형성하는 경향을 띠었고, 두 갑의 방향은 모래톱이 형성된 방향과 같았다. 해변에 위치한 항구에는 어김없이 물

겨울의 호수

목에 모래톱이 있다. 월든 호수에서 만의 물목 폭이 길이에 비해 얼마나 넓으냐에 따라 모래톱 너머의 수심이 안쪽 수심에 비해 더 깊었다. 따라서 만의 길이와 폭이 주어지고 호반 주위의 특징을 안다면 모든 호수에 적용되는 공식을 만들어내기에 충분한 자료를 거의 확보한 것이 된다.

이런 경험을 바탕으로 어떤 호수에서 수면의 윤곽과 호반의 특징만을 관찰함으로써 가장 깊은 곳을 얼마나 근접하게 추측할 수 있는지 알아보기 위해 나는 화이트 호수의 지도를 작성했다. 화이트 호수는 면적이 41에이커이며 월든 호수와 마찬가지로 섬이 없고, 물이 들어오는 곳과 나가는 곳이 눈에 띄지 않는다. 가장 긴 가로선이 가장 짧은 가로선과 무척 인접해 있어, 마주 보는 두 갑은 서로 접근하는 반면에 마주 보는 두 만은 서로 물러서는 모양이었다. 그래서 나는 짧은 가로선에서 얼마 떨어지지 않은 곳, 그러나 가장 긴 세로선과 교차하는 지점이 화이트 호수에서 가장 깊은 곳일 거라고 과감히 표시해두었다. 나중에 밝혀졌듯이 가장 깊은 곳은 그 지점에서 100피트 가량 떨어졌지만 내가 생각했던 방향선 위에 있었으며, 깊이는 1피트밖에 더 깊지 않은 60피트였다. 물론, 호수에 해류가 흐르거나 섬이 있다면 문제는 한층 복잡해질 것이다.

우리가 자연의 법칙을 모두 안다면 하나의 사실, 혹은 하나의 실제 현상에 대한 서술만으로도 개별적인 결과들을 모두 추론해낼 수 있어야만 할 것이다. 하지만 현재 우리는 소수의 법칙만 알고 있을 뿐이다. 그렇다고 우리가 추론해 얻은 결과가 자연의 혼란이나 불규칙성 때문에 무효화되는 것은 아니다. 그런 결과를 알아내는 데 반드시 필요한 요소들에 대해 우리가 무지하기 때문에 무효화되는 것이다. 일반적으로, 우리가 사용하는 법칙과 조화라는 개념은 우리가 찾아낸 사례들에 국한된다. 그러나 우리가 아직 찾아내지 못한 법칙들, 즉 겉으로는 모순되어 보여도 실제로는 서로 관련된 많은 법칙들에서 비롯되는 조화가 훨씬 더 경이롭다. 여행자가 한 걸음을 뗼 때마다 산의 모습이 달라 보이듯이, 개개의 법칙들도 우리 관점에 따라 달라 보인다. 산은 절대적으로 하나의 형태밖에 갖지 않지만 무한수의 모습으로 보인다. 산은 쪼개거나 구멍을 뚫더라도 완전하게 파악되지 않는다.

월든 호수를 관찰해서 얻은 결과는 윤리에도 그대로 적용된다. 바로 평균의 법칙이다. 두 개의 지름으로 이루어진 그런 법칙은 우리를 태양계의 태양으로, 또 사람의 마음으로 인도한다. 게다가 그 법칙은 한 사람이 하루하루를 살면서 행하는 행동들과, 그의 만과 내포로 밀려드는 삶의 파도들을 세로와 가로로 추적해 선을 긋는다. 그 두 선이 만나는 곳에는 그의 인격에서 가장 높은 곳, 혹은 가장 깊은 곳이 있을 것이다. 우리는 그의 호반이 어떤 방향으로 기울고 인근 지역이나 환경이 어떤지 알기만 하면 가장 깊은 곳, 즉 그의 감추어진 바닥을 추론해낼 수 있을지도 모른다. 그가 아킬레우스의 고향처럼 험준한 산악 지역에 둘러싸여 있다면, 산봉우리들이 그의 가슴에 그림자를 드리우며 심어질 것이기 때문에 그의 내면에도 그 못지않게 깊은 곳이 있을 것이라고 추론할 수 있다. 그러나 나지막하고 평탄한 기슭은 그가 그 면에서 깊이가 얕다는 걸 보여준다. 우리 몸에서 이마는 생각과 관계가 있는 부분이기 때문에, 대담하게 돌출된 이마는 그만큼 그에 상응하는 생각의 깊이를 나타낸다. 또한 우리 내면에 있는 작은 만들의 물목에는 모래톱, 즉 특유의 성향이 있다. 만은 우리가 잠시 피신하는 항구며, 우리는 그곳에 갇혀 부분적으로 육지를 만난다. 이런 성향들은 대체로 변덕스럽지 않아, 형태와 규모 및 방향은 해안의 벼랑, 즉 고대에 형성된 융기의 축에 의해 결정된다. 이 모래톱이 폭풍이나 조류나 해류에 의해 점점 증가하거나 호수의 함몰로 수면에 닿을 듯이 드러나면 처음에는 하나의 생각이 안전한 항구를 찾아 피신한 성향에 불과했던 것이 개별적인 호수가 되어 바다와 단절되고 그 호수 안에서 생각은 고유한 조건을 획득함으로써 소금물에서 민물로 변할 수 있으며, 염분이 없는 바다나 사해死海나 늪이 된다. 우리 개개인이 이 세상에 도래했을 때, 이런 모래톱이 어딘가에서 수면까지 올라온 것이라고 말할 수 있지 않을까? 사실 우리는 서툴기 이를 데 없는 항해자여서 대부분의 경우 우리 생각은 항구가 없는 해변에 가까워졌다 멀어졌다 하며, 시詩라는 만의 만곡부에만 들락날락하거나 누구에게나 허락된 항구로 향해 과학이라는 드라이독dry dock에 들어간다. 여기에서 우리 생각은 이 세상에 맞게 재정비될 뿐, 우리 생각을 개성화하는 데 도움을 주는 자연의 조류는 만나지 못한다.

나는 월든 호수에서 물이 들고 나가는 곳에 대해 비와 눈과 증발 이외에 어떤 것도 찾아내지 못했지만, 온도계와 줄을 이용하면 그런 곳을 찾아낼 수 있다. 물이 호수로 흘러드는 곳이 여름에는 가장 시원하고 겨울에는 따뜻할 것이기 때문이다. 1846-1847년에 얼음 장수들이 이곳에서 일할 때, 케이크처럼 잘라내어 호숫가로 운반된 얼음덩어리들이 두께가 들쑥날쑥해 나란히 놓을 수 없다는 이유로 호숫가에서 얼음덩어리들을 쌓던 사람들에게 퇴짜를 맞은 적이 있었다. 따라서 얼음을 잘라내던 인부들은 특정한 어떤 좁은 구역의 얼음이 다른 곳의 얼음보다 2~3인치 얇다는 걸 알게 됐고, 그 구역에 물이 유입되는 곳이 있을 거라고 생각했다. 또 그들은 나를 얼음덩어리에 태우고는 호숫물이 언덕 아래를 지나 근처 풀밭까지 새어 나가는 '여과 구멍'이라고 생각한다는 다른 곳까지 데려가, 그 구멍을 내게 보여주었다. 수면에서 10피트쯤 아래에 있는 작은 구멍이었다. 그러나 내 생각에는 그보다 더 큰 구멍이 발견되지 않는 한 월든 호수를 땜질할 필요는 없을 것 같다. 한 인부는 그와 같은 '여과 구멍'이 발견되면, 그 구멍이 풀밭과 연결되어 있다는 걸 증명할 수 있는 방법을 제시했다. 구멍 입구에 착색한 가루나 톱밥을 넣은 후 풀밭에 있는 샘에 여과기를 설치하면 물길을 따라 운반된 입자들이 여과기에 걸릴 거라는 것이었다.

내가 호수를 측량하는 동안, 호수는 얼음의 두께가 무려 16인치인데도 작은 바람에 물처럼 들썩거렸다. 얼음 위에서 수준의를 사용할 수 없다는 것은 널리 알려진 사실이다. 얼음 위에 세워둔 눈금 막대를 향하도록 뭍에 설치한 수준의를 이용해 관찰할 때, 호숫가에서 1로드 떨어진 곳의 얼음은 최고 4분의 3인치까지 요동쳤지만 얼음은 호숫가에 단단히 붙어 있는 것처럼 보였다. 한복판에서는 요동의 폭이 더 클 것 같았다. 우리도 측량도구가 정밀하다면 지구 지각의 요동까지 탐지해낼 수 있을지 누가 알겠는가? 내가 수준의의 두 다리는 뭍에 두고 나머지

겨울의 호수

한 다리는 얼음에 설치한 후 그 다리 너머 쪽을 관측하자, 얼음의 지극히 미세한 요동으로 호수 건너편에 있는 나무 위치가 수 피트의 차이를 보였다. 내가 수심을 재기 위해 얼음에 구멍을 뚫기 시작했을 즈음, 그때까지는 눈이 얼음을 높이 덮고 있어 눈 아래 얼음 위에는 3~4인치 깊이로 물이 고여 있었다. 그러나 그 물은 내가 판 구멍들로 흘러들어가기 시작했고, 깊은 물줄기를 이루면서 이틀 동안 계속 흘렀다. 또 그 물줄기는 사방으로 뻗어 얼음을 녹여 없애며 호수면을 말리는 데 주된 역할까지는 아니어도 중요한 역할을 했다. 물이 호수로 흘러들면서 얼음을 들어 올려 뜨게 했기 때문이었다. 이것은 배의 바닥에 구멍을 뚫어 물을 빼는 것과 약간 비슷한 원리였다. 이런 구멍들이 얼어붙고 비가 뒤이어 내리면 다시 매끈한 얼음이 호수 전체를 뒤덮고, 곳곳에 거미줄 비슷한 모양의 거무스름한 무늬가 안쪽으로 아름답게 형성된다. 사방에서 중심으로 흘러든 물줄기가 만들어낸 얼음의 장미꽃이라고 불러도 손색이 없을 정도다. 또한 얼음판 위가 얕은 웅덩이로 뒤덮일 때쯤에는 때때로 내 그림자가 이중으로 보였다. 하나가 다른 하나의 머리 위에 서 있는 모습이었다. 더 정확히 말하면 하나는 얼음 위에, 다른 하나는 나무나 언덕 비탈에 서 있는 모습이었다.

아직은 추운 1월이다. 눈과 얼음이 여전히 두껍고 단단해서 타산적인 땅주인은 여름에 마실 것을 차게 할 얼음을 구하려고 마을에서 일부러 찾아온다. 이제 1월인데 7월의 열기와 갈증을 예측하다니, 인상적이면서도 측은할 정도로 약삭빠르다. 그다지 많은 것이 대비되지 않는 이 시대에 두터운 외투와 벙어리장갑을 끼고서! 그래도 내세의 여름에 마실 것까지 차게 해줄 보물까지 이 세상에 쌓아두지는 못할 것이다. 그는 단단하게 언 호수를 잘라내고 톱질하며 물고기의 집 지붕을 들어낸다. 그리고 물고기들의 서식지와 공기를 1코드씩 나눠 쌓은 장작처럼 사슬과 말뚝으로 단단하게 묶어 짐수레에 싣고는 상쾌한 겨울 공기를 뚫고 겨울의 싸늘한 지하실로 옮겨 거기서 여름을 지내게 하려는 것이다. 얼음이 길을 지나갈 때 멀리서 보면 고체화된 푸른 하늘을 보는 듯하다. 얼음을 잘라내는 인부들은 농담과 장난을 좋아하는 유쾌한 사람들이다. 내가 다가가면 그들은 흔쾌히 내게 톱을 건네주며 함께 구덩이 방식으로 톱질을 하자고 했다. 그때마다 내가 아래에 섰다.

1846-1847년의 겨울, 어느 날 아침 100명의 휴페르보레오스 사람들이 볼품없는 농기구와 썰매, 쟁기와 파종기, 잔디 깎는 낫과 삽, 톱과 갈퀴 등을 수레에 잔뜩 싣고 우리 호수에 들이닥쳤다. 게다가 모두 끝이 양쪽으로 갈라진 뾰족한 막대기를 들고 있었다. 《뉴잉글랜드 농민》이나 《경작자》에서는 전혀 다루어지지 않은 것이었다. 그들이 겨울 호밀 씨를 뿌리려고 온 건지, 아니면 얼마 전에 아이슬란드에서 도입한 어떤 씨를 뿌리려고 온 건지 알 수 없었다. 거름이 보이지 않았기 때문에, 그들이 땅을 충분히 오랫동안 묵혔으므로 흙이 기름질 거라 여겨 내가 그랬던 것처럼 겉흙만 걷어내고 농사를 지으려는 모양이라고 나는 생각했다. 그들은 한 부농이 막후 조종자며 재산을 두 배로 불리고 싶어 그 일을 추진하는 것이라고 말했다. 내가 아는 한 그의 재산은 이미 50만 달러나 됐지만, 그는 달러 한 장 한 장을 또 다른 달러로 덮으려고 혹독한 한겨울에 월든 호수의 유일한 외투, 즉 가죽까지 벗겨냈

다. 그들은 곧바로 일을 시작했다. 월든 호수를 모범 농장으로 만들 작정인 듯 감탄할 만큼 질서 있게 쟁기질과 써레질을 했고, 울퉁불퉁한 곳을 반듯하게 고른 후에 이랑을 냈다. 나는 그들이 고랑에 어떤 씨를 뿌리는지 눈여겨보았다. 내 옆에 있던 한 무리의 인부들이 갑자기 특이한 동작으로 갈고리를 홱 하고 개간되지 않은 땅에 걸어 모래까지, 정확히 말하면 물—습기가 많은 땅이었으므로—까지, 단단한 땅 전부를 깨끗이 끌어올려 썰매에 실어 날랐다. 그래서 나는 그들이 늪에서 이탄泥炭을 캐내는 것이라고 생각할 정도였다. 그들은 기관차처럼 특이한 소리를 질러대고, 극지방의 어떤 지점에서부터 월든 호수를 매일 오갔다. 그래서 내 눈에는 그들이 북극의 흰멧새처럼 보였다. 그러나 월든 호수는 인디언 여자처럼 복수를 했다. 한 인부가 수레를 맨 말의 뒤를 따라가다가 땅이 갈라진 곳에 빠져 타르타로스까지 떨어질 뻔했는데, 그 일이 있기 전까지는 대담하기 이를 데 없었던 사람이 갑자기 남성성이 9분의 1만 남은 사람으로 변했고, 체열을 거의 잃은 채 기꺼이 내 집으로 피신해서, 난로의 장점을 인정했다. 또 때로는 얼어붙은 땅이 쟁기의 보습에서 철 조각을 떨어뜨렸고, 때로는 쟁기가 고랑에 박혀 부러지게도 했다.

사실대로 말하면, 아일랜드인 100명이 양키 감독관들과 함께 얼음을 채취하려고 매일 케임브리지에서 찾아왔다. 그들은 설명이 필요도 없을 정도로 잘 알려진 방법으로 얼음을 케이크처럼 잘랐고, 그렇게 잘라낸 얼음을 썰매에 실어 호숫가로 보낸 후에 신속히 얼음용 팰릿에 올려, 말의 힘으로 움직이는 사지 갈고랑이와 도르래 장치로 재빠르게 밀가루 통을 쌓듯이 종횡으로 반듯하게 쌓았다. 그렇게 쌓인 얼음들이 구름을 뚫고 올라가도록 설계된 오벨리스크의 튼튼한 기단처럼 보였다. 그들은 날씨가 좋은 날에는 1,000톤의 얼음을 캘 수 있으며, 이것은 약 1에이커에서 얻는 양이라고 내게 말했다. 썰매가 똑같은 길을 계속 다녔기 때문에 얼음판 위에 단단한 땅에서처럼 깊은 바퀴 자국과 '요람 구멍'이 생겼다. 말들은 얼음을 움푹 파서 양동이처럼 만든 것에서 귀리를 먹었다. 인부들은 널찍한 공터의 한쪽에 6-7로드의 정사각형으로 35피트의 높이까지 얼음을 쌓고, 바깥층 사이사이에는 공기를 차단하기 위해 건초를 끼워놓았다. 아주 찬바람이 아니더라도 바람이 얼음 사이로 틈새를 찾으면 커다란 구멍들을 만들어, 떠받치는 힘이 약한 얼음들이 여기저기에 생기면서 결국에는 얼음 전체가 무너지기 때문이다. 그렇게 쌓인 얼음은 처음에 거대한 푸른 요새, 혹은 발할라 궁전처럼 보였다. 그러나 인부들이 얼음 틈새에 조잡한 건초를 쑤셔 넣기 시작하고 건초가 서리와 고드름으로 뒤덮이자, 얼음 더미들은 오래전에 하늘색 대리석으로 지어져서 이끼가 낀 고색창연한 유적, 혹은 우리가 달력에서 보던 겨울 노인의 거처—그 노인이 우리와 함께 잠을 자며 여름을 보낼 생각으로 지은 듯한 판잣집처럼 보였다. 그들은 이 얼음 더미 중 25퍼센트는 목적지까지 도착하지 못할 것이고, 2-3퍼센트는 철도 차량으로 운반하는 과정에서 녹아 없어질 거라고 계산했다. 하지만 이 얼음 더미 중 훨씬 많은 양이 애초에 의도했던 깃과는 다른 운명을 맞았다. 얼음이 평소보다 많은 공기를 받아들였거나 또 다른 이유로 예상했던 것만큼 잘 보존되지 않아 시장에 발도 내밀지 못했기 때문이었다. 1846-1847년의 겨울에 캐낸 약 1만 톤의 얼음 더미는 결국 건초와 판자로 덮이는 운명을 맞았다. 7월쯤 덮개를 걷어내고 일부를 운반해 갔지만, 나머지는 햇빛에 완전히 노출된 채 여름을 넘기고 다시 겨울을 맞았다. 이 얼음 더미는 1848년 9월에야 완전히 녹았다. 따라서 월든 호수가 더 많은 몫을 돌려받은 셈이었다.

월든 호수의 얼음도 호숫물처럼 가까이에서 보면 은은한 녹색을 띠지만, 멀리서는 아름다운 짙푸른 색을 띤다. 따라서 월든의 얼음은 4분의 1마일쯤 떨어진 곳에서 하얗게 보이는 콩코드 강의 얼음이나, 단순한 녹색을 띠는 어떤 호수의 얼음과 쉽게 구분된다. 때때로 커다란 얼음덩어리가 인부의 썰매에서 마을 길에 미끄러져 떨어지면, 그것은 일주일 동안 커다란 에메랄드처럼 그 자리에서 반짝거리며 지나가는 사람들의 관심거리가 된다. 나는 월든 호수가 액체 상태에서는 녹색을 띠지만, 얼면 동일한 시점視點에서 푸른색으로 보인다는 사실을 알아냈다. 따라서 겨울에는 호수 근처에 생긴 웅덩이들이 호숫물처럼 녹색을 띤 물로 채워졌다가, 다음 날에는 얼어붙어 푸른색을 띠기도 한다. 물과 얼음이 푸른색을 띠는 이유는 그 안에 담겨 있는 빛과 공기 때문인 듯하다. 가장 투명한 색은 그야말로 새파랗지 않은가. 얼음은 명상을 위한 흥미로운 주제다. 인부들은 프레시 호수에 있는 얼음 창고에는 5년이나 묵은 얼음이 있지만 여전히 생생하다고 내게 말했다. 양동이에 든 물은 금세 썩는데 언 물은 언제나 맛있는 이유가 무엇일까? 이런 차이가 바로 감성과 지성의 차이라고 흔히 말한다.

나는 100명의 인부가 바쁜 농부처럼 수레와 말 등 온갖 농기구를 이용해서 일하는 모습을 16일 동안이나 창문으로 내다보았다. 우리가 달력의 첫 장에서 보는 그림과 무척 흡사했다. 창밖을 내다볼 때마다 나는 종달새와 추수꾼에 대한 우화, 씨 뿌리는 사람에 대한 우화 등이 머릿속에 떠올랐다. 이제 그들은 모두 떠났다. 앞으로 30일 정도가 지나면 이 똑같은 창문을 통해 바다처럼 초록빛을 띠고, 구름과 나무를 비추며, 증기를 호젓하게 올려보내는 월든의 호숫물을 보게 될 것이다. 그리고 그곳에 사람이 서 있었다는 흔적은 전혀 남지 않을 것이다. 어쩌면 되강오리 한 마리가 외롭게 자맥질하고 깃털을 다듬으며 웃는 소리를 듣거나, 낚시꾼이 혼자 쓸쓸하게 배를 타고 낙엽처럼 떠다니며 물결에 비친 자신의 모습을 바라보는 걸 보게 될지도 모른다. 얼마 전까지 100명의 인부가 안전하게 일하던 그곳에서.

따라서 찰스턴과 뉴올리언스, 마드라스와 뭄바이와 캘커타에서 살며 더위에 지친 사람들이 내 우물에서 목을 적시게 된 듯하다. 아침이면 나는 『바가바드기타』의 심오하고 우주기원적인 철학으로 내 지성을 목욕시킨다. 이 책이 쓰인 이후로 신들의 시대는 지나갔고, 이 책에 비하면 지금의 세계와 문학은 보잘것없고 시시하게 보인다. 『바가바드기타』에 담긴 철학은 전생前生과 관련되어 있지 않을까 의심스러울 정도로 숭고한 까닭에 우리의 생각과는 너무 다르다. 나는 그 책을 내려놓고 물을 길러 우물로 간다. 이럴 수가! 거기에서 나는 브라마와 비슈누와 인드라의 성직자, 브라만의 종을 만난다. 브라만은 갠지스 강변에 있는 신전에 조용히 앉아 『베다』를 읽거나, 빵 껍질과 물병만 가지고 나무 아래 살고 있다. 그런 주인을 위해 물을 길러 온 종을 만난 것이다. 말하자면, 우리 양동이들이 하나의 우물에서 서로 뒤섞인 것이다. 월든 호수의 맑은 물이 갠지스 강의 성스러운 물과 하나로 합해진 것이다. 월든의 물이 순풍을 타고 전설로 전해지던 아틀란티스 섬과 헤스페리데스 섬을 지나, 한노의 항해를 되풀이하고, 테르나테 섬과 티도레 섬과 페르시아 만 입구를 떠돈 후에 인도양의 열대 바람에 녹아들어, 알렉산더 대왕도 이름밖에 듣지 못한 항구들에 닿을 것이다.

봄

Spring

얼음을 캐던 인부가 남긴 흔적들이 넓게 벌어지면서 호수는 더 빨리 녹는다. 물은 추운 날씨에도 바람에 출렁이며 주변 얼음을 녹이기 때문이다. 그러나 그해 월든 호수에서 그런 현상은 일어나지 않았다. 월든 호수가 낡은 옷을 대신해 두툼한 새 옷으로 금세 갈아입었기 때문이다. 월든 호수는 상대적으로 깊은데다 얼음을 녹이고 갉아먹는 해류가 흐르지 않기 때문에 근방의 다른 호수들만큼 빨리 녹지 않는다. 나는 월든 호수가 겨우내 물을 드러내는 경우를 한 번도 보지 못했다. 호수들이 호된 시련을 겪었던 1852-1853년의 겨울도 예외가 아니었다. 월든 호수는 대체로 4월 1일경, 곧 플린트 호수와 페어헤이븐 호수보다 일주일이나 열흘쯤 늦게, 가장 먼저 얼기 시작한 북쪽 기슭과 얕은 곳부터 녹기 시작한다. 월든 호수는 기온의 일시적인 변화에 영향을 가장 적게 받으므로 근처 어떤 호수보다 계절의 절대적인 변화를 잘 보여준다. 3월에 혹독한 꽃샘추위가 며칠간 계속되면 근처의 호수들은 해빙이 상당히 늦어지지만, 월든 호수의 수온은 그런 상황에 거의 영향을 받지 않고 꾸준히 상승한다. 1847년 3월 6일, 월든 호수 한복판에 온도계를 넣자 화씨 32도 즉 빙점을 가리켰고, 호반 근처의 수온은 화씨 33도였다. 반면 같은 날 플린트 호수 한복판은 화씨 32.5도였고, 호반에서 12로드쯤 떨어진 1피트 두께의 얼음 아래 얕은 물은 화씨 36도였다. 플린트 호수에서 깊은 곳과 얕은 곳의 수온차가 3.5도이며 플린트 호수가 전반적으로 얕다는 사실에서, 월든 호수보다 훨씬 빨리 해빙되는 이유가 설명된다. 이즈음 가장 얕은 곳의 얼음은 한복판의 얼음보다 몇 인치나 얇았다. 한겨울에는 한복판의 수온이 가장 높았고, 따라서 얼음은 그곳이 가장 얇았다. 따라서 어떤 호수든 여름에 호숫가를 걸어본 사람이라면 누구나 알아챘겠지만 수심이 3-4인치밖에 되지 않은 호반 근처 수온이 조금 안쪽보다 훨씬 높고, 깊은 곳은 바닥 근처보다 수온이 훨씬 높다. 봄에는 태양이 공기와 지표의 온도를 높여 영향력을 행사할 뿐 아니라, 얕은 곳에서는 1피트 이상 두껍게 언 얼음을 통과한 태양열이 호수 바닥으로부터 반사되어 호숫물을 덥히고 얼음 아래쪽을 녹인다. 그와 동시에 태양열이 얼음 위쪽을 녹여 울퉁불퉁하게 변하며 안에 있는 공기 방울들이 위아래로 팽창하면서 얼음은 벌집처럼 갈라진다. 그리고 봄비가 한 번이라도 내리면 얼음은 순식간에 사라진다. 얼음에도 나무와 마찬가지로 결이 있다. 얼음덩어리가 부서지거나 갈라지기 시작하면, 다시 말해 벌집 모양을 띠기 시작하면 어디에 있더라도 얼음 속 기포는 과거에 수면이었던 곳과 직각을 이룬다. 근처의 바위나 통나무가 떠올라 있는 곳에서는 그 위로 언 얼음이 훨씬 얇기 때문에 반사열에 의해 금세 녹아버리는 경우가 많다. 케임브리지에서 나무로 만든 인공 연못으로 물을 얼리는 실험을 했을 때, 찬 공기가 아래쪽에서 순환하며 위아래를 접촉했지만 바닥으로부터 반사된 태양열이 이런 장점을 상쇄하고도 남았다는 말을 들은 적도 있다. 한겨울에 따뜻한 비가 내려 월든 호수의 설빙雪氷을 녹이면 호수 한복판에 짙은 색이거나 투명한 얼음이 남겨지는 반면, 호숫가에는 두껍지만 잘 부서지는 하얀 얼음이 1로드 폭으로 길게 형성된다. 이런 현상은 반사열 때문이다. 앞서 말했듯 얼음 안 공기 방울들은 볼록 렌즈 역할을 하며 얼음의 아래쪽을 녹인다.

이렇듯 한 해의 현상들이 호수에서 매일 작은 규모로 일어난다. 일반적으로는 아침에 얕은 곳의 수온이 깊은 곳의 수온보다 더 빨리 상승하지만 완전히 따뜻해진 것이 아니어서 저녁부터 이튿날 아침까지는 더 빨리 내려간다. 하루는 1년의 축소판이다. 밤은 겨울이고 아침과 저녁은 봄과 가을이며 낮은 여름이다. 얼음이 깨지는 크고 작은 소리는 온도의 변화를 뜻한다. 1850년 2월 24일, 추운 밤을 보내고 상쾌한 아침을 맞은 나는 플린트 호수에서 하루를 지내기 위해 그 호수를 찾아갔다. 도끼머리로 얼음을 때리자, 징을 때린 듯한 소리가 멀리까지 울려 퍼져 깜짝 놀랐다. 마치 탱탱한 북 가죽을 힘껏 때린 것 같았다. 해가 뜨고 한 시간쯤 지나자 언덕 위에서 비스듬히 쏟아지는 햇살의 영향을 받았는지 플린트 호수에서 "우르르" 울리는 소리가 들렸다. 호수가 잠을 깬 사람처럼 기지개를 펴고 하품을 했으며, 점점 격정적으로 움직이기 시작했다. 이런 현상이 서너 시간쯤 계속됐다. 정오쯤에 호수는 잠깐 낮잠을 잤지만 태양의 영향력이 줄어드는 저녁이 되자 다시 "우르르" 소리가 났다. 기후가 알맞은 시기가 되면 호수는 매우 규칙적으로 저녁 호포號砲를 쏘아댄다. 그러나 한낮에는 얼음 깨지는 소리가 요란한데다 공기의 탄력도 덜하기 때문에 플린트 호수는 공명 효과를 완전히 상실해버린다. 따라서 얼음을 세게 내리치더라도 물고기와 사향쥐가 기절할 것 같지는 않았다. 낚시꾼들의 말에 따르면 '호수의 천둥소리'에 겁을 먹은 물고기들이 미끼조차 물지 않는다고 한다. 하지만 호수가 매일 저녁 천둥소리를 내는 것은 아니며 언제 천둥소리를 낼 거라는 예측을 하기도 힘들다. 날씨가 눈에 띄게 변하지 않는데도 호수에서 천둥소리가 나는 경우가 많기 때문이다. 드넓고 차가우며 두꺼운 껍질로 덮인 것이 그처럼 예민할 거라고 누가 상상이나 했겠는가? 그러나 봄이 오면 어김없이 새싹이 돋는 것처럼, 호수는 어떤 법칙에 따라 천둥소리를 내야 할 때 반드시 천둥소리를 내야 한다. 대지는 완연히 살아서 작은 유두돌기로 뒤덮인다. 가장 넓은 호수도 온도계 관 속의 수은 방울만큼이나 대기의 변화에 민감하게 반응한다.

내가 숲에 가서 살아야겠다고 생각한 이유 중 하나는 봄이 오는 걸 지켜보는 여유와 기회를 가지고 싶어서였다. 마침내 호수의 얼음이 벌집 모양으로 변하기 시작하면 뒤꿈치를 대고 얼음 위를 걸을 수 있다. 안개와 비, 그리고 한결 따뜻해진 햇살에 눈이 조금씩 녹는다. 낮 시간도 점점 눈에 띄게 길어진다. 장작을 더 마련하지 않아도 겨울을 이겨낼 수 있을 것 같다. 이제부터는 큰불을 피우지 않아도 되기 때문이다. 나는 신경을 곤두세우고 봄의 첫 징조를 기다린다. 때맞춰 찾아오는 새가 지저귀는 뜻밖의 울음소리나 지금쯤 겨울을 나려고 저장한 식량이 거의 바닥났을 줄무늬다람쥐의 찍찍거리는 소리를 들으려 귀 기울이고, 혹은 우드척이 동면하던 곳에서 위험을 무릅쓰고 나오지는 않나 보려고 애쓴다. 3월 13일, 꾀꼬리와 멧새와 붉은깃찌르레기가 노래하는 소리를 들은 지 벌써 며칠이 지났지만, 월든 호수의 얼음은 여전히 1피트 두께에서 줄어들지 않았다. 날씨가 점점 따뜻해졌지만 얼음이 눈에 띄게 물에 침식되거나 강에서처럼 갈라져 떠다니지도 않았다. 호숫가의 얼음은 반 로드 정도 폭으로 완전히 녹았지만, 한복판의 얼음은 벌집 모양으로 변하고 물에 흠뻑 젖어 있을 뿐이었다. 얼음이 6인치 두께일 때도 발을 딛고 설 수 있었다. 그러나 따뜻한 비가 내린 후에 안개가 낀다면, 이튿날 저녁이라도 얼음이 완전히 사라질 것이다. 모든 얼음이 안개와 함께 감쪽같이 사라질 것이다. 어느 해에는 내가 호수 한복판을 가로질러 가고 나서 닷새 후에 얼음이 완전히 사라졌다. 월든 호수는 1845년 4월 1일 처음으로 완전히 해빙되었다. 1846년에는 3월 25일, 1847년에는 4월 8일, 1851년에는 3월 28일, 1852년에는 4월 18일, 1853년에는 3월 23일, 1854년에는 4월 7일경에 얼음이 완전히 사라졌다.

강과 호수의 얼음이 녹고 날씨가 따뜻해지는 것과 관련된 모든 사건은 극단적인 기후권에 사는 우리의 관심을 끈다. 따뜻한 날들이 계속되면서 강 근처에 사는 사람들은 밤이면 강이 대포처럼 요란하게 깜짝 놀랄 만큼 큰 소리로 갈라지는 소리를 듣는다. 얼음으로 된 사슬이 끊어지는 듯한 소리다. 그로부터 며칠 지나지 않아 얼음은 신속하게 사라지기 시작한다. 이처럼 대지가 전율할 때 악어도 진흙에서 모습을

봄

드러낸다. 내가 아는 한 노인이 있었다. 그가 어렸을 때 조선대造船臺에 용골龍骨 올리는 걸 도와준 것처럼, 자연을 면밀하게 관찰해온 덕분에 자연의 모든 작용에 정통했고, 게다가 나이를 상당히 먹어 므두셀라의 나이까지 산다 해도 자연에 대한 지식이라면 더 이상 얻을 게 없을 것 같은 노인이었다. 노인이 자연의 경이로운 작용에 대해 말하는 걸 들을 때마다 노인과 자연 사이에는 어떤 비밀도 없는 것 같아 나는 놀라지 않을 수 없었다. 그 노인은 내게 다음과 같은 이야기를 해주었다. 어느 봄날, 그는 엽총을 어깨에 걸고서 배를 타고 나가 오리 사냥을 하려 했다. 강가의 낮은 풀밭에는 아직 얼음이 있었지만 강은 완전히 녹아, 그가 살던 서드베리에서 페어헤이븐 호수까지 어떤 방해도 받지 않고 내려갈 수 있었다. 그러나 놀랍게도 페어헤이븐 호수는 대부분의 지역이 단단한 빙원으로 덮여 있었다. 그날은 포근했는데도 거대한 얼음덩어리가 남아 있는 걸 보고 그는 몹시 놀랐다. 오리는 전혀 보이지 않았다. 그는 배를 호수에 있는 섬의 북쪽, 즉 뒤쪽에 감춰놓고 남쪽 덤불에 몸을 숨긴 채 오리를 기다렸다. 섬 주위의 얼음은 3-4로드까지 녹아 잔잔하고 따뜻한 물이 흘렀고, 바닥은 진흙이었다. 오리가 좋아하는 환경이었다. 하여 그는 조만간 오리가 나타날 거라고 생각했다. 한 시간쯤 그렇게 꼼짝하지 않고 누워 있었을까? 아주 멀리서 나는 듯한 나지막한 소리가 들렸다. 그러나 그것은 평소 듣던 소리와 달리 웅장하고 대단히 인상적인 소리였다. 게다가 그 소리는 온 천지에 기억을 남기고 끝을 맺을 것처럼 점점 부풀려지고 커졌다. 뭔가 고함을 치며 밀려오는 듯한 음침한 소리는 새들이 호수에 앉으려고 그에게 한꺼번에 다가오는 소리처럼 들렸다. 그는 엽총을 움켜잡고 흥분해서 벌떡 일어섰다. 그러나 놀랍게도 그가 들은 소리는 얼음덩어리의 가장자리가 섬 기슭을 긁어대는 소리였다. 그가 누워 있는 동안 얼음덩어리 전체가 움직이기 시작해서 섬까지 떠내려왔던 것이다. 얼음덩어리는 처음에 조금씩 떨어져나가 부서졌지만, 결국 상당한 높이까지 섬에 밀려올라와 산산조각이 나면서 멈추어 섰다.

　마침내 햇살이 직각으로 내리쬐고 포근한 바람이 안개와 비까지 몰고 와 강둑에 쌓인 눈을 녹인다. 태양은 안개를 걷어내고, 향내를 풍기는 적갈색과 흰색의 연기에 감싸여 알록달록하게 보이는 풍경에 미소를 짓는다. 여행자는 마른 땅을 찾아 조심스레 발을 내딛으며 그런 풍경을 지나고 수많은 시내와 개울이 자아내는 맑은 소리에 기운을 얻는다. 그렇게 개울들의 혈관은 겨울의 피를 멀리 떠내려 보낸다.

　모래와 진흙이 녹으면서 철로 옆의 가파른 둑비탈로 흘러내릴 때의 모습을 관찰하는 것보다 내게 더 큰 즐거움을 주는 현상은 거의 없다. 나는 마을로 갈 때 그런 철로 변을 지났다. 철도가 발명된 이후 적절한 자재로 마무리해서 그대로 노출시킨 비탈의 수가 크게 증가했지만 그처럼 큰 규모의 현상은 흔하지 않았다. 비탈을 마무리한 자재는 온갖 굵기에 다양한 색을 띤 모래에 진흙을 약간 혼합한 것이었다. 봄이 되어 추위가 풀릴 때, 심지어 겨울에도 얼음이 녹는 날에는 모래가 용암처럼 비탈을 따라 흘러내리기 시작한다. 때로는 눈을 뚫고 무너지며, 전에는 모래가 보이지 않던 곳까지 모래밭으로 변했다. 무수한 작은 물줄기들이 서로 겹치고 뒤엉키고, 그 틈에서 절반은 물줄기의 법

봄

칙을 따르고 절반은 식물의 법칙을 따르는 일종의 잡종물이 나타난다. 그 잡종물은 물줄기를 따라 흘러내리고 수액이 많은 잎이나 덩굴의 모습을 띠며 1피트 혹은 그 이상의 끈끈한 작은 가지들로 더미를 이룬다. 그래서 위에서 내려다보면, 어떤 이끼의 톱니 모양인 열편이나 비늘 모양의 엽상체를 닮은 것처럼 보인다. 혹은 산호, 표범의 발이나 새의 발, 뇌와 폐와 내장, 혹은 온갖 종류의 배설물을 떠올리게 하기도 한다. 정말 괴상한 식물이어서, 형태와 색이 청동의 모조물처럼 보인다. 달리 말하면, 아칸서스나 꽃상추, 담쟁이덩굴이나 포도나무 등 식물의 잎보다 오래전 건축 장식에 사용된 전형적인 잎무늬처럼 보인다. 따라서 어떤 환경에서는 미래의 지질학자들에게 수수께끼 같은 존재가 되어야 할 운명이 있는 듯하다. 비탈 전체는 내게 종유석들이 매달린 동굴이 햇빛에 완전히 노출된 듯한 인상을 주었다. 다채로운 색채를 띤 모래는 갈색과 회색, 노르스름한 색과 불그스름한 색 등 갖가지 철분 빛깔을 띠는데다 선명해서 산뜻한 느낌을 주었다. 흘러내리는 모래는 비탈 기슭에 설치된 배수로에 이르면 평탄하게 몇 가닥으로 나뉘어 퍼져나간다. 뿔뿔이 흘러내리는 가는 모래 줄기들은 반원통형의 모습을 잃고 평평하면서도 넓게 퍼지다가 하나로 합해지며 물기를 더 많이 지니게 되어 결국에는 거의 평평한 모래밭을 이룬다. 이때도 모래는 여전히 다채롭고 아름다운 색을 띠지만, 그 안에서 식물의 본디 모습을 찾아볼 수 있다. 마침내 모래가 배수로에 떨어져 물과 만나면 강어귀에 형성되는 모래 둑과 비슷한 비탈진 둑을 이루며, 식물의 모습은 사라지고 바닥에 잔물결 무늬를 남긴다.

높이가 20-40피트인 둑비탈은 한쪽이나 양쪽 모두에서 전체적으로 모래가 갈라져 거의 4분의 1마일까지 때때로 이러한 잎 무늬들로 뒤덮이며, 이런 현상은 어느 봄날 단 하루 만에 빚어진다. 이렇게 모래가 빚어내는 잎 무늬가 두드러져 보이는 이유는 그처럼 갑자기 나타난다는 데 있다. 둑의 한쪽은 밋밋할 뿐인데—햇살이 한쪽 둑에 먼저 비추기 때문에—반대편 둑은 한 시간 만에 잎 무늬로 무성해지는 걸 보면 나는 세상과 나를 만들어낸 창조주 예술가의 실험실에 서 있는 듯한 기분이 든다. 달리 말하면, 창조주가 이곳저곳에 부질없는 힘을 써가며 새로 만든 무늬를 흩뿌리며 놀고 있는 듯이 일하는 모습을 지켜보는 기분이다. 흘러내리는 모래가 마치 동물의 내장 기관과도 같은 잎사귀와 비슷한 형상이기 때문에 나는 지구에서 가장 중요한 부분에 한층 더 가까이 다가선 기분이 들기도 한다. 따라서 우리는 모래에서 식물의 잎이 곧 돋아나기를 기대한다. 대지가 잎 모양으로 자신의 모습을 외부로 드러낸다는 건 조금도 놀랍지 않다. 내적으로 이미 그런 생각을 품고 있기 때문이다. 원자들은 이 법칙을 이미 터득한 까닭에 그 법칙에 따라 잉태한다. 돌출된 잎이 이 법칙의 원형이다. 지구든 동물의 몸이든 내적으로 그 잎은 축축하고 두툼한 엽(葉, lobe)이다. 간엽과 폐엽에서 보듯이 간과 폐에 특별히 적용되는 단어이며, 지방의 잎leaf, 즉 지방엽에도 적용되는 단어다(그리스어로는 레이보, 라틴어로는 라보르labor, 실수lapsus, 아래로 흐르거나 미끄러짐, 일탈lapsing을 뜻하며, 여기에서 그리스어로는 로보스, 라틴어로는 글로부스globus, 엽lobe, 구globe가 파생됐고, 또한 무릎lap, 날갯짓flap 등 많은 단어가 파생됐다). 한편

봄

외적으로 그 잎은 마르고 얇은 잎leaf이다. f와 v가 압축되고 건조된 b라는 점에서 분명히 그렇다. lobe의 어근은 lb로, 부드러운 덩어리인 유성음 b(단엽, 따라서 B는 복엽)를 뒤에 있는 액상의 유음 l이 앞으로 밀어내는 모습이다. globe에서는 어근이 glb이고, 목구멍소리인 후음 g 때문에 그 의미에 목구멍의 용량이 더해진다. 새들의 깃털과 날개는 훨씬 더 건조하고 얇은 잎이다. 이런 식으로 땅속의 통통한 땅벌레가 공중에서 날갯짓하는 나비로 변하는 것이다. 지구 자체도 끊임없이 자신을 초월해 변하며, 궤도를 따라 비행하게 된다. 얼음도 섬세한 수정 같은 잎에서 시작되어 수초의 잎이 물기 많은 거울에 눌러 남겨놓은 움푹한 틀에 흘러든 듯하다. 나무도 전체가 하나의 잎일 뿐이다. 강은 훨씬 큰 잎이고, 그런 잎의 연한 색 부분은 강과 강 사이의 육지이며 마을과 도시는 잎과 가지 사이에 있는 벌레의 알이다.

해가 물러나면 모래의 흐름도 멈춘다. 그러나 아침이 되면 모래가 다시 흐르기 시작해 다시 무수한 갈래로 갈라지고 또 갈라진다. 그런 모습에서 우리 혈관이 어떻게 형성되는지 엿볼 수 있다. 자세히 눈여겨보면, 처음에는 습기에 젖어 부드러워진 모래가 해동된 모래 더미로부터 손가락 끝의 볼록한 부분처럼 방울져 밀려나와 무턱대고 천천히 길을 더듬으며 아래로 내려가는 걸 볼 수 있다. 마침내 해가 중천에 떠오르고 열기와 습도가 더 높아지면, 가장 유동적인 부분은 어떤 법칙에 따르려고 하며 가장 타성적인 부분에서 갈라져 나와 혼자 힘으로 구불구불한 물줄기나 동맥을 형성한다. 이때 가장 타성적인 부분도 가장 유동적인 부분이 택한 법칙을 따른다. 그런 물줄기에서는 번갯불처럼 번쩍이는 작은 은빛 물줄기가 육질이 많은 잎이나 가지 단계에서 다른 단계로 넘어가며 결국 모래에 삼켜지는 것이 간혹 눈에 띈다. 모래가 흐를 때 물줄기의 끝을 뾰족하게 하려고 자신이 지닌 최상의 재료를 사용해 신속하면서도 완벽하게 조직적으로 움직이는 걸 보면 놀랍기만 하다. 이런 것이 바로 강의 수원水源이다. 물에 침전된 규산질이 뼈 조직이라면, 더 미세한 흙과 유기물은 살의 섬유질이나 세포조직일 것이다. 인간이 해동되는 진흙덩어리가 아니면 무엇이겠는가? 인간의 손가락에서 불룩한 끝부분은 응결된 물방울에 불과하다. 손가락과 발가락은 해동되는 몸뚱이에서 흘러나온 것이다. 인간의 몸이 보다 온난한 하늘 아래에서 어떻게 뻗어나가 어디까지 흘러갔을지 누가 알겠는가? 손은 엽과 엽맥을 지닌 종려나무잎이 아닌가? 귀는 상상해보면 얼굴 양쪽에 피고 엽이나 망울을 지닌 지의식물, 즉 움빌리카리아로 볼 수 있다. 입술(라보르(?)에서 파생된 라비움)은 동굴 같은 입구를 위아래에서 감싸거나 벗어난다. 코는 명백히 응결된 망울이나 종유석이다. 턱은 훨씬 큰 망울로 얼굴에서 흘러내리던 것들이 합쳐진 것이다. 뺨은 눈썹에서부터 얼굴의 골짜기로 뻗은 비탈로 광대뼈에서 멈추었다가 다시 퍼진다. 식물의 잎에서도 둥근 열편들은 두툼하고 이리저리 헤매며 더 커지거나 더 작아지는 망울들이다. 열편들은 잎의 손가락이다. 잎은 열편과 같은 수만큼의 방향으로 흐르는 경향을 띤다. 더 많은 열을 받고 더 포근한 환경이었다면 잎은 더 멀리 흘렀을 것이다.

따라서 이 언덕 비탈 하나가 자연의 모든 작용에 감추어진 원칙을 보여주는 듯했다. 이 땅의 창조주는 잎 하나를 개발해 특허를 얻었을 뿐이다. 앞으로 어떤 샹폴리옹이 출현해 상형문자 같은 잎을 해독하고 우리에게 새로운 시대를 열어줄 수 있을까? 언덕 비탈에서 벌어지는 현상은 비옥하고 무성한 포도밭보다 내 기분을 더 많이 북돋워준다. 그 현상은 약간 배설물 같은 특징을 띠고, 지구가 뒤집어진 것처럼 간과 폐와 내장이 한도 끝도 없이 쌓인 것처럼 보이는 건 사실이다. 그러나 적어도 이런 현상은 자연에게도 내장이 있고, 자연에 인류의 어머니가 있다는 걸 거듭 말해주는 듯하다. 결빙이 땅에서 밀려나면서 이런 현상이 빚어지며, 봄이 온 것을 알린다. 신화가 있은 후에야 시가 완벽히 탄생하듯 이런 현상이 있고 난 후에야 꽃이 피고 푸르른 봄이 온다. 내가 아는 한 이런 현상보다 겨울의 독기와 더부룩한 기분을 더 확실하게 씻어내는 것은 없다. 대지의 여신이 아직 강보에 싸여 가녀린 손가락들을 사방으로 뻗고 있다는 확신을 내게 안겨주는 현상이다. 반들반들한 이마에서 곱슬곱슬한 머리카락이 새로 돋아난다. 유기적이지 않은 것은 하나도 없다. 이런 잎 모양의 더미가 용광로의 찌꺼기처럼 둑을 따라 늘어서, 자연이 용광로 안에서 전력을 다하고 있음을 보여준다. 대지는 책장처럼 층층이 쌓여 주로 지질학자와 고고학자에 의해 연구되는 죽은 역사의 조각에 불과한 것이 아니다. 꽃과 열매에 앞서 돋는 나뭇잎처럼 살아 있는 시다. 달리 말하면, 화석이 된 대지가 아니라 살아 있는 대지다. 대지를 지배하는 삶에 비하면, 동물과 식물의 삶은 기생적인 삶에 불과하다. 대지는 진통하며 우리의 벗어놓은 허물을 그 무덤에서 뱉어낸다. 우리는 이 땅에서 캐낸 금속들을 녹여 우리가 빚어낼 수 있는 가장 아름다운 모양으로 주조할 수 있다. 하지만 그렇게 주조한 모양도, 해동된 대지가 흘러내려 빚어내는 모양만큼 내 마음을 설레게 하지는 못할 것이다. 해빙된 대지만이 아니라 대지 위에 세워진 제도들도 도공의 손 안에 있는 진흙처럼 언제라도 형태가 바뀔 수 있다.

머지않아 이 비탈 둑만이 아니라 모든 언덕과 들판에서, 또 모든 골짜기에서 동면하던 네발동물들이 굴에서 빠져나오듯 서리가 지표에서 일어나 노래를 부르며 바다를 찾아가거나 구름이 되어 다른 기후권으로 이동한다. 부드러운 설득력을 지닌 해빙의 신이 망치를 휘두르는 신 토르보다 더욱 강하다. 해빙의 신은 만물을 녹이는 반면, 토르는 산산조각 낼 뿐이다.

땅에서 눈이 부분적으로 사라지고 따뜻한 날이 며칠 계속되며 지표가 약간이라도 마르면, 한 해가 새로 시작된다는 걸 알려주는 부드러운 첫 징조들이 조금씩 나타난다. 겨울을 꿋꿋이 이겨냈지만 이제 시들어버린 식물들의 당당한 아름다움과 이런 첫 징조들을 비교하는 것도 즐거웠다. 떡쑥과 미역취, 잎이 가늘고 작은 꽃이 피는 잡초들, 우아한 자태를 뽐내는 야생초들이 지난여름에는 아름다운 모습을 완전히 보여주지 못한 것처럼 그때보다 더 또렷하고 흥미롭게 보인다. 황새풀과 큰고랭이, 현삼과 물레나물, 조팝나무와 피리풀을 비롯해 강한 줄기를 지닌 식물들은 봄과 함께 가장 일찍 이곳을 찾은 새들에게는 마르지 않는 곡창 역할을 하고, 남편 잃은 자연이 입은 점잖은 상복인 듯하다. 윗부분이 아치처럼 굽고 다발처럼 뭉친 사초과莎草科 잡초들이 특히 내 눈길을 끈다. 여름에 겨울을 떠올리게 하고, 예술이 그대로 모방하고 싶어하는 형상의 하나이자, 인간의 마음에서 이미 찾아낸 유형들과 천문학이 맺은 관계를 식물의 세계에서 그대로 보여주는 잡초들이다. 사초는 그리스나 이집트의 천문학보다 오래된 풀이다. 겨울의 많은 현상들은 말로 표현하기 힘든 유약함과 깨질 듯한 연약함을 느끼게 한다. 우리는 겨울을 무지막지하고 난폭한 폭군으로 묘사하는 이야기를 주로 듣지만, 겨울은 연인처럼 다정하게 여름의 삼단 같은 머리카락을 아름답게 꾸며준다.

봄이 다가오자 붉은다람쥐가 한꺼번에 두 마리나 내 집 아래로 들어왔다. 글을 읽거나 쓸 때면 두 녀석은 바로 내 발밑에서 이상하기 이를 데 없는 소리로 낄낄대고 찍찍거렸고, 혀를 잽싸게 굴리며 꼴꼴거리는 소리를 냈다. 그래서 내가 발로 바닥을 세게 구르면 녀석들은 더 크게 찍찍거리며 자신들을 방해하는 인간에게 완강히 저항했다. 어림없는 소리! 치커리, 치커리. 녀석들은 내 반발을 묵살하거나 내 반발에 담긴 힘을 알아채지 못하고 비난을 퍼붓는 유전적 기질을 유감없이 발휘했다.

봄을 알리는 첫 참새! 한 해가 여느 때보다 생동감 넘치는 희망을 품고 시작된다. 부분적으로 헐벗고 축축한 들판 위에서 꾀꼬리와 멧새와 붉은깃찌르레기가 지저귀는 소리가 희미하게 들린다. 겨울의 마지막 조각이 떨어지며 짤랑거리는 것처럼! 이런 때에 역사와 연대기, 전통 및 글로 쓰인 계시록이 무슨 소용이 있겠는가? 시내가 기쁨의 노래를 부르고 환호하며 봄을 맞이한다. 개구리매는 강가의 풀밭 위를 낮게 날며 겨울잠에서 처음 깬 끈적한 생명체를 찾고 있다. 골짜기에서는 녹은 눈이 가라앉는 소리가 들리고, 얼음은 호수에서 숨 가쁘게 사라지고 있다. 대지가 돌아오는 태양을 맞이하려고 내부의 열을 발산하는 것처럼, 언덕 비탈에서는 풀들이 봄의 불처럼 타오르고 "이른 비의 부름을 받은 풀들이 파릇파릇 돋아난다." 그러나 그 불꽃은 노란색이 아니라 초록색이다. 영원한 젊음의 상징인 풀잎은 긴 초록색 리본처럼 잔디에서 흘러나와 여름으로 향하려다가 서리의 제지를 받지만 곧 밑에서 시작되는 새로운 생명과 더불어 지난해 건초에서 새싹을 밀어 올린다. 지표에서 스며 나오는 실개천만큼이나 풀잎도 견실하게 자란다. 풀잎은 실개천과 거의 똑같다. 성장의 시기인 6월에 실개천이 마르면 풀잎 자체가 실개천이 되기 때문이다. 따라서 해마다 가축들은 연중 마르지 않는 이 초록의 시내로 목을 축이고, 풀을 베는 사람은 늦기 전에 풀잎으로 겨울 준비를 한다. 이와 마찬가지로 인간의 삶만이 뿌리까지 죽을 뿐, 그 푸른 잎은 영원을 향해 뻗어간다.

월든 호수가 빠르게 녹고 있다. 북쪽과 서쪽 호반을 따라서 2로드의 폭으로 호숫물이 드러났고, 동쪽 끝의 호반에서는 훨씬 넓게 얼음이 녹았다. 가운데쯤에서도 거대한 얼음밭이 쩍쩍 갈라졌다. 멧새가 호숫가의 덤불에서 노래하는 소리가 들린다. 올릿, 올릿, 올릿―칩, 칩, 칩, 체 차―체 위스, 위스, 위스. 멧새도 월든 호수의 얼음 깨는 것을 돕는다. 얼음 가장자리가 빚어낸 완전한 곡선은 정말 매력적이다. 호반의 곡선과 엇비슷하지만 훨씬 더 균형 잡힌 모습이다. 얼음은 얼마 전 잠깐 닥친 매서운 추위 때문에 여전히 단단하고, 물이 홍건하다.

궁전의 바닥처럼 얼음 위에는 물결무늬가 그려졌다. 바람이 불투명한 표면을 건드리며 동쪽으로 미끄러지지만 월든 호수의 얼음까지 녹이지는 못한 채 그 너머로 출렁이는 물에 닿는다. 그 리본 같은 물이 햇살에 반짝이는 모습은 눈부시게 아름답다. 환희와 젊음으로 가득한 호수의 맨얼굴이다. 맨얼굴이 호수에 사는 물고기들과 호숫가 모래들의 즐거움에 대해 말하는 듯하다. 황어, 말하자면 활달한 물고기 한 마리의 비늘에서 반짝이는 은빛 광채처럼 보였다. 겨울과 봄의 차이는 그런 것이다. 월든 호수는 죽었다가 되살아난다. 그러나 지금까지 말했듯이 올봄 월든 호수는 여느 때보다 느릿하게 깨어났다.

폭풍 치는 겨울날에서 조용하고 포근한 날씨로의 변화, 또 어둡고 굼뜨던 시간에서 밝고 탄력적인 시간으로의 변화는 만물이 선언하는 중대한 순간이다. 변화는 순간적으로 일어나는 것처럼 보인다. 저녁이 코앞이었고 겨울의 음침한 구름들이 아직 하늘에 걸려 있었으며, 처마에서 진눈깨비 같은 빗방울이 뚝뚝 떨어지고 있었지만 갑자기 햇빛이 내 집에 가득 스며들었다. 나는 창밖을 내다보았다. 저런! 어제까지만 해도 차가운 잿빛 얼음이 있던 곳이 투명한 호수로 변해 여름날 저녁처럼 잔잔하고 희망찬 모습이었고, 머리 위로는 아무것도 보이지 않는데도 멀리 떨어진 지평선과 교신이라도 하는 듯 호수는 투명한 가슴에 여름의 저녁 하늘을 반사하고 있었다. 멀리서 울새가 지저귀는 소리도 내 귀에 들려왔다. 그것은 수천 년 만에 처음 듣는 소리로 여겨졌고, 나는 그 음색을 앞으로도 수천 년 동안 잊지 못할 것 같다. 한마디로 옛날과 다름없이 감미롭고 힘찬 노랫소리였다. 뉴잉글랜드에서 여름날이 저물어갈 무렵의 울새! 녀석이 앉아 있는 작은 나뭇가지를 찾아낼 수 있다면 얼마나 좋을까! 나는 '녀석'이라 말했다. '작은 나뭇가지'라 말했다. 녀석은 결코 투르두스 미그라토리우스가 아닐 것이다. 내 집 주위의 리기다소나무와 난쟁이 꿀밤나무도 오랫동안 축 늘어져 있었지만, 갑자기 본래의 특성을 조금 되찾아 더 꼿꼿해지고 생기 있게 보였다. 또한 실제로 빗물에 씻겨 원기를 회복한 것처럼 훨씬 밝고 푸르게 보이기도 했다. 하지만 나는 더 이상 비가 내리지 않을 거라는 걸 알았다. 숲의 작은 가지, 아니 내 집의 장작더미를 보아도 겨울이 지나갔는지 그렇지 않은지를 판단할 수 있다. 어둠이 더 짙어졌을 때 나는 기러기들이 숲 위를 나지막이 날아가며 우는 소리에 깜짝 놀랐다. 남쪽의 호수에서부터 날아오느라 피곤한 여행자들이 뒤늦게야 도착해서 마음 놓고 불평을 터뜨리며 서로에게 위로의 말을 건네는 것 같았다. 나는 문 앞에 서서 기러기들이 세차게 날갯짓하는 소리를 들을 수 있었다. 내 집을 향해 날아오던 기러기들은 집에서 새어나온 불빛을 보고는 소리를 죽이고 방향을 바꿔 호수에 내려앉았다. 그래서 나는 집에 들어가 문을 닫았다. 그리고 숲에서 처음 맞은 봄날 밤을 보냈다.

아침에 나는 문 앞에 선 채 안갯속에서 기러기들이 호수 가운데를 헤엄치는 모습을 지켜보았다. 50로드쯤 떨어진 곳이었지만 기러기의 개체수가 많고 시끌벅적해서 월든 호수가 마치 녀석들을 즐겁게 해주려고 만든 인공 호수처럼 보였다. 그러나 내가 호숫가로 다가가자 기러기들은 우두머리의 신호에 날개를 크게 펄럭이며 떠올라 대열을 정비하고는 내 머리 위를 선회했다. 모두 29마리였다. 잠시 후, 우두머리가 일정한 간격을 두고 토해내는 울음소리에 따라 기러기들은 캐나다로 곧장 날아갔다. 여기보다 더 탁한 호수에서 아침 식사를 할 수 있기를 바라는 것 같았다. 동시에 오리 떼도 호수에서 날아올라 그들보다 더 시끄러운 사촌들의 뒤를 따라 북쪽으로 방향을 잡았다.

외톨이가 된 기러기 한 마리가 안개로 자욱한 아침마다 짝을 찾아 빙글빙글 돌면서 우는 소리가 거의 일주일 동안 계속됐다. 하지만 녀석의 울음소리는 숲이 감당할 수 있던 더 큰 생명체의 목소리를 숲에 끌어들였다. 4월이 되자 비둘기들이 작은 무리를 지어 급하게 날아가는 모습이 다시 눈에 띄었다. 그리고 마을에도 그다지 수가 많지 않아 나한테까지 날아올 녀석은 없었을 것 같았지만, 얼마 지나지 않아서는 흰털발제비들이 내 밭 위에서 지저귀는 소리가 들렸다. 그래서 나는 녀석들이야말로 백인들이 오기 전에 속이 빈 나무에서 살았던 별난 종족의 후손일 거라는 생각마저 들었다. 거의 모든 기후권에서 거북이와 개구리는 봄의 선구자며 전령이다. 새들이 날며 노래하고 깃털을 번쩍이는 이유, 식물들이 새싹을 틔우고 꽃을 피우는 이유, 또 바람이 부는 이유는 극을 잇는 막대의 미세한 진동을 바로잡아 자연의 균형을 유지하려는 것이다.

어떤 계절이나 그때가 되면 우리에게 가장 좋은 계절이라고 여겨지듯이, 새롭게 찾아온 봄은 혼돈에서 질서정연한 우주가 창조되고 황금시대가 도래한 기분에 젖게 한다.

동풍은 아우로라의 나라와 나바타이아의 나라와

페르시아와, 아침 햇살을 맨 먼저 받는 산등성이 쪽으로 물러갔다.

* * * * *

인간이 태어났다.

만물의 창조자이자 세계의 더 나은 근원인 신이

자신의 신적인 씨앗으로 인간을 만들었을 수도 있다.

아니면 갓 생긴 대지가

최근 높은 아이테르에서 떨어져 나와

아직은 친족인 하늘의 씨앗을 간직하고 있었다.

한 번의 보슬비로 풀밭은 그늘진 곳까지 더 푸르러진다. 따라서 더 나은 생각들이 밀려오면 미래에 대한 기대감도 한층 밝아진다. 우리가 항상 현재에 산다면, 그래서 자신에게 떨어진 작은 이슬의 힘을 고스란히 보여주는 풀잎처럼 우리에게 닥친 모든 사건을 유익한 방향으로 이용한다면, 과거에 우리에게 의무를 다하라고 주어졌던 기회들을 소홀히 한 것을 속죄하며 시간을 낭비하지 않는다면, 우리는 행복한 사람이 될 것이다. 이미 봄이 왔는데도 우리는 겨울을 붙잡고 늑장을 부린다. 상쾌한 봄날 아침에 사람들은 모든 죄를 용서받는다. 그런 날에는 악도 숨을 죽인다. 그런 봄날의 태양이 활활 타오르는 동안에는 가장 비열한 죄인조차 되돌아올 수 있다. 우리 자신의 순수함을 되찾을 때 이웃의 순수한 마음을 인식할 수 있다. 어제만 해도 당신은 어떤 이웃을 도둑이나 술주정뱅이 혹은 호색가일 거라고 짐작하고 그를 불쌍히 여기거나 경멸하며 세상을 비관적으로 생각했을지도 모르겠다. 그

봄

러나 태양이 밝게 비추며 오늘 처음 맞은 봄날 아침을 따뜻하게 덥혀 세상을 다시 창조할 때 당신이 어느 조용한 일터에서 그를 만나, 그의 방탕에 지친 핏줄이 잔잔한 기쁨으로 부풀어오르고 새로운 날을 찬송하며 어린 시절의 순수함으로 봄의 기운을 느끼는 걸 본다면 그의 모든 죄는 잊혀지게 될 것이다. 또 그에게서는 선의의 분위기가 감돌 뿐 아니라, 갓 태어난 본능처럼 헛되더라도 어떤 표현을 맹목적으로 찾는 모습에서 성스러운 향내마저 풍길 것이다. 따라서 잠시나마 남쪽 언덕 기슭에서는 어떤 상스런 농담도 울려퍼지지 않고 그의 쭈글쭈글한 껍질에서 순박하고 깨끗한 새싹이 금방이라도 터져 나와, 어리디어린 초목처럼 부드럽고 신선하게 다시 한 해를 시작하려는 모습이 보일 수도 있다. 그런 죄인조차 그렇게 자신의 주님과 함께 기쁨을 누릴 수 있다. 교도관이 감옥 문을 열어놓지 않는 이유가 무엇일까? 판사가 사건을 기각하지 않는 이유는 무엇일까? 또 목사가 신도들을 돌려보내지 않는 이유는 무엇일까? 하느님이 그들에게 넌지시 보낸 지침을 따르지 않고, 하느님이 모두에게 허락한 용서를 마음에서 받아들이지 않았기 때문이다.

"매일 아침의 조용하고 자애로운 숨결이 빚는 선으로 돌아갈 때 우리는 덕을 사랑하고 악을 미워한다는 점에서 인간의 본성에 조금이나마 가까이 다가가게 된다. 이것은 잘려나간 숲에서 새싹이 트는 것과 같은 원리다. 이와 마찬가지로 우리가 낮에 행한 악행으로 인해, 다시 싹트기 시작한 덕의 싹이 자라지 못하고 소멸되게 된다."

"이렇게 덕의 싹이 거듭되는 방해로 자라지 못하면 저녁의 자애로운 숨결로는 그 싹을 보존하기에 미흡하다. 저녁의 숨결이 더 이상 덕의 싹을 보존하기에 충분치 않을 때 인간의 심성은 짐승의 그것과 다를 바가 없게 된다. 사람들은 그 짐승 같은 자의 심성에서 그가 본래부터 선한 일을 할 만한 본바탕이 없었다고 생각한다. 그러나 그것이 어찌 인간이 지닌 본래의 성정이겠는가?"

황금시대가 처음으로 찾아왔다.
이 시대에는 벌주는 자도 없고
법이 없어도 모두가 스스로 신의를 지키고
정의로운 일을 행했다.
처벌을 두려워할 필요가 없었고 동판에는 위협적인 말이
새겨지지 않았으며, 탄원하러 간 무리들이 판관의 입을
두려워하는 일도 없었다.
벌주는 자 없이도 그들은 안전하게 살았다.
아직은 소나무가 낯선 나라들을 방문하려고 고향 산들에서
베어져 맑은 바닷물 속으로 내려오는 일도 없었다.
사람들은 자신들의 해안 외에는 어떤 해안도 알지 못했다.

* * * * *

그때는 늘 봄이었고, 부드러운 서풍은 씨를 뿌리지 않아도
자라난 꽃들을 따뜻한 숨결로 어루만지곤 했다.

4월 29일, 나는 나인에이커코너 다리 근처의 강둑에서 낚시를 하

봄

고 있었다. 그곳은 방울새풀과 버드나무 뿌리가 군데군데 보이고 사향쥐가 사는 곳이었다. 그때 달그락거리는 이상한 소리가 들렸다. 남자아이들이 손가락으로 가지고 노는 막대기에서 나는 소리와 비슷했다. 그래서 고개를 들어 하늘을 보자 조그맣고 우아하게 생긴 수리매가 눈에 들어왔다. 수리매는 잔물결처럼 하늘로 치솟아 올랐다가, 날개 안쪽을 훤히 드러내며 1-2로드 정도 거꾸로 떨어지기를 반복했다. 그때마다 햇살에 날개 안쪽이 공단 리본처럼, 혹은 조개껍질의 진줏빛 안쪽처럼 반짝거렸다. 아메리카쏙독새와 크게 다를 바가 없었다. 그 모습을 보자 매사냥이 머릿속에 떠올랐고, 수리매의 그런 움직임을 고결함과 시에 관련시키는 이유도 생각났다. 내 눈에는 그 수리매가 쇠황조롱이라고 불려도 괜찮을 것 같았다. 그러나 내게 이름 따위는 중요하지 않았다. 수리매의 비행은 내가 그때까지 보지 못한 가장 영묘하고 우아한 비행이었다. 나비처럼 단순히 날개를 펄럭이는 게 아니었다. 몸집이 큰 수리매처럼 무작정 하늘로 치솟는 것도 아니었다. 공기로 된 드넓은 들판에 의지해 자신만만하게 자태를 뽐냈다. 이상한 웃음소리를 내며 끝없이 하늘로 올라가서는 연처럼 계속 뒤집어 아름답고 자유롭게 낙하하다가, 단단한 땅에는 한 번도 발을 디딘 적이 없는 것처럼 다시 하늘로 올라갔다. 이 우주에 친구 하나 없는 듯 혼자서 그렇게 놀았고, 자기가 날고 있는 하늘과 아침 외에는 어떤 친구도 필요 없는 듯했다. 수리매는 외롭지 않았다. 오히려 그 아래의 땅에 있는 모든 것을 외톨이로 만들었다. 녀석을 부화한 어미새, 친척들과 아버지는 하늘 어디에 있을까? 하늘에서 살아가는 그 수리매는 언젠가 낭떠러지의 틈새에서 부화한 알로 있었을 때나 땅과 관계가 있을 뿐인 듯했다. 아니면 녀석이 태어난 둥지는 무지개를 짓고 남은 부스러기와 저녁노을로 구름 한구석에 엮고, 대지에서 한여름의 폭신폭신한 아지랑이를 걷어와 안을 댄 것이었을까? 이제 그 수리매의 둥지는 하늘의 낭떠러지 같은 구름이다.

그 밖에도 나는 드물게 황금빛과 은빛 그리고 밝은 구릿빛을 띤 물고기들을 많이 잡았다. 그런 물고기들을 줄에 꿰니 보석들을 꿴 줄처럼 보였다. 일부에서 말하듯 죽은 사람들이 무덤에서 잠을 자는 것이었다면 그들을 잠에서 깨웠을 만큼 맑고 밝은 햇살이 야생의 강 계곡과 숲에 내리쬐는 봄날 아침에, 나는 얼마나 자주 강가의 풀밭으로 달려가 풀덤불에서 풀덤불로, 버드나무 뿌리에서 버드나무 뿌리로 뛰어 건넜던가! 인간의 영생을 증명하기에 그보다 더 강력한 증거는 필요 없다. 만물이 그런 햇살을 받으며 살아가는 게 분명하다. 죽음아, 너의 독침이 어디에 있느냐? 무덤아, 너의 승리가 어디에 있느냐?

마을 주변에 개간되지 않은 숲과 초지가 없다면 우리의 삶에 활기란 없을 것이다. 우리에게는 야생이라는 강장제가 필요하다. 우리는 때때로 알락해오라기와 뜸부기가 숨어 사는 늪지대를 힘들게 걷고, 깍도요가 우렁차게 울어대는 소리를 들어야 하며, 좀더 야성적이고 외톨이로 살아가는 새들만이 둥지를 짓고 밍크가 배를 거의 땅바닥에 깔고 기어다니는 곳에서 바람에 살랑거리는 사초莎草 냄새를 맡을 필요가 있다. 우리는 모든 것을 탐사해서 알아내고 싶어하지만, 그와 동시에 모든 것이 신비에 싸인 채 탐사되지 않기를 바란다. 또한 땅과 바다가 측

봄

451

량할 수 없어 무한히 야성적이고 미답의 수수께끼처럼 남아 있기를 원하기도 한다. 자연은 어떤 경우에도 우리를 질리게 하지 않는다. 자연의 무궁무진한 생장력, 광활하고 거대한 지세, 난파선의 표류물이 떠있는 해안, 살아 있는 나무와 죽어가는 나무가 뒤섞인 황무지, 천둥을 몰고 오는 구름, 3주 동안 계속되며 결국에는 홍수를 일으키는 비를 보는 것만으로도 우리는 새로운 활력을 얻는다. 우리의 한계가 무너지고, 우리가 발을 딛지 않은 곳에서 자유롭게 풀을 뜯는 생명체를 보지 않으면 안 된다. 죽은 동물은 우리에게 구역질과 실망감을 안겨주지만, 쇠콘도르가 그런 썩은 고기에서 건강과 힘을 얻는 것을 보면 우리도 힘이 솟는다. 언젠가 집으로 가는 길옆 웅덩이에 말이 죽어 있었다. 그 때문에 나는 종종 그 길을 피해 다녀야 했다. 특히 대기압이 낮아지는 밤에는 더욱 그랬다. 그러나 죽은 말이 변해가는 모습에서 나는 대자연의 강한 식욕과 범접할 수 없는 건강을 확인하는 것으로 그에 대한 보상을 받았다. 나는 무수한 생명체가 서로 먹고 먹힐 여유가 있을 정도로 생명체로 가득한 자연을 보고 싶다. 약한 유기체가 펄프처럼 짓이겨져 죽어도 괜찮을 정도로, 예컨대 왜가리가 올챙이를 통째로 삼키고 거북이와 두꺼비가 길에서 치여 죽어도 상관없을 정도로 생명체로 가득한 자연을 보고 싶다. 때로는 살과 피가 빗물처럼 흐를지라도! 사고는 언제라도 생길 수 있는 법이며, 우리는 그에 대해 좀처럼 설명할 수 없다는 사실을 깨달아야 한다. 현명한 사람은 이런 현상에서 인간의 보편적 무지를 깨닫는다. 독도 따지고 보면 유해한 것이 아니다. 어떤 상처도 치명적이지는 않다. 동정심 역시 그다지 합리적인 감정이 아니다. 동정심은 순간적인 감정인 게 분명하다. 동정심에 따른 변론이 정형화되도록 놓아두어서는 안 된다.

5월 초에는 떡갈나무와 히커리나무, 단풍나무를 비롯한 여러 나무가 호수를 에워싼 소나무 숲 곳곳에서 새순을 틔워 주변 풍경에 햇살과 같은 밝은 분위기를 더해주었다. 특히 구름이 낀 날에는 태양이 안개를 뚫고 나와 여기저기에서 언덕 비탈을 희미하게 비추는 것 같았다. 5월 3일 혹은 4일에 나는 호수에서 되강오리를 보았고, 5월 첫주에는 쏙독새, 갈색 개똥지빠귀, 개똥지빠귀, 딱새, 되새 등이 지저귀는 소리를 들었다. 숲개똥지빠귀의 노랫소리를 들은 지는 오래였다. 동부산적딱새도 이미 찾아와 내 집 부근을 조사했다. 공기를 움켜잡듯 발톱을 꾸부린 채 빠른 날갯짓으로 몸을 지탱하며 내 집이 둥지 짓기에 괜찮은 동굴처럼 보이는지 살피기 위해 문과 창문으로 내 집을 들여다보았다. 얼마 후에는 리기다소나무의 유황 같은 꽃가루가 호수만이 아니라 호숫가의 돌과 썩은 나무를 뒤덮어, 누구라도 마음만 먹으면 꽃자루를 한 통 가득 모을 수 있었을 것이다. 그야말로 말로만 듣던 '유황 소나기'였다. 칼리다사의 희곡 『샤쿤탈라』에서도 우리는 "연꽃의 황금 가루로 노랗게 물든 실개천"이라는 구절을 읽을 수 있다. 이렇게 계절은 여름을 향해 흘러갔고 우리는 점점 높아가는 풀밭을 거닐었다.

내가 숲에서 보낸 첫해의 삶은 이렇게 마무리됐다. 두 번째로 맞은 해도 첫해의 삶과 비슷했다. 그리고 마침내 1847년 9월 6일, 나는 월든 호수를 떠났다.

봄

맺음말

Conclusion

의사는 아픈 사람에게 공기와 풍경을 바꿔보라는 현명한 조언을 한다. 천만다행으로 이곳이 세상의 전부는 아니다. 칠엽수는 뉴잉글랜드에서 자라지 않고, 흉내지빠귀가 우는 소리를 이곳에서는 듣기 힘들다. 기러기는 우리보다 세계인에 훨씬 가까운 듯하다. 캐나다에서 아침을 먹고 오하이오에서 점심을 먹으며 밤에는 남부 강어귀에서 깃털을 다듬지 않는가. 들소조차 어느 정도는 계절을 따라 살아가며, 콜로라도 강변 초원에서 풀을 뜯다가도 옐로스톤 강변에 푸르고 달콤한 풀이 자라기 시작하면 그곳으로 옮겨간다. 하지만 우리는 가로장 울타리를 허물고 농장에 돌담을 쌓으면 그때부터 우리 삶에 경계가 지어지고 운명이 결정된 것이라고 생각한다. 만약 당신이 이번에 읍사무소 서기로 선출되면 올여름에 티에라 델 푸에고에 갈 수는 없겠지만 지옥불의 땅에는 갈 수 있을지 모른다. 우주는 우리 눈에 보이는 것보다 훨씬 넓다.

하지만 우리는 호기심 많은 승객처럼 배의 뒤쪽 난간 너머를 더 자주 바라보아야지 뱃밥을 만드는 어리석은 선원처럼 항해해서는 안 된다. 지구의 반대편은 우리와 편지를 주고받는 사람의 고향일 뿐이다.

맺음말

우리 항해는 대권항법大圈航法에 불과하며 의사들은 피부병 약만 처방해 줄 뿐이다. 기린을 사냥하려고 남아프리카로 달려가는 사람도 있지만, 기린이 그가 쫓아야 할 사냥감이 아닌 것만은 분명하다. 설령 그가 기린을 사냥할 수 있더라도 얼마나 오랫동안 추적하겠는가? 깍도요와 멧도요도 비할 데 없는 재미를 줄 수 있지만, 나는 자신에게 총을 겨냥하는 게 더 고귀한 놀이일 거라고 굳게 믿는다.

그대의 눈을 안쪽으로 향해보라.
그러면 그대의 마음속에서
아직 발견되지 않은 천 개의 지역을
발견하게 되리라. 그곳을 여행하여
마음속 우주학의 전문가가 되어라.

아프리카는 무엇을 의미하고, 또 서부는 무엇을 의미하는가? 우리의 내면은 해도海圖에서 하얀 부분이 아닐까? 발견된 후에는 해안지대처럼 검게 표시되겠지만. 우리가 발견해야 하는 것이 나일 강, 나이저 강, 미시시피 강, 혹은 이 대륙의 북서항로 수원이어야 할까? 이런 것들이 진정으로 인류가 가장 관심을 가져야 할 문제일까? 행방이 묘연해져 아내가 간절하게 찾으려고 애쓰는 사람이 프랭클린 한 사람뿐인가? 그리넬 씨는 지금 자신이 어디에 있는지 알고 있을까? 차라리 당신 내면에 있는 작은 강과 바다를 찾는 멍고 파크, 루이스와 클라크, 프로비셔가 되어라. 당신 내면에서 더 높은 위도를 찾아가 탐험하라. 필요하다면 당신의 건강을 지켜줄 절인 고기를 배에 가득 싣고 가고, 표식 대신에 빈 깡통을 하늘 높이 쌓아라. 절인 고기가 그저 고기를 보존하기 위해서만 고안된 것이었는가? 아니, 당신 내면의 신대륙과 신세계를 발견하는 콜럼버스가 되어 무역을 위해서가 아니라 사상을 위한 새로운 항로를 열어라. 누구나 한 왕국의 군주다. 그 왕국에 비하면 지상에 있는 러시아 황제 차르의 제국도 작은 나라에 불과하다. 얼음에서 떨어져나간 작은 언덕에 불과하다. 하지만 자신을 존중하는 자긍심이 조금도 없어 작은 것을 위해 큰 것을 희생해 애국자가 되는 사람들이 있다. 그들은 자신의 무덤이 만들어질 땅은 사랑하지만, 그들의 몸을 빚은 진흙에 아직도 생명의 기운을 심어주고 있을지도 모를 정신과는 조금도 교감하지 않는다. 애국심은 그들의 머릿속에 있는 구더기, 즉 망상이다. 남태평양 탐험대의 의미가 무엇이었는가? 멋진 행렬이 있었고 막대한 비용을 들였지만, 정신세계에도 대륙과 대양이 있다는 사실을 간접적으로 인정한 것이다. 우리 모두는 그런 대륙과 대양의 지협이거나 작은 만이지만, 그곳은 아직 우리 자신에 의해서도 탐사되지 않았다. 따라서 정부의 배를 타고 500명의 선원에게 도움을 받아 추위와 폭풍우와 식인종과 싸우며 수천 마일을 항해하는 것이 자기만의 바다, 즉 내면의 대서양과 태평양을 홀로 탐험하는 것보다 더 쉽다는 사실을 간접적으로 인정하는 것이기도 하다.

그들이 정처 없이 떠돌다가 외진 곳에 사는
오스트레일리아인을 찬찬히 살펴보도록 하라.

나는 하느님에 대해 더 많이 알지만

그들은 길에 대해 더 많은 것을 안다.

아프리카 잔지바르 섬에 고양이가 몇 마리나 있는지 세어보려고 세계를 한 바퀴 돌아갈 필요는 없다. 하지만 더 나은 일을 찾기 전까지는 그렇게라도 하라. 어떤 '시머스의 구멍'을 발견해 마침내 내면에 들어갈 수 있을지도 모르지 않는가. 영국과 프랑스, 스페인과 포르투갈, 황금해안과 노예해안 등 모든 곳이 이 개인의 바다를 향하고 있다. 그러나 지금까지 어떤 배도 그곳에서 출발해 육지가 보이지 않는 곳까지 모험한 적이 없지만, 그런 모험을 감행해야만 인도에 곧바로 갈 수 있을 것이다. 만약 당신이 세상의 모든 언어를 배우고 모든 종족의 관습을 따르려고 한다면, 또 어떤 여행자보다 멀리까지 여행해서 모든 풍토에 길들여지고 스핑크스가 돌에 머리를 부딪치게 하려면, 옛 철학자의 가르침에 따라 당신 자신을 탐험해야 한다. 이런 이유로 멀리 보는 눈과 불굴의 용기가 요구된다. 이 탐험에 실패하고 포기한 사람들만이 전쟁터에 간다. 그들은 도망쳐서 군대로 피신한 겁쟁이들이다. 이제라도 가장 먼 서쪽 길을 향해 출발하라. 그 길은 미시시피 강이나 태평양에서 멈추거나, 늙고 지친 중국이나 일본으로 향하는 길이 아니다. 여름과 겨울, 낮과 밤, 해가 지고 달이 지며 지구도 지는 천구天球까지 곧장 가는 직선도로다.

미라보는 "사회의 가장 신성한 법에 정식으로 저항하려면 어느 정도의 결의가 필요한지 확인하고 싶어" 노상강도질을 했다고 전해진다.

그는 "졸병으로 싸우는 군인에게는 노상강도에 비하면 절반 정도의 용기도 필요 없다"라며 "신중하게 판단을 내려 단호히 결심하는 데 명예와 종교가 방해되지는 않았다"라고 말했다. 요즘 세상의 기준에서 보면, 미라보의 행동은 남자다웠다. 하지만 무모한 짓까지는 아니어도 무익한 짓이었다. 더 분별 있는 사람이었다면 더 신성한 법에 순종함으로써 '사회의 가장 신성한 법'이라고 여기는 것에 얼마든지 '정식으로 저항'할 수 있었을 것이고, 따라서 일탈된 짓을 하지 않고도 자신의 결의를 시험할 수 있었을 터다. 진정으로 인간다운 행동은 사회에 그런 태도를 취하는 게 아니라, 자기 존재의 법칙에 순종할 때 취하게 되는 마음가짐을 의연히 유지하는 것이다. 그 마음가짐은 그렇게 저항할 기회가 우리에게 우연히 오더라도 공정한 정부에 저항하는 태도는 아닐 것이다.

　나는 숲에 들어갈 때만큼이나 중요한 이유로 숲을 떠났다. 내게 살아야 할 또 다른 몇 개의 삶이 아직 남아 있는 것 같아 숲에서의 삶에 더이상 시간을 할애할 수 없었다. 이상하게도, 우리는 자신도 느끼지 못하는 사이에 너무나 쉽게 어떤 특정한 길을 걷고, 우리가 직접 밟아 다진 길을 걷는다. 숲 속에서 산 지 일주일이 채 되지 않아 집 문간에서 호숫가까지 내 발자국으로 인해 길이 생겨났다. 내가 그 길을 걷지 않은 지 5-6년이 지났는데도 그 길은 아직도 뚜렷이 남아 있다. 어쩌면 다른 사람들도 그 길을 걸었을 것이고 그래서 그 길이 계속 남아 있는 것이라는 내 생각이 맞을지도 모른다. 땅의 표면은 부드러워서 사람이 밟으면 자국이 남기 마련이다. 마음이 여행하는 길도 마찬가지다. 그렇다면 세상의 간선도로는 얼마나 닳았고 먼지투성이겠는가! 또 전통과 순응이 남긴 바퀴 자국은 얼마나 깊이 패였겠는가! 나는 선실로 가는 통로를 걷지 않고, 세상의 돛대 앞, 세상의 갑판 위에 있기를 원했다. 거기서만이 산들 사이에 숨은 달빛을 가장 확실하게 볼 수 있었을 테니까. 나는 이제 그 아래로 내려가고 싶지 않다.

나는 숲에서 경험한 삶을 통해 적어도 다음과 같은 것을 배웠다. 우리가 꿈꾸는 방향으로 자신 있게 나아가며 머릿속으로 상상하던 삶을 살려고 노력하면, 평범한 삶을 살 때는 생각지도 못한 성공을 만나게된다는 것이다. 그때 우리는 어떤 것들을 잊고 보이지 않는 경계를 넘어갈 것이다. 새롭고 보편적이며 훨씬 더 자유로운 법칙이 주변에서, 또 우리 내면에서 자리 잡게 될 것이다. 그렇지 않으면 옛날의 법칙들이 넓게 확대되어, 과거보다 더 자유롭게 우리의 처지를 헤아리는 방향으로 해석될 것이다. 우리가 삶을 단순하게 꾸려가면 그에 비례해서 우주의 법칙도 덜 복잡해질 것이다. 그때부터 고독은 고독이 아닐 것이고 가난은 가난이 아닐 것이며 유약함도 유약함이 아닐 것이다. 당신이 공중에 성을 지었다면 그 성을 잃을까 봐 걱정할 필요가 없다. 그 성은 원래 있어야 할 곳에 그대로 있을 테니까. 이제 그 성을 떠받칠 기초만 놓으면 된다.

영국인과 미국인은 당신에게 알아듣게 말을 해달라는 우스꽝스러운 요구를 한다. 하지만 그렇게 해서는 사람이나 버섯이나 제대로 성장하지 못한다. 그들은 남들이 알아듣게 말하는 것이 중요하며, 그들이 아니면 당신을 이해할 사람이 별로 없는 것처럼 그렇게 요구한다. 자연이 한 가지 방식으로만 이해해서 조류와 네발짐승, 즉 날아다니는 생명체와 땅에서 기어 다니는 생명체를 동시에 보듬을 수 없는 것처럼, 또 브라이트가 이해할 수 있는 '허쉬'와 '후'라는 말이 최고의 영어인 것처럼 그렇게 요구한다. 우둔해야만 안전한 것처럼 그렇게 쉽게 말해달라고 요구한다. 내 글이 충분히 동떨어지지 못할까 봐, 내가 확신해왔던 진실을 올바로 전달하겠다는 욕심에 좁은 한계를 벗어나지 못한 내 일상의 경험을 넘어서지 못할까 봐 두렵다. 동─떨어짐! 이것은 당신이 어떤 울타리에 에워싸여 있느냐에 따라 달라진다. 들소는 계절에 따라 다른 위도에 있는 새로운 풀밭을 찾아 이주하지만, 젖 짜는 시간에 양동이를 걷어차고 울타리를 넘어 제 새끼를 뒤쫓아가는 젖소처럼 동떨어진 행동을 하는 것이 아니다. 나는 경계가 없는 어딘가에 대해서 말하고 싶다. 막 잠에서 깬 사람이 이제 잠에서 깨어나고 있는 사람들에게 말하는 것처럼 말하고 싶다. 진실한 기초를 놓는 경우라도 약간은 과장할 수 있다고 확신하기 때문이다. 한 절의 감미로운 선율을 들은 사람이 그 후로 영원히 터무니없이 과장해서 말할까 봐 두려워해 그 당시에 과장해서 말하지 못하겠는가? 우리 그림자가 태양을 향해 보이지 않게 땀을 흘리듯, 우리는 미래나 가능한 것을 생각하며 앞쪽에 희미하고 어렴풋하게, 여하튼 명확하게 선을 그어 놓지 말고 약간은 느슨하게 살아야 한다. 우리 언어의 덧없는 진실은 잉여적인 말의 부적절성을 끊임없이 폭로하는 듯하다. 우리 언어의 진실은 덧없는 것이어서 곧바로 옮겨지나, 진정으로 기념할 만한 것은 남는다. 우리 믿음과 신앙심을 표현하는 말은 명확하지 않지만, 뛰어난 기질을 가진 사람들에게는 그러한 말이 깊은 의미가 있어 유향乳香처럼 향기롭다.

왜 우리는 항상 인식력을 가장 아둔한 수준까지 낮추고, 그것을 상식이라고 찬양하는 걸까? 가장 낮은 수준의 의식은 잠자는 사람들의 의식이며, 그것은 코로 숨쉬는 것으로 표현된다. 때때로 우리는 1.5배쯤 똑똑한 사람들을 반편이와 똑같이 취급하는 경향을 띤다. 우리가 그들의 지혜를 3분의 1밖에 이해하지 못하기 때문이다. 또 아침에 붉게 물든 하늘에 대해서도 흠을 잡는 사람들이 있을 것이다. 그들이 그런 노을을 볼 정도로 일찍 일어나는지는 의문이지만. 나는 "카비르의 시에는 네 가지 의미, 즉 환상, 영혼, 지성, 그리고 『베다』의 심원한 교리가 있다고 주장하는 사람들이 있다"라는 말을 들었다. 그러나 세상의 이쪽 편에서는 어떤 사람의 글이 하나 이상으로 해석될 여지가 있으면 비판의 대상이 된다고 여겨진다. 영국에서는 감자 역병의 치료법을 알아내려고 애쓴다고 하는데, 그보다 훨씬 광범위하고 치명적으로 퍼져 있는 머리가 썩는 병을 치료하려는 노력은 어디에 있는가?

내가 명료하지 않은 경지에 이르렀다고는 생각하지 않지만, 월든 호수의 얼음에서 치명적인 결함이 발견되지 않듯 내 글에서도 치명적인 결함이 발견되지 않는다면 나는 그것만으로도 자랑스럽게 생각할 것이다. 월든 호수 얼음의 푸른 기운은 순수함의 증거지만, 남부 사람들은 그 푸른 기운을 우중충하다고 생각해서 싫어하는지 케임브리지의 얼음을 더 좋아한다. 그러나 케임브리지의 얼음은 흰색이긴 하지만 풀 맛이 난다. 사람들이 좋아하는 순수함은 지구를 덮은 안개 같은 것이지, 저 위의 푸른 하늘 같은 것이 아니다.

우리 미국인, 더 나아가 모든 현대인은 고대인, 심지어 엘리자베스 여왕 시대의 사람들에 비해서도 지적인 난쟁이라고 시끄럽게 떠들어대는 이들이 있다. 그들이 그렇게 떠들어대는 목적이 무엇일까? 죽은 사자보다 살아 있는 개가 더 낫다. 우리가 소인족에 속한다는 이유로 소인족 중에서 가장 큰 소인이 되려고 노력하지 않고 어딘가에 가서 스스로 목매달아 죽어야만 하는가? 우리 모두 남의 일에 쓸데없이 간섭하지 말고, 각자 본디 모습을 되찾도록 노력하자.

우리는 왜 그처럼 성공하려고 필사적으로 서두르며 그토록 무모한 도전을 하는 것일까? 누군가 동료들과 보조를 맞추지 않는다면 그것은 다른 북소리를 듣고 있기 때문일 것이다. 그 북소리가 박자에 맞든 종잡을 수 없든 간에 자신의 귀에 들리는 북소리에 맞춰 걷도록 하라. 사과나무나 떡갈나무처럼 빨리 성숙해야 할 이유는 없다. 남들과 보조를 맞추려고 자신의 봄을 여름으로 바꿔야 하는가? 우리가 목표로 삼아야 할 세상의 조건에 아직 이르지 못했다면 그 대신 어떤 현실을 취해야 하겠는가? 우리는 결코 공허한 현실에 난파되는 신세가 되지는 않을 것이다. 우리가 푸른 유리를 하늘이라며 힘들게 우리 머리 위에 올려야 하겠는가? 유리 하늘이 완성되더라도 그런 하늘은 없는 것처럼 우리는 그보다 훨씬 위에 있는 영묘한 하늘을 조용히 응시할 것이 분명하다.

먼 옛날에 쿠루라는 도시에 완벽함을 추구하겠다고 다짐한 예술가가 있었다. 어느 날, 그는 문득 지팡이를 만들어야겠다는 생각을 했다. 불완전한 일에는 시간이 하나의 변수겠지만 완전한 일에는 시간은 변수가 되지 않을 거라고 생각한 끝에, 그는 평생 다른 일을 하지 못하더라도 반드시 모든 면에서 완벽한 지팡이를 만들겠다고 다짐했다. 그는 부적합한 재료로는 완벽한 지팡이를 만들 수 없을 거라 생각하고, 지팡이를 만들 나무를 찾아 즉시 숲으로 달려갔다. 그가 적당한 나무를 찾아 잘라낸 나뭇가지마다 퇴짜를 놓는 사이에 친구들도 하나씩 그의 곁을 떠났다. 친구들은 모두 자기 일을 하다가 늙어 죽었지만, 그는 조금도 늙지 않았다. 목표를 향한 일편단심과 굳은 결심, 고결한 행동이 그도 알지 못하는 사이에 그에게 영원한 젊음을 주었던 것이다. 그가 시간과 타협하지 않았기 때문이 시간은 그를 정복하지 못해 그를 피해가며 멀리에서 한숨만 내쉴 뿐이었다. 그가 마침내 모든 면에서 적합한 나무를 찾아냈을 때 쿠루 시는 잿빛의 폐허로 변한 지 오래였다. 그는 그 폐허 더미들 중 하나에 앉아 나무껍질을 벗기기 시작했다. 지팡이의 모습이 제대로 갖추어지기도 전에 칸다하르 왕조가 종말을 맞아, 그는 지팡이 끝으로 그 왕조 마지막 왕의 이름을 모래에 쓰고 다시 일을 시작했다. 그가 지팡이를 매끄럽게 다듬고 광택까지 냈을 즈음에는 칼파마저 더 이상 북극성이 아니었다. 그가 지팡이 끝에 쇠테를 두르고 머리 부분을 보석으로 장식했을 때는 브라마가 잠들고 깨기를 수없이 반복했을 때였다. 그런데 내가 왜 이런 이야기를 하는 것일까? 그가 평생의 작품에 마지막 손질을 가하자, 지팡이가 예술가의 눈앞에서 브라마의 모든 창조물 중 가장 아름다운 창조물로 변하며 그를 깜짝 놀라게 했다. 그는 지팡이를 만드는 과정에서 새로운 체계, 즉 완벽하고 아름다운 비율로 이루어진 세계를 만들어냈던 것이다. 그 세계에서는 과

거의 도시들과 왕조들은 사라졌지만 더 아름답고 영광스런 도시들과 왕조들이 빈자리를 대신했다. 그제야 그는 자신의 발치에 쌓인 나무 부스러기 더미들의 색이 조금도 바래지 않은 것을 보고, 그때까지 흐른 시간은 환상이었으며, 브라마의 두뇌에서 나온 한 줄기 불꽃이 인간 두뇌의 부싯깃에 떨어져 불을 붙이는 데 필요한 시간 정도밖에 흐르지 않았다는 걸 깨달았다. 지팡이의 재료는 순수했고 그의 솜씨도 순수했다. 그럴진대 그 결과가 어찌 경이롭지 않을 수 있었겠는가?

우리가 사물에 어떤 겉모습을 부여하더라도 그 모습이 진실만큼 우리에게 도움이 되지는 않는다. 오직 진실만이 꾸준히 오래간다. 대부분의 경우, 우리는 지금 있을 곳에 있지 않고 거짓된 곳에 있다. 우리는 천성이 유약해서 어떤 경우를 상상하고 자신을 그 경우에 집어넣는다. 따라서 우리는 동시에 두 경우에 있기 때문에 그런 지경에서 벗어나기가 두 배나 어렵다. 분별력이 있을 때 우리는 사실, 즉 실제로 존재하는 경우만을 본다. 남들이 듣기 좋은 말을 하지 말고, 정말로 말해야만 하는 것을 말하라. 어떤 진실도 거짓보다 낫다. 땜장이인 톰 하이드는 교수대에 섰을 때 남기고 싶은 말이 있느냐는 질문에 "재봉사들에게 바느질을 시작하기 전에 실을 매듭짓는 걸 잊지 말라고 전해주시오"라고 말했다. 이 말은 지금까지 전해지지만, 그 친구의 기도는 잊히고 전해지지 않는다.

당신의 삶이 아무리 보잘것없더라도 그 삶을 기꺼이 받아들여 살도록 하라. 삶을 회피한다거나 욕하지 마라. 당신의 삶이 당신만큼 엉망이지는 않다. 당신이 가장 부자일 때조차 당신의 삶은 초라하기 그

지없어 보인다. 흠잡기 좋아하는 사람은 천국에 가서도 흠을 잡을 것이다. 당신의 삶이 보잘것없더라도 그 삶을 사랑하라. 비록 당신이 구빈원 신세를 지고 있더라도 그곳에서 유쾌하고 감동적이며 즐거운 시간을 보낼 수 있다. 지는 해는 부자의 저택에서나 양로원의 창에서나 똑같이 반사된다. 봄이 오면 양로원 문 앞에서도 똑같이 눈이 녹는다. 삶을 차분하게 바라보는 사람은 그런 곳에서 살더라도 마치 궁전에 사는 것처럼 만족스럽게 살고 즐거운 생각을 할 수 있을 것이다. 때로는 마을의 가난한 사람들이 가장 독립적인 삶을 사는 것 같다는 생각이 들기도 한다. 어쩌면 그들은 의심 없이 남의 도움을 받아들일 만큼 마음이 넓어서인지도 모른다. 대부분의 마을 사람들은 자신들이 마을로부터 도움 받는 것은 상상도 할 수 없다고 생각한다. 그러나 그들이 부정한 방법으로 살아갈 수밖에 없는 상황이 종종 닥치게 된다면, 그것이야말로 훨씬 더 불명예스러운 일이다. 샐비어 같은 향초香草를 가꾸듯 가난을 가꾸어라. 옷이든 친구든 새것을 얻겠다고 안달하지 마라. 헌 옷이면 뒤집어 입고, 옛 친구들에게 돌아가라. 세상은 변하지 않는다. 우리가 변할 뿐이다. 옷은 팔더라도 생각은 그대로 간직하라. 당신이 혼자 있고 싶어한다는 사실을 하느님은 아실 것이다. 내가 거미처럼 몇 날 며칠을 다락방 한구석에 틀어박혀 있더라도 내 생각을 그대로 간직한다면 그 세상도 내게는 넓어 보일 것이다. 어떤 철학자는 "삼군三軍의 군대에 맞서 그들의 원수를 생포할 수는 있어도 필부에게서 그 뜻을 빼앗지는 못한다"라고 말했다. 계발되겠다는 욕심에 이런저런 것들의 영향을 받아 이용당하지 않도록 조심하라. 그런 행동은 정력 낭비에 불과하다. 겸손은 어둠과 같아 하늘의 빛을 더욱 밝게 빛나게 한다. 청빈과 중용의 그림자가 우리 주변에 모여든다. "보라! 창조가 우리 눈앞에서 드넓게 펼쳐진다." 크로이소스 왕의 재물이 우리에게 전해졌더라도 목표는 여전히 똑같을 것이고 수단도 본질적으로는 똑같을 것이다. 당신이 가난 때문에 활동 범위에서 제약을 받고, 책과 신문을 살 수 없다면 가장 의미 있고 중요한 경험에만 집중하면 된다. 가장 많은 당분과 전분을 만들어내는 재료만을 다루어야 한다. 뼈 가까이에 있는 삶, 즉 빈곤한 삶이 가장 달콤한 삶이다. 게으른 삶을 살지 않고 더 높은 차원에서 사는 너그러운 사람이라면 누구도 낮은 차원에서 손해를 보지 않는다. 남아돌아 쓸데없는 부는 불필요한 사치품만 살 수 있을 뿐이다. 돈은 단지 영혼이라는 하나의 필수품을 사는 데 필요할 뿐이다.

나는 납색을 띤 벽의 한 귀퉁이에서 살고 있다. 그 벽 성분에는 종 청동의 합금이 조금 섞여 있다. 한낮에 쉬고 있으면 밖에서부터 작은 방울들이 뒤섞여 땡땡거리는 듯한 소리가 귓가에 들려오곤 한다. 이것은 나와 같은 시대에 사는 사람들이 내는 소음이다. 이웃들은 유명한 신사·숙녀와 함께 겪은 모험담들, 또 그들이 저녁 식탁에서 어떤 저명인사를 만났는지에 대해 내게 말해준다. 그러나 나는 그런 것에는 일간신문에 실린 기사의 내용만큼이나 관심이 없다. 그들의 관심과 대화는 거의 언제나 옷차림과 몸가짐에 관한 것이다. 그러나 기러기는 아무리 잘 꾸며 입혀도 기러기일 뿐이다. 그들은 캘리포니아와 텍사스, 영국과 서인도제도, 조지아의 아무개 씨와 매사추세츠의 아무개 씨에 대해 말한다. 모든 것이 덧없고 무상한 것이어서 결국 나는 맘루

크의 노예 군인처럼 그들의 마당에서 도망칠 궁리를 한다. 나는 기꺼이 내 본연의 모습으로 돌아가고 싶다. 요컨대 남의 눈에 잘 띄는 곳에서 우쭐대고 으스대며 행렬을 지어 걷는 것보다, 가능하다면 우주의 건축가와 함께 나란히 걷고 싶다. 불안하고 신경질적이며 부산스럽고 천박한 이 19세기에 살기보다, 이 세기가 지나가는 동안 생각에 잠겨 가만히 서 있거나 앉아 있고 싶다. 대체 요즘 사람들은 무엇을 찬양하고 있는 것일까? 그들은 모두가 어떤 조종위원회에 참석해서 시간마다 누군가의 연설을 듣기를 바란다. 하느님은 그날의 사회자에 불과하고, 웹스터는 하느님을 대신한 웅변가다. 나는 마음을 가라앉히고 차분히 생각한 끝에, 가장 강력하고 정당하게 나를 끌어당기는 것에 자연스레 끌려가고 싶다. 저울대에 매달려 무게가 덜 나가려고 애쓰고 싶지는 않다. 어떤 경우를 가정하지 않고, 실제로 존재하는 경우만을 받아들이고 싶다. 내가 갈 수 있는 유일한 길, 어떤 권력도 나를 가로막지 못하는 길을 걷고 싶다. 내가 단단한 기초를 놓기도 전에 아치를 쌓아올리는 짓은 내게 어떤 만족감도 주지 못한다. 살얼음판에서 놀지는 말자. 어디에나 단단한 바닥이 있다. 눈앞의 늪 바닥이 단단한지 어떤 소년에게 물었던 여행자에 대한 이야기를 어딘가에서 읽었다. 소년은 늪 바닥이 단단하다고 대답했다. 그러나 말의 뱃대끈까지 물이 차오르자 여행자가 소년에게 물었다. "이 늪의 바닥이 단단하다고 말하지 않았느냐?" 소년은 "그래요, 바닥은 단단해요. 하지만 아저씨는 아직 절반도 들어가지 않았어요"라고 대답했다. 사회의 늪과 유사*流砂*도 다를 바가 없다. 그러나 이런 진실을 깨닫는 데는 시간이 걸린다. 생각과 말과 행동은 아주 드문 경우지만 앞뒤 상황이 우연히 들어맞을 때에만 유익하다. 나라면 윗가지에 회반죽만을 바른 벽에 어리석게 못질을 하는 사람이 되지 않을 것이다. 이런 짓을 하고 나면 밤에 잠을 이루지 못할 테니까. 내게 망치를 주고 초벽初璧의 자재가 무엇인지 만져보게 하라. 접착제를 믿지 마라. 못을 깊이 때려 박고, 못 끝을 정성껏 꼬부려 놓으면, 밤에 잠에서 깨어도 당신이 해놓은 일을 만족스레 생각할 것이다. 뮤즈 신을 불러내기에도 부끄럽지 않은 일일 것이다. 그래야만 하느님이 당신을 도울 것이다. 그렇게 박힌 못 하나하나가 우주라는 기계를 단단히 고정하는 또 하나의 대갈못이 되어야 한다. 당신이 그 일을 하는 것이다.

사랑보다, 돈보다, 명성보다 내게는 진실이 필요하다. 나는 기름진 음식과 향기로운 포도주가 넘쳐나는 식탁에 앉아 아첨 어린 시중을 받았지만, 성실과 진실은 거기에 없었다. 그래서 나는 굶주린 채 그 썰렁한 식탁을 떠났다. 손님 대접이 얼음 사탕처럼 차가웠다. 얼음 사탕을 얼릴 얼음이 필요 없다는 생각까지 들었다. 그들은 포도주가 몇 년을 묵었고, 포도주를 양조한 해가 얼마나 유명한 해인가에 대해 내게 말했지만, 나는 더 오래되고 더 새로우며 더 순수한 포도주, 즉 그들이 얻을 수도 없고 돈을 주고 살 수도 없는 포도주를 머릿속에 떠올렸다. 유행, 저택과 정원, 접대는 내게 별다른 의미를 주지 못한다. 내가 왕을 방문했지만, 그 왕이 나를 커다란 방에서 기다리게 하며 손님을 접대하기에는 부적합한 사람처럼 행동한 꼴이었다. 옛날 내 이웃 중에는 속이 빈 나무에서 살던 사람이 있었다. 그의 태도는 정말 왕다웠다. 차라리 그를 방문했다면 더 나을 뻔했다.

우리는 앞으로도 얼마나 더 오랫동안 무익하고 케케묵은 미덕을 실천하며 현관에 앉아 있어야 하는가? 어떤 일이라도 직접 해보면 그런 미덕은 금방 적절하지 못한 것으로 밝혀질 것이다. 누군가 참을성을 가지고 하루를 시작해 감자밭에 괭이질을 하려고 인부 하나를 고용하고는 오후가 되자 미리 계획된 선의로 그리스도인의 온유하고 자비로운 마음을 베풀러 가는 것과 다를 바가 없다. 인류의 중국적인 자존심과 침체된 자기만족에 대해 생각해보자. 우리 세대는 약간 눈부신 계보의 종결자라는 자화자찬에 빠져 있는 듯하다. 보스턴과 런던, 파리와 로마에서는 자신들의 오랜 역사를 떠올리며 미술과 과학과 문학의 발전에 대해 매우 만족한 어조로 대화를 나눈다. 철학학회들이 남긴 기록들과 '위인들'을 널리 찬양하는 글들이 곳곳에 널려 있다. 선량한 아담이 자신의 덕행을 감상하는 것과 다를 바가 없다. "그렇다, 우리는 숭고한 행동을 했고 신성한 노래를 불렀다. 그 행동과 노래는 결코 사라지지 않으리라!" 다시 말하면, 우리가 기억할 수 있을 때까지는 잊히지 않을 것이다. 아시리아의 학술 단체들과 위대한 인물들, 지금 그들은 어디에 있는가? 우리는 패기 넘치는 철학자들이고 실험가들이다! 내 독자들 중에는 인간의 삶을 온전히 살았던 사람이 하나도 없다. 그들은 인류의 삶에서 봄에 불과할지도 모른다. 우리 몸에 7년이나 계속된 옴이 있더라도 아직 콩코드에는 17년을 산 매미를 본 사람이 없다. 우리는 지구에 살고 있지만, 지구의 얇은 껍데기에 대해서만 알 뿐이다. 지금껏 지표에서 6피트 아래까지 파본 사람이 거의 없고, 지상으로 6피트 위까지 뛰어오른 사람도 거의 없다. 우리는 지금 우리가 어디에 있는지도 잘 모른다. 게다가 우리에게 주어진 시간의 거의 절반을 잠으로 보낸다. 그런데도 스스로 현명하다고 생각하며, 지구의 표면에 어떤 질서를 세웠다. 정직하게 말해서, 우리는 깊이 생각하는 사람들이고 야심찬 사람들이다! 나는 지금 숲에 서 있다. 벌레가 숲 바닥에 깔린 솔잎 사이로 기어가며 내 시야에서 몸을 감추려고 안간힘을 다한다. 그런 모습을 보자 '왜 저 벌레는 그처럼 열등의식을 품고 그에게 은혜를 베풀 수도 있고 그의 종족에게 반가운 소식을 전해줄지도 모를 나에게서 벗어나려는 것일까' 라는 의문이 생긴다. 하지만 나라는 인간 벌레를 저 위에서 굽어보는 훨씬 더 위대한 은인과 지적인 존재가 머릿속에 떠오른다.

세상에는 끊임없이 새로운 일이 일어나고 있지만, 우리는 지독히 따분한 것을 묵인하고 살아간다. 가장 개화된 나라들에서 어떤 설교가 아직도 행해지고 있는지 생각해보면 충분할 것이다. 기쁨과 슬픔 같은 단어들이 있지만, 그런 단어들은 콧소리로 노래하는 찬송가의 후렴에 불과하며 우리는 흔하디흔하고 천박한 것을 믿고 있을 뿐이다. 우리가 바꿀 수 있는 것은 옷밖에 없다고 생각하는 듯하다. 대영제국은 무척 넓고 존경할 만하며, 미국은 일류 강국이라고들 말한다. 누구나 마음만 먹으면 대영제국을 나뭇조각처럼 표류시킬 수 있는 조수潮水가 자신의 뒤에서 오르내린다는 말을 우리는 믿지 않는다. 다음에는 17년을 사는 어떤 종류의 매미가 땅에서 나올지 누가 알겠는가? 내가 사는 세상의 정부는 영국 정부처럼 만찬을 나눈 후에 포도주를 마시며 나눈 대화에서 구성된 정부가 아니다.

우리의 삶은 강에 흐르는 물과 같다. 올해는 강물이 인류 역사에서 어느 때보다 높아져 바싹 마른 고지대까지 물에 잠기게 할지도 모른다. 그렇게 되면, 올해가 우리 주변의 모든 사향쥐가 익사하는 파란만장한 해로 기록될지 모른다. 우리가 지금 살고 있는 땅이 옛날부터 줄곧 마른땅은 아니었다. 바다에서 멀리 떨어진 곳에 둑들이 보인다. 그 둑들은 과학자들이 홍수를 기록하기 전에 강물이 오래전 밀어냈던 흔적들이다. 뉴잉글랜드에서 옛날부터 떠돌아 모르는 사람이 없는 이야기가 있다. 사과나무로 만든 오래된 탁자의 바싹 마른 나무판에서 기어나온 아름답고 생명력 넘치는 벌레에 대한 이야기다. 처음에는 코네티컷, 그 후에는 매사추세츠에서 어느 농부의 부엌에 60년 동안이나 놓여 있던 탁자였다. 벌레가 나온 곳에서 바깥쪽의 나이테를 헤아려보면, 60년보다 훨씬 오래전에 살아 있는 나무에 깐 알에서 나온 벌레였다. 커피 주전자의 열기에 부화된 것인지 벌레가 나오기 수 주 전부터 나무를 갉아먹는 소리가 들리기도 했다. 이 이야기를 듣고 부활과 영생에 대한 믿음이 한층 깊어지는 것을 느끼지 않을 사람이 있을까? 날개가 달린 아름다운 생명체의 알이 처음에는 푸른 생나무의 백목질에 있었지만, 그 후에는 무수한 동심원을 그린 목재의 나이테 아래에 말라 죽은 생명체처럼 오랫동안 묻혀 지냈고, 그 과정에서 나무는 생명체의 무덤처럼 조금씩 변해갔다—수년 전부터 식구들은 식탁에 둘러앉아 즐겁게 식사할 때 그 생명체가 밖으로 나오려고 나무를 갉아먹는 소리에 깜짝 놀랐을 것이다. 그런데 그 생명체가 세상살이에서 가장 흔하고 평범한 선물로나 주어지는 가구에서 갑자기 튀어나와 마침내 자신에게 허락된 완벽한 여름의 삶을 즐기게 될지 누가 알았겠는가!

나는 존이나 조녀선이 모든 것을 깨닫게 될 거라고는 생각하지 않는다. 그러나 시간이 지난다고 해서 무조건 다음 날 새벽이 찾아오지는 않는다. 우리 눈을 멀게 하는 빛은 우리에게 어둠과 다를 바 없다. 우리가 깨어 있어야 비로소 새벽이 찾아온다. 앞으로 더 많은 새벽이 찾아올 것이다. 태양은 아침에 뜨는 별에 불과하다.

월든

지은이 헨리 데이비드 소로
옮긴이 강주헌
펴낸이 김영정

초판 1쇄 펴낸날 2011년 10월 15일
초판 6쇄 펴낸날 2023년 7월 1일

펴낸곳 (주)현대문학
등록번호 제1-452호
주소 06532 서울시 서초구 신반포로 321(잠원동, 미래엔)
전화 02-2017-0280
팩스 02-516-5433
홈페이지 www.hdmh.co.kr

ISBN 978-89-7275-564-7 04840
ISBN 978-89-7275-563-0 (세트)

• 책값은 뒤표지에 있습니다.